Café na cama

Marcos Rey

Café na cama

São Paulo
2011

© Palma B. Donato, 2009

7ª Edição, Ática, 1988.
8ª Edição, Companhia das Letras, 2004.
9ª Edição, Global Editora, São Paulo 2011

Diretor-Editorial
Jefferson L. Alves

Gerente de Produção
Flávio Samuel

Coordenadora-Editorial
Dida Bessana

Assistente-Editorial
Tatiana F. Souza

Revisão
Luciana Chagas/Ana Carolina G. Ribeiro

Foto de Capa
Latinstock

Projeto de Capa
Victor Burton

Editoração Eletrônica
Neili Dal Rovere

Dados Internacionais de Catalogação na Publicação (CIP)
(Câmara Brasileira do Livro, SP, Brasil)

Rey, Marcos, 1925-1999.
 Café na cama / Marcos Rey. – 9. ed. – São Paulo : Global, 2011.

 ISBN 978-85-260-1536-4

 1. Ficção brasileira. I. Título.

10-12588   CDD-869.93

Índices para catálogo sistemático:

1. Ficção : Literatura brasileira   869.93

Direitos Reservados
Global Editora e Distribuidora Ltda.

Rua Pirapitingui, 111 – Liberdade
CEP 01508-020 – São Paulo – SP
Tel.: (11) 3277-7999 – Fax: (11) 3277-8141
e-mail: global@globaleditora.com.br
www.globaleditora.com.br

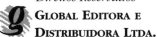

Obra atualizada conforme o **Novo Acordo Ortográfico da Língua Portuguesa**

Colabore com a produção científica e cultural. Proibida a reprodução total ou parcial desta obra sem a autorização do editor.

Nº de Catálogo: **2543**

Café na cama

Escrever estas linhas para a nova edição de *Café na cama* me deu a alegria de reler o romance de Marcos Rey, passados mais de quarenta anos do primeiro contato que tive com esse admirável cronista da vida paulistana. Como em todos os seus livros, aqui também estamos diante da descrição precisa de personagens que vivem problemas triviais, como a vida nas pensões familiares, mas sempre úmidos de uma malícia e de um erotismo que, por se apresentarem de maneira natural, aguçam ainda mais a nossa curiosidade e o nosso prazer. Marcos esculpia seus personagens, além de descrevê-los, dando-nos uma visão tão viva e clara de cada um deles, que depois de meia dúzia de páginas já nos parecem íntimos. E essa familiaridade que se instala instantaneamente após a leitura de qualquer um dos seus romances revela-se fundamental para o sucesso que as suas histórias alcançam também no rádio, no cinema e na televisão.

Da mesma maneira, nos livros juvenis, Marcos revelou-se um mestre, estabelecendo um parentesco íntimo com o leitor, o mesmo acontecendo com o Sítio do Picapau Amarelo, pois, não se contentando em adaptar Monteiro Lobato, ele criou uma segunda leitura da obra, ampliando-lhe a humanidade, trazendo-a mais próxima dos nossos dias.

Dirigi alguns programas escritos por Marcos Rey, na TV Record dos anos 60. Uma série policial, cheia de humor, em que um detetive, Adão Flores, desvendava os mais mirabolantes crimes de maneira atabalhoada. O personagem era representado por Jô Soares. Durante os ensaios, ríamos muito os três com as situações criadas. Depois disso, algumas vezes no Rio, nos corredores da Globo, ou em São Paulo, em três ou quatro ocasiões, tivemos encontros rápidos, mas sempre carregados de carinho e admiração. Marcos era de uma generosidade que transbordava afetividade e calor.

Café na cama teve sucessivas edições a partir de 1960, tornando-se um *best-seller*, proeza que certamente vai se repetir agora. O romance nos leva a uma leitura, pode-se dizer, vertiginosa, em que sexo e humor, admiravelmente dosados, aparecem e arrebatam o leitor. Tudo, repito, é familiar: a avenida Ipiranga, a São João, a velha Rádio Excelsior, o ateliê de madame Rosita, na Paulista. Como em todos os romances de Marcos Rey, faz-se um passeio por São Paulo, passeio carregado de sedutoras surpresas. Sejam bem-vindos. Sirvam-se e deleitem-se com este *Café na cama*.

Manoel Carlos

Sumário

1 – Norma – O relógio de ponto 11
2 – Sandra – Café na cama 145
3 – Sylvana Rios – A maquiagem 269

1 – Norma
O relógio de ponto

1

Norma fazia as unhas de uma vizinha quando recebeu a triste notícia. Era quinta-feira e, nesse dia da semana, as mulheres daquela rua, que frequentavam a sessão de cinema do bairro, a preços especiais para "senhoras e senhoritas", costumavam chamá-la para que as manicurasse. Assim, encontravam uma forma delicada de ajudar a modestíssima família Simone ou, numa hipótese mais feliz, de permitir que Norma também pudesse ir ao cinema, sua única diversão na vida. A moça servia-lhes, ainda, de boletim informativo do bairro: sempre sabia quais eram os melhores filmes em exibição, quais os atores e atrizes que neles trabalhavam e, se o assunto era o rádio, Norma se mostrava igualmente bem informada. Tinha excelente memória, era muito viva e, uma vez íntima das pessoas, soltava a língua. Apesar dos poucos recursos da família, todos acreditavam que acabaria apanhando o melhor partido do bairro. Dizia-se mesmo que um guarda-livros da vizinhança já andava de olho nela e tencionava aproximar-se na primeira oportunidade. As freguesas contaram-lhe isso inúmeras vezes e surpreenderam-se com a frieza com que ela recebeu o mexerico. De fato, apesar dos seus exuberantes dezessete anos, Norma, que tanto se interessava pelos namoros das amigas, não tivera sequer um flerte. Fugia discretamente dos admiradores e nenhum deles podia gabar-se de tê-la levado ao cinema ou ao circo. Era essa atitude, insólita entre as moças da sua idade e do seu meio, que a valorizava aos olhos das pessoas mais velhas. Mas, à parte o bom comportamento, havia em sua fisionomia uma força e uma atração que revelavam um espírito nada pacato.

A notícia foi dada pela empregada da senhora que Norma atendia no momento, uma crioulinha. Vinda da rua, onde fora fazer compras, entrou na casa da patroa, num carreirão. Diante de Norma, toda concentrada em seu alicate de manicure, falou bem depressa para livrar-se da terrível missão que o destino resolvera confiar-lhe:

– Seu pai foi atropelado, corra pra casa!

Carmo Simone voltava para casa depois de mais um dia de trabalho árduo numa oficina, quando um ônibus foi de encontro a um bonde, na altura da avenida Celso Garcia. O operário, que viajava no estribo, não teve tempo nem de pensar em Deus. Ficou irreconhecível. Felizmente, foi a única vítima do desastre. Durante uns dez ou quinze minutos, o trânsito na avenida ficou interrompido diante de uma enorme mancha de sangue. Centenas de carros, naquela hora aflitiva do trânsito, improvisaram, com suas buzinas, o mais irritante cântico fúnebre. Chofers de táxis e autolotação recorreram ao seu vasto repertório de palavrões. Não podiam adivinhar o que tinha acontecido. Afinal, o corpo foi arrastado até a calçada, enquanto o motorista do ônibus, inteiramente fora de si, clamava inocência em altos brados.

Dois anos mais velho do que Norma, seu irmão Bruno recebeu a notícia da mesma forma brutal. Mas em cenário diferente: estava no salão de snooker, onde passava a maior parte do dia. Gizava a ponta do taco, com aquela fleuma dos jogadores inveterados, quando um moleque da vizinhança surgiu no limite do jato de luz dos refletores.

– Bruno, seu pai caiu do bonde no Brás!

O rapaz foi largando o taco sobre o pano verde, lentamente. Em seguida, fez meia-volta e dirigiu-se para a porta da rua, a passos apressados, mas sem correr. Dona Júlia, a mãe de Norma, abraçada à caçula da família, à vista do cadáver, mostrou seu temperamento latino num espetáculo de lágrimas e gritos que chamou a atenção de todos os vizinhos. No entanto, durante mais de vinte anos de vida em comum, nunca dirigira ou ouvira do marido uma palavra de carinho. Havia vivido num clima de completa indiferença conjugal, que apenas se rompia com as brigas, quando Carmo, abusando do álcool, descontrolava o orçamento doméstico. Brigas de hora do almoço.

Os vizinhos, logo que o corpo chegou, invadiram a pequena casa dos Simone. Tiveram de ajudar a vestir o cadáver e a colocá-lo no caixão. Dona Júlia, de tão chocada, não conseguia tomar nenhuma atitude prática, e Bruno andava pelos cantos, revoltado com a presença de tanta gente em casa. Queria que tudo acabasse logo. Um tio de Norma, Vitório, tratou com eficiência dos papéis e foi quem esquentou o primeiro bule de café para a vizinhança. Fechara a sua oficina para socorrer a irmã.

Aquela noite foi horrível para Norma e todos os seus, sempre juntos do corpo daquele homem que, bem ou mal, dirigira até ali os destinos da família. Para os vizinhos, porém, a noite teve seus atrativos. Muitos casos foram contados na cozinha e no minúsculo quintal da casa, e não faltaram algumas anedotas picantes, ao lado de comentários sobre os próximos jogos de futebol. A política também foi assunto, principalmente a que dizia respeito aos problemas do município.

– Por que não arranjam mais bondes e ônibus? – diziam.
– Se Carmo viajasse sentado, não teria o fim que teve.
– O que fazem é aumentar o preço das passagens.
– Precisamos fazer outro quebra-quebra.

Norma olhava o cadáver, sem chorar. Sabia que era inútil, mas estava preocupada, aterrorizada mesmo, com o que poderia acontecer depois. Bruno, casmurro, também pensava no futuro. A morte do pai iria obrigá-lo a levar a vida mais a sério, a cuidar do sustento da família, o que era extremamente cacete. Agarrada à mãe, Wandinha chorava. Aos nove anos, a vida lhe dava o primeiro golpe.

Às oito horas da manhã, o cadáver foi transportado para o cemitério. Vitório alugou um carro para a família, e mais uns dez carros formaram o cortejo fúnebre, número elevado, considerando-se a pobreza daquela gente toda. Carmo havia sido um bom homem, embora um tanto boêmio para uma pessoa da sua condição. No cemitério, dona Júlia teve nova crise de choro e de gritos, mas os vizinhos souberam apaziguá-la.

A volta, porém, foi ainda pior para a família, muito pior. Agora que o cadáver estava debaixo da terra, tinham que pensar na vida. A pensão que receberiam seria irrisória, já tinham feito os cálculos. Dona Júlia esperava que seu irmão lhes prometesse, naquele momento, algum auxílio permanente. Solteirão, só com a responsabilidade de seu sustento, poderia ajudá-los, com um pouco de boa vontade. Mas, durante toda a viagem de volta, Vitório não fez outra coisa senão queixar-se. "A profissão de torneiro", dizia, "é a pior do mundo. Passo semanas sem um tostão no bolso." Era exagero, sabiam. Vitório não era empregado, mas dono de uma oficina. Sempre ganhara muito mais do que Carmo e vestia-se como poucos operários.

Ao chegarem em casa, Vitório, andando inquietamente, pôs-se a falar do cunhado, com simpatia. "Bebia um pouco demais, seu único defeito. Tinha um coração enorme. E como trabalhava!" Seu sentimentalismo, porém, superficial, não convencia. Via-se que temia o pedido de favores.

Antes de retirar-se, deixou uma cédula de duzentos cruzeiros com a irmã, deu um beijo no rosto pálido de Wandinha, de quem muito gostava, e disse aos sobrinhos mais velhos:

– Vou ver se consigo bons empregos para vocês. No começo da semana, eu volto.

Voltou, efetivamente. Três dias depois entrava na casa da irmã com um recorte de jornal na mão, que segurava fortemente, como se fosse a chave de um tesouro.

– É para você! – disse a Norma. – Uma boa oportunidade!

Norma apanhou o recorte: tratava-se de um pedido de balconistas para uma grande firma comercial do centro – A Loja das Américas. Exigia-se apenas boa aparência e curso primário. Duas coisas que Norma possuía.

– Será que me aceitam?

– Vou com você.

Vitório era um homem de pouco mais de quarenta anos. Seus cabelos grisalhos e seu rosto vermelho formavam um saudável contraste. Tinha um belo aspecto e fora, na mocidade, um caso sério para as mulheres. Nenhuma, no entanto, conseguira prendê-lo. Vitório prezava a liberdade, incapaz de profundas e duradouras afeições. Desde cedo começara a trabalhar por conta própria. Foi talvez o que o afastou do casamento. Quando tinha dinheiro, gastava tudo. Quando não, retraía-se. Nenhuma mulher se acostumaria àquela instabilidade. Mas, o fato de não ter patrão era o melhor pagamento para Vitório. O prazer de falar "na minha oficina" ou de referir-se "aos meus empregados" compensava. Não era um operariozinho qualquer, desses que vivem presos ao relógio de ponto. Se um dia estivesse indisposto, não trabalhava: seus empregados davam conta do recado. Se queria ir ao botequim da esquina, tomar uma cervejinha, não precisava dar satisfações a ninguém. E por que constituir família se, ao entregar um bom serviço, sentia cócegas de gastar o dinheiro no Wonder Bar ou no L'Aubergue de Marianne? Dançar bem era uma de suas maiores vaidades.

Foi pouco depois dos trinta que o seu celibato correu o maior perigo. Conhecera, então, Consuelo, uma ardente espanhola que se apaixonou por ele, amarrando-o durante três anos.

A princípio, Vitório gostou da novidade. Consuelo era apetitosa e tinha atenções especiais para com as suas camisas. Boa dona de casa. Porém, aos poucos, Vitório foi se cansando. Passou a ter noites de melancolia e inquietação. Bebia demais e assumia ares sombrios. Um belo dia, sumiu de casa sem deixar ao menos um bilhete para a amante. Consuelo, no segundo dia de ausência, correu à oficina. Vitório vendera-a para um húngaro, que ignorava o seu paradeiro. Desesperada, a espanhola deu de frequentar a casa de dona Júlia, na esperança de que esta tivesse notícias do irmão. Custou a desistir de esperá-lo.

Num dia de Natal, com alguns presentes baratos nas mãos, Vitório apareceu na casa da irmã. Estava morando noutro bairro e abrira nova oficina. Pedia que não dissessem nada a Consuelo, pelo amor de Deus.

– Por que abandonou essa mulher assim? – perguntou Carmo, indignado. – Que trabalho ela nos tem dado!

16

– Era o jeito para escapar dela.

Carmo tentou um conselho:

– Por que não se casa, homem?

– Gosto de aproveitar sozinho o dinheiro que ganho.

Era desse homem que a família de Norma esperava um auxílio permanente quando Carmo morreu.

Norma guardou o recorte com uma preocupação:

– Será que pagam bem?

Vitório irritou-se com a pergunta:

– O que derem está bom. Afinal, o que você sabe fazer?

Norma foi vestir sua melhor roupa e, em companhia do tio, seguiu para o centro. Durante todo o trajeto de bonde, Vitório não disse uma só palavra. Várias vezes ela tentou puxar conversa, em vão. Ele costumava falar só o essencial, quando em família, e odiava as tagarelices inúteis.

Ao chegarem, foram logo entrando. O aspecto da loja, que mais parecia um salão de festa, tão abarrotado de gente, deixou Norma assustada. Como seria possível atender aquele mundo de pessoas? Que coisa cansativa! Vitório, puxando-a pelo braço, com pressa de desincumbir-se da tarefa, procurava o escritório do gerente. Lá havia uma porta – "Entre sem bater" – era a gerência.

– Vamos entrar, Norma.

O gerente era um indivíduo gordo e baixo, homem ativo, eficiente. Sentia-se nele, à primeira vista, uma pessoa que se realizara profissionalmente e que se orgulhava disso. Sobre sua escrivaninha, onde tudo estava em ordem, como em todo o escritório, havia, num porta-retratos, a foto de uma linda mocinha de olhos vivos e sorriso feliz. Norma demorou-se a olhá-la, com uma ponta de inveja da felicidade que aquela moça parecia gozar.

– Lemos um anúncio na *Folha da Tarde* – disse Vitório.

– Os senhores estão precisando de balconista, não?

O gerente examinou a candidata:

– Ela tem prática de balcão?

Norma não deixou o tio responder à pergunta:

– Não tenho prática, mas acho que gostaria do serviço.

– A senhorita não foi a única que veio até aqui, mas vou lhe dar o emprego. De todas que vieram é, sem dúvida, a mais apresentável.

A observação causou em Norma uma intensa alegria. Era bom saber que fora escolhida entre outras e sem precisar provar que merecia o emprego. Fizera bem em arrumar-se com cuidado e em pintar-se com um pouco de arte. O gerente não tirava os olhos dela.

Vitório perguntou:

– Quanto ela vai ganhar?

17

– Salário mínimo. Noutras casas, nem isso ela obteria. É menor de idade, não é?

– Já fiz dezessete.

– Para uma menor de idade, o ordenado está bom. Depois, somos nós mesmos que damos uniforme e possuímos aí, no andar de cima, um pequeno restaurante que não esfola os funcionários.

– Quando posso começar?

– Amanhã mesmo. Esteja aqui às oito.

Vitório estendeu sua mão áspera, despedindo-se do gerente.

Tudo saíra bem, e com Norma trabalhando, ele não teria grandes obrigações junto à família.

Ao despedir-se de Norma, o gerente disse:

– Amanhã, ao chegar, procure-me. Preciso registrá-la. Meu nome é Jair.

Na rua, Vitório comentou, aliviado:

– Foi mais fácil do que esperava. Homem camarada, o gerente. Trate-o bem. Às vezes, um aumento de ordenado depende mais da simpatia pessoal.

Tentaram apanhar um ônibus, inutilmente. Foram andando pelas ruas, na esperança de apanhar um, mais adiante. Norma lembrava com tristeza que teria de levantar-se cedo no dia seguinte. A folga terminara. Não tinha mais um pai que pensasse no seu sustento. Teria que lutar pela vida, pular da cama às seis e meia, ficar em fila de ônibus e o dia todo de pé, atrás de um balcão. Somente ficaria com meio sábado e o domingo para o descanso e as diversões. Quase tudo que ganhasse daria à mãe para as despesas de casa. E assim seria, na certa, durante muitos e muitos anos.

– O que será aquilo? – perguntou Vitório, parando.

Diante da porta de um edifício, um aglomerado de gente se agitava como se houvesse uma briga.

– Não sei – disse Norma.

Os dois se aproximaram, curiosos, e se misturaram com aquele povo que se acotovelava ruidosamente.

– O que foi? – ele perguntou a um dos populares.

– Aqui é a Rádio Ipiranga – responderam.

– Mas, o que aconteceu?

– Ester Matos está dando autógrafos. Não deixam ela entrar no carro.

Vitório puxou Norma pelo braço, fazendo-a andar:

– Tudo por causa de uma cantora!

Norma, que conhecia a cantora através do rádio, e que já vira muitas fotografias suas, pôs-se na ponta dos pés para vê-la, um segundo que fosse. E conseguiu-o, num esforço que valeu a pena. Lá estava Ester Matos, sorridente, de caneta em punho, assinando seu nome num disco que um rapaz lhe entregava. Foi essa a visão que conservou, emocionada, até chegar em casa.

Assim que abriu a porta, dona Júlia quis saber, aflita:

– Arranjou o emprego?

– Começo amanhã – respondeu.

– E Vitório, não veio com você?

– Foi diretamente para a oficina. Disse que tem muito serviço atrasado.

Dona Júlia sentiu-se mais confortada. Norma arranjara um emprego. Agora a situação da família seria menos difícil. Deus fora bom, facilitando tudo.

– Precisamos dar um pouco do dinheiro do primeiro ordenado às crianças pobres – disse ela.

Norma não ouviu. Não estava pensando no emprego nem nas crianças que sua mãe costumava auxiliar, quando podia. Tinha os olhos e o pensamento longe. Disse num tom de voz que traduzia seu encantamento:

– Mamãe, sabe quem vi hoje? Ester Matos. Estava dando autógrafos.

2

Aquela noite, Norma custou a dormir, ela, que facilmente caía no sono. Deitada na cama, vendo Wandinha dormir, iluminada pelo luar que entrava no quarto, pensava no futuro com medo. Não podia prever o que lhe aconteceria dali por diante, mas era difícil acreditar que teria a vida que sempre desejara nos seus sonhos juvenis. Desde criança, aliás, alimentava uma incontrolável mania de grandeza, que sua mãe não cansava de censurar. O serviço de casa, por exemplo, era uma dor de cabeça para ela. Dona Júlia tinha de forçá-la para que a ajudasse a arrumar a casa e lavar os pratos. Gostava de ficar na cama até bem tarde, cismando ou lendo revistas. "Levanta, menina!", estrilava, constantemente, a sua mãe. "Quer que eu lhe traga café na cama?" Norma ficava mais algum tempo ainda, deitada, e depois se levantava de mau humor. Preferia fazer as unhas das vizinhas a limpar a casa. Assim, ganhava algum dinheirinho e tinha oportunidade de conversar com pessoas menos frias que sua mãe. Quando saía com seu velho estojinho de unhas, sempre se demorava mais do que devia. Detestava ficar em casa. Mas, agora, seria diferente. Teria de trabalhar de verdade, bater o relógio de ponto e submeter-se a uma disciplina que não admitia exceções. O café na cama estaria mais distante ainda. Dias amargos a esperavam.

Num impulso, acendeu o abajur da cabeceira, apanhou uma revista especializada de rádio e fincou o cotovelo no travesseiro. Ia ler algumas reportagens pela décima vez. Lá estava uma série de fotografias de Ester Matos. A cantora ouvindo a vitrola em seu apartamento; brincando com um gatinho preto; atendendo a chamado telefônico, com um sorriso simpático. Passou os olhos no texto da reportagem, embora já sabendo o que ele dizia. Ester Matos começara sua carreira num programa de calouros. Trabalhava num escritório e nem sonhava com a carreira artística. Mas o diretor da emissora gostou de sua voz e resolveu dar-lhe uma oportunidade. Esse fato mudara-lhe inteiramente a vida. Veio, depois, o primeiro contrato – uma pequena temporada na Rádio Nacional do Rio de Janeiro –, a primeira gravação, e daí ao sucesso foi um pulo. Agora, ganhava uma fortuna, planejava viajar pela Europa, e era noiva do conhecido produtor de rádio Mauro Giampioni. O casamento estava marcado para breve. Norma conhecia alguns programas de Mauro e já vira muitas vezes seu retrato nos jornais. Havia nele algo de diferente, que lhe agradava muito. Ele e Ester iriam ser, na certa, muito felizes.

"Ah, se eu soubesse cantar!", pensou, com olhos fitos nas fotos de Ester Matos. "Tentaria a sorte como a outra, numa 'Hora de calouros'." Mas Norma, embora tivesse bom ouvido, cantava muito mal. Nem nas festinhas familiares do bairro conseguira impressionar bem com sua voz. Era um dom que indiscutivelmente não possuía.

Ainda com os olhos na revista, pôs-se a pensar noutra coisa. Veio-lhe à mente a lembrança do pai. Desde criancinha, adorara-o. Mesmo quando ele bebia dedicava-lhe uma atenção que sua esposa lhe negava. Era nesses momentos, quando Carmo bebia demais, que os dois mais conversavam. Carmo falava-lhe de seus planos para o futuro. Tencionava tirar a patente e fabricar certo tipo de persianas corrediças, de sua invenção, que ele considerava superior a todas as existentes. Cheirando a álcool, com voz pastosa, costumava dizer a Norma: "Se ajunto cem mil cruzeiros, meto-me nessa aventura. Estou cansado de ser empregado". Ela, cheia de esperanças, ponderava: "Por que não arranja um sócio endinheirado?". Carmo sacudia a cabeça, com firmeza: "Não confio em sócios. Sócios, não. O invento é meu, não é?". Durante alguns anos Norma acreditou que o pai conseguiria o dinheiro emprestado e começaria a fabricação das persianas. Mas, assim que se fez mocinha, adivinhou que nunca ele levaria o plano adiante. Só se lembrava das persianas quando a bebida passava da conta.

No dia seguinte, muito pontual, Norma chegou à Loja das Américas, justamente no momento em que se abriam suas pesadas portas de ferro. Dirigiu-se à gerência, onde uma moça lhe informou que seu Jair ainda não havia chegado. Meia hora depois, com jornais debaixo do braço, o gerente chegava e instalava-se em seu escritório. Atendendo a um sinal da secretária, Norma entrou logo em seguida, timidamente. Sem a companhia do tio, sentia-se menos segura.

O gerente, ao vê-la, esboçou um largo sorriso. Norma observou que ele usava um perfume suave, muito agradável, e que suas unhas eram cuidadosamente tratadas. Lembrou-se das unhas do tio, enormes, ásperas e sempre sujas.

– Esperou muito por mim?

– Cheguei às sete e meia em ponto.

– Sente-se, por favor. Preciso cuidar do seu registro. Já trabalhou em algum lugar?

Norma respondeu a todas as perguntas que o gerente lhe fez. Aquela semana teria de conseguir sua carteira de trabalho. Enquanto isso, figuraria como empregada, a título experimental. Ele se mostrava interessado em obedecer à lei em todas as suas exigências e formalidades.

– Tudo está pronto – disse-lhe seu Jair. – Agora, só falta arranjar-lhe um uniforme. E, com uma pancadinha num tímpano sobre a mesa, chamou a secretária.

No mesmo instante, a moça que já a atendera apareceu. Era ruiva, sardenta e usava um par de óculos esverdeados. Enquanto esperava, ouvira dizer que Laura (era seu nome) há alguns anos era o braço direito do dinâmico gerente.

– Arranje-lhe um uniforme dos novos – disse-lhe seu Jair.

Bem-proporcionada como era, não foi difícil a Norma conseguir um uniforme de seu número. Detestava uniformes e supunha uma humilhação ter que vestir um. No entanto, aquele assentou-lhe tão bem, que não pôde esconder sua satisfação.

– Venha ver-se no espelho – disse a secretária.

– Está ótimo! – ela admitiu logo ao primeiro olhar.

– Vamos voltar ao escritório de seu Jair. Ele dirá em que seção vai trabalhar.

Quando entraram novamente na gerência, seu Jair repousou um instante, sobre a mesa, a caneta que segurava nas mãos. Olhava-a, encantado.

– Você está linda! – exclamou, para, em seguida, corrigir: – A senhorita fica muito bem de uniforme.

Norma sentiu, mais uma vez, que o gerente simpatizava com ela, o que era uma vitória naquele momento.

– Ela vai ficar na seção de plásticos? – indagou a secretária.

– Não – ele respondeu. – É uma seção que exige certa experiência. Ponha-a na seção de perfumaria, e peça à Magda que lhe ensine direito todos os preços.

A caminho da seção, a secretária, surpresa, comentou:

– É a melhor seção da loja, onde há menos trabalho. Trabalhar nela é uma espécie de prêmio.

Chegaram ao pequeno balcão de perfumaria, o estande de melhor aspecto da loja.

— Esta moça vai trabalhar aqui, Magda.
— Norma, a seu dispor.
— Vocês vão trabalhar juntas — explicou a secretária. — Ensine-lhe o serviço, Magda. É a primeira vez que ela trabalha numa loja.
— Num dia ela aprende — disse Magda. — Os preços estão tabelados.
— De qualquer forma, ela não tem prática — frisou a secretária, afastando-se.

Norma olhou sua companheira de trabalho com simpatia. Em seu trajeto pela loja, observara as outras caixeiras. Eram mais grosseiras e em tudo demonstravam sua procedência suburbana. Como também ela, tinham vindo do Carrão, do Brás, da Bela Vista e de Santana. Algumas, como saberia mais tarde, moravam no ABC e vinham de trem para trabalhar. Magda não era igual a nenhuma delas. Mais velha do que Norma, com cerca de vinte e três anos, tinha um porte elegante e, conquanto não fosse bonita, logo chamava a atenção. Mas não seria tão atraente se não fossem seu desembaraço e suas maneiras livres. Via-se que não sofria nenhuma inibição e que gozava de excelente bom humor.

— Você teve sorte em vir para cá — louvou Magda. — É a seção mais folgada em toda a loja. As outras moças vão ficar por conta, mas não dê bola para elas.
— Dona Laura me disse o mesmo.
— Você é conhecida do gerente?
— Não.
— Então ele foi com sua cara — concluiu a balconista. — Isso é raro. Ele é muito fechadão.
— Você tem de me ensinar o que devo fazer — pediu Norma.
— Não se incomode — respondeu a outra. — Não se atende aqui a mais de doze ou quinze fregueses por dia. A maioria só faz perguntas, não compra nada. Neste livro — está vendo? —, há o preço de tudo, por ordem alfabética. Se tiver alguma dúvida, consulte-o. Mas nem será preciso. Eu estarei sempre com você.
— Se há tão pouco serviço, por que me mandaram para cá?
— Sei lá. Seu Jair foi com sua cara, como já disse. Só pode ser isso.

Meia hora depois de Norma ter assumido o seu posto, aproximou-se do balcão uma senhora que desejava água-de-colônia. A moça não esperou que a companheira a atendesse. Sorriu, como Magda costumava fazer, e passou a atender à freguesa como se não fosse aquela sua estreia como balconista. Vendeu, além do vidro de água-de-colônia, outro, de um perfume barato.

— Você é formidável! — exclamou Magda. — Sabe vender melhor do que eu.

– Isso é muito fácil.

– Fácil, sim, mas há umas toupeiras que nem isso sabem fazer.

Norma procurou dar um pouco de ordem às caixas de perfume.

– Trabalha há muito tempo, aqui?

– Seis meses, mas já trabalhei noutras casas. Sou caixeira há uns quatro anos. Agora, abri os olhos.

– Abriu os olhos?

– Vou deixar isto – confessou Magda, com decisão. – Acho que perco meu tempo aqui.

– Onde pretende trabalhar?

– Não sei, mas aqui não paro mais – disse Magda com inabalável firmeza.

– Mas é um emprego tão bom, a gente não faz nada! – admirou-se Norma.

– E o ordenado? Acha bom?

– É pequeno, mas dá para começar.

– Eu não estou começando.

– E ganha o mesmo que eu? Salário mínimo?

– Salário mínimo...

Norma interrompeu seu trabalho, para pensar. Supunha que todas as colegas estivessem tão satisfeitas como estava ela naquele momento.

– No que gostaria de trabalhar? – perguntou.

– Prometeram-me um lugar de aeromoça, mas isso também não é grande coisa. As aeromoças trabalham mais do que nós e ainda arriscam a vida.

– Gostaria de ser aeromoça! – exclamou Norma, sonhadoramente.

– Tenho uma amiga que é... – contou Magda.

– E está satisfeita?

– Também vai largar. Ficou sofrendo dos nervos.

– Afinal – indagou Norma –, qual seria a melhor profissão para nós?

Seu Jair estava passeando entre os balcões. Magda disse a Norma que isso era raro. Estranhara vê-lo tão zeloso. Estrilou com uma moça da seção de brinquedos, disse algo às caixeiras da seção de bijuteria, de má cara, e por fim parou diante da perfumaria.

– Já está se ambientando? – perguntou a Norma com um sorriso tímido e premeditado.

– Sim, senhor.

– Ela tem muito jeito – acrescentou Magda.

Quando ele se afastou, Norma, sentindo cada vez mais sua simpatia, disse à colega:

– Ele parece um bom homem.

23

– Todos os homens são bons e as mulheres, também – murmurou Magda aereamente.
– Aqui na loja?
– Não, em toda parte.

3

Depois de trabalhar quatro dias na loja, Norma teve uma surpresa ao deixar o serviço, às dezoito e trinta: Vitório, rosado como uma maçã, estava plantado à porta, à sua espera.

– Vinha passando por aqui e me lembrei de você. Como vai o trabalho?
– Gosto da loja.

Dirigiram-se ao ponto do ônibus. Vitório disse que estava tentando arranjar emprego para Bruno. O rapaz não podia ficar parado. Mas Norma não prestava atenção às suas palavras. Olhava de um lado e de outro, testando a curiosidade que despertava nos transeuntes do sexo masculino. Vitório fez a mesma observação. Todos os homens olhavam para ela. Para ele, Norma era uma criança. Para os outros, não. Teve uma ponta de ciúme e, torcendo a cara para um sujeito mal-encarado que não tirava os olhos da sobrinha, fez com que ela entrasse no ônibus.

Antes do ponto onde Norma devia descer, ele colocou entre seus dedos uma cédula de cem cruzeiros:

– É para você. Compre um corte de fazenda. – E pediu: – Não diga a ninguém que lhe dei.
– Como o senhor é camarada!
– Desça, o ônibus parou.

Vitório continuou no ônibus, pensando em Norma. Que diferença havia entre sua sobrinha e as garotas de seu tempo! Jamais, quando jovem, conhecera uma moça tão graciosa e atraente. Do contrário, seu celibato teria corrido perigo.

Aquela noite, Vitório não pôde dormir cedo. Tinha algum dinheiro no bolso, que lhe fazia cócegas. Resolveu jantar no Spadoni, onde liquidou uma garrafa de bom vinho. O vermelho de seu rosto intensificou-se. Enquanto jantava, lembrava as aventuras românticas do passado. Qual, nenhuma delas valera realmente a pena! Desfilaram-lhe diante dos olhos umas mulheres malvestidas, vulgares, cansadas. Teve a impressão de que perdera os melhores anos de sua vida.

Saiu do restaurante e deu um longo passeio pela cidade, prestando excessiva atenção nas mulheres bonitas que passavam. Quando se cansou, entrou no O.K., o último cabaré do bom tempo, ainda aberto, mas já decadente.

Pediu uma cerveja, com vontade de beber. Era melancólico beber sozinho, mas preferia isso à companhia de seus colegas. "Se tentasse contar-lhes o que sinto hoje, não entenderiam", pensou.

Uma orquestra rompeu um tango. Vitório gostava de tangos. Nos tempos de Consuelo, até comprara uma vitrola e uma coleção de discos de Gardel. Soubera de cor o "Mano a mano" e "Esta noche me emborracho".

– Paga um conhaque? – pediu uma mulher, que lhe tocou os cabelos embranquecidos.

Era dançarina profissional. Chamava-se Magnólia. Nascera no Chile, mas estava no Brasil há muito tempo. Fez perguntas:

– Vem sempre aqui?
– Venho, às vezes.
– Gostaria de dançar?

Vitório levantou-se e pôs-se a dançar com maestria. As voltas no salão fizeram a bebida subir. Menos exigente, apertou o corpo de Magnólia. Ela não era tão má: servia para aquela noite.

– Você dança muito bem! – ela exclamou.
– As mulheres brigavam para dançar comigo no Imperial e no Wonder Bar.
– Mais um conhaque?

Vitório deixou o cabaré às quatro, trocando as pernas, guiado por Magnólia até seu endereço, na rua Amador Bueno.

Com satisfação, Norma observou que tio Vitório passou a dedicar à sua família e, especialmente a ela, uma atenção muito maior. Começou a olhá-lo com outros olhos. Era bom ter uma pessoa que se preocupasse com ela, disposta a ajudá-la, mesmo quando nada pedia. Quase todas as semanas Vitório aparecia em casa, nunca com as mãos abanando. Levava dinheiro ou presente para todos. Arranjou emprego para Bruno, uma oficina mecânica, mas não teve forças para afastá-lo dos salões de bilhar. Além dessas visitas, voltou a esperar Norma na porta da loja.

– O senhor está estreando esse terno, tio?
– Mandei fazer três num alfaiate da cidade.
– Aposto que o senhor está apaixonado.
– Por quê?
– O senhor está tão diferente!

Vitório negava: era idoso demais para paixões. As mulheres não queriam mais nada com ele.

Somente agora Norma começava a travar amizade com seu único parente. E que curiosidade enorme ele lhe despertava! Lembrava-se de que, quando o pai era vivo, falava-se dele como de um grande pecador, um solteirão sem eira nem beira. Não precisou forçar a memória para lembrar-

-se daquela explosiva Consuelo. Wandinha ainda não havia nascido quando ela invadiu sua casa, em busca de notícias de Vitório. Parecia um furacão em sua onda de nervos. Plantou-se em sua casa, ameaçando escândalo, caso não lhe dissessem onde Vitório estava. Sem nada conseguir, caiu num pranto ensurdecedor e desmaiou sobre uma poltrona. Dona Júlia teve de se movimentar para socorrê-la. Norma recordou até aquele forte cheiro de amoníaco que reanimou a pobre moça.

– O senhor tem saudade de Consuelo? – perguntou-lhe certo dia, à saída da loja.

– Não vá me dizer que se lembra dela.

– Claro que lembro!

– Mas você era uma criança!

– Que tem isso? Parece que a estou vendo. Tinha uns olhos!

Supondo que o tio ainda a amasse, fez-lhe uma série de perguntas. Quem sabe se não estava precisando de uma confidente?

Vitório não respondeu a nenhuma pergunta.

– Algum dia lhe conto tudo, menina. Nesse dia, almoçaremos na cidade.

– Ótima ideia! – entusiasmou-se Norma.

– Pode ser amanhã mesmo. Você pode?

No dia seguinte, Norma não almoçou no restaurante da loja. Para brincar com Magda, disse que tinha um "programa melhor". Assim que bateu o meio-dia, pôs os pés na rua. Vitório a esperava, muito bem-vestido. Tão perfumado, dava a impressão de que carregava um frasco de colônia aberto no bolso. "Tenho um amigo", pensou Norma. "Um verdadeiro amigo que poderá me ajudar a resolver qualquer problema." Felicíssima, não se contentou em apertar-lhe a mão, abraçou-o. Por um triz não lhe beijava o rosto, mas conteve-se, pois, em sua família, eram sempre moderadas as demonstrações de afeto.

– O senhor está muito elegante!

– Que linda moça você me saiu!

– Onde vamos almoçar?

– No Mappin.

– Titio, o senhor está brincando.

Durante o trajeto para o restaurante, Norma contou ao tio que já se ambientara perfeitamente na loja. Portava-se como uma veterana. Seu Jair, o gerente, não lhe poupava elogios.

– Ele gosta muito de mim. As outras moças ficam com inveja!

Vitório fez uma ligeira carranca. Seria honesto o interesse do gerente?

– Cuidado com esse homem – advertiu.

– Por quê?

– Vai ver que é um gabiru.

No restaurante, sentaram-se a uma mesa próxima a uma janela. Norma apanhou o cardápio, exultante. Ia ter um almoço especial. Vitório, apreensivo, perdera toda a alegria quando ela se referira ao gerente. Voltou ao assunto:

— Acho que ele tem cara de malandro.

— Ora, seu Jair só disse que sou a melhor balconista da loja. Nada mais. — Sua preocupação, porém, estava no cardápio: — Não sei o que pedir. É a primeira vez que entro num restaurante.

— Chamemos o garção.

Vitório escolheu os pratos mais caros. Caprichou, particularmente, na escolha do vinho. Vinho chileno.

Aos primeiros goles, o rosto de Norma iluminou-se num belo sorriso.

— Como gosto de vinho! É mal de família!

— Seu pai dava a vida por um trago.

— Algum dia experimento uísque. Minha colega de balcão, Magda, adora uísque.

— Um dia, farei você experimentar.

— Custa muito caro.

— Comigo não pense nos preços.

O vinho, embora tomado com cautela, agiu no espírito de Norma. Sentiu uma onda de ternura por aquele homem que lhe proporcionava um almoço tão delicioso, num lugar tão elegante, e que, dali por diante, seria seu grande amigo e protetor.

— Tio, por que o senhor não se casou?

— Para espichar a mocidade.

— Acho que o senhor fez mal.

Vitório fez-se triste:

— Você tem razão. Mas agora é tarde. Estou condenado a viver só, o resto da vida.

— Que coisa aborrecida! — exclamou Norma, tocando as mãos dele, sobre a mesa. — Eu estava enganada sobre o senhor. Não sabia que era tão sensível assim.

— Para muita gente pareço um bicho, mas não sou.

Vitório apertou as mãos dela por um instante, porém ela as retirou para novo gole: — Não quero deixar uma gota desse vinho.

— Com quem você namora? — Vitório perguntou, formal.

— Nunca namorei.

— Parece impossível, com essa beleza toda!

— O senhor me acha bonita, tio?

— Você é uma pequena muito bonita.

Norma aceitou o elogio, alegremente:

– Se qualquer rapazinho me dissesse isso, nem ligava. Mas, dito pelo senhor...
– Que diferença faz?
– O senhor não tem interesse em bajular.
Vitório olhou o relógio:
– Ainda é cedo.
– Não, tenho de ir.
– Mas não conversamos quase nada!
– Fica pra outra vez.

Na porta da loja, despediram-se. Norma entrou a passos rápidos. Antes de desaparecer atrás dos balcões, olhou para trás e despediu-se de novo, agitando a mão no ar. Vitório ainda ficou um minuto a olhar o ponto onde ela sumira.

4

O trabalho não rendia para Vitório. Que sacrifício, permanecer horas e horas, de pé, diante de seu torno de trabalho! Gostaria de ficar andando pelas ruas, sem rumo. Várias vezes, durante o dia, para suportar melhor a passagem do tempo, mandava um dos aprendizes à venda buscar meio copo de cachaça com bíter. Bebia aos goles curtos, sisudo, com o pensamento concentrado. Lá para as seis e meia, ao fechar a oficina, ia com um dos seus empregados, um espanhol, à venda, e bebia algumas cervejas. Era só o outro que falava. Ele bebia em silêncio, olhos no copo.

À noite, já não conseguia ficar no quarto ouvindo os comentários sobre futebol, através do rádio. Precisava sair. Se apreciasse cinema ou teatro de revistas, estaria muito bem. Mas ele não aguentava ficar duas horas preso numa sala fechada. Acabava indo para o O.K., já muito amigo de Magnólia. O que se passava consigo, nem ele próprio saberia dizer.

Voltou a encontrar-se com Norma, à saída da loja. Foi recebido com grande entusiasmo.
– Sabe de uma coisa?
– O quê?
– As moças da loja não acreditam que o senhor é meu tio.
Vitório estremeceu.
– Pensam que sou o quê? Seu namorado, nesta idade?
– Não é isso o que pensam... – ela disse, com um sorriso malicioso.
Vitório sentiu que aquela confidência os aproximava mais ainda:
– Você se importa com o que dizem?
– Claro que não. Não me importaria nem que fosse verdade.
O operário estava inquieto, muito inquieto:

– Como vai indo na loja? E o gerente?
Norma apertou-lhe o braço:
– Acho que o senhor tinha razão. Ele está tirando linha comigo.
– Fez-lhe alguma proposta?
– Não, mas eu noto. E Magda também.
Vitório fez uma advertência, muito sério, com voz trêmula:
– Tenha cuidado com ele, Norma.
– Cuidado? Por quê? Eu até me divirto com isso tudo.
Vitório tentou rir, inutilmente.
– O senhor está sério, tio! Por quê?
Dia a dia, Norma simpatizava mais com tio Vitório. Era um grande amigo que estava ali. Conhecê-lo de perto fora uma grande coisa em sua vida. Mas tinha pena de vê-lo sempre só, sempre abandonado.
Num dia, em que almoçaram juntos, ela confessou:
– Gostaria de fazer-lhe mais companhia.
– Não trocaria sua companhia por nenhuma.
– Verdade?
Vitório teve uma ideia, que expôs:
– Gostaria de ir com você num lugar bastante alegre, onde houvesse música. Você disse que gostaria de experimentar uísque.
– Podemos combinar.
– O que me diz de sábado?
– É o melhor dia para mim – respondeu Norma, feliz.
Vitório segurou-lhe a mão:
– Mas que seja segredo. Sua mãe iria dizer que a estou levando para o mau caminho.
– Adoro segredos – disse ela. – Direi que vou numa festinha com Magda.
Acertaram, em seguida, os detalhes do encontro. Ele passaria de carro na esquina de sua casa. Jantariam e, depois, rumo a uma boate. Ela ia conhecer uma boate.
Norma entrou na loja, alegre.
– O que há com você? – quis saber Magda.
– Nada. É que o dia está bonito.
Magda sorriu, maliciosamente:
– Quando a gente ama, qualquer dia é bonito.
Magda tinha por hábito não acreditar em nada do que ouvia. Nessa sistemática atitude diante da vida, residia toda a sua sabedoria e experiência. E o espantoso é que acertava sempre. No caso de seu Jair, por exemplo, fora a primeira a suspeitar de suas intenções junto a Norma.
– Desta vez você se engana. Vou sair com meu tio.

Magda olhou-a com firmeza:
— Esse homem que vem aqui é seu tio mesmo?
— Que pergunta! O que pensa que eu sou?
— Não se zangue. Se você diz que é, acredito. Você bem sabe que as moças daqui chamam de tio e de padrinho os seus coronéis.
— Vitório é meu tio mesmo. Mas não é por causa do parentesco que gosto dele. É um amigão, entendeu?
— Pode ser, da sua parte, é amizade, vá lá. Mas você pode estar enganada a respeito do que ele sente.

No fim da tarde de sábado, Norma deu início aos preparativos para sair com Vitório. Já no dia anterior, prevenira dona Júlia de que fora convidada para uma festa em casa de Magda. Sua mãe aceitou a notícia, sem receios. Quem poderia abusar de uma menina?
— Cuidado na volta — recomendou. — Não venha sozinha. Este bairro está cheio de ladrões.
Ladrões, sim, constituíam um perigo real.
Norma passou seu melhor vestido e selecionou as melhores bijuterias. Quem a visse, tão atarefada diante do psichê, julgaria que ia sair com algum namorado. Estava esplendorosa. Até Bruno, sempre indiferente a tudo, ao vê-la, já pronta, comentou, sardônico:
— Quem é o cara? O tal guarda-livros?
— Não há cara algum.
— Você está muito bacana.
A opinião que mais interessava a Norma era a de Wandinha. Começava a ser uma espécie de ídolo para a irmã menor, e como lhe era agradável saber que havia uma pessoa a quem pudesse influenciar com a experiência que adquirisse na vida!
— Acha que estou bem? — perguntou-lhe, ansiosa.
A menina sorriu, sem saber dizer nada.
— Me leva na festa? — pediu, enfim.
— Nessa não levo. Mas levarei noutra — prometeu. — E mando fazer um vestido novo pra você.
Dar presentes a Wandinha era para Norma o maior dos prazeres. Gostava de cumulá-la de toda sorte de enfeites e berloques para uma menina de sua idade. Bastava pensar nisso para desejar ganhar mais dinheiro. Infelizmente, dava o ordenado inteirinho à sua mãe. Uma vida amarga comparada à de qualquer de suas amigas. Bem merecia sair um pouco, tentar distrair-se, embora o fizesse com um parente, não com um namorado.
Pouco antes das oito, já cansada de consultar o relógio a todo instante, Norma seguiu para a esquina. Ah, lá estava um carro parado! Viu tio

Vitório dentro do auto, mais bem-vestido do que nunca. Quando ele abriu a porta do carro, ela sentiu uma onda de perfume.

– O senhor foi pontual.
– Eu já estava aqui há quinze minutos.
– Por que tão cedo? O táxi deve estar marcando um dinheirão.

A primeira etapa da noite foi um jantar, num restaurante do centro. Ela, radiante; ele, nervoso, caladão.

– Preocupado com os negócios, tio?
– Estou indo de vento em popa. Ando com sorte.
– Já que é assim, por que ficar tão calado?

No restaurante, Norma mostrava toda a sua alegria, disposta a falar pelos cotovelos. Tinha muita coisa a dizer sobre a loja. Já se acostumara ao trabalho, mas fizera poucas amizades. Não gostava das colegas, com exceção de Magda. As outras eram mixas. Não podiam ver homens, que se desmanchavam todas. Algumas se diziam noivas, mas na verdade tinham amantes. Magda lhe contava tudo. Pusera-a a par de todos os segredos das balconistas. Raramente conversava com elas; não fazia mal que a chamassem de orgulhosa.

Vitório tentava interessar-se pela conversa, mas a imagem da sobrinha era absorvente demais.

O jantar já estava servido, mas Norma não cessava de falar:

– Magda vem sempre neste restaurante. Diz que é dos melhores. Não há lugar que ela não conheça. Pensa que é como eu, que vou da casa pro trabalho e do trabalho pra casa? Todas as semanas tem um namorado diferente, e quase todos eles têm automóvel.

Vitório lamentou que não pudesse manter com ela um número variado de assuntos. Ela gostava de coisas que ele ignorava. Quando conversaram sobre cinema, teve que se manter calado. Lembrou-se dos nomes de alguns artistas, e os pronunciou tão mal, que Norma achou graça. Ela orgulhava-se de saber a pronúncia correta de alguns deles: "Tairone", e não "Tirone"; "Gárfild", e não "Garfíld". Vitório também foi infeliz quando Norma falou dos artistas de rádio. Ela conhecia a vida íntima de todos, quanto ganhavam de ordenado e quais eram suas predileções.

– É uma pena que eu não tenha voz, senão tentaria o rádio.
– Não gostaria que você fosse uma atriz – disse ele, sério.
– É apenas um sonho. Vou ter que ficar na loja o resto da vida.
– São quase dez horas. Vamos dar um pulo no Cairo. Você vai gostar.

Foram a pé mesmo; a boate era ali perto. Andar com Norma na rua satisfazia à vaidade de Vitório. Estava, porém, com um receio: poderiam barrar a entrada da moça. Ela era menor de idade. Se isso acontecesse, a noite estaria estragada.

Chegaram, mas, felizmente, não aconteceu o que Vitório temia. Graças à sua altura, Norma parecia ter vinte e um anos.

– Que lindo lugar! – exclamou Norma, conduzida pelo braço de Vitório.

– Não lhe disse que ia gostar?

– O senhor tem muito gosto.

Assim que se sentaram, Vitório pediu ao garção duas doses de uísque. Não tinha medo de gastar dinheiro.

Norma procurava não demonstrar curiosidade pelo lugar. Temia portar-se como uma suburbana. Mas o fato de estar numa boate famosa, onde sua entrada era proibida, agitava-lhe a imaginação. Numa mesa ao lado estava um casal de americanos, gente saída das capas de revistas. Noutra mesa, algumas pessoas comemoravam um aniversário. A orquestra tocava "Parabéns a você". Mais adiante, numa mesa de pista, viu um rapaz bebendo sozinho. Observou que ele bebera demais e que lutava para conservar a linha. Fixou-o. Norma conhecia-o de algum lugar. Mas, de onde?

– Já vi aquele moço, tio.

– Deve ter sido na loja.

– Não, não foi. Estou intrigada.

A orquestra começou a tocar um bolero da época, "Dos almas", que ela conhecia na vitoriosa interpretação de Gregorio Barrios. Seu entusiasmo cresceu. Vitório convidou-a para dançar. Norma não era exímia dançarina, mas seus passos eram elegantes e suaves. O tio, acostumado a cabarés de segunda, dava passos largos e caricatos. Foi preciso que ela o detivesse um pouco; bolero não era tango. Quando passaram diante da mesa de pista, Norma olhou longamente o rapaz solitário.

Voltaram para a mesa e Norma bebeu alguns goles de uísque. Não apreciou a bebida, mas uma ligeira tontura salientaria o prazer da noite. Subitamente, disse encantada:

– Já sei quem é aquele moço!

– Quem é?

– Mauro Giampioni!

– Não conheço.

– Vi muitas vezes seu retrato nas revistas. É um produtor de rádio. Ele escrevia *A cidade de vidro*. Formidável! Diziam que ia casar com Ester Matos. Mas como é que está só?

– Está bem certa de que é ele?

– Acho que é. – E ajuntou, frenética: – Escreveu também *Subúrbios da morte*. Dava medo!

Vitório procurou desviar a conversa. Pediu mais duas doses de uísque. A moça não tirava os olhos de Mauro Giampioni.

– Se continuar olhando para ele, fico com ciúme!

A sobrinha sorriu:

– Por que não o convida para vir aqui? Ele está tão sozinho. Até dá pena.

– Oh, não. Estragaria a nossa noite.

– É mais divertido conversar em três.

– Eu não acho.

Norma deu um sorriso retraído, estranhando a resposta seca:

– Começo a acreditar que está enciumado.

Sem encará-la e já menos excitado, apenas para manter uma atitude, Vitório retrucou:

– E estou mesmo.

Norma sorriu, novamente, mas não da forma costumeira. Lembrou-se do que Magda dissera.

– Mais uísque – pediu Vitório ao garção.

A pedido dela, dançaram mais uma vez. Vitório notou que o que a sobrinha queria era flertar com o produtor: "Está galinhando", pensou, irritado.

– Não entendo como uma pessoa tão famosa pode estar tão triste – disse Norma, referindo-se a Mauro.

– Ninguém conhece os problemas dos outros.

Norma sacudiu os cabelos, fazendo esvoaçar um perfume suave.

– Sabe que já estou tonta?

Foram sentar-se, Vitório encostou as duas cadeiras. Num gesto mais ousado, amparou o corpo dela com o braço.

– Está mesmo?

– Um pouco só. Não precisa me segurar. Vou até beber mais um gole.

Vitório olhou-a demoradamente enquanto ela bebia.

– Você está linda!

– Obrigada – agradeceu, formalmente, com uma crescente desconfiança.

Depois de uma pausa, ele propôs:

– Se gosta daqui, a gente volta.

– Não posso sair sempre com o mesmo vestido. Que preste, só tenho esse.

– É o de menos. Lhe dou quantos vestidos quiser.

– O senhor?

– Que mal há nisso?

Sob a pressão do álcool, Norma encostou a cabeça no ombro do tio. Agora estava tonta de verdade e assim poderia chamar a atenção de Mauro Giampioni, que já a devorava com os olhos. Mauro com ciúme, ele que fora noivo de Ester Matos!

Foi nesse instante que Vitório, dominado pelo contato daquele corpo, que se abandonava contra o seu, beijou-a, desajeitadamente, nos lábios. Beijo tímido, indeciso, frustrado.

Norma saltou para trás, com os olhos fuzilando. Toda a sua doçura desapareceu. Estava enojada e agressiva.

– Por que o senhor fez isso?

Vitório, sentindo a reação violenta, caiu em si. Ousara demais.

– Não foi por mal...

– Não esperava que o senhor...

– Acalme-se. Não fique zangada. Foi coisa à toa!

Norma tentou dominar-se. Não adiantava zangar-se, tolice levantar a voz. Mas agora entendia por que Vitório a tratara tão bem durante aqueles meses. Tudo estava explicado. Magda acertara em cheio. Ela sempre sabia o que era e o que não era verdade.

– Já é tarde – disse, olhando o relógio.

– Vamos ficar mais.

– Estou com sono – mentiu. A noite perdera o encanto. Já nem o flerte com Giampioni a interessava.

– Está tocando o seu bolero predileto.

– Vamos embora.

Vitório não disse mais nada. Pagou a conta e saíram. No táxi, rumo ao Carrão, ele desculpou-se:

– Acho que bebi demais.

Ela ficou muda.

Depois de uma fria despedida, Vitório pediu ao chofer que o levasse à cidade. Entrou no O.K., doido para beber. Alguém lhe deu um amável tapa no ombro. Era Magnólia, que vestia um ofuscante traje de lamê. A noite não estava de todo perdida.

5

Deitada na cama, com os olhos bem abertos, apesar da escuridão do quarto, Norma refletia nos acontecimentos daquela noite. Lembrava-se da alegria com que saíra de casa e da tristeza com que voltara. Fora amarga sua primeira noite de boêmia, mas servira para ensinar-lhe algo: não devia confiar em homem algum. Por outro lado, a perda de seu protetor lançava--a no desamparo. Essa cruel sensação de abandono levava-a a fixar sua admiração em Magda. Daquela noite em diante, seria ela o seu modelo e o seu guia. Ansiava para que a segunda-feira chegasse logo, para contar-lhe o sucedido. Ia elegê-la sua confidente.

No dia seguinte, domingo, seu abatimento era tão visível que sua mãe o notou. Fez perguntas às quais Norma respondeu com evasivas. Sua amizade com Vitório começara com um segredo e também devia terminar assim. Somente Magda saberia de tudo.

Mas dona Júlia estava muito mais ocupada com Bruno do que com a filha. Chegara de madrugada em casa e ela exigia explicações:

– Eram cinco horas quando chegou.

– Não olhei o relógio – respondeu o rapaz, alheio.

– Posso saber onde esteve?

– Sim, estive andando por aí...

Bruno não mudara com a morte do pai. O salão de snooker continuava a ser o seu mundo e agora começava a abusar da cerveja. Haviam dito que ele era um bom copo. Gostara do elogio e, sempre que podia, punha à prova sua resistência física. Depois dessa prova, outras viriam.

– Não sei que fim terá esse menino! – lamentava-se dona Júlia.

Norma não participava da discussão. Ainda estava atordoada com a decepção do sábado. Aquilo tivera uma significação: se podia atrair homens daquela idade, mesmo sendo um parente, como o Vitório, era porque deixara de ser menina. Era uma moça feita e precisava acautelar-se.

Na segunda-feira, rumou para a loja. Magda acercou-se dela com um sorriso cheio de interrogações:

– Bom fim de semana?

– Péssimo. É melhor falar do seu.

Magda contou-lhe, entusiasmada, que aproveitara bem os dois dias de descanso. Sábado estivera numa grande festa, em Santo Amaro, na casa de uns sírios ricos. Domingo, aceitara um convite para velejar na represa. Fora muito divertido. Pena que, por causa do trabalho, não poderia dar um pulo ao Rio de Janeiro aquela semana. Um rapaz até implorara sua companhia.

– Você conhece o Rio?

– Fui uma vez com uma turma muito boa. Adorei! No dia que me livrar desta prisão, a primeira coisa que faço é passar uma semana em Copacabana.

Para Norma, esse sonho estava distante demais, nem valeria a pena alimentá-lo.

– E você, como foi de sábado?

– Você tinha razão em suspeitar de meu tio.

Magda sorriu, vitoriosa, e cheia de curiosidade.

– O que ele fez?

– Beijou-me à traição, bandido! No mesmo instante deixei a boate. Noite perdida.

– Já esperava por essa, mesmo sem conhecer seu tio.

– Você é formidável para adivinhar as coisas.

– Foi bom para aprender.

— Se não fosse o que aconteceu, eu teria gostado — comentou Norma. — O lugar é maravilhoso! Que decoração! E sabe quem estava lá, sozinho e triste? Mauro Giampioni. Reconheci pelos retratos nos jornais. Precisava ver como olhava para mim!

— Quem é ele? Não conheço.

— Um produtor de rádio! Não sei como não conhece...

— Oh, Norma, como estava delicioso na represa!

A partir daquele dia, a intimidade entre as duas cresceria. Norma transferiu para a amiga todo o afeto que havia em seu coração. Pelo menos uma vez por semana, as duas almoçavam na cidade. Aos sábados, costumavam ir ao cinema, juntas. Às vezes, Magda levava um admirador seu para pagar as contas. Era um homem de cerca de quarenta anos, retraído e de pouca conversa. Chamava-se Hermann e comerciava com armas e apetrechos de caça. Apaixonado por Magda, fazia-lhe todas as vontades, mas dela nada obtinha. Chegava a ser revoltante o desprezo com que ela o tratava, sempre negando-lhe atenção e mesmo respostas às suas perguntas.

— Por que o trata assim? — perguntava Norma, intrigada.

— Porque não gosto dele. Se o aceito é porque estou dura e ele paga tudo. É meio otário.

A princípio, Norma censurava-lhe o procedimento, com pena de Hermann, que parecia ser tão boa pessoa, mas, depois, passou a divertir-se com a situação. Humilhado, Hermann ficava com uma cara de imbecil. Era engraçado.

— Veja o que Hermann me deu no meu aniversário — disse Magda, exibindo um relógio de pulso. — Custa um dinheirão. Agora tenho o que pôr no prego.

Num sábado, os três foram juntos à boate Oásis. Norma usou um vestido que Magda lhe emprestara.

— Cai melhor em você do que em mim! — exclamou. — Quer saber de uma coisa? O vestido é seu.

— Você é um doce de coco, Magda. Um anjo!

Sua segunda visita a uma boate foi mais feliz do que a primeira. E também muito mais demorada. Norma conseguira licença de sua mãe para dormir em casa de Magda, que morava com uma tia viúva, e assim pôde permanecer na Oásis até as quatro. Só lhe faltou uma companhia masculina. Mesmo assim divertiu-se, pois Magda estava com um humor esplêndido. Permitiu até que Hermann segurasse sua mão, o que o inundou de alegria.

— Precisamos arranjar um namorado para Norma — decidiu Magda.

— Eu mesma arranjarei — respondeu Norma. E se pôs a pensar em Mauro Giampioni. Se ele estivesse lá, como estivera no Cairo, Magda na certa encontraria um meio de aproximar os dois. Mas seria ter sorte demais. Não fazia mal. Ainda haveria de viver grandes noites.

Gozando da companhia de Magda, a quem podia confiar tudo que lhe acontecia e que lhe ia na alma, Norma sentia-se bastante feliz. Para ela, era melhor estar na loja, trabalhando, do que em casa ouvindo as raspanças que sua mãe pregava em Bruno. Seu único receio era o de que um dia Magda saísse do emprego, como vinha prometendo.

– Sabe que Hermann me convidou a viver com ele? – disse-lhe Magda um dia.

– Quer se casar com você?

– Ninguém falou em casamento. Ele já é casado.

– E você vai? – interrogou Norma, aflita.

– Não – respondeu Magda. – Detesto aquele rato branco. Mas se o convite tivesse partido de outro, adeus, Loja das Américas!

Norma pensou um pouco antes de perguntar:

– Você viveria com um homem sem ser casada?

A outra sorriu, maliciosamente:

– O difícil para mim seria casar... – E continuou a rir, até que Norma pudesse entender, claramente, o sentido do que dissera. Depois foi lhe contando a história de um namoro do passado, que começara a sério, mas que degenerara em pura farra. Acrescentou que a princípio ficara desesperada, mas já se acomodara à nova situação. O que pretendia era desfrutar a vida ao máximo, sempre à custa de apaixonados.

– Já que isso aconteceu, acho que Hermann...

– Não me fale desse idiota. Gosta demais de mim. É aborrecido!

– Você é engraçada!

– Todos nós somos engraçados – replicou Magda, que adorava fazer generalizações. – Cuidado, o seu fã vem vindo.

Seu Jair, o gerente, de fato passava entre os balcões, com seu ar respeitável de chefe de família. Parecia fazer uma inspeção, mas na verdade queria dar uma olhada em sua *vendeuse* predileta. Andava pensando excessivamente nela. Vários conhecidos seus, de igual situação financeira, aproveitavam melhor a vida. Eram bons maridos, bons pais, bons chefes, mas nada os impedia de terem suas aventuras particulares. O gerente da filial, no bairro, que recebia salário menor que o seu, já se arrumara, amigando-se com uma caixeirinha que era um primor. Sustentava-a num apartamento nos Campos Elísios. Inácio, seu grande amigo, chefe de vendas de uma importadora de máquinas de escrever, também tinha o seu caso. Embora muito mais velho do que ele, perto dos sessenta, sustentava uma ex-dançarina muito interessante. Antes de conhecê-la, vivia doente. Depois, até curou-se de umas úlceras duodenais que desafiavam a medicina. "Coisas do vagossimpático", afiançava-lhe Inácio. "A gente precisa pôr a escrita em dia." O Geraldo, gerente de uma casa ao lado, com sua cara de santo, também se defendia. Invejava esses amigos que conseguiam conciliar a vida em família e o sucesso profissional às farrinhas escondidas. Às vezes, censurava-os, mas, pensando bem, que mal havia nisso? Ele também precisava dar uma sacudidela no espírito. Sentir novas emoções. Ter a sua vidinha íntima. Receber os telefonemas vespertinos que faziam Inácio interromper qualquer negócio. Depois de vinte anos exemplares de convivência conjugal, ele merecia, que diabo! E aquela moça, Norma Simone, era um tipo que lhe servia. Bonita, saudável, alegre e nem um pouco vulgar.

– Como vão as vendas? – perguntou na seção de perfumaria.

– Caíram um pouco na semana passada – respondeu Magda, com seu belo sorriso.

– Mas vão melhorar, não acha, Norma?

– Espero que sim – respondeu a moça.

Oh, que dificuldade para Jair travar conversa com uma moça! A longa fidelidade conjugal tirara-lhe a prática. Precisava descobrir um meio de aproximar-se, que não parecesse muito forçado. Mas pensou tanto na procura desse meio que, certo dia, almoçando em sua casa, pôs-se a rir, supondo que o encontrara.

– Que foi? – a esposa perguntou.

– Nada, nada, Enide.

– Você ri tão pouco nesta casa que, quando ri, todos também acham graça.

Enide era uma mulher quarentona, pesada e desgraciosa. Toda voltada para o lar, sua única preocupação eram os filhos: o menor tinha apenas dois anos, o Jairzinho, a do meio, dez, Isaura, e a mais velha, Maria Helena, já era uma mocinha.

– O papai deve estar se lembrando de alguma anedota – disse Maria Helena.

– É verdade, uma anedota sobre os discos voadores.

– Na escola já ouvi muitas sobre os discos.

– Por isso que estuda tão pouco – censurou Enide, gravemente.

Maria Helena rebateu:

– Mas nunca repeti um ano, não é verdade?

As discussões entre Enide e a filha eram constantes, o choque inevitável entre duas gerações. Maria Helena, que já terminara o almoço, foi para a sala, onde passava a maior parte do tempo, ouvindo música. Colocou na vitrola um disco de Frank Sinatra e deixou o pensamento voar.

Jair logo apareceu na sala para suas democráticas conversas com a filha. Dava-se muito bem com ela e tolerava as manifestações próprias de sua idade.

– Ouça o disco, pai. O senhor vai gostar. Não é barulhento.

— Não sendo aqueles malditos *boogies*, eu gosto.
— Chama-se *You go to my head*. É lindo!

Maria Helena cantarolava a música, sob os olhos atentos do pai. Ela e Norma deviam ter quase a mesma idade. No entanto, que diferença entre as duas! Ou apenas para ele, o pai, a diferença existia? Que seria de Maria Helena se, vivendo como Norma, no Carrão, tivesse de trabalhar numa loja, ao lado de uma colega do feitio de Magda? O meio influi decisivamente na formação de uma criatura? Não, a sua Maria Helena era diferente, nascera diferente. Mais ingênua, mais pura, não poderia despertar desejos pecaminosos e violentos como Norma. Maria Helena casar-se-ia bem e teria muitos filhos. Ele e Enide saberiam protegê-la.

— Papai, quando o senhor nos levará para a Argentina, como prometeu?
— Tudo depende da bolada de fim de ano.

A única viagem que Jair fizera em sua vida fora para Buenos Aires, logo após o nascimento de Maria Helena. Essa viagem, feita através de uma companhia de turismo, marcara a sua existência. Desde essa época, passara a ser visto pelos amigos como um afortunado, o homem que fora veranear na Argentina. Viajara com Enide, ambos reeditando a lua de mel, passada, modestamente, numa pensão do Gonzaga, em Santos. As más-línguas disseram que os dois voltaram do Plata bastante inclinados ao esnobismo. De fato, a bordo do navio que os trouxera, Jair começara a traçar planos para o futuro. Era pouco para ele a gerência de uma pequena loja de armarinho. Precisava subir mais. Acertou o caminho quando se decidiu a estudar propaganda. A publicidade dava dinheiro nos Estados Unidos. Aqui, logo aconteceria o mesmo. Assim que iniciou o estudo, um mundo de ideias lhe aflorara à mente. Tinha bossa para a coisa. Procurou o dono da loja e pediu-lhe que lhe confiasse o planejamento de uma campanha promocional de vendas. Custou a fazer prevalecer o seu desejo. O outro não confiava em anúncios, mas mudou de ponto de vista quando Jair começou a falar, com seu explosivo entusiasmo. Resultado: o jovem gerente criou um slogan para a loja, "bolou" volantes e *merchandisings* e, em menos de um ano, acabou com as firmas concorrentes do bairro. Depois desse sucesso, veio a vantajosa proposta de dirigir a Loja das Américas, acumulando as funções de chefe de propaganda, com bom ordenado e parte nos lucros. Aí, sua vida mudou. Comprou a prestações um bangalô na Aclimação, reformou o guarda-roupa, adquiriu seu primeiro carro e mandou a filha, já grandinha, para bons colégios. Enide quis acompanhar o marido em sua transformação e passou a cultivar o gosto pelo teatro e a frequentar aulas de cerâmica, muito procuradas por gente de boa sociedade. O maior sonho do casal era ver Maria Helena casada com o filho de um grande industrial e, mais tarde, o Jairzinho metido na carreira diplomática.

– Você gostará de Buenos Aires – disse pensando em Norma. Buenos Aires! Se ela chegasse a gostar dele, o que não era nenhuma pretensão absurda, não lhe seria difícil inventar uma boa mentira para a família e levar a garota para a Argentina. Que farra!

Maria Helena, diante do pai, já não se contentava em cantar: dançava, também, com muita graça, mas tão expansiva, que a todo momento Jair precisava segurar os bibelôs que ela ameaçava derrubar.

"Se tudo der certo", pensava Jair, "uma vez por semana poderei inventar reuniões e frequentar as boates com Norma. Creio que ainda posso dançar bem." E quando encontrasse Inácio e os outros felizardos, não precisaria mais colocar-se na antipática posição de moralista. Contaria também suas aventuras, com aquele mesmo ar confidencial que era peculiar a Inácio, e deixaria os outros com água na boca.

– De que anedota está se lembrando agora? – perguntou Maria Helena, fitando-o com os seus enormes olhos pretos e maliciosos.

No dia seguinte, assim que entrou no escritório, Jair mandou chamar Norma. Ficou à sua espera, inquieto. No entanto, quando ela entrou, ele fingia-se ocupado com alguns papéis sobre a mesa.

– O senhor mandou me chamar?

Jair olhou-a. Era visível a modificação que se operara nela naqueles meses. Entrara na loja menina, agora era uma mulher, e das mais sedutoras.

– Precisamos conversar um pouco – disse. – Aliás, há dias que quero lhe falar, mas, sempre ocupado, nunca encontro tempo.

– O que se passa? – ela perguntou, aflita.

– É sobre sua idade. Você é menor, não é? Quase fomos multados por causa disso. Ainda bem que, por precaução, não fiz o registro definitivo.

– Não estou entendendo.

– Não podemos aceitar funcionários de sua idade, é isso.

Norma recebeu a notícia com tristeza: Que azar! Se perdesse o emprego talvez não pudesse se ambientar tão bem noutro. Mas a maior desgraça seria separar-se de Magda, a quem estava tão ligada.

– Será que não há um jeito, seu Jair?

– Vamos ver o que posso fazer – disse ele, fazendo-a sentir que tudo dependia da sua boa vontade.

Depois, levantou-se, chegou-se bem próximo dela e falou que, caso tivesse de despedi-la, seria ele quem mais lamentaria. Ela vinha se revelando uma ótima balconista e era extremamente simpática. Pediu-lhe que voltasse ao escritório no dia seguinte, para saber o que ficara resolvido.

Quando Norma contou a Magda o que sucedia, esta exclamou, no mesmo instante:

– É truque dele! Preste atenção no que digo.

– Acha que é?

– Ora, aqui tem umas dez moças menores de vinte e um! Ele está inventando leis, quer apostar?

– Então, por que mandou me chamar?

– Quer que você se sinta protegida por ele, está na cara!

– Que é que devo fazer?

– Nada, boba. Se ele voltar ao assunto, diga: "Mas a Aurora e a Linda têm menos de dezoito. Que história é essa, seu Jair?".

Norma esqueceu o caso, mesmo porque, logo em seguida, Magda convidou-a a saírem juntas. Hermann iria também. Já haviam escolhido um barzinho da rua Augusta, o Chez Moi.

– Tenho uma notícia para você – disse-lhe Magda, com ar de malícia e mistério.

– Que notícia?

– De noite você vai saber.

Os três jantaram no Carlino, Magda com mais apetite do que nunca. Hermann manteve-se o tempo todo calado, mas bastante feliz. Olhava para tudo que o cercava como se acabasse de obter uma grande vitória pessoal. Norma ficou intrigada.

Depois do restaurante, foram ao Chez Moi, onde, logo que entrou, Magda pediu que pusessem na vitrola o "Dos almas". Continuava apaixonada pelo Gregorio Barrios e até brigava com as amigas que preferiam o Albuerne.

– Quero um uísque – disse Magda, que sempre mandava vir a bebida mais cara.

– Não sei o que beber – confessou Norma. – Na verdade, só gosto mesmo é de guaraná.

– Experimente um *gin fizz* – sugeriu Hermann. – Farei companhia.

À medida que o tempo passava, Norma ia observando que Magda e Hermann comportavam-se de maneira diferente. Ao invés de brigarem, como sempre faziam, tratavam-se com doçura, Estavam ambos românticos e com vontade de ouvir música. Magda incomodava a todo instante o garção com novos pedidos musicais:

– Ponha "Um cantinho e você".

Norma aplaudiu a ideia:

– O Dick, dos nossos, é o maior.

Veio mais uma rodada de bebida para os três. Norma percebeu que Hermann apertava a mão de Magda sobre a mesa, o que raramente ela deixava fazer. Permitiu que ele brincasse com os seus cabelos e retribuía-lhe as carícias.

– Não contou nada a Norma? – ele perguntou.

— Ainda não — respondeu Magda, dona de um segredo.

— Afinal, o que há?

— Uma grande nova — anunciou Magda, encostando seu corpo ao de Hermann. — Não vá cair para trás.

— Diga.

— Eu e Hermann vamos misturar os trapos.

A notícia, dada assim com cinismo, vestida daquela expressão banal, chocou Norma. E não era para menos. Magda sempre afirmara que detestava Hermann. Desprezava-o de uma forma que dava pena. E, agora, de um momento para outro, pareciam dois pombinhos. Iam "misturar os trapos". Não podia entender. No entanto, não quis fazer perguntas cabulosas.

— Quando resolveram isso?

— Ontem à noite. Ele insistiu demais e eu aderi. Você vai perder a colega.

Era o lado melancólico da notícia. Norma se afeiçoara demais a Magda naqueles meses de convivência. Não fazia nada que não lhe contasse ou não lhe pedisse o conselho. Longe dela, iria sentir-se fraca e desprotegida. Que vontade tinha de chorar!

— Parabéns! Estou muito contente — disse com esforço.

— E eu mais do que você — atalhou Hermann.

— Ele é um boa-praça, não acha? — inquiriu Magda, pilheriando. Daquele momento em diante, a noite perdeu o interesse para Norma. Não via a hora de chegar em sua casa para meditar mais à vontade. Afinal, por que Magda ia juntar-se a um homem de quem não gostava? Por que mudara seu pensamento assim? Mas o pior era a solidão em que passaria a viver. Perdera Vitório, agora perdia Magda. Não tinha sorte mesmo.

6

Na manhã seguinte, assim que chegou à loja, Magda foi diretamente à gerência e comunicou que aquele era seu último dia de trabalho. Infelizmente, não poderia conceder os trinta dias estipulados pela lei, pois precisava fazer uma viagem às pressas. Mentiu que havia gente doente em sua família.

Jair não vacilou. Para a sua política, era ótimo que Magda deixasse o emprego. Norma ficaria sozinha no balcão de perfumaria e, quando desejasse conversar com ela, não teria testemunhas. Depois, não ignorava que Magda exercia forte influência sobre Norma, o que podia prejudicá-lo.

— No período da tarde, acertaremos as contas. Espero que seja feliz.

— O senhor é muito bonzinho.

– Nem todos pensam assim. Para muitos sou um bicho-papão – replicou, tentando, no último momento, fazer com ela uma aliança. Uma palavra de Magda a Norma, quem sabe, facilitaria tudo!

Magda voltou da gerência com palavras de elogio a seu Jair. Outro gerente poderia ter criado obstáculos à sua saída, forçando-a a cumprir a obrigação legal dos trinta dias. Nada como sair de um emprego sem inimizades.

– Como é bom saber que este é meu último dia de trabalho! – exclamou.

Norma perguntou, num tom triste de voz:

– Onde vai morar com Hermann?

– Sábado partiremos para o Rio. Na volta nos instalaremos num apartamento.

– E a família dele?

– Está desquitado há dois anos. Nem quer saber mais da mulher.

Norma tinha mais perguntas a fazer, ainda abismada com a súbita resolução de Magda:

– Mas você gosta de Hermann?

– Quantas vezes disse que não?

– Então, por que vai viver com ele?

Magda olhou-a como quem olha a mais ingênua e ignorante das criaturas. Quando ela aprenderia certas coisas?

– Fiz um balanço dos homens que conheço e concluí que Hermann é o que mais me convém. E o que mais gosta de mim, o mais sincero. Percebeu como ele fica alegre quando está perto de mim? Até parece uma criança que ganhou um brinquedo. Com ele, terei mais segurança. E tem uma vantagem: é meio bobão, posso enganá-lo sem que perceba.

Norma balançou a cabeça, dando a entender que lhe dava razão, mas não a compreendia. Acreditava, ainda, no amor puro, honesto e sem complicações.

– O que lamento é que você vá embora – disse.

– Vou lhe dar meu endereço. Quando voltar da lua de mel, combinaremos um passeio juntas.

Norma estava às vésperas do choro:

– Aposto que se esquecerá de mim.

– Quem disse isso?

– Adivinhei – respondeu, quase a suplicar que não a esquecesse.

O pior viria logo depois, quando se despediram. Lágrimas correram-lhe pela face e ela encheu-se de vergonha, diante de uma moça de espírito tão forte como Magda. Precisava combater aquele tolo sentimentalismo, como muitas vezes a amiga lhe aconselhava.

Foi somente dois dias mais tarde, e não no dia imediato, que Norma procurou seu Jair para saber o que ele resolvera sobre sua permanência na loja. Encontrou-o irritado:
— Não lhe disse que aparecesse ontem?
— Quis dar mais tempo para o senhor pensar.
— Não preciso de muito tempo para pensar — ele replicou.
Norma imaginou o que Magda faria em seu lugar. Não, ela não se humilharia. Ergueria o queixo, petulante. Poria nos olhos um ar de independência. Agiria como se nada tivesse muita importância. Devia imitá-la.
— Não quero criar problemas, seu Jair. O melhor é eu abandonar o emprego.
Jair recebeu a resposta, surpreso. A menina tinha topete.
— Abandonar o emprego?
— Eu não morreria de fome.
— Não pense nisso — disse Jair, noutro tom. — Vi nos livros que já completou dezoito. Não há nada que a impeça de trabalhar. Queria falar-lhe sobre outro assunto. Por economia, não poremos outra moça na seção de perfumaria, para substituir Magda. Dá conta do recado sozinha?
— Dou, sim. Prefiro até ficar só.
— Muito bem. Então, pode ir.
Quando Norma saiu, Jair considerou que não fizera progresso algum. As relações entre ambos continuavam extremamente formais. Tinha que investir de novo. Assediá-la mais.
Aquela noite, após o jantar, telefonou para Inácio: foram encontrar-se no Terminus. Só ele sabia a necessidade que tinha de um confidente.
Enquanto o garção servia dois uísques, perguntou:
— Como vai Lígia?
— Está em Curitiba, visitando a família. Vai a Curitiba de dois em dois meses. É quando ela me sai mais cara.
— Mas creio que vale a pena. Você se diverte.
— Isso é verdade — respondeu o homem de negócios. — Ela me faz sentir mais novo.
— Às vezes eu o invejo — confessou Jair.
— Você, com meia centena de moças sob as suas ordens?
— Nunca tive nada com nenhuma delas — disse Jair, envergonhado dessa realidade.
— Porque não quis, é claro.
— Até agora, não. Mas no momento ando com os olhos numa.
— Então, não perca tempo. Em nossa idade o tempo é capital precioso.
O tempo! Jair começava a sentir a passagem do tempo. Sentia-o através do envelhecimento de Enide, do crescimento dos filhos e do relaxa-

mento de suas banhas. Não era o mesmo de há dez anos atrás. Qualquer escadaria cansava-o. Se corria dez passos, perdia o fôlego. Era a idade. Inácio tinha razão. Devia apressar-se. Na casa dos cinquenta, uma aventura como a que tinha em vista seria muito mais difícil.

– No caso dessa pequena, a coisa não tem sido sopa.
– Mas você não é um caixeirinho, é o gerente!

Jair considerou o amigo com os seus olhos pequenos. Era uma verdade: ele era o gerente.

– Inácio, me entenda, ela não é nenhuma vagabunda!
– Melhor, você correrá menos riscos.
– Preciso falar com ela às claras?
– Sim. Às claras.

Inácio incutia-lhe confiança. Era o gerente. Devia falar às claras. Seria esse o caminho? Ponderou:

– É chato ter de lhe falar na loja. As outras garotas vão comentar.
– Então lhe fale na rua.
– Mas nunca a encontro na rua!
– Simule um encontro.

Jair sorriu, aliviado. Era bom trocar ideias com um amigo. Simular um encontro... Bastaria sair antes dela e ficar na esquina, vendo vitrinas. Quando ela surgisse, entraria com o jogo. Norma, decerto, teria pressa de chegar em casa. Morava longe. Ele se ofereceria a levá-la em seu carro, estacionado numa das ruas transversais. Esse, o plano. Simples demais. Ridículo, de tão simples, mas não podia haver outro melhor. O carro seria mais um elemento de sedução. O seu belo Studebaker! Durante o trajeto, contaria a ela sua viagem à Argentina. Com meia hora de prosa, a caixeirinha estaria no papo. Simples.

– Outro uísque – pediu.
– Como vai o fígado? – lembrou Inácio.
– Que vá para o diabo o fígado – exclamou Jair, feliz. – Quero comemorar a conquista desde já.

O bar fechava cedo e eles se transferiram para o bar do Hotel Lord. Jair era quem falava, descrevendo com luxo de detalhes a pequena que cobiçava. Ao mesmo tempo, maldizia a vida rotineira do lar. Não que detestasse a família, isso não. Enide era a melhor das esposas e amava os filhos. Mas precisava viver outras emoções. Ter também os seus prazeres secretos: uma gatinha só dele, tratada a leite e a bombons. Dar-se a certas libertinagens que escandalizam, geralmente, as esposas.

– Inácio, eu invejo você!
– Mas tudo tem seus espinhos. Lígia também me dá trabalho. Sou muito desconfiado. Já passei noites em claro por causa dela.

— Ora, isso é até bom! E eu, que não tenho de quem desconfiar? Para mim tudo é igual, cansativo, repetido. Quero ter ciúmes também, entendeu? É uma prova de que nossos sentidos ainda funcionam. O pior é passar a vida atrás de uma máquina registradora.

— Você vai ser bem-sucedido, Jair.

— Pensa assim?

— O destino dela está em suas mãos.

7

Para Norma, desde que Magda deixara a loja, a vida tomara um rumo desagradável. Não tinha mais com quem sair, com quem conversar. Ficava sozinha, atrás do balcão. Com as demais moças da loja não mantinha amizade: eram desinteressantes e tolas. E essa indiferença era paga com a mesma moeda. Poucas a cumprimentavam. Em sua casa, apenas Wandinha a distraía. Passara a estimar a irmazinha ainda mais. Dona Júlia era a mesma mãe apática de sempre, e Bruno continuava fugidio e casmurro. Aquela semana, Bruno e a mãe haviam tido outra briga feia, porque ele voltara para casa de madrugada e embriagado. A bebida, em Bruno, não o tornava engraçado e sonhador como acontecia com o pai: fazia-o taciturno e agressivo.

— Não se preocupe tanto com ele – aconselhava Norma à mãe. – Com o tempo, ele endireita.

Aconselhava, porém, sem nenhuma convicção. Sabia que Bruno não podia, por si mesmo, encontrar o seu caminho. Tudo dependia dela, do conforto que poderia proporcionar aos seus. Era a chefe da família, o que a enchia de responsabilidades.

Era nisso que pensava seriamente, quando, ao sair da loja, ouviu que alguém a chamava. Que surpresa!

— Seu Jair!

Lá estava o gerente, com um sorriso tímido, a fazer-lhe sinal.

— Indo para casa?

— Ia apanhar a fila do ônibus.

Jair olhou a longa fila como se tivesse pena da moça. Perguntou-lhe em que bairro morava. Coincidência. Tinha que visitar um amigo no mesmo bairro. Poderiam ir juntos. De ônibus? Oh, não. Ele tinha carro. Não sabia? Sim, um Stud. Estava estacionado lá perto.

— O senhor não precisa se incomodar...

— Mas é até um prazer.

Norma teve receio: já não acreditava em homem nenhum. Mas, ao entrar no carro, deu graças a Deus por ver-se livre da fila do ônibus ao menos por um dia. Agora compreendia por que Magda só saia com rapazes motorizados. Algum dia, arranjaria um namorado que também tivesse automóvel.

— Este carro é muito bom — comentou.

Jair respondeu que em breve compraria outro ainda melhor. Provavelmente um Pontiac. Para o ano estaria de carro novo.

O trânsito àquela hora estava muito difícil, e a viagem, demorada, permitiu que conversassem bastante. Assim, na intimidade, Norma achou que seu Jair era mais agradável. Seu único defeito era o de referir-se, a todo momento, à sua esplêndida situação financeira. Embora disfarçadamente, gostava de contar vantagem.

— Pode ir parando — disse Norma. — Moro naquela casa.

Jair demonstrou seu pesar quando a viagem teve fim. Olhou-a com olhar terno:

— Amanhã serei forçado a fazer nova visita ao meu amigo. Ele está muito doente. Se quiser, posso trazê-la de novo.

— Não é preciso.

— Por que não? Não me custa nada! Amanhã eu a espero no mesmo lugar. Combinado?

"É incrível como tão pouco pode fazer um homem feliz", pensava Jair, ao regressar para casa, em seu carro. "Estupidamente feliz!", exclamou em pensamento. A expressão, extravagante, agradou-o: "Estupidamente feliz!". Dera o primeiro passo. Conversava com Norma fora da loja. Pudera mostrar-lhe que era homem educado e simpático. Ela ficara conhecendo o seu carro. Haviam se despedido como amigos. A coisa começava a mudar. Mais encontros assim, e já seriam íntimos.

Chegou em casa com aquele mesmo ar jocoso de quem acabara de lembrar-se de uma anedota. Guardou o carro em sua pequena garagem e entrou na sala, vitorioso. Jairzinho brincava numa esteira com a pajem. O gerente agradou o menino, mostrando um afeto que há muito não se notava nele. Como ainda era cedo para jantar, foi para a saleta. Maria Helena estava lá, ouvindo discos. Cantarolava:

— "*Oh high the moon... o, o, o...*" — Ao ver o pai, interrompeu a interpretação. — Papai, comprei coisa nova. Veja este long-play! O som é muito melhor que o dos discos de setenta e oito rotações. Ouça isso, pai.

Jair sentou-se. Ouviu uns instantes. Queria ser sincero. A mocidade precisava ser compreendida.

— Gosta, papai?

— Deste eu gosto. Quem é a cantora?

— Sarah Vaughan.

— Ela exagera um pouco, não acha?

— Papai, Sarah Vaughan não é nenhuma quadrada!

Jair não entendeu. Franziu a testa:

– Quadrada?

A moça achou graça. O velho não conhecia a gíria. Tinha de explicar-lhe. Pegou-lhe as mãos, sentou-se ao lado dele, no divã, e disse:

– Quadrado é tudo que é convencional, antigo, fora de moda. A valsa, por exemplo, é uma coisa quadrada. É sempre igual, não tem surpresa, entende? Aquele livro que o senhor me deu no Natal, *A moreninha*, é um livro quadrado!

Jair balançou a cabeça, compreendendo. Afinal, por que não devia compreender? Não era nenhum velho. Por que defender a valsa e o charleston? O tempo deles já passara. Agora, tudo está mudado. Pensando bem, não era nada má aquela cantora. Como se chamava mesmo? Sarah Vaughan. Ia elegê-la sua favorita.

– Papai, como é bom ver que você gosta do que eu gosto!

– Acha que eu sou quadrado?

– Não, não é – disse ela rindo e envolvendo-o num abraço. – Pensei que o senhor fosse um pouquinho, mas me enganava. Muita gente moça não entende Sarah Vaughan. Não, o senhor não é quadrado.

– Minha filha, sempre estive com os moços.

Maria Helena continuava abraçada a ele, feliz. Seu pai estava melhorando naqueles dias. Nunca ele se sentara a seu lado para ouvir seus discos. Era o melhor pai do mundo. Gostava mais dele do que de sua mãe, que só aceitava o modernismo em cerâmica. Ela, sim, era uma quadrada.

Depois do jantar, Maria Helena foi encontrar-se com algumas amigas, e Jair voltou para a sala. O telefone estava lá. Tirou sua agenda do bolso e foi discando o aparelho com cautela.

– Inácio, creio que ela está no papo.

8

O segundo encontro deu-se exatamente igual ao primeiro, mas deixou em Jair impressão muito mais forte. Norma usava um vestido que ele supôs novo: devia tê-lo estreado só para atraí-lo mais. Observou, durante todo o tempo, que ela se mostrava retraída e que não esbanjava palavras. "Ela ainda vê em mim o gerente", concluiu Jair. "Seu acanhamento é desculpável." Ele, porém, falou pelos dois, menos inibido do que da vez anterior. Insistia em mostrar-se alegre e jovial. Queria, sobretudo, ser uma boa companhia e um amigo em quem ela pudesse confiar.

– Gosta de música? – perguntou-lhe, já no carro, ligando o rádio.

– Adoro música.

– Eu também. É o meu fraco. Passo horas em casa ouvindo a vitrola. Tenho excelente discoteca.

– Eu ouço o rádio. Não tenho vitrola.
– Mas é lamentável!

Jair viu-se entrando numa loja para comprar-lhe uma vitrola. Mas ainda era cedo para pensar em presentes. Podia assustá-la. Continuou falando de música, a repetir comentários que ouvia Maria Helena fazer. No entanto, logo descobriu que havia, entre as duas, enorme diferença de gosto musical. A caixeirinha adorava os boleros e nunca ouvira falar de Sarah Vaughan.

A certa altura, Norma perguntou:
– O senhor é casado, não é?

Jair fez da sinceridade uma forma de estratégia:
– Tenho três filhos.

Para atender a novas perguntas que Norma ia formulando, Jair começou a referir-se à sua vida familiar. Falou-lhe de Maria Helena e dos outros filhos. Pintou um retrato um tanto falso da esposa, no qual ela aparecia como uma mulher excessivamente fria, incapaz de um carinho. Por isso, no íntimo, era um homem triste. Ainda se fosse dado a aventuras... Mas, não. Jamais tivera uma amante. Agora, porém, que passava dos quarenta anos, tinha a dolorosa impressão de que se dedicara demais ao lar e de que se privara dos melhores prazeres que a vida oferece. Foi franco: queria ter uma amante que pudesse lhe dar as atenções que Enide lhe dera no início do casamento. Ela envelhecera, ele não. Esse era o seu drama.

– Todos têm problemas – disse Norma, friamente. Na verdade, não se comovera com o que ouvira e não esquecia, um momento, de que estava sendo alvo de uma conquista.

Jair tratou, em seguida, de falar de sua sonhada viagem à Argentina. Confessou que só não a bisara porque não havia graça em viajar com a esposa. Enide perdera a capacidade de divertir-se. No segundo dia de viagem já estaria morta de saudades dos filhos e estragaria o passeio. E se levasse as crianças, outros problemas surgiriam. Gostaria de ir com outra companhia.

Norma percebeu, imediatamente, que havia, nesta conversa, uma tentadora isca. Não cairia.

– Chegamos – disse ela.
– Quando a verei? – perguntou ele, em voz baixa, ansioso.
– O senhor me vê todos os dias na loja.
– Não é isso. Na loja não podemos conversar. Que tal se amanhã a gente se encontrasse de novo?

Norma já tinha uma desculpa na ponta da língua:
– Amanhã não jantarei em casa. Vou visitar uma amiga. Segunda-feira, se quiser, pode me esperar.

Era de boa política não insistir. Jair lembrou-se de que era quinta-feira. Só na segunda teria nova oportunidade. Como os dias custariam a passar!

No sábado, mais para inventar uma forma que abreviasse a passagem do tempo, Jair mandou encher o tanque do carro e levou a família a Santos. Comprara um apartamentozinho em Itararé, onde costumava descansar nos fins de semana, quando nada o prendia à capital. A caminho de Santos, dirigindo o Stud e ouvindo o barulho que os filhos faziam, Jair pensava na utilidade que o apartamento poderia ter se Norma, algum dia, cedesse. Ao invés de tolerar a família, nesses cacetes fins de semana, iria com ela, apenas os dois, gozar as delícias da praia. Sua imaginação andava tão estimulada que a viu a seu lado, em trajes esportivos, sadia, com o rosto batido pelo sol e pelos ventos, a exibir seu jovem e encantador sorriso. Ah, isso teria que acontecer um dia!

Aquele fim de semana foi para Jair exatamente igual aos anteriores. Apenas sua mente comportou-se de outra forma. Norma tornava-se para ele uma obsessão.

Para os seus, no entanto, aqueles dias de descanso foram esplêndidos. Enide adorava seu apartamento em Santos e Maria Helena tinha paixão pela praia. Enquanto a família toda se banhava, inclusive o Jairzinho, sob a guarda constante da mãe, o gerente largava-se debaixo do guarda-sol. Preferia estar só. Sua imaginação funcionava. Deitado na esteira, diante da areia e do mar sem fim, olhou para o lado, como fizera no carro, e viu Norma bem perto. Ela usava um colante maiô, desses que Enide chamava de indecentes, e untava o corpo de óleo, para que o sol não lhe queimasse a pele. O mar e a praia eram apenas um complemento de sua beleza atrevida. Sentia o cheiro do mar e o cheiro de Norma. Sua burguesa carreira alcançara seu mais precioso troféu. Desforrava-se dos maus dias da juventude. Estendeu a mão para tocar a beldade, mas ninguém ignora o comportamento das miragens: a realidade aborrecida de sua vida pacata surgiu à sua frente, simbolizada na figura de Enide, que voltava do mar com o pirralho. Um bicho qualquer mordera o menino e ele chorava. O Jair teve que abandonar seus belos sonhos para examinar, à luz estonteante do sol, o pezinho do garoto. Não havia ferimento algum, mas ele chorava irritantemente. Enide preocupava-se. Podia ser um bicho venenoso. O gerente garantia que não fora nada.

— Ele está chorando à toa.

— Brinque um pouco com ele, Jair.

Atendeu ao pedido da esposa, com má vontade. Não queria brincar com o menino, não queria fazer nada que não fosse pensar em Norma. Maldita a hora em que constituíra família! Por sorte o menino parou de chorar e ele pôde voltar à sua esteira. Enide também se protegia sob o guarda-sol. Jair examinou-a detidamente, tentando descobrir em seu corpo algo que ainda o atraísse. Exame curto e melancólico. Aquelas carnes flácidas não eram mais que o cemitério do amor antigo. Mesmo assim, agora podia avaliar, não fora um grande amor. O amor verdadeiro traz inquietação e ciúme. Enide nunca lhe despertara nem uma coisa nem outra. Vivera com ela um romance calmo, todo plano, sem altos e baixos, romance sem nenhum drama e com pouquíssimo lirismo. Um amor comum, ordeiro, que resultara apenas na fabricação de filhos. O que sentia por Norma era diferente. Por ela, até loucuras tinha ânimo para fazer.

Maria Helena voltou também para a sombra do guarda-sol. Vinha do mar, indignada.

– O que foi? – perguntou Enide.

– Nada – respondeu, de cara feia.

– Então, por que essa carranca? – indagou sua mãe.

Maria Helena dirigiu-se ao pai:

– Vamos dar um mergulho nós dois?

Ele aquiesceu. Correram de mãos dadas até o mar e penetraram nas ondas. Depois de algumas curtas e ruidosas braçadas, Jair cansou-se. Seu fôlego não dava mais para o esporte. A barriga atrapalhava. A mocinha, mais resistente, passou-lhe na frente e foi bastante além. Apenas para assustá-lo, nadou até um ponto onde não dava pé. Gostava do perigo.

– Volte! – ele bradou.

Maria Helena resistiu mais um pouco, sorridente, e depois nadou ao seu encontro. Minutos após, voltavam de novo à praia, ainda de mãos dadas, como bons amigos.

– Está cansado, papai?

– Um homem que fica oito horas por dia sentado não pode ter muito fôlego.

– Depois, o senhor está muito gordinho!

Jair, por graça, franziu a testa. Fingiu não gostar da alusão à barriga. Maria Helena sorriu e abraçou-o.

– Agora está alegre – disse ele. – Mas o que tinha quando voltou da praia?

– Eu conto, papai, para o senhor eu conto.

– Então, conte.

Maria Helena parou e contou, irritada, apontando para o mar.

– Eu estava nadando e um velhusco veio pra perto de mim. Puxou conversa e eu respondi, porque ele parecia direito. Mas o velho ficou assanhado e pegou na minha mão. Não queria largar e me disse uma coisa que não tenho coragem de repetir. Imagine se eu ia dar bola para ele! Quem gosta de velho é reumatismo.

Jair lançou olhares furiosos a todos os lados:
— Onde está ele?
— Deixe disso, papai. O velho sumiu depois da bronca que dei.
— Se eu o apanho!
— Esqueça, papai. Agora até tenho pena do velho.

À noite, foram passear no Gonzaga e entraram numa sorveteria. Jairzinho deu trabalho de novo. Queria sorvete de chocolate e Enide afirmava que chocolate lhe fazia mal. O menino chorou o tempo todo, perturbando o passeio. Maria Helena também estava aborrecida, sem companhia de uma pessoa da sua idade. Voltaram cedo para o apartamento, mas Jair não entrou. Disse que marcara encontro com um amigo no Parque Balneário. Não era verdade, queria era estar só, à vontade, e beber alguma coisa forte.

Sentou-se no bar do hotel e pediu um conhaque. Uma pequena orquestra executava um antigo samba-canção. Alguns pares dançavam na parte externa do bar. Jair temia encontrar algum amigo que o obrigasse a uma conversa formal. Pensava em Norma e bebia. Lembrou-se da frase de Maria Helena: "Quem gosta de velho é reumatismo". Será que Norma pensava assim? Mal terminava uma dose, pedia outra. Era sábado e somente veria a moça de novo na segunda-feira. No domingo, sua inquietação seria ainda maior. Depois da quarta dose, percebendo que o fígado estrilava, voltou para o apartamento.

9

Era de chamar a atenção a alegria com que Jair, na segunda-feira, levantou-se da cama.

— Levantei disposto – disse a Enide. – Santos me cansa demais. Faz com que sinta saudades do trabalho.

Demorou para vestir-se. Fez a barba com cuidado, caprichando no aspecto geral, e rumou para a loja. Chegou bastante cedo. Foi para o escritório e pôs-se ao trabalho. A loja ia lançar uma grande campanha publicitária, e ele tinha de cuidar de tudo. Já cavara o slogan: "Seja a mais elegante deste verão". Bem bolado. Precisava, em seguida, orientar os *layout-men* para uma campanha de arromba. Se o resultado final fosse bom, trocaria de carro. Norma poderia resistir a um Cadillac rabo de peixe? Redigiu, atento, alguns textos, apenas para treinar a pena e, lá para as dez, deu um giro pela loja.

Ao chegar diante da seção de perfumarias estacou. Norma não estava lá. Outra caixeira a substituía. Surpreso, procurou a secretária.

— Alguma das moças faltou hoje?

– Sim, aquela da seção dos perfumes. Ainda não veio. Pus outra em seu lugar.

– Por que faltou?

– Ainda não sei.

Jair voltou ao trabalho, mas sem ânimo. Por que ela faltara? Quem sabe, resolvera abandonar o emprego, imitando a amiga? Magda sempre a influenciara. Essa hipótese o deixou em pânico. Se Norma se despedisse da firma, todos os seus castelos ruiriam. Precisava aguardar o período da tarde, ela devia aparecer.

À tarde, Norma também não veio. Jair, amargurado, procurou adiantar a campanha de verão. Terminou os textos e idealizou alguma coisa, em matéria de desenho, para ajudar os *layout-men*. Procurava, com dificuldade, manter o interesse pelo trabalho. Era uma pena desviar a atenção, pois justamente nas ocasiões das campanhas promocionais é que ganhava as melhores gratificações.

No fim da tarde, a secretária avisou-lhe que um rapaz desejava falar-lhe.

Bruno penetrou na sala do gerente, com má vontade. Detestava fazer serviços que a família lhe pedia.

– Minha irmã não pôde vir. Está doente – foi dizendo.

– Quem é sua irmã?

– É da seção de perfumaria.

Jair sentiu um alívio. Estava doente. Melhor assim.

– Virá amanhã?

– Acho que não – respondeu o rapaz.

– Está certo. Mandarei nosso médico visitá-la. Diga a ela para não se preocupar com o trabalho. Em primeiro lugar, a saúde.

Assim que o rapaz desapareceu, Jair telefonou para o médico da firma:

– Vá hoje mesmo, doutor. Veja o que a menina precisa. Leve amostras grátis. É gente que não pode gastar em remédio.

Outra noite mal dormida para Jair, ansioso por saber como ela receberia a atenciosa visita do médico. Era mais um trunfo a seu favor.

Na manhã seguinte, a primeira coisa que fez foi telefonar para o doutor.

– Ela está com uma gripe forte – disse o médico. – Apliquei-lhe uma injeção imediatamente.

– Deu-lhe amostras grátis?

– Dei.

– Ótimo. Acha que amanhã estará boa?

– Dificilmente.

Nem na terça nem na quarta-feira Norma reapareceu. Jair pediu ao médico que fizesse nova visita. O médico atendeu-o e levou-lhe a notícia de que a moça estava melhor, mas teria de continuar em repouso. A gripe fora forte. Só voltaria à loja na segunda-feira, se não recaísse.

Aquele dia, no fim da tarde, Jair encontrou-se por acaso com Inácio. Sentaram-se num bar aberto, na rua São Luís, para um aperitivo.

– Desde quinta-feira passada que não a vejo – disse Jair. – Não suporto mais.

– Calma, amanhã você a verá.

– Nada disso, ela só reassume segunda. Até lá terei bebido cinquenta aperitivos e arruinado o meu fígado.

Inácio procurou auxiliá-lo:

– Por que não vai visitá-la? O que impede?

– Eu ir visitá-la?

– Que mal há nisso?

Jair ainda não tivera essa ideia. Inácio estava certo de novo. Por que não pensara nisso antes? Era muito natural que visitasse uma funcionária sua que adoecera. Como lhe faltava experiência dessas coisas!

– Não fica mal, Inácio?

– Pelo contrário, fica até muito bem. Mostre que não tem orgulho. Quer saber duma coisa? A gente precisa ser com as mulheres o que o Getúlio é com os operários: bajulador.

– Inácio, você de fato teve uma grande ideia. Mas não posso ir amanhã. Vou depois de amanhã.

Era que, no dia seguinte, Jair precisava dar um bom avanço na campanha de verão. "Seja a mais elegante deste verão" seria mesmo o slogan. Já redigira seis textos razoáveis, que remetera às mãos de um *layout-man* argentino. Precisava também inventar um concurso qualquer para estimular as vendas. Faltava-lhe a "bola" do concurso. "Trabalhando", refletia, "o tempo passa mais depressa", e mato essas saudades logo.

Voltou para casa cansado, mas feliz. O trabalho do dia fora intenso e proveitoso.

– A comida ainda não está pronta, papai. Vamos para a sala ouvir música – convidou-o Maria Helena.

Foram os dois, de braços, para a sala.

– Comprou novo long-play?

– Comprei um, do Stan Kenton.

– Vamos ouvi-lo.

– Duvido que o senhor goste papai. Stan Kenton é meio gira. É o tal do *progressive jazz*.

Jair sentou-se no divã, e a filha, pondo o disco na vitrola, disse-lhe:

– Vou escolher uma faixa mais à maneira antiga, mais melodiosa. Fique sentadinho aí e ouça. Chama-se "Collaboration".

Jair ouvia a música, exagerando a atenção que prestava. Seu pensamento não estava ali. Maria Helena, que não podia ouvir música sentada, dançava diante dele. "Ela é ainda mais viva do que Norma", disse Jair para si mesmo. "Mas Norma tem um ar malicioso que minha filha não tem. Não entendo por que aquele maldito velhote se atreveu."

Maria Helena fez o pai ouvir outras faixas do long-play, mais barulhentas. De forma alguma podia apreciá-las. A moça, porém, prevenia que para Stan Kenton ser devidamente apreciado precisava ser ouvido muitas vezes. Ela também não o entendera a princípio. Agora, dava a vida pelo "Intermission Riff" ou pelo "Concert to end all concerts".

— Mas é muito barulho, Maria Helena!

— Papai, na vida não se faz nada de grande sem muito barulho. Veja, por exemplo, suas campanhas de verão ou de inverno.

Jair sorriu, subornado.

— Está bem, filha, vamos jantar: dá mais certo.

O gerente, feliz. Logo viria o sono, depois um novo dia, depois Norma. Como iria ela recebê-lo? E sua família? Quem sabe, a mãe dela, admirando-o, pudesse influir, de certa forma, na decisão da filha? De qualquer maneira, era uma boa cartada.

Ao entrar em seu escritório, na manhã seguinte, o *layout-man* argentino já o esperava com dois esboços feitos. Jair pôs-se a examiná-los, detidamente. Colocou os desenhos em cima de uma cadeira para apreciá-los à distância. Chamou Laura para que também opinasse. Não pretendia ser infalível. O que sabia de antemão é que não poderia aprová-los cem por cento, senão da próxima vez o *layout-man* mataria o trabalho.

— Acha que está bom, dona Laura?

— Está... — concordou ela, torcendo um pouco o nariz. — Mas aquela moça me parece um tanto... provocante. Poderá escandalizar as famílias.

Jair concordou imediatamente:

— Já tinha notado. O senhor exagerou um pouco, convenhamos. Não é preciso mostrar tanto as pernas da moça. E bula também no rosto. Dê-lhe um ar mais ingênuo.

O profissional não apreciou os reparos.

— Eu me baseei no desenho duma revista francesa.

— Errou — disse Jair, convicto. — A época da França já passou, meu amigo. Guie-se mais pelos americanos. São mais sensatos. Mas o trabalho está bom, não quero negar. Faça as modificações que sugeri e aprovo os dois desenhos.

Jair, com bastante elã, aproveitou a oportunidade para dissertar sobre propaganda. Era o seu tema favorito. A secretária ouvia-o atenta, com ar de quem quer aprender. O argentino mantinha um sorriso irônico e não dizia nada.

Quando se viu só, Jair voltou a pensar em Norma. Logo mais, à tarde, iria à casa dela. Examinou-se, atento, no espelho. Aparência de homem respeitável.

Almoçou na cidade mesmo. Tinha uma longa conversa com o contador da firma. Jair era extremamente vigilante no que respeitava aos interesses dos patrões. Mas, quando o contador lhe mostrou os livros, sentiu que não estava disposto a atracar-se com números. Não tinha cabeça para isso. Desistiu do trabalho, logo no princípio.

Lá pelas cinco, apanhou o seu Stud, que mandara lavar, e seguiu para a casa de Norma, com os nervos tensos. Quase atropelou, pelo caminho, um negrinho que seguia à sua frente numa bicicleta. Ao chegar, seu gordo indicador vacilou ao apertar o botão da campainha daquela casa modesta. Ela merecia um palácio e morava lá! Afinal, apertou-o, resoluto.

Uma bonita menina, de longas tranças, abriu a porta.

– Como vai, belezinha?

A menina sorriu:

– Quem é o senhor?

– Primeiro quero saber o seu nome – disse, curvando-se sobre ela.

– Wandinha.

– Wandinha, eu vim visitar sua irmã que está doentinha. Vá dizer que um amigo está aqui.

Wandinha correu para o interior da casa, com seus passos ruidosos. Um momento depois, voltava, em companhia de uma senhora de meia--idade, bastante gasta:

– O senhor quer falar com Norma?

– Vim visitá-la. Sou o gerente da loja onde ela trabalha.

Dona Júlia ergueu os olhos e viu o lindo carro parado na porta. O gerente da loja vinha ver sua filha! Imediatamente, com algum embaraço, fez com que ele entrasse numa pequena sala, pedindo-lhe desculpas pelo desmazelo da casa. Não tinha tempo para nada, dizia, com um mundo de roupas para lavar e passar, além do serviço da cozinha.

– Não se preocupe, minha senhora. Não sou de cerimônias. Mas, como vai a menina?

– Está bem melhor.

– O médico acertou, então?

– Ele foi muito bondoso. Gostamos dele.

– Eu recomendei-lhe bastante. Norma é a nossa melhor balconista.

Dona Júlia, pedindo licença, foi chamar a filha. A espera não foi muito curta. Norma estava se arrumando, surpresa com a inesperada visita, que causava um alvoroço na casa.

Wandinha reapareceu:

— Minha irmã já vem.
— Não tem pressa, Wandinha. E você, não apanhou a gripe?

Jair, evidentemente, sabia tratar com crianças. A menina dava contínuas provas de que simpatizara com ele. Gostava de ser alvo de atenção e que a chamassem pelo nome.

Afinal, Norma apareceu:
— Boa tarde, seu Jair.

Usava saia e blusa caseiras. Via-se que se arrumara às pressas. Pintara-se um pouco, mas sem conseguir esconder a palidez do rosto. Estava realmente abatida, a pobrezinha.

Jair levantou-se e apertou-lhe a mão:
— Como vai passando? Melhorou?
— Estou sentindo uma tonteira... Tive febre muito alta.
— Sente-se, sente-se, é melhor.

A mãe de Norma apareceu e mantiveram os três uma conversa formal e vazia. Jair, comumente muito versátil, encontrava dificuldade em escolher assuntos. Falava da onda de gripe, do aumento geral dos preços e do trabalho na loja. A certa altura, dona Júlia ausentou-se para fazer um cafezinho. Wandinha foi atrás. Aí Jair sentiu-se bem. Confessou:
— Estava preocupado com você.
— Foi uma gripe sem importância.
— Eu não a via desde quinta, um tempo enorme!

Norma sorriu, tímida:
— Já estou com saudades da loja.
— E eu com saudades de você.
— Saudades de mim?

Wandinha entrou na sala, interrompendo o comprometedor diálogo.
— É muito bonita sua irmãzinha — disse o gerente.
— É a única pessoa bonita aqui em casa.
— Não concordo.

Dona Júlia veio em seguida, anunciando que fizera um café novo. Procurou servir Jair da maneira mais delicada possível. O gerente tomou o café aos goles curtos, elogiando-o. Fazia tempo, garantiu, que não tomava café tão benfeito. Imaginava que ela devia também ser mestra na cozinha.
— Só sei fazer comida italiana — disse.
— Adoro macarrão! — exclamou Jair, querendo conquistá-la a todo custo. — Para mim, a italiana é a melhor cozinha do mundo.
— Então, um dia destes convidaremos o senhor para almoçar com a gente, caso aceite.
— Claro que aceito. Vamos esperar que Norma melhore.

Norma não renovou o convite feito pela mãe. Conversava pouco, aos monossílabos. Porém, a visita a honrava, mesmo calculando que houvesse atrás dela alguma intenção disfarçada.

Meia hora depois, Jair saía. À porta, beijou a mão de dona Júlia, brincou com as tranças de Wandinha e despediu-se de Norma com um afeto contido. Em tudo, um cavalheiro. Ao pisar a calçada, sentiu que fora impecável até o fim. Entrou no carro, observado da janela por dona Júlia e Wandinha. Partiu, cheio de esperanças.

Aquela noite, dona Enide quis ir ao teatro. Maria Helena ficaria em casa com os irmãos menores, o que lhe era um suplício. O casal foi assistir a uma exibição de amadores do Teatro Brasileiro de Comédia, que dia a dia ganhava fama na cidade. Apesar da boa qualidade do espetáculo, Jair não prestou atenção. Relembrava todos os momentos de sua visita à casa de Norma. Era evidente que dona Júlia e a caçulinha haviam gostado muito dele; Norma, no entanto, mostrara-se reservada o tempo todo. Quando havia ficado a sós, a timidez a dominara. Decerto, nunca imaginara que um homem de sua posição pudesse interessar-se por ela. Daí a inibição. Com o tempo, depois de novos encontros, ela passaria a se sentir mais à vontade diante dele. Ficariam amigos. E então lhe falaria às claras.

– Como trabalha bem aquela moça! Como se chama? Cacilda, o quê?

Jair respondia laconicamente às cabulosas perguntas da esposa, preocupada em estar bem informada a respeito de teatro para se impor diante das irmãs, menos afortunadas no casamento.

Depois do teatro, foram cear num restaurante. Fosse semanas atrás, aquele programa – teatro e ceia – constituiria para ele um grande prazer. Era quando se sentia um profissional vitorioso. Aquela noite, porém, pareceu-lhe cacetíssimo. Gostava muito de Enide, respeitava-a, mas não havia dúvida de que era uma chata.

No fim de semana a família não foi para Santos. O Jairzinho que tomasse sol no quintal. O gerente precisava trabalhar na campanha de verão. O movimento de vendas na loja, aquele ano, precisava ser enorme, pois tudo indicava que suas despesas particulares iam crescer: Inácio servia de espelho. "Seja a mais elegante deste verão." O slogan lhe forneceria o dinheiro. Sentou-se à escrivaninha, em pijamas, e pôs uma folha de papel no rolo da Royal. Atirou-se à elaboração de mais um texto como se fosse escrever um grande poema. Mas era homem sensato: o texto que manipulou era rigorosamente de venda.

10

Na semana seguinte, Norma voltou ao trabalho. Mal foi para trás do balcão, Jair mandou chamá-la. Recebeu-a afetuosamente, elogiando seu aspecto saudável. O restabelecimento era, como se via, completo. A moça manteve as reservas de sempre, com pressa de voltar ao seu posto. O gerente, temendo perder a oportunidade da ausência da secretária, decidiu ser mais ousado:

— Gostaria de levá-la para casa hoje — disse.

— Seu amigo continua doente?

— Não, é que eu queria bater um papo com você. Posso?

Norma voltou para o trabalho sem dizer sim nem não. Embora reconhecesse em Jair um homem educado, simpático, não queria dar-lhe demasiada confiança. Era casado. Que diriam as pessoas que os vissem juntos? Precisava acautelar-se.

"Se eu lhe disser não, bruscamente, ele ficará furioso e perderei o emprego", considerou Norma. "Não devo ser rude. Ele tem que desistir por si mesmo." Se Magda estivesse a seu lado, ela lhe ensinaria como agir naquela situação. Que falta Magda lhe fazia! Mas, na certa, ela já esquecera a amiga. Abandonara a loja havia quase dois meses e ainda não reaparecera para dar seu endereço. Devia estar muito feliz na companhia de Hermann.

No fim da tarde, Norma desvestiu o uniforme e retirou-se da loja. Antes de chegar à esquina, viu Jair, que a esperava. Ele aproximou-se, nervoso. Qualquer pessoa notaria que não tinha longo traquejo de conquistas.

— Já que você ganha tempo em ir de automóvel, o que me diz de tomarmos um drinque?

Norma não soube dizer não. Foram ao bar do Terminus. Jair desejava que Inácio estivesse lá para exibi-la. Infelizmente o amigo não tinha ido.

— Que me diz do seu trabalho? — perguntou, à procura de assunto.

— Adoro lidar com o público.

— Você sabe vender, é uma revelação.

A conversa decorria formal. Norma não fazia questão de parecer interessante. Jair lutava para romper sua frieza. Para isso, teria que descobrir seus gostos e caprichos. O que entregava era o rótulo de "gerente".

— Tome mais um Cointreau. Delicioso, não acha?

Norma aceitou mais uma dose. Gostava de beber. A bebida desinibia-a.

— É o mais gostoso que já tomei.

A vitrola tocava uma música popular, chamando a atenção de Norma.

— Conhece esse bolero? — perguntou o gerente.

— "Ay de mí"? Conheço, sim.

— Tem o disco? — ele voltou a perguntar, sabendo, de antemão, qual seria a resposta.

— Não tenho vitrola — ela respondeu, desolada.

— Que pena! — lamentou ele. — Uma vitrola faz falta, ainda mais para você, que gosta tanto de música. Por que não compra uma a prestações? Já pensou nisso?

— Com o ordenado que tenho?

Jair arriscou, ousadamente:

— Eu poderia lhe dar uma.

— O senhor está brincando — disse Norma, um tanto ofendida. Com que cara ia aceitar um presente tão caro? Aquele homem avançava o sinal. Lembrou-se de Magda outra vez.

— Não estou brincando, Norminha.

— Muito obrigada, não posso aceitar.

Jair, acertadamente, deu à proposta um aspecto menos comprometedor. Precisava ser hábil. Nem tanto ao mar nem tanto à terra.

— Tenho um amigo que é dono de uma loja de rádios e vitrolas. Se quer, arranjo uma pelo preço de custo. Poderá pagá-la em prestações módicas, um dinheirinho por mês.

— Mesmo assim, seria um compromisso. Não posso.

— Espere, vamos dar um jeito. Eu compro a vitrola e você me dá quanto pode por mês, certo? Ficará devendo para mim, e não para a casa. E se um mês ou outro não puder pagar, paciência.

— Mas nunca poderei dar mais do que duzentos e cinquenta. — quase sussurrou Norma, já seduzida pela atraente proposta. Há anos sonhava com uma vitrola.

— Ótimo, duzentos e cinquenta. Compro?

Norma sorriu, exultante. Apenas uma de suas conhecidas do bairro tinha vitrola. Era uma vitória. E Wandinha também ficaria feliz. Afinal, por que pensar tanto se Jair apresentava as coisas tão fáceis?

— Pode comprar — disse ela, sentindo a força que tinha um desejo seu.

No dia seguinte, logo pela manhã, Jair dirigiu-se à loja de rádios, vitrolas e aparelhos elétricos de um amigo. Comprou uma vitrola pequena, mas de boa marca e bom som. Pediu que, no mesmo dia, fosse remetida a Norma Simone, no Carrão. Com o auxílio de uma balconista, selecionou também uma razoável quantidade de discos. Tudo o que encontrou de Gregorio Barrios, Albuerne e Dick Farney. Cerca de trinta discos. A surpresa de Norma seria imensa e, quem sabe, esse presente lhe facilitaria tudo?

Jair não se aproximou de Norma no dia da compra. Queria que ela tivesse a impressão de que tudo não passara de uma comediazinha. O gerente de uma grande loja interessar-se por uma caixeirinha? Não. Depois, a excessiva insistência poderia assustar a moça. "Calma, Jair", aconselhava-se. Quanto ao dinheiro gasto, não o lamentou.

Somente dois dias depois, senhor dos seus nervos, Jair aproximou-se do pequeno balcão da seção de perfumaria.

Norma não continha sua alegria:

– Recebi a vitrola e os discos! Não sei como lhe agradecer!

– Que tal o som da vitrola?

– Ótimo, tudo nela é bom.

Mais confiante, Jair propôs:

– Você me contará tudo na saída. Vou levá-la para casa.

Depois do encontro, na saída da loja, voltaram ao bar. O gerente, andando ao lado dela, na rua, misturado com o povo ruidoso de São Paulo, sentia que vencera a parada. Em breve, Norma seria sua amante, e outro homem nasceria dele. No entanto, já no bar, instalados, a caixeirinha não se mostrava mais a Gata Borralheira que ganhara um presente de seu príncipe. Falava de outros assuntos, da vitrola não. Era como se tratasse de uma história do passado. Apenas uma vez se referiu ao fato, quando perguntou:

– Posso pagar a mensalidade ao receber a quinzena?

– Claro que pode.

Mas não falou mais na vitrola. Poderia parecer ingratidão, mas Norma estava convicta de que agia bem. Se exagerasse o valor do presente, Jair tornar-se-ia mais ousado.

Quando a levava para casa, Jair considerou que chegava o momento de dar mais um passo. Propôs:

– Que tal se numa dessas noites saíssemos juntos? Jean Sablon está fazendo uma temporada no Lord.

Norma foi tentada a dizer uma mentira.

– Lord? Que é isso?

– Uma boate. Nunca foi numa?

– Nunca – afirmou, solenemente. A mentira a divertira bastante. Lembrou-se de Magda, que costumava mentir com muita graça, sempre tirando bom partido das mentiras. Nisso também devia imitá-la, não havia mal algum.

– Gostaria de ir numa?

– Não posso chegar em casa tarde. Só se voltássemos às onze.

– Ora, o show começa à uma da madrugada!

Norma não quis fazer promessa. Era impossível chegar tarde, afirmava, mas aquela não era a última palavra. Ia fazer uma sondagem em casa. Ele que tivesse um pouco de paciência.

O gerente resignou-se. Perdia uma oportunidade, pois, numa boate, rodeada pelo luxo e pelo encanto do ambiente, Norma entregaria os pontos. A música e a bebida ajudariam muito. Quando se despediram, Jair segurou-lhe a mão, longamente, deixando ainda mais patentes suas intenções.

Aquela semana, Jair voltou a propor a Norma acompanhá-la até sua casa. Ela respondeu com uma desculpa: tinha de se encontrar com seu irmão. Da segunda vez, respondeu que uma amiga a esperaria nas imediações da loja. O gerente esfriou. "Agora não terei coragem para outros convites", pensou. "Ela não quer nada. Preciso evitá-la."

No entanto, dias depois teve uma ótima surpresa.

– Boa tarde, seu Jair. Como tem passado?

O gerente, que passava pelo balcão, parou.

– E você, como está?

Norma, fingindo que dava ordem nos vidros de perfume, disse-lhe em tom baixo:

– Hoje não tenho compromisso. Se quer me levar para casa, pode.

O gerente sorriu. Era um erro de tática demonstrar exatamente o que sentia, mas sua experiência nesse terreno não somava muito. À saída, ele a esperou impaciente:

– Vamos beber algo – disse, assim que a viu.

– Sinto muito, não posso. Leve-me para casa. Tenho um pedido a fazer.

Dirigiram-se ao carro, Jair curioso. Qual seria o pedido? Alguma coisa relativa ao pagamento da vitrola?

– Você disse que tinha um pedido.

– Lembra-se do convite que o senhor me fez? Consegui convencer minha mãe de que preciso ir a uma festinha e que só voltarei tarde. Posso ir no sábado.

A vitória vinha-lhe de bandeja: Jair estremeceu. Teve vontade de dar um grito de satisfação! Que alegria juvenil o dominava! Olhou para a moça, agradecido:

– Sim, iremos sábado.

– A temporada de Jean Sablon está no fim... Você vai gostar muito.

No calendário de suas grandes festas, Jair jamais haveria de esquecer-se daquela noite. Vestiu seu melhor terno, de tropical inglês brilhante, usou uma das suas camisas sob medida, caprichou no laço da gravata, repetindo-o várias vezes até acertar, e mirou-se no espelho. Sabia vestir-se. Era mesmo um perfeito cavalheiro. Nem que vivesse mil anos, Norma não encontraria ninguém melhor do que ele – ela, que fora feita para casar-se com um mecânico ou um escriturário.

– Aonde você vai? – quis saber Enide.

– O pessoal de uma agência de publicidade me convidou para uma reunião. Não posso faltar, os donos da loja estarão presentes.

– Volta tarde?

– Você bem sabe como são os publicitários. Falam mais do que qualquer mulher.

Jair jantou moderadamente. Sua alegria tirava-lhe a fome. Como era cedo ainda, não foi logo para a casa de Norma. Passou no Barba Azul. Todos os homens, sentados ao seu lado, ou aqueles que passavam diante dele lhe pareciam terrivelmente infelizes.

Nenhum teria, por certo, encontro marcado com uma moça da raça de Norma. Sim, da raça. Norma tinha muito de animal, de égua de corrida, de cadela de pedigree, de boa vaca leiteira. Era forte, bem-nutrida, saudável. Havia força e espontaneidade nos seus menores gestos. A mão que oferecia para o aperto era quente e macia. Seus passos, firmes e elegantes. Toda ela era um poema de carne e sensualidade.

Meia hora depois, tendo já tomado dois aperitivos, Jair entrou no carro e rumou para o bairro onde morava Norma. Marcara o encontro na esquina, longe dos olhos da família. Chegou na hora exata, mas teve de esperar um bom quarto de hora.

Afinal, ela apareceu. Vinha vestida de branco e usava sapatos de salto bastante alto, que lhe realçavam o porte e o andar. Nunca Jair a vira tão fascinante. Seu maduro coração disparou. Temeu que o nervosismo lhe desafinasse a voz, quando disse:

– Você parece uma miss!

Norma entrou no carro e apertou-lhe a mão, cordialmente. Ela também estava alegre, não tanto pela companhia, quanto pelo prazer de ir a uma luxuosa boate onde assistiria, pela primeira vez, à exibição de um cartaz da música internacional. Desatando a língua, contou a dificuldade que tivera para sair de casa, pois chegara, à última hora, uma cabulosa visita.

– É uma mulher que quando fala não para nunca. Num momento em que ela espirrou, aproveitei e saí correndo – disse Norma, a rir.

O caso, tão simples, pareceu extremamente engraçado a Jair. Na verdade, Norma tinha muita graça nas coisas que contava. Ponderou: não devia ver nela só físico, havia espírito também.

– Eu também tive que fazer minhas manobras – confessou o gerente.
– Que disse à sua esposa?
– Que ia a uma reunião de publicitários.
– Ela foi na onda?
– E por que não? Eu vou mesmo à reunião, mas amanhã.

Os dois se riram, tocando-se. Tudo era digno de riso para Jair. Nem quando rapazinho ele tivera uma noite tão próxima da felicidade completa. Uma nova vida talvez começasse para ele, daria um adeus à enjoada rotina de todos os dias.

Chegaram à boate, ainda cedo, e foram sentar-se a uma pequena mesa no fundo. Foi Norma quem escolheu o lugar, que era o predileto de Magda e Hermann.

— Daqui se pode ver bem o show, e o ruído da orquestra não atrapalha a conversa.

Disse isso, lançando olhares ansiosos para todos os lados, a examinar, com curiosidade, os frequentadores da boate. Como era bom voltar a sair à noite!

— O que você vai beber?

— Não sei.

— Experimente um uísque — aconselhou ele, com intenções definidas. — Você ainda não bebeu, não é verdade?

— Não — respondeu ela, com prazer na mentira.

Mal sabia Jair que a moça poderia aguentar o álcool melhor do que ele. A bebida veio, e, logo após os primeiros goles, o gerente sentiu-se mais à vontade. Pensava numa forma correta de conquistá-la. O elogio pareceu-lhe o melhor caminho:

— Como você fica bem de branco! Vejo que tem gosto para se vestir.

— É o único vestido bom que tenho. Serve, não?

— Não há outra moça aqui mais elegante que você.

— O senhor é muito bondoso.

Jair continuou em seu processo de aproximação.

— Quando me chama de senhor me sinto um velho.

— Como devo chamá-lo?

— Chame-me de você. É mais simples.

Norma resistiu. Não, não chamaria de você. Não achava jeito. Quem sabe, mais tarde. Por enquanto, não.

Pouco depois, dançaram. Mas não dançaram muito, porque Jair, péssimo bailarino, preferia ficar sentado. O fato de prestar atenção aos passos impedia-o de falar. E ele precisava falar, falar até convencê-la.

— Norma... — começou a dizer. — Norma, eu... — Era o início de uma declaração de amor trêmula e insegura.

Norma, hábil, soube fugir do assunto:

— Quando Jean Salblon canta?

— Daqui a alguns minutos.

Jair ousou um pouco mais e segurou-lhe a mão. A moça permitiu, por alguns minutos apenas, e depois retirou a sua, para ajeitar os cabelos. O gerente tentou de novo. Reteve-lhe a mão com força.

Não vá se machucar com meu anel — disse ela.

Jair ergueu-lhe a mão para examinar o anel:

— Gostaria de ter um de ouro verdadeiro?

— Quem não gostaria? — comentou, alheia, como Magda costumava fazer, quando pretendia ignorar uma pergunta.

— Eu lhe dou um.

— Bobagem! Todos acreditam que este é de ouro mesmo.

— Você transforma tudo em ouro — murmurou o gerente, forçando a nota poética da frase. Não estava longe de fazer sonetos.

Norma sorriu, achando uma graça sincera.

— O senhor é engraçado!

— E você é linda!

— Agora vai começar o show — avisou Norma, libertando a mão.

Jean Sablon já não era o cartaz que fora há alguns anos atrás, mas ainda agradava a boa parte do público. Começou o show com o velho "Le fiacre", seguido de números menos conhecidos. Cantou, também, um samba brasileiro que quase fez Norma morrer de rir. O público aplaudiu e ele repetiu o número, bem-humorado:

"... quero rever minha Copacabana porque a saudade no meu *corração* é mato..."

— Como é simpático! — comentou Norma, delirante, batendo palmas.

Jair apreciou o cantor, mas não via a hora em que o show terminasse, para novo ataque. Estava feliz, porém inquieto: não conseguira ainda fazer progressos. Delicadamente, ela resistia a todas as suas investidas.

— Gostou? — indagou quando o cantor se despediu.

— Muito! Sempre quis ver pessoalmente um cartaz de verdade.

— Você verá todos que vierem a São Paulo.

— Já disse, o senhor é muito bondoso!

— Não sou bom para toda a gente.

— Mentira. O senhor deve ser bom com todos.

— Acha?

— Aposto que sua filha deve adorá-lo.

A lembrança de Maria Helena, àquela hora, foi água na fervura. Jair perdeu o ímpeto. Para que o clima romântico voltasse, bebeu às pressas mais uma dose de uísque. Norma quis dançar. Dançaram bem juntinhos, Jair mais desembaraçado. Atreveu-se a dizer, no ouvido, algumas frases feitas sobre sua beleza e atração. Quando voltaram a se sentar, ele falou com mais franqueza, forçando a que ela o levasse a sério:

— Norma, gosto de você. Quero que saiba disso. Estou disposto a fazer tudo para ajudá-la.

— Eu também o admiro muito.

— O que eu sinto por você não é admiração, é amor mesmo. — Fez uma pausa, dramática. — Lamento que você apenas me admire. — Vivia momentos decisivos de sua vida afetiva. O outono vinha aí e, subitamente, sentiu medo, quase pavor, de envelhecer sem gozar uma última aventura.

— Mas eu conheço o senhor há tão pouco tempo!

O tempo! Norma, jovem, tinha outra noção do tempo. Mais alguns anos, ele chegaria aos cinquenta e, com ameaça crescente da calva e da barriga, nenhuma ilusão poderia alimentar mais.

– Eu também conheço você de ontem, mas a amo.
– O senhor esquece que é casado?
– O que uma coisa tem a ver com outra? – argumentou o gerente, inflamado. Lembrou-se de uma música que Maria Helena não se cansava de pôr na vitrola; *Tonight or never*, era o refrão.
– Sou solteira – disse ela, como se isso fosse um defeito.

O resto da noite pertenceu a um jogo de palavras, no qual Norma não disse sim nem não. Não queria ter amantes. Queria, isto sim, casar-se como a maioria das mulheres. Por outro lado, temia perder o protetor que a mantinha na melhor seção da loja, facilitara-lhe a compra de uma vitrola e a levava a ouvir Jean Sablon. Saíram da boate sem estar presos a nenhum compromisso.

11

Aquela semana, Norma ganhou do patrão um belíssimo anel de ouro com uma pedra preciosa incrustada. Foi com mágoa que o aceitou, ciente de que se tratava de um presente de muito valor. E quem era ela para usar joias? Dias depois, Jair tornou a convidá-la para irem a uma boate. Ela recusou: estava sem roupa.

– Isso é o de menos – disse ele. – Lhe dou um vestido novo.
– Não, não quero.
– Aceite, por favor – ele murmurou, quase suplicante.

A insistência foi muita, Norma aceitou o vestido. Em paga, teve de ir com ele ao Oásis, onde Jair repetiu-lhe a declaração de amor com mais álcool e mais impetuosidade. Tinha de conquistá-la. A reação da moça foi negativa. A expansividade do gerente assustava-a. Aquelas relações poderiam tornar-se perigosas. Daquele momento em diante, com o coração frio, lúcida, decidiu evitá-lo. Não fazia mal que perdesse o protetor e o emprego. Outras casas iguais estariam precisando de balconistas. O mal seria cortado pela raiz.

O gerente não tardou a sentir a nova atitude de Norma. Sempre que lhe oferecia condução, ela vinha com uma desculpa. Ficou quinze dias sem ter oportunidade de acompanhá-la. Sim, estava claro, ela não queria saber mais dele, a não ser que inventasse outra forma de aproximação, mais inteligente.

Descobriu a forma, algum tempo depois, justamente quando ultimava a campanha de verão. A Loja das Américas fizera um acordo com uma importante fábrica de tecidos, que estava disposta a dominar toda a concorrência naquele verão. Foi então que Jair teve uma ideia à qual rotulou, sem nenhuma modéstia, de genial. A melhor que já tivera para consagrar-se como um grande promotor de vendas e também para conquistar Norma. A história dos "dois coelhos com uma só cajadada". Com a ideia ainda em embrião, promoveu uma reunião entre os proprietários da loja e da tal fábrica de tecidos.

Cada um dos membros da pequena convenção falou por sua vez, encarecendo a necessidade do êxito da campanha. Havia milhares e milhares de metros de tecido encalhados em estoque. Se não o vendessem, o prejuízo seria enorme. Jair aguardou sua vez de falar, com uma calma aparente. Quando lhe deram a palavra, levantou-se, ao contrário dos outros que haviam falado sentados.

– Creio que tenho algo de novo – começou.

Um dos donos da loja, Mr. Harry, sorriu, com ironia. Conhecia bem Jair. Sabia que, como quase todo publicitário, ele era superficial e vaidoso como uma bailarina.

Jair percebeu o sorriso, mas fingiu não notá-lo. Prosseguiu:

– Suponho que se trata de uma ideia que jamais tenha sido posta em prática. Quero ser sucinto. Sempre ouvimos falar em desfiles de moda. Ninguém ignora que se trata de exibição para grã-finos. Só interessa à madame fulano, madame sicrano. Pois bem, senhores: proponho que se faça um desfile para as classes B e C, para as comerciárias, funcionárias públicas, donas de casa e mesmo para operariazinhas. Será o Primeiro Desfile da Moda Popular, sob o patrocínio da Loja das Américas e dos Tecidos Marajó! Tecido barato para a mulher do povo, entenderam? Qualquer coitadinha terá o direito de fazer boa figura.

– É uma ideia! – louvou um dos proprietários dos Tecidos Marajó.

– Uma ideia, uma grande ideia! – entusiasmou-se outro.

Mr. Harry, ainda sorrindo, meneou a cabeça, dando a entender que a aprovava.

Sentindo o clima favorável, Jair prosseguiu, senhor da situação:

– Mas não é só isso, ouçam o resto. O desfile não será realizado em nenhum salão chique. Nada disso. Vamos fazê-lo num dos grandes cinemas de bairro, aonde o povo está acostumado a ir. Para maior atração, será ele antecedido de um show, um formidável show. Vamos contratar os maiores cartazes do rádio no momento: Isaurinha Garcia, João Dias, Solon Sales e, quem sabe, alguns cantores do Rio. Que me dizem disso?

Novas aprovações. Jair mostrava que sabia estruturar uma campanha promocional. A Loja das Américas contava com um homem verdadeiramente excepcional, capaz de empolgar o público.

— Agora, prestem atenção nos detalhes — pediu ele, quase apoplético. — Vejam só que grande "bola"! Os manequins não serão profissionais. Não. Serão escolhidos entre as mocinhas das lojas, das repartições e das fábricas. Quem melhor do que elas para fazer propaganda do produto? Quem?

Mr. Harry foi o primeiro a levantar-se para apertar a mão de Jair. Gostara da exposição. O entusiasmo de Jair fadava-a ao sucesso.

— Parabéns, Jair. Ótimo.

Os donos da fábrica de tecidos até bateram palmas.

— Organize tudo, seu Jair. Não poupe esforços nem gastos.

Apertaram-lhe a mão, efusivamente, e foram diretamente ao Terminus molhar a ideia.

— Tecido molhado não encolhe depois — gracejou Jair, vivendo um grande momento.

Aqueles dias foram trabalhosos para Jair. Teve que entender-se com diretores de várias emissoras de rádio e proprietários de redes cinematográficas. A todos precisou expor os planos da campanha. Depois, sempre numa correria de suar a camisa, como convinha a uma campanha de verão, teve várias reuniões com figurinistas.

— Entendam que se trata de moda popular — rogava-lhes, com insistência. — Nada de sofisticação nas linhas dos modelos. Coisa simples, vistosa e bonita. Os grã-finos não estarão presentes no desfile. É coisa para o povo, para a mulher que trabalha no escritório, na fábrica ou em casa.

Os figurinistas entregavam-lhe esboços. Alguns, Jair vetava, logo à primeira vista:

— Este não serve. Não é dona Marjorie quem vai vesti-lo.

Quando aprovava um, fazia-o com entusiasmo:

— É isso, isso mesmo. Você acertou! Parabéns! Não saia dessa linha, e toque o bonde!

Em seguida, com o mesmo dinamismo, passou à organização do desfile propriamente dito, começando por escolher os manequins. Mandou chamar Norma ao seu escritório.

— Já pensou em ser modelo?

— Eu, modelo?

— Escute, estou organizando um desfile de modas. Você será o principal manequim do desfile. Isso talvez represente para você o início de uma nova carreira.

— Mas eu sou tão envergonhada!

— Bobagem! Você tem tudo para ser um ótimo manequim. Alta, bem-proporcionada, elegante. Nasceu manequim. Volte para sua seção e aguarde minhas ordens. Dentro de alguns dias, começaremos os ensaios. É quase como trabalhar no teatro.

Norma voltou para o balcão, exultante. Não era cega: sabia que aquela poderia representar uma grande oportunidade. Jair acertara ao dizer que talvez se tratasse do início de uma nova carreira para ela. Deus do céu, ia desfilar, com um mundo de gente a apreciá-la!

Quanto a Jair, vivia dias de grande arrebatamento. Profissionalmente, conseguira impressionar bem os donos da loja e da fábrica de tecidos. Logo seu nome apareceria nas revistas especializadas de propaganda. Agora todos iam ver como valia a pena ter feito um curso de propaganda, segundo os bons métodos norte-americanos. Com o tempo, se Deus ajudasse, criaria agência própria e mandaria a loja às favas. Sua carreira não estacionara, ainda tinha muito para subir. Sentimentalmente, Jair também andava eufórico. Sabia que a proposta feita a Norma lhe era mais cara do que qualquer presente. Atingira diretamente sua vaidade de mulher. Começava a entender Norma melhor. Não era moça que se dobrasse com miçangas. Ela também queria prosperar, ir para a frente, ser alguém. Saberia explorar essa vaidade da melhor maneira possível. Sem ele, ela seria sempre uma caixeirinha. Com sua ajuda, um manequim famoso. Que escolhesse.

Os ensaios do desfile foram repetidos durante toda uma semana, no período da noite. Jair esteve presente a todos eles, não como mero espectador, mas como verdadeiro mestre do ofício. Embora houvesse um diretor de desfile, era ele quem dava os melhores palpites e quem mais influía no trabalho das moças.

— Nada de formalismo! — clamava, em mangas de camisa, dando a impressão de que era enorme, apesar de sua baixa estatura. — Desfilem com naturalidade, sem fazer pose. A senhorita aí, pra que esses trejeitos? Seja simples, espontânea. Este é um desfile popular, é preciso que o povo simpatize com os modelos.

Doze manequins, e dentre essa dúzia de moças, a que mais se distinguia era Norma. Jair não precisava dar-se ao trabalho de protegê-la. A caixeirinha tinha uma graça natural que a todos embasbacava. Somente no primeiro dia descontrolou-se um pouco. Depois absorveu os ensinamentos do diretor e de Jair, passando a portar-se como uma modelo profissional.

Um dos donos da loja perguntou:

— Como se chama aquela que vai na frente?

— Norma Simone.

— Que apito ela toca? — indagou, maliciosamente.

Jair sorriu, desejoso de fazer mistério:

— É segredo profissional.

Já que ela não era sua amante, ao menos que os outros pensassem que fosse. Era um consolo.

— Você tem sorte.

– Mereço, não acha?

Depois dos ensaios, Jair levava Norma para casa. Uma vez sugeriu:

– Que tal se, ao invés de levá-la pra casa, fôssemos ao Refúgio?

– Não, estou muito cansada – desculpava-se Norma. – Não estou acostumada a desfilar. Tenho as pernas bambas.

Na noite anterior ao desfile, ela concordou. Foram ao Refúgio para que Jair lhe desse os últimos conselhos.

– Você vai indo muito bem. Até o dono da loja comentou.

– Não diga!

– Farei de você um modelo de verdade.

Dançaram algumas vezes e abusaram um pouco da bebida. A certa altura, Norma lembrou:

– Tenho de ir correndo para casa, senão, como faço para levantar amanhã?

– Não é preciso.

– Por quê?

– Amanhã você não trabalhará na loja. Precisa descansar a tarde toda. Porei outra em seu lugar.

– Mas não me descontarão do ordenado?

– Que ideia! Até pelo contrário, você vai ganhar pelo desfile. Dois mil cruzeiros, o que me diz?

– Dois mil cruzeiros? Todas receberão isso?

– As outras receberão só mil, mas você é a estrela.

Norma não se continha de satisfação. Ia desfilar, podia faltar na loja e ainda ganharia dois mil cruzeiros! Agora, Jair falava que também ganharia alguns cortes de fazenda. Como estava com sorte! Teve vontade de beijar o gerente. Mas controlou-se.

– Morro de alegria.

– Não morra, não. Quero você vivinha ao meu lado.

Dizendo isso, Jair abraçou-a e deu-lhe um beijo sensual no rosto. Estava a caminho dos seus lábios, quando ela viu um par dançando. Surpresa, atirou-se para trás. Incrível!

– Que foi?

– Conheço aquele homem que está dançando lá! O alemão! É Hermann, o amiguinho de Magda! Mas está com outra, e tão apaixonado!

Jair não compreendeu o espanto de Norma.

– Que tem isso?

– Hermann era apaixonado por Magda. Custou um tempão para conquistá-la. Nunca vi homem mais ciumento! E agora está com outra... Gostaria de saber o que houve entre os dois.

Jair quis fazer romance, mas Norma estava demasiadamente preocupada com Magda e Hermann. Por que não estavam juntos? O que estaria ele dizendo, tão ardentemente, ao ouvido da moça com quem dançava?

Às duas da madrugada, Jair levou Norma para casa, certo de que a conquista estava próxima. Mais alguns dias e ela não resistiria à ofensiva.

12

No dia do desfile Norma amanheceu nervosa. Foi preciso dona Júlia correr à farmácia para comprar-lhe um calmante. Logo à primeira dose seu ânimo serenou. Se ela não se saísse bem, as outras afundariam o espetáculo. Passou a tarde descansando e lendo revistas, como se aquele fosse um dia comum.

Jair, ao contrário, não pôde dominar os nervos. Muita coisa estava em jogo. Mal acabou de acomodar a esposa e Maria Helena numa frisa, correu aos bastidores. Agia e falava como um autêntico diretor teatral. Sabia que o êxito da noite dependia dele. Sem a sua orientação, ninguém lá saberia o que fazer. Eram todos uns ineptos.

Às oito em ponto teve início a parte artística do espetáculo. Um punhado de cantores populares se exibia, e os seus números eram anunciados por um entusiástico animador do cast de uma emissora paulista.

Jair mostrava-se satisfeito. Nenhuma poltrona vaga. Sua propaganda funcionara perfeitamente.

– Se o desfile for tão bem como vai indo o show... – comentou.

Norma procurou-o nos bastidores, aflita:

– Estou bem assim? É o primeiro modelo.

– Está maravilhosa! – exclamou o gerente.

– O vestido não está apertado?

– Não está. Deve ser assim mesmo.

– Acha que me sairei bem? – indagou ela, ansiosa, tocando-lhe nos braços.

Jair apertou-a, retendo-a junto de seu corpo. Olharam-se nos olhos, sorrindo. Há séculos que o gerente não vivia momentos de tão explosiva alegria. Não se contentou em abraçá-la; beijou-a no rosto, sem se importar com as outras pessoas. Que vissem, ora essa!

– Faça bonito! – disse-lhe, dando-lhe um tapinha no rosto.

O desfile ia ter início e Jair correu para a frisa, após as últimas advertências aos participantes. Oh, tudo ia muito bem! Não podia queixar-se. Norma estava mais afável do que nunca. Os patrões, satisfeitos. A plateia, lotadíssima. E a própria Enide, vestida como uma lady, orgulhosa do marido, irradiava simpatia.

Norma abriu o desfile. Seu traje, de linhas singelas, chamava-se "Passeio no Jardim". O gerente via-a deslizar sobre a passarela com uma graça contagiante e altiva. Trocava os passos sem pressa, com firmeza. Sorria, sem nenhuma afetação, e girava os pés, para exibir o vestido, com uma leveza de borboleta.

Enide murmurou:

– Moça bonita, essa!

– Mais ou menos – disse Jair, como se estivesse distraído.

Maria Helena, formalizada, fez uma observação:

– Mas se vê que não é fina. É um tanto afetada.

Norma arrancou aplausos contínuos do auditório. Seguiram-na as outras moças, menos aplaudidas. Uma delas tropeçou, fazendo o público rir. Foi o único incidente, mas não comprometeu o espetáculo. A moça se recompôs e saiu também risonha.

Quando Norma reapareceu, com outro vestido, ouviu-se um murmúrio do público, lá esperando por ela. A primeira aparição bastara para marcá-la.

– Essa moça vai fazer carreira – disse Enide.

Jair concordou, mas não era o que queria – que fizesse carreira. Ah, se pudesse escondê-la dos olhos de todos para o resto da vida!

Antes que Norma aparecesse pela última vez na passarela, Jair correu aos bastidores.

– Você está abafando, menina!

– O senhor acha?

– É opinião geral! Você é um sucesso!

Um dos diretores dos Tecidos Marajó, que também fora aos bastidores, provavelmente apenas para ver Norma de perto, comentou, para ela ouvir:

– Que Silvana Mangano, que nada! Esta moça é muito mais bonita!

Jair voltou, sempre apressado, para junto da esposa e da filha: era a última etapa do desfile. Pena que não pudesse ir levar Norma para casa. Precisava acompanhar Enide. Do contrário, aquela seria uma noite realmente inesquecível.

Terminado o desfile, Norma entrou num dos camarins. Vivera uma grande noite, mas não esquecia que, na segunda-feira, voltaria a ser apenas uma caixeirinha. E, agora, depois de ter ouvido aqueles aplausos e aqueles elogios, a tarefa de servir no balcão seria ainda mais humilhante. Não nascera para aquele trabalho modesto. Esperava muito mais da vida

Norma já se dispunha a sair, quando bateram na porta do camarim.

– Pode entrar – ordenou.

Magda entrou, luxuosamente vestida, numa onda de perfume. Atirou-se nos braços da amiga. Era inacreditável! Que boa surpresa a velha amiga lhe dava.

— Por esta não esperava, não é?
— Como podia esperar? Há um ano que você sumiu!
— Norma, você estava um amor!
— Como foi que me descobriu?
— Encontrei, por acaso, uma moça da loja e ela me contou que você ia desfilar. Puxa, como você está diferente! Onde está a cara de menina?

Norma não cabia em si de satisfação. Rever Magda!
— Veio com Hermann?

A amiga franziu a testa:
— Não me fale desse homem. Um canalha de marca maior.
— Não diga! Gostava tanto de você! Conte-me o que houve.

Magda contou tudo em detalhe, numa narração entrecortada de parênteses sem fim. Nas primeiras semanas de convívio, Hermann fora o mais carinhoso dos amantes. Chegava a irritá-la com o excesso de cuidados. Mas isso não durou muito: logo começou a esfriar. Deu para sair de casa sozinho. Magda, viva, descobriu que se interessara por outra pequena. O que tivera por ela, apesar de toda a encenação, não passara de um capricho. Três meses depois da união, tiveram uma briga feia, e ele tomou a iniciativa de deixá-la e sem um tostão na bolsa. Mais tarde, veio a saber que Hermann andava "arrastando um bonde" por outra mulher.

— E pensa que ela liga pra ele? Coisa nenhuma. Judia pra burro do pobre. É disso que Hermann gosta. Quer que as mulheres o façam sofrer. Do contrário, se enche.

Norma sorriu, mas a história a chocava. Continuava a não entender os sentimentos das pessoas. Como mudavam inesperadamente! Magda, mesmo, que tantas juras de amizade lhe fizera, ficara um ano sem procurá-la.

— E, agora, o que você faz? – perguntou.
— Divirto-me – respondeu Magda, cheia de sabedoria.
— Você veio sozinha?
— Nunca ando sozinha, minha cara. Vamos sair. Alberto está esperando lá fora.

As duas deixaram o cinema. Na rua, ao lado, estava o carro de Alberto. Um Buick, último tipo. No caminho, Magda foi explicando:

— É o meu novo fã. Este, sim, é granfo de verdade. Hermann tinha mais conversa do que outra coisa. Você vai ver como Alberto é distinto.

Magda apresentou-a ao rapaz. Moço extremamente bem-vestido e com uma apurada noção de cortesia. Elegante, seguro de si, estendeu a Norma sua mão leve, de unhas bem tratadas e contato agradável.

— Assistimos ao desfile – disse ele. – Você estava muito interessante, como deve ter notado pelos aplausos.

— Obrigada – respondeu Norma, com timidez, pensando: "Ele talvez saiba que sou uma caixeirinha".

Acomodaram-se no carro, que Norma, mentalmente, tentava comparar ao de Jair. O Buick levava vantagem e o seu dono também. Magda fizera uma bela conquista.

— Aonde vamos? – perguntou Norma.

— Ao Chez Rodolfo respondeu Magda. – É onde temos ido sempre.

— Que tal se passássemos na casa de Chafic para apanhá-lo? Assim, Norma terá companhia

— Não – disse Norma. – Conhecer novas pessoas me assusta. Hoje tive muitas emoções.

— Chafic é ótimo! – exclamou Magda. – Que turquinho divertido!

— Hoje, não – resistiu Norma.

No caminho da boate, Magda pedia a Norma notícias da loja.

— Aquilo vai da mesma maneira. Começo a me cansar. Na primeira oportunidade, caio fora.

— Não imaginava que você estivesse cansada – confessou Magda, com malícia. E disse-lhe, no ouvido: – A moça que encontrei contou que você está sob inteira proteção de seu Jair. Parabéns, menina.

— É boato. Não há nada entre nós dois.

— A moça garantiu que havia.

— Não acredite. Jair não me dá folga, mas não lhe dou esperanças.

— Faz muito bem – louvou Magda. – Não vá na conversa dele. Você pode dar um golpe muito melhor.

Alberto, guiando placidamente, ouviu e comentou:

— Vá por Magda, ela é boa mestra.

— Ela sempre foi minha conselheira – disse Norma. – Mas estou zangada com Magda. Um ano sem me procurar!

— Fui procurá-la agora e voltaremos a ser inseparáveis.

O reencontro com Magda era para Norma motivo de tanta alegria como fora o desfile. Magda fizera falta. Junto dela aprendia a enfrentar a vida com coragem e esportividade. Jamais prezara tanto uma amiga. As moças que conhecera, no bairro e na loja, nenhuma expressão tinham. Era maravilhoso estar novamente junto dela.

Na boate, Magda foi logo anunciando que estava com uma fome animalesca. Norma, depois da tensão do desfile, também estava faminta. Se o rapaz que as acompanhava fosse um daqueles "prontos" do Carrão, no máximo poderiam pedir um sanduíche, num bar qualquer. Mas aquele era do tipo que não se importava com despesas.

– Seu tio voltou a aborrecê-la? – indagou Magda, curiosa.
– Nunca mais o vi. Depois daquilo, não apareceu mais.

Magda, em seguida, passou a contar a Alberto o que se dera entre ela e Vitório, como se fosse uma história divertida, quase uma anedota.

– Norma dá sorte com velhos – comentou Magda.
– E depois do desfile, seu cartaz vai aumentar.
– Não acredito – disse Norma, triste. – Segunda-feira estarei novamente na loja. Horrível.

Alberto olhou-a como bom amigo. Tinha mesmo um ar agradável de gente de berço. Quis falar-lhe com intimidade e, para isso, num gesto natural, tomou-lhe a mão sobre a mesa. Falou em tom de conselheiro:

– Você é uma menina boba, Norma.
– Devo ser mesmo.
– Sim, é boba. Onde se viu uma moça bonita assim, desembaraçada e simpática, trabalhar numa loja? Não é serviço para você. Merece coisa melhor.
– Nunca tive melhor oportunidade.
– Sabe o que lhe falta, meu bem? Meio. Você precisa conhecer gente de posição – disse o rapaz. – Assim, todos os dias lhe abrirão uma porta.

Magda fez coro:
– A loja é um verdadeiro túmulo. Alberto tem razão: o que lhe falta é meio.
– Não tenho culpa disso, sou moça pobre.
– Isso é o de menos – interveio Alberto, confortador. – Muita moça que veio da pobreza hoje está na alta sociedade. Foram inteligentes e souberam descobrir o seu caminho. Ponha, você também, sua massa cinzenta a funcionar.

Norma sorriu, sem ânimo:
– Acho que não tenho massa cinzenta.
– Tem, sim – garantiu Magda. – Faça como eu. Agora sei como me virar.
– Então, o que devo fazer? – perguntou Norma, desamparada.
– Conhecer gente de sociedade, gente que possa ajudá-la – disse Alberto. – Você será mais bem-sucedida na alta do que em seu próprio meio. Não se preocupe. Eu e Magda vamos apresentá-la a boas pessoas.
– Agradeço.
– Podemos levá-la à casa do Abbib uma noite dessas – sugeriu Magda.
– Era o convite que eu ia fazer.

Magda se entusiasmou:
– É uma linda casa em Santo Amaro. Parece um desses palácios de fita de cinema. Até piscina tem lá. Abbib pagou dez milhões por ele. É um turco muito rico e não é miserável. Dá festas de príncipe.

— A casa de Abbib é o local — disse Alberto. — Muitas pessoas que o frequentam são mais interessantes do que ele, mais refinadas. Pessoalmente não simpatizo muito com esse moço, mas reconheço que tem bossa para receber.

Magda sorriu, olhando para Alberto:

— Berto não vai muito com a cara de Abbib.

— Gosto dele, sim, só acho que não é dos mais educados. Fez fortuna muito depressa. Detesto os novos-ricos — confessou Alberto, reconhecendo que havia nisso uma fraqueza sua. — Mas, para começar, está bem, Norma. Conhecerá Abbib e seus amigos.

Norma fora sincera ao dizer que não desejava, no momento, conhecer novas pessoas. Mas simpatizara com Alberto, tão educado, e esperava que seus amigos fossem igualmente agradáveis. Estava tão feliz por rever Magda e por conhecer seu novo caso, que nem se lembrava da Loja das Américas. Ah, não podia continuar como uma modesta balconista! Precisava casar-se com um moço de alguma posição ou arranjar imediatamente outro emprego, mais categorizado.

Alberto e Magda levantaram-se para dançar. Vendo-a girar, feliz com seu par, Norma lembrou-se da noite em que ela lhe comunicara que ia unir-se a Hermann. Pensara que aquela união duraria para sempre. No entanto, em três meses se dissolvera. "O mundo está cheio de contradições", pensou Norma, com um medo que às vezes a vida incutia.

13

Na segunda-feira, logo na primeira hora de trabalho, Jair mandou chamar Norma. Expansivo, crivou-a de perguntas: queria saber todas as emoções que sentira durante o desfile, pretexto para intensificar a intimidade entre eles.

— Se gostou da experiências, posso arranjar novos desfiles — prometeu.

— Claro que gostei!

— Agora, tenho uma surpresa para você. Veja isto — disse-lhe Jair, exibindo um jornal. — Aqui está seu retrato e uma notícia sabre o desfile.

— Meu retrato?

— Foram tiradas muitas fotografias, mas escolhi a sua para a imprensa.

Norma tomou o jornal das mãos do gerente, atenta à fotografia. Saíra no jornal! Quem diria? A primeira vez que o retrato de uma pessoa de sua família era impresso. Até dona Júlia ficaria radiante.

— Saiu boa a foto!

— Você esteve divina! — disse Jair

— Posso ficar com o jornal?

Quando Norma saía, Jair a segurou pelo braço. Tinha um pedido a fazer.

— Gostaria de levá-la para casa, hoje.

Norma lembrou-se do trânsito horrível do fim da tarde e concordou.

À noitinha, a caminho do Carrão, Jair só tinha um assunto: o desfile. Graças a ele, seu cartaz aumentara ainda mais com os proprietários da loja e da fábrica de tecidos. Fora um belo lançamento da campanha de verão, o que o fazia crer que aquele ano receberia uma ótima bolada.

— Irei à Argentina, Norma. Mas não quero ir só.

— Vai levar a família?

— Não, quero ir com você.

Norma viu Alberto diante dos olhos e imaginou que houvesse muitos iguais a ele, no porte e nas maneiras, que ambicionariam desposá-la. Fugiu ao assunto que Jair propunha. Não, não queria ser sua amante nem de ninguém. Mais um pouco de paciência e poderia arranjar um bom partido.

Aquela semana, Norma recusou todos os convites para sair à noite. Apenas uma vez concordou em almoçar com Jair, tanta era sua insistência.

— Um dia desses precisamos ter uma conversa muito séria — ele disse.

— Como queira — respondeu Norma, com naturalidade.

— Um assunto importante — frisou.

— Ah, sim? — fez Norma, alheia, imitando certa atitude de Magda.

— Não calcula do que se trata? — repisou o gerente.

— Como posso adivinhar? — disse ela, em constante fuga.

Era assim, com frases vagas e fingindo distração, que Magda durante muito tempo se livrara de Hermann. Como era fácil e bom copiar suas maneiras, que tanta experiência da vida refletiam!

— Talvez você fique decepcionada a meu respeito — prosseguiu Jair.

— Oh, não — ela prometeu, gostando do duelo que se travava. — O senhor nunca me decepcionará. — Seu pensamento voou: "Que cara será que tem esse Chafic? Será parecido com Alberto? De qualquer forma não deve ser um velhusco como o pobre Jair".

— Gostaria de ter uma pulseira?

— Sou danada para perder pulseiras.

— A que eu lhe der, você não perderá.

— Como posso garantir?

Norma tinha vontade de rir. Aquele homem, que a assustara a princípio, começava a diverti-la. Como era inseguro e tímido! Ensaiava dizer-lhe algo, mas não se encorajava:

— E aquilo que lhe disse sobre a Argentina?...

A moça consultou o relógio.

— Vamos correndo para a loja. É tarde.

À saída do restaurante, Jair fez nova investida:
– Que tal se saíssemos sábado?
– Neste sábado, não. Tenho um batizado.

Profundamente magoado com a resistência da moça, que agora tomava a feição de indiferença, Jair resolveu mudar de planos de ação. Estava dando a ela demasiado cartaz. Precisava acabar com isso. Não cortejaria mais, nem faria novos convites, ia bancar o ladino.

Logo em seguida, Jair iniciou um nova técnica para a conquista de Norma. Ao fazer seu passeio matinal pelos balcões da loja, demorou-se diante da seção de brinquedos, onde trabalhava uma moça chamada Marina. Queria mostrar que Norma não era a única mulher capaz de interessá-lo. No segundo dia da execução do plano, Jair já conseguira tornar patente a boa parte das balconistas que agora Marina era a eleita de seu coração. O fato tornou-se motivo de cochicho entre as moças, menos para Norma, que continuava indiferente.

Em seu escritório, Jair trabalhava e pensava melancolicamente no plano. Era penoso cortejar Marina, tão vulgar, apenas para despertar o ciúme de Norma. Ainda se Marina tivesse melhor aspecto e mais desembaraço! No entanto, teria que prosseguir nessa mota, até que Norma se rendesse.

Quanto a Norma, pouco se importava com o namoro que Jair pretendia encetar com a moça da seção de brinquedos. Sentia que seu tempo de trabalho na loja se esgotava. Precisava mudar de emprego.

Aquele sábado, na parte da manhã, Magda apareceu na loja para avisá-la de que à noite passaria em sua casa. Queria apresentar-lhe um amigo de Alberto. Entusiasmada, Norma passou o resto do dia cuidando de suas roupas para apresentar-se com bom aspecto à noite. Estava emocionada: ia conhecer novas pessoas. Era do que precisava para fugir à odiosa rotina que a loja criara.

Às oito horas, já pronta para sair, Norma ouviu o som de uma buzina. Olhou pela janela e reconheceu o Buick. Saiu, imediatamente. Dentro do carro estavam Magda, Alberto e mais outro rapaz.

Magda fez as apresentações:
– Este é Chafic.
– Muito prazer.

Norma sentou-se no banco de trás, com Chafic.

– Pretendíamos levá-la a uma festa em Santo Amaro – disse Alberto –, mas, infelizmente, a festa foi adiada. Vamos dar um passeio e depois tomaremos um drinque.

– É até melhor – comentou Magda. – Assim, Norma ficará conhecendo Chafic direito.

Norma começou a prestar atenção no companheiro ao lado. Decepcionava-a um pouco sua juventude. Chafic não teria mais do que vinte e dois anos. Era baixo, troncudo e muito vivo. Logo no primeiro contato provou sua habilidade em fazer piadas e trocadilhos. Procurava, ao mesmo tempo, ser simpático e agradável. Magda a prevenira que às vezes Chafic caceteava, mas era excelente pessoa.

– Chafic é capaz de fazer a gente rir uma noite inteira – disse Magda.

O carro descia a avenida Rebouças, e Norma observava os palacetes que a ladeavam. Um vento leve entrava pela janela do carro. Ela se sentia muito bem aquela noite e predisposta para gostar de todas as pessoas que Magda lhe apresentasse. Aquele, por exemplo, Chafic, era extremamente simpático. Embora muito rico, portava-se sem nenhuma afetação. Perto deles, lembrava-se desconsolada dos rapazes que conhecera no Carrão. Nenhum daqueles grosseiros perderia a oportunidade de agarrá-la se estivesse junto dela num carro. Não havia dúvida que Alberto e Chafic pertenciam a outra classe.

O carro parou no Freddy e os quatro desceram. Entraram na boate e sentaram-se no melhor ponto. Norma observou que os frequentadores da casa não tiravam os olhos de Magda. Ela impressionava muito com seu traje e suas maneiras desenvoltas. Chegava até a invejar sua personalidade.

Para fazer graça, Chafic chamou o garçon e pediu um copo de leite. Todos riram, inclusive o garçon, cientes de que o rapaz costumava abusar do álcool.

– Mas ele nunca perde a linha – garantiu Magda, para tranquilizar a amiga.

– Ninguém pode perder a linha diante de Norma – disse Chafic. – A gente vê logo que se trata de uma moça de bem. – E segurou, por um instante, sua mão, procurando transmitir-lhe toda a sua simpatia.

"Ele é de fato um camaradão!", pensou a moça. "Vamos ser grandes amigos."

Depois de algumas doses de uísque, Norma perdeu o resto do acanhamento. Foi nessa noite que percebeu como atrapalham as inibições. Por que ficar sempre calada, apenas como ouvinte? Conversava-se sobre música e cinema, e quanta bobagem diziam! Magda, que não tinha um pingo de instrução mais do que ela, era quem mais falava. Havia momentos em que chegava a ser ridícula. Norma resolveu reagir, falaria também, diria o que pensava, fosse qual fosse o assunto. Não seria mais um satélite de Magda.

A certa altura, Chafic começou a comentar um filme que se exibia no Metro. Norma também assistira e não concordava com os elogios que o companheiro tecia à película. Não devia dizer "sim, sim" a tudo que ouvia.

– Não gostei do filme – disse Norma. – Sabe que já assisti a uns dez iguaizinhos? Depois, a Esther Williams é uma canastrona. Fora da piscina é como um peixe fora d'água. Tenha paciência, Chafic!

– Mas o filme é uma beleza! Você não viu direito, Norma. Eu assisti duas vezes!

– Eu não perderia meu tempo em assisti-lo duas vezes – replicou a caixeirinha.

Alberto tomou o partido dela:

– É um filme vulgar, sem pé nem cabeça. Norma tem razão.

Animada com a aliança de Alberto, Norma argumentou mais, com redobrado entusiasmo:

– Acho que filmes assim estão fora de moda. Não basta que os artistas sejam bonitos e que tudo acabe bem. Gosto de filmes mais realistas. O que me diz, Alberto?

Alberto, disposto a concordar com tudo que ela dissesse, aprovou:

– Não estamos mais na época da "água com açúcar". Precisamos de argumentos mais sólidos, mais humanos.

Enquanto argumentava, Norma notava que não ficava em posição de inferioridade diante da amiga. Poderia polarizar as atenções melhor do que ela. Com um pouco de habilidade, levava a conversa para onde queria. Começava a entusiasmar-se por si mesma. Era um sucesso.

"Como é fácil brilhar um pouco", pensou Norma. "Basta falar com convicção e não temer a censura dos outros." Embora pobre de acontecimentos, aquela era uma grande noite. Tinha a impressão de que, de um momento para outro, aprendera a nadar ou a dançar clássico. Percebia seu brilho nas expressões dos companheiros.

– Com você ninguém pode – entregou-se Chafic. – O filme de fato não presta.

Magda, um pouco despeitada, advertiu:

– Você bebeu demais esta noite, Chafic.

– Até que não.

Chafic a todo instante rendia homenagens a Norma:

– Você é formidável!

– Sou formidável, mas já são duas horas. Vamos embora.

Os outros rogaram que ficasse um pouco mais. Ela não cedeu. Sua decisão devia prevalecer.

No regresso para casa, Chafic tentou segurar-lhe a mão, o que ela não permitiu. "O que faço com Jair não posso fazer com qualquer homem", pensou.

Quando o carro parou em sua casa modesta, despediu-se afetuosamente de Magda e entrou, radiante. Debaixo dos lençóis, considerou: "Abafei a banca. Como me sinto segura de mim! É assim que devo me sentir sempre".

Nos dias que se seguiram, Jair continuava a cortejar Marina, com relativo sucesso, mas sem conseguir despertar em Norma o ciúme desejado.

A moça não se importava com nada, doida para abandonar a loja.

Certa tarde, depois de ter atendido a uma freguesa, viu Chafic, que se aproximava:

– Você, aqui! – exclamou ao vê-lo. A exclamação veio junto com o rubor. Era desagradável ser vista atrás do balcão de uma loja por um moço de tão boa sociedade e que estava interessado nela.

Chafic, ignorando o seu embaraço, tratou-a cordialmente:

– Vim lhe fazer um convite. Sábado vai haver uma grande festa na casa de Abbib. Quer ir?

– Não sei se posso.

– Ora, vamos. A turma toda estará lá. Passarei em sua casa às nove, para acompanhá-la. Combinado?

Mais para se ver livre de Chafic do que por interesse na festa, Norma aceitou o convite. Mal ele se afastava, ela jurou: "Nenhum conhecido meu me tornará a ver atrás de um balcão. Vou trabalhar num escritório ou como manequim numa casa de modas. Caixeira, nunca mais".

Aquela semana, Jair desistiu de tentar enciumar Norma. Sua tentativa fracassara. Voltou a aproximar-se dela, mais humilde do que nunca:

– Posso acompanhá-la hoje?

– Hoje não – ela respondeu friamente.

Começava a detestar, inclusive, as pessoas ligadas à loja.

– Quando, então? – ele rogou, suplicante.

– Amanhã, talvez. Fale comigo amanhã.

Na tarde seguinte, completamente desmoronado, Jair apareceu diante do balcão. Nem parecia o gerente da loja, mas um funcionário qualquer, apaixonado. Norma foi condescendente. Permitiu que ele a acompanhasse até em casa, pouco disposta a enfrentar a fila de ônibus.

No lugar de costume, Jair a esperou ansioso e feliz, mas ao topar com a indiferença de Norma, sua alegria transformou-se em apreensão.

– Meu carro está logo ali.

Quando o carro se livrou do trânsito central, Jair começou a falar. Ensaiara algumas frases que proferia aos arrancos, num tom desafinado de voz. Estava trêmulo e excitado.

– Norma, preciso falar com você...

– Ah, sim? – ela exclamou, admirada.

– Quero resolver nosso caso.

– Que caso? A vitrola já está paga, não está?

– Faltam algumas prestações, mas não é isso.

— Então de que caso está falando?

Jair perdeu o ímpeto. Não podia guiar e falar ao mesmo tempo. Ficou mudo à espera de que chegassem nas proximidades da casa de Norma. Meio quarteirão antes, brecou.

— Por que parou aqui?
— Para conversarmos... Você tem que me ouvir!
— Decerto que ouço. Sou pessoa importante por acaso?
— Ouça-me com atenção...

Agora já não havia plano algum. Apenas a necessidade de um desabafo. Atirar-se-ia aos seus pés se ela assim o exigisse. Daria a ela todo o dinheiro que quisesse. Seria seu escravo, seu capacho.

— Norma, você sabe que eu a amo. Vamos dar um fim nisso. Farei o que você quiser.

A moça ouvia-o em silêncio. Queria ver até onde ele iria. Qual seria a proposta mais vantajosa para ela e mais humilhante para ele? Jair servia-lhe de treino.

— Eu lhe dou um apartamento — começou a dizer. — Não um apartamento alugado, mas um em seu nome. Você pode morar nele sozinha ou com a família. É só dizer sim e amanhã sairemos os dois à procura de um. Darei uma boa entrada e o resto pago em prestações. Para os móveis, tenho dinheiro.

— É muita bondade sua...
— Não se preocupe mais com a loja. Não quero que trabalhe. Sei que não gosta da loja.
— Isso é verdade.
— O que mais você pode desejar? Um belo apartamento, uma vida sossegada e segurança para sua família... Poderemos, de vez em quando, fazer uma viagenzinha. A primeira para a Argentina. É só dizer sim.

Norma sorriu, como se lamentasse:
— Eu pretendo me casar.
— Com quem? — ele espantou-se.
— Ainda não sei, mas sou moça direita, e vou me casar.
— Está certo, mas até que isso aconteça não lhe deixarei faltar nada. Você sabe como sou mão-aberta.
— Não, não posso aceitar.

Jair fez nova investida. Punha as cartas na mesa. Nenhum disfarce em sua atitude.

— Digamos que não pode aceitar o apartamento por causa da família. Nesse caso, eu lhe abro uma conta no banco. Acho que é melhor assim.

Norma já se irritava com aquela insistência. Não podia concentrar seu pensamento em Jair: havia Chafic, Alberto e a festa em Santo Amaro no sábado. Que vestido usaria?

O gerente segurou-lhe a mão:

– Decida-se, por favor.

Norma voltou a fixar a atenção nele ao sentir seu contato. Ofendia-se com a forma com que Jair pretendia comprá-la. Mesmo que o amasse, não cederia.

– Já me decidi há muito tempo, seu Jair.

– Não quer?

– Não.

Jair ficou estarrecido, embora tivesse a certeza da resposta:

– Eu lhe sou tão indiferente assim?

– Não me obrigue a dizer coisas que não quero. Estou evitando magoá-lo.

O gerente estava desarvorado. Apertou-lhe a mão:

– Norma!

A moça, bruscamente, livrou a mão da dele. Abriu a porta do carro e, sem se despedir, rumou para casa, sem olhar para trás.

Jair ficou acompanhando-a com os olhos até que ela desapareceu. Tinha a impressão de que caía num abismo. Quase um ano de ilusões! De fato, devia ser velho e repelente. Não tinha mais direito ao amor. Com Norma se afastava seu último contato com a juventude. Agora só lhe restava o trabalho e o cuidado com os filhos. Lembrou-se deles com um infinito carinho. Amanhã voltaria à rotina da loja. Mergulharia de novo em sua vida burguesa. Aferrar-se-ia ao trabalho. O suor teria que afogar o sonho.

14

O esperado sábado chegou. Logo após o jantar, Norma começou seu longo preparo para a festa. Tendo Wandinha ao lado, diante do espelho, esmerava-se em realçar sua beleza. Ao dar ao rosto o último retoque, disse para si mesma: "Acho que minha cara não desagradaria ninguém".

– Você disse que me levava numa festa – lembrou Wandinha.

– Não será nessa, é festa para adultos.

– Você acha que sou muito pequena?

– Acho, sim – respondeu Norma. – Mas um dia eu a levo.

Chafic disse que chegaria às oito, mas atrasou-se bastante. Quando apareceu em seu Bel-Air amarelo, já passava das nove. Ele não estava só no carro. Acompanhava-o uma moça tão pintada que parecia ter feito a maquiagem no escuro, sem poder equilibrar as cores.

– Esta é Shirley – apresentou Chafic. – Uma velha amiga.

Norma decepcionou-se. Aquela não era moça da sociedade de Chafic. Devia ser uma pobretona igual a ela. Seu aspecto não diferia do das balconistas da Loja das Américas. Sentou-se no banco da frente, com ele, e de má cara. Pensava que à festa só iria gente chique.

Quando o carro foi posto em movimento, Chafic, por um triz, não atropelou um velho que atravessava a rua. Shirley riu e disse:

— Não repare, moça. Chafic andou bebendo antes de nos apanhar. Está até com bafo de onça.

— Você já bebeu? — perguntou Norma, contrariada.

— Estive fazendo hora no Mirim. Bebi três cubas, mas isso não é grande coisa.

Pisando no acelerador com apetite, Chafic pegou a estrada de Santo Amaro. Dirigia feliz, como se fosse ao encontro da mais doida e satisfatória das aventuras. A cada carro que ficava para trás, na estrada, sorria. Gostava de correr e exibir sua maestria no volante.

— Você tem ido nas festas do Abbib? — quis saber Shirley.

— Não — respondeu Norma.

— Não sabe então o que tem perdido! Lá há fartura de tudo, e como a gente se diverte!

— Espero gostar — respondeu Norma, preocupada com a velocidade que Chafic imprimia ao volante.

Shirley começou a falar das outras festas já realizadas na casa de Abbib. Numa delas dançara e bebera tanto, que até perdera o sapato. Fora um gozo. Noutra, jogara-se na piscina, com roupa e tudo. Tiveram que mergulhar para que não morresse afogada. Era rara a festa em que não acontecia algo de engraçado ou de sensacional.

À medida que Shirley falava, Norma menos simpatizava com ela. Por que Chafic levava junto uma moça tão vulgar? Mas agora tinha que acompanhá-los.

O carro de Chafic fez uma curva fechada e derrapou, subindo ligeiramente na calçada oposta. As duas moças, assustadas, gritaram, mas o endiabrado motorista nem se abalou. Voltou a correr, sempre risonho, desejoso de amedrontar ainda mais as pequenas. Para ele, dirigir depressa era uma forma positiva de afirmar sua personalidade.

Chegaram, finalmente. Norma olhou o palacete com indisfarçável espanto. Nunca vira uma casa tão suntuosa. Cercava-a um vasto jardim, discretamente iluminado por pequenos globos elétricos. Um aroma de flores chegava até lá.

— Por dentro ela é ainda mais bonita — disse Shirley.

— Como esse rapaz consegue tanto dinheiro?

— Tem fábrica de tecidos — esclareceu a companheira. — Já me deu um mundo de cortes.

Chafic abriu a porta do carro, fazendo exagerada e gaiata cortesia às moças, e seguiu à frente. O portão estava aberto e, mal entraram, puderam ouvir os ruídos que vinham do interior da casa:

– A festa já começou – disse Chafic.

À primeira batida na porta alguém apareceu para receber os convidados.

– Você, Chafic?! Entrem!

Chafic introduzira as moças, sem apresentar a Norma o cavalheiro que abrira a porta.

– Esse é o Abbib? – perguntou.

– Qual! É o Carlito, cupincha do Abbib. Não lhe dê bola.

A casa estava mais vazia do que se podia calcular, a julgar-se pelos ruídos que se ouviam. Não havia mais do que uma vintena de pessoas, mais rapazes do que moças. A primeira peça que chamou a atenção de Norma foi um órgão, situado num canto da sala. Viu também um enorme divã, onde a maior parte dos convivas estavam sentados. A iluminação era propositadamente deficiente, como a das boates.

A entrada das moças e, especialmente, de Norma, que era desconhecida, chamou a atenção de todos. Um rapaz de boa aparência, alto e robusto, adiantou-se para cumprimentar os recém-chegados.

– Esse é o Abbib – apresentou Chafic.

Abbib, de mais ou menos trinta anos de idade, era o dono daquele palácio. Fixando-lhe os olhos, Norma pensou: "É a primeira vez que vejo um milionário".

Mas Abbib não diferia muito das outras pessoas. Cortês, sem os exageros juvenis de Chafic, cumprimentou Norma e Shirley.

– Mande o garção arranjar algo que se beba – pediu Chafic.

– O que preferem?

– Uísque para três.

Momentos depois, Norma e seus companheiros estavam acomodados no confortável divã, que circundava quase toda a sala. Os garções iam de um lado a outro, com bandejas de bebidas e salgadinhos.

– Pode beber sem susto este uísque – garantiu Chafic. – Aqui não há "seringa".

Norma, a princípio, mostrava-se tímida. Parecia-lhe que todos a observavam e que reconheciam nela uma caixeirinha. Mas a verdade é que nem todas as pessoas presentes eram ricas ou finas. Sua companheira, por exemplo, revelava péssimas maneiras. Tratou de beber o seu uísque para ajustar o espírito ao ambiente.

Para atender a pedidos, Abbib foi ao órgão. Chafic segredou a Norma que Abbib era um exímio artista do instrumento. Se algum dia perdesse a fortuna, poderia ganhar a vida no rádio. E essa era a opinião, sincera ou não, de todos os presentes. Com lentos movimentos de mão, Abbib se pôs a tocar o "Deep purple". Depois dessa execução, o dono da casa voltou-se para os convidados e disse:

– Não sou nenhum concertista. Toco para dançar. Não fiquem sentados, por favor.

Os pares levantaram-se para dançar. Chafic apressou-se em tirar Norma, e saíram ao som de "Ponciana". Abbib tocava todas as melodias no mesmo estilo, repetindo monotonamente os acordes. Tinha repertório, mas não imaginação. Era um intérprete convencional e frio.

– Ele é um show, não é? – murmurou Chafic ao ouvido de sua dama.

– Não gosto desse instrumento – disse Norma.

– Você não tem sensibilidade – replicou o rapaz, intencional. – Aliás, venho notando isso. Você não gosta de ninguém. É uma moça bonita, mas sem coração.

Norma viu logo que seu parceiro ia tentar conquistá-la. Continuou a dançar, mecanicamente, sem permitir que ele a apertasse. Chafic não apreciou a cautela.

– Você deve ter um amor secreto, eu sei.

– Quem disse?

– Adivinhei. Do contrário, você seria mais comunicativa.

Pretextando o desejo de beber, Norma voltou ao divã. Sabia que Chafic ia segui-la como um cão o resto da noite. A despreocupação que ele demonstrara em relação a ela, o tratamento de amigo para amigo, fora falso.

– Vá buscar mais uma dose – ela pediu.

Magda e Alberto entraram quando Chafic se afastava. Com que alegria Norma os recebeu! Podia agora conversar com outros amigos, desobrigada de suportar Chafic sozinha.

– Com quem você veio? – perguntou Magda, surpresa.

– Com Chafic e Shirley – respondeu Norma, descobrindo que Chafic a convidara sem o consentimento de Magda.

– Está gostando da reunião?

– Assim, assim.

Chafic voltou trazendo o uísque de Norma e segredou-lhe que queria dançar mais um número. Ela lhe pediu paciência, precisava conversar um pouco com Magda.

– Dance com Shirley.

– Ela já arrumou um cara, não perde tempo.

Alberto, não querendo ficar longe de Norma, puxou uma poltrona e sentou-se diante dela.

– Hoje você parece uma fada.

— Uma fada má — comentou Chafic.

— Chafic está contra mim — disse Norma. — Não sei o que há.

— Deve estar apaixonado — arriscou Alberto.

Chafic magoou-se. Tinha a fama de quem nunca se apaixonava. Rico como era, podia brincar com qualquer pequena, sem compromisso. Apanhando seu uísque, foi escutar Abbib, junto do órgão, fingindo interesse na execução.

— Alberto tem razão — concluiu Magda. — O turquinho está embeiçado. Pilhe-o, Norma.

— Não — respondeu a moça. — Já vi o que ele quer. Vai perder seu tempo.

— Você é uma fortaleza, Norma!

Norma tomou o segundo uísque até o fim, com vontade de beber aquela noite. Era um meio de esquecer a maldita loja.

— Saí tão às pressas que não pude arrumar-me direito — disse Magda. — Vou ao toalete. Quer ir?

— Não, eu espero.

Mal a moça desapareceu, Alberto segurou a mão de Norma:

— Vamos aproveitar a ausência de Magda para dançar um pouco, tá?

Norma aceitou o convite por uma série de razões. Queria ver aumentar o despeito de Chafic e tinha certo prazer em dançar com o namorado de Magda, tão autossuficiente e segura de suas conquistas.

— Foi uma coisa boa você ter vindo — murmurou Alberto, com seu ar simpático. — Estava com receio de que a festa fosse muito enfadonha.

— Enfadonha? Vocês falam com tanto entusiasmo dessas reuniões!

— As moças falam. Elas se entusiasmam demais com a fortuna desse rapaz. Conheci Abbib e Chafic através de Magda.

— Não gosta dele?

— Acho-o um novo-rico exibicionista. Obriga-nos a ouvir seu órgão horas a fio. Horrível.

— Detesto órgão.

Norma estava mais satisfeita agora. Nascia entre ela e Alberto uma aliança. Eram mais inteligentes do que Magda e Chafic. Não entendia como sua amiga pudera fisgar aquele moço tão distinto. Inconcebível. Ao passarem diante do órgão, Norma observou de soslaio que Chafic a olhava enciumado, à medida que tragava o seu uísque. Aquilo começava a tornar-se divertido. Ia ser o programa da noite. Aproximou-se mais de Alberto. Gostaria de ver Chafic fazer uma cena.

— Chafic não tira os olhos de você — observou Alberto.

— Já notei isso. O que será que está acontecendo?

— É o que disse há pouco: está apaixonado.

Norma sorriu:

– Ele é muito infantil. Quer sempre ser o tal.

– Coisas da juventude. Pensa que todo o mundo é seu. Já está na hora de começar a sofrer um pouco para ver que o dinheiro não compra tudo. – E acrescentou, maliciosamente: – Que tal se sua primeira derrota acontecesse hoje?

– Vocês são dois "ursos".

– Não o considero meu amigo.

– Mas vou atendê-lo – prometeu Norma. – Judiarei um pouco do menino.

Dançaram mais alguns minutos em silêncio, sempre sob os olhos ciumentos de Chafic, que continuava bebendo. Os outros pares dançavam ruidosamente, já compondo aquele clima de alegria desvairada que imperava nas festas de Abbib. Shirley sumira no interior da casa com um rapazola gorducho de blusa vermelha. Mas não era com ela que Chafic se preocupava.

– Vamos parar de dançar – disse Norma a Alberto. – Magda pode chegar a qualquer momento.

– E o que tem isso?

Norma não respondeu, mas Alberto, sem esperar resposta, asseverou-lhe que se cansara de Magda, e que ela não era, de forma alguma, a mulher dos seus sonhos. Considerava-a apenas uma ótima companhia para noites de prazer. Não passava disso. Preferia que ela se interessasse por outro e que o deixasse em paz o mais cedo possível. Norma ouvia alegre a confissão. Durante muito tempo se sentira inferiorizada diante da amiga, ofuscada pelo seu brilho e crente de que nunca poderia igualá-la. Mas não era assim, e prova disso estava no que Alberto dizia.

Magda apareceu justamente no momento em que ambos se encaminhavam para o divã. Aproximou-se deles, com uma ponta de malícia.

– Vocês não perderam tempo.

– Ele estava me ensinando uns passos. Como dança bem! – exclamou Norma.

Magda, bastante experiente, não quis demonstrar ciúme. Pediu ao garção mais uísque e começou a contar o que vira no jardim, a caminho do toalete.

– Shirley é mesmo de amargar. Precisavam ver a cena que vi entre ela e o tal de blusão vermelho. Passei pertinho deles, mas pensam que ligaram?

Alberto levantou-se.

– Vou dar uma espiada e pôr mais um pouco de gelo neste uísque. Volto logo.

Dirigiu-se lentamente à cozinha, cumprimentando os convidados que ainda não vira. Diante do jardim, Shirley e o garotão beijavam-se. Achou graça e entrou na cozinha à procura de gelo. Carlito, o cupincha oficial de Abbib, lá estava para ajudá-lo, solícito como sempre, nos dias de festa.

— Mais gelo, doutor Alberto? Diga quando chega.

Carlito era a própria sombra de Abbib. Vivia às suas custas, retribuindo-lhe o sustento com uma série de pequenos serviços. Era quem levava e trazia recados às pequenas, e quem trocava, nas emergências, os pneus de seu carro. Era um misto de recepcionista, confidente e alcoviteiro. Mesmo para os amigos de Abbib, nunca perdia uma oportunidade de ser gentil. Se alguém, nas festas, bebia um pouco demais, podia jurar que Carlito tinha um Alka-Seltzer no bolso e que o cedia de bom grado. Era habilíssimo para trocar pedras de isqueiro, encostar carro nas balizas difíceis e para preparar coquetéis. No entanto, fazia tudo isso com certa dignidade, dando a entender que somente a amizade o prendia a Abbib; o fato de o amigo ser rico, para ele nada significava de especial. Às vezes, acontecia de Abbib adoecer, ele que sofria terrivelmente do fígado, e, então, Carlito se fazia de enfermeiro dedicado: aplicava muito bem injeções e tinha extraordinária memória para guardar a posologia das bulas. Quando o doente dormia, fazia incursões à geladeira. Seu apetite era invejável.

— Basta de gelo, Carlito — disse Alberto. — Quer que apanhe uma pneumonia?

— Oh, Deus nos livre! Mas se isso acontecer, conte comigo à sua cabeceira.

Alberto riu-se, irônico. Em tempos melhores, ele também já tivera os seus cupinchas. Viveu rodeado deles alguns anos até que os negócios de seu pai começaram a dar para trás. "Alguém escreveu o *Livro dos esnobes*", pensou. "Eu, se quisesse, escreveria o *Livro dos cupinchas*. Seria maravilhoso descrever os processos de que fazem uso para se insinuar junto aos grã-finos. Começam devagar, fazendo um servicinho ou outro até que acabam se tornando indispensáveis. Este, por exemplo, é um deles. Tem até o físico do cupincha, denunciado por uma ligeira curvatura na espinha, própria de quem se dispõe, a qualquer momento, a apanhar um objeto que caiu." Alberto tomou um gole do uísque. "Deve ser um gênio para fazer embrulhos e para lembrar letras de velhos sambas que um ébrio endinheirado tente cantarolar numa boate. Aposto que tem a vocação de promover as pazes entre amigos ricos que se desentendem. De qualquer pequena é capaz de arrancar o telefone para levar ao dono. Se surgir a necessidade de um telefonema anônimo, para fins escusos, a voz não seria de Abbib, mas sim de Carlito, que nunca tem nada a perder, só a ganhar. E se algum dia surgir novo patrão, mais generoso, não restará dúvida de que Carlito fará uma transferência de sentimentos levando em sua bagagem a valiosa experiência de anos de bajulação." Apesar dessas reflexões, Alberto sentia saudades da época em que também possuía os seus cupinchas.

– Está gostando da festa, doutor Alberto?

– Estou, Abbib dá festas ótimas. Mas você deve ter colaborado muito.

– Ajudei um pouquinho – concordou o cupincha, modesto. – Gosto de ver o Bibi (era o apelido familiar de Abbib) satisfeito. Anda muito preocupado com a fábrica.

Alberto resolveu não voltar logo para a sala. Precisava pensar em Norma, sozinho. Desde o primeiro momento em que a vira, ela lhe despertara o interesse. Comparou-a a Magda, tão vazia e cansativa. Trocaria Magda por Norma com todo o prazer. Era só ela dar uma deixa.

Alguém tocou-lhe o braço: Chafic.

– Você? Não está fazendo companhia à sua namorada?

– Ela não é minha namorada – respondeu Chafic. – Viu como está me tratando?

– Não dê importância.

– Claro que não ligo.

Não era verdade. Chafic estava terrivelmente humilhado. A cada gole de uísque, sua inquietação aumentava. Tinha ciúmes de todos os rapazes presentes. Era a primeira vez que uma pequena do tipo de Norma lhe resistia.

– Se não liga, por que essa cara? Vá para a sala. Dance com as outras. Se você levar Norma a sério, está perdido.

A essa altura, a reunião já estava bastante animada. Abbib deixara de tocar o enjoativo órgão. Tinha posto a vitrola a funcionar. Mais pares dançavam e a bebida era servida com maior frequência. Um conhecido cantor de rádio acabara de chegar, e prometia cantar alguns números. Diversos casais fugiam para os jardins, imitando Shirley e seu companheiro. Um dos presentes suplicava ao ouvido do dono da casa que fizesse uma exibição "daqueles filmes".

Magda, despeitada e com a pulga atrás da orelha depois de ter visto Alberto dançar com a amiga, partiu para o uísque, dose após dose. Tentando vingar-se do amante, flertava com o cantor de rádio. Insistia pra que cantasse "Um cantinho e você".

– Dizem que você canta melhor do que o Dick.

O cantor, vaidoso, pedia que deixasse para mais tarde. Viera de um show beneficente e estava com a boca seca. Carlito trouxe-lhe, às pressas, um uísque.

Alberto, superior, notava o falso interesse de Magda pelo cantor. Não se importava, divertia-se até. Agora era mais fácil cortejar Norma. Conversavam os dois em voz baixa, comentando a festa e o impróprio comportamento de Chafic. O turquinho os observava de longe, sempre atravessando a sala com o copo na mão, como se inesperadamente fosse atirá-lo nos dois.

– É capaz de tentar o suicídio – gracejou Alberto.

Magda e o cantor conversavam, íntimos. Depois, passaram a dançar. Pagava com a mesma moeda o que Alberto fizera. Este, entretido com Norma, procurava iniciar um namoro:

– Por favor, não jogue Magda contra mim.

– Oh, não me fale dela. Vou deixá-la logo, logo.

Habitualmente, pareceria detestável a Norma flertar com o amante de sua amiga. Mas o clima daquela festa, onde as damas e os cavalheiros trocavam de par a todo instante, abalava os seus frágeis princípios. Afinal, nada tinha muita importância. Magda conquistara Hermann e perdera-o. Podia perder Alberto também. Depois, quem insistia não era ela. Estava inocente no caso.

Alberto tocou-lhe no braço:

– Veja como Magda se diverte com o cantor.

– Tem certeza de que ela está se divertindo?

– Se for para me enciumar, perde tempo – garantiu Alberto, com um sorriso superior. – Quer saber de uma coisa? Ele me faria um grande favor se me roubasse Magda.

Norma riu-se, não apenas do que Alberto dissera, mas de tudo que acontecia ao redor. E não é que a endiabrada Shirley deixara o garotão de blusa vermelha? Agora dançava romanticamente com um cavalheiro de meia-idade, o mais velho da festa. Rostos colados, sussurros no ouvido.

– Vê aquele? – perguntou Alberto, apontando o par de Shirley. – É um conhecido deputado estadual, muito amigo dessas reuniões. Precisa ouvi-lo falar na Assembleia: parece um padre!

Dois rapazes apareceram no salão, anunciando que iam dar um mergulho na piscina. Cansados das pequenas, queriam trocar de esporte.

Norma via tudo através de uma névoa, a embriaguez crescia, mas insistia em beber mais. Percebeu que Abbib se aproximava dela com um sorriso. Até então não a olhara uma só vez.

– Ainda não conheço essa linda moça, Berto.

– Já fomos apresentados – disse ela.

– Eu apresento de novo – prontificou-se Alberto. – Norma Simone, uma nossa amiga.

– Sabe que acaba de ganhar um concurso? Houve uma pequena reunião de homens na copa e a senhorita foi eleita, por unanimidade, a mais bela moça da festa.

– Quanta gente de bom gosto nesta festa – pilheriou Alberto, no íntimo detestando a intromissão do dono da casa. Conhecia Abbib, perigoso quando se dispunha a conquistar uma mulher, tarefa sempre fácil para o dono de tanto dinheiro.

– Venho pedir permissão para dançar com a rainha – disse Abbib com naturalidade.

Norma, sorrindo, levantou-se, ansiosa por conhecer detalhes da eleição. Alberto ficou só e aborrecido, mas sabia disfarçar seu estado de espírito. Sorria a todos os pares que passavam por ele, integrado na reunião. Jamais se humilharia em ficar à margem, apagado e esquecido. Tinha confiança nos seus dotes físicos e em sua experiência da vida boêmia. À menor atenção que desse a qualquer das moças, fazia uma conquista.

Magda largou o cantor e foi sentar-se junto de Alberto, irritadíssima:

– Viu que galinha Norma está ficando? Deixou o pobre do Chafic sozinho.

– Fez bem, esse mascate é um chato.

– Ela está querendo namorar você.

– Impressão sua!

– Impressão o quê! A mamãe é muito viva!

Agora Magda encontrava dificuldade em ocultar seu ciúme. Estava atemorizada, com medo de perder Alberto. Ele não lhe dava muito dinheiro, era verdade, mas a categorizava bastante. Precisava prevenir-se, afastá-lo de Norma.

Alberto disfarçadamente seguia o par que Norma formava com Abbib.

– Você tem que frequentar sempre minhas festas – dizia Abbib a Norma.

– Virei sempre. Estou gostando muito.

– Aqui a gente se diverte mais do que nas boates. Há mais liberdade, cada um faz o que quer. Só peço aos rapazes que não joguem cigarros acesos nos tapetes: o resto é permitido. Quem quer dançar, dança. Quem quer beber, bebe. Outros vão para a piscina. Já viu a piscina? Não se compara, é claro, à do Paulistano, mas serve para umas braçadas.

– Nunca nadei numa piscina – confessou Norma.

– Ah, prefere o mar? Também eu, tanto assim que comprei uma faixa de praia em Itanhaém. Construí lá uma bela casa, à disposição dos amigos. Se lhe agradar, passe lá o tempo que quiser. É melhor do que se hospedar num hotel.

Norma ouvia, maravilhada. Jamais conhecera alguém tão rico. Quem sabe, algum amigo seu, também endinheirado, a pediria em casamento? Precisava cultivar aquela útil amizade.

– Veja – disse Abbib. – Alberto e Magda estão juntos outra vez. – Vão dançar... Vamos para o jardim respirar um pouco de ar puro junto à piscina.

Antes de irem ao jardim, passaram pela copa, onde Carlito lhes serviu dois uísques. Era o quarto que Norma bebia e começava a ficar tonta, embora fizesse o possível para não o demonstrar. Precisava aprender a "beber bem", como se costumava dizer naquela roda. O primeiro contato com o ar livre reanimou-a. Encheu os pulmões com o ar suavemente frio que envolvia aquela disciplinada ramaria. Os atalhos entre os canteiros eram escuros, e Abbib tinha que conduzi-la pelo braço. Chegaram, enfim, à piscina, iluminada por globos de luz.

– É linda! – aclamou Norma. – Gente nadando a esta hora? O rapaz que acompanhava Shirley arranjara um calção e aprontava-se para mergulhar. Outro se dispunha a fazer o mesmo.

– Aposto que vão apanhar um resfriado – disse Abbib.

– Nadar à noite, que ideia!

– Vamos sentar – sugeriu o dono da casa, indicando um banco. – Assim não precisamos ficar segurando os copos.

Norma olhava o seu acompanhante como quem visse uma criatura do mundo da fantasia. Se pudesse gozar ao menos uma parte daquele conforto todo! Mas nem de longe pretendia conquistar Abbib, pois sua intuição advertia que seria um passo em falso. Um homem tão rico não se deixaria enredar facilmente. Contudo, aquele momento lhe fazia bem.

Bebeu mais, com uma sede que nunca tivera. Não fazia mal que se embriagasse um pouco: naquela casa nada era reparado.

– Puxa, como bebi!

– Se se sentir mal, Carlito arranjará um estomacal.

Norma olhava as águas da piscina, pensando no futuro. Se soubesse usar a cabeça, podia ir longe. Temia, no entanto, que uma verdadeira paixão, como ainda não tinha tido, viesse atrapalhar tudo. Mas isso não poderia acontecer. Tinha que esfriar seu coração e, se se casasse algum dia, não o faria com um moço sem posses. Começava a amar a vida e a valorizar os seus prazeres mais caros.

– Você não fala muito – observou Abbib, provocando-a.

– Estava pensando.

– Pensando em quê?

– Nesta sua casa e em tudo que há dentro dela.

– Posso dividir com você tudo que tenho – arriscou Abbib.

Norma riu, sem revelar nenhuma surpresa ante o que ele disse. Decerto, sabendo-a pobre, devia julgá-la uma presa fácil. Era onde se enganava. Apesar do álcool, fez-se forte àquele momento.

O sírio-libanês sorriu, acusando o erro grosseiro em que caíra.

– Acha que não posso me interessar por você? Sou solteiro e um dia me casarei.

– Se isso acontecer, a noiva será uma patrícia sua. Posso adivinhar que será feia, com um nariz deste tamanho, mas também rica. Sou nova, mas sei que turco não dá pé.

Abbib tinha a virtude de não ser muito insistente. Também não guardava ressentimentos, quando perdia uma parada. O único erro que nunca cometia era a perda inútil de tempo no terreno amoroso. Fez-se esportivo:

– Você é uma pequena esperta. Parabéns.

– E você é formidável. Julgava-o mais pretensioso.

– Sei que dizem isso de mim. Mas que culpa tenho de ser rico? Aquele rapaz, por exemplo, o Alberto, não me perdoa o dinheiro que tenho. É um aristocrata. Para ele, o poder e a fortuna deviam pertencer aos de sangue azul. A verdade é que, enquanto o pai dele torrava o dinheiro em Paris, meu pai vendia meias de porta em porta. Posso ser um tubarão, mas sou generoso. Pago uísque para todo mundo e não obrigo nenhuma dessas moças a se acertar comigo. Não se pode dizer o mesmo desses quatrocentos--anos quando se veem com dinheiro.

– Mas Alberto não é rico?

– A família está em apuros. Seu pai cometeu grave erro em vender as fazendas.

Norma sentiu um arrepio.

– Vamos entrar, senão me resfrio.

Voltaram os dois, ambos mudos, sentindo que viviam em mundos diferentes. Qualquer entendimento entre eles era impossível. Antes que entrassem no salão, Carlito, materializando-se diante deles, anunciava que o cantor de rádio aquiescera em interpretar alguns números.

No centro do salão, de violão em punho, o cantor preparava a garganta para o primeiro número. As moças, ao seu redor, pediam-lhe boleros e sambas-canções. O profissional iniciou o recital com o "Sin motivo", um dos sucessos do ano. O agrado foi geral. Apenas Alberto manteve-se sentado, sem prestar-lhe grande atenção. Dizia que não gostava de gente de rádio.

Continuando sua audição, e para atender a pedidos, o cantor interpretou "Amargura" e "Ponto final", copiando o jeito de Lúcio Alves, apesar de anunciar que ia cantar esses números de uma forma diferente. Não tinha estilo próprio, embora a voz fosse das melhores. Cantou mais um samba e um bolero e, num momento de aplausos entusiásticos, encaminhou-se para a cozinha, a fim de beber. Depois não cantou mais. Precisava poupar a garganta para o programa do dia seguinte.

Ligaram novamente a vitrola. O baile prosseguiu mais livre, menos formal, como ansiava a maior parte dos presentes. O álcool já fazia efeito em todos, e chegava a hora dos excessos. A festa ia começar de verdade. Até então, tudo não passara de preparativos.

Quando terminou a rápida e aplaudida audição do cantor, Chafic segurou o braço de Norma, exaltado. Seus olhos fuzilavam; ciumento e embriagado.

– Já é tempo de dançarmos um pouco – exigiu.

Norma não queria dançar com ele. Humilhando-se assim, Chafic fazia-se detestável. Queria vê-lo à distância, mas ele apertava-lhe o braço.

– Uma música só, estou cansada.

Chafic dançava com dificuldade. Bebera demais e suas pernas estavam pesadas. Fazia acusações:

– Se eu soubesse que ia se portar assim, não a teria trazido.

– Assim como?

– Pensei que fosse ficar comigo. O que você e Abbib foram fazer no jardim?

– O que você tem com isso?

– Sabe que essa turma toda está rindo de mim?

– É provável – disse Norma. – Você está fazendo feio.

Um par que dançava espalhafatosamente foi de encontro a eles. Norma se aproveitou disso para dizer a Chafic:

– Não se pode dançar aqui. Quero mais uma dose.

Chafic acompanhou-a até a cozinha, mais submisso. Estava disposto a toda sorte de concessões. O que não desejava era ficar só e esquecido. Ele mesmo preparou o uísque da moça, carregando na dose, maldosamente. Se ela se embriagasse, as coisas talvez melhorassem.

– Quer ver um bom lugar para a gente ficar? Na sala onde o pessoal guarda os agasalhos.

– Tem espelho lá? Quero retocar a pintura.

Foram ao vestiário. Norma sentou-se diante de um psichê e retirou o batom da bolsa. Enquanto refazia a pintura, Chafic a observava, inflamado de desejo. Não havia ninguém ali, além dos dois, podia agir sossegado.

– Norma, quero que abandone a loja amanhã mesmo.

– Ah, você quer? – murmurou a moça, sem lhe dar importância.

– E quero também que me preste atenção.

Norma fez que sim, com um sinal de cabeça, e continuou a pintar-se.

– Monto um apartamento para você – começou o rapaz. – Você fica por minha conta. Não precisa trabalhar mais. Falo sério, ouviu?

Norma acabou de pintar-se. Sabia que, daquele momento em diante Chafic ficaria ainda mais aborrecido.

– Quantas doses já bebeu? – perguntou, levantando-se.

O rapaz, irritadíssimo, impediu-a de sair da sala. Segurava-a firmemente pelos braços.

– Estou meio tonto, mas o que eu digo...

– Me largue, quero falar com Magda.

– Pensou no que eu disse?

– Vou pensar – respondeu Norma, desatenta.

Chafic, num impulso, puxou-a de encontro a si, para beijá-la. Mas Norma, rápida, escapou-lhe. Nem foi preciso muita força; o rapaz estava mais tonto do que parecia.

– Violência não vale – disse Alberto, salvador, aparecendo na porta.

Chafic mastigou a humilhação. Na certa, Alberto estivera a espioná-los. Estava sem amigos naquela luta. Todos se interessavam por Norma. Não teve, porém, tempo de dizer nada. Os dois se afastaram depressa. Logo os viu dançando, a sorrir, sem dúvida comentando o acontecido.

– Não devíamos dançar. Magda fica enciumada.

– Oh, não importa. Afinal, assinei algum compromisso com ela?

– Você quer por força que Magda brigue comigo.

Terminado o número, Norma foi sentar-se ao lado de Magda. Queria mostrar que nada pretendia com Alberto.

– Sabe o que aconteceu? – disse-lhe. – Chafic tentou agarrar-me.

– Você é muito tentadora – respondeu Magda, ferina.

– Ele é que é um imbecil.

Chafic impediu que Alberto voltasse para junto de Norma. Puxou-o para um canto do salão. A voz saía-lhe com dificuldade da garganta:

– Por que foi me atrapalhar?

– Não atrapalhei ninguém – respondeu Alberto, calmamente. – Escute aqui: dessa forma você não conquista essa pequena nem daqui a um século. À força é que não pode ser. Mais habilidade.

– Você também está de olho nela, confesse.

Um rapaz aproximou-se de Norma, tirando-a para dançar. Era Nelson, um grande amigo de Abbib. Seu pai era dono de uma estamparia. Apesar de jovem, Nelson gabava-se de conhecer quase o mundo inteiro. Saíram dançando bem juntinhos, Norma afetando interesse pelo moço. Já um pouco tonta, não se aborrecia com a sensualidade do parceiro.

Alberto repousou a mão no ombro de Chafic:

– Viu? Que adianta dar tanta bola a ela? Em seu lugar, eu apanhava Shirley, que está sobrando.

– Shirley já apanhei muitas vezes, não tem graça.

– Você quer todas as pequenas do mundo, só porque é rico.

– Lá vem você com essa conversa de dinheiro.

– Largue o copo e pare de beber.

– Sei quando devo parar.

Não sabia. Chafic tomava um dos maiores porres da temporada. Voltou à copa e pediu a Carlito que lhe desse outra dose. Enquanto o cupincha o servia, pôs-se a falar de Norma, com a boca mole. Queria um confidente. Uma dose de uísque e um confidente.

– Sabe guardar segredo, Carlito?

– Sou um túmulo.

– Estou apaixonado. A pequena não vale um tostão, mas me pegou de jeito.

– Então, beba – aconselhou Carlito. – O álcool é o melhor remédio para dor de cotovelo.

Chafic abraçou o cupincha, dizendo-lhe que o estimava profundamente. Fazia questão de sua amizade e seriam grandes amigos o resto da vida. Quanto a Alberto, era um "urso".

– Mas o doutor Alberto é tão bom...

O rapaz, com pouco controle do queixo, segredou-lhe que Alberto queria sua pequena. Abbib, Nelson e aquele maldito cantor. Estavam todos atrás dela.

– Qual é a moça?

Chafic descreveu-a. O cupincha logo a identificou.

– Tem gosto – disse. – Quer ouvir uma verdade? É a moça mais bonita que já pisou nesta casa. Por ela, até eu... Bem, eu não tenho cartaz, mas em seu lugar...

Nelson, o *globe-trotter*, sentia-se decisivamente no páreo. Dançando com Norma, era o rei da festa. Apenas Abbib não o invejava, atracado, generosamente, a uma pequena feiosa, que se encantava com sua atenção.

Sentados no divã, Magda e Alberto brigavam, ambos de copo na mão, furiosos.

– Vou pedir para alguém me levar embora – ela dizia. – Você me humilhou demais.

– Que história é essa de ciúme? Vocês são tão amigas!

– Amigas de araque! Se ela fosse minha amiga, ficava no seu canto.

Alberto não se encorajava a trocar o certo pelo incerto. Não era possível confiar em Norma, vendo-a dançar daquele jeito. Tratou de apaziguar a amante.

– Essa menina não sabe o que quer, é uma criança.

– Olhe, não sei o que vai sair daí. Se não abrir os olhos, acaba caindo na zona.

Norma e Nelson foram sentar-se no vestiário, onde ela estivera com Chafic. Norma sentou-se numa poltrona, ele no chão, democraticamente. Contava sua viagem a Paris. Frequentara todos os bistrôs da Cidade-Luz e assunto não lhe faltava. Conhecera gente famosa, seis meses de farra, na conta do velho.

– Mas as francesas não são essas coisas – afirmava. – Uma moça como você, por exemplo, faria sucesso na França. Olhe, ainda sou capaz de levá-la...

Norma sorriu e ele viu no sorriso um sinal aberto para segurar-lhe a mão. O primeiro passo para um desfecho feliz num romance que mal começara. A moça sorria, mansamente. Queria que o rapaz se sentisse em extremo confiante, para que a brincadeira tivesse mais graça. Chafic precisava de um companheiro. Nelson, supondo-a encantada pelas suas palavras, redobrava o entusiasmo. Agora estava em Barcelona, assistindo às touradas. Falava de Hamburgo, de Berna, de Lisboa. Em todas as cidades do mundo era brindado por certos casos curiosos ou extravagantes que "só aconteciam para ele".

– Em Lisboa, numa noite que tomei um pifão... Espere! Minto! Não foi em Lisboa, foi em Viena... Sim, Viena.

A moça seguia mais os seus gestos do que as suas palavras. Nelson preparava um bote, enquanto falava. Ensaiava uma forma de beijá-la com naturalidade. Mas a posição escolhida, sentado no chão, era incômoda demais. Num movimento simples, elástico, transferiu-se para o braço da poltrona. Assim era mais fácil.

– E como acabou o caso?

– Já disse: apresentei-me na delegacia – concluiu Nelson, acariciando os cabelos da moça.

Agora o bote estava preparado: era só esperar o momento.

"Tudo me parece tão claro", pensou Norma. "Cada um tem sua maneira de agir. Este, quer me levar para a França. Não posso confiar em ninguém. Vou deixar o moço falando sozinho." Foi o que fez, levantando-se bruscamente da poltrona.

O rapaz viu escapar-lhe a presa, amargurado.

– Aonde você vai?

– Movimentar as pernas.

– Bobagem. Fique aqui.

Norma seguiu para o salão. Só quando se pôs de pé, percebeu quanto estava tonta. Mas o álcool a atraía ainda. Seria aquele seu primeiro porre. Pediu ao garção mais uma dose e foi acomodar-se junto ao órgão, que Abbib voltara a tocar.

– Que música quer que eu toque? – indagou o dono da casa.

– "Nosotros". É velho, mais ainda gosto.

– Será prontamente atendida.

Subitamente, ouviram-se vozes altas e correria. Logo depois aparecia uma moça na sala mal iluminada, com os cabelos revoltos. Um rapaz, a seu lado, fazia gestos de quem pedia desculpas.

– Que houve? – perguntou Norma a Abbib.

– Coisas do Célio. Vai ver que tentou agarrar a pequena à força. É sempre a mesma coisa.

O rapaz continuava se desculpando. Devia ter usado bons argumentos, pois, logo em seguida, ele e a mesma pequena dançavam, silenciosamente.

Norma notou que não mais distinguia claramente a fisionomia das pessoas. Sim, estava embriagada. O garção trouxe-lhe a dose pedida.

— Acho que não vou beber mais — disse.

— Ora, beba — sussurrou Abbib. — Depois, lave o rosto, que passa.

Nelson surgiu a seu lado.

— Por que foi embora?

— Cansei-me.

— Vamos dar um pulo ao jardim?

Norma não respondeu. Os vapores do álcool subiam. O rapaz, insistindo, levou-a até o jardim. Dizia que o ar puro lhe faria bem, curava o porre.

O cantor, ao ouvido de Abbib, implorava:

— Vamos, passe aqueles filmes. Está na hora.

— A máquina está desarranjada.

— Talvez a gente possa consertá-la.

Para Norma, os acontecimentos se embaralhavam. Nelson, no jardim, segurava-a pelo braço e tentava beijar-lhe o pescoço. Não opôs muita resistência, indiferente ao rapaz e a tudo. Sorria muito, achando graça não sabia em quê.

Chafic surgiu diante deles:

— Aonde vocês vão?

— Chafic! — exclamou Norma. — Você ainda morre de ciúme.

— Venha para cá — disse o rapaz, puxando-a.

Nelson não gostou:

— Que foi? Está perdendo a esportiva?

— Ela vai ficar comigo.

— Bem, ela que resolva!

Norma achava graça:

— Não resolvo nada, vocês que decidam. — E correu para o interior da casa, o mais depressa que pôde.

Nelson e Chafic olharam-se de frente, este completamente embriagado.

— Não se meta mais com esta pequena.

— Por quê? — indagou Nelson, enfurecido. — Você é que está se metendo.

— Ela veio comigo.

— Mas é meu controle, está na cara.

Chafic deu um soco no adversário, mas o impulso foi forte demais e sem direção. Foi bater de encontro a uma árvore. Tentou nova investida. Um rapaz que entrou em cena o deteve:

— Que está acontecendo aqui?

Chafic baixou a cabeça, envergonhado:

— Brincadeira.

Alberto, conversando com Magda, sugeriu que fossem embora. Era tarde demais, quase três da manhã. Deviam levar Norma também, para o bem dela.

– Já sei o que você quer.
– Quero o quê?
– Dar um jeito de levá-la pra casa. A mamãe é viva!
– Que asneira! Eu a deixo primeiro. Depois levo você.
– Deixe ela aí com os outros.
– Acho isso perigoso.
– Puxa, como você se preocupa com ela!

Alguns pares dançavam no salão, mas não se sabia o que acontecia pelos jardins e pelos cômodos da casa. A festa de Abbib chegara ao apogeu. O velho espírito romano refloria em Santo Amaro. A tecelagem do libanês patrocinava a orgia.

Chafic, Nelson e Carlito eram os únicos que ainda sobravam.

Norma, apoiada no órgão, tentava prestar atenção à música.

– Quer ir embora? – indagou Alberto, jeitosamente.
– Quero – disse Norma.

Magda aproximou-se, possessa:

– Se quiser, fique. Não queremos atrapalhar você.

Norma percebeu que ela não a queria perto de Alberto. Respondeu que ficaria mais tempo, alguém a levaria para casa. Os outros dois se afastaram.

O cantor de rádio, voltando ao jardim, com ares de quem se saíra bem duma aventura, chegou-se a Norma. Podia ser bem-sucedido novamente. Habilidade não lhe faltava.

– Você canta muito – disse Norma.
– Obrigado.
– Em que dia tem programa?

O cantor, segurando-a pelo braço, levou-a ao divã, pondo-se a falar de sua carreira artística. Fora duro a princípio. Começara como extra. Ninguém lhe dava valor. Tinha que fazer cachê nos *taxi-girls*. Um dia conseguiu um pequeno contrato. Quando o contrato terminou, fez uma gravação e o disco estourou na praça. Cinquenta mil vendidos. Logo em seguida, entrava para a Rádio Ipiranga, com horário exclusivo. No próximo ano iria fazer temporada na Rádio El Mundo, de Buenos Aires.

– Nunca estive numa estação de rádio.
– Vá me ouvir na quinta, das oito às oito e meia.
– Você é da Ipiranga, deve conhecer Mauro Giampioni.
– Por quê? Você o conhece?
– Ouvia muito os seus programas.

O cantor confidenciou:

– Giampioni é um cara chato. Pouca gente gosta dele. Por mim, nunca fez nada. E como bebe!

Em seguida, o cantor falou dos segredos de bastidores de sua emissora. Condenava rudemente alguns colegas que impediam sua ascensão. Apesar de sua popularidade crescente, todos lhe lançavam pedras no caminho. Enquanto falava, apertava a mão de Norma. Inesperadamente, confessou:

– Você é a pequena mais interessante desta reunião.

– Eu sei.

– O quê?

– Já me disseram isso – ela murmurou, sentindo que até para falar tinha dificuldade. Tentava fixar os olhos no cantor, inutilmente. Tinha sono também. Um sono pesado, tóxico e invencível.

– Posso levá-la para casa – disse o cantor.

– Ainda não...

– Que tal se acabássemos a noite no Je Reviens?

– Quero ficar aqui.

Para criar clima de romance, o cantor se pôs a cantar baixinho. Era mais um trunfo que punha em jogo. Tinha que dar certo, puxa vida! Procurava fazer a melhor seleção possível em seu repertório de sambas e boleros. Mas sua voz tremia mais do que de costume. O resultado viria em seguida.

Nelson, que observava a cena de longe, chegou-se a Norma. Disse-lhe:

– Se você não dançar, é capaz de dormir. – Obrigou-a a levantar-se quase à força, tirando-a da órbita do cantor.

Muitos convidados já se retiravam da casa de Abbib. Faróis de automóveis se acendiam no pátio, iluminando, por instantes, o interior da casa. Passava das quatro horas e os amigos do milionário partiam, alguns decepcionados porque não houvera a exibição de filmes proibidos. Outras reuniões tinham sido melhores. Um deles teve que ir até o carro, amparado, tanto bebera aquela noite. Um vomitava no jardim, firmando-se num arbusto.

– Cuidado com esse cantor – Nelson disse à moça.

Norma, também embriagada, mal ouvia o que lhe diziam. Dançava como um autômato, rosto colado no ombro do parceiro. Queria dormir, dormir em qualquer lugar. Nem sabia com quem dançava. Quando Abbib substituiu Nelson, enlaçando-a, nem ao menos percebeu que agora seu par era outro.

Largado numa poltrona, os olhos semicerrados, Chafic lutava contra o sono. Tentava fixar a atenção em Norma, que dançava diante dele, mas estava impossibilitado para qualquer reação. Logo dormiria de verdade, fora de combate.

Shirley perambulava pela casa, como uma sonâmbula. Atrás dela, o cantor seguia com os olhos bem abertos.

– Não aguento mais de sono – sussurrou Norma.

– Vá descansar um pouco – aconselhou Abbib, levando-a, delicadamente, para o interior da casa.

O salão estava vazio e a vitrola fazia girar inutilmente um slow-fox. Ouvia-se o ronco de Chafic. Conduzida por Abbib, Norma entrou num quarto espaçoso e tranquilo, que convidava a dormir.

– Quero ficar só – murmurou ela.

Abbib não insistiu, voltando para a sala. Desligou a vitrola e sentou-se na banqueta do órgão. Gostava de tocar quando a casa estava em silêncio. Era quando caprichava mais. Iniciou o "What is this thing called love", a puxar um desfile de velhas melodias. Às vezes, erguia a cabeça para ver Chafic dormir na poltrona. O cantor e Nelson perseguiam as últimas convivas.

Atrás de si, Abbib ouvia uma voz:

– A moça caiu no sono.

– Quem?

– Aquela bonita, que você levou para o quarto.

Abbib largou o órgão e dirigiu-se à alcova. Abriu a porta cuidadosamente. Sobre a cama. Norma dormia como se cloroformizada. Ficou a olhá-la, atentamente. Estendeu a mão até a altura de suas coxas, mas não foi além. Retirou-se do quarto, voltando ao órgão.

Parado na porta do salão, Carlito ouvia-o tocar. Sabia que, quando só, ao órgão, Abbib esquecia-se de tudo ao redor. Olhou aos lados. Foi ao jardim, onde viu Nelson e o cantor ocupados com duas pequenas. Tentavam puxá-las para o interior de um automóvel. Seus passos ligeiros o levaram de novo para o interior da casa. Viu Chafic, dormindo. Nada o faria acordar. Abbib, ao órgão, tocava, longe do mundo. O corredor estava às escuras. Seguiu pé ante pé, matreiro. Parou diante da porta do quarto onde Norma dormia. Tocou a maçaneta, ainda olhando para os lados. Em seguida, com muita cautela, entrou no quarto, num relance. Ah, os cupinchas também têm seu dia de sorte!

15

Quando Norma despertou, no dia seguinte, com o sol batendo na vidraça, percebeu logo o que havia acontecido na noite anterior. A dor e o sangue revelavam. Lembrou-se, vagamente, de que alguém, na escuridão do quarto, a desvestira com mãos de ferro. Supunha tratar-se de um pesadelo, e não resistira, derrotada pelo álcool. Mas fora um pesadelo com toda a feição da realidade. Devia ter marcas no pescoço e no rosto. Não recordava nenhuma palavra do agressor, só a sua impetuosidade, e aquela música de orgão que vinha do fundo. Na certa, desmaiara, no início do ataque. Só acordara muitas horas depois, com um gosto amargo na boca, os sentidos embotados pela ressaca, e aquela mancha de sangue. Levantou-se para examinar a porta: sim, ficara aberta a noite toda.

Quem havia sido o culpado? Nelson? O cantor? Abbib? Chafic? Não sabia. Tinha a impressão de que não fora nenhum deles, os quais poderia identificar pelo cheiro, pela respiração, pelo contato, apesar da embriaguez. Recompondo, num esforço de memória, aquela sombra porosa que a atacara, imaginava-a pertencente a um homem mais franzino do que os perseguidores da noite. Uma dessas criaturas frágeis que reservam todas as suas energias para determinados momentos. Dirigiu-se para o banheiro. A água fria, escorrendo-lhe pelo corpo, acordou-a mais um pouco. Estava, porém, ainda intoxicada. Examinou-se num espelho oval, de superfície bem polida. Nunca tivera pior aspecto. Penteou os cabelos às pressas. Procurou compor-se o melhor possível, envergonhada do acontecido. Caíra numa armadilha, ingenuamente, ela, que até então soubera resistir tão bem a tantos homens.

Saiu do banheiro, dirigindo-se ao salão. Numa poltrona, Chafic ainda dormia. Fora lá que o vira pela última vez. Não, não podia ter sido ele, estava claro. Um dos garçãos, homem idoso, que servira na noite passada, varria a área.

– Quem está aí? – ela perguntou-lhe. – Shirley está?

– Não tem nenhuma moça aqui – respondeu ele.

– Aquele cantor dormiu aqui?

O garção respondeu prontamente:

– Saiu com uma das moças. Deviam ser cinco horas, mais ou menos.

Também não fora o cantor. Perguntou por Nelson. O garção contou que esse rapaz se sentira muito mal; quase tiveram que chamar médico. Abbib precisou levá-lo para casa, pois ele não estava em condições de dirigir. E apontou o carro de Nelson, perto do portão.

Aquilo começava a ficar misterioso. Seguiu para a cozinha, onde ouvia ruídos. Tinha que falar com alguém antes de ir embora.

– Estava aprontando um café bem forte – disse Abbib.

Norma encarou-o: talvez fosse ele o culpado.

– Você ainda não dormiu? – perguntou.

– Tive que levar Nelson para casa. O rapaz deu trabalho. Faz meia hora que voltei.

– Quando saiu, o cantor ficou aqui?

– Não, foi embora antes – respondeu o dono da casa.

Norma largou-se numa poltrona, desolada. Estava com vontade de chorar e de contar a Abbib o que sucedera. Mas não o fez, por vergonha, e mesmo porque podia estar diante do culpado. Ela não sabia de nada.

– Por que não fechou a porta do meu quarto quando saiu? – ela indagou.

Abbib entregou-lhe a xícara de café.

– Por quê? Alguém tentou abusar de você?

– Tive a impressão de que quiseram entrar no quarto.

– De fato, eu podia ter feito isso, mas você não estava em perigo. Chafic dormia como um bezerro e, por sinal, dorme ainda. Os dois garçãos não se atreveriam, mesmo porque Carlito ficou aqui.

Pela primeira vez Norma pensou em Carlito, o rapaz que Alberto chamava de cupincha, o mais modesto de todos os homens presentes na festa. Seria ainda mais humilhante, se tivesse sido ele. Não podia aceitar essa verdade.

– Onde está Carlito?

– Foi embora – respondeu o milionário. E, em seguida: – O que vai dizer à sua mãe por ter dormido fora?

– Já tinha dito que dormiria com Magda.

– Então não há problema. Vou levá-la para casa.

Abbib conduziu-a até a garagem. Fê-la entrar em seu Cadillac e tomou o rumo da cidade. Ao seu lado, Norma tentava ainda recompor os fatos da noite anterior. O ódio que sentia de Carlito era sem fim. Disse, afinal:

– Eu estava embriagada ontem, não é verdade?

Abbib sorriu:

– Você deu o seu showzinho. Foi a dona da festa.

– Estou envergonhada.

– Ressaca moral.

Norma não tinha o que dizer, mas não estava disposta a contar o que houvera. O maior culpado de todos fora Chafic, que a arrastara para a maldita festa.

– É a primeira vez que bebo assim – desculpou-se.

– Você ainda não sabe beber.

– Acho que nunca mais beberei.

Abbib sorria e comentava os incidentes da festa. Referia-se, penalizado, a Chafic, que fizera o tempo todo um triste papel. Falou de Shirley, que "se divertira" com três ou quatro rapazes aquela noite. E elogiou a bela voz do cantor. Não se esqueceria de convidá-lo para as outras reuniões.

Para Norma, aquela noite seria sempre lembrada como um episódio trágico em sua vida. Aqueles fatos todos, embaralhados na mente, atordoavam-na. Não via a hora de refugiar-se em seu quarto, sozinha, para chorar. Só as lágrimas lhe fariam bem.

16

Os dias que se seguiram à reunião em casa de Abbib foram para Norma os mais tristes de sua juventude. Ia de casa para o trabalho, do trabalho para casa, evitando as pessoas. Na loja, mostrava-se desatenta, sempre voltada para seu confuso mundo interior. E, quando deixava o serviço, seu único desejo era o de correr para casa, onde podia gozar de uma solidão quase perfeita. Todos os homens para ela representavam uma ameaça. Mesmo dormindo, mal cerrava os olhos, via-se perdida num labirinto e perseguida por Carlito, Abbib, Nelson, Chafic e todos os outros. Acordava geralmente em sobressalto, sem poder dormir mais.

Dona Júlia, apesar de seu constante alheamento, notou que algo estranho se passava e tentou arrancar-lhe uma confissão. Norma nada revelou.

– Ando um pouco fraca, não é nada.

A mãe acreditava; o que a preocupava realmente era a conduta de Bruno.

– Como ele vai indo na oficina?

– Não está mais lá. Foi acusado do roubo de uma ferramenta.

– E foi verdade?

Ninguém poderia arrancar a verdade de Bruno. Jamais abria a boca quando lhe faziam perguntas. Só soltava um pouco a língua quando bebia. Então, mais humanizado, se punha a falar com entusiasmo sobre motocicletas e automóveis, arrotando conhecimentos. O certo era que, sem nunca ter estudado mecânica, com incrível habilidade montava e desmontava qualquer motor. A máquina e, mais precisamente, o veículo, era a única coisa que o interessava e que despertava nele uma forma indefinida de respeito. Seu sonho, dizia, era possuir um dia o seu carrinho, por mais velho que fosse. Nesse dia, vitorioso, poderia começar a preocupar-se com o futuro.

Norma, ao saber da notícia, perguntou, indignada:

– Você roubou ou não a ferramenta?

Bruno sacudiu os ombros. Não tinha que dar satisfações a ninguém. Mas respondeu:

– Apenas a pus no bolso. Pretendia devolver. O dono viu e me pôs na rua. Assunto liquidado.

Norma não quis levar o caso avante, sem ilusões sobre o futuro de Bruno. Ele, e também ela, viviam impulsionados por forças contra as quais era impossível lutar. E, como pensar no irmão, se vinha de um drama tão seu, tão íntimo? "Se continuar pensando no que aconteceu na casa de Abbib, enlouqueço. Tenho que tirar isso da cabeça", disse a si mesma. Não tinha, no entanto, ânimo para reagir. O seu mundo desmoronara. Ficava horas e horas deitada, abandonada na cama, com os olhos fitos no dístico que sua mãe pregara à parede: "Hei de vencer". Para facilitar o esquecimento, fez-se boa companheira da mãe. Fazia questão de tornar-se uma filha exemplar, recuperando-se completamente. Ia sempre com dona Júlia ao cinema do bairro e, quando não, ficava com ela na sala, ouvindo novelas de rádio, como uma solteirona. Chegou a interessar-se por diversas novelas, acompanhando-as, capítulo a capítulo, até o desfecho. Participava mais da limpeza da casa, principalmente aos sábados e domingos, seus dias de folga. Assim, reintegrava-se na vida do lar e retomava contato com seus problemas.

Certo domingo, as duas, cansadas de ficar em casa, foram a uma confeitaria comer doces e tomar refrescos. Wandinha estava na casa de uma amiguinha. Já se dispunham a voltar, quando um rapaz do bairro, vestindo roupa de missa, e com os cabelos empastados de vaselina, se aproximou.

– Desculpe, mas a senhora não é mãe de Bruno? E você não é irmã dele?

Antes que o convidassem, o rapaz sentou-se, sem cerimônia, ao lado delas. Conhecera Bruno numa oficina mecânica, onde haviam feito amizade. Mas fazia muito tempo que não o via e ansiava por suas notícias. Tudo pretexto, claro, para conhecer Norma de perto.

Dona Júlia, simpatizando com o moço, travou com ele animada conversa sobre a inclinação de Bruno para a mecânica, sobre a alta dos preços e sobre um filme de cinema em exibição no bairro. O rapaz, notando que a mãe de Norma lhe dava atenção, entusiasmou-se. Procurava dar à sua prosa um ar sensato, maduro e empregava, inclusive, algumas palavras difíceis para que sentissem que ele era rapaz distinto.

– Ainda não sabemos o seu nome – disse dona Júlia.

– Geraldo – respondeu o rapaz. – Geraldo Bonuto. Bruno sabe quem eu sou.

Em seguida, passou a falar de sua pessoa, vaidosamente. Tinha vinte e três anos e era mecânico, profissão muito rendosa, a seu ver. Um tio seu adquirira uma pequena oficina especializada em amortecedores, e iam trabalhar juntos como sócios. Com esse fim, já fizera uma boa economia, o que provou, tirando do bolso uma caderneta da Caixa Econômica Estadual.

– Você é um moço ajuizado – comentou dona Júlia.

– Isso eu sou – respondeu ele. – Fiz minhas farrinhas, mas já chegou a hora de casar. Assim que encontrar uma moça direita, deixo a vida de solteiro. Aliás, é o conselho que minha mãe me dá, com medo de que eu me perca.

Norma ouvia a conversa do rapaz com um sorriso próximo da ironia. Não queria mostrar-se desagradável, mas aquele rapaz, com todas as suas virtudes morais, não a tentava. Imaginava-o de macacão, voltando da oficina, todo sujo de graxa, abraçando-a. Deixaria em seu vestido dez impressões digitais que não sairiam nem com benzina. A lua de mel passariam em Santos, numa pensão de segunda do José Menino. Teriam cinco ou seis filhos, todos chorões, barulhentos e sujos de graxa. Era de rir.

— A senhorita não sai muito de casa, não é? – perguntou Geraldo, dirigindo-se a ela, com heroísmo.

— Ela é muito caseira – adiantou-se dona Júlia para expor as qualidades da filha.

— Não tenho saído – concordou a moça.

— Não gosta de cinema?

Norma respondeu que sim, dando oportunidade para Geraldo comentar os filmes em cartaz. Seu gênero preferido eram os filmes de ação. Falava deles com vivacidade. Não trocava um faroeste por nenhum filme dramático ou romântico. Mas, a cada nome americano que pronunciava, em seu inglês macarrônico, Norma esboçava um sorriso de superioridade.

Conversaram até as onze horas, quando Geraldo pagou a conta e as acompanhou até em casa. Ao despedir-se, manifestou o desejo de rever Bruno. Se não fosse incômodo, apareceria para visitar a família. Dona Júlia declarou que esperariam por ele ainda aquela semana, e que lhe serviriam um licorzinho de uvas feito em casa. Geraldo afastou-se felicíssimo.

Ao entrarem, dona Júlia disse:

— Este é o tipo de rapaz que lhe convém, Norma.

— A senhora gostou dele?

— Decerto que gostei. Meu único receio era que soubesse que Bruno foi acusado de... de furto.

Norma, sempre muito franca, discordou:

— É um rapaz muito cacete. Viu quanta vaselina põe no cabelo? Até dá nojo.

— Você é exigente demais. O rapaz é muito bom. E viu o dinheiro que tem na Caixa? Trinta mil cruzeiros.

— Não é muito, mamãe. Há gente que gasta isso numa semana.

— Pois olhe que gostei muito dele e acho que está bastante interessado por você.

Estava mesmo. Quatro dias depois, véspera de feriado, Geraldo apareceu com seu terno de missa marrom e os cabelos empastados de vaselina. Quando lhe abriram a porta e perguntou por Bruno, que se achava ausente, fez um ar pouco convincente de lástima. Dava graças a Deus por Bruno não estar.

Dona Júlia recebeu-o alegremente:

— Não repare o desmazelo da casa.

– Oh, não sou de cerimônias!

Norma recebeu a notícia da visita do rapaz com enfado. Não estava disposta a conversar. Mas era preciso recebê-lo e fazer cara alegre para que dona Júlia não estrilasse.

Ao vê-la, Geraldo saltou de pé:

– Vim fazer uma visitinha.

– Sim?

– Mas como você está bonita!

Norma sorriu com discrição. Sentou-se diante dele, álgida, e teve então início uma conversa formal e sem graça, que quase a fazia bocejar. Ele, no entanto, estava radiante.

– Amanhã vai haver um grande jogo no Pacaembu – ele noticiou.

– Quem joga?

Geraldo, com desembaraço, falou sobre o jogo do dia seguinte. Recitou a escalação dos clubes e comentou suas possibilidades. Somente muito depois perguntou se ela apreciava o esporte.

– Não – respondeu Norma, quase sem mexer os lábios, ansiosa por observar a decepção do rapaz.

– De fato – ponderou Geraldo –, não é esporte de que uma moça goste. Mas já tive uma namorada que era doida por futebol. Não perdia um jogo. Vivíamos discutindo.

Norma sorriu, a imaginar a cena das discussões entre o casal:

– Que engraçado!

– Era mesmo engraçado!

– Mas por que não casaram?

– Minha mãe se implicou com ela. Dizia que era uma *civetta*.

Dona Júlia apareceu na sala. Sairia um pouco para comprar uma cerveja. O licor estava no fim e só daria para uma rodada.

Assim que ela saiu, Norma murmurou:

– Foi bom ela ter saído.

Geraldo sobressaltou-se. Que ela queria dizer com aquilo? Seus olhos arregalaram-se:

– Sim – concordou, com súbita malícia. – Foi bom!

– Você tem um cigarro? – ela perguntou. – Estava louca para fumar e ainda não fumo perto de mamãe.

Geraldo, estranhando o pedido, deu-lhe um cigarro. Nenhuma das moças de suas relações fumava. Costumava fazer péssimo conceito das mulheres que tinham esse vício.

– Você fuma? Não sabia.

Norma tragou o cigarro:

– Que marca é essa?

— Aspásia.
— Que forte! Estou acostumada com cigarros americanos. — Geraldo admirou-se. Nunca fumara cigarros americanos.
— Custam muito dinheiro!
— Uma amiga minha comprava de uma contrabandista. Mesmo assim saíam caros.

A Geraldo não agradou aquele requinte. Era de opinião que uma pessoa deve eliminar todos os gastos supérfluos. Fumar cigarros americanos, coisa para ricos. Se casassem, ele a curaria do hábito da ostentação, e por nada deste mundo permitiria que a mãe visse sua esposa fumar.

— Bem, que tal se saíssemos no sábado que vem?
— Já disse que quase não saio. Ando meio esquisita, ultimamente.
— Ora, a gente vai se divertir à beça.
— Estou cansada de cinema.
— Quem falou em cinema? Podemos dançar no Romano Esporte Clube. Ele está comemorando dez anos de vida. É um dos melhores clubes de várzea e tem um salão de primeira. Você vai gostar.

Norma não achava um meio de fugir ao convite:
— Sexta-feira dou a resposta, posso?
— Por que não agora?
— Sexta-feira respondo.

Geraldo começou a tentá-la:
— O salão do Romano é formidável! Todo iluminado por lanterninhas. Há um pátio espaçoso, com bancos. E a bebida lá é a mais barata que já vi. Você bebe um pouquinho, ou não?

Norma fez que sim com a cabeça, lembrando o porre que tomara na casa de Abbib.

Dona Júlia voltou trazendo uma garrafa de cerveja. Serviu o rapaz e sentou-se na sala, junto dele, simpatizada. Bom moço, aquele! Não havia no bairro melhor partido para Norma; era só ela perder um pouco sua mania de grandeza.

A conversa da parte de Geraldo e dona Júlia tornou-se bastante animada. Norma pouco participava dela, imaginando o sofrimento que lhe seria imposto no sábado. Mas, com um pouco de boa vontade, reconhecia, podia até ficar gostando de Geraldo, já que era do gosto da mãe.

Quando ele se resolveu a sair, pediu-lhe mais uma vez que lhe fizesse companhia no baile. Teriam uma noite esplêndida. Norma prometeu pensar e, quando bateu a porta, disse a dona Júlia:

— Geraldo insiste para que eu vá ao tal baile.
— Então vá. Nesse rapaz você pode confiar.
— Isso eu sei, mas ele enche.

— Acho que tem uma palestra até agradável.

Norma recolheu-se ao quarto e ligou o radiozinho de cabeceira. Como fazia todas as noites, ouvia o programa *Midnight*, que lançava as melhores músicas da terra do Tio Sam. Enquanto ouvia, meditava. Não sabia se mergulhava na vida suburbana, com Geraldo e seu pequeno mundo, ou se tentava um voo mais alto. Apesar do trauma que lhe haviam causado na casa de Abbib, a aventura ainda a fascinava.

No sábado, pela manhã, Geraldo passou pela sua casa, e, não a encontrando, deixou com dona Júlia o recado de que à noite iria buscá-la. Norma não gostou de seu recado autoritário e, se não fosse a intervenção da mãe, lhe daria um bolo com todo o prazer.

À noite, Norma vestiu-se para o baile. Usou o mesmo vestido que levara à festa da casa de Abbib, bastante decotado, moderno, copiado de um modelo de Magda.

Ao vê-la pronta para sair, dona Júlia, muito prudente, observou.

— A gente do clube vai estranhar o traje.

— Por quê?

— É um tanto escandaloso.

— Não me importo, a senhora sabe que vou ao baile contra a vontade.

Às oito e meia, hora marcada, Geraldo apareceu. Estava, como sempre, vestido à maneira do bairro, de uma elegância suburbana. Vendo-a em seu vestido de noite, não soube esconder sua surpresa.

— Que chique você está! Mas esse vestido é assim mesmo? Não falta um botão aí na frente? — perguntou, apontando para o decote.

Norma não respondeu, achando a pergunta importuna.

— Você veio de carro? — perguntou.

— Não, o Romano fica só a cinco quarteirões daqui! Não é preciso gastar dinheiro em táxi.

— Mas eu não quero ir assim pela rua. Fica feio.

Geraldo não entendia:

— Mas o clube é logo aí.

— Perto ou não, só irei de táxi, se quiser.

O rapaz saiu, às pressas, contrafeito, à procura de um táxi. Era um desperdício alugar um carro para tão poucas quadras. Mas, afinal, era a primeira vez que saíam juntos. Arranjou um táxi, com algum sacrifício, e foi apanhar Norma, com o coração palpitante. A verdade é que ela estava linda e que nenhum dos seus colegas jamais aparecera no Romano com uma pequena igual.

A moça entrou no táxi, numa corridinha. Assim que ela entrou, ele segurou-lhe o braço. Precisava já ir tirando suas lascas.

Norma não disse uma só palavra até que chegassem ao clube, pensando nas vezes que saíra com Magda e Alberto. Como era difícil adaptar-se a outra espécie de gente e de ambientes!

Quando chegaram, Norma observou, de cara fechada, o mau aspecto que o clube tinha por fora. Mas não pôde descer logo, pois Geraldo travava forte discussão com o motorista. Dizia que o taxímetro devia estar com defeito, não queria ser roubado, ninguém lhe passava a perna.

Norma contrariou-se:

– Deixe disso. Pague quanto o táxi marca. Briga por causa dessas coisas...

Geraldo conteve-se e a introduziu no clube, no segundo andar do edifício. Tiveram que galgar uma íngreme escadaria, por onde subia uma infinidade de associados do Romano. Alguns amigos do rapaz, notando que estava bem acompanhado cumprimentavam-no ruidosamente para chamar a atenção da moça. Ela, porém, não olhava para os lados, evitando travar conhecimentos.

No salão havia uma mesinha reservada para eles, num canto estratégico. Geraldo a escolhera porque não desejava ser muito importunado em seu começo de namoro com Norma.

– Que tal o lugar? – perguntou a Norma. – Dei vinte mangos ao garção para guardá-lo pra mim.

Norma olhou ao seu redor, espantada com as cores berrantes do salão e com o ruído da orquestra. Agora compreendia por que Geraldo se chocara tanto com o seu decote. O vestido não servia para aquele lugar tão modesto. As moças, do outro lado do salão, olhavam para ela e cochichavam.

– Regularzinho – disse.

– É o melhor salão do bairro – ele garantiu. – E a orquestra é muito boa.

A moça concordou, pouco animada. Em seguida, Geraldo começou a falar dos sócios presentes, apontando-os com o dedo: um era seu colega de trabalho; outro, um grande centroavante varzeano; aquele, um sujeito que ganhara um segundo lugar numa "Hora de calouros". Queria mostrar que tinha bons amigos e que era muito estimado no clube.

O garção aproximou-se:

– Eh, Gera, o que vai beber?

– Traga uma Brahma. E você, Norma, o que bebe?

A moça pensou um pouco:

– Uísque.

O garção sorriu e olhou Geraldo, que sorriu também. No clube ninguém bebia uísque. A bebida mais fina era cuba-libre. Norma, porém, não sorriu.

— Que foi? Quero uísque.

— Ora, beleza, você não vai querer bancar a grã-fina — disse Bonuto, sério.

— Todas as pessoas que conheço tomam uísque e ninguém se gaba de ser grã-fino! — exclamou Norma.

— Uísque não temos — esclareceu o garção. — Temos gim, é nacional, mas muito bom.

Norma viu logo que não adiantava questionar. Beberia gim com tônica. Ao seu lado, Geraldo olhava-a cheio de estranheza. Primeiro, aquele vestido. Depois, o táxi. Agora, uísque. A irmã do Bruno Simone! Supôs que ela estava querendo aproveitar-se dele porque lhe dissera que tinha trinta mil cruzeiros na Caixa Econômica.

— Vamos dançar — ordenou Geraldo, já com ares de noivo oficial!

— Primeiro quero beber — pediu Norma, como se lhe suplicasse que fosse cortês.

Geraldo não insistiu, pondo-se a beber sua cerveja, feliz da vida. Acompanhado por Norma, voltaria a ter cartaz no clube. Mas não era só o que desejava. Com ela se casaria de bom grado, assim que lhe corrigisse alguns defeitos. Era só acabar com aquele arzinho de Jardim América.

Meia hora depois, Norma mesma sugeriu:

— Dancemos agora.

Saíram dançando, ele, meio metro acima do ombro dela, como se quisesse ver de um mirante a reação que a moça causava aos seus amigos e antigos flertes. A reação era a melhor possível, inveja da parte dos rapazes e despeito da parte das moças. Lá estava a Assunta, uma de suas "ex", mordendo os beiços.

Norma, nos primeiros passos, descobriu que seu par não dançava à sua maneira. Ele parecia mais inclinado a praticar esportes do que a dançar; tinha também o defeito de suar por todos os poros, molhando-lhe a mão e as costas. O salão, por outro lado, estava repleto. Impossível dançar com prazer.

— Vamos mostrar a essa gente como se dança — disse ele, esparramando os passos. — Sou o melhor dançarino do Romano.

Ao receber o primeiro pisão, Norma desistiu:

— Vamos sentar.

— Por quê?

— Vamos sentar, por favor.

Geraldo levou-a até a mesa, aborrecido. Fazia questão de dançar, para exibi-la o mais possível. Mas a moça tinha gênio; quando queria uma coisa, não mudava de opinião. A princípio, cederia um pouco; depois, quando ela estivesse "gamada", acabaria com essas frescuras.

— Afinal, por que não quis dançar?

– A gente daqui é muito estúpida. Me deram cotoveladas.
– Quem foi? Tiro satisfações.
– Não seja bobo, fique aí sentado.

O rapaz olhou para o copo de Norma. Ela já bebera o seu gim-tônica e acenava para o garção.

– Outro gim?
– Não é grande coisa, mas quero beber algo.

Geraldo, já que não dançava, decidiu dar os primeiros passos para o romance. Tomou um largo gole de cerveja e começou a falar da noite, que estava linda, e ensaiou uma frase feita sobre o brilho das estrelas. Depois, segurou a mão de Norma, resoluto:

– Bruno sabe que saiu comigo?
– Não sabe.
– Aposto que gostaria. Fomos muito amigos.

Prosseguindo, Geraldo falou de dona Júlia, uma boa senhora. Parecia com sua mãe. Era capaz que até as duas já se conhecessem, da feira.

– Minha mãe gostou de você – disse Norma, sem nenhuma intenção.

Ao ouvir, Geraldo entusiasmou-se. Apertou-lhe mais a mão. A coisa já estava no terreno familiar. Tinha vinte e três anos, dinheiro na Caixa e ia ser sócio do tio. Para que perder tempo? Ainda mais agora que tinham acabado com a zona!

– Gostou mesmo?
– Acha que você é um rapaz direito.
– Minha mãe também gostaria de você – disse Geraldo, menos sincero, olhando para o decote e o cigarro. Se sua mãe a visse assim, jamais consentiria no casamento. Faria uma cena daquelas...

– Obrigada – murmurou Norma, tentando desviar a concentração do rapaz. Fez algumas perguntas sobre certas moças que dançavam. Perguntou quanto se pagava de mensalidade, quantos bailes o clube oferecia por mês, e coisas assim.

Geraldo voltava ao assunto, embalado:

– Quer saber de uma coisa? Já me cansei de tudo isso. Queria era constituir família.

– Você tem namorada?
– Namorei algumas moças aqui no clube, mas estou desimpedido. Queria uma moça mais fina – frisou.

Norma tragava seu cigarro, lembrando-se da maneira elegante e desatenta com que Magda fumava. Magda... que pensaria ela se a visse naquela companhia? Ela jamais iria a um clube tão mixo para arranjar marido. Apesar do último encontro que tiveram, em que se desentenderam, sentia saudades dela. Como era engraçada e espontânea! Estava realmente saudosa.

— Em que você está pensando? — indagou o rapaz, já com ciúmes de seus pensamentos.
— Numa amiga minha.
— Por acaso eu a conheço?
— Acho que não, não é deste bairro.

Geraldo mantinha um olhar discreto no copo de Norma, que, de momento a momento, se esvaziava. Naquele ritmo, logo ela estaria no terceiro gim. Pobre do seu bolso.

— Você não tem namorado, não é verdade? — ele quis saber.
— Não tenho — ela confirmou.
— Mas já teve?
— Namorado, propriamente, não. Tive alguns amigos.

O rapaz estava ávido por saber mais coisas. Afinal, pretendia pedi-la em casamento. Se ela fosse de fato uma moça direita, saberia se comportar. Se não, ia mostrar que não era nenhum bobo.

— Norma... — começou, em tom romântico.

O instante não foi oportuno. Justamente naquele momento, um casal tropeçou e foi ao solo, em pleno salão. Norma desatou a rir. Geraldo esperou, paciente, nova oportunidade. Tentou colar seu rosto no dela, sem sucesso, pois a moça mexeu a cabeça para novo gole de gim.

— Então sua mãe foi com minha cara? — perguntou o moço, exigindo confirmação.

— Sim — respondeu Norma, sem olhá-lo.

Ele foi direto ao assunto:
— E você, também gosta?

Embora esperasse pela pergunta, Norma não soube responder. Sorriu, apenas, como se a pergunta não exigisse resposta. Mas Geraldo insistiu; queria que, aquela noite, algo entre os dois ficasse resolvido.

— Não posso dizer nada, eu o conheço de ontem. É muito cedo.
— Cedo? — Geraldo ofendia-se. Por que ela lhe resistia tanto? Quem pensava que era? Tinha que acabar com isso. — Pensa que vai arranjar alguém melhor do que eu?

— Já disse que é cedo, deixe-me pensar.

Geraldo ficou ligeiramente emburrado. Uma pequena passou diante da mesa e ele lhe disse um gracejo para mostrar que gozava da intimidade de muitas mulheres. Se quisesse, era só escolher. Para dar mais uma prova de personalidade, levantou-se e foi ao bar. Podia deixá-la só sem receio de que ela flertasse com os outros. Queria, ao mesmo tempo, saber o que os amigos achavam de sua recente conquista. Encontrou dois deles no balcão.

— Que pequena bacana! — um deles exclamou.
— Muito obrigado — disse Geraldo.
— Eu já a conhecia — murmurou o outro, despeitado.

— Donde a conhece?

— Mora perto da minha casa. Trabalha numa loja da cidade. Quase todas as tardes, um velho baixinho trazia ela de automóvel. Cansei de ver.

A notícia, contada com maldade, atingiu em cheio os brios de Geraldo:

— É veneno.

— Não, era ela mesma, o cara vinha num Stud grená.

Geraldo empalideceu. Ninguém inventa uma mentira assim, sem mais nem menos. Voltou à mesa, lançando a Norma olhares agudos. Estudava-a detidamente, enquanto ela fumava e bebia gim-tônica, com displicência. Onde teria aprendido a fumar e a beber como um homem?

— Já sei por que você não se decide — disse Bonuto, varonilmente.

— Por quê? — ela inquiriu, intrigada.

— Você tem outro. Sei de tudo. Um cara que a leva para casa de máquina. Quem é ele?

Norma não gostou da pergunta. Fizera o favor de acompanhar aquele rapaz ao baile e ele pesquisava sua vida, como um detetive. Até então fora muito tolerante com ele, não o seria mais.

— Era o dono da loja onde trabalho, se lhe interessa.

— Que negócio há entre vocês?

— Não há nada. Ele me levou para casa algumas vezes, e daí?

— Você tem que sair dessa loja.

— É o que sempre digo, mas não é porque você manda.

— Norma, você precisa se abrir comigo.

A moça não escondeu o seu mal-estar:

— Vamos embora — disse. — Você é muito chato. Não vim aqui pra discutir. Me leve para casa e depois volte sozinho. Aposto que ficará muito mais à vontade.

Bonuto não esperava por essa. Aquela pequena não se importava mesmo com ele. Estava desnorteado, sem saber o que dizer. E o pior é que começava a gostar dela.

— Não, você veio e fica até o fim — disse, erguendo a crista.

— Está certo, mas nunca mais saio com você.

Geraldo pôs-se a beber outra cerveja, dramaticamente, disposto a embebedar-se. Que vontade Norma tinha de rir! Quem o visse, diria que ele ia cantar um tango.

Depois de alguns momentos, ele tentou fazer as pazes, menos durão:

— Se a gente estudar as coisas, podemos casar neste ano.

— Eu não sirvo para você.

— Serve, sim. Com o tempo a gente se entende melhor.

— Não acredite muito nisso. Sou um bocado diferente das moças que você conhece.

Ela estava sendo sincera, e Geraldo sabia. Pena que Norma tivesse tanto topete. Pensava que a subjugaria facilmente, como fizera com muitas. Até a filha de um professor da Escola de Comércio, moça preparada, apaixonara-se por ele. Norma, não. Por quê?

— Se casar comigo, terá tudo que quiser. Pensa que sou um joão-ninguém?

— Não penso isso, mas não me obrigue a decidir nada hoje. E não toque mais no assunto, faz favor.

Outra onda de ciúme apossou-se de Geraldo:

— Você deve estar apaixonada pelo cara da loja!

— Quem sabe! — ela exclamou, para exasperá-lo.

— E eu, que pensava que você fosse uma pequena decente.

Norma calou-se, antipatizada. Não quis mais conversa. Ficou muda, terminando o seu gim.

O rapaz lembrou-se de pedir uma confirmação ao amigo que falara sobre o dono da loja. Podia ser mentira. Levantou-se e foi à procura, pelo salão lotado. Quando o encontrou, puxou-o para um canto e intimou-o:

— Você tem que dizer a verdade. Era ela ou não?

— Que ganho em mentir?

— Um Studebaker, você disse?

Mais amargurado ainda, Geraldo resolveu voltar para a mesa. Não sabia se se humilhava ou se bancava o machão, como fazia com outras moças, com bons resultados. Aproximou-se da mesa. Norma não estava lá. Teria ido ao toalete? Sentou-se, acendeu um cigarro e ficou à sua espera. Esperou até cansar; Norma voltara para casa, sem despedir-se.

17

Foi muito difícil para Norma explicar a dona Júlia por que razão não se interessava por Geraldo. Ela própria, por mais que desejasse, não encontrava uma explicação. Os motivos eram muito íntimos, intraduzíveis. O certo era que nenhum rapaz do tipo de Geraldo, simples como ele, poderia conquistá-la dali por diante. Parecia uma criança que tivesse visto, por cima do muro, os brinquedos do vizinho rico e não conseguisse mais entreter-se com os seus. Com tristeza reconhecia essa verdade, pois continuava a ser apenas uma caixeirinha, sem nenhuma oportunidade pela frente.

Três dias depois, Geraldo reapareceu em sua casa. Norma recebeu-o com frieza, pensando em Alberto, que reencontrara aquela tarde, por acaso, na cidade.

— Por que saiu à francesa no sábado? — ele quis saber.

— Estava me sentindo mal.

– Mas podia ter se despedido, não podia?

Norma respondia com monossílabos. A imagem de Geraldo, com sua fatiota de missa e seus cabelos vaselinosos, a irritava. Dona Júlia, na esperança de que os dois fizessem as pazes, correu a fazer um cafezinho, deixando-os a sós.

– Sou muito esquisita – disse ela, querendo encerrar o assunto.

Geraldo também queria encerrá-lo. Estava disposto a capitular, esquecendo o incidente. Pegou-lhe a mão, já sem a segurança das primeiras vezes. Ela não era uma conquista tão fácil como fazia crer.

– Queria mostrar uma coisa – disse.

– Que é?

– Veja só! – revelou o rapaz, tirando do bolso sua caderneta da Caixa Econômica. Guardei mais oito mil cruzeiros esta semana! Estou com trinta e oito.

A alegria estampava-se na face do moço, mas Norma continuou a mesma:

– Meus parabéns.

– Ando com sorte – comentou o rapaz.

Norma teve vontade de rir; em relação a ela, Bonuto não andava com sorte. A chegada de dona Júlia, com o café, privou-o de falar sobre a miserável caderneta. Ficaram os três conversando sobre os assuntos batidos de sempre, nos quais Geraldo procurava brilhar o mais possível. Em dado momento, Norma ouviu o som familiar de uma buzina vindo de fora.

– Com licença – disse a Bonuto.

Às pressas, dirigiu-se ao seu quarto e abriu a janela que dava para a rua. Parado diante dela, estava o belo carro de Alberto. Seu coração disparou. Aquilo é que era surpresa. Encontrara-o por acaso e agora ele vinha à sua procura.

Alberto saiu do carro, com um sorriso encantador.

– Alô! Surpreendida?

Depois de tantos dias, Norma gozava um momento de satisfação.

– Reconheci logo a buzina.

– Vamos dar um passeio. Quero conversar com você.

Norma lembrou-se de Bonuto, com rancor:

– Não posso. Tem visita em casa.

– Que lástima!

– Eu também lamento – disse ela, sincera.

– Vou viajar e gostaria de vê-la.

– Aonde vai?

– Buenos Aires, quinze dias.

Quinze dias sem ver Alberto! Já sentia saudade antecipada.

Não, não podia permitir que Geraldo atrapalhasse aquele prazer. Afinal, que ele significava para ela? Tinha que dar um jeito, e deu:

– Alberto, volte dentro de meia hora. Vou me livrar da visita.

Dizendo isso, fechou a janela e voltou para a sala. Geraldo, eufórico, mostrava a dona Júlia sua caderneta da Caixa Econômica, falando, com otimismo, de seu brilhante futuro. Norma viu que era aquele o momento de representar. Levou a mão à cabeça, queixando-se:

– Estou me sentindo mal... Que dor de cabeça!

– Tome um comprimido – aconselhou o rapaz.

– Já tomei, mas não adiantou.

O rapaz, preocupado, queria tomar atitudes de noivo:

– Quer que chame um médico?

– Não, o que eu quero é deitar-me. Estou muito cansada. Me desculpe, Geraldo.

Bonuto, acreditando na desculpa, recomendou-lhe que descansasse bastante, e prometeu que voltaria, no dia seguinte, para saber como ia passando.

Quando ele saiu, a moça respirou, aliviada:

– Mamãe, a senhora passou meu vestido branco?

– Passei. Por quê?

– Vou sair.

– Sair? Com quem?

Norma correu para o quarto. Dona Júlia, atrás dela, exigia explicações. Como ia sair se estava com dor de cabeça? Enquanto se vestia, a moça explicava que não havia dor alguma. Aquilo fora um truque para livrar-se de Geraldo. Ia sair com um rapaz muito bem-apessoado e rico.

– Cuidado com esses rapazes ricos!

– Sei me defender, mamãe. Depois, Alberto é um rapaz distinto, um cavalheiro.

– Não volte tarde porque amanhã você tem que trabalhar – lembrou dona Júlia, que já sentia pouca autoridade sobre ela.

Em poucos minutos, Norma ficou pronta. Estava contentíssima. Na festa de Abbib, Alberto fora o único que se portara decentemente com ela. E era evidente que se cansara de Magda. Se fosse hábil, podia apanhá-lo e bem apanhado.

Alberto foi pontual. Meia hora depois, parou seu carro diante da casa de Norma. Dona Júlia, curiosa, foi espiar através da veneziana do quarto. Ao ver aquele belo automóvel, teve uma espécie de orgulho de sua filha. Sabia do conceito que pesava sobre as moças que passeavam de carro, mas Norma não era uma leviana. Se conseguisse casar com um ricaço, toda a sorte da família estaria garantida. Era melhor deixá-la fazer o que entendesse.

– *Ciao*, mamãe – despediu-se Norma, alegre.
– Juízo!
– Um dia lhe apresento Alberto.

Ao entrar no luxuoso carro de Alberto, Norma teve a impressão de que o incidente da festa de Abbib não interrompera sua marcha para um futuro melhor. O rapaz recebeu-a também feliz:
– Livrou-se da visita?
– Sim, mas não posso voltar tarde. Não vamos longe.
– Que lugar prefere?
– Você escolhe; conhece esses barzinhos melhor do que eu.
– Vamos ao Lord?
– Vestida desse jeito? Não.
– Então, vamos ao Je Reviens.

No pequeno bar da avenida Paulista, os dois se instalaram numa mesa bem protegida dos olhares curiosos. Uma vitrola automática fazia girar discos da época, que criavam um clima propício ao romance. Norma repetia em voz baixa a letra dos boleros "Hoy", "Juguete", "Ai de mí" e tantos outros. Pena que não soubesse uma palavra de francês para acompanhar canções de Charles Trenet, tão na moda.

Alberto acariciou-lhe o braço:
– Você está mais bonita que da última vez.
– Tem coragem de dizer essas coisas à amiga de sua pequena?
– Não tenho mais nada com Magda.

Fora um caso passageiro. Ela era vulgar e ciumenta demais. Agora andava à procura de uma paixão definitiva. Até em casamento pensava. Já com vinte e nove anos de idade, precisava serenar para tomar conta dos negócios do pai.

Após tantas semanas de reclusão em casa, Norma encantava-se com a companhia de Alberto. Era um rapaz excelente, agradava-a. E com que vontade estava de beber um pouco! Bebeu sofregamente um coquetel e logo pediu outro.
– Parte amanhã mesmo para Buenos Aires?
– Pelo avião das onze.
– Que vai fazer lá?
– Vou a passeio. Ficarei alguns dias. É a primeira viagem que faço este ano.

Alberto descrevia os teatros e as boates de Buenos Aires, que já visitara, sem o ar pedante de Nelson. A capital da Argentina, descrita por ele, estava ali mesmo, ao alcance de um trajeto de bonde.
– Gostaria tanto de ver isso tudo!
– Quem sabe, ainda iremos juntos?

— Quem sabe? — ela repetiu encantada.

Alberto puxou-a para junto de si; o quadro romântico estava formado e ela vivia um dos melhores momentos de sua vida. Nada impediria que aquele romance se intensificasse, terminando num possível casamento. Era o máximo que desejava.

— Quem é que estava em sua casa? — Alberto perguntou. — Vi um rapaz sair de lá.

— Era Geraldo.

— Quem é esse Geraldo?

Norma contou que se tratava de um grande admirador seu. Rapaz de bons sentimentos, direito, e dono de uma pequena fábrica no bairro. Fez de Geraldo um belo retrato, que não correspondia em quase nada ao original.

— Excelente moço — concluiu.

— Gosta dele?

— Não posso dizer que não — respondeu ela, inteligentemente. Provocar um pouco de ciúme era de boa política.

— Creio que cheguei tarde — lamentou Alberto.

— Quem disse?

Alberto, com naturalidade, beijou-a nos lábios, polidamente, sem encontrar resistência. Dali por diante não falou mais de Geraldo, não falaram sobre mais nada. O assunto eram os beijos, a música e os coquetéis.

Às duas horas deixaram o bar, ambos na fase eletrizante dos primeiros momentos de um novo romance. Alberto levou-a para casa, lamentando os dias que ficaria sem vê-la. A despedida no carro foi longa e entrecortada de beijos. Separaram-se como se ele fosse para a forca, e ela, para o convento. Não havia dúvida: Norma amava pela primeira vez.

Os dias de ausência de Alberto foram amargos para Norma, que mal descobrira o amor e sua capacidade de amar. A loja, mais do que nunca, se tornara insuportável para ela. Seu Jair vivia rondando entre os balcões, sempre a olhá-la, ainda não plenamente convencido de sua derrota. Certo dia, aproximou-se e convidou-a para um almoço.

— Não posso — ela respondeu. — Vou almoçar com meu noivo. — A felicidade que sentia desde que reencontrara Alberto, era grande demais para permitir-lhe apiedar-se do pobre Jair. Com um sorriso viu-o afastar-se, humilhado.

No mesmo dia, à saída, Norma encontrou-se, por acaso, com Shirley. Não simpatizava com Shirley, mas lhe deu atenção porque a moça lhe oferecia uma tentadora oportunidade:

— Ainda está na loja?

— Infelizmente, sim.

— Você nunca tem tempo à tarde?

— Somente aos sábados, por quê?

— É uma pena — lamentou Shirley. — Sei de uma agência de publicidade que precisa de modelos para posar. Já fiz vários trabalhos para ela. Agora me pediram que arranjasse outra moça.

— Não entendo. Posar para quê?

— Para anúncios. Já tirei vários retratos lidando com uma enceradeira. O retrato saiu em revistas e jornais. No momento estou tirando uns retratos fumando cigarros. É reclame, me entende?

Norma interessou-se pelo assunto. Quis saber quanto pagavam por pose, se o pagamento era pontual e se havia sempre serviços assim.

— Se você tirar meia dúzia dessas fotos por mês, ganharia mais do que na loja.

Norma fez alguns cálculos, mentalmente.

— Você pode me levar a essa agência?

— Posso, mas você precisa faltar na loja. Lá não se trabalha aos sábados.

— Falto, sim. Quer combinar um encontro comigo? Amanhã aqui mesmo, às duas em ponto?

Norma voltou para casa, exultante. Depois de dois anos surgia uma oportunidade para abandonar a loja. Em casa, absteve-se de comentários. Nem ao menos comunicou a dona Júlia que faltaria ao trabalho no dia seguinte. À noite, passou longo tempo diante do espelho examinando as linhas do rosto. Estava contente com o rosto que tinha e já se achava mais bonita que a maioria das moças de suas relações. Cansada do exame, atirou-se na cama. Todo o seu pensamento concentrava-se em Alberto, que àquelas horas estaria na Argentina. Se o rapaz realmente gostasse dela, casariam e todos os seus tormentos teriam fim. Não lhe seria muito difícil contar-lhe o que acontecera na casa de Abbib, pois Alberto estava de prova de que aquela noite ela se achava semi-inconsciente e não tinha culpa alguma do sucedido.

No dia seguinte, Norma faltou ao serviço desde o período da manhã. Não queria ir à agência sem passar pelo cabeleireiro. Ficou um tempo enorme no salão de beleza, atenta à habilidade do profissional.

— A senhorita acha que está a seu gosto? — ele perguntou, ao terminar o trabalho.

Norma respondeu com um sorriso. Estava realmente linda Nunca mais deixaria de frequentar os salões de beleza. Realizavam prodígios! Saiu do salão, confiante, ao encontro de Shirley.

— Puxa, como você está alinhada! — comentou Shirley ao vê-la.

— Acha que estou?

– O pessoal da agência vai gostar. Mas, vamos correndo. Estamos em cima da hora.

A agência era no décimo terceiro andar de um prédio do centro. Shirley, já conhecida por todos os funcionários, foi apresentando a amiga. Por fim, introduziu-a na sala bastante luxuosa do diretor, que era como uma exposição permanente de anúncios e troféus.

"Vou causar um choque nesse homem", pensou Norma, convencida de sua beleza.

O diretor examinou-a com olhos profissionais. Já se acostumara a ver moças bonitas e a estudá-las pelo ângulo da fotogenia. Sabia que, às vezes, uma moça feia fotografa muito melhor do que uma moça que agrada pessoalmente.

– A senhorita já posou alguma vez?

– Não.

– Bem, isso não faz mal. Estamos precisando de uma modelo para uma série de anúncios de sabonete. Vai ser uma campanha longa.

– Quantas vezes terei de posar?

– Quem sabe é o fotógrafo.

– Perguntei isso porque tenho um emprego e, sendo assim...

O diretor abriu os braços. Se ela não tinha o tempo livre, ele nada poderia fazer. O fotógrafo não podia ficar à disposição dos modelos. Sentia muito, pois acreditava em suas possibilidades, mas o acordo ficaria para outra ocasião. Estendeu a mão para despedir-se.

Shirley não se conteve:

– Não perca esta chance, Norma. Emprego como o seu existem às dúzias!

Foi aquele um momento de decisão para Norma, um momento seríssimo. Tinha que tomar uma resolução, e tomou:

– Quando posso começar? Mudei de ideia. Largo meu emprego amanhã mesmo.

– A senhorita sabe o que faz – disse o diretor da agência. – Pode começar amanhã, no período da tarde.

Quando Norma deixou a agência, sentiu-se outra moça. Acabara de tomar uma decisão, o que acrescentava algo à sua personalidade. Afinal, ia abandonar a maldita loja. Deixaria definitivamente de ser uma caixeira e teria menos razões para envergonhar-se de Alberto. Era cedo ainda, e não quis ir para casa. Foi ao Campo Belo com Shirley, tomar chá, e à saída, no embalo das resoluções, decidiu ir diretamente à loja apresentar sua demissão.

Seu Jair estava à escrivaninha; levou um verdadeiro choque ao vê-la entrar. Levantou-se, sorrindo, ainda com esperanças:

– Você, Norma! Como tem passado? Por que não veio de manhã?

A moça foi logo ao assunto:
— Seu Jair, preciso falar-lhe...
— Às ordens.
— Arranjei um novo emprego e vou deixar a loja. Mas posso dar os trinta dias de prazo.

Jair baixou a cabeça, pensativo. Que adiantaria retê-la mais trinta dias? Se não a conquistara até ali, não a conquistaria mais. Era um capítulo encerrado em sua vida, um capricho que precisava superar com todas as forças de seu espírito. No entanto, era com profunda tristeza que a via partir. Foi o mais amável possível:
— Quantos dias tem a receber?
— Oito dias.
— Pode passar amanhã pelo caixa. Dispenso-a de esperar os trinta dias.
Ela estendeu-lhe a mão com simpatia:
— Obrigada. O senhor é muito gentil.
Ele quis dizer-lhe muitas coisas, mas não foi capaz. Disse-lhe apenas:
— Desejo que seja feliz no novo emprego. Se precisar de alguma coisa, um dia, conte comigo...

Ao deixar a loja, depois de despedir-se das raras moças com as quais tinha amizade, Norma teve vontade de pular e cantar pela rua. Era como se tivesse saído duma prisão. Mas o que dona Júlia diria da resolução tomada? Teria que ouvir um mundo de censuras. Dona Júlia entenderia o que é um modelo profissional? Claro que não. Ah! Teve outra ideia que vinha testar mais uma vez sua nova personalidade. Sim, muito simples. Não lhe contaria nada. Assim, teria o dia todo para se movimentar como quisesse, quando não estivesse na agência. Uma grande ideia! Sua mãe ignoraria tudo até que se firmasse como modelo. Teria a mesma liberdade que alegrava a vida de Shirley e de Magda. E se algum dia quisesse dormir até mais tarde, diria a sua mãe que fora dispensada porque o estoque da seção se acabara. Contente como nunca, Norma tomou, não o ônibus, mas um autolotação, certa de que se iniciava em sua vida uma fase de maior liberdade e prosperidade.

Norma gostou do novo trabalho. Era cansativo permanecer tanto tempo numa só posição, mas o fato de posar para as câmeras dava-lhe a impressão de ser uma estrela de cinema. O fotógrafo, sr. Hans, mostrou-se paciente com ela e elogiou seus traços fisionômicos. Ensinou-lhe a sorrir e a espraiar o sorriso pelo rosto todo. Olhava o rosto feminino como quem contempla um poema de carne, mas não punha nenhuma sensualidade nesse exame. Minucioso em todos os detalhes, levava às vezes meia hora para ajeitar um modelo. E quando puxava o cordão da máquina, punha no ato tanta gravidade como se a felicidade e o futuro do mundo dependessem do seu gesto.

— Acho que as fotos saíram boas — disse.
— Devo ter ficado péssima com esse sabão no rosto. Estou livre?
— Não, ainda temos outras.

Norma vestiu um roupão de banho e tirou mais uma chapa diante de uma banheira, a exibir o novo sabonete, sempre ostentando o seu sorriso comercial.

— Quando terei uma resposta? — ela quis saber.
— Amanhã mesmo. Passe aqui às mesmas horas.

A moça saiu da agência, apreensiva. Se sua fotogenia não convencesse, seria imediatamente dispensada. Cada um daqueles anúncios custava dezenas de milhares de cruzeiros para o anunciante e nenhum deles desejaria esbanjar dinheiro com maus modelos. Mas as oportunidades se sucediam. No elevador ficou conhecendo outra moça que também posava, chamada Darcy, que lhe deu o endereço de outras agências.

— Não é só esta agência que existe em São Paulo — esclareceu Darcy. — Conheço uma infinidade delas. Sempre há um servicinho numa ou noutra. O que a gente precisa é ser relacionada em todas elas.

— Você pode me apresentar em algumas?
— Posso, sim.

Norma aceitou um convite de Darcy para irem a uma confeitaria. Gostou da colega logo à primeira vista. Era uma moça alta e simpática, de voz e gestos agradáveis. Havia tanta beleza em seus movimentos, que dava a impressão de que a qualquer momento levantaria voo. Darcy, às vezes, tomava parte nos desfiles de moda, que também lhe davam bom dinheiro.

— E quando não há anúncios, como você se arruma? — perguntou Norma.

Darcy sorriu, evitando o olhar da amiga:

— Há um senhor que me ajuda.

Entraram na confeitaria, sentaram-se e puseram-se a conversar sobre vários assuntos. Norma, habilmente, tentava fazer com que ela falasse de seu amante. Ardia de curiosidade.

— A vida é muito cara — disse Darcy, com benevolente pesar. — Eu gasto muito e ainda preciso ajudar a família. Só o que ganho como manequim e modelo nem sempre dá. Por isso, duas vezes por semana me encontro com esse homem, que é casado, e não pode aparecer em público comigo. Se não fosse por ele, teria passado por grandes dificuldades. E você, vive sozinha?

— Com minha família — esclareceu Norma.
— Não tem ninguém que a ajude?
— Eu sou noiva — mentiu.
— Ah, sim? — exclamou Darcy com uma expressão de descrédito.

Voltaram a falar sobre as atividades das agências, quando uma senhora, sentando-se na mesa ao lado, cumprimentou Darcy, afetuosamente. A modelo respondeu ao cumprimento não sem algum embaraço. Mas a senhora queria uma aproximação:

— Seria incômodo se sentasse na mesa de vocês?

Sem esperar a resposta, sentou-se com as duas. Era uma mulher de trinta e cinco anos presumíveis, muito bem-vestida, perfumada e atraente. Sorriu muito, exibindo seus dentes reluzentes e perfeitos.

Darcy fez as apresentações:

— Dona Zulmira. Esta é uma colega, chama-se Norma.

— Você também é modelo? – quis saber dona Zulmira com interesse.

— Estou começando agora.

— É um belo trabalho para uma moça! – comentou dona Zulmira.

— E de muito futuro.

Dali por diante, foi dona Zulmira quem dominou a conversa. De todos os assuntos que eram sugeridos, ela já tinha opinião formada, que expunha sempre com muita graça. Sorria muito e fazia as outras rirem, como se a vida não a atrapalhasse com nenhum problema. Norma não tirava os olhos dela, maravilhada com seu vestido estampado, cheio de cores, com seu perfume picante e com suas maneiras delicadas e amigas. Dona Zulmira contava detalhes de uma viagem que fizera a Pernambuco, demorando-se em particularidades pitorescas.

— Hei de ir à Europa no ano que vem.

Infelizmente, dona Zulmira desculpava-se, não podia demorar-se mais. Tinha um compromisso inadiável, "coisa de dinheiro", frisou, com malícia. Ao sair, abraçou as duas e entregou a Norma um cartãozinho com endereço e telefone, pedindo-lhe, com insistência, que lhe fizesse uma visita. Adorava receber visitas. Mas que fosse mesmo e não esquecesse o convite, feito de coração.

Quando ela se foi, Norma disse:

— Que mulher simpática, e como se veste bem!

— Ela ganha muito dinheiro – informou a outra. – Quando abre a bolsa só se veem notas de mil.

— O marido dela é rico? – perguntou Norma.

— É desquitada, parece.

— Então herdou dinheiro de algum parente?

— Não, a família dela é até muito pobre. A mãe dela era doceira em Porto Alegre, coitada.

— Mas o que ela faz? – insistiu Norma.

Darcy resolveu falar a verdade, voz baixa, em tom muito confidencial:

— Dona Zulmira tem um apartamento de moças.

— Apartamento de moças?

— É uma cafetina, entende?

Norma ficou pasmada. Corou.

— Nunca poderia adivinhar.

— É claro, ela até se dá com muitas pessoas que não sabem disso. Não está escrito na cara.

— E ela ganha muito dinheiro?

— Se ganha? Não viu o anel dela? É de brilhante!

Norma continuava surpresa e com vontade de fazer uma pergunta, que só algum tempo depois, também em voz baixa, se encorajou a fazer:

— Como você conheceu ela?

— Uma amiga me apresentou – respondeu Darcy, em cima da pergunta. – Sempre que me encontra, faz questão que eu vá ao seu apartamento. Diz que não é para nada, quer apenas que eu conheça a casa. Vive me convidando.

Norma fez mais uma pergunta:

— E você nunca foi?

— Bem... Fui uma vez – respondeu Darcy, embaraçada. – Mas só para jogar buraco. Você conhece Shirley, não é? Fui lá com Shirley, num domingo, quando os fregueses não vão.

A imagem de dona Zulmira não saía dos olhos de Norma. Ainda a sentia a seu lado, sorrindo e contando aqueles casos curiosos e engraçados.

Darcy quis mudar de assunto:

— A que horas você vai posar amanhã?

18

Norma, segundo decidira, não contou a dona Júlia que deixara o emprego. Queria primeiro fixar-se como modelo. No dia seguinte, ao acordar, saltou da cama, consultando o despertador de cabeceira, mas depois sorriu. Já não tinha a obrigação cacete de levantar-se cedo. Se sua mãe fosse boazinha, um pouco mais, poderia até tomar café na cama.

Dona Júlia entrou no quarto:

— Ainda deitada? Não vai trabalhar?

— Vou ficar trabalhando só no período da tarde – mentiu. – Falta perfume na loja.

À tarde, Norma foi posar novamente. Começava a gostar daquele serviço tão simples, e que ocupava uma parte pequena de seu tempo. Quando saía da agência, ia com Shirley e Darcy às confeitarias ou cinemas. Tudo corria às mil maravilhas para ela e só lamentava que Alberto estivesse ainda viajando. Oito dias depois de sua partida, ela recebeu um postal de Buenos Aires. Com que satisfação leu as poucas linhas que Alberto lhe escreveu! Sim, estava apaixonada, a ausência dele provava-o.

Certo dia, encontrou-se com Magda na avenida Ipiranga. Tentou evitá--la, porém Magda a chamou:

– Há quanto tempo não via você!
– É verdade, desde aquela festa! O que você tem feito?
– Nada de especial – respondeu Magda, com um sorriso.
Norma arriscou uma pergunta:
– Você se separou de Alberto?
– Quem disse? Ele está viajando. Ainda hoje recebi um postal dele, da Argentina. – E dizendo isso, retirou um cartão da bolsa, que exibiu a Norma.

A moça, empalidecendo, não quis ler o que Alberto dizia. Mandara um postal para as duas! Então, era um falso!

Aquele foi um dia negro para Norma. Não esquecia a traição de Alberto. Entrou num cinema, para distrair-se, e não o conseguiu. O filme não lhe prendia o interesse. Foi para casa mais cedo, cabisbaixa, sem saber o que pensar em relação a Alberto. Assim que ele voltasse, exigiria uma explicação. Se ele desejasse continuar com Magda, tudo estaria acabado entre os dois.

Nem o trabalho de todos os dias podia fazê-la esquecer a desilusão sofrida. Era com dificuldade que sorria ante as máquinas fotográficas da agência. Sentia-se aliviada quando os fotógrafos a dispensavam.

Depois de duas semanas de trabalho, o diretor da agência chamou-a:
– Gostamos das suas poses. Foi tudo o.k. Passe no caixa.
– Quanto vou ganhar?
– Três mil cruzeiros.
Mais do que ganhava na loja num mês!
– Quando posso posar de novo?
– Passe aqui todas as semanas. Por ora não temos nada, mas serviço sempre aparece.

Norma passou no caixa e recebeu o dinheiro, cheia de confiança na nova profissão. Acertara em sair da loja. Aquela tarde, ficou na cidade para fazer compras. Correu as lojas do centro, feliz, carregando embrulhinhos. Como era cedo ainda, foi à confeitaria que frequentava com Shirley e Darcy.

Sentou-se e pediu o chá com torradas de sempre, achando que tudo ao seu redor era bonito e agradável. Pena que Alberto estivesse tão longe, e que não voltara no dia marcado. Há vinte dias estava fora.

Inesperadamente, alguém a tocou no braço.
Era dona Zulmira.
– Posso sentar-me com você?
Norma teve ímpeto de responder "não"; sua companhia envergonhava-a. Porém, faltou-lhe coragem e dona Zulmira, sorridente e bonitona, sentou-se ao seu lado. Era realmente uma mulher simpática; se não fosse sua profissão, Norma teria prazer em ser sua amiga.
– A senhora tem visto Darcy? – perguntou Norma, sem assunto.

— Esteve em meu apartamento ontem.

A revelação espantou-a:

— Em seu apartamento?

— É rara a tarde em que ela não aparece. Gosto muito dessa moça. É bastante educada. Todos lá gostam dela...

"Todos lá gostam dela..." Que significaria essa frase? Norma estava pálida e trêmula, com desejo de abandonar a confeitaria, numa corrida. Dona Zulmira, todavia, não notava o seu embaraço.

— Como vão as poses? — quis saber.

— Terminei um servicinho na agência, hoje.

— Por isso está fazendo comprinhas? Mas, veja lá, não gaste tudo de uma vez. Às vezes os modelos ficam semanas, meses, sem trabalho.

Dona Zulmira conversava e, à medida que ia falando, vencia a resistência de Norma. Agora já não sentia pudor de estar a seu lado. Afinal, toda aquela gente da confeitaria ignorava quem dona Zulmira era. Ela mesma já fingia ignorar, portando-se com a maior naturalidade.

— Você é um amor de menina — disse-lhe dona Zulmira, segurando-lhe a mão sobre a mesa. — Que idade tem?

— Vou pra vinte.

— Você tem o mundo todo pela frente. Há alguém que a ajuda?

— Ninguém, estou noiva.

— Ah, está noiva? — admirou-se dona Zulmira, com o mesmo sorriso incrédulo de Darcy. — Então, agarre o seu homem. Pode haver coisa mais bela do que o amor? Depois, hoje em dia os maridos estão escasseando como meias de náilon.

Minutos depois, dona Zulmira consultava o relógio. Tinha encontro com uma pessoa muito importante em casa. Não podia fazê-la esperar. Estendendo a mão a Norma, renovou o convite para aparecer em seu apartamento:

— Vá com Darcy, um dia desses.

Norma nada respondeu, ao apertar a mão perfumada de dona Zulmira. Aquela noite, custou a dormir e, quando adormeceu, teve um pesadelo. Sonhou que Darcy, Shirley e Magda arrastavam-na à força para o pecaminoso apartamento de dona Zulmira.

O dia seguinte, porém, foi um grande dia. Ao chegar da cidade, encontrou em casa um cartão de Alberto. Ele já voltara da Argentina e iria buscá-la, à noite, para um passeio. Havia vinte dias que não o via, mais, quase um mês!

À noite, lá para as nove, Norma ouviu a buzina de seu Buick. Já pronta, despediu-se de sua mãe e de Wandinha, e correu para a rua.

O encontro dos dois foi uma explosão de beijos e abraços, quase sem palavras. As lágrimas de Norma se misturaram aos beijos, aumentando-lhes o sabor. Passados esses febris momentos, Alberto pôs o carro em movimento, rumo à boate Lord. Pelo caminho, Norma, frenética, contava as novidades. Deixara a loja e trabalhava numa agência de publicidade como modelo. Posara para uma série de anúncios de um sabonete e fora um verdadeiro sucesso.

Alberto felicitou-a e contou-lhe algo dos seus passeios. Não ficara só em Buenos Aires, estivera em Bariloche e também em Viña del Mar, no Chile, o que explicava sua demora. Mas não se mostrava muito entusiasmado; na Argentina não havia mais o que ver e o Chile era uma droga.

— Você não devia ter demorado tanto! — ela reclamou.

— Ora, beleza, demorei, mas estou aqui. E tudo vai ser bom daqui por diante.

Na boate, escolheram uma mesa próxima de uma enorme janela. Podia-se ver a cidade, embaixo, uma coisa linda. Em tudo Norma via romance e poesia. Dançaram, algumas vezes, ao som da pequena orquestra de Bizzochi, bem juntos, em silêncio, ambos vivendo uma grande noite.

Alberto pediu ao garção que deixasse o litro de uísque em cima da mesa.

— Quase não bebi na Argentina — disse. — O uísque lá é caro. — Mas apressou-se a corrigir: — Bem, não foi por causa do preço que bebi pouco...

Norma também se mostrava disposta a beber bastante, enquanto Alberto lhe fazia pequenas carícias no rosto e nos cabelos. Ela vibrava ao seu contato, esquecendo-se de todas as coisas más que a vida lhe impusera. Subitamente, lembrou-se de algo e entristeceu:

— Encontrei-me com Magda — disse.

— Ah, sim?

— Ela me mostrou o cartão que você lhe mandou da Argentina.

Alberto sorriu e beijou a mão de Norma:

— Eu havia prometido a ela que lhe mandaria um cartão. Apenas cumpri uma promessa. Oh, não se aborreça. Entre nós já não existe mais nada, juro.

— Posso acreditar em você?

— Se me conhecesse melhor, saberia que não minto.

— Não calcula como me chateei com aquele cartão!

Dançaram mais algumas vezes. Lá pela uma hora, Norma manifestou o desejo de ir embora. Não queria mostrar-se excessivamente boêmia.

— Quando me atraso, mamãe estrila!

Alberto levou-a para casa, contrafeito. O tempo perto dela corria muito depressa. Gostaria de poder madrugar com ela, fazendo a ronda das boates.

— É pena que tenha de deitar cedo — lamentou.
— Quando nos veremos?
— Amanhã não posso, tenho um compromisso. Mas, depois de amanhã, passo em sua casa às nove.

19

Antes de ir para a cidade, Norma foi à cozinha, onde estava a mãe, e falou-lhe com entusiasmo sobre Alberto. Logo lhe apresentaria o rapaz. Ela ia gostar dele, garantia. Embora rico, era simples e amigo.
— Sabe quem esteve aqui ontem, depois que você saiu?
— Quem?
— Geraldo.
— Quantas vezes disse a ele que não me procurasse mais? De pobre chega eu.
— O rapaz anda meio desesperado. Disse que ia pedir à sua irmã mais velha, aquela que é professora de harmônica, para falar com você.
— Falar o quê?
— Não sei, ele está apaixonado e quer casar-se.
Norma não deu atenção. Não podia haver confronto entre Alberto e Geraldo. O mecânico estava perdendo tempo.
Depois do almoço, saiu. Tinha de passar na agência para ver se havia mais serviço. O diretor, lamentando, informou que aquele mês o movimento da agência estava muito fraco. Lembrando-se de alguns endereços de agências que Darcy lhe dera, foi visitá-las, resoluta. Mas não foi bem-sucedida. Numa não havia serviço, noutras já tinham contratado modelos. Que passasse no mês vindouro.
Aborrecida, Norma se pôs a andar pela cidade. Felizmente, ainda tinha dinheiro. Podia esperar mais alguns dias por uma nova oportunidade. Mas não era muito em sua profissão que pensava; todo o seu pensamento se concentrava em Alberto, com quem se encontraria no dia seguinte.
Alberto, sempre pontual, apareceu com duas entradas para o Teatro Brasileiro de Comédia. Norma, que raramente ia ao teatro, gostou da novidade. Seguiu com ele numa alegria infantil. Infelizmente, não entendeu bem a peça: era de Sartre. Foi preciso que Alberto lhe explicasse o que estava acontecendo no palco. Não se envergonhou de sua ignorância. Contudo. Era até agradável receber explicações de Alberto e sentir que ele tinha cultura e inteligência superiores à sua. Assim tem sempre que ser entre marido e mulher. Nos intervalos, junto dele na sala de espera, fumando, Norma acreditava que facilmente se integraria numa sociedade melhor que a sua. Um amigo de Alberto, ao vê-los, aproximou-se para cumprimentá-

-los. Apertou a mão de Norma, encantado. Alberto apresentou-a, não sem orgulho. Ela sabia portar-se diante de qualquer pessoa. À saída, Alberto levou-a ao Nick Bar, ao lado do teatro, o bar preferido por artistas e pessoas famosas. Norma, sentindo-se bem, e desejosa de mostrar que sabia controlar-se, bebeu pouco. Jamais repetiria o excesso da casa de Abbib. Ficaram no bar até as duas, conversando, íntimos e alegres, até que se retiraram. Na hora da despedida, trocaram alguns beijos discretos. Norma gostou da maneira dele agir, sem nenhuma afobação para "aproveitar", como acontecia com outros rapazes.

Tudo corria bem para ela; em casa não tinha grandes problemas e Alberto continuava provando o seu afeto. Apenas a preocupava sua posição de modelo. Quando deixara a loja, imaginara que não faltariam ofertas das agências de publicidade. Não era exato. Raramente surgia uma oportunidade para posar, pois a concorrência entre os modelos era enorme. Havia muitas moças bonitas e de corpo benfeito, algumas das quais já bastante conhecidas, que corriam as agências com a mesma finalidade. Shirley e Darcy queixavam-se do mesmo mal. Apesar disso, as duas continuavam fazendo despesas e apanhando táxis por menor que fosse o trajeto.

– Não sei como vocês podem gastar tanto dinheiro! – exclamava Norma.

À tarde, iam às confeitarias e elas sempre se prontificavam a pagar o que Norma gostasse.

– Quando você tiver, pagará.

– Você tem dinheiro, Shirley? Ontem não tinha um tostão, vi na sua bolsa!

– Arranjei emprestado – respondeu Shirley com um sorriso endereçado a Darcy.

Norma nutria em relação às duas uma crescente desconfiança. Por que falavam sempre em dona Zulmira, ou, simplesmente, em Zulma? Qual o mistério que havia? Se tivesse alguma prova do que estava desconfiando, cortaria a amizade com elas. Más companhias.

A verdade, porém, era que sua situação financeira principiava a tornar-se angustiante. Não tinha para quem apelar. Pensou em voltar para a loja, mas, se voltasse, seria o fim para ela, estaria psicologicamente arruinada. Contar a dona Júlia que estava sem tostão não podia nem adiantaria. Sua mãe supunha que ela ainda estava na loja.

Numa noite, no último dia do mês, com a bolsa vazia, Norma encostou-se no ombro de Alberto, no carro, e o pôs a par de tudo. Tinha que pagar o aluguel da casa e estava quebrada. Não sabia o que fazer.

– Não se preocupe – disse Alberto. – Quebro o galho. De quanto você precisa?

– Três mil, no mínimo.

Alberto abriu a carteira.

– Guarde isso.

– Mas não sei quando vou devolver.

– Isso é o de menos.

Norma beijou-o ardentemente. Alberto livrara-a de uma situação horrível. Cuidaria para que no próximo mês não acontecesse a mesma coisa. Pagou o aluguel da casa e voltou a correr todas as agências de publicidade, oferecendo seus préstimos como modelo. Numa delas posou para um anúncio de fogão, mas só. As outras não precisavam de modelos no momento. Uma lhe prometeu um belo serviço, porém só para dali a dois meses. Tinha que esperar.

Na mesma semana, Wandinha adoeceu e tiveram que chamar médico. Norma, desesperada, apelou para Shirley e Darcy.

– Não tenho nada – disse Shirley –, mas espere até amanhã. Eu cavo.

De fato, no dia seguinte Shirley entregava a Norma uma cédula de quinhentos. A moça segurou o dinheiro avidamente.

– Como arranjou?

– Pedi emprestado.

– A quem?

– Pra Zulma. Quando soube que o dinheiro era para você, abriu logo a bolsa. Que cartaz você tem com ela!

Norma sentiu algum pudor de aceitar aquele dinheiro, que sabia como fora conseguido. Sim, porque não ignorava mais como era que Shirley e Darcy viviam. Mas já lhes devia favores, tarde demais para desprezá-las. E ainda ia, por certo, precisar delas! Ia precisar, outras vezes, inclusive de dona Zulmira. Teve vontade de chorar, mas reagiu. O principal é que tinha dinheiro para comprar os remédios da Wandinha.

Aquela noite, encontrou-se com Alberto outra vez. Foram passear de carro e depois entraram no Arpège para um drinque. O rapaz quis saber como ia indo sua situação.

– Vai de mal a pior – confessou a moça, chorosa. – Não arranjei nada nas agências.

– Assim acaba voltando para a loja.

– Nunca, lá havia um velho que me perseguia.

– Há outras lojas.

– Prefiro morrer a voltar a ser caixeira.

Quando a levava para casa, Alberto, disfarçadamente abriu-lhe a bolsa e pôs dentro dela uma nota de mil. Norma protestou:

– Não, não lhe pedi.

– Não é preciso pedir. Sei que você precisa. Vá dormir – disse, beijando-lhe a mão.

Era humilhante ter que receber dinheiro de Shirley, Darcy, Zulmira e mesmo de Alberto. Principalmente de Alberto, embora ele o fizesse de forma tão delicada. Não pôde dormir à noite e assim que o dia raiou foi aprontar-se para enfrentar a vida lá fora. Soubera que uma firma precisava de manequins para um desfile de modas e dirigiu-se para lá. A muito custo conseguiu falar com o gerente, que não lhe pôde dar mais que um minuto de atenção.

– Já temos manequins suficientes. Deixe seu nome e endereço.

À tarde, logo após o almoço, dirigiu-se a um teatro, onde precisavam de extras para a montagem de um show. Ao chegar, soube que havia uma vaga só, uma minúscula ponta, disputada por seis ou sete moças, todas de bom aspecto. O diretor da companhia entregou-lhes uma tira de papel com algumas frases datilografadas.

Quinze minutos depois, chamou uma a uma para que recitassem o papel de cor. Norma estava tão nervosa que, ao chegar sua vez, engasgou na primeira frase e não pôde lembrar-se da segunda. Não nascera atriz.

Decepcionada, saiu do teatro e foi ao apartamento de Darcy, onde se encontrou também com Shirley.

– Jogamos buraco? – propôs Darcy.

– Não tenho dinheiro.

– Empresto.

Enquanto jogava, Norma lançava olhares ao redor. O apartamento não era nenhuma maravilha, mas estava bem montado. Tinha geladeira, radiovitrola e, Darcy afirmava, no próximo mês teria televisão. "Como modelo é que ela não ganha dinheiro para tudo isso", considerou a moça.

– Você tem bebida? – perguntou Shirley.

– Acabou-se, mas desço um instante e vou comprar.

Quando Darcy desceu, Norma exclamou, para provocar Shirley:

– Não sabia que Darcy estava tão bem instalada!

– Ela é sabidona e tem sorte – disse Shirley.

– Ela tem um amante, não é isso?

– Tem, mas não é ele que dá tudo.

– Tem dois amantes?

Shirley riu.

– Não, tem um só, mas ela está se virando bem na casa da Zulma.

Ficou chocada. "Ela está se virando bem", a frase, vulgar, repetia-se em seus ouvidos. Agora sabia de toda a verdade. Preferia falar sobre o assunto sem subterfúgios:

– E você, também tem ido à casa de... Zulma?

Shirley pôs-se a embaralhar as cartas em câmera lenta:
– Tenho sim. Há mais de um ano. Mas não ganho o que Darcy ganha. Com esse arzinho de ingênua, ela vai longe. – E mudando de tom: – Não lhe diga nada do que eu disse. Deixe que ela mesmo conte, por favor.

Darcy entrou com um litro de uísque:
– Puxa, como está custando caro esta joça!
Um sorriso iluminou os olhos de Shirley:
– Uísque? Não trouxe soda?
– Tem na geladeira.
– Você é formidável, Darcy. Vamos beber a valer. E ligue a vitrola: quero ouvir um bolero!

Quando tragou o primeiro copo, Norma sentiu-se menos chocada. Afinal, eram boas amigas. Haviam sido úteis para ela. E como eram divertidas! Um bolero cantado por Gregorio Barrios girava na vitrola. Norma foi até a janela, levando o copo na mão. Olhou para baixo, vendo as minúsculas figuras humanas nas calçadas. Tudo lhe pareceu tão ínfimo e sem importância naquele momento! Por que se preocupar tanto com a vida? Por que ter medo do que pudesse acontecer? Devia ser como Shirley e Darcy, sempre despreocupadas. Não podia permitir que a vida a assustasse. Precisava tornar-se ainda mais independente e segura de si. Levou o copo à boca.

20

Norma voltou mais vezes ao apartamento de Darcy, nas noites em que não saía com Alberto. Numa dessas vezes, a própria Darcy, instigada por Shirley, contou-lhe como fazia para arranjar dinheiro quando escasseava o trabalho nas agências. Não podia haver mistério entre elas. Norma ouviu a verdade sem escandalizar-se. A vida era assim mesmo, não podia impressionar-se com tudo que ouvia. Ela mesma estaria à beira do abismo se não fosse Alberto.

Afinal, sai ou não sai casamento? – Shirley perguntou com uma ponta de maldade.
– Ainda não falamos sobre isso.
– Mas o que esperam?

Shirley tinha razão: devia apressar seu casamento com Alberto. Tinha que se garantir e garantir o futuro dos seus. Aquela noite, no Arpège, aonde iam sempre, descansando a cabeça no ombro do rapaz, Norma lhe disse:
– Alberto, mamãe está doida para conhecer você.
O moço sorriu:
– Por quê?

— É que eu falo muito de você.
— Algum dia apareço em sua casa. Por que não?

Talvez por ter bebido demais, Alberto excedeu-se em carinhos, chegando, inclusive, a ser inconveniente. À saída, não tomou o rumo do Carrão. Seguiu para o Ibirapuera, ansiando por ar fresco que lhe curasse a embriaguez. Em certo momento, sussurrou, procurando ser natural:

— Norma, aluguei um apartamento na Nove de Julho. Vamos dar um pulo lá?

— Não — respondeu Norma prontamente.

— Ora, vamos. Tenho uma vitrola, podemos ouvir música.

— Nunca, isso estragaria tudo.

Alberto insistiu mais uma vez, inutilmente, e depois calou-se, carrancudo. Sem mais uma palavra, pisou no acelerador e levou-a para casa. Despediu-se dela, secamente, sem marcar novo encontro. Norma foi deitar-se, preocupada. O que ela visava era o casamento, não o concubinato que ele propunha. Aquela semana, Alberto não a procurou. E quando reapareceu, justificou sua ausência com um forte resfriado, no que Norma não acreditou.

— Aonde vamos? — perguntou a moça. — Ao Arpège?

— Estou cansado de lá — respondeu o rapaz, álgido. — Prefiro dar um passeio.

Alberto guiava, mudo, não com a calma habitual. Parecia inquieto, mas algo nele revelava que acabara de tomar uma decisão. Norma, fingindo nada notar, falava-lhe de seus problemas. Aquela semana posara uma só vez, mas a agência não pagara. Estava novamente sem dinheiro.

— De quanto precisa? — perguntou Alberto.

— Não se incomode, eu arranjo.

No primeiro sinal vermelho, Alberto abriu a carteira e tirou dela mil cruzeiros:

— Guarde isso.

— Não, obrigada.

— Guarde.

Norma pegou o dinheiro, contrafeita. Era humilhante aceitar dinheiro assim, principalmente depois do convite que lhe fora feito. Mais tarde, no aconchego de um pequeno bar, Alberto anunciou-lhe que precisavam tratar de um assunto importante:

— Norma, eu lhe dou mensalmente uma mesada. Não se preocupe mais com dinheiro.

— Nem pense nisso.

— Não seja boba.

A moça tentou mostrar-se terna, apertando-lhe suavemente o braço:

– Se eu quisesse ganhar dinheiro dessa forma, nunca passaria apuros.
– Eu sei, mas acontece que a gente se ama, não é fato?
– Se você realmente me amasse, já teria falado em casamento.
– Casamento? – admirou-se Alberto, como se tivesse ouvido uma palavra obscena. – Então, é nisso que está pensando? Casamento?
– Por que não?
– Antes do casamento, façamos uma experiência.
– Uma experiência que só terá riscos para mim.
Alberto ficou um momento em silêncio, tragando seu uísque:
– Quer dizer que, antes de casar, nada?
– Nada – respondeu Norma, segura.
O rapaz sorriu, nervoso:
– Eu já vinha esperando por essa. Mas nesse vigarismo eu não caio. Tenho lhe ajudado com dinheiro vivo e você quer bancar a sabida. Não, Norma, nessa não caio.
Norma estranhou a linguagem do rapaz e o seu descontrole:
– Vigarismo?
– Sim, vigarismo! – sorriu, mordazmente. – Saímos dois meses sem que eu lhe propusesse nada. Portei-me como um cavalheiro, e você pensou, por isso, que eu era um tolo.
– Mas eu gosto de você!
– Gosta, mas não confia.
– É que eu quero casar, como todas as moças querem, só isso. Alberto estourou, perdendo a paciência:
– Norma, sei perfeitamente o que aconteceu na casa do Abbib. Você pode não ter tido muita culpa, mas isso não modifica nada. Pense um pouco! Pra que casar, se posso lhe dar tudo o que deseja? Se você for sincera, podemos ficar juntos o resto da vida.
A moça foi vencida pela vergonha. Ele sabia o que acontecera na casa de Abbib. Agora não lhe adiantava fingir mais. Com o orgulho ferido, reagiu:
– Apesar do que houve, não me amigo.
– Ah, quer ser modelo o resto da vida? Viver correndo dum canto pra outro como uma imbecil?
– Prefiro.
– Você não sabe o que diz. Se soubesse direito como é minha família, aposto que não teria nenhum prazer em conviver com ela. Não lhe dariam a menor bola. É a gente mais chata e implicante do mundo.
Esta última informação acabou por decepcionar Norma. Fora vencida, mas não podia permitir que Alberto vencesse. Gostava dele, sim, era seu primeiro amor, porém, se cedesse, a humilhação destruiria qualquer prazer físico ou espiritual:

— Vejo que não sou digna de você.

— Claro que é, mas minha família não vai pensar assim.

— E você, nessa idade, vive preso a ela?

— Minha família está passando por uma situação difícil, e eu agora dependo mais dela do que nunca. Não posso brigar em casa.

Norma sabia que outra moça, em seu lugar, aceitaria a tentadora oferta. Shirley e Darcy dariam pulos de alegria. Ela, porém, não. Queria provar a Alberto e, ainda mais, a si própria, que tinha personalidade.

— Vamos embora – disse.

Alberto levou-a para casa, emburrado. Parou o carro na porta, fazendo ranger os freios, para as últimas palavras.

— Quando o verei? – perguntou Norma, temendo que fosse aquela a última vez que se vissem.

— Você tem meu telefone, pode chamar-me, mas só se for para conversarmos noutras bases.

— Se espera isso de mim, desista.

— Não espero mais nada. Começo a entendê-la. Você é uma aventureira como muitas que andam por aí. Quer que eu lhe sirva de escada na vida, que lhe empreste meu nome de família. Nessa não caio. Já tenho experiência de sobra.

— Por favor, não fale mais nada. Adeus.

— Pode ir embora, sua italianinha imunda! – disse Alberto, descontrolado. E mal ela bateu a porta, pôs o carro em movimento, em marcha acelerada para a cidade. Era relativamente cedo, e a noite o esperava: precisava apressar-se, perdera dois meses inutilmente.

21

O desfecho desse romance foi tão amargo e chocante para Norma, que aquela noite teve febre e, na manhã seguinte, acordou com o corpo todo dolorido. Parecia uma ressaca. Dona Júlia, estranhando-a, perguntou pela sua saúde. Norma respondeu que estava com um pouco de gripe. Na hora do almoço não conseguiu comer nada e seguiu aflita ao encontro das amigas. Precisava contar-lhes o acontecido para desabafar-se. Mas estava sem sorte: Shirley e Darcy tinham ido para o apartamento de Zulmira. Para encher o tempo, vagou pelas confeitarias, com sede de martínis. À noitinha, depois de diversas doses, encontrou Darcy em seu apartamento, já de volta, e, chorando, contou-lhe tudo.

— Não chore – disse-lhe Darcy. – Isso acontece mesmo.

— Pensava que ele gostava de mim!

— Hoje em dia é assim. Ninguém gosta de ninguém, que boba!

Darcy deu-lhe de beber, e como Norma logo ficasse tonta, resolveu dormir no apartamento da amiga. Avisaram dona Júlia através de um bilhete que o filho do zelador levou ao Carrão, com dinheiro para o lotação e uma boa gorjeta, dada por Darcy. Norma passou a maior parte da noite em claro, conversando com Darcy e bebendo. De quando em quando, caía numa crise de choro, e a outra saltava da cama para confortá-la.

No dia seguinte, Norma ainda não se recuperara. Foi para casa e lá permaneceu três dias na esperança de que Alberto a procurasse. Mas isso não aconteceu.

Não podia, contudo, entregar-se ao desânimo. Tinha que lutar pela vida. Na bolsa, já não lhe restava um tostão. Voltou a correr as agências, quase mendigando serviço. Numa delas, posou para um saponáceo, ganhando uma ninharia. Nas outras, nada feito.

Comprou O *Estado de S. Paulo* e saiu à procura de emprego. Muitas firmas precisavam de secretárias.

– A senhorita conhece taquigrafia? Fala inglês? É correspondente? Tem noções de contabilidade?

A todas essas perguntas respondia negativamente. Estava desiludida: não passava de uma caixeirinha, não sabia fazer nada, absolutamente nada. Certo dia, morta de vergonha, entrou numa loja para pedir emprego. Prometeram-lhe uma vaga dali a dois meses. Durante três dias trabalhou numa firma importadora de máquinas, como telefonista, mas atrapalhou-se tanto com o PBX, que foi mandada embora. Fracassos atrás de fracassos. Pensou em ser aeromoça. Com esse objetivo, visitou várias companhias de navegação aérea. Obteve promessas, nada mais. A tarde toda, Norma perambulou pelas ruas, desorientada e vencida. Tinha pena de si mesma.

Num sábado, dirigiu-se ao apartamento de Darcy. Encontrou-a na porta, com Shirley.

– Estamos de saída, Norma.

– Aonde vocês vão?

– Vamos jogar buraco no apartamento de Zulma – notificou Shirley – Quer ir?

– Eu? – espantou-se Norma.

– É só para jogar, ficaremos na cozinha.

Norma concordou. Tomaram um carro e foram ao apartamento de dona Zulmira. No elevador, Norma sentiu as pernas tremerem a tal ponto, que as amigas notaram o seu nervosismo. Darcy tocou a campainha do apartamento: uma criada mulata atendeu.

– Dona Zulma disse pra vocês ficarem na cozinha. Ela vai logo.

Entraram as três na cozinha. Sobre a mesa havia um baralho plástico.

– Você já viu cozinha mais bonita do que esta? – perguntou Darcy. – Zulma tem muito bom gosto e mania de limpeza. Que mulher formidável!

A criada entrou em seguida e serviu cherry para as moças, a mando da dona da casa. As três se sentaram, Norma ainda muito apreensiva. Minutos depois, dona Zulmira entrava. Ao vê-la, um papagaio que estava na gaiola deu gritinhos de satisfação. Ela vestia um dos seus maravilhosos vestidos estampados, sempre bonita e elegante. Dirigiu-se a Norma com um abraço afetuoso, como se fossem velhas amigas. Possuía, realmente, um sadio magnetismo capaz de conquistar a amizade de qualquer pessoa.

– Minha querida Norma! Afinal vem me visitar.

– Foi um custo trazê-la – informou Shirley.

– Por quê, não gosta de jogar buraco? É o que todo mundo faz no momento.

Dona Zulmira sentou-se, já embaralhando as cartas, habilmente, mas sem parar de tagarelar. Tinha o dom da conversa e das gentilezas.

Assim que a partida teve início, Darcy contou à dona da casa a desventura amorosa por que Norma passara, abandonada, bruscamente, por Alberto. Dona Zulmira, compadecida, pediu-lhe detalhes do caso. Dizia lamentar sinceramente o sucedido e esperava que, mais cedo ou mais tarde, ela arranjasse outro amor. E acrescentou:

– Diversas "sobrinhas" minhas têm casado. Ainda no mês passado, casou a Odete, e casou bem.

Norma surpreendeu-se; ignorava que as moças que levavam aquela vida pudessem, algum dia, constituir família.

– Mas isso é verdade?

– Ora, é claro que o marido não sabia de nada. Odete não seria tola de contar. Depois, o que acontece aqui dentro ninguém fica sabendo.

– E se a coisa correr de boca em boca?

– Correm maior perigo de difamação – explicou dona Zulmira – as moças que namoram nas esquinas e nos portões. Aqui, segredo é a alma do negócio. Muitas moças que vêm à minha casa são consideradas honestíssimas lá fora.

Norma acreditou piamente; se frequentasse o apartamento de dona Zulmira e namorasse com Geraldo, por exemplo, jamais ele descobriria coisa alguma. Nem Geraldo nem seus amigos apareceriam por lá, pois o dinheiro minguado de seus ordenados não daria para tal extravagância.

Em seguida, dona Zulmira informou, entre um lance e outro de cartas, que seu apartamento era visitado por um número reduzido de amigos, na maioria homens casados, cheios de responsabilidades, os mais interessados em manter discrição.

– Isso é verdade – disse Shirley. – Quando encontro um deles na rua, geralmente faz que não me conhece.

– Não aceito qualquer um aqui – afiançou dona Zulmira, vaidosa. – Se uma pessoa que não me foi apresentada bater à minha porta, digo que se enganou de endereço. Primeiro quero saber quem é e se pode pagar o que peço.

– Nunca um dos... dos... dos fregueses – indagou Norma – já lhe deu trabalho?

– Nunca – respondeu dona Zulmira. – Sempre sei com quem lido. As moças, por sua vez, são todas do nível assim de Darcy e de Shirley. Sabem se comportar aqui e fora daqui.

Norma tentava prestar atenção na partida, sem sucesso. Os pensamentos agitavam-se-lhe no cérebro. Não imaginara que aquela espécie de vida pudesse ser vestida de tal aspecto de honestidade. A própria dona da casa era uma mulher que poderia aparecer em qualquer ambiente, sem levantar suspeitas sobre sua conduta. Por um momento, seduziu-a a ideia de ter duas vidas distintas, uma diferente e independente da outra. Agora compreendia com clareza por que Shirley e Darcy se mostravam tão seguras em matéria de dinheiro. Quando estavam "prontas", passavam pelo apartamento de dona Zulmira e saíam abonadas e sem a mágoa de terem cometido uma ação pecaminosa.

Dona Zulmira falava de outros apartamentos iguais ao seu. Referiu-se a colegas suas que prosperavam e a outras que perdiam o que ganhavam nos cassinos.

– Só vou ao Mito e nas Carpas para conversas. Raramente arrisco uma ficha.

A julgar pelo que ouvia de dona Zulmira, havia centenas e centenas de moças na cidade que levavam a mesma vida de Shirley e Darcy. Muitas delas, atraídas pelos vícios, degeneravam. Outras, mais controladas, guardavam dinheiro e mesmo se casavam, como a tal Odete. E havia, ainda, as que tinham emprego e que só visitavam dona Zulmira quando lhes faltava dinheiro. Essas, principalmente, estavam a salvo de qualquer suspeita. Não, não podia prestar atenção ao jogo.

– Tome mais um cherry, Norma.

A moça tomou mais uma dose de cherry e, logo em seguida, a terceira. A bebida libertava-lhe o raciocínio. Lembrou-se de que aquela semana ainda não dera um tostão à sua mãe; essa lembrança amargurou-a. Os negócios nas agências estavam fracos. E como lhe doía pedir dinheiro emprestado! Pobre da Wandinha! Dentro de alguns dias faria onze anos: não poderia dar-lhe presentes.

– No que pensa, Norma? É sua vez de jogar.

– Não é a sua, Shirley?

– Eu já joguei.

Norma foi péssima parceira. Preferia voltar ao assunto, impelida pela curiosidade:

— Quer dizer que as moças que vêm aqui não ficam difamadas?

— Depende delas — respondeu dona Zulmira, prontamente. — O que acontece aqui, ninguém pode adivinhar lá fora.

— Mas é sempre possível encontrar-se homens que vêm aqui. Digamos que se a gente for ao cinema, isto é, que uma das moças vá ao cinema e tope com um dos fregueses. Vamos supor que a moça esteja acompanhada...

— Esses encontros são raros, mas, como Shirley já disse, meus fregueses nunca cumprimentam as moças nas ruas. E se cumprimentarem, e você estiver com um namorado, pode dizer que se trata de um dentista, um médico, ou de um irmão de uma amiga. Não é isso?

Norma baixou a cabeça, concordando. Era lógico. Esse receio não tinha propósito. Somente são apontadas como prostitutas as moças que se portam como tal, as que fazem questão de mostrar. Lógico.

O jogo terminou e Norma pediu mais um cherry. Como lhe apetecia beber!

— Bem, vamos indo — disse Darcy. — Tenho um encontro.

— Eu também — respondeu Shirley.

As três levantaram-se e já se despediam, quando o telefone tocou. A dona da casa correu para atender o aparelho, pedindo-lhes que esperassem um instantinho. Momentos depois, voltava, desolada:

— Que pena que vocês se vão. Dr. Anísio quer dar um pulo até aqui. Ele só pode aos sábados.

Darcy balançou a cabeça:

— Não posso esperá-lo.

— Também não — disse Shirley.

Dona Zulmira, sorridente, voltou-se para Norma. Seu sorriso era um convite e um desafio. Talvez representasse também uma solução, a única, para seus tristes problemas. A moça já sabia o que ela ia perguntar, e de fato perguntou:

— E você, Norminha, quer esperá-lo?

— Eu? — exclamou Norma, ligeiramente ofendida, corando.

Darcy pôs a mão no trinco da porta. Não tinha nenhuma intenção de desencaminhar a amiga, só queria ajudá-la a sair dos seus apertos, mais nada:

— Dr. Anísio é um bom homem. Fique, Norma. Não vai se arrepender.

— Não — disse Norma, aflita.

Dona Zulmira segurou-lhe o braço, acalmando-a:

— Que bobagem, Norma. Ele não vai lhe tirar pedaço. É tão distinto!

Darcy abriu a porta e saiu com Shirley, precipitadamente, deixando Norma com dona Zulmira. A dona da casa fez com que ela se sentasse, e correu para a cozinha a fim de apanhar outro cherry. Estava, sinceramente, receosa de que a moça enfrentasse a situação com excesso de drama. Era uma verdadeira criança, apesar dos vinte anos.

– Tome mais uma dose, Norma.

A moça bebeu o cherry de um só gole. O licor era forte, subia. Apreensiva, perguntou:

– Ele vai demorar?

– Tem carro, chega logo.

– Estou rezando para que ele não venha – confessou.

– Reze para que ele venha, assim você ganha um pouco de dinheiro. Darcy já lhe falou sobre o preço?

– Não.

Dona Zulmira disse-lhe quanto ela iria ganhar e comentou, em seguida:

– Você precisaria trabalhar quase uma semana na loja para ganhar isso.

Norma não pensava no dinheiro, inquieta demais, com impulsos de fugir do apartamento e precipitar-se pelas escadas, numa doida correria... Todos os seus nervos latejavam e a respiração se fazia difícil. Devia estar muito pálida.

– Vou ligar a vitrola – disse dona Zulmira, movendo-se com graça dentro do luxuoso e atapetado apartamento.

Foi uma ideia feliz. Um bolero, que muitas vezes ela ouvira na companhia de Alberto, provocou-lhe sentidas lágrimas, porém ela ficou firme. Resolveu fazer algumas perguntas sobre o homem que estava para chegar.

– É um advogado – respondeu dona Zulmira. – Homem muito fino, de tratamento. Casado. Não irá tomar muito tempo seu.

A moça lembrou-se de que não conhecia nenhum advogado, não haveria o risco de encontros perigosos.

– Há um moço chamado Alberto que vem aqui?

– Não há, querida. O tal que foi seu namorado?

– Sim, ele.

– Tranquilize-se.

Quando a campainha tocou, Norma começou a tremer. Zulmira levou-a, pelo braço, como a uma enferma, a um dos acolhedores quartos de seu apartamento, na penumbra, com venezianas cerradas. Apenas a luz verde de um abajur o iluminava. Em seguida, afastou-se e foi abrir a porta. Norma ouvia a voz suave de um homem que cumprimentava a dona da casa.

– O senhor vai gostar dela – disse dona Zulmira, cordial. – É uma moça agradável.

– A senhora nunca me decepciona.

Norma ouviu passos abafados sobre o tapete. Sentiu uma forte dor no estômago e vontade de correr ao banheiro. Não teve tempo para nada: a porta abriu-se e dona Zulmira entrou acompanhada de um cavalheiro de feições delicadas. A descrição que dele fora feita era fiel.

— Esta é a moça, dr. Anísio.

Norma estendeu-lhe a mão como se tivesse medo de que ele fosse mordê-la.

— Muito prazer — ele disse.

— Agora vou deixá-los a sós — acrescentou dona Zulmira, desaparecendo.

Dr. Anísio, não muito à vontade, também tímido, mas encantado com a beleza da moça, que a penumbra do quarto acentuava, dirigiu-se a ela, formal:

— Nunca a vi aqui. É a primeira vez que vem?

— É a primeira — respondeu Norma, envergonhada, evitando olhá-lo de frente. O estômago doía-lhe mais.

— A primeira... — ele repetiu, sem nenhuma expressão na voz. Depois sentou-se, sem muita naturalidade, e acendeu um cigarro, que esqueceu de oferecer. Não parecia ter muito desembaraço para situações assim, acostumado ao trabalho e à vida em família. Estava apenas dando uma fugidinha.

Norma também sentou-se.

A conversa que se travou foi desinteressante e cheia de intervalos.

— Acha que demorei muito?

— Não demorou — respondeu Norma, sentindo o delicado perfume que ele usava.

— Você é de São Paulo mesmo?

— Sou.

— Eu sou de Minas — disse ele, sem nenhum assunto, a assoprar com força a fumaça do cigarro. Também não a olhava. — Já esteve em Belo Horizonte?

— Nunca.

— É uma boa cidadezinha — disse.

Subitamente, levantou-se num gesto impetuoso, como se quisesse vencer a timidez, que sempre devia atrapalhá-lo. Esmagou o cigarro no cinzeiro do criado-mudo.

— Bem, talvez você esteja com pressa, e eu aqui falando. — E, para dar início à fase de intimidade, perguntou, com atenta curiosidade: — Ainda não sei, qual é o seu nome?

Norma foi apanhada de surpresa. O seu nome. Dizer o seu nome. Isso era o pior de tudo. Olhando-o, com o começo de um sorriso nervoso, que podia ser confundido com um rito de dor, respondeu:

— Eu me chamo Sandra.

2 – Sandra
Café na cama

1

Wandinha estava diante do psichê, tentando embelezar ainda mais seu suave rosto de menina. Já usara, sem muita medida, o ruge da irmã e agora tinha nas mãos o batom, cuja ponta vermelha ela olhava, com receio de passá-la sobre os lábios. Era a parte mais ousada e responsável da maquiagem, daí sua indecisão. Se sua mãe a surpreendesse, seria severamente repreendida. Mas, que desejo sentia de imitar, nos menores detalhes, o preparo que Norma fazia antes de sair de casa, depois do almoço. Como ficava após aqueles encontros com o toucador! Wandinha chegou a encostar o batom na superfície de seus pequenos lábios, mas recuou. Era ainda muito cedo para ser como a irmã, para gozar de seus direitos e, principalmente, da sua liberdade. Tinha que se contentar em admirá-la. De uns meses até ali, a beleza de Norma se aprimorara. Passara a cuidar-se mais e a vestir-se melhor, Wandinha adorava vê-la nos seus vestidos novos, sempre envolta numa onda deliciosa de perfume. Não admitia que houvesse outra moça mais bonita do que Norma.

A porta do quarto abriu-se, subitamente, e Norma entrou sobraçando uma porção de pequenos embrulhos. Pisava com firmeza, apesar do salto tão alto, e no seu rosto se estampava um luzidio e vitorioso sorriso. Não era mais a moça vencida que fora meses atrás. Adquirira nova personalidade.

– Wandinha, eu trouxe algumas coisas para você.

A menina levantou-se da banqueta e foi ao encontro da irmã, fazendo algazarra. Sempre recebia Norma festivamente, e quando ela lhe trazia presentes, sua alegria chegava ao auge.

– Que foi que você trouxe?

— Aquelas chinelinhas que você viu na vitrina. Mas não é só isso, calma.

— Comprou os brincos?

— Estão aqui.

Wandinha e Norma desfaziam os embrulhos. Os dedos da menina, ágeis e nervosos, tiraram do interior de uma caixinha um par reluzente de brincos. Sonhava com eles.

— Você é um amor, Norma!

— Veja agora as sandaliazinhas...

Wandinha calçou as sandálias, feliz. Exatamente as que vira na vitrina. Saltou ao pescoço da irmã e beijou-a diversas vezes no rosto, agradecida. Tinha a melhor irmã do mundo.

— Que trouxe mais?

— Um corte de vestido para mamãe, um vidro de vitamina que ela me pediu, e para Bruno uma carteira de notas, muito bacana. Ele nunca teve uma.

— E para você?

— Outro colar.

Norma, em seguida, dirigiu-se à cozinha, onde dona Júlia trabalhava. Mostrou-lhe o corte de vestido e a vitamina, que tanto acalmava as dores de suas pernas reumáticas, o melhor presente que lhe podia dar.

A caçulinha mostrava os presentes que ganhara, vaidosa.

— Quanto dinheiro gastou? – perguntou dona Júlia.

— Nem tomei nota, *mamma*. Mas não foi muita coisa.

— Na farmácia, essa vitamina custa uma fortuna.

— Antes do vidro acabar, me avise. Compro outra. É bobagem ficar sofrendo dores.

Dona Júlia, enxugando as mãos molhadas no avental, examinou o corte de tecido. Era ótimo, nunca tivera um igual. Poderia vestir-se melhor quando fosse ao cinema.

— Como conseguiu dinheiro para isso?

Dona Julia já sabia que a filha deixara a loja.

— Posei para uma nova marca de cigarros.

Era a explicação que Norma sempre dava quando comprava presentes. Não entrava em detalhes. Dona Júlia saciava com pouco a sua curiosidade.

— Quando você arranjar outro serviço bom, dê de entrada para uma geladeira.

— Estou tratando disso, *mamma*. No mês que vem teremos nossa geladeira – garantiu. De fato, já correra diversas lojas à procura de um negócio.

— Uma geladeira faz falta – comentou dona Júlia, sonhadora.

– Compraremos também uma máquina de lavar.
– Seria bem bom! O maldito reumatismo já está me atacando as mãos.

Norma compraria, para os seus, tudo o que pudesse. Seu maior prazer era ver a família desfrutar do conforto que o pai nunca lhe pudera proporcionar. Esse dia não estava longe, ela sabia.

À noite, quando Bruno chegou, Norma deu-lhe a carteira. O rapaz olhou-a, desinteressado:

– O que falta é dinheiro para pôr dentro dela – disse. – Obrigado, mana.

Retirou-se, em seguida, para seu quarto. Quando ficava em casa, o que era raro, Bruno isolava-se de todos. Estendia-se na cama, olhando para o teto, imóvel. Quem o visse, não imaginaria no que estava pensando ou mesmo se estava pensando.

Norma e dona Júlia ainda examinavam o corte de vestido.
– Vou ver se acerto fazer um bom corte.
– Bobagem, mamãe. Dê para uma costureira. Dona Tutinha tem mãos para isso.
– Ela está metendo a faca.
– Não faz mal, eu pago.
– Ainda sobrou dinheiro?

Havia muitos meses que não faltava dinheiro na bolsa de Norma, embora sua mãe nunca soubesse, com precisão, de quanto ela dispunha. Mas a verdade é que dinheiro deixara de ser problema e seu primeiro benefício fora livrá-la do bonde e do ônibus. Só andava de táxi, como suas amigas.

Dona Júlia largou-se numa velha poltrona, ainda segurando o corte:
– Você está indo bem como modelo – disse.
– Estou de maré.
– Mas receio que essa profissão faça de você uma solteirona.
– Por quê?
– Fala-se tão mal das moças que posam. Dizem que nenhuma delas presta.
– É uma profissão como qualquer outra, *mamma*. E, quanto a casar, é cedo ainda. O que quero é dar mais conforto a esta casa. Sabe duma coisa? Devíamos mudar daqui.
– Mudar? – exclamou dona Júlia. – Moramos nesta casa há quase vinte anos. No Carrão só havia mato.
– Esta casa é muito mixa. Depois, puxa, como detesto os vizinhos!
– Falam mal de todo mundo, mas são bons.
– Que tal se mudássemos para um apartamento no centro?
– Acho que eu ia estranhar muito.

— Ora, mamãe, seria bom para todos. A senhora não teria tanto trabalho para limpar a casa, e seria mais fácil arranjar um colégio pra Wandinha.

— Sou velha, não posso me encarregar disso.

— Deixe tudo por minha conta. Acho que para a semana encontro um apartamento que sirva.

— Se quer procurar, procure. É você que está substituindo seu pai nesta casa.

— Hei de encontrar um que seja uma belezinha!

Norma estava realmente numa fase de prosperidade. Não via, era verdade, perspectiva de um futuro sólido, mas o fato de ter sempre dinheiro dava-lhe uma agradável sensação. Ainda bem que Darcy e Shirley a haviam aproximado de dona Zulmira. Do contrário, teria voltado para a loja ou seria obrigada a viver de agência em agência, numa constante e quase improfícua correria. Às vezes, para manter o contato com a propaganda, posava para algum produto, mas não era essa espécie de trabalho que poderia sustentá-la no luxo. A sua nova vida devia a dona Zulmira, da qual se tornara tão grande amiga, a ponto de despertar o ciúme de Shirley e Darcy. Tornara-se a vedete do apartamento de Zulma, a mais procurada pelos fregueses, o que a forçava, com muito prazer, a cobrar muito mais caro pelos seus favores.

Na segunda-feira, lá pelas três horas, como sempre fazia, rumou para o apartamento de dona Zulmira. Lá, além de Shirley e Darcy, encontrava outras pequenas. A que mais estimava era Blays, uma minhocazinha, de enormes olhos verdes, ótima companhia para as saídas noturnas. Blays era noiva oficial de um funcionário público, que, certamente, ignorava seu modo de vida; supunha que ela trabalhasse à tarde num ateliê de costura. Todas as tardes telefonava para ele, quase sempre para estrilar:

— Onde esteve ontem que não o encontrei? Se não estava na repartição, onde estava?

Acontecia de chorar no telefone, enciumada.

A princípio, Sandra supôs que se tratasse de puro cinismo, mas enganava-se. Blays era realmente apaixonada pelo noivo e não mentia quando confessava seu ciúme.

— Como você pode ser tão ciumenta se você...

— Não tem nada uma coisa a ver com outra — respondia Blays.

Além do noivo, Blays tinha paixão por um gatinho que encontrara na rua e ao qual dera o apartamento como teto. Não podia levá-lo para casa porque seus pais detestavam bichos.

— Pode deixar o gatinho aqui — permitiu, bondosamente, dona Zulmira. — À noite, ele me fará companhia.

Desde esse momento, o gatinho, que ela batizou de Cris, nome que não se sabe onde arranjou, passou a ocupar parte de sua vida. Arranjou-lhe um laço de fita azul e embebia-o em perfume: o gato e o laço. Improvisou para ele uma cama, dentro do criado-mudo, ambiente onde ele se acostumou muito bem, como se morasse num apartamento de uma só peça. Não havia dia em que Blays não mandasse a criada comprar bombons para Cris. Cris adorava bombons, e, à medida que os comia, ia ficando mais gordo e preguiçoso. Nem se animava a sair do criado-mudo para seu langoroso passeio pelo apartamento. Voltava logo para aninhar-se sobre as pernas de Blays ou então ingressava em seu pequeno lar.

– Largue esse gato por um momento – suplicava-lhe dona Zulmira. – Vamos jogar buraco na cozinha.

Era na cozinha, de ladrilhos brilhantes, que Sandra e suas companheiras passavam a maior parte do tempo, para que a dona da casa pudesse atender os fregueses na sala, mais à vontade. Passavam as tardes com um baralho na mão, bebericando e ouvindo música.

Muitas vezes, dona Zulmira protestava:

– Vocês limparam a geladeira. Agora, se quero beber, tenho que mandar buscar.

Nunca se exaltava, porém, receosa de entrar em choque com as "sobrinhas". Ela bem sabia o quanto lhes devia e fazia questão de que todos lá vivessem em boa paz. Sandra, no entanto, fora eleita a sua preferida: a que mais lucros lhe dava e com quem melhor se entendia.

Quando ficavam as duas sozinhas, ela falava-lhe de seu passado e punha-a a par de todos os seus problemas. Dona Zulmira tinha uma filha de treze anos, interna num dos melhores colégios da cidade. Queria dar-lhe uma educação primorosa e afastá-la de todos os caminhos que pudessem levá-la à prostituição. Organizara um belo álbum, só com os retratos da menina, que apenas mostrava aos mais íntimos. Sandra folheou o álbum, emocionada com a graça e a simpatia da menina, que tinha o mesmo jeitinho brejeiro e amigo de Zulma.

– Chama-se Priscila – disse dona Zulmira. – Não é mesmo uma beleza? E saiba que é a primeira aluna da classe em quase todas matérias. Quando converso com ela me sinto uma ignorante.

– Ela não sabe de nada, não é?

– Claro, nem ela nem ninguém dos meus, além do Oscar.

Oscar era o irmão mais moço de dona Zulmira. Entre seus quatro irmãos, residentes em Porto Alegre, todos homens de bem, encaminhados na vida, o único que degenerara fora o Oscar. Dera para beber e jogar muito cedo e se viciara também em tóxicos. Certo dia, Oscar, chegando de surpresa do Rio, onde residira durante anos, foi direto ao apartamento da irmã. Como não era nenhum tolo, descobriu logo qual era a sua verdadeira profissão. Mas não se escandalizou, não fez cena. Ao contrário, caiu numa estrondosa gargalhada.

— Vejo que a maninha sabe se virar muito bem. Parabéns. Eu, se fosse mulher, com este meu caráter, faria a mesma coisa. Cartomante ou cafetina, nada além disso.

Em seguida, pediu pousada à irmã. Estava "duro" e não podia ir a nenhum hotel. Dona Zulmira, embora de má vontade, não pôde negar-lhe o pedido, crente de que ele não tardaria a tomar rumo. Mas Oscar não tinha pressa de arrumar emprego ou qualquer espécie de ocupação. Adorava o apartamento elegante da irmã e queria usufruir o máximo daquele conforto. Vivia estirado no sofá, ouvindo a vitrola ou lendo revistas, e quando chegava um freguês corria para a cozinha, deixando o caminho livre. Na cozinha, jogava baralho com as moças, apostando dinheiro que não tinha. Às vezes, fazia-lhes propostas. Como nenhuma lhe desse "bola", passou a perseguir a criada, uma mulatinha, e com ela teve êxito.

Quando dona Zulmira soube que ele andava com a criada, estrilou:
— Isso não suporto, Oscar. O que pensa que minha casa é?
— Zulma, preciso me defender com a criada. Eu estou duro, você sabe.

Malandro como ninguém, Oscar amargurou dois meses a vida da irmã. Não lhe dava sossego e, mais tarde, passando da conta, deu de roubar as bolsas das moças. "Abafou" mil cruzeiros de Darcy quando ela atendia a um freguês, e depois jurou em cruzes que não fora ele, botando a culpa no moleque do armazém que trazia as bebidas. Dona Zulmira chegou até a ir a uma cartomante da Barra Funda para ter a certeza de que algum dia se livraria de Oscar. Voltava mais esperançosa; porém, ao entrar no apartamento, teve uma nova e péssima surpresa.

— Onde está o long-play do Fernando Albuerne?

Ora, era mais do que evidente que Oscar o vendera por um terço do valor. O mesmo fim deu a quase toda uma coleção de romances de Érico Verissimo, escritor que dona Zulmira adorava. Vendeu um abajur para o ascensorista, vendeu um belíssimo tapete não se sabia para quem e um dia ferrou violenta briga com o zelador do prédio por motivos políticos. Oscar tentara colocar, na parede do prédio, o retrato de um candidato a deputado do partido do sr. Adhemar de Barros, com o que o zelador não concordou. Tiveram que apartá-los e, nesse dia, dona Zulmira jurou que, se não conseguisse pôr seu irmão para fora, fecharia o apartamento. Seus suplícios, porém, tiveram fim. Um dos seus fregueses, ciente do caso, e com receio de que ela interrompesse seu comércio, tratou de arranjar emprego para Oscar.

— Emprego? Ele não vai aceitar — torturava-se dona Zulmira. — Ele nunca pegou no batente.

O curioso é que o tal cliente arranjou um emprego que caiu como uma luva para o Oscar: picotador de um *taxi-girl*. No primeiro dia Oscar foi ao trabalho de cara fechada, mas, menos de uma semana depois, voltou ao apartamento para apanhar seus pertences. Ia morar num hotel da rua Santa Ifigênia, onde, segundo disseram, morava uma mulata, dançarina do *taxi*, com a qual se amigara.

— Vai mudar-se, então? — exclamou dona Zulmira, incrédula.

— Hoje mesmo — respondeu Oscar, gravemente. Minha formação moral não me permite viver numa casa de tolerância. E com ar mais grave inquiriu a irmã: — Que adiantou a educação que lhe demos em casa? — Sem mais palavra, deixou o apartamento, levando em sua mala muitos objetos que não lhe pertenciam e que "afanara" à última hora.

Foi mais ou menos nessa época que dona Zulmira conheceu o dr. Godinho. Costumava dizer a Sandra que seu romance com Godinho era a melhor coisa que lhe acontecera. Antes de conhecê-lo vivia muito só, pois não se dava a aventuras e tinha receio de aparecer em público com mulheres muito conhecidas. Passava a maior parte de suas noites sozinha, e frequentava os cinemas também só. Desde que o marido a abandonara, não tivera nenhum amante, embora não lhe faltassem pretendentes. Realista como era, não se ligaria nunca a homens que quisessem viver à sua custa. Conhecia o gigolô de longe e sabia evitá-lo. Só concordaria em amar alguém que não dependesse dela, como também não exigiria auxílio algum. Quantas vezes ouvira ardentes juras de amor, que terminavam em pedidos de empréstimo para pagar contas de alfaiate. Nessas não caía. Jamais desviaria dinheiro do colégio da filha para dar a amantes, mesmo que algum dia se apaixonasse. Essa atitude, tão firme, levou-a à solidão, principalmente à noite, quando terminava o expediente do apartamento. Ficava com o baralho na mão, jogando paciência ou ouvindo rádio. Com vizinhos não se dava, para que não fizessem perguntas indiscretas. E, como não tinha o hábito de beber, sofria, sozinha, o exílio de seu apartamento.

— Felizmente Godinho chegou — disse Sandra.

— É um homem tão bom!

— Se é! Bom demais. Uma flor!

Conhecera o dr. Godinho num hospital, onde fora assistir à operação de Janete, uma de suas "sobrinhas". A moça estava no apartamento, jogando cartas, quando foi surpreendida por fortes dores no ventre, apendicite aguda. Dona Zulmira, extremamente prestativa nessas ocasiões, chamou um carro e levou-a ao hospital. Duas horas depois, Janete dormia, já fora de perigo.

— A menina escapou de boa — disse o dr. Godinho a dona Zulmira, após o trabalho. Se a senhora não a tivesse trazido às carreiras, o caso seria mais difícil.

No dia seguinte, quando o médico foi ver como a paciente passara, encontrou dona Zulmira no quarto. Conversaram os dois, longamente, primeiro sobre a operação, depois sobre outros assuntos. Era um homem de aparência agradável, bastante calmo, uma dessas criaturas com quem se simpatiza à primeira vista. Durante a semana em que Janete esteve internada, o dr. Godinho e dona Zulmira conversaram todas as tardes e logo se tornaram excelentes amigos. Quando a moça pôde voltar para a casa dos pais, dona Zulmira deu seu telefone ao médico, pedindo-lhe que a chamasse qualquer dia. Não teve que esperar muito pelo telefonema. No primeiro sábado, dr. Godinho telefonou, convidando-a para sair. Ela aceitou, radiante. Vestiu-se com capricho e, à hora marcada, ele passou pela sua rua, guiando seu modesto Simca. Foram diretamente ao Fasano, um sentindo o prazer que proporcionava ao outro. Diante de um martíni, a amizade entre os dois se solidificou. Dr. Godinho contou-lhe seus apuros de médico. Confessou-lhe que ganhava bem, mas uma doença crônica de sua mãe consumia quase tudo que as operações lhe davam. Tinha, também, que sustentar uma irmã que enviuvara, com um casal de filhos. Não, ele não era casado. Quando mais jovem, tivera noiva, que o deixara, trocando-o por outro quase às vésperas do casamento. Disse ainda mais: nunca tivera uma amante fixa em sua vida. As mulheres, em geral, queriam-no como amigo, como confidente, mas se recusavam a amá-lo, confessou com um sorriso triste. Dona Zulmira olhava-o com a mais profunda simpatia. Via-se que era um homem sincero, sem vaidade. Foi ela quem tomou a iniciativa de segurar-lhe a mão, em meio a um assunto, dando início ao romance. Depois do Fasano foram a um teatro ver Maria Della Costa, de quem dr. Godinho era admirador. Depois, deram um pulo ao L'Admiral, para o novo drinque, já francamente enamorados. Aquela noite, ao entrar em seu apartamento, dona Zulmira sentiu que vivera uma noite feliz. Ligou a vitrola, baixinho, e largou-se no divã, sonhando. Faria tudo para que aquele idílio se prolongasse, pondo fim à sua enjoativa solidão.

    Na tarde seguinte, o dr. Godinho telefonou-lhe. Ela atendeu-o com voz diferente, com voz de quem ama. Marcaram novo encontro para dali a dois dias. Ele queria levá-la ao TBC. Claro que dona Zulmira aceitou o convite. Foram ao teatro e de lá para a boate Hugo, que vinha sendo muito frequentada. Agora já não havia disfarce entre os dois. Na penumbra da boate um confessou ao outro o seu amor. Foi uma confissão formal, toda feita de lugares-comuns, porém cheia de emoção e sinceridade.

    O dr. Godinho disse:

    – Sempre precisei de uma mulher como você. Você é alegre e bondosa. Como me estimula!

    Passaram a encontrar-se com frequência. Dona Zulmira contou-lhe que fora casada e que tinha uma filha no colégio. Mostrou-lhe, orgulhosa, fotografias de Priscila. Não se arrependia do casamento por causa daquela menina. Quanto ao marido, um vagabundo, vivera com ele apenas três anos, tempo em que o desmiolado malbaratara uma pequena fortuna no jogo. Desde então nunca mais o vira nem queria ter notícias suas. Dr. Godinho ouvia-a com interesse, disposto a ajudá-la, de qualquer maneira, se fosse necessário.

Certo dia, mais ou menos um mês depois de se terem conhecido, o dr. Godinho fez-lhe um convite:

– Quero que vá em casa domingo. Gostaria que minha mãe a conhecesse.

Dona Zulmira baixou a cabeça, perdendo sua constante naturalidade:

– Acho que não posso ir.

– Por quê? – indagou ele sem entender.

– Você precisa me conhecer melhor.

– Já a conheço bem, Zulma.

– Penso que não.

– Você me esconde alguma coisa?

– Nunca pretendi esconder-lhe nada. Se não contei o que vou contar agora foi porque não tinha chegado o momento.

– Então, conte – pediu o dr. Godinho, com um sorriso amigo, como se quisesse dar a entender que nada mudaria seus sentimentos em relação a ela.

Zulmira tomou um pequeno gole de martíni, para ganhar coragem:

– Você vai se escandalizar com o meu meio de vida. Mas foi o que escolhi, há cinco anos, e que não troco por outro porque é o mais rendoso. – Parou aí, como se não fosse prosseguir, mas ganhou novo alento, em tom de quem pede compreensão: – Há umas moças que frequentam o meu apartamento. Aquela que você operou é uma delas. Alugo quartos para elas e arranjo-lhes fregueses. – Olhou-o com um sorriso caricato, que não ocultava o esforço que aquela confissão lhe custava. – Sou, como vê, uma exploradora de mulheres.

Terminou de falar e examinou minuciosamente as reações que suas palavras causaram no rosto do dr. Godinho. Queria que ele entendesse que ela não se envergonhava de sua profissão, e que não a abandonaria apenas para ser considerada uma mulher decente.

– Era isso que me queria contar? – indagou ele, sentindo o quanto ela sofrera para dizer-lhe a verdade. Amparou-a com um sorriso terno.

– Bem, agora você já sabe. Se quiser fazer perguntas, pode.

– Faço: tem algum compromisso para domingo?

– Não.

– Então, vamos em casa. Quero que minha mãe a conheça.

Dona Zulmira não faltou ao combinado. Domingo, à hora marcada, desceu dum táxi diante de uma casa modesta, situada num bairro distante.

O médico e sua idosa mãe, magérrima, de cabelos brancos, receberam-na na porta.

— Esta é Zulmira, de quem falo tanto.

A mãe do dr. Godinho abraçou-a, comovida. Foi logo dizendo que mandara a criada fazer pratos especiais e que seu filho comprara uma garrafa de vinho estrangeiro. Até ela ia beber uma dosinha, esquecendo a doença.

Ficaram na sala de visitas, minúscula e acanhada, conversando. Depois, o dr. Godinho fez questão de mostrar-lhe sua biblioteca, abarrotada de livros científicos. Em vão dona Zulmira procurou entre eles os de Erico Verissimo. Dr. Godinho disse que também lia romance, às vezes, e que tinha predileção por Thomas Mann, escritor que dona Zulmira ignorava inteiramente. Sua arte predileta, porém, era a música. Tinha uma bela coleção de discos, na qual não faltavam Chopin, Ravel, Bach e outros grandes.

— Às vezes, fica horas na sala, às escuras, ouvindo música — contou sua mãe, quase no ouvido de dona Zulmira, como um segredinho.

A velha estava, com efeito, radiante com a visita. Sabia que seu filho não tinha amizades femininas, e ela era a primeira a lamentar sua solidão. E isso era ainda mais triste, agora que ele passava dos quarenta anos.

— Zulma não gosta de clássicos — disse o dr. Godinho. — Vou pôr na vitrola um disco que comprei, do Sílvio Caldas. É um popular que também gosto.

Dona Zulmira, ouvindo Sílvio Caldas, naquela sala modesta ao lado do dr. Godinho e de sua mãe, estava tão satisfeita que teve vontade de chorar. Havia muitos anos, desde a sua juventude, não respirava o ar saudável do lar. Que vontade sentiu de permanecer lá, para sempre, de ajudar a mãe do dr. Godinho na limpeza da casa, de costurar seus vestidos, de dar um pouco de ordem naquelas estantes desmazeladas de livros. Lembrou-se de sua mãe, a bondosa doceira de Porto Alegre, e vendo a mãe do dr. Godinho, era como se visse a mesma pessoa.

— Vou pôr outro disco do Sílvio — anunciou o dr. Godinho, que na tarde anterior correra as casas de discos para encontrar as músicas de que dona Zulmira gostava.

A certa altura, quando o telefone tocou e o dr. Godinho saiu da sala para atendê-lo, sua mãe, aproximando-se de dona Zulmira, com intimidade, disse-lhe no ouvido, ela que adorava fazer e desfazer segredos:

— Desde que conheceu a senhora, ele mudou muito, sabe? Anda tão alegre e até deu de cantar. Precisa ver como ele canta, quando toma banho. Nunca foi assim!

Dona Zulmira estremeceu de prazer, ao contato daquela respeitável senhora:

— Eu também ando muito alegre – disse, com lágrimas nos olhos, pois facilmente se comovia.

— Não briguem por nada – pediu a velhinha.

Dr. Godinho voltou, anunciando que a criada já servia a mesa.

— Estou com uma fome doida – acrescentou.

— Eu também! – exclamou dona Zulmira, feliz, ansiosa por uma comida caseira, já cansada do tempero e do ambiente dos restaurantes.

Comida deliciosa. Não fora a mãe do dr. Godinho que a preparara, mas fora quem supervisionara a criada, exigente como nunca. Queria que dona Zulmira comesse de tudo e que repetisse todos os pratos, pedindo, a todo instante, sua aprovação:

— Gostou da galinha? Que tal achou o bolinho?

Dona Zulmira almoçou fartamente, esquecida do regime que mantinha sua silhueta. Se vivesse ali, em alguns anos seria uma matrona, mas isso também não teria importância. Voltaram para a sala, levando a garrafa de vinho, já pela metade, dispostos a ouvir mais música.

A mãe do dr. Godinho, cada vez mais íntima de dona Zulmira, foi pondo-a a par dos probleminhas da família. A filha enviuvara e recusava-se a viver com ela, para não dar parte de fraca. Os seus netos, sempre doentes, não sobreviveriam sem o auxílio constante do filho. Este, afirmava, era um santo. Contou o sacrifício que fizera para formar-se. Tivera que trabalhar como escriturário, jornalista e corretor, para pagar os estudos. Felizmente, agora estava bem, e se não tinha grande coisa no banco, a culpa cabia à família, que lhe dava tantos gastos.

— Ora, mamãe, o que eu ganho dá e sobra.

— Mas você precisa ir comprando seu apartamentozinho para ter um teto na velhice.

— Para o ano, tomo providências – declarou, solenemente, o dr. Godinho, tranquilizando a mãe.

No fim da tarde, dona Zulmira despediu-se com beijos, sentindo que aquela suave velhinha a tinha no coração. Em seguida, ela e o dr. Godinho, em seu Simca, foram dar um longo passeio pela avenida Brasil, ambos comentando a agradável tarde que tinham tido. Dona Zulmira esperava que, aquela noite, aproveitando-se da maior intimidade surgida, ele lhe pedisse para ir a seu apartamento. Mas o dr. Godinho não o fez, mostrando que era muito importante a afeição que os ligava.

Alguns dias depois, tornaram-se amantes de fato, e ele passou a frequentar seu apartamento quase todas as noites. Levava-a ao cinema, a passeio, ou, quando cansados, sem ânimo para sair, ficavam ouvindo discos. Ela lhe preparava uísques, que ele tomava na poltrona, descansando, num silêncio que às vezes se prolongava por muito tempo. Era um amor que não dependia de assuntos, de rusgas, de cenas de ciúme para sobreviver.

Uma ou outra vez, o dr. Godinho aparecia por lá à tarde, sempre a chamado de dona Zulmira e, aos poucos, foi conhecendo também suas "sobrinhas". Todas elas logo gostaram dele. Sempre que precisavam, pediam-lhe favores, principalmente em matéria de saúde. O dr. Godinho arranjava-lhes amostras grátis de todos os remédios, sempre com os bolsos cheios de caixinhas e vidrinhos. Compreendendo o comércio de dona Zulmira, quando a campainha tocava, rumava para a cozinha, sem que isso o melindrasse.

Sandra também gostou dele. Invejava a felicidade que existia entre os dois. Pela primeira vez em sua vida, conhecera duas pessoas que realmente se amavam.

Muitas vezes, quando dona Zulmira e o dr. Godinho saíam, insistiam para que Sandra lhes fizesse companhia. Iam os três às boates, divertindo-se moderadamente. O dr. Godinho não era madrugador e dona Zulmira também não queria esbanjar a saúde em noitadas. Num desses passeios, ao se acomodarem numa boate, Sandra viu Alberto acompanhado de uma moça. Mais tarde, dançando, Alberto fitou-a por um momento, mas evitou tornar a olhá-la o resto da noite. Sandra, embora já o tivesse esquecido, lembrou-se da pesada humilhação que ele lhe causara, e foi deitar-se no pior estado de espírito. Mas já não se aborrecia como no passado, pois sempre tinha um lugar aonde ir: o apartamento de dona Zulmira. Lá, a qualquer hora da tarde, encontrava as amigas. Estava se tornando mestra nas cartas e não raro limpava as bolsas das outras. Quando não jogavam, ficavam a contar suas histórias. Histórias de amores verdadeiros, de golpes aplicados em homens de dinheiro, de gente que tomava tóxico e de moças que eram exploradas por cáftens. Cada uma contava sua história desse gênero literário que para Sandra constituía novidade. Mas quem a divertia era Blays, com seus truques, muito hábeis, para arrancar dinheiro da freguesia. Blays costumava pedir a dona Zulmira para dizer a todos que ela estava frequentando o apartamento pela primeira vez. Fora recentemente desvirginada. Mostrando a maior timidez, sentava-se na cama e contava aos homens que a procuravam histórias dramáticas: fora vítima de um tarado e a família não sabia. Tinha ido ao apartamento, sem se decidir se se entregava àquela vida ou não. A timidez a impedia. E quando percebia que o interesse do freguês aumentava, saltava da cama decidindo não se prostituir:

— O senhor me desculpe, mas não tenho coragem.

— Mas minha filha, já que estamos aqui...

— Tenho muita vergonha — confessava, às vésperas do pranto.

Nessa altura, o freguês fazia propostas assim:

— Se ficar comigo, pago o dobro.

– Não é por causa de dinheiro. Me falta coragem – dizia, disposta a sair do quarto.

O homem aproximava-se, excitado:

– Por favor, não vá.

Blays encenava:

– Não dou para essa vida.

– Que idade você tem?

– Dezesseis – mentia. Blays tinha vinte e um.

O homem, pensando lubricamente nos seus dezesseis anos, impedia-lhe a saída:

– Cheguemos a um acordo.

– Me deixe sair – ela suplicava.

– Um momento – suplicava o infeliz, trêmulo e com inveja do tarado que teria violentado a moça. – Eu lhe dou o dinheiro que você quiser. Vamos, quanto quer?

Ela caía num pranto ensurdecedor e entre lágrimas copiosas silabava a quantia que neutralizaria o seu pudor. Depois do ato, Blays apanhava o dinheiro nas pontas dos dedos, como se ele estivesse cheio de micróbios, e o guardava em sua pequena bolsa. Quando o homem saía, ela corria a gritar à criada:

– Margarida! Vá comprar uma caixa de bombons para o Cris!

Alimentar o gatinho era seu maior prazer.

– Você devia ser atriz – dizia-lhe dona Zulmira.

– No palco qualquer um trabalha, quero ver aqui fora.

– Está certo, mas não conte ao Godinho os golpes que você dá. Ele se escandaliza.

Outras vezes, Blays aparecia no apartamento, de saia azul e blusa branca, trazendo sob o braço livros escolares. Vestida assim, como era muito pequena, parecia uma menina, o que a valorizava aos olhos dos fregueses. Alguns deles, após a satisfação de seus desejos, aconselhavam-na, paternalmente, a abandonar aquela vida. Mas eram sempre esses que, uma semana depois, telefonavam a dona Zulmira, solicitando um novo encontro com a "normalista".

Depois desses felizes achaques, Blays saía com as amigas para as compras. Entravam nas lojas, dispostas a tudo comprar sem olhar o preço. Para elas, a vida não estava tão cara como os jornais diziam; podiam adquirir todas as novidades da moda sem a impressão de estarem malbaratando dinheiro. Não havia loja em que não fossem conhecidas e gozavam da amizade das grandes modistas. Darcy, principalmente, graças ao hábito de comprar revistas especializadas, entendia de moda como ninguém. Sandra aprendia com elas a vestir-se e a servir-se dos bons salões de beleza. Não se sentava mais na cadeira de um instituto como quem se senta na cadeira de um dentista. Discutia com os profissionais todos os detalhes dos penteados e, quando não era bem atendida, protestava com veemência. Na saída dos salões, ia fazer um teste de personalidade na Barão de Itapetininga, onde descobria que nenhum homem era indiferente à sua presença. Mas, na rua, Sandra e as colegas portavam-se com discrição. Jamais olhavam um homem que não conhecessem e quem as visse não adivinhava o que faziam durante a tarde. Era preciso manter a linha, como aconselhava dona Zulmira.

Sandra vivia nessa fase: a descoberta da moda. Um dos seus assuntos prediletos eram as marcas de tecidos e de perfumes. No contato quase diário com diversos manequins profissionais, aprendeu a andar de maneira mais segura e elegante. Ela própria se surpreendia com a facilidade com que adquiria conhecimentos. Descobria, também, que São Paulo não era só o bairro onde nascera, onde apenas se cuidava do trabalho. Tinha os seus aspectos fascinantes e parte de sua população, por privilégio ou vocação, andava à procura constante de aventuras. Precisava ser como uma dessas criaturas e romper com os frágeis laços que a ligavam à acanhada vida suburbana de sua infância. Morrera nela a manicure e a caixeirinha. E, da experiência acumulada, nascia uma nova mulher, disposta a conquistar um lugar para si.

No apartamento de dona Zulmira, Sandra exibia, vaidosamente, às amigas, as compras que fizera.

– Pelo que vejo, você tem programa esta noite – disse Darcy.
– Você se engana. Não tenho companhia.
– Por que não arranja um amor?
– Ah, eu posso esperar. Sou broto, ainda.

Muitas vezes, Sandra saía com as amigas, na companhia de outros rapazes, mas não conseguia divertir-se. Nenhum deles a interessava, principalmente os mais afoitos. Chegava à conclusão de que os homens, em sua maior parte, eram tolos e vazios. Não lhe davam prazer.

– Não vai sair mesmo, Sandra?
– Não, vou ficar jogando cartas com Zulma e o dr. Godinho.

2

Sempre com o desejo de prosperar, aquela semana Sandra fez algo que concretizava um velho sonho seu: arranjou um apartamento perto do centro e tratou da mudança da família.

– Você arranjou mesmo? – espantou-se dona Júlia.
– A senhora vai gostar. É um belo apartamento.
– Acho que vou estranhar muito. Estou tão acostumada nesta casa.

— Não, aqui não ficamos mais.

No dia da mudança, quando chegou o caminhão para o transporte dos móveis, dona Júlia rompeu numa convulsiva choradeira. Jamais pensara que estivesse tão ligada àquela casa, embora tivesse passado nela os piores anos de sua vida. Foi preciso que Sandra a consolasse, que lhe ajudasse a enxugar as lágrimas:

— Pare de chorar, *mamma*. Vamos para um bairro muito melhor.

— Se eu pudesse voltar atrás, voltava... — ela dizia.

Wandinha, porém, ficou feliz com a mudança. Já que a mana queria mudar-se, devia ser bom. A irmã sabia o que fazia, e era ela quem mandava na família. Aquele, para a menina, era dia de festa.

O irmão, Bruno, não moveu uma palha para ajudar na mudança. Quando os carregadores começaram a transportar os móveis, fez um ar de enfado e foi para o bilhar. Para ele o bairro onde morassem não importava.

Assim que o último móvel foi transportado para o caminhão, Sandra chamou um táxi e foi com a mãe e Wandinha para a nova residência. No caminho, expôs os seus planos. Ia comprar uma geladeira, na primeira oportunidade, e um jogo de cortinas. Aqueles móveis também não serviam. Dona Júlia não os trocara desde o seu casamento. Eram velhos, feios e ridículos. Já andava à procura de novos móveis, que compraria pelo crediário.

— Vai comprar a crédito? — espantou-se dona Júlia.

— É o que todos fazem hoje em dia.

Em sua família era tradição comprar tudo à vista. A crédito, nem uma agulha, ao menos. Sandra ia romper essa tradição, pois o crediário era uma das suas últimas e melhores descobertas. Só as pessoas ricas podiam comprar à vista, ensinaram as amigas.

— Seu pai nunca comprou nada fiado.

— Decerto, ninguém queria lhe servir de fiador. Eu tenho fiador.

— Quem?

— O dono de qualquer agência onde trabalho.

Não, não seria preciso isso, Sandra sabia. Dona Zulmira, o dr. Godinho e mesmo alguns conhecidos já haviam se prontificado a ajudá-la nessas circunstâncias.

— Eu que não teria coragem de comprar fiado! — murmurou dona Júlia, pondo fim à conversa.

Ao chegarem à porta do prédio de apartamentos, dona Júlia deixou, novamente, algumas lágrimas rolarem dos olhos. Parecia-lhe horrível morar naquilo que Carmo sempre chamara de "cortiço de luxo". Tinha a impressão de que lhe faltaria o ar, morreriam sufocados no primeiro dia. Depois, era doida por um quintalzinho de terra. Pela primeira vez na vida ia ver-se privada de seu quintalzinho.

— Ora, mamãe, que bobagem! Para que terra? Eu não entendo!
— Para plantar alguma coisinha.
— A senhora nunca plantou nada e está agora com essas besteiras.
— Nunca plantei, mas se algum dia eu quisesse...
— Mamãe, a senhora parece criança. Vamos subir.
— Não sei se minhas pernas aguentam.
— A gente vai pelo elevador.

Entraram no prédio e Sandra chamou o elevador. Quando ele chegou, e dona Júlia percebeu que não havia ascensorista, recusou-se a entrar.

— Você sabe lidar com isso?
— É só apertar o botão. Mostro como funciona.

A viagem foi muito curta, o apartamento era no terceiro andar. Sandra, tirando a chave da bolsa, abriu a porta:

— Vão entrando. Vejam que maravilha ele é!

Sandra, de fato, tivera gosto na escolha do apartamento. Era pequeno, mas bem aproveitado, e sobretudo bem arejado. A pintura estava em ótimo estado, os tacos do assoalho conservados e a cozinha e o banheiro tinham ótimo aspecto. Dona Júlia examinou os cômodos, sem comentários. Mas, ao abrir uma porta, soltou um grito de exclamação:

— Tem um tanquinho!
— Claro que tem. É pequeno, mas muito bom.

Dona Júlia sorriu, mais conformada:

— É um tanquinho bem jeitoso.
— Mas logo a senhora não precisará mais de tanque. Vou comprar uma máquina de lavar.
— Não é preciso, detesto máquinas.

Sandra abriu a janela e chamou Wandinha para mostrar-lhe a rua, lá embaixo.

— Veja como é bonito olhar daqui. Quantos prédios!
— Vou passar os dias na sacada — disse Wandinha, alegremente. Dona Júlia fazia um esforço louvável para familiarizar-se com o apartamento, mas aquele vazio, aquele eco respondendo à sua voz davam-lhe uma amarga impressão. Enquanto os móveis não chegassem, enquanto não arrumasse tudo e pregasse a sua *Santa ceia* na parede, não se sentiria bem.

— O que acha do apartamento, *mamma*?
— Eu não sei, você que sabe. Só lamento que não tenha um quintalzinho de terra. Existem apartamentos com quintais de terra?

3

Dona Júlia custou muito a adaptar-se ao apartamento, e quando isso aconteceu, não foi por reconhecer a sua comodidade, mas pelo cansaço.

Já se extenuara de oferecer resistência aos costumes que os filhos lhe impunham. O mundo estava se modificando, não era mais o mesmo de seu tempo. Quintais de terra já não existiam. Ela, com sua família e milhares de outras que moravam em apartamentos, moravam no ar; haviam perdido as raízes, o contato seguro com o chão e o convívio da vizinhança. Naquele prédio talvez morasse mais gente do que numa rua do Carrão, mas como era difícil travar amizades, por mais que encontrasse seus moradores no elevador! Sandra já lhe advertira que era feio conversar com pessoas estranhas. Ninguém tem nada a ver com a vida do outro. Lembrava-se com saudade das palestras que mantinha com dona Carmela, a vizinha; o intercâmbio de sal, pimenta e açúcar, por cima do muro, que sempre era pretexto para um dedo de prosa. E das cadeiras na calçada, quando a filha era ainda pequena e não combatia esse hábito salutar. O mundo estava se transformando e ela, velha demais para reagir à transformação, tinha de ficar à margem, ao sabor dos acontecimentos, como se aceitasse tudo que acontecia.

Bruno, ao entrar no apartamento pela primeira vez, já arrumado, não fez o menor comentário. Olhou pela sacada alguns momentos e dirigiu-se ao quarto. Não imaginava ainda que a mudança do bairro para a cidade influiria também em sua vida. Na cidade, teria de enfrentar seus problemas mais a sério e tomar atitudes mais firmes. Um novo capítulo de sua vida se iniciava.

Sandra, aquele mês, viveu com uma só finalidade: mobiliar o apartamento a seu gosto. Ficara até com vergonha dos vizinhos quando chegara o caminhão com aqueles trastes velhos.

— Mamãe, esses móveis envergonham a gente.

— Não fale isso, essa madeira é a melhor que existe. Seu pai tinha muito orgulho desses móveis.

Sandra riu:

— Orgulho destes cacarecos? Mamãe, essa não... Vai ver os móveis que vou comprar.

Pelo crediário, Sandra comprou móveis americanos, de madeira envernizada, para a sala, e um jogo belíssimo de copa e cozinha. Nos quartos, permaneceram os móveis antigos. Mas, o que ainda fazia falta era a geladeira. O calor chegava e era preciso comprar uma. Dona Júlia pediu-lhe que esperasse melhor ocasião, que pagasse primeiro os móveis, porém ela não queria esperar. Passava pouco tempo dentro de casa, mas queria que os seus gozassem de todo o conforto, e que se habituassem a ele, como uma perfeita família de classe média.

Quando viu a geladeira entrar, dona Júlia quase chorou de satisfação. Aquele sempre fora o velho sonho do marido, e que nunca pudera tornar realidade. Mas a sua filha comprara a geladeira, sem pensar duas vezes no preço. Que menina estupenda!

No fim da tarde, Sandra entrou em casa perguntando se a geladeira chegara. Com a prática adquirida no apartamento de dona Zulmira, ensinou sua mãe a fazer uso correto do refrigerador:

— É só virar esta chavinha e ele degela, vê?

— Norma, é uma beleza!

— Não é das maiores, mas tem muito espaço. Veja a porta, toda aproveitável. Aqui a senhora pode pôr ovos. Aqui, vão as verduras. As garrafas, aqui embaixo. O que a senhora acha, mamãe?

— Nem sei o que dizer.

Embora pouco demonstrasse, Sandra não estava menos feliz. A geladeira vinha provar aos seus que ela era uma moça vitoriosa. Agora, as perguntas cabulosas seriam mais escassas.

Bruno, dessa vez, ficou com a pulga atrás da orelha, e, aquela tarde, quando sua irmã estava na sacada, foi plantar-se ao lado dela, com um sorriso malicioso:

— Você está se arranjando bem, heim, mana? — comentou com mais curiosidade do que censura.

— Maré de sorte, tenho posado muito.

Bruno riu de novo:

— Mamãe pode engolir isso, eu não.

Sandra ofendeu-se:

— O que quer dizer com isso?

— Nada, nada.

— Você que pense o que quiser.

Bruno tratou de contemporizar a situação:

— Não sou desses irmãos chatos que andam por aí. Eu compreendo a vida.

— Não diga asneira, eu ganho dinheiro posando. Bruno não insistiu mais. Pouco se importava com a irmã, ainda mais naqueles dias que se dispunha a inspecionar a cidade. Queria conhecê-la como conhecia o Carrão. Entrou em diversos salões de snooker, mas logo verificou que neles a "patiação" não era sopa. Os que se faziam de bobos eram os mais espertos. Jogou duas partidas com um matuto e perdeu as duas. Era um matuto de araque, precisava abrir os olhos. Percorria as ruas, em passos lerdos, vendo em tudo segredos a desvendar. Parou nos bares e trocou palavras com os garções. Sabia quanto era útil conhecer esses rapazes em certos momentos. Parava nas esquinas e tentava puxar conversa com as prostitutas, não porque elas o atraíssem, mas para travar relações. Até então fora casmurro demais e isso de nada valera. Precisava conhecer gente, ter amigos. Alguém devia ajudá-lo a melhorar de vida. Como sua irmã, tinha também que se arranjar. Continuava seu passeio, misturando-se com o povo.

4

No fim do mês, Sandra pôde pagar pontualmente as obrigações que assumira e ainda lhe sobrou bom dinheiro. Comprou mais roupas, discos e alguns livros. Adquirira o hábito de ler no apartamento de dona Zulmira, quando não precisavam dela. Lia por prazer e também para aprender coisas que pudessem torná-la mais interessante. Seus autores prediletos eram James Hilton, Cronin e Somerset Maugham, todos indicados por Suzana, outra frequentadora do apartamento, que também tinha o hábito de ler.

– Vamos jogar um pouco – sugeria Shirley.
– Deixe antes acabar este capítulo.
– Assim, você acaba usando óculos!

Quando uma leitura a emocionava, Sandra não a trocava pelas cartas. Acabando o livro, Suzana, afeita ao gosto popular, sempre dava boas sugestões, indicando-lhe outro. Iam às vezes à livraria e na volta passavam no Fasano para tomar um martíni.

– Há quanto tempo vai ao apartamento de Zulma? – perguntou-lhe Suzana.
– Faz quase um ano. E você?
– Frequento apartamentos há muitos anos.
– Então, já tem muito dinheiro!

Suzana sorriu, tristemente:
– O que tenho em toda parte são dívidas.
– Por quê, se ganha tanto?

A companheira não quis dar-lhe explicações, envergonhada. Desconversou, aguçando, dessa forma, a curiosidade de Sandra. Esta, encontrando-se a sós com Darcy, perguntou-lhe o que é que havia com Suzana. Por que andava sempre tristonha e sem vintém na bolsa, se ganhava tão bem?

Darcy explicou:
– Ela é uma otária. Dá tudo que ganha a um cafajeste, e se não dá, apanha.
– Pensei que não aconteciam mais coisas assim! – espantou-se Sandra.
– Hoje em dia é mais raro encontrar uma otária, mas ainda existem. Suzana até passa fome por causa desse homem.
– Quem é ele?
– Apenas um vagabundo. Tem muita pança e faz uma boa figura quando não abre a boca.

Sandra ficou sinceramente penalizada. Afeiçoara-se a Suzana e era grata pelos livros que ela indicava. Parecia-lhe incrível que a mais inteligente das "sobrinhas" de dona Zulmira, a mais refinada, fosse tão tola na vida prática. Teve vontade de fazer algo por ela, aconselhá-la, livrando-a daquela torpe exploração. Dali em diante, passou a dedicar boa parte de seu tempo a Suzana, para ganhar-lhe confiança. Contou seu intento às outras companheiras, que tentaram dissuadi-la. Diziam que Suzana não tinha remédio; se largasse aquele cáften, arrumaria outro. Sempre fora assim. Sandra não concordou: precisava ajudar a amiga. Uma boa palavra poderia ser útil.

– Que marca é essa em seu braço, Suzana?
– Dei uma batida.
– Não está com jeito de batida.

Suzana, adivinhando que as amigas já haviam contado seu caso a Sandra, abriu-se. Apaixonara-se por um rapaz chamado Pedro, que a tratava com a maior crueldade. Exigia-lhe dinheiro e, quando não era atendido, castigava-a. Encontrava-se com ele todas as noites, porém, a maior parte das vezes, era só para lhe dar dinheiro.

– Por que não o larga?
– Gosto dele.
– Apesar de tudo? Você é doida.

Suzana contou-lhe mais: Pedro já tivera outras amantes nessa base comercial. Era sua profissão. Sabia que ele era um bruto, que não prestava, mas não podia viver sem ele.

– Não sei se devo ter pena ou raiva de você, Suzana. Essa história é revoltante!

Suzana desconversava, ruborizada. A condição de mulher explorada colocava-a em situação de inferioridade entre as companheiras. Todas tinham por ela uma humilhante misericórdia. Às vezes faltava-lhe coragem até para encarar as amigas, principalmente quando aparecia com os braços marcados. E a ninguém podia confessar suas mágoas sem ouvir uma série de conselhos e censuras.

Certa tarde, sentadas no Barba Azul, Suzana, quase em lágrimas, disse a Sandra que há dias não via o seu amado. Estava desesperada.

– O que aconteceu com ele?
– Ouvi dizer que adoeceu. Estou preocupada.
– Pensei que vocês morassem juntos!
– Não, mora com a mãe dele. Nunca mora com suas amigas. – E acrescentou: – Não sei se está doente mesmo ou se arranjou outra.
– Deve estar doente. Ele não largaria uma mina como você.
– Por isso não. Sempre arranjou mulheres que lhe dão dinheiro, e mais bonitas do que eu.

— O remédio é esperar que ele apareça.
— Não posso esperar mais, por isso queria pedir-lhe um favor.
— Dois.
— Quer ir comigo à casa dele?
— Quando?
— Amanhã, na hora do almoço.

No dia seguinte, Sandra e Suzana tomaram um táxi rumo à casa de Pedro. Depois de um longo percurso, chegaram a um casarão velho e maltratado. Suzana informou:

— Pedro mora em dois quartos, no fundo.

As duas penetraram através dum portão de ferro; era uma vasta casa de cômodos, movimentada e ruidosa. Um paralítico descansava no corredor, sentado num degrau. Algumas crianças brincavam seminuas. Galinhas e frangos impediam o caminho. E havia um pesado e azedo cheiro de comida que vinha das janelas abertas.

Suzana bateu numa porta amarela e, imediatamente, uma mulher de cinquenta anos, alta e pesadona, cujo rosto parecia ter sido entalhado em gesso, atendeu-a. Era a mãe de Pedro, altiva e masculina como um estivador. Tinha um buço que não estava longe de ser um bigode; os olhos duros, o nariz vermelho. Seu vestido era, como a dona, grosseiro, de fazenda áspera e ordinária.

— O que vocês querem?
— Viemos visitar o Pedro — disse Suzana, quase sem voz.
— Como é seu nome?
— Suzana.

As duas entraram e acomodaram-se numa saleta repleta de móveis velhos. Havia muito mosquito e ali o cheiro de comida também era forte. Na parede, um desbotado retrato do presidente Vargas. O outro quarto era o dormitório, onde Pedro se achava no momento. As moças ouviram vozes.

— Está aí uma tal Suzana.

Pedro devia estar ainda sonolento:

— O que ela quer?
— Sei lá.
— Que espere!

A mulher voltou com o recado:

— Pediu pra esperar. A comida está pronta. É macarronada.
— Muito obrigada — agradeceu Suzana.
— Coma, sim! — berrou Pedro lá de dentro. — Então por que veio na hora da comida?

A mãe de Pedro começou a aprontar a mesa, rapidamente. Quatro pratos. Antes que terminasse a tarefa, Pedro entrou na sala, em pijamas. O paletó do pijama, aberto, mostrava o peito desnudo. Mais abaixo havia uma ridícula tatuagem: um coração atravessado por uma flecha e a legenda "amor materno". Pedro era um indivíduo forte e ríspido. Nenhum traço suave se estampava em seu rosto. Sua voz, seus gestos, tudo nele era grosseiro e agressivo.

— Cheguei de manhã em casa — foi dizendo. — Bebi pra burro e estou com dor de cabeça. — Apontou para Sandra.

— Quem é essa?

— Sandra, minha amiga.

Pedro estendeu a mão, forçando uma cortesia. Simpatizava com Sandra.

— Muito prazer. Não repare na casa. A velha não tem tempo pra arrumar.

— Não viemos para almoçar — disse Suzana. — Só queria saber por que não tem aparecido.

— Coma! — ele ordenou. — A velha faz bom macarrão.

Sandra nunca se sentiu tão pouco à vontade, obrigada a almoçar naquela casa. Ninguém falou durante a refeição. O único ruído que se ouvia era o do macarrão que Pedro mastigava. Suzana, a seu lado, atemorizada, almoçava de cabeça baixa. Sua mãe, a cada garfada, examinava as duas, com acentuada descortesia. Pedro não notava o embaraço de ninguém, atirando-se vorazmente ao prato.

Terminado o almoço, Pedro disse que ia se arrumar e que acompanharia as duas até a cidade. Sua mãe aguardava o momento para fazer perguntas a Suzana. Foi áspera:

— Você ganha muito dinheiro, menina?

— Mais ou menos.

— Quanto, posso saber?

— Uns quinhentos cruzeiros por dia. Nos sábados, ganho o dobro.

A velha fez girar o indicador no ar, à maneira italiana, e advertiu-a:

— Vê se te vira, menina. Meu filho não vive de brisa. Pergunte a ele quanto a outra dava.

Suzana calou-se, vexada, sem coragem de fitar Sandra. Permaneceu sentada, abatida, à espera da volta de Pedro. Alguns minutos depois, ele reaparecia, já pronto para sair. Curvou-se diante da mãe, beijou-lhe o rosto e as mãos e dirigiu-se a Suzana:

— Vamos embora.

Logo à saída da casa, apanharam um táxi, que Suzana pagaria, e rumaram para o centro. Sandra não proferia palavra, odiando aquele indivíduo, e Suzana também se mantinha calada.

— Afinal, por que você me procurou?

— Pensei que estivesse doente.

— Sumi porque andava farto de você — respondeu Pedro, calmo.
— Eu lhe fiz algum mal? — ela indagou, humilde.
— Ando interessado noutra — ele confessou. — Mas fique sossegada, que fico com você algum tempo. Ando duro e preciso de gaita.

Quando o carro chegou ao centro, Sandra pediu ao chofer que parasse. Queria descer antes. Despediu-se de Pedro secamente e se pôs a andar sem rumo pelas ruas. Precisava respirar ar fresco e constatar que a maioria das pessoas não se parecia com Pedro e sua mãe. Em qualquer parte do mundo seriam exceções, criaturas detestáveis e desprezíveis. Andava pela rua, fortemente oprimida. A cena que assistira arrasara-a. Pela primeira vez, naqueles meses todos, se sentira realmente uma prostituta. Não podia esquecer o ar frio, escarnido e cruel da mãe de Pedro. Receava que, algum dia, decaindo, se encontrasse na mesma situação de Suzana. Não, isso não podia acontecer. Reagiria, encontraria seu rumo. Esbarrava nos transeuntes sem olhá-los, sem desculpar-se. Como lhe fizera mal acompanhar Suzana àquela casa! Ou aquilo lhe serviria de advertência? Estava desnorteada, necessitada de palavras de amizade e carinho e com uma vontade incontrolável de chorar.

Não voltou para o apartamento de dona Zulmira. Foi direto para casa e trancou-se no quarto, pretextando dor de cabeça. Via diante de si o rosto triste de Suzana, a cara má de Pedro e a de sua grosseira genitora. Sentia também o cheiro azedo daquela casa e na boca o gosto forte do tempero do macarrão, que lhe enjoara o estômago. Por que Suzana se submetia com tanta humildade àquele homem? Por que o procurava, ao invés de fugir-lhe? Eram mistérios que não tinha capacidade para desvendar. Não lhe parecia possível, porém, que uma pessoa procurasse o sofrimento como se encontrasse nele uma especial forma de prazer. Acentuava-se o enjoo do estômago. O quarto começava a girar em seu redor. Sandra sentou-se na cama, tonta, bocejando. Embora fizesse calor, tinha frio. Cerrou os olhos e, mesmo na escuridão da cegueira, via os rostos de Pedro e da mãe. Por um momento, refez a cena que assistira. Mas Suzana não estava presente. Ela, Sandra, a substituía, recebendo todo o impacto do olhar penetrante daquela mulher. "Pergunte a ele quanto a outra dava." Abriu os olhos para afastar de si aquela odienta imagem. O enjoo do estômago crescia. Não suportou mais e correu para o banheiro a toda a pressa.

5

A má impressão que Pedro e sua mãe causaram em Sandra foi logo esquecida. O retiro de dois dias em casa fez com que recobrasse o equilíbrio, convicta de que nunca lhe sucederia o mesmo que a Suzana. Entre elas, a diferença era nítida. Suzana não tinha inibições: o amor era sua finalidade na vida. Ela, não. Pretendia galgar posições e considerava seu estágio no apartamento de dona Zulmira apenas uma circunstância provisória. Não aceitaria aquela situação como definitiva. Se visitava dona Zulmira todos os dias era porque tinha necessidade de dinheiro, ainda mais agora, com tantas prestações a pagar. Mas o lodo não a atraía e dele se livraria na primeira oportunidade.

Ao voltar ao apartamento de dona Zulmira, Sandra se refez inteiramente. Que diferença havia entre ela, Blays, Darcy e Shirley! Aquele drama lembrava dramalhões de rádio, desses que sua mãe apreciava. Ficaria muito bem com um tango argentino como fundo: era ridículo. Quando contou o fato às amigas, todas elas estouraram numa gargalhada, e ela riu também. O fato tinha sua graça: Suzana com cara de moça do Exército da Salvação, aquele bruto do Pedro comendo como um bicho, e a mãe dele a advertir: "Vê se te vira, menina. Meu filho não vive de brisa". Esqueceu, era melhor esquecer. Precisava pensar em si mesma e deixar Suzana com as tragicomédias. Aquela noite, ela, Blays e dois rapazes foram a uma boate e Sandra divertiu-se razoavelmente. Como lhe fazia bem beber, ouvir música, numa vida artificial de algumas horas! Era um prazer que pagava bem a ressaca do dia seguinte. Passou a sair com mais frequência, acompanhada de amigos de Blays e Darcy. Não se compromissava com nenhum deles e não lhes permitia excessivas liberdades. Bastava pisar fora do apartamento de dona Zulmira para tornar-se outra moça. No sábado, os mais experientes poderiam considerá-la uma leviana, uma moça sem responsabilidades, mas nunca uma profissional do amor. Se o seu companheiro ousava muito ou se queria saber demais, imediatamente trocava-o por outro. Preferia mesmo mudar sempre de companhia para não se afeiçoar a ninguém. Mesmo aqueles que mais a agradavam, não recebiam dela nenhum tratamento especial. A não ser quando o álcool a traía, nem ao menos um beijo costumava permitir. Se à tarde estava ao alcance de qualquer amigo de dona Zulmira, à noite buscava uma compensação moral em fazer-se difícil aos olhos de seus admiradores.

Muitas vezes, alguns deles descobriam seu endereço e mandavam-lhe flores e presentes. Mas Sandra nem por isso se tornava mais acessível. Via nessa resistência uma forma de firmar sua personalidade, de distinguir-se das amigas e de ser ainda mais cortejada. Mais tarde, em seu quarto, na véspera do sono, lembrava-se de todas as propostas que lhe haviam feito e dormia, satisfeita por não ter acreditado em nada do que ouvira e por ter feito com que acreditassem em tudo que dissera.

Entre todos os rapazes que lhe apresentavam, apenas um despertou um pouco mais o seu interesse. Chamava-se Flávio, e a julgar pelas roupas que usava, pelos cigarros americanos que fumava e pelo carro que dirigia, estava muito bem de vida. Flávio devia ter cerca de trinta e dois anos: era jovial, impulsivo e dono de um mundo de assuntos. Nunca deixava uma conversa morrer; era o seu grande dom. Com ele Sandra conversava horas a fio sem cansar-se. Tinha uma inteligência hábil e maneirosa, que lhe permitia dar brilho e graça à sua conversa. Mas nunca insistia num assunto, saltando de um para outro com espontaneidade. Nascera com a vocação da conversa, principalmente da polêmica, sempre disposto a vencer qualquer discussão.

– Por hoje já falei demais, são três da manhã. Quer que a leve para casa?

A moça consentia, pois Flávio nunca avançava o sinal. Sandra não se enganava. Flávio, experiente demais, não costumava atirar-se afoitamente a uma conquista. Tinha a mesma calma segura de Alberto, mas só nisso se pareciam. Alberto, dentro de qualquer situação, sempre se mostrava frio, distante, preocupado em exibir o seu pedigree de quatrocentos anos. Posava de manequim com alguma afetação. Flávio, não. Era mais natural e comunicativo, mais humano, mais íntimo – e como era engraçado!

– Hoje você me fez rir demais.
– Pode me chamar de palhaço, não me ofendo.
– Não disse isso.
– Não disse, mas saiba que o caminho mais curto para o coração da mulher é o riso. Boas anedotas e, na falta delas, cócegas debaixo do braço.

Se Flávio tinha a intenção de conquistar Sandra, não o demonstrava. Via-se, logo ao primeiro exame, que não era um romântico. Para ele, a mulher era apenas um dos muitos prazeres que a vida oferecia. Sandra, reconhecendo em Flávio um tipo curioso, desejou conhecê-lo melhor. Não era fácil, porém. Flávio era um cometa: aparecia e desaparecia. Às vezes, perguntava às suas amigas se o tinham visto e respondiam-lhe que estava viajando. Na verdade, vivia com passagens nos bolsos. Tinha negócios constantes em diversos pontos do país.

Sandra lhe disse uma vez:
– Invejo a vida que você leva. Como gostaria de viajar!
– Não viajo a passeio, menina. Preferia não sair de São Paulo. O resto do Brasil é uma porcaria.
– Para onde vai amanhã?
– Salvador.
– Quando volta?
– Ah, isso não sei.

Flávio nunca sabia quando ia voltar de uma viagem, por isso não podia marcar encontros, desculpava-se.

"Gostaria de saber qual é seu gênero de negócios", pensava Sandra. "Na próxima vez que o vejo, pergunto." Mas essa oportunidade demorou a surgir; Flávio ficou ausente de São Paulo durante quase dois meses. Mas, certa tarde, ele telefonou para o apartamento de dona Zulmira. Queria falar com Sandra.

– Quem lhe deu meu telefone?
– Shirley. Há algum mal nisso?
– É que eu não sabia que ela tinha dado.
– Que tal se déssemos uma saída hoje à noite?

Sandra aceitou o convite. Já se cansara de trocar tanto de companhia e de ouvir as mesmas e insistentes propostas. Com Flávio, ao menos tinha a certeza de que não se aborreceria. Depois, há séculos não o via! Foi com satisfação que se aprontou para esperá-lo à porta do prédio onde dona Zulmira morava.

Um carro parou diante da porta e buzinou.
– Vá entrando, beleza, sou eu.
– Nem o reconheci! Mudou de carro?
– Mudo quase todas as semanas, flor.
– Por quê?
– Porque é uma das coisas que eu vendo. Mas vou ficar algum tempo com esse. Estou metido num negócio muito melhor, agora.

Sandra entrou no carro, sentindo que realmente estava com saudade de Flávio.

– Aonde vamos?
– Que me diz do Arpège? – sugeriu Sandra.

Foi no aconchego da boate, entre drinques e cigarros americanos, que Flávio, pela primeira vez, contou a Sandra alguma coisa de sua vida. Ali estava um indivíduo satisfeito consigo mesmo! Não se trocaria por nenhum outro, por mais generosa que fosse a escolha que lhe propusessem. Tivera um início amargo, mas sempre o animara a certeza de um sucesso próximo. Essa certeza nasceu-lhe quando descobriu sua vocação para vendedor. Numa época em que os homens sonham com o conforto de olhos abertos, os vendedores têm um alvo descomunal para encaixar seus apelos de venda. Flávio entregou-se à profissão com energia e otimismo.

– Comecei vendendo carros – disse. – Durante muitos anos fui o homem que mais carros vendeu nesta cidade. Fazia qualquer negócio, mas fazia. Nem queira saber como gastei dinheiro. Muita gente pensava que eu fosse um nababo.

Depois, o comércio de automóveis se tornou mais difícil, devido à alta exagerada dos preços, e Flávio se pôs a vender terrenos e apartamentos. Pegou um loteamento na Praia Grande, que lhe fez reviver o bom tempo dos carros. Se tivesse queda para guardar dinheiro, já estaria rico. Mas, era um esbanjão, um mão-aberta, um queimador de dinheiro.

– Mas por que viaja tanto?

– É que estou metido num negócio que me obriga a pular de lá para cá. Estou vendendo "papel pintado", minha nova especialidade.

– "Papel pintado"? O que é isso?

– Ações, vendo ações. Esta é a maior prova de capacidade de um vendedor. Quem vende automóveis está vendendo uma coisa sólida, material. Quem vende um apartamento já precisa ser mais hábil. Mas vender ações, isto, sim, é difícil de verdade. É o mesmo que vender ilusões, vender castelos no ar, vender bênçãos de Deus.

Sandra quase nada entendia. Flávio explicava-lhe detalhes de sua profissão. O que era uma ação. Qual o seu valor, quanto podia render. Mas demorava-se particularmente na técnica de venda.

– Um vendedor sem personalidade – dizia, vaidosamente – não vende um níquel, por mais honesto que seja o empreendimento em que está metido. Eu vendo mesmo quando sei que a tal fábrica, a tal loja, a tal construtora não passa de uma arapuca.

– Mas não há perigo nesse trabalho?

Flávio sorriu com magnanimidade:

– Há, sim, mas o que tem? Cadeia não foi feita pra cachorro!

Embora o assunto a princípio parecesse árido, Sandra aos poucos foi descobrindo nele algum encanto. Não tinha nada a ver com um empreguinho seguro, com horário certo de trabalho. Tinha seus riscos, como toda corrida que se faça em busca da fortuna. Dali a alguns dias, Flávio voltaria à Bahia. Depois, Recife. Vender, vender era sua palavra de ordem. Palavra mágica que para ele significava automóvel, boates, bebidas à beça e mulheres bonitas. Agora começava a entendê-lo: era um vendedor.

6

Flávio sumiu outra vez; a despedida foi feita pelo telefone, rápida, mas afetuosa. Desta vez, Sandra sentiu saudades ainda mais vivas. Afinal, conhecera um rapaz em cuja companhia ficava à vontade. Não se tratava de nenhum daqueles tolos que rastejavam para cortejá-la. Flávio era espontâneo, amigo e divertido. Quando, durante sua ausência, voltou a sair na companhia de outros rapazes, valorizou-o ainda mais. Não o amava, ainda, mas tinha-o constantemente no pensamento. Às vezes, sorria, sozinha, ao lembrar-se das coisas engraçadas que ele costumava dizer.

Num momento de intimidade, contou a Darcy que começava a interessar-se por Flávio; aguardava, ansiosa, sua volta. A amiga advertiu:

— Cuidado, Sandra. Não pense que Flávio é desses rapazes que qualquer tonta segura.

— Não disse que vou ter nenhum caso com ele. É um amigo.

Mas não era apenas em Flávio que Sandra pensava. Andava muito preocupada com o aspecto de seu apartamento e com a máquina de lavar que pretendia comprar. Nunca os seus haviam tido uma residência tão elegante, tão bem montada como aquela. Os móveis, sem serem dos mais caros, eram de bom gosto. E os tapetes e cortinas davam ao apartamento uma aparência suave e agradável.

Dona Júlia, que a princípio resistira àquelas compras todas, meditando no preço, deixava-se levar pelo prazer do conforto. Aos poucos, passara a amar o novo lar. Permanecia um tempo enorme examinando os móveis, as cortinas e os tapetes. Vinha deles um cheiro de coisa nova que lhe fazia bem. Só lamentava que Carmo não estivesse vivo, ele, que sempre ansiara por uma vida melhor.

Wandinha também andava entusiasmada pelo apartamento e fora a única pessoa da família a travar amizades nas redondezas. Tinha inúmeras amigas. Bruno, habituado com a mudança, continuava a desbravar a cidade, fazendo, todas as noites, passeios de reconhecimento que se prolongavam até a madrugada. Logo, conheceria o centro como conhecera o bairro, e tomaria seu rumo.

Ao apartamento de dona Zulmira — ou Zulma, como a chamava agora —, Sandra continuava indo todas as tardes. Passava horas alegres com Blays, Darcy e Shirley, jogando cartas e ouvindo música. Blays andava preocupadíssima com Cris, que, doente, não parava de miar dentro do criado-mudo. Não descansou enquanto não chamou um veterinário, que fez no gato um exame demorado:

— Ele não tem nada — disse. — Basta não lhe darem tanto chocolate.

— Mas ele gosta demais de chocolate!

— Outra coisa: ele precisa ter mais liberdade. Está no cio, entende?

— Não, isso não — protestou Blays. — O lugar dele é dentro do criado-mudo e Cris sabe disso. Nunca o deixaria ter nada com nenhuma gata suja da vizinhança.

O veterinário achou graça e pediu que lhe telefonasse dali a dois dias com notícias do gato. A moça, notando que o médico estava mais interessado nela do que no bicho, não telefonou. Passada uma semana, ele telefonou e ouviu, espantado, o pranto de Blays, anunciando a morte de Cris. "Fiz o que o senhor mandou; deixei-o sair e o pobre morreu atropelado. O senhor é um monstro!" Mais uma brincadeira de Blays.

Numa daquelas tardes, Shirley apareceu no apartamento trazendo um senhor muito idoso e franzino. Quando Zulma abriu a porta, Shirley apresentou-a como sua tia e as amigas como primas. Durante muitos dias, o ingênuo velhinho apareceu no apartamento respeitosamente e, numa tarde, com toda a solenidade, pediu-a em casamento à suposta tia. Dona Zulmira, segurando o riso, concedeu-lhe a mão da moça, com a condição de que o noivo mandasse comprar champanha para comemorarem o fato. O velho, que tinha a carteira farta, deu dinheiro para a criada ir buscar duas champanhas e um bolo. Improvisaram uma pequena festa no apartamento, e o ancião chorou, emocionado.

Terminada a bebida e o bolo, Shirley disse-lhe, puxando-o pelo braço:
– Vamos agora para o quarto, Arnaldo.
O noivo estranhou o insólito convite:
– Para o quarto?
Dona Zulmira ajudou-a a levá-lo para o quarto:
– Não faça luxo, seu Arnaldo. Que mal há nisso?

Arnaldo entrou no quarto, confuso e desajeitado. E não era para menos: levara a sério o noivado, o pedido de casamento e a festinha. Com esse desfecho não contava. Algum tempo depois, ao sair do quarto, ainda surpreso, mas satisfeito, confessou com um sorriso peralta, endereçado a Shirley, que jamais em sua vida conhecera família tão liberal.

Eram cenas assim que faziam Sandra esquecer os maus momentos por que já passara. De fato, vivia relativamente feliz e sem nenhum peso na consciência. As coisas que aconteciam no apartamento de Zulma não a acompanhavam durante a noite. Dormia tranquila, sem grandes pudores. Se aquele modo de vida não rendesse, talvez se envergonhasse dele, mas o conforto que lhe proporcionava atenuava as manchas do pecado. No entanto, em certas ocasiões sentia-se bem sozinha e chegava a invejar a afeição que unia Zulmira ao dr. Godinho. Gostaria de ter, tanto quanto ela, alguém que merecesse toda a sua confiança. Quem sabe, Flávio poderia ser esse alguém; restava o futuro provar.

Flávio voltou mais depressa do que da vez anterior. E com um explosivo entusiasmo:
– Desta vez, acertei em cheio, beleza! Corramos ao Arpège!
– Você está doido? – ela quis saber, feliz com o seu regresso.
– Levantei uma nota muito legal, Sandra.

Dirigiram-se às pressas à boate: dirigia o seu carro, vaidoso como se se tratasse de um Skymaster. Não precisava dizer uma palavra para que se visse nele alguém que voltava de uma vitória. Na boate, acendendo um dos seus cigarros americanos, num isqueiro reluzente, comprado de contrabando, contou a Sandra os sucessos da viagem. A princípio, os negócios estavam malparados, mas logo acertou a mão. Tivera muita sorte dessa vez. Sua empresa mandara ao Rio uns corretores sem personalidade, todos "bola murcha". Quando se pôs em ação, as coisas mudaram. Vendera um milhão de "papel pintado" e já embolsara a comissão, além de um apreciável prêmio.

– Ganhei em dezoito dias – disse – mais do que muita gente boa ganha em seis meses de trabalho puxado!

– Aposto que vai esbanjar tudo.

– Em primeiro lugar, vou trocar de carro. Compro logo um Jaguar. Quero carro que voe.

– Nisso vai todo o dinheiro.

– Não, darei o meu em troca e mais algum. Vai me sobrar muito, ainda.

Sandra admirava o ardor com que Flávio se atirava aos seus negócios. Era assim que afirmava sua personalidade. Não era um filhinho de papai, como Alberto e Chafic; não era um burguês maroto como Jair; era um homem que abria seu próprio caminho, lutando com coragem e alegria, completamente entrosado com seu tempo. Até sua linguagem era peculiar, e com que graça usava as expressões da gíria!

– Costuma ir muito ao Rio?

– Prefiro São Paulo, onde nasci – respondeu Flávio. – Mas passei muito tempo em Copacabana, morando numa vaga. Tempos engraçados. De roupa, eu só tinha um calção de banho e um smoking. Quase me caso com uma viúva rica.

Flávio não queria, porém, falar só de negócios. Saiu dançando com Sandra para mostrar-lhe que nisso também era mestre. Dançava com segurança e elegância, conhecedor de todos os passos modernos. Estava a par dos sucessos da música popular do momento e, nesse particular, seu gosto se equiparava ao de Sandra. Preferiram os mesmos gêneros e os mesmos intérpretes. Flávio, depois da dança, cantarolou ao ouvido de Sandra alguns sambas-canções já populares no Rio e que ainda não haviam chegado a São Paulo, assinados por Antônio Maria, Paulo Soledade e Fernando Lobo. Falava-lhe, com prazer, da vida noturna de todas as cidades que conhecia e contava-lhe mesmo algumas aventuras que tivera com mulheres. Tratava Sandra sem demonstrar interesse e não lhe fazia perguntas indiscretas. Entendiam-se bem e se pareciam muito na maneira de pensar e encarar a vida.

Fez-lhe confissões:

– Aos dezoito anos fui motorista de praça. Não costumo contar essas coisas pra muita gente, mas nós somos ligas. Passei três anos como chofer. Calcule o que era isso para mim. Naquela época eu já tinha ambições e sabia o que era bom. Um dia levei um casal de jovens até um bar de luxo em Santo Amaro. Pelo caminho, ia ouvindo os dois se beijando e dizendo bobagens gostosas um para o outro. Eu guiava, procurando não ouvir, mas não podia. Nem queira saber que inveja senti daquele rapaz. Mas foi bom, sabe? Nunca esqueci aquela noite. Na volta, baixei o taxímetro e corri para a cidade, feito doido. Não suportava mais a profissão. Dias depois, começava a vender carros.

Flávio adaptou-se depressa à nova profissão. Seu primeiro negócio foi vender um Prefect que quase nem andava. Com muita lábia, ludibriou o freguês e ganhou alguns cobres. Em seguida, vendia um Renault. Comprou vários ternos de roupa, camisas e gravatas e dedicou-se com afinco à profissão. Sabia quanto a boa roupa influi num negócio. Dois anos depois, experiente, era o vendedor de carros de maior carteira na cidade. Adquiriu um guarda-roupa fantástico, comprou um apartamento em Santos, para farras, e alugou outro em São Paulo, passando a viver separado da família.

– Você precisa ter mais juízo e guardar um pouco – aconselhava Sandra.

– Com essa inflação? O dinheiro dia a dia vale menos. Hoje a gente gasta. Amanhã, dá-se um jeito.

Sandra riu, aceitando, em parte, aquela filosofia de vida:

– Você é uma bola.

– Sou um epicurista. Ah, você precisa ler o *Rubayat*! Amanhã lhe dou um de presente.

O *Rubayat* era provavelmente o único livro que Flávio lera em toda a sua vida. Lera-o dezenas de vezes e sedimentara a sua cultura. Sempre que lhe ocorria, dava-o de presente a amigos.

Aquela noite foi uma das melhores que Sandra teve, desde seu rápido namoro com Alberto. Tendo uma companhia fixa para a noite, encontraria maior prazer em vestir-se. Flávio não era insensível aos atrativos da moda. Sabia quando uma mulher estava bem-vestida, e gostava de estimular-lhe o bom gosto para que junto dela também se sobressaísse. Exaltava-se quando visto em companhia de uma moça elegante. Despertar comentários era sua maior vaidade, e fazia questão de ser considerado um rapaz de sorte com mulheres. Essa ambição levava muitos a ver nele um tolo enfatuado, julgamento que já chegara aos seus ouvidos, mas por que se importar? No tocante a Sandra, apesar de sua displicência, nem sempre natural, seu interesse crescia. Não havia dúvida de que se tratava de uma das melhores pequenas que já tinham circulado em sua órbita. Já tivera casos com vedetes, cantoras, artistas de rádio e cinema, mas nenhuma superara Sandra em beleza e atrativos. Pensava em permanecer com ela até que, mais tarde, pudesse encontrar uma moça de sociedade. Esse era seu maior sonho e tinha fé em que um dia o tornaria realidade.

Nos seus momentos de revolta, costumava dizer:

– Faço terno no melhor alfaiate da cidade, uso gravatas de seda italiana, não compro sapatos feitos, só fumo cigarros americanos, almoço e janto nos melhores lugares, e ainda dizem que sou um cafajeste!

Pela primeira vez segurou a mão de Sandra, e com a maior naturalidade. Outro sujeito em seu lugar estaria todo trêmulo e preocupado em dizer frases poéticas que hoje em dia já não dão resultado. Flávio, não, pretendia conquistá-la impondo sua personalidade e seus costumes, certo de que ela não lhe resistiria muito tempo. Ameaçou:

– Se certo negócio sair, voo para Porto Alegre.

– Vou torcer para que ele não saia – disse Sandra.

– Mas se quiser que eu fique, esqueço os negócios. Não sou apenas um fazedor de dinheiro.

Sandra acostumava-se tão depressa a ele, que temia sua nova fuga:

– Não creio que noutra cidade possa ganhar mais do que aqui.

– Vou aonde o dinheiro está. Dinheiro não espera por ninguém. A gente precisa correr atrás dele. Estou certo ou errado?

Sandra já se inclinava a achar que ele estava sempre certo, fascinada com sua vivacidade. Pediu outra dose de uísque, acompanhando Flávio, que era excelente copo.

Somente às três da manhã Sandra voltou para casa. Teria voltado mais tarde se já fosse inteiramente livre. Mesmo assim, não dormiu logo: ficou na cama rememorando os bons momentos da noite e tentando fazer um reexame frio das qualidades e defeitos de Flávio. Não, longe dele, não conseguia julgá-lo. Nem tudo neste mundo pode ser pesado, medido. Sandra gostava de Flávio e felicitava-se por ele ter aparecido numa época em que começava a sentir-se sozinha e sem finalidade na vida.

No dia seguinte, ao acordar, quase ao meio-dia, seu primeiro pensamento foi para Flávio. Não, já não estava sozinha. Tinha alguém em quem pensar, que também decerto estaria preocupado com ela. À tarde, passou pelo apartamento de dona Zulmira, com a regularidade de quem vai a um emprego. Gostava dele, um modelo de limpeza, bom gosto e sobriedade. Quanto aos seus frequentadores, já os conhecia de sobra e não tinha queixa de nenhum deles.

A tarde já se findava quando Flávio telefonou. Ela não sabia se ele ignorava ou não seu meio de vida, mas estava disposta a nada dizer-lhe.

– Tenho uma novidade – disse ele ao telefone. – Fiz o negócio com o Jaguar. Vamos dar um passeio à noite.

Sandra não recusaria o convite mesmo que estivesse doente. Na hora marcada, Flávio brecou o carro diante do prédio de dona Zulmira. Sandra saltou dentro dele, radiante:

– O carro é maravilhoso!

— Precisava ver como corre! E um bólido!

Com que rapidez Flávio materializava um desejo. Ontem falara no carro e hoje já o comprava. Aquele ritmo de vida deixava Sandra seduzida.

Flávio evitou o centro, rumando para a via Presidente Dutra. Estava extremamente satisfeito com a aquisição. Dono daquele carro, era dono do mundo. Agora para ele as distâncias seriam ainda menores.

— Tem medo de correr?

— Não – respondeu Sandra, heroica.

— Pequena valente! Manje o velocímetro.

Sandra teve medo ao ver que o velocímetro marcava mais de cem quilômetros por hora, mas não disse nada. Ia rindo, instigando a correr ainda mais, e só se assustava de verdade quando via caminhões que quase cegavam o motorista com seus faróis potentes.

— O caminho do Rio – disse Sandra. – Nunca estive lá.

— Estará lá, algum dia. Iremos juntos.

Perto de Mogi das Cruzes, Flávio fez a curva, retornando à cidade. Dirigia vagarosamente, com o braço em torno dos ombros de Sandra. Nunca se sentira tão vitorioso. Enfim, o Jaguar e Sandra. Mas não estava com vontade de falar, o que era raro. Não gostava de lembrar-se do passado, mas às vezes ele se impunha para traçar paralelos com os momentos presentes. Tinha quinze anos quando resolveu ir àquele baile juvenil que Denise frequentava. Conhecera Denise à saída da escola da praça da República e acompanhara-a à sua casa duas vezes, no Jardim América. Ela morava num belo palacete. No segundo encontro ficou assentado que iriam ao baile do clube onde ela era sócia. Flávio vestiu sua melhor roupa e para lá se dirigiu, entusiasmado. Mas lhe barraram a entrada:

— O senhor é sócio? Tem carteira?

— Não.

— Então não pode entrar.

— Como posso fazer para ser sócio? Quero ir a este baile.

— Preencha uma proposta e pague a joia. O senhor não será imediatamente admitido como sócio, mas poderá entrar no baile.

Flávio correu para casa; ainda poderia alcançar Denise no baile. Somente ao chegar em sua casa, lendo a proposta, é que viu o preço da joia. Quinhentos mil-réis, uma fortuna naquela ocasião. Pediu o dinheiro ao pai, que certamente lhe negou. O modesto operário não poderia gastar aquele dinheiro para que o filho frequentasse um clube de grã-finos. Flávio ouviu a recusa, branco de ódio. Rasgou a proposta e atirou-a na cara estupefata do velho, e nunca mais foi ao encontro de Denise. Durante uma semana não trocou uma só palavra com o pai. Passou a detestá-lo. Via nele o símbolo do fracasso, alguém cuja perniciosa influência deveria evitar.

Mas, jovem demais, não sabia que rumo trilhar. Até os dezoito anos, exercera diversas profissões, sem êxito. A nenhuma delas era capaz de dedicar-se com afinco. Indo trabalhar numa oficina mecânica, aprendeu a dirigir automóvel e resolveu tornar-se chofer de praça. Esta profissão, ao menos, permitia-lhe trabalhar automaticamente, sem exigir-lhe muita atenção. Durante três anos dirigiu um velho Chevrolet pertencente a uma viúva que tinha naquele carro seu único bem. Um dia ingressou na corretagem. Embora não costumasse contar, sua carreira não fora uma sequência de vitórias. Tivera altos e baixos, e naqueles onze anos de ofício, muitas vezes fora obrigado a recorrer ao humilhante auxílio do pai. Este atendia-o, quando podia, mas não entendia aquele filho tão obcecado pelo luxo e ostentação. Envergonhava-se dele diante de amigos e parentes.

Flávio viu as luzes próximas da cidade. Só lhe ocorria dizer qualquer coisa com intenção poética em homenagem à sua cidade. Ela, com seus prédios, seus viadutos e suas luzes, era a única beleza que encantava seus olhos.

— Acho que hoje estou um tanto eufórico — disse.

— Você está sempre assim.

— Hoje, mais do que nos outros dias. Puxa, que saudade estava disto aqui! Que Rio, que Buenos Aires, que nada! Esta é a melhor cidade da América do Sul!

Chegando ao centro, foram a um bar da rua Augusta para um drinque ligeiro. Uma vitrola automática tocava com insistência um disco de Frank Layne. Os dois quase não conversavam, olhando um para o outro, felizes. As palavras se tornavam desnecessárias. Sem temer uma recusa, seguro e calmo, ele propôs:

— Vamos ao meu apartamento?

— Fazer o que lá?

— O que você quiser. Tenho discos sobrando e um uísque melhor do que este.

— Está certo — concordou Sandra.

Flávio chamou o garção, pagou a conta e retiraram-se com alguma pressa. Naquela noite tinha mesmo que acontecer algo sensacional. Estava com uma sorte doida.

7

Sandra gostava de dirigir seus próprios passos, traçar o destino a seu gosto, sem permitir que outros interferissem nele. Porém, desde que conheceu Flávio, deixou que ele a guiasse. Era melhor do que viver sozinha, do que lutar sozinha. Passaram a encontrar-se todas as noites, nas boates ou no apartamento dele, que era espaçoso, arejado, mas muito mal mobiliado. Sandra implicava-se com isso.

– Você não pode ter um apartamento tão feio!
– As mobílias são velhas. Preciso comprar outras.
– Posso escolhê-las?
– Pra mim seria um favor.

Sandra distraiu-se umas duas semanas em mobiliar e ornamentar o apartamento de Flávio. Conhecera um decorador em casa de dona Zulmira que lhe deu ótimos conselhos. Podia gastar o que quisesse, pois Flávio não se importava. Fazendo uma modificação completa, deu novo aspecto ao apartamento. Esse trabalho, feito com tanto prazer, aproximou-a ainda mais de Flávio.

– Que mania as mulheres têm de querer arrumar tudo! – ele comentou. – Agora dá gosto morar aqui. Já posso receber os amigos.

Sandra apenas sossegou quando não tinha mais o que arrumar. Comprou, inclusive, a reprodução de um quadro de Toulouse-Lautrec, de cores berrantes, a conselho do tal decorador: *La goulue*. O quadro dava ao apartamento um ar estranho e distinto ao mesmo tempo.

Apenas uma coisa a aborrecia; desde que iniciara o romance com Flávio, perdera a disposição de frequentar o apartamento de dona Zulmira. Mas essa situação foi remediada muito antes do que ela podia esperar:

– Eu precisava dizer-lhe uma coisa, flor – falou-lhe Flávio num momento de intimidade no leito. Não quero que volte mais àquele apartamento.

– Que apartamento? – ela indagou, corando.

– Eu sei de tudo, Sandra. Conheço bem Shirley e Darcy. Não a estou condenando por nada. Há períodos duros na vida. Mais isso acabou. Você terá a sua mesada.

– Não quero ser um peso para você.

– Quem disse que vai ser? Estou cheio da gaita, filhinha!

– Então, estou livre daquilo?

Flávio beijou-lhe o rosto:

– É um capítulo encerrado. Agora você é só minha.

Sandra não poderia receber maior prova de amor. Ele conhecia a vida que ela levava, não a censurava e surgia para salvá-la do lodo.

– Você é um amor! – disse ela.

Ele tinha planos para o futuro:

– Vou lhe dizer uma coisa: se a minha situação se consolidar, caso com você.

– Seria capaz disso?

– Gosto um bocado de você.

Sandra sentia-se plenamente feliz e acreditava em Flávio mais do que acreditara em qualquer outro. Ele podia ter os seus defeitos, como também ela teria os seus, mas era extremamente generoso e não possuía nenhum tolo preconceito. Disse que se casaria com ela, e era capaz de casar mesmo.

Flávio não faltou com o prometido. No fim do mês, ciente de todas as dívidas que ela assumira, deu-lhe dinheiro suficiente para pagar as prestações e para ajudar sua mãe. Tinha uma carteira de notas sempre gorda, atirada sobre os móveis, nas cadeiras e mesmo no chão. Sandra não queria abusar, mas era tanta a liberdade do amante, que resolveu ajudá-lo a gastar. Comprou novos vestidos e sapatos. Querida tornar-se uma verdadeira grã-fina.

Às sextas-feiras, à noite, ambos desciam no Jaguar para Santos. Flávio tinha lá um apartamento que mais parecia uma adega. Garrafas de todas as espécies espalhadas pelos dois pequenos cômodos. Uma vitrola, uma porção de discos, uma geladeira de sete pés e raríssimos móveis. Deram ao apartamento um apelido: "O Lixo". Apesar de sua modéstia e desmazelo, não havia para Sandra lugar mais romântico no mundo. Mal chegavam, iam para o bar do Parque Balneário, onde bebiam até tarde. Mas, sábado, logo cedo, com esteira, guarda-sol e óleo para a pele, se dirigiam para a praia, felizes como duas crianças. Sandra tinha receio do mar, e Flávio, mais para assustá-la, ia lá para o fundo e fingia que estava se afogando. Quando o sol queimava demais, saíam do mar e iam para um bar ventilado tomar caipirinha e comer ostras. Aquilo é que era vida! Sandra estava exultante e Flávio também, sempre a notar a sensação que Sandra causava, em trajes de banho. Entre centenas de moças, na praia, não via uma só que se comparasse a ela no corpo e na elegância. Costumavam almoçar até que nada mais coubesse no estômago. Depois, voltavam a "O Lixo" para o descanso. No fim da tarde, no dorso do Jaguar, faziam longos passeios até que voltasse a vontade de beber.

– Se sair um empreendimento que a firma anunciou, ganharei quinhentos mil nos próximos meses. Então iremos à Europa.

– A viagem sai cara.

– Não faz mal.

– Imagine, eu e você em Paris!

Quando não desciam para Santos, iam aos domingos ao Jockey Club. Flávio era alucinado por corridas de cavalos. Fazia parte de seus planos a compra de um potro. Sandra, a princípio, detestou o Jockey. Cansava-se naquela espera de páreo a páreo. Mas a convivência com Flávio e com alguns amigos seus, também fanáticos, acabou por despertar nela o interesse pelas corridas e pelos desfiles de moda que abrilhantavam aquelas tardes.

Dias antes do domingo, Sandra já começava a escolher o vestido que usaria no Jockey. Encabulava Flávio com essa conversa e até a última hora tinha dúvidas atrozes no tocante aos trajes. Ele ia sempre de roupa esporte, com binóculo a tiracolo. Alguns jóqueis e tratadores lhe forneciam, segundo dizia, palpites infalíveis. Quando esses palpites falhavam, Sandra divertia-se a valer, desfrutando-o. Flávio era bom perdedor. Durante a disputa dos páreos, torcia como um louco, deixando até escapar palavrões, mas logo se conformava com a derrota. Era comum deixar no Jockey, todos os domingos, alguns milhares de cruzeiros. Mas era o de menos. O "papel pintado" pagava tudo.

A grande tarde de Sandra na Cidade Jardim foi aquela em que estreou um vestido de Madame Rosita para o programa do Grande Prêmio. Flávio também estava elegantíssimo. Acompanhava-os seu Amêndola, proprietário da firma onde Flávio trabalhava, e senhora. Gente enriquecida recentemente, ainda em núpcias com a fortuna. Enquanto Sandra preocupava-se em mostrar o vestido, Flávio consultava o programa e, num radiozinho de pilha que trouxera, ouvia as previsões do Vicente Chieregatti, da Rádio Excelsior.

Flávio tinha o seu palpite:

– Vou jogar em Panther, na ponta.

Seu Amêndola lembrou:

– Não esqueça o Yatasto. Tem um cartaz enorme. Dizem que nunca perdeu em San Isidro.

– Aposto que estranhará o clima. Vou colocá-lo em dupla com Panther.

– Eu, em Yatasto e Fort Napoléon.

A esposa de Amêndola fazia o jogo do marido, mas Sandra, que começava a entender de corridas, tinha seu palpite próprio:

– Jogo em Gualicho com Panther.

Flávio sacudiu a cabeça:

– Panther já venceu Gualicho no prêmio Governador do Estado. Radar chegou em segundo.

– Mas Gualicho é recordista – advertiu Sandra.

– Não vou com esse cavalo. Prefiro apostar no Violoncelle que também é recordista.

Amêndola gostou da lembrança:

– Não podemos esquecer Violoncelle. Estou quase jogando Yatasto e Violoncelle.

A esposa de Amêndola foi dominada pelas mesmas dúvidas:

– Vamos fazer isso, querido: Yatasto e Violoncelle.

– Isso mesmo: Yatasto e Violoncelle – decidiu-se Amêndola.

Flávio continuava firme em seu palpite:

– Já vi Panther correr no Rio, é um monstro. Vencerá Yatasto por cabeça.

– Veja como o seu é um cavalo feio – apontou Flávio.

– Continuo com o meu Gualicho – disse Sandra, olhando os animais que faziam o *canter*.

– Gualicho e Panther – ela repetiu.

– Você confia em mim só pela metade, não é?

Sandra riu, feliz. Como era bom discutir assuntos que não tinham a menor importância! Que diferença daquelas discussões em sua casa, quando seus pais brigavam, sem saber se pagavam o aluguel da casa ou se compravam remédios para Wandinha, que adoecera. Pediu o binóculo emprestado e pregou os olhos no Gualicho, que fazia o *canter* ao lado de Again.

– Esse é o meu – disse. – Não o troco por outro.

– Cavalo foi Helíaco – lembrou Amêndola, que gostava de evocar a história do turfe. – Querem saber de uma coisa? Se Tirolesa não estivesse no haras, teria hoje vitória certa.

– Ela também dava seus banhos – comentou Flávio.

Sandra pediu a Flávio um juramento solene:

– Você tem que me levar em agosto ao Rio para ver o Grande Prêmio Brasil.

– Claro, beleza! – E a Amêndola: – Sabe que esta bichinha nunca queimou a pele em Copacabana?

– Parece que estão se alinhando – anunciou a esposa de seu Amêndola, ansiosa.

Foram os quatro para os guichês. Sandra não quis fazer economia na aposta. Dois mil cruzeiros na ponta e na dupla, era para valer. Queria mostrar a todos que andava com sorte. Voltaram em seguida para as arquibancadas, através dos elegantes e inquietos espectadores. Uma locutora, alta e loira, atriz de cinema, com um microfone volante na mão, entrevistava o pessoal da arquibancada. Dirigiu-se a Amêndola:

– O senhor, por obséquio. Quais seus palpites para o Grande Prêmio?

– Yatasto e Violoncelle.

Voltou-se para Sandra:

– Estamos ao lado de uma linda e elegante senhora. O que está achando da tarde de hoje?

– Maravilhosa – respondeu Sandra com desembaraço. – Este ano está muito mais concorrida do que nos anos anteriores, e as senhoras me parecem vestidas com mais elegância.

Flávio teve vontade de rir, era aquela a primeira vez que Sandra assistia à disputa de um Grande Prêmio. Como ela sabia mentir! Adorava-a.

– Tem algum palpite?

– Apostei em Gualicho e Panther.

– Gosta de corridas de cavalos?

— Sim. Era o esporte predileto de meu pai — respondeu, mentindo de novo e divertindo-se com isso. O único jogo que o velho Carmo conhecera fora o jogo do bicho.

Instalaram-se os quatro novamente em seus lugares, ouvindo o rumor que vinha das arquibancadas. O grande momento da partida aproximava-se. A emoção era geral. Sandra, porém, mais olhava as moças do prado que os animais enfileirados na pista. Tinha a certeza de que nenhuma delas a superava, em maneiras e elegância.

Subitamente, foi dada a partida, e, logo nos primeiros momentos, surge na frente o famoso Yatasto, seguido de Again, que era, na Argentina, o seu *runner-up*. Panther também estava entre os primeiros, ao lado de Fort Napoléon. A surpresa inicial foi a parada brusca de Violoncelle. Ficou logo na saída, sentindo numa das patas. Seu Amêndola e a esposa levaram a mão à cabeça, amargurados. Mas a carreira continuava veloz e disputada. Yatasto, sempre na frente, galopava com segurança, a exibir sua alta classe de rei de San Isidro. Panther já se firmava em segundo. Again recuava. Gualicho devia estar em sexto, contido pelo bridão. Momentos de angústia para todos. Flávio, na torcida, cutucava o braço de Sandra:

— Yatasto e Panther... Se Panther forçar um pouco...

— Espere mais um pouco e verá o meu Gualicho — garantiu Sandra, como se fosse uma catedrática.

Os animais terminaram a reta do lado oposto e entraram na grande curva. Era a hora decisiva do pega. Yatasto, ainda na ponta, já estava quase alcançado por Panther. Segundos depois, Panther passava para a ponta, de acordo com o palpite de Flávio. Alegria que durou pouco. Na entrada da reta, Gualicho passou por Fort Napoléon e foi disputar a ponta da fila com Panther e Yatasto. Sandra dava gritinhos de entusiasmo. Panther firmava-se em segundo. Fort Napoléon vencia Yatasto, que ficara em quarto lugar. Pelo rádio de pilha, ouvia-se a voz nervosa de Chieregatti, que anunciava:

— Não perde mais! Não perde mais, Gualicho! Dois, três, quatro, cinco corpos de luz! Num galope de saúde, Gualicho liquida o Grande Prêmio São Paulo de 1952. Em segundo, Panther, muito longe. Depois, Fort Napoléon, Yatasto e os demais!

Sandra deu um salto. Ganhara a ponta e a dupla! Ela a mais neófita da turma, acertara! Um alarido vinha da multidão. Os alto-falantes do prado anunciavam, rouquenhos, a esplêndida vitória de Gualicho sobre o maior ponteiro da América do Sul, Yatasto, que chegara em quarto lugar. Milhares de flashes espocavam no focinho do animal, ainda montado por Olavo Rosa.

— Você é uma bandidinha — disse Flávio. — Vamos buscar seu dinheiro.

Sandra não ganhou nenhuma fortuna, mas era um dinheiro que caía do céu. Valia mais, porém, a satisfação da vitória. Tinha vontade de beijar o vencedor.

— E eu que confiava tanto no Violoncelle! – lamentou Amêndola.
— O coitadinho nem deu pra saída.
— A dona dele deve estar mais triste do que eu.
— Flavinho, precisamos também comprar nosso cavalo – murmurou Sandra, sedutoramente.
— Você irá escolhê-lo no leilão. Acredito mais em sua intuição do que no conhecimento dos entendidos.
— Puxa, gritei tanto! Estou morta de sede!
— Hoje é você quem paga o uísque.
— Pago, sim, não sou sovina.
— Onde é que vamos beber, Amêndola?
— Escolham vocês, as mulheres.

Decidiram-se por um restaurante na estrada de Santo Amaro. Depois iriam a um lugar onde pudessem dançar e exibir os vestidos. Sandra e a esposa de seu Amêndola preferiram o Esplanada.

O resto da noite não foi para Sandra menos feliz do que aquela tarde. O jantar esteve excelente, a boate, agradável. Dançou muitas vezes com Flávio, bem juntinhos, a ouvir, em sussurros, as coisas mais ternas que ele podia dizer.

— Nunca mais largo você.
— Nunca?
— Ao seu lado me tornarei mais rico que o Ali Khan, sinto isso. Você me empurra pra frente.

Todos beberam um pouco demais e a esposa de seu Amêndola sentiu-se mal. Não estava acostumada a beber. Mas o marido, já embalado, não quis levá-la para casa. Ela teve que suportar as ânsias e o mal-estar lá mesmo, até as quatro.

Sandra dormiu no apartamento de Flávio e, no dia seguinte, à hora do almoço, voltou para casa.

— Você tem passado muitas noites fora de casa – disse dona Júlia, zangada.
— Fui numa festinha. Não podia voltar de madrugada, com esses tarados soltos.
— Não acredito muito nessa história.
— Ora, mamãe, que bobagem!
— Venho notando que você saiu do sério. Péssimo exemplo para sua irmã.

Sandra calou-se para evitar discussões, mas adivinhava que a mãe deixara de crer em suas invenções. Precisava fazer algo para suborná-la. Pôs a imaginação a trabalhar e depressa encontrou uma solução. Ao jantar, dona Júlia voltou a queixar-se das pernas, sempre inflamadas. Era com dificuldade que trabalhava. Não aguentava mais o serviço.

— A senhora se mata muito — disse Sandra. — Já está na hora de largar o corpo.

— E quem faz o serviço de casa?

— Vou arrumar uma criada para lavar roupa e fazer a limpeza do apartamento. A senhora só cuidará da comida, está bem?

— É muito luxo. Nunca tivemos criada.

— Vamos ter agora.

Aquela semana Sandra desdobrou-se para arranjar uma empregada. Depois de muita procura, conseguiu uma. Era uma senhora de meia-idade, que tinha um filho no manicômio. Chamava-se Aurora e fizera profissão de fé como Testemunha de Jeová. Dona Júlia, que sempre se julgara insubstituível para os serviços domésticos, não tardou a habituar-se com a empregada. Agora, graças às providências de sua boa filha, podia sossegar as pernas e restava-lhe tempo para ler os folhetos que Aurora lhe dava sobre a sua crença. Devorava-os com o mesmo interesse com que lera, noutros tempos, os romances em fascículos, quando seu maior sonho era ganhar um faqueiro nos sorteios que a editora realizava semestralmente.

— Mas o descanso não basta. A senhora precisa de umas temporadas em Poços. Vou ver se cavo o dinheiro para isso.

Graças a Aurora, dona Júlia, mais descansada, pôde olhar com maior tolerância o procedimento de Sandra. Ela era uma moça adulta, sabia o que fazia. Era inteligente demais para meter-se em enrascadas. Preocupação muito maior lhe dava Bruno, que também dera de dormir fora.

Bruno, naqueles meses de vida no apartamento, familiarizou-se com a cidade, esquecera o bairro com seus atrativos menores. Já não frequentava os salões de snooker, cansado do taco e de seus afeiçoados. Mas ainda não tinha um bom círculo de amigos. Seu único companheiro era Gérson, rapaz de sua idade, que fazia diabruras com um MG. Bruno conhecera-o certa noite em que o MG afogou e não havia meio de pegar. Solícito, ofereceu-se para sondar o motor:

— Acho que "morei" no defeito.

— Faça-me esse favor. Não entendo disso.

Em poucos minutos, trabalhando atento e calado, Bruno fez o motor roncar de novo.

— Era coisa à toa.

Gérson quis gratificá-lo.

— Deixe pra lá, só quis ajudá-lo.

— Desculpe-me, não quis ofendê-lo. — E acrescentou: — Se está de folga, vamos tomar uma cerveja num bar da rua Augusta.

— Bem, isso eu topo.

Bruno percebeu logo no primeiro momento que Gérson era de boa família, embora espeloteado. Como companhia estava longe de ser agradável, mas assim mesmo valia a pena ter um amigo motorizado. Foram ao bar, onde beberam cerveja. Mais tarde, mudaram de bar e também de bebida, passando para o gim. Bruno resistiu à embriaguez melhor do que Gérson. Na volta, sentou-se ao volante e foi dirigindo. Gérson espantou-se com sua habilidade de motorista:

– Nunca vi um cara guiar assim. Pensei que fosse atropelar aquele velhote.

– Bem que merecia. Onde se viu atravessar a rua nessa folga?

Gérson olhava-o, estudando-o:

– Conhece o Boca? – perguntou, subitamente.

– Não.

– Vai conhecer. Você gostará da turma.

Quando se despediram, Gérson, empolgado pela fraternidade etílica da bebida, apertou-lhe a mão, simpatizado, e marcou um encontro. Dali nasceria uma grande amizade.

8

Sandra, Flávio, Amêndola e Zilá, sua esposa, formavam um bom quarteto. Para Flávio interessava sobremaneira a amizade íntima do chefe. Sob sua proteção, poderia fazer frente aos demais corretores da firma. Por outro lado, Flávio gostava que Sandra, longe de seu antigo meio, fizesse amizade com Zilá. Era útil a ele, para sua política junto ao patrão, e a ela também, que ganhava uma amiga mais seleta.

Numa das noites de gostosa convivência entre os quatro, Amêndola disse a Flávio:

– Para o próximo lançamento, que será de uma fábrica de plásticos, preciso de um "cobra" em Recife.

– Recife? Péssima praça para a gente trabalhar – retrucou Flávio. – O Nordeste não dá pé.

– Pois eu estava pensando em mandar você.

– Tenha dó, Amêndola! Queria ficar em São Paulo. Aqui há mais campo para o "papel pintado".

– Parreira insiste em ficar aqui

– Ora, mande ele pro Recife.

Era bom ser íntimo do chefe. Se Amêndola o mandasse para Recife, teria de permanecer uns dois meses no Nordeste, suando em bicas, e sem grandes possibilidades de apanhar uma nova boiada. Fora de São Paulo e do Rio, todo o esforço redundava em perda de tempo. Faria sua luta por baixo do pano para que Parreira fosse em seu lugar.

Dona Zilá, que detestava negócios, teve uma ideia brilhante:
— Sabem que o dr. Araújo costuma alugar o iate?
— Quem é o dr. Araújo? – quis saber Sandra.
— Um milionário que sempre compra ações do Amêndola.
Tem um belo iate que aluga a conhecidos e gente de confiança. Conhece o iate dele, Flávio?
— Somente por fotografias. Tem um retratão do iate em seu escritório.
— Chama-se *Sea wolf* – lembrou dona Zilá. – "Lobo do mar". É formidável! Uma vez, eu e Amêndola fomos no iate até Ilhabela.
— E ele aluga o iate? – perguntou Sandra, interessada.
— Alugou por uma semana para os Coutinho.
— Vocês sabem dirigir um iate? – indagou Sandra.
— Você é uma bobinha, Sandra. Sabe o que é um iate?
— Uma lancha a motor.
— Nada disso, é um naviozinho. Tem três ou quatro cabinas, não me lembro. É muito limpinho e não joga muito.
— Mas quem dirige?
— Doutor Araújo tem piloto e uma tripulaçãozinha.
Sandra fez a imaginação voar, ou melhor, navegar. Viu-se a bordo do *Sea wolf*, tomando banho de sol e bebendo refrescos, cercada por um profundo mar azul. Em cima, o céu, o vazio sem fim, com raras nuvens brancas. O vento fresco do mar acariciava-lhe a pele.
— Numa dessas noites eu ouvia o *Midnight*, e o locutor dava notícias de um iate que viajava para Buenos Aires.
Flávio ouvia a conversa com reduzido interesse. Sua atenção só se prendia a uma coisa: convencer Amêndola de que Parreira devia ir ao Nordeste, não ele.
— Não dou sorte com paus de arara – disse.
— Ora, Recife é uma praça progressista!
— Na última vez que trabalhei lá, afundei.
Dona Zilá se interpôs na conversa.
— Outra vez os negócios?
Amêndola pôs mais gelo em seu uísque.
— Podemos ganhar milhões nesse novo papel. Os plásticos estão na moda.
Sandra aliava-se a dona Zilá no torpedeamento do assunto negócios. Insistia em falar do iate. Nunca em sua vida pusera os pés num navio e mesmo num barquinho. Devia ser a coisa mais gostosa do mundo. Que delícia poder ficar quatro ou cinco dias no mar, longe da cidade e dos seus tumultos.
— Podíamos conversar com o dr. Araújo – disse dona Zilá.

Flávio levantou-se; foi à janela, olhar a rua, com o copo na mão. Ainda não ouvira de Amêndola a promessa de que não seria mandado para Recife. Vender ações lá seria um risco. Se fracassasse, perderia Sandra, o carro, o apartamento em Santos, e tudo o mais. Estava inquieto.

– Minhas filhas – disse Amêndola –, no mês que vem vamos trabalhar no duro e vocês só falam em passeios.

– Mas ainda estamos no começo deste!

Flávio chegou-se. Uns dias de maior intimidade com o patrão valeriam para empurrar Parreira para o Nordeste. Estava disposto a topar o passeio.

– Só se a gente voltar antes do fim do mês.

– Decerto que a gente volta – disse Sandra. – Queremos só uns dias de mar.

– Quem dá a última palavra é o chefe – retrucou Flávio, olhando para Amêndola. – Se ele disser que pode ir, a gente aluga o barco.

Amêndola pensou um pouco.

– Hoje é dez, se partirmos dia quinze, lá para vinte, vinte e um estamos de volta. Podemos ir. Agora é só saber se o Araújo não se comprometeu com ninguém. Se tem compromisso, estamos conversando em vão.

– Fica caro o aluguel do iate? – quis saber Flávio.

– Aluguel, despesas, pagamento da tripulação, tudo isso deve montar nuns quinze mil cruzeiros, daí para cima.

Sandra estranhou que o amante estivesse preocupado com esse detalhe, mas estava tão contente que não pôde pensar em mais nada. Faltava agora traçar o roteiro da viagem. Ela gostaria de ir até o Prata, mas, como arranjar tempo? Flávio e Amêndola estavam para começar as vendas.

Quando Flávio e Sandra se viram a sós, ela atirou-se em seus braços, e foi como se alguém lhe atirasse um buquê, tão leve e perfumado era o seu corpo.

– Vai ser formidável!

– Claro que vai.

– Desde que o conheci só têm acontecido coisas formidáveis – ela confessou.

Flávio afastou-a, ternamente, e foi preparar mais uma dose de uísque.

– O que acha de Amêndola? – perguntou.

– É um balzaquiano simpático. Dona Zilá é muito feia, mas também é amigona.

O rapaz bebia inquieto o seu uísque.

– Amêndola é bom cara, mas tem a cabeça dura e não gosta de voltar atrás quando toma uma atitude. Isso de Recife está me enchendo o sapato.

– Não sei por quê! – admirou-se Sandra. – Gostaria de passar uma temporada no Nordeste com você.

— A passeio é uma coisa – explicou Flávio. – Mas pra trabalhar é diferente. Da última vez que pisei lá, pensei que terminasse tudo numa semana e demorei dois meses. Morria de saudade de São Paulo.

Sandra atirou-se no divã. Não conseguia levar a sério as preocupações de Flávio. Via o iate em sua frente, singrando o mar, com uma elegância de peixe. Só tinha um receio: de que o iate já estivesse alugado ou ocupado pelos Araújo. Os castelos ruiriam.

9

Sandra continuava com sorte. Dois dias mais tarde, Flávio chegava do escritório de Amêndola com a notícia de que já fizera a reserva do iate. Os Araújo, a princípio, haviam feito alguma resistência, também planejavam viajar, mas acabaram cedendo. O que assustava um pouco era o dinheiro que exigiam. Incluindo combustível e pagamento da tripulação, vinte e seis mil cruzeiros. Era um absurdo, todos concordavam, mas o desejo de viajar era enorme e já empolgava também os homens.

— Preciso de um maiô verde – disse Sandra nas vésperas da partida.

— Mas você tem um saco de maiôs!

— Quero um verde!

— Não, não lhe dou dinheiro – disse Flávio, brincalhão. – E atirou-se na cama cansado. Logo depois, dormia.

Sandra não se conformava em não ter o maiô verde. Combinava com o azul do mar. Assim que o amante adormeceu, foi pé ante pé até seu paletó e tirou-lhe a carteira polpuda, de mansinho. Subitamente, ele deu um salto de tigre e segurou-lhe o pulso, com um sorriso de vitória.

— Puta suadeira!

Ela riu, e ambos caíram numa comprida e feliz gargalhada, rolando pela cama convidativa. Logo depois, Sandra saía para comprar o maiô verde.

Aqueles dias, os dois só se preocupavam com os preparativos da viagem. Sandra avisou dona Júlia que ficaria alguns dias numa estância de repouso com um casal amigo. Dona Júlia, lendo seu folheto da Testemunhas de Jeová, aceitou a desculpa. De nada adiantaria contrariar a filha, ainda mais agora que ela lhe prometera um aparelho de televisão.

— Mas custa caro, Norma. E você ainda está pagando a geladeira.

— Posei para um anúncio de tevê e a casa vai me fazer um belo abatimento.

Não era verdade: havia meses que Sandra não posava para anúncios. Todo o seu dinheiro vinha exclusivamente do bolso de Flávio, que não lhe deixava faltar nada.

À tarde, não tendo aonde ir, Sandra costumava ir ao escritório de Amêndola. Gostava daquele ambiente luxuoso que, em todos os detalhes, demonstrava o bom gosto do dono. Móveis moderníssimos, cortinas de cores raras, tapetes que escondiam os sapatos quando pisados. Amêndola ficava atrás de uma enorme escrivaninha. Atrás dele, um vasto quadro onde se lia "Produção". Ao seu lado trabalhava uma secretária idosa que, segundo ele dizia, adivinhava seus pensamentos. Instalado lá, em seu quartel-general, Amêndola não parecia o mesmo homem do convívio noturno das boates. Era mais importante, mais senhor de si. Justificava o apelido que os subalternos lhe deram: o Senador.

— Que acha dos nossos escritórios, Sandra?
— Pensei que fosse uma coisinha de nada, e é um mundo!
— Nosso negócio vive das aparências — explicou Amêndola. — Ninguém acreditaria em nós se nos movêssemos num cenário pobre. O luxo, aqui, não é uma vaidade, faz parte do negócio.

Sandra largou-se numa confortável poltrona, diante de uma janela. O apartamento era no vigésimo andar de um arranha-céu, e de lá, mesmo sentada, podia ver um vasto trecho da cidade.

— É para tapear, não?
— Não, Sandra, não é para tapear. Nosso negócio é honestíssimo. Vendemos confiança. Quem compra "papel pintado" é porque ainda crê nos homens.

Sandra riu descrente. Já era rotina de seu mecanismo psicológico não acreditar no que ouvia.

— Pode ser, mas a cara desses vendedores não me inspiram tanta confiança.
— O negócio é honesto, Sandra. Os métodos usados pelos corretores é que nem sempre o são. Mas a diretoria não influi nisso. Não aconselhamos nossa gente a usar de truques. Os corretores o fazem por sua conta e risco. Mas a verdade, isto é curioso — frisou — é que esses corretores, por mais condenáveis que sejam suas formas de persuasão, são os verdadeiros estimuladores do progresso. São eles que forçam muita gente a tirar o dinheiro do colchão para transformá-lo numa riqueza viva e crescente.

Flávio entrou na sala e beijou Sandra.

— Aposto que ele a aborrecia com essa conversa chata de "papel pintado".
— Eu preciso aprender alguma coisa — disse Sandra.
— Algum dia eu meto você no negócio — retrucou Flávio, como se fosse uma ameaça. — A boa vida vai acabar.
— Ela quer que falemos da viagem — lembrou Amêndola. — Como é? Tudo pronto?
— Só falta partirmos — respondeu a moça.

– Sandra só fala do iate, já está enchendo.
– Também é o único assunto de Zilá.

Dois dias antes da partida, Sandra levou suas malas para o apartamento de Flávio. Sua mãe não precisava saber a duração exata da viagem. À espera do grande dia, ficava como uma sultana no apartamento, cuidando da pele, dos cabelos e lendo revistas. Era adorável aquela vida ociosa, na expectativa do grande passeio. Acordava cedo, mas não saia da cama, embrulhada nas cobertas. Flávio corria para o escritório e ela continuava deitada. Lá pelas dez, Cecília, a pretíssima criada de Flávio, aparecia para servir-lhe café na cama. Sandra gostava de Cecília, e embora a tratasse muito bem, tinha a agradável impressão de que se tratava de uma escrava sua. A boneca de piche sempre entrava no quarto sorrindo, a exibir dentes brilhantes, muito hábil com a bandeja nas mãos. A refeição matinal na casa de Flávio era farta, como nos bons hotéis. Café, leite, torradinhas, queijo, goiaba e fatias de mamão ou então figos frescos. Sandra alimentava-se, ao mesmo tempo que lia as revistas, sob os olhos maliciosos de Cecília. A criada servia com prazer, amiga da patroa. Apesar do seu ar displicente, de quem está acostumada ao conforto, Sandra pensava: "Nem parece que sou eu quem está aqui, a tomar café na cama. Deus vai com a minha cara".

Num sábado de manhã, afinal, os quatro desceram para Santos, no Cadillac de Amêndola. Nenhum deles estava habituado a se levantar cedo, todos com uma engraçada cara de sono. Sandra, porém, de todos era a mais desperta. Pela janela do carro, recebia o ar fresco da serra, feliz como nunca. Flávio abria uma das maletas para averiguar se não esquecera nenhuma garrafa de uísque. Dizia-se disposto a bater seu recorde de dosagem alcoólica. Zilá, que ficara com o marido até as três no Arpège, dormia em seu ombro.

Para manter-se mais acordado, Amêndola ligou o rádio e o carro foi invadido pelo ritmo de um baião. Sandra se pôs a cantar o mais alto que podia. A alegria estampava-se em seu rosto. Logo mais, estaria em pleno mar, livre de qualquer preocupação. Fora uma sorte conhecer Flávio.

Amêndola ia falando do iate.

– É um bicho ligeiro. Creio que em cinco dias estaremos na lagoa dos Patos.

– Qual é a tonelagem dele?
– Cento e vinte.
– Os Araújo o compraram há muito tempo?
– Logo depois da guerra. Hoje vale cinco vezes o preço antigo.

Eram pouco mais de oito horas quando chegaram em Santos. Num ponto combinado, próximo ao píer, onde pararam, um moço ruivo se aproximou do carro.

— Os senhores é que vão embarcar no iate do dr. Araújo? Eu sou Milton, o piloto do iate. Os outros tripulantes estão lá e poderão levar as bagagens.

— Ótimo. Temos de deixar o carro numa garagem.

— Eu indico uma.

Tudo corria normalmente, sem embaraços ou atropelos. Logo mais poderiam ver o *Sea wolf* ancorado. O coração de Sandra bateu. Aquilo era só para milionários. Por alguns dias, viveria como um; milionária também.

Milton, o piloto, apresentou os outros tripulantes. Gente simples e sorridente.

— Vamos para o sul, não é – perguntou o piloto.

— Queremos chegar até a lagoa dos Patos. Será possível ir e voltar nuns nove ou dez dias?

— Depende das paradas.

— Não vamos parar muito – disse Sandra. – Ficaremos o tempo todo no mar.

A passos indecisos, subiram para o tombadilho. Milton, indo à frente, foi mostrar os beliches. Sandra ficou um pouco decepcionada com a simplicidade deles, mas fez que não estranhou.

— Quando podemos partir? – indagou o piloto.

— Não depende de nós – disse Amêndola, tentando um trocadilho que o piloto não entendeu.

— Podemos ir já – resolveu Flávio.

— Claro! – exclamou Sandra. – Estou doida para ver isto.

— Pode partir – disse Amêndola ao piloto. – Vamos aos beliches vestir calções.

Desceram aos beliches. Quando Sandra substituía as calças compridas pelo maiô verde, sentiu que o iate já navegava e soltou um grito de satisfação.

— Estamos no mar!

Flávio apressadamente abriu a maleta.

— Meu primeiro ato solene como marinheiro vai ser encher a cara de uísque.

Amêndola e Zilá já estavam no tombadilho. Ele, gorducho, balofo; ela, seca, angulosa. Ao verem o litro de uísque, deram uivos de satisfação. O camareiro surgiu para servir a bebida, enquanto os quatro se debruçavam na amurada do tombadilho, sob o sol forte. Sandra colocou os óculos Ray--Ban, que salientavam sua beleza. Estava esplendorosa com o maiô verde e o mar como fundo. Parecia o cartaz de um anúncio de dentifrício ou da Coca-Cola. Flávio olhava-a à distância, como se dissesse: "Todo esse material é meu, só meu!". O camareiro surgiu com os uísques.

— Não pensei que existisse gelo a bordo! – espantou-se Sandra. – Como pode ser isso?

— Como você é burra, meu bem — admirou-se Flávio. — Se o iate tem gerador pode ter uma geladeira. Não sabe que existem geladeiras até a gás?

Sandra bebeu um longo gole de uísque, que nunca lhe pareceu mais saboroso. Tinha uma porção de dias pela frente para gozar a beleza e o frescor do mar, divorciada de qualquer problema. Depois desse passeio inventaria uma viagem ao Rio, outra à Argentina, outra a qualquer parte do mundo. Precisava compensar sua vazia juventude.

Armado de máquina fotográfica, Amêndola pediu a Sandra que não se movesse. Bateu uma chapa. Trouxera uma série de filmes. Depois de algumas poses, largaram-se no tombadilho, banhando-se ao sol. Tudo corria às mil maravilhas até que Zilá começou a sentir ânsias. Tiveram que acompanhá-la ao banheiro às pressas.

— Isso é comum — disse Flávio. — Passa logo.

Mas não passou logo. Depois do banheiro, Zilá teve que recolher-se ao beliche e, no primeiro dia de viagem, não pôde comer nada. Somente à noite melhorou. Voltou ao tombadilho muito pálida, já acostumada ao jogo do iate. Sob um intenso luar, sentaram-se sobre uns caixotes e teve início uma sessão de vocalistas amadores. Flávio tivera a boa lembrança de trazer o violão e fazia o acompanhamento com pouca arte, mas muito estimulado pelos amigos. Quando acertava na loteria dos acordes, interrompia o feito para brindá-lo com novo gole. Cantava, também; no entanto, dos quatro, o melhor cantor era o Senador. Era o único que sabia de cor maior número de letras e, quando empostava a voz, lembrava o Nelson Gonçalves. Cantava com um exagerado sentimentalismo, acentuado pelo álcool.

A sessão durou até de madrugada, quando os viajantes foram vencidos pelo sono e pelo cansaço. Apesar de estranharem os beliches, dormiram pesadamente.

Antes de adormecer, Flávio perguntou a Sandra:
— Que está achando?
— Para mim, isto é o máximo.
— Tudo está bem. Amanhã quero ver se forço a conversa sobre Recife. Não quero que o Senador me mande para lá. — E repetiu seu estribilho: — Não dou sorte com paus de arara.

Na manhã seguinte, acordaram bem cedo, nenhum deles com ressaca. Amêndola explicou que o ar marítimo combatia a embriaguez e seus resultados. Flávio sugeriu que passassem o resto da vida navegando. Por mais fracas que fossem as piadas, as risadas eram gerais.

Só no segundo dia foi que Flávio se lembrou do seu rádio de pilha. Apanhava bem uma emissora de São Paulo e outra de Santos. Foi ele quem deu a ideia de dançarem no tombadilho. Tirou dona Zilá para dançar, enquanto Amêndola dançava com Sandra, ele de calção, e ela de maiô. O

Senador adorou o contato daquela moça e comparou-a mentalmente à sua mirradíssima Zilá. Aquele rapaz tinha muita sorte. Ele, o diretor da companhia, o seu cérebro e o homem que ganhava mais, nunca apanhara uma garota tão bonita e cheia de vida. A dança propiciava o momento para começar um flerte. Que mal havia nisso? Flávio não passava de um conhecido cuja companhia o agradava, nada mais. Depois, conhecia bem a tessitura moral de seu corretor. Devia estar acostumado ao arrevesamento sexual. Puxou Sandra mais de encontro a si. Quando a música terminou estava tão excitado que precisou beber um longo gole de uísque para acalmar-se.

– O senhor dança bem – disse Sandra.
– Se lhe pisei o pé, a culpa foi do jogo do barco.

Amêndola, daquele momento em diante, passou a olhar Sandra com outros olhos. Não se julgava nenhum Valentino, mas era ou não era o dono da companhia? E quem mandara Sandra vestir aquele maiô escandaloso?

Flávio, no almoço, voltou ao caso de Recife.

– Aposto como o Parreira se dá lá melhor do que eu.
– Não aposte, não. Ele também prefere São Paulo.
– Escute aqui, Senador – começou Flávio, suplicando sua atenção –, você está mesmo decidido a me mandar para o Nordeste?

O Senador sacudiu os ombros.

– Você bem sabe que há um rodízio de corretores. É sua vez de viajar.
– Não faça isso comigo, Senador. Eu sou seu do peito.

Amêndola podia garantir-lhe que não o mandaria para Pernambuco, mas sentiu certo prazer em deixá-lo no ar. Quem sabe, dessa resistência, não poderia tirar certo partido em relação à moça? Ah, ele conhecia o seu corretor! Sabia com quem lidava.

Havia duas enormes preguiçosas no tombadilho. Zilá foi deitar-se no beliche, e Flávio batia um papo com o piloto. Era um curioso e queria saber algo sobre navegação. Amêndola e Sandra se esparramaram nas preguiçosas, com os olhos no céu azul.

– Devo ou não mandar Flávio para Recife? – indagou para mostrar que um palpite dela pesaria na balança. Queria que Sandra sentisse que Flávio pouco representava para ele.

– Flávio está com medo de ir. Diz que lá tudo é mais difícil.
– Que molenga!
– Aqui ele tem mais relações, mais facilidade de vender.

Amêndola fez uma pergunta indispensável:

– Se ele for, você irá também?
– Só se ele não quiser.

O Senador sorriu, e, como se dissesse uma piada, comentou:

– Que pena!

Ela também sorriu, apanhada de surpresa.

Nova investida de Amêndola:

– Preferia que você ficasse. – Resolveu ser audacioso, conselho que Flávio sempre lhe dava quando o assunto era o amor. Tinha uma fórmula infalível: primeiro a audácia, depois o desprezo. Arriscou de novo: – Flávio não teria que ficar lá mais de um mês, e isso passa depressa.

– Não, quando se ama. Um mês é um suplício.

– Vocês se amam no duro?

– Por quê, o senhor duvida?

– Só quis uma confirmação. Acho o amor uma coisa bonita.

Sandra evitou olhá-lo:

– Creio que o senhor conhece Flávio tão bem que não acredita que ele esteja amando. Mas, se pensa assim, se engana. Ele está gamado por mim.

O Senador sentiu que a parada era dura. A pequena gostava realmente de Flávio. Precisava ser mais hábil. Mandaria Flávio para o Nordeste. Lá, fracassando, ele não teria dinheiro para sustentar aquela mulher tão dispendiosa. Aí ele, o Senador, lhe ofereceria sua amigável proteção. Voltou a forçar a nota:

– Você fica um estouro com esse maiô verde!

– Flávio também acha.

– Mas eu acho mais do que ele – garantiu o Senador. Em seguida fez uma pausa e pensou: "Acho que estou bêbedo. Nunca fui tão ousado assim, papel feio. Flávio não é meu amigo íntimo, mas é bom moço. Estou sendo muito invejoso. Não sabia que uma viagem de iate alterava tanto o caráter da gente".

Sandra ficou calada e desgostosa. Condenava o procedimento do Senador. Viajava com sua legítima esposa e se metia a fazer conquistas. E essa história de Recife? Por que não mandava o tal Parreira, que não era seu amigo? O que se escondia atrás dessas negativas? Se o Senador insistisse em conquistá-la, a viagem estaria parcialmente estragada. Pobre Flávio!

O corretor, já com algum conhecimento de navegação, voltou a unir-se ao grupo. Disse que pedira ao piloto para parar no próximo porto. Dera-lhe vontade doida de beber cerveja. Queria sentar-se num barzinho e tomar meia dúzia de Brahma Chopp.

– Assim não chegamos à lagoa – lembrou Sandra.

– Se a gente demorar um dia a mais não faz diferença, não é, Senador?

Ainda em águas do Paraná, o *Sea wolf* aproximou-se de uma praia. Os quatro pisaram em terra firme depois de uma curta viagem de barco. Flávio foi na frente, à procura de um bar.

— Engraçado! Em terra é que fico tonta! – observou Zilá.

Entraram num restaurante dos mais pobres e Flávio pediu quatro cervejas. Estava com uma sede brutal, que o uísque não saciava. Logo as garrafas estavam vazias.

— Você bebeu muito uísque, não convém misturar – advertiu Sandra.

O corretor não deu ouvidos. Pediram filés de peixe, que vieram saborosos. Flávio, já cansado de cerveja, pediu caipirinha. Experimentou um gole. Jamais tomara tão boa pinga. Não podia fazer mal. Bebeu umas três ou quatro sem intervalo. Quando olharam para o relógio, eram onze da noite. Haviam ficado cinco horas no restaurante. Deviam voltar ao iate. Quando Flávio se ergueu, ele e os outros perceberam que estava chumbado. Seguiu até o barco, forçando para manter o equilíbrio.

— Pode pôr a geringonça a andar, Milton – ordenou o Senador.

Flávio e os outros estiraram-se no tombadilho. Havia um milhão de estrelas em cima deles.

— Liguemos o rádio – sugeriu o Senador.

Foi com dificuldade que caçaram uma estaçãozinha que não souberam identificar.

— Vamos dançar – disse Flávio a dona Zilá, que também estava de pileque.

Saíram os dois, dançando, enquanto o Senador convidava Sandra. À noite, com a boa desculpa do excesso do álcool, e ciente de que a esposa e Flávio estavam com a vista turva, Amêndola partiu para o jogo bruto. Dançou de uma forma quase imoral, com a censura completamente relaxada. Se Zilá não fosse sua esposa, era a hora de propor uma troca de mulheres. Voltava a indignação: por que aquele cafajeste tinha uma pequena tão boa e ele aquele bacalhau da Zilá? Sua mão, espalmada, deslizava nas espáduas nuas de Sandra, que se incomodava. Ele não tomava conhecimento de sua resistência, cada vez ousando mais.

A certa altura, Sandra se desvencilhou dos braços dele e atirou-se na preguiçosa.

— Estou cansada. Hoje não danço mais.

Zilá e o par dançaram mais um pouco. A balzaquiana estava toda entregue à dança, encantada com aquele moço forte e vistoso, mas Flávio nem sonhava em aproveitar-se da mulher do patrão. Mesmo que ela fosse bonita, se manteria gelado. Precisava pensar em sua pele.

Lá para as duas, resolveram deitar, quebrados. Sandra foi para o beliche, de cara fechada. Não gostava da mão do Senador em suas costas, como as de um massagista. Falta de compostura. Ainda se lhe estivesse dando bola!

Flávio olhou pela vigia.

— Devemos estar em águas catarinenses. Amanhã estaremos no Rio Grande.

A moça não ligou para a informação. Continuava magoada.

— Vamos dormir — disse, seca.

— Eh, que fachada é essa? Vai dizer que se zangou porque enchi a cara?

— Não é isso — respondeu Sandra, sacudindo a cabeça em direção do beliche ao lado. — Esse amigo quando bebe fica meio cafajeste. Vá saindo.

Flávio achou graça.

— O Senador? Não... É um homem de tratamento.

— Mas com ele não danço mais.

O corretor aproximou-se dela, lúcido e sorridente.

— Não crie caso, bonequinha. Ele é meu do peito.

— Pois não parece. Está com jeito de quem quer me conquistar.

Flávio largou-se em seu beliche.

— Não seja tão maliciosa! Ele não é de nada! Não faça essa cara senão põe tudo a perder.

— Perder o quê? A viagem?

— Não falo só da viagem. Lembre-se de que ele é meu patrão, o homem que me dá a grana.

— E só por isso tem o direito de bolinar?

— Ele não fez nada, flor. Bebeu demais, só isso. Também dancei com a mulher dele.

— É diferente, muito diferente!

Flávio arrancou a camisa e atirou-se debaixo da coberta.

— Vê se amanhã faz uma cara melhorzinha.

— Faço a cara que quiser.

— Que gênio você tem! Afinal, a gente veio se divertir!

— Eu estava me divertindo, mas ele começou a abusar.

Flávio sentou-se no beliche.

— O que quer que eu faça? Que tome satisfações por causa de uma bobagem?

— Não é isso, também não quero brigas. Só queria que você ficasse mais tempo perto de mim e não desse tanta chance pra ele. O que ele pensa que eu sou?

Flávio abandonou-se de novo no beliche.

— O Senador é um grande cara.

— Pensei que fosse mais distinto.

Sandra estava realmente magoada, porém o pior era a atitude de Flávio. Estranho que não demonstrasse o menor ciúme. Gostava tanto dela, era tão carinhoso, tão amigo, quase paternal, às vezes, mas não era ciumento. Não podia entender.

— Outro, em seu lugar, já estava dando bronca, enciumado.

— Ciúme é coisa para selvagens, para gente complexada, doente. Eu não sou nada disso. — E não disse mais nada. Voltou-se para a parede, ferrando no sono. Minutos depois, dormia e roncava ruidosamente. Sandra lembrou-se de Pedro. Ele devia roncar assim.

10

Na manhã seguinte, bem cedo, estavam todos no tombadilho, com exceção de Flávio, que dormiu até as onze. Sandra fez o possível para mostrar boa cara e o conseguiu, porque o Senador já não era o mesmo da noite passada. Parecia até envergonhado de seu procedimento.

— Este iate é mesmo veloz. Já estamos em águas do Rio Grande.

Zilá, com um binóculo, examinava a costa, lá longe.

— A terra é igual em qualquer parte.

— Vai dar tempo para entrarmos na lagoa. Dizem que é um sonho.

O Senador fazia questão de mostrar-se formal e quase não olhava para Sandra. Enquanto Flávio não aparecia, entregaram-se os três à pesca; não foram bem-sucedidos. Era um esporte que desconheciam completamente. Apenas Zilá logrou apanhar um peixinho que jogou de novo ao mar, penalizada, provocando o riso dos outros.

— O pobrezinho vai custar a encontrar o caminho de casa — lamentou.

Amêndola largou-se numa das preguiçosas. Se desejasse mesmo conquistar Sandra, seria mais fácil na cidade do que no iate.

Precisava ser muito descarado para desafiar a vigilância de Zilá, e ele a prezava muito, não queria feri-la.

— Como custei a sair da cama — disse Flávio, aparecendo no tombadilho. — Com que sono estava!

— Hoje você vai beber menos — implorou Sandra.

— Farei o possível. Onde está o camareiro? Eh, rapaz! Traga uma água tônica, mas ponha um pouco de gim dentro.

Depois do almoço, os quatro dedicaram-se ao jogo de buraco, em duplas. O casal Sandra e Flávio ganhava sempre. Ela se tornara uma jogadora no apartamento de dona Zulmira. O corretor, em dado momento, disse a todos que ela cursara uma escola de buraco.

— Conheci sua mestra, uma senhora de bem — disse ele, irônico.

Sandra fingiu não ouvir, atenta ao jogo.

No fim da tarde, o camareiro veio avisar que estavam na boca da lagoa dos Patos. O piloto queria saber quais eram as ordens.

Os quatro seguiram para cabina do piloto.

— Por aqui se entra na lagoa — disse Milton. — Logo além é a ilha dos Marinheiros.

— A cidade do Rio Grande está longe? — indagou Flávio.

— Estamos a duas horas dela.

— Seria melhor conhecer a cidade — sugeriu o corretor. — A lagoa é muito grande, e mar é como qualquer mar. O que me dizem?

— É uma boa ideia — concordou o Senador.

As mulheres não opinaram. Duas horas depois, o iate atracava no porto de Rio Grande. Depois de uma rápida consulta entre os amigos, o Senador resolveu dar uma noite de descanso aos tripulantes. No dia seguinte, às dez, tomariam o caminho de volta. A resolução foi aceita com agrado pela boa gente da tripulação, à qual Amêndola, sempre generoso, deu algum dinheiro.

Flávio parou um táxi para um passeio pela cidade.

— Eh, gaúcho! *Stop*!

Flávio sentou-se com o chofer, e os outros, no assento traseiro. Pediram ao motorista que desse uma volta pela cidade. O passeio era agradável. Sandra nunca vira ruas tão estreitas e tanta casa à maneira antiga. Ao surgir uma praça, ela soltou um "oh", admirada.

— Esta é a praça Tamandaré — explicou o chofer. — A mais bonita de todo o Estado.

— De fato é bonita — concordou Flávio. — Que prédio é aquele, tchê?

— Aquele é a Intendência. O outro é o quartel. O edifício dos Correios! A Beneficência Portuguesa! A Biblioteca Pública.

— Gostaria de morar nesta cidadezinha — disse Sandra.

— Não acredito — comentou Flávio. — Em três dias você estaria saturada. Eu a conheço!

— Você pensa que me conhece!

O passeio continuou, alegremente. Depois de uma hora de táxi, quando não havia mais nada de importante para ser visto, pararam num restaurante, famintos. Aí substituíram toda a bebida pelo vinho. Flávio afirmava que o clima do Rio Grande lhe dava vontade de beber vinho. E, de fato, sua sede era qualquer coisa de espantar.

— Não vá tomar outro pifão — advertiu Sandra.

— Já vem a mamãe — disse ele, brincando. — Deixe-me beber, por favor.

— Como você gosta de fazer papelão!

Flávio não se cansava de elogiar o vinho do Rio Grande, afirmando, com veemência, que era melhor do que os estrangeiros. O Senador, bom companheiro em tudo, bebia, também, embora com mais moderação. O vinho para ele tinha efeito afrodisíaco. Voltava a olhar com insistência para a atraente mulher do amigo. Imaginou-se a sós, com ela, naquela distante cidade gaúcha. Que farra fariam! Seu olhar era tão agudo que Flávio pôde perceber tudo, mas Amêndola não se importou.

— Bebendo vinho, assim, amanhã você estará de ressaca – lembrou Sandra.

— Nunca tenho ressaca. Sofro de sem-vergonhice hepática.

Quando se ergueram das cadeiras, já eram mais de dez horas da noite. Flávio e Amêndola, porém, não queriam voltar para o iate. Queriam procurar algum cabaré. Sandra opôs resistência. Tinha sono.

— Vamos, Sandra – implorou o Senador. – Se Flávio não for, é capaz de morrer.

Zilá também insistiu.

— Está certo, eu vou, mas não é para demorar.

O porteiro do restaurante indicou o lugar onde deveriam ir. Era um cabaré muito mal frequentado, de segunda classe. Sandra, luxenta, não quis entrar, mas Flávio disse que quanto pior o ambiente, mais pitoresco.

Conseguiram, com dificuldade, uma mesinha perto da pista de dança. Mal se sentaram, Flávio gritou por bebida. Lá não havia vinho, entrariam no uísque, misturando de novo. Depois da primeira dose, Flávio tirou Sandra para dançar. Queria fazer as pazes. Disse-lhe nos ouvidos as coisas mais amáveis que lhe ocorreu dizer. Jurou que estava apaixonado como no primeiro dia, que jamais encontraria uma mulher igual a ela, mas que não se importasse com as liberdades do Senador. Era uma amizade valiosa que temia perder. O futuro deles estava nas mãos gorduchas do Senador.

Em seguida, Flávio tirou dona Zilá para dançar, enquanto Amêndola dançava com Sandra. O Senador, feliz pela nova oportunidade. Agora, com tantos pares no salão, sentia-se mais livre. Dançava puxando-a de encontro a si e no intervalo das músicas não lhe largava a mão. Mas não dizia nada que comprometesse. Apenas procurava mostrar-se uma companhia simpática. Uma ou outra vez a fez rir com ditos engraçados. Se soubesse lidar com ela, seria mais bem-sucedido. Depois de muitas danças chegou mesmo a acreditar que nasceria entre os dois uma amizade secreta e deliciosa.

Eram mais ou menos três da manhã quando resolveram deixar o cabaré, rumo ao iate. Estavam todos muito satisfeitos, mas já desejosos de encetarem a viagem de volta. Ao chegarem ao iate, atiraram-se nos beliches e dormiram pesadamente.

No dia seguinte, o regresso. Tiveram quase um dia inteiro de chuva que os obrigou a se recolherem às cabinas. O jogo foi o passatempo. Flávio voltou ao assunto de Recife. O Senador, porém, recusava a última palavra. Se o protegesse, abertamente, os outros corretores estrilariam. E Flávio não era o único "cobra" da equipe. Resolveria o caso quando chegassem a São Paulo, já nas vésperas do novo investimento.

Durante as horas de jogo, Flávio pôde certificar-se de que Amêndola estava embeiçado por Sandra. Ele disfarçava bem, precavido, mas o interesse era visível. De certa forma, sentiu-se orgulhoso porque o Senador era homem de bom gosto. Outro, em seu lugar, se ofenderia. Ele, não. Divertia-o até o flerte, ansioso por ver até que ponto ia. Fez mais: sempre que era possível, deixava os dois a sós. Não queria ser um amante cacete, desses que não largam o osso por nada. Amêndola não ia tirar um pedaço da menina. Muito natural que se sentisse atraído, obrigado a viver com a feiosa Zilá. Depois, perto dos cinquenta, era lícito gostar de um broto como Sandra. Facilitando o trabalho de Amêndola, o corretor passava longo tempo na cabina do piloto. Zilá, que apanhara um forte resfriado, estava recolhida à cabina.

– Já está enjoada do mar? – perguntou o Senador à moça, ambos nas preguiçosas.

– Enjoada não. Mas começo a preocupar-me com os serviços de Flávio.

– Ah, você se preocupa com o trabalho dele?

– Decerto. Pensa que sou uma boneca de toucador?

– Nunca pensei isso. Personalidade é o que não lhe falta. Mas não se preocupe com Flávio. É um sujeito bastante vivo. Ganhará muito no próximo investimento. Vai ver.

– Se o senhor mandá-lo para Recife, ele afunda.

O Senador segurou-lhe no braço, querendo fazer uma promessa.

– Ele não irá.

– Não? – exclamou Sandra.

– Ficará aqui em São Paulo, garanto. Não quero que você se preocupe.

Sandra estava vitoriosa. Conseguia com a maior facilidade o que a Flávio custara semanas de inútil insistência. Agradecida, permitiu que a mão de Amêndola deslizasse pelo seu braço. Num gesto paternal ele brincou com os seus cabelos dobrados pelo vento. Ela fingiu não perceber a menor malícia. Era a atitude certa.

À noite, a sós com o amante na cabina, deu-lhe a boa notícia.

– Você não irá para o Nordeste.

– Ele lhe disse isso?

– Fiz com que ele dissesse.

Flávio abraçou-a, agradecido. Agora poderia confiar mais no futuro.

– Grande pequena está aí!

– Só tenho medo de uma coisa – ela receou.

– Diga.

– Ele poderá cobrar o favor.

Como se nada tivesse ouvido, Flávio deitou-se. Começou a enumerar os prováveis compradores das novas ações. Tinha esperanças de vender dois milhões. Entusiasmava-se.

A moça sentou-se na beira do beliche.

– E se ele cobrar?

O corretor riu, fugindo à resposta.

– Dizem que a época não anda muito boa, mas isso não me assusta. Se a praça estiver má, trabalho no escruncho. Você precisa ver que artista eu sou com o macaco na mão. Sabe o que é macaco? E como nós chamamos o telefone.

Sandra voltou ao assunto:

– O Senador não é nenhum otário. Velho vivo. Precisava ver como me segurava a mão.

Flávio acendeu um cigarro americano e soprou longe a fumaça. Sorria, lembrando alguns achaques feitos pelo telefone.

– Qual, o papel é bom, tem apelo, qualquer truque dá certo. Foi o que eu sempre disse.

Sandra desistiu de falar do Senador. Inútil, Flávio não se enciumava.

A viagem de volta foi perturbada por uma chuva que se prolongou até que o iate cruzasse águas paulistas. Mesmo assim, nos raros momentos de sol, Sandra corria para o tombadilho. Os banhos de sol haviam embelezado a sua pele.

– Poucas praias do mundo já viram uma sereia assim – disse Flávio, admirando a sua amante.

Sandra, apesar dos elogios, que vinham se repetindo amiúde, continuava calada. Tinha a impressão de que Flávio a bajulava.

– Estamos próximo de Santos?

– Dentro de algumas horas estaremos lá. Apesar da maravilha que o mar é, sinto falta da cidade. Dois dias de descanso para mim são o suficiente. Mais me aborrece – disse Flávio.

Sandra também estava com pressa de chegar, ansiosa por saber o que aconteceria na vida dos dois. Se as ações tivessem boa venda, talvez se casassem. Flávio levava o casamento tão pouco a sério que era capaz de casar-se sem pensar muito. Pensava também no Senador, com esperanças de que, metido em seus negócios, ele dominasse seu sensualismo. Flávio já dissera, desculpando-o, que aquele dom-juanismo era efeito do iodo marinho. Na cidade, voltaria a ser o homem de negócios. Ela que tivesse paciência, era o iodo.

11

Sandra entrou em sua casa, inquieta. Estivera sete dias fora de casa, sem poder comunicar-se com a família, e temia que em sua ausência algo acontecesse. A preocupação com os seus era constante. Fizera a maior parte da viagem de volta pensando em Wandinha, na mãe e no irmão. Mas felizmente, tudo estava em ordem, sem novidade.

— Estava com uma saudade doida! — exclamou, abraçando Wandinha. — Mas o que foi isso? Você cresceu um bocado nesta semana!

Wandinha, de fato, crescia depressa. Pelo jeito, ia ficar mais alta do que Sandra e não menos elegante.

— Como vão as pernas, mamãe?

— Melhorei um pouco, com homeopatia, mas ainda doem. Não sei o que têm estas pernas!

Aquela noite, Sandra não saiu de casa para compensar os seus da falta que ela fizera. Rezava para que Flávio fosse bem-sucedido, assim poderia mandar dona Júlia a Poços, ainda mais agora que ela podia contar com a companhia de dona Aurora. As duas andavam muito unidas, sempre com aqueles folhetos das Testemunhas de Jeová nas mãos.

Foi Bruno que ela viu por último. Ela descansava em seu quarto, quando ele entrou. Não sabia bem por que, mas Bruno não era o mesmo. Parecia mais altivo, mais firme, mais homem.

— Alô, mana, como foi de passeio?

— Maravilhoso. Chegamos até o Rio Grande.

— Quem eram os caras?

— Que caras?

— Os caras que foram com você?

Sandra repetiu a mentira:

— Um casal de amigos.

— Sim? — indagou ele, fingindo de uma forma engraçada, que acreditava. Mas nenhuma importância dava ao que a irmã pudesse fazer. Tinha apenas uma vaga curiosidade. Mais falador aquela noite, fez referências aos seus novos amigos e sobre o MG que guiava para Gérson. Mas não se demorou muito: tinha compromisso.

Sandra pensou em dar-lhe conselhos. Que tivesse cuidado com seus novos amigos. Mas sentiu que não tinha o direito de interferir na vida dele! Bruno também não interferia na sua. Havia um acordo mudo entre os dois.

No dia seguinte, Sandra voltou a encontrar-se com Flávio. Encontrou-o feliz: o Senador já escalara Parreira para o Recife. Parreira estrilara, mas o Senador não quis conversa. Flávio ficaria em São Paulo, no seu lugar.

— Quando começam?

— O papel já está vindo da impressão e os diretores da fábrica já estão assinando as cartas de apresentação. Dentro de alguns dias, com as cartas no bolso, sairemos à procura dos caras.

Apesar de sua vitória sobre Parreira, Flávio ainda estava apreensivo. Andava levando um alto nível de vida e temia não poder mantê-lo. Havia quatro meses, desde que conhecera Sandra, que gastava uma pequena fortuna todos os dias. Ao consultar a conta do banco, saltou para trás. Torrara mais do que pensava. Precisava, discretamente, comprimir as despesas. Suspendeu os ternos que ia mandar fazer. Devia deixar de ir às boates todas as noites. Quando Sandra lhe pedia dinheiro, resistia um pouco.

— Que é isso, meu bem? Pensa que sou o Matarazzo?
— Deu pra pão-duro agora?
— De quanto você precisa?

As ações não puderam ser lançadas aquela semana. A demora bulia com os nervos de Flávio. Não podia perder tempo. Era só gastar, gastar. Nervoso, passeava de canto a canto do apartamento. No entanto, não revelava a Sandra sua inquietação nem comentava sua verdadeira situação econômica. Tinha vergonha de chorar miséria. Mas o certo era que ia para o buraco. Se tivesse feito um dia de economia, tudo estaria mais folgado. Nunca, porém, aprendera a economizar.

— Flávio, você esqueceu o dinheiro das minhas prestações?
— Quanto é?
— Com o aluguel do apartamento, doze mil.

O corretor empalideceu:
— Meu bem, você não poderia esperar?
— Você não tem o dinheiro?

Flávio foi obrigado a confessar que seus depósitos bancários estavam no fim. Somente teria dinheiro com as ações na praça. Mas soubera de novos adiamentos. Precisava aguardar mais uma semana.

— Mas as minhas prestações venceram.
— Não fique nervosa, Sandra. A gente dá um jeito.
— Você devia ter me avisado que a situação era preta.
— Obteremos dinheiro emprestado. O Senador podia me adiantar uns trinta mil.
— Fale com ele, então.

Flávio permaneceu alguns momentos em silêncio. Já fizera demasiados pedidos a Amêndola. Havia uma dividazinha antiga que jamais lhe pagara, apesar da bolada que recebera. Tinha receio de voltar a pedir. Segurou a mão da amante.

— Tive uma ideia melhor: fale você.
— Eu? Mas quem é o amigo dele?
— Ora, ele também é seu amigo, e a você Amêndola nunca emprestou nada. Fico lhe devendo o dinheiro.

Sandra não apreciou a sugestão.
— Não posso fazer isso. Esqueceu o comportamento dele no iate?
— Que fez ele de mal, Sandra? O Senador é um grande sujeito. Se não lhe peço é porque já lhe pedi demais. A você, Amêndola não negará.

A moça resistiu ainda:
— E se ele me propuser alguma coisa?

— Amêndola não fará isso.

— E se fizer?

Flávio abandonou os braços, como se reafirmasse que aquela era a única solução. Se ela não procurasse o Senador, não haveria dinheiro até que a comissão das vendas das ações começasse a entrar. Ela que esperasse. Afinal, quem gastara a maior parte do dinheiro?

— Gastamos demais — murmurou ela, lembrando-se de tantos gastos inúteis. Da próxima vez, teriam que controlar as despesas. Bem, não havia saída. Tinha que procurar o Senador.

Aquela tarde, numa hora em que Flávio não estaria, Sandra foi ao escritório de Amêndola. Encontrou-o fazendo a revisão de um folheto que anunciava o novo empreendimento e enumerava os sucessos anteriores da firma. Recebeu Sandra com alguma frieza, e fê-la esperar uns vinte minutos. Durante a espera, ela chegou a lamentar que, no escritório, Amêndola não era o mesmo gaiato das boates. Flávio tinha razão: fora o álcool que improvisara nele o conquistador.

— Quer falar comigo, minha filha? — indagou Amêndola com um sorriso discreto.

— Quero, sim.

— Às suas ordens.

— Trata-se de um favor.

— Dois, se estiver ao meu alcance.

Sandra fez uma pausa. Tinha a boca seca. Detestava pedir favores. Acendeu um cigarro, nervosa.

— Venceram algumas prestações minhas e preciso pagá-las. Pedi a Flávio, mas ele está pronto. O senhor sabe como Flávio é orgulhoso. Não quer lhe pedir adiantamentos. Mas é dinheiro em caixa.

O Senador sorriu, irônico.

— De quanto precisa?

— Doze mil, pode descontar do que Flávio produzir.

— Para hoje?

— Sim.

Amêndola chamou a secretária e ordenou que lhe entregasse doze cédulas de mil cruzeiros.

— É um negócio entre nós dois. Não faço vale para Flávio para não abrir exceções.

— Então, sou eu quem deve?

— Formalmente, sim.

Sandra levantou-se, agradecida. Fossem quais fossem as intenções do Senador, ele quebrara o galho. Ainda bem que não o maltratara nem o desiludira no iate. Do contrário, precisaria se rebaixar para obter o empréstimo.

— O senhor é muito camarada.

O Senador, afável, acompanhou-a até a porta do elevador.

— Espero que não fique muito tempo sem aparecer — disse.

— Apareço, sim.

— Vamos ver.

Ao chegar à rua, Sandra tratou de saldar imediatamente as dívidas. Estava mais aliviada e satisfeita com o cavalheirismo de Amêndola. Imaginou que ele lhe faria alguma proposta ou um convite para um drinque, mas, quando sóbrio, não havia dúvida que sabia se portar.

À noite, Flávio de novo.

— Esteve lá? — perguntou o amante.

— Me arranjou o dinheiro.

— Não dizia para você?

Mas Flávio não tocou mais no assunto. Largou-se numa poltrona, fumando, enquanto Sandra consultava a seção de astrologia do *Grande Hotel*. Era grande fã dos horóscopos, crença que adquirira no apartamento de dona Zulmira. Seus olhos pararam na coluna que falava dos nascidos em Capricórnio, seu signo.

— Veja só! — exclamou. — Os nascidos em Capricórnio vencerão à custa de muita insistência. Terão sucesso garantido na vida artística.

— Vida artística? — riu-se Flávio.

— Você precisava me ouvir recitar, quando criança.

Flávio esvaziou sua última garrafa de uísque. Viu com tristeza a última gota escorrer pelo copo, símbolo de quatro meses de vida desregrada. Riu, nervoso.

— Veja o que diz o meu signo. Sagitário.

— Os nascidos em Sagitário terão grande sucesso na vida social.

— Disso não me queixo. Vá adiante.

— Adoram toda a sorte de extravagâncias.

— Acertou de novo.

— Gozarão de boa saúde e tudo correrá bem se evitarem os negócios ilícitos.

Flávio riu enquanto punha mais gelo no copo. Não sabia como Sandra podia acreditar nessas coisas. O dia que não lesse seu horóscopo, ficava desorientada. Uma vez, quase à força, ela conseguira levá-lo a uma cartomante da rua Fortunato. Fora divertidíssimo.

— Você já fez algum negócio ilícito?

— Que eu me lembre, nunca.

— Então, cuidado.

Flávio bebia vagarosamente o último copo de uísque. Se o lançamento tardasse, teria que voltar às bebidas mais baratas, o que o deprimia.

Não tardou, porém. Dias depois, o Senador soltava seus homens na praça, que saíram como cães esfomeados. Foi um dia feliz para Sandra, que não podia habituar-se a uma vida de privações. Mas estava confiante no sucesso de Flávio. À noite, ele apareceu no apartamento, cansado, porém cheio de esperanças.

– Trabalhei como um doido e entabulei alguns negócios. Acho que vou indo bem.

– Ótimo!

– Pena que não possamos comemorar. Estou a nenhum.

Mal Flávio terminara de falar, tocou o telefone. O Senador os convidava para um jantar regado a vinho. O convite viera na hora.

Meia hora depois, uma buzina soava lá embaixo. No caminho do restaurante, Flávio ia contando ao chefe as entrevistas que tivera com os prováveis compradores. A maioria se queixava da situação precária do país, mas alguns haviam demonstrado interesse nas ações.

– O principal é manter o entusiasmo – advertiu o Senador. – Os bons negócios vêm em seguida.

Foi um jantar alegre, repleto de planos para o futuro. Dali, transferiram-se para uma boate, desejosos de ouvir música. Flávio apressou-se em tirar dona Zilá para dançar. O Senador e a moça ficaram na mesa, conversando em voz baixa.

– Ele está muito animado – comentou Sandra.

– Está, sim, mas você sabe, nem sempre as coisas correm como a gente quer. Talvez demore um pouco para que façamos negócios. A propósito disso queria dizer-lhe uma coisa: se precisar de dinheiro, vá direto me procurar. Nem precisa falar com o Flávio. Para que aborrecê-lo com problemas que ele não pode solucionar?

Sandra resistiu:

– Já lhe pedi uma vez, não posso abusar.

– Você não estará abusando.

– Está certo. Me lembrarei da oferta. Mas não será preciso: Flávio se sairá bem.

Voltaram relativamente cedo para casa. O dia seguinte seria a luta.

Embora sonolento, Flávio saltou da cama às oito. Atirava-se à venda das ações como uma fera. Só voltava à noite para casa. Muitas vezes, cansada de esperá-lo, ela dormia no apartamento de sua mãe. Dormia apreensiva, doida por saber se Flávio estava obtendo sucesso no novo empreendimento.

– Está um pouco duro – ele dizia. – Mas vai.

Numa semana de trabalho árduo, só pôde fazer um pequeno negócio. Na semana seguinte, teve um pouco mais de sorte. Comprou até uma garrafa de uísque. Mas, na terceira semana, contrariando as previsões otimistas do horóscopo, não conseguiu fazer nada.

Sandra estava desesperada:

— Mais uma semana e vencem de novo minhas prestações. Como é que me arranjo?

— Temos mais uma semana pela frente. Calma.

Sandra voltou a procurar a cartomante, que lhe garantiu que os negócios de Flávio iam melhorar. Contudo, perguntou discretamente se havia outro homem em sua vida. Ela estava vendo um rei de ouros, pessoa que ia ajudá-la muito. Deixou a cartomante, ofendida.

Passada aquela semana, teve que falar novamente com Flávio sobre o desagradável assunto.

— Minhas prestações vencem amanhã.

— Acho que você vai ter que adiar o pagamento.

— Não, isso não faço.

Flávio pôs um disco na vitrola. Havia uns dois meses ou mais que não comprava discos. Fez girar um gasto mambo do Pérez Prado.

— Gosto desse mambo — disse.

— O que eu faço? — ela perguntou.

Flávio tinha uma solução, mas adivinhava que ela levaria a mal.

— Faça outra visita ao Senador.

— Com que cara?

— Por quê?

— Já pedi uma vez, não peço mais.

Flávio não disse mais nada. Que podia fazer? Vender o carro? Preferia vender sua cama, suas roupas, sua alma, o carro, não. Que aborrecimentos Sandra lhe dava!

— Vou levá-la para casa. Preciso levantar cedo amanhã.

No carro, amuada, Sandra repisou:

— Se eu continuar pedindo favores ao Senador, aí ele terá um pé. Você não quer que eu lhe corneie, quer?

— Ora! Nunca lhe pedi que fosse um modelo de virtudes, pedi?

— Está bem, está bem...

Flávio deixou-a em casa. Beijou-a. Ela não respondeu ao seu beijo. Ele não se importou.

No dia seguinte, ao levantar-se, Sandra já sabia o que precisava fazer para pagar as prestações. Gostava de Flávio, nunca o trairia por prazer, mas havia algo mais importante: pagar os móveis e a geladeira que comprara para a mãe. Preferia morrer a ter que devolver o que custara tanto a comprar. Não teria coragem de aparecer diante dos seus como uma vencida.

Depois do almoço, telefonou para o Senador.

— É Sandra. Queria falar com o senhor, mas não no escritório.

— Urgente?

– Urgente.

– Então, dentro de meia hora no bar do Lord. Combinado?

Sandra estava resoluta. Dois anos antes, a solução a repugnaria, mas agora não permitiria que tolos preconceitos lhe prejudicassem a vida. Vestida com sobriedade e elegância, usando seu perfume mais sensual, dirigiu-se ao bar do hotel. Olhou para as poltronas. Amêndola ainda não chegara. Fizera mal em apressar-se demais.

Ele deveria ser o mais ansioso. Sentou-se, à sua espera, mas não teve que esperar muito.

– Desculpe-me a demora, Sandrinha.

– Eu que peço desculpas pelo trabalho que estou dando.

– Depois me contará tudo. Vamos beber um pouco.

O garção serviu duas doses de uísque.

– O senhor já sabe o que vou pedir.

Amêndola sorriu, condescendente.

– As coisas vão mal, não é?

– Diga-me, todos os corretores estão tendo a mesma dificuldade de Flávio?

O Senador balançou a cabeça:

– Alguns começam a ganhar bom dinheiro. Mas Flávio não está acertando, sei lá o que é. Receio que não inspire demasiada confiança. Às vezes fala demais e é dado a muita ostentação. Alguns clientes se implicam com isso.

– Acha que não vai ganhar o que esperava?

– Vamos ver, ainda acredito nele. Mas preferia que fosse mais sóbrio, mais contido. Negócio não é brincadeira.

– Quem está pagando por esse fracasso sou eu.

O Senador pegou-lhe na mão, paternal. Procurou transmitir, num sorriso, uma mensagem de conforto e segurança. Não se mostrava ávido por conquistá-la, como no iate. Mas era um comerciante: queria um investimento seguro.

– Minha pobre Sandra.

– Sou digna de pena, não é?

– Você é uma boba. Tem a fortuna que quiser nas mãos. O amor pode aniquilá-la.

Sandra fez-se melancólica e disse em tom de confissão:

– Já não amo Flávio como amava antes. Alguma coisa está mudando em mim.

– A prova de que é uma moça inteligente, moderna – disse, pondo o braço ao redor de seus ombros.

– Tenho sido uma tola.

– Está pensando em chutar o Flávio?
– Estou, sim.
– Seria bobagem. Você gosta dele. Sacrifício demais. O que precisa, no momento, é de alguém que a compreenda e auxilie. Uma pessoa de sua extrema confiança. Um homem respeitável.

Sandra descansou a cabeça no ombro do Senador.
– Não se pode confiar em ninguém hoje em dia.
– Você bem sabe que pode confiar em mim.
– Posso mesmo? – perguntou ela, desamparada.

O Senador encostou o rosto no dela.
– Será um segredo entre nós dois. Um segredo maravilhoso.

Sandra ergueu a cabeça e olhou-o, tímida.
– Não é pelo dinheiro, mas perto do senhor me sinto muito mais segura.

Amêndola olhou o relógio.
– São três horas. Às cinco tenho que estar no escritório. Podemos ir?

Apanhando o copo, Sandra acabou com o uísque. Fez um cálculo rápido: se o Senador a tivesse encontrado em casa de dona Zulmira, lhe pagaria dez vezes menos pelo mesmo favor. Era negócio.

Flávio não perguntou à amante se o Senador voltara ou não a emprestar-lhe dinheiro. Fazia questão de ignorar o assunto, ou, então, fingia tê-lo esquecido, tão atarefado andava. Mas a moça, na primeira oportunidade, disse-lhe que posara para uma campanha publicitária, e que já pudera saldar suas dívidas.

– Foi uma sorte – disse ele, fazendo-se, sem relutância, de amante enganado.

Era uma posição cômoda para Flávio. Afinal, Sandra não era sua esposa e seu passado não a autorizava a manter uma exagerada decência. Se tudo corresse bem, era claro que lhe daria dinheiro. Nunca fora um sovina e odiava os sovinas. Gabava-se de ser generoso e esbanjador, mas, na situação presente, tinha que fazer certas sujeiras. O fato de o Senador ser o amante escolhido por Sandra não passava de uma mera coincidência de certa forma feliz para ele.

– O Senador nos convidou para sairmos sábado. Diga-lhe que me dê umas cartas de apresentação a pessoas mais ricas. Só tem me enviado a gente à beira da falência. Fale com ele. Amêndola gosta de você.

Sandra ficava na dúvida; não sabia se Flávio sabia ou não da verdade. Mas, para lhe ser útil, atendia aos seus pedidos. O Senador ia ajudar. Mandaria Flávio a melhores clientes. Ela, porém, que não se preocupasse. A ela nunca mais faltaria dinheiro.

– Só temo que algum dia Flávio desconfie – disse-lhe Sandra, querendo encobrir a certeza que já começava a ter de que o amante estava a par de tudo.

— Acredite que não fará muita diferença. Flávio, nessas coisas, é dum liberalismo espantoso.

— Não é verdade. Ele também é ciumento.

Seus encontros com o Senador não eram frequentes. No máximo, duas vezes por semana, avistavam-se no seu apartamento clandestino da praça da República. Apartamento minúsculo, mas mobiliado com capricho para seus encontros rápidos de homem de negócios. Sandra somente a princípio se sentira retraída. Logo todo o acanhamento desapareceu. O Senador tratava-a com delicadeza e não a importunava com encenações românticas. Pelo contrário, falava muito de Zilá, afirmando que era a única mulher que realmente amava. Mas gostava de encontrar-se com Sandra, seduzido pela sua beleza e pela sua mocidade. Não fazia o menor empenho de que ela o amasse e o que sentia por ela estava longe de ser amor. Tinham ambos um negócio, e cada qual procurava ser o mais honesto possível para com o outro. Era o tipo de relações entre homens e mulheres que o Senador julgava ideal. O dia que se cansasse dela, seria sincero. E dava-lhe o direito de ser substituído por outro que lhe desse maiores vantagens.

— Está certo, compro o vestido, mas o que Flávio vai dizer se a vir com esse modelo?

— Direi que estou posando, como digo sempre.

— Posando para um escultor famoso — pilheriou o Senador. — O Senador Amêndola.

— Não é com isso que ele se preocupa. O que queria é que você o mandasse a melhores clientes. Fica semanas inteiras sem realizar um negócio. Tenho pena dele. Ajude-o um pouco mais.

— Já fiz de tudo por ele, meu bem. Primeiro, não o mandei para Recife, o que me obrigou a ser injusto com outro corretor. Depois, a seu pedido, passei a dar-lhe melhores zonas de trabalho. Dei-lhe as mais favoráveis cartas de apresentação. Cheguei até a mastigar negócios para ele. Mas Flávio não está indo bem. O que posso fazer?

— Faça o que puder, por favor.

— Não vá pensar que tenciono prejudicá-lo. Agora, eu não teria mais razões para isso. O que ele precisava fazer era não largar o corpo. Não é verdade que trabalha tanto quanto diz. Se encontra um amigo que paga bebida, perde a tarde inteira nos bares. E depois vem se queixar. Acha que tenho culpa?

Sandra acreditava na honestidade do Senador. De fato, Flávio era um indolente. Se acertava um negócio, embalava. Se não, perdia o estímulo. Ainda mais agora, que ela já não lhe pesava, sua capacidade de trabalho diminuíra muito.

— Está bem — resolveu Flávio. — Já que o Senador está mancando, vou agir da minha maneira como fiz da outra vez.

– Que vai fazer?
– Vou trabalhar no escruncho.
– O que é isso?
– Vai ver.
Sandra temeu por ele.
– O Senador disse que não é preciso ser desonesto nesse negócio. Um corretor sujo põe toda a empresa a perder. Quantas vezes ele já lhe disse isso?
Flávio estava furioso.
– Ele também foi sujo no passado, agora que anda com a mania de honestidade.
– Veja bem o que vai fazer.
Flávio abraçou-a, terno, para pleitear sua aquiescência.
– Da outra vez, fiz, e você sabe que só tive a lucrar. Meu nome era o segundo do quadro de produção.
– Quem era o primeiro? – indagou Sandra, que já conhecia boa parte dos corretores.
Flávio sorriu à sua maneira simpática.
– O primeiro está preso.
Sandra por um triz não caía numa crise de choro, mas não seria assim que faria o amante mudar de ideia. Durante três meses fizera jogo honesto. Quisera era ganhar legalmente. Mas chegava mais uma vez à conclusão de que a honestidade é virtude de tolo. Voltaria a ser o que sempre fora. Se fosse bem-sucedido, teria os aplausos de todos, inclusive do Senador, que também lucraria com isso, vendo as ações vendidas. Decidira-se.
No dia seguinte, dispôs-se a agir à sua maneira, mas não saiu pela manhã. Ficou no apartamento.
– Não vai trabalhar? – estranhou Sandra.
– Quem disse que não vou? Passarei a manhã macaqueando.
Sandra já conhecia algumas expressões da gíria dos vendedores de ações. Ele queria dizer que ia dar alguns telefonemas.
Sorrindo, Flávio apanhou o telefone.
– Quer ver o artista?
– Que artista?
– Eu.
Flávio discou, falsificando uma atitude natural. Mas estava nervoso: havia meses que não fazia aquilo.
– Quero falar com o dr. Afonso – disse ao telefone, sorrindo em direção a Sandra, como se quisesse dizer que tudo acabaria bem. – É o dr. Afonso? – indagou, engrossando a voz. Era mesmo um artista. – Aqui, quem fala é o general Falcão. Não tenho o prazer de conhecê-lo pessoalmente, doutor, mas um amigo me indicou o seu nome para um negócio muito interessante.

Sandra ouvia a conversa, nervosa, mordendo os lábios. Com sua falsa voz rouca, Flávio continuava falando. Citava nomes de personalidades importantes do país. Referia-se a negócios de lucros vultosos. Marcava uma visita para quando voltasse a São Paulo, pois o Ministério da Guerra o chamava às pressas.

– Muito bem, doutor. Vou mandar um dos nossos agentes procurá-lo. O resto ele explicará.

Quando Flávio desligou o aparelho, Sandra saltou diante dele.

– Isso pode dar cana, não pode?

– Raramente.

– Tem certeza de que o dr. Afonso acreditou na história?

– Certeza plena. Tenho a ficha desse doutor. É um "loque". Deve estar muito orgulhoso por ter recebido um telefonema pessoal do general Falcão, que está dando as cartas em nossa política.

Ela não se deixou convencer.

– Não vá, Flávio. Venda as ações honestamente. O que vai fazer é uma loucura!

Flávio não deu ouvidos. Fez mais algumas ligações telefônicas do mesmo gênero sem conseguir encontrar todas as pessoas desejadas. Em seguida, saiu, depois de um beijo em Sandra.

A moça largou-se numa poltrona e ficou à sua espera. Estava certa de que, algum tempo depois, telefonariam da polícia. Já via Flávio preso, os retratos nos jornais, o escândalo todo armado. Via o Senador abanando a cabeça com um ar condenatório. Não teria mais coragem de apertar a mão de dona Zilá. Para dominar os nervos, teve que beber um pouco.

Lá para o meio-dia, o telefone tocou. Correu para ele, aflita. O plano de Flávio devia ter falhado! Mas logo ouviu a voz alegre do amante.

– Que bom que a apanho em casa. Venha se encontrar comigo na cidade. Hoje vamos ter um almoço especial.

– Que aconteceu?

– Depois eu conto, flor. Venha.

Sandra, às pressas, dirigiu-se ao ponto de encontro combinado. Estava doida para saber o que acontecera na visita ao dr. Afonso. Apesar da voz feliz de Flávio, ainda estava inquieta. Logo o viu, elegante e bem-disposto, à sua espera.

– Vamos comer, querida. Estou com fome de leão. Sentaram-se a uma mesa de um luxuoso restaurante do centro. Sandra reparou que Flávio comprara cigarros americanos. Consultando calmamente o cardápio, ele pediu creme de aspargos e maionese de lagosta, seu prato predileto. Vinho chileno.

– É muito caro – advertiu Sandra.

Flávio experimentou o vinho.

— Puxa, como se faz isto bem no Chile.

— Vamos, conte logo.

O rapaz olhou-a como quem não entendesse sua afobação. Por que razão ela estava assim? Ele, tranquilo, seguro de si, reconciliado com a vida, segurou a delicada mão da moça sobre a mesa.

— O velhote comprou cem contos de ações. Já embolsei minha comissão.

— Acreditou na história?

— Claro.

— Mas ele não conhece o general?

— Que mal há nisso? Eu também não conheço.

Flávio riu alto, e Sandra, contagiada pelo seu sorriso, riu também. Gargalharam juntos, reencontrando a felicidade comum dos outros tempos. O tal Afonso era um "loque" como muitos que andam por aí. Ou, quem sabe, um sujeito que tinha um "rabo de pata", e por isso se apressara em atender a um pedido de um expoente da política? Assim que se inteirou do negócio, topou. Quis comprar só vinte mil, mas Flávio conseguiu arrancar-lhe cem mil. Ótimo negócio!

— Contou ao Senador como foi que vendeu os papéis?

— Ia contando – disse Flávio, – mas Amêndola não quis ouvir. Disse que tem nojo de certos processos de venda. Mas, à saída, me deu um abraço apertado e os parabéns.

Depois do almoço, que foi farto e alegre, Sandra voltou para casa. Havia dois dias que não via os seus e estava saudosa. Dona Júlia não lhe pediu explicações pela ausência. Já não lhe pedia explicações de coisa alguma. E nem Sandra se sentia envergonhada de qualquer coisa. Se não fosse o seu dinheiro, o que seria de sua mãe e de Wandinha? Uma caixeira ou uma datilógrafa não poderia proporcionar-lhes tanto conforto.

12

Nas próximas vezes que Sandra encontrou Flávio, estava ele envolto numa onda de euforia. Mandou fazer mais três ternos caríssimos e voltou a encher o bar de uísque. Levou-a, novamente, às boates. Embora fossem fãs de Moacyr Peixoto e de Andiara no Clube de Paris, preferiam ir a lugares mais luxuosos. Transferiram-se definitivamente para o Oásis e o Esplanada. Sandra, nos momentos de maior equilíbrio, advertia-o de que não fizesse tantas despesas supérfluas, mas como poderia recusar convites tão agradáveis? Às vezes o casal Amêndola ia junto, principalmente nos sábados e vésperas de feriados. O Senador andava mais satisfeito com Flávio, que já era o terceiro corretor da tabela de produção. Se continuasse no mesmo ritmo de trabalho, poderia vir a ser o primeiro e ter direito a um polpudo prêmio quando terminassem as vendas.

Flávio confiava na sorte. Nem desta vez guardaria dinheiro, mesmo porque Sandra, auxiliada pelo Senador, já não lhe saía tão cara. Pensava isso, gozando o papel de amante traído junto de seu respeitável patrão. Quando bebia demais, para criar uma situação incômoda para todos, menos para Zilá, que a ignorava, punha-se a falar, com a boca mole, na indiscutível fidelidade de Sandra.

– Confio cegamente em Sandra, ela é incapaz de uma traição. Uma santa!

– Vamos mudar de assunto – suplicava Sandra, vexada.

– Não exaltemos demais nossas virtudes – comentava o Senador, querendo pôr um ponto final no embaraçoso assunto. Mas sabia que Flávio estava a par de tudo e que não se importava, para consolidar sua posição na empresa.

Numa tarde em que Sandra encontrou-se com o Senador em seu apartamento, a primeira, desde que Flávio se reabilitara, ela expôs os seus receios:

– Tenho medo de ver Flávio trabalhar dessa forma. É perigoso.

– Flávio não sabe trabalhar de outra forma.

– Ando preocupada – confessou.

– Não se preocupe, eu não a desampararei. Você sabe disso.

Ela encostou sua cabeça no ombro do Senador. Tinha por ele uma verdadeira amizade e estava certa de que era retribuída. Quantas vezes encontravam-se no apartamento apenas para conversar, para pedir conselhos ou dinheiro a Amêndola! Não era sempre que ele exigia a cota de carinhos que comprava. Ficavam juntos, horas e horas, largados no divã, a ouvir a vitrola. E ela, como até então não fizera com ninguém, contava episódios de sua infância e de sua juventude, que Amêndola acompanhava com um humano interesse. Nessas ocasiões, não o chamava de Senador, que lembrava um pouco a palavra coronel, mas, sim, de "tio Amêndola", tratamento que também a ele agradava.

– Pensando bem, você é uma pobre menina desprotegida – disse-lhe tio Amêndola, numa dessas tardes.

Sandra abria-lhe seu coração. Dia a dia crescia o medo de que algo acontecesse a Flávio. Ele repetia com demasiada insistência os perigosos escrunchos telefônicos. O cântaro estava indo muitas vezes à fonte.

– Já lhe disse que para você não faltará nada.

– Não é só pelo dinheiro que temo.

– Sim, eu sei, você gosta dele. Compreendo.

Ela confessou, humilhada:

— Gosto, sim. Apesar dos seus defeitos.

— Então, o caso é mais grave. Não sei resolver os problemas do coração. Para mim, só o dinheiro soluciona tudo.

O Senador gostava desses encontros assexuais, quando tinha em Sandra uma ouvinte atenta. Tragando seu uísque, divagava, dizia frases que a outros pareceriam ridículas e, inclusive, fazia confissões.

— Tio Amêndola, o senhor também já teve problemas sérios?

— Quem não os teve? Mas hoje posso me considerar um vitorioso, consegui o que queria. Dinheiro, conforto e, sobretudo, bom conceito. Sou um homem respeitável. As melhores firmas procuram a minha companhia quando desejam aumentar seu capital. Sabem que não lhes roubo um níquel.

— O senhor nasceu honesto.

Tio Amêndola riu.

— É capaz de me imaginar num uniforme de presidiário?

— Ficaria uma gracinha.

— Pois é, já estive em cana três anos. Não, não estou brincando. Nem é uma história que conto a toda gente. Me admiro como Flávio não lhe contou ainda. Fiquei três anos atrás das grades.

— Usava os mesmos métodos de Flávio?

— Piores ainda. Era um ladrão vulgar. Apanhado, fui preso. Mas a cadeia me fez bem. Aproveitei o tempo para ler as matérias que sempre apreciei: economia, finanças e um pouco de história política. Porém, o que aprendi de melhor não estava nos livros. Aprendi que, hoje em dia, a honestidade é mercadoria rara. A fama de homem honesto vale milhões. Passei então a ser rigorosamente honesto, um modelo para os homens de minha profissão, e me dei bem assim.

Sandra lembrou-se de certas coisas que ouvia de Flávio, e comentou maliciosamente:

— Mas o senhor não impede que os corretores vendam na marra.

Tio Amêndola acariciou os cabelos da moça.

— Isso já é outra história. O certo é que não endosso nada que possam fazer de condenável. Se um deles se meter em encrenca, não conte comigo. Meu nome sempre tem que ficar a salvo de qualquer suspeita ou discussão.

13

Agora que Flávio voltava a fazer dinheiro, os encontros entre Sandra e tio Amêndola eram mais raros. O amante já lhe pagava as despesas. Era novamente generoso e cavalheiresco. Sua carteira vivia sempre jogada sobre os móveis para que ela tirasse o que necessitasse. Ele era sempre assim quando tudo corria bem. Aquele mês, por exemplo, vendera quase um milhão sem grandes embaraços. Apenas um cliente desconfiara da arataca e caíra fora. Os outros acreditavam na conversa do general Falcão e entravam com dinheiro.

No dia em que lhe pagou parte das comissões, Amêndola advertiu-lhe:

– Você está indo bem, mas cuidado. Já houve reclamação contra você. Fui obrigado a dizer que o general Falcão nada tem a ver conosco. Disse que você usara desse método não por extorsão, mas por brincadeira. Felizmente, o caso morreu aqui mesmo.

Alguns dias depois, um provável comprador telefonou indignado à companhia, acusando o embuste. Mas nem desta vez aconteceu nada. O Senador jurou que o referido corretor não pertencia à sua firma. Flávio foi chamado à atenção.

– Pare um pouco com isso – disse o Senador, sério. – Você pode me criar embaraços.

– Está certo Amêndola. Vou virar honesto durante quinze dias. Flávio, endinheirado, resolveu descer com Sandra para Santos, ansioso por uns banhos de mar. Como nos primeiros tempos do romance, divertiram-se a valer e juraram amor eterno. Ele parecia empenhado em reconquistar todo o afeto inicial que a moça lhe dedicara, e o conseguiu. Num desses momentos de afetividade, ela confessou:

– Você me preocupa demais.

– Por quê?

– Mais dias, menos dias, o general Falcão vai em cana.

Flávio riu à beça e deu-lhe um longo beijo.

– Se você me ajudar, posso sair para outra jogada.

– Que jogada?

– O conto do marido corneado.

– O que é isso?

– Logo explico.

Somente quando voltaram para a cidade, é que Flávio, bem-humorado, expôs o plano, como se se tratasse de uma brincadeira. O plano era simples. Flávio ia visitar os prováveis compradores em companhia de Sandra. Como sempre, os negócios nunca se realizavam na primeira entrevista. Na segunda, ela iria sozinha, vestida de forma atraente.

– É mais difícil dizer não para uma mulher – garantiu Flávio. – E o "loque" compra as ações.

A moça não apreciou o plano:

– E se ele quiser bancar o atrevido?

– Você saberá se livrar dele, depois dos papéis assinados.

– Não gosto nada desta ideia.

— Então, não há o que fazer. O general entrará novamente em campo – disse, observando as reações de Sandra, que temia por ele essa forma de trabalho.

— Assim, você acaba mal.

Flávio segurou-lhe as mãos.

— Se você agir de comum acordo comigo, também terá a sua parte. Eu lhe dou trinta por cento do que ganhamos, manjou? Não é um dinheirão?

Nem assim ela se animou.

— Não tenho coragem para isso.

— Tem, sim, aposto que tem.

— Não tenho.

— Se for uma questão de coragem, a gente dá um jeito – disse Flávio. – Você vai tomar um troço que dá uma coragem danada. – E dizendo isso, tirou um minúsculo frasco do bolso. Bastam algumas dessas pílulas.

— O que é isso?

— Tome algumas.

Sandra estendeu a mão até o frasco, na palma de Flávio, mas recusou-a.

— Não tomo.

— Mas não faz mal!

— Deve fazer, sim.

Flávio fez um gesto de desânimo.

— Vejo que não quer mesmo me ajudar.

Sandra não disse mais nada. Deixou Flávio e foi para casa. No dia seguinte, resolveu não procurá-lo. Tentava afastar-se dele, definitivamente. Passaram-se dois dias e não foi vê-lo. Estava certa de que ele a procuraria. No quarto dia, marcou um encontro com o Senador, em seu apartamento. Profundamente aborrecida, comunicou que estava decidida a separar-se do amante.

— Não o vejo há quatro dias.

— Estranho, ele não me disse nada.

— Não?

Sandra se pôs a imaginar que Flávio andava à procura de outro amor. Quem sabe arranjara outra? Ele era do tipo de homem que esquece logo o passado.

— Acho que você está precisando de dinheiro – supôs tio Amêndola.

— Estou mesmo.

— Quebro o galho.

Aquela semana custou muito a passar. Sandra não calculara o quanto se acostumara a Flávio. Até sua mãe notou um abatimento que não sabia ocultar. Para matar o tempo, foi visitar velhas amigas. Encontrou-se com

Shirley e Darcy. Soube que Blays estava noiva oficial e que dona Zulmira e o dr. Godinho continuavam cada vez mais unidos. Pensou em visitar dona Zulmira, mas logo mudou de ideia. Não, precisava enterrar o passado.

Às tardes, costumava ir ao cinema, mas raramente prestava atenção aos filmes. A figura de Flávio não lhe saía dos olhos. O que estaria fazendo naquele momento? Ouvia nitidamente sua voz naqueles perigosos telefonemas. Certa vez, assistiu a um filme policial em que o galã, envolvido num roubo, era detido e preso. Saiu do cinema apreensiva e à noite teve um pesadelo.

No dia seguinte, decidiu fazer uma visita a Flávio. Não seria para fazer as pazes. Encontrou o rapaz em mangas de camisa, em seu apartamento, tomando um uísque. Ele a recebeu com uma explosiva satisfação, mas logo se mostrou apreensivo.

— Tem feito bons negócios?

— Um ou outro — ele confessou com um sorriso triste. — A praça anda ruim e o Senador me proibiu de macaquear. Acho que terei de acabar arranjando uma velha rica. Mas por que não me procurou esse tempo todo?

— Devemos acabar com isso, Flávio.

Ele se levantou para pôr mais gelo no uísque.

— É uma pena, Sandra. Gosto muito de você e você sabe disso. Mas o que eu fiz que a magoou tanto?

— Aquela proposta...

— Ora, Sandra, como você é boba! Não pretendi magoá-la de forma alguma! Ainda se eu pretendesse explorá-la! Disse-lhe que daria trinta por cento e você sabe que eu dou mesmo. Nunca faria uma mancada com uma pessoa que confia em mim.

— Isso eu sei...

— E então?

Sandra pensou um pouco. Aceitou uma dose de uísque que Flávio lhe deu. Em seguida, ele pôs um disco na vitrola: "Dos almas". Ficaram sentados, bem juntos, no divã, conversando sobre vários assuntos. No intervalo de um para outro, o rapaz confessou que passara a pior semana de sua vida na ausência dela. Não a procurara, não por orgulho, mas porque tentara também esquecê-la, o que de forma alguma conseguira. Agora que ela voltara, sentia-se feliz e disposto a fazer de tudo para não perdê-la mais. Só lamentava que seus negócios não andassem bem para que sua felicidade fosse completa.

— Gostaria de ajudá-lo — disse Sandra, penalizada.

— Não, deixe-me agir sozinho. Já arrisquei muito. Posso arriscar mais.

— Assim você será preso.

— Cadeia não foi feita pra cachorro — repetiu ele.

Ela já bebera três doses. O álcool a encorajava e fazia com que encarasse a vida por um prisma mais otimista. Não foi preciso pensar demais para decidir:

– Podemos fazer uma experiência juntos.

– Acho melhor você ficar em casa.

– Uma experiência eu faria.

Um sorriso surgiu no semblante do rapaz. Tinha a certeza de que ela não o deixaria no desamparo. Aceitou sua parceria de bom grado. Imediatamente, passaram aos planos de ação. A primeira visita seria feita a um velho industrial alemão, dono de uma próspera indústria. Tinha seu endereço.

– Quando vamos vê-lo?

– Amanhã, às dez.

Sandra começou sua nova profissão. Arrumou-se muito bem e, na companhia de Flávio, dirigiram-se à fábrica do industrial alemão. Ela estava nervosa, mas não aceitou o estimulante que Flávio lhe ofereceu no carro.

Chegando à fábrica, os dois foram introduzidos numa sala de espera. Flávio explicou-lhe que o maior inconveniente da profissão eram as esperas obrigatórias. Mas vinte minutos depois, desculpando-se pela demora, o industrial apareceu na porta e pediu-lhes que entrassem em seu escritório. Era um homem de uns cinquenta anos, descarnado e pálido. Tinha um braço parcialmente imobilizado. Parte de sua boca também não se movia e seu olho esquerdo era fixo.

Sem perda de tempo, o corretor entregou-lhe a carta de apresentação, assinada por um dos diretores da fábrica de plásticos, figura de renome no mundo da indústria, que solicitava o interesse de todos os capitalistas esclarecidos para o novo empreendimento. O alemão leu a carta rapidamente, sem alterar uma só vez a fria expressão de seu rosto.

– Esta é uma grande oportunidade – disse-lhe Flávio, logo que o outro terminou a leitura. – O senhor, industrial traquejado que é, sabe perfeitamente que os plásticos estão na moda. Os maiores capitalistas do Estado estão comprando estas ações. Antes que a fábrica esteja montada elas estarão valendo três vezes mais. Eu mesmo já comprei cinquenta ações e espero revendê-las com bom lucro. Minha mulher também já comprou suas açõezinhas...

Sandra sorriu, participando, pela primeira vez, do trabalho. O alemão sorriu-lhe também, mas, para decepção de ambos, respondeu-lhe:

– Sei que é boa coisa, do contrário, o meu amigo que assinou esta carta não teria indicado o meu nome. Mas o fato é que estou passando por sérias dificuldades.

– Acredito, mas não precisará pagar as ações de uma só vez. Podemos estudar facilidades de pagamento. Digamos: em quatro prestações. Quando o senhor pagar as últimas, quem sabe já poderá revender as ações com boa margem de lucros!

– Eu sei, mas é o que eu lhe disse. Estou numa situação delicada. Neste ano, preciso restringir os meus gastos. Já queimei muito dinheiro.

– Está certo – concordou Flávio. – Mas vamos deixar-lhe este prospecto que mostra todas as nossas realizações. Na semana que vem, minha esposa passará aqui para ouvir sua última palavra.

Sandra apertou a mão do industrial com um sorriso terno. Na saída, ela comentou:

– Tempo perdido. O homem está desinteressado, sem dinheiro.

– Mentira, deve ter milhões.

– Acha que devo voltar?

– Claro que deve. Daqui a três dias, você reaparece, e estou quase apostando que o homem estará mais mole.

O mesmo tipo de visita foi feito mais três vezes aquele dia. O primeiro foi logo dizendo que não queria e nem podia comprar nada. Rude, não quis conversa. O segundo era dono de uma casa comercial. Não quis resolver na hora, pediu tempo para estudar. E o terceiro fez questão de mostrar sua conta bancária para provar que não tinha dinheiro, o que lamentava, pois já comprara ações muitas vezes.

No fim do dia, Flávio fez o balanço das atividades.

– Quatro entrevistas. Duas inteiramente perdidas. Nessas você não precisa voltar. Mas no alemão tenho fé, o dono da casa comercial aposto que compra.

– Puxa, pensei que fosse mais fácil.

– Minha filha, se todos comprassem, esta seria a melhor profissão do mundo. Apenas quinze por cento realmente se interessam. E, quando a situação é má, nem isso. Mas, com sua ajuda, as coisas hão de melhorar.

– Duvido que possa ajudá-lo. Sou ignorante no assunto.

– Você não sabe a força que tem.

– Não exagere. Amanhã vamos sair de novo?

– Sim, faremos mais umas três ou quatro visitas. O trabalho só dará frutos quando você voltar só. Mas não esqueça de referir-se a mim como seu marido. Torna a coisa mais picante. Conheço o mecanismo psicológico desses burgueses. São mais imorais que os tarados que andam por aí.

Aquela foi a noite da reconciliação e os dois quiseram comemorá-la. Foram juntos ao Interamericano e em seguida ao Captain's Bar, onde se demoraram até as duas horas. Sandra estava preocupada com o novo trabalho, mas Flávio mostrava-se exultante e cheio de confiança.

Dois dias mais tarde, sozinha, como ficara combinado, Sandra, elegantemente trajada, visitava de novo o industrial alemão Desta vez, esperou menos para ser recebida. Ele recebeu-a embaraçado. Não sabia como proceder e nem mesmo o que falar diante daquela moça que lhe sorria, com tanta intimidade. Fê-la sentar-se, ofereceu-lhe um cigarro, que ela aceitou, e ensaiou uma conversa qualquer, esquecido de que Sandra estava lá para tratar de negócios. Ela, notando sua confusão, divertia-se interiormente. Parecia um rapazinho às voltas com sua primeira conquista.

– E seu marido, como está? – ele perguntou.

A resposta veio natural:

– Viajando, foi ao Rio. Me deixou sozinha.

O industrial viu na informação um convite, mas ainda não se animava a atrever-se.

– Deve ser triste para uma jovem como a senhora ficar só.

– É triste, sim – ela concordou. – Ainda mais para mim que gosto tanto de sair.

A conversa tornou-se mais íntima. Falaram sobre passeios, clubes noturnos, que ele dizia não frequentar, e sobre teatro. Mas seu hobby predileto era passear de lancha na represa. Possuía uma, excelente. Sandra interessou-se pelo assunto.

– Quando seu marido volta?

– Na segunda.

– Então, sábado à tarde poderemos dar um giro de lancha, se aceita.

Sandra aceitou, com um sorriso aberto, mas lamentando o sábado perdido. Passear de lancha com o sr. Rudolf, era o seu nome, devia ser a pior coisa do mundo. Quem a visse, porém, a julgaria radiante com o convite. Quando deixou o escritório, já tinha acertado o encontro. Aquela noite, assim que encontrou com Flávio, ele perguntou:

– Como foi que se saiu?

– Mal. O homem quer passear de lancha.

– Vá, boba.

– Acho que não vou – ela decidiu.

Flávio, aborrecido, largou-se numa poltrona.

– Lamento muito. Esse alemão é cheio de grana. Poderá comprar até duzentos mil, se bem trabalhado.

– Bem, faço um sacrifício, mas só desta vez...

Ele sorriu, grato.

– Você é formidável!

No sábado, ela e Rudolf rumaram, no carro dele, para a represa. O industrial vivia uma grande conquista amorosa e não cabia em si de satisfação. Sandra procurava mostrar-se agradável. Distraía-se vendo as paisagens que marginavam a estrada. Não se achava segura de seu êxito, mas estava disposta a ir até o fim.

Na represa, sob um céu bastante azul, numa manhã de sol forte, Sandra verificou que Rudolf não queria apenas possuí-la; ansiava por um pouco de romance. Levava uma vida sem prazeres, mergulhado na esterilidade da fábrica. Depois, aquele braço paralisado devia atrapalhá-lo um bocado no campo sentimental. Após ter parado o motor, em meio à represa, Rudolf confessou que, embora tivesse a lancha há tempos, era aquela a primeira vez que ia acompanhado de uma moça. Gostaria que o passeio se repetisse. Era um solitário, um homem sem amigos, sem ninguém.

— Também vivo na solidão – disse Sandra. – Preciso de uma companhia, de alguém que me compreenda.

— Não posso me gabar de ser um homem de sorte – lamentou-se Rudolf. – Só eu sei que o dinheiro não é tudo. Às vezes venho para a represa e fico horas inteiras, pensando. Você já deve ter notado este meu braço. Não são muitas as mulheres que podem gostar de um homem meio paralítico.

Na hora do almoço, num restaurante próximo, Sandra voltou a falar-lhe das ações.

— Por que comprar? – indagou Rudolf – Se precisa de dinheiro, eu dou.

— Não posso aceitar dinheiro assim.

— Eu lhe darei mais do que importa sua comissão.

— Se acontecer algo entre nós não deve ser por dinheiro – disse Sandra, magoada.

Rudolf ouviu-a, comovido. Lá estava uma moça que queria ganhar honestamente o seu pão. Merecia ser ajudada. Fez algumas perguntas sobre o negócio.

— Posso pagar em três prestações?

— Pode, sim.

— Fico com cinquenta mil.

— Aconselho cem mil cruzeiros. Elas vão valorizar.

Uma caneta-tinteiro brilhou na mão de Sandra. Era sua nova arma. Ele, pensando nas horas felizes que poderia passar junto dela, apanhou a caneta e com um sorriso de vitória, assinou. Foi a última vez que os dois se encontraram.

14

Ao mostrar o contrato assinado a Flávio, ele o ergueu à altura dos olhos, orgulhoso dela. Tinha a certeza de que Sandra se adaptaria perfeitamente à profissão.

— Foi fácil?

— Facílimo. Custou apenas um passeio de lancha. Ele quis criar romance, sabe?

Flávio não se interessava por detalhes.

— Meus parabéns, beleza! Vou entregar o contrato a Amêndola. Amanhã já teremos nossa comissão.

Sandra, ao contrário, não parecia animada. Quando precisava de dinheiro, poderia recorrer ao Senador sem a necessidade de ludibriar os outros. Fazia aquele serviço mais para ajudar o amante. Agora, ela era muito mais útil a ele do que ele a ela, o que a vexava. Embora de uma forma hábil, estava sendo explorada por Flávio. Se encontrasse uma saída, abandonaria tudo aquilo, mas não via horizontes em sua frente. Teria que aguardar.

No dia seguinte, Sandra fazia outra visita sozinha. Um rico comerciante tratou-a normalmente e não quis o negócio. Outro, tentou engraçar-se, mas antecipando que não compraria. Um terceiro convidou-a para ir a uma boate, e, na mesma noite, entre copos de uísque, pratos de amendoim e pipocas, assinou um belo contrato. Quinze dias depois, ela já se habituara ao trabalho e o seu êxito tornava-se mais seguro e frequente. As visitas deixaram de ser assunto obrigatório para o casal.

Flávio e Sandra não puderam fazer a planejada viagem ao Rio de Janeiro em agosto para assistirem ao Grande Prêmio, mas, em outubro, a viagem foi possível. O casal Amêndola, à última hora, resolveu acompanhá-los. Partiram no Jaguar de Flávio, que disparou como uma flecha pela Presidente Dutra, numa sexta-feira, depois do jantar. Sandra estava entusiasmada. Tinha vinte e dois anos e ainda não conhecia o Rio, o que tinha até pudor de confessar.

A viagem foi mais rápida do que Sandra esperava, tanta era a velocidade que Flávio imprimia ao volante. Mais de cem por hora. Pouco depois da meia-noite, o carro estacionava diante do Hotel Excelsior. Dispostos a aproveitar o resto da noite, trocaram de roupa, e já embalados por um pouco de rum tomado durante a viagem, partiram para os bares de Copacabana.

Sandra estava doida por exibir seu vestido azul. Flávio só falava em encher a cara e o casal Amêndola dera de fazer romance. Instalaram-se no Perroquê, onde mandaram vir a primeira rodada de uísque.

— O que está achando? — Flávio perguntou a Sandra.

— Tudo formidável!

— Vamos passar uns dias diabólicos!

Do Perroquê transferiram-se para o Michel, os quatro vitimados pela maior sede da temporada. Nesse bar, com um litro de uísque em cima da mesa, Amêndola, bem-humorado, cantou alguns boleros e o último samba-canção da moda: "Uma loura".

Sandra atenta, procurava decorar a letra.

— Quem canta isso? — perguntou.

– Dick Farney, mas eu impressiono mais.
– Disso não há dúvida! – exclamou Flávio. – Você é realmente impressionante.

Entre um gole e outro, como se o seu espírito se desprendesse da matéria e se afastasse um pouco para contemplar o quadro, Sandra considerou como era *sui generis* aquele quarteto. Ela, amante de Flávio e do Senador, fingindo que enganava Flávio com o Senador. Flávio fingindo-se enganado. O Senador fingindo que Flávio nada sabia. E Zilá com aqueles olhos enormes, fitando Flávio como quem vê um galã de cinema. Teve vontade de rir.

No fim da noite, famintos, foram a um restaurante que servia um famoso filé de peixe. Quando chegaram ao hotel, os primeiros raios de sol avermelhavam algumas nuvens do belo céu carioca.

Dormiram até as dez, e ainda com os olhos congestionados pelo sono e pelo álcool, dirigiram-se à praia de Copacabana.

Ao ver Sandra em seu maiô, Flávio exclamou:
– Você é um estouro nesse maiô!

Instalado sob um guarda-sol que o hotel alugara, o Senador olhava Sandra com orgulho. "Parece incrível que ela também é minha", pensava, afagando, sem nenhum complexo, sua barriga burguesa. Zilá, a seu lado, passava um óleo no corpo para defender-se do sol. Flávio e Sandra, de mãos dadas, corriam de encontro às ondas verdes. A cada homem que por ela passava, provocava uma exclamação, um sorriso de cobiça ou um mórbido ressentimento contra o destino, que não é igual para todos na distribuição de mulheres formosas.

Voltaram os dois para a proteção do guarda-sol, molhados e sorridentes. Trocaram-se frases românticas e beijos esportivos ao sol.

O Senador, estirado na areia, perto deles, admirava a cena sem nenhuma inveja, participando, por tabela, do clima romântico. Chegou até a lamentar que Zilá não fosse amante de Flávio para que o entendimento entre os quatro fosse perfeito.

Depois da praia, sentaram-se num bar ao ar livre para beber algo. À tarde, descanso; depois, passeios pela Tijuca e pelas praias. À noite, novamente as boates. Foram três dias sem iguais que deixariam em Sandra uma lembrança permanente.

Somente na volta, no Jaguar-foguete de Flávio, os homens falaram de negócios.

– Estou para dar uma grande tacada – disse Flávio. – Tenho na minha lista um cara que talvez compre um milhão. Quinhentos em seu nome, quinhentos no da mulher.

– Já falou com ele?

– Não quero me arriscar a expor-lhe o negócio sem uma preparação.
– Não vá apelar ao general desta vez.
Flávio riu e comentou em seguida:
– Falar pelo telefone com esse cara é bobagem. Preciso de uma apresentação especial.
– Quem é ele?
– O dr. Severiano Amaral. Conhece?
– Conheço de nome. Deve possuir uns quatro ou cinco arranha-céus. O homem é muito rico.
– Soube que está disposto a empregar um milhão nalguma indústria. Mas não quero chegar a ele, assim, de peito aberto.
– Ele é muito amigo do dr. Maciel Arruda, o deputado federal.
– Sim, também sei disso.
Chegaram a São Paulo à noite e Flávio deixou o casal em sua casa. No apartamento, cansados e bocejando, desvestiram-se às pressas. Antes de enfiar-se na cama, Sandra perguntou:
– Posso ajudá-lo nesse caso do milhão?
– Creio que não. É um caso muito delicado. O tal Severiano é homem doente, com um pé na cova, não se interessa por mulher. Deixe o negócio para mim.
– Como vai agir?
– Ainda não sei.
Flávio estendeu-se na cama, pensando no contrato. Se o dr. Severiano o assinasse, teria pela frente pelo menos quatro meses de vida mansa.

15

Sandra vivia uma ótima fase. Auxiliada periodicamente pelo Senador, e ganhando razoavelmente como sócia de Flávio na venda de ações, nunca lhe faltava dinheiro. Pôde financiar uma viagem de dona Júlia, com a criada e Wandinha, para Poços de Caldas.
– Fique lá uns quinze dias, até as pernas melhorarem.
– Vai custar um dinheirão, Norma.
– Não faz mal. Tenho ganho muito, posando e vendendo ações para uma empresa.
– Quanto você pode me dar?
Sandra já fizera os cálculos:
– Vinte e cinco.
– Não acha muito?
– Não acho, não.
Bruno, ao saber da viagem, sorriu, satisfeito:

— Agora posso chegar em casa na hora que quero, sem bronca.
— Como está indo na oficina? — ela quis saber.
— Saí do emprego.
— Por quê?
— Isso de ser mecânico já encheu.

Temendo que o irmão não estivesse levando uma vida muito normal, descambado para a delinquência, Sandra apressou-se em lhe dar cinco mil cruzeiros.

— Enquanto não arranja emprego, vá gastando isso.

Sandra, na noite em que sua mãe viajou, encontrou-se com Flávio. Foram dar um passeio no Jaguar.

— Como você se saiu hoje?
— Aquele negociante italiano não quis comprar nada, mas há um advogado que está muito interessado. Não sei se nas ações ou em mim.

O rapaz riu, como sempre fazia, quando ela falava dos clientes que desejavam conquistá-la.

— Quanto será que ele pode gastar?
— Apenas uns cinquenta mil.
— Ninharia. Negócio é o que tenho em vista. — E voltou a falar, com entusiasmo, no milionário que tinha na mira.
— Não posso ajudá-lo mesmo nesse caso?
— Já disse que não, o método tem que ser outro.
— Como vai se aproximar dele?
— Não sei ainda.

Esse negócio não lhe saía da cabeça. Precisava dar uma grande tacada, e não era só pelo dinheiro. O fato de depender tanto de Sandra para o fechamento dos contratos humilhava-o. Não que o abalasse o lado moral da coisa. Abalava-o o lado psicológico, a sensação de incapacidade. Sandra, com um sorriso apenas, conseguia arrancar dos capitalistas muito mais do que ele numa semana de conversa fiada. Sempre que ia só, fracassava. Na companhia dela, suas oportunidades eram sempre maiores. Chegou a concluir, o que era absolutamente verdade, que Sandra não precisava dele para vender ações. Podia conduzir-se muito bem sozinha e embolsar toda a comissão. Muitas vezes, por ironia ou não, ela se ria dos seus fracassos, irritando-o. E o Senador, diante dos contratos assinados, costumava, maliciosamente, mandar-lhe dar os parabéns a Sandra. Sem ela, já teria afundado. Desgostava-o essa dependência, de todos pública e notória. Tinha que reagir e mostrar, num feito ousado, a ela e ao Senador e a todos, que ainda possuía cabeça e coragem.

— Se o negócio é tão difícil, desista — aconselhava Sandra.
— Vou em frente.

— Então, procure o homem e ofereça simplesmente as ações. Se ele tiver tino comercial, compra.

— Aí, sim, eu estaria arriscando. Não posso queimar uma oportunidade tão boa.

Sandra, sem entendê-lo, mudava de assunto. Mas Flávio, com os olhos fixos naquele milhão, estava se tornando, inclusive, uma péssima companhia. Quase não falava, e quando falava era para referir-se ao negócio.

— O homem está muito doente e quer deixar para o sobrinho, um dos herdeiros, uma renda boa. Mas, sei lá por que, não quer saber mais de imóveis. Quer investir na indústria. Se der certo investe mais. O milhão é uma experiência.

— Esqueça esse caso, por favor.

Flávio não o esquecia. Aquela semana soube que um colega usando uma falsa identidade, conseguira apanhar uma gorda comissão. Contou o caso, com detalhes, para Sandra.

— Sujeito vivo está ali.

— Mas a trapaça pode ser descoberta.

— Será, com o tempo, mas aí as ações estarão valendo o dobro, e o cliente se sentirá muito feliz por ter sido tapeado. Você precisa entender, Sandra, que a fábrica de matéria plástica vai existir mesmo, um grande negócio para os acionistas. Sendo assim, tudo que a gente fizer para vender as ações não pode ser taxado de desonesto.

Sandra sentia que Flávio encaminhava-se para a realização de algum golpe condenável. Era uma forma de recuperar a confiança em si. Um negócio concluído com segurança e honestidade não lhe dava o mesmo prazer. Nisso, nada se parecia com Amêndola, que nunca punha em jogo sua vistosa honradez. O Senador era um homem experiente. Flávio, um impulsivo e ressentido.

Certa manhã, no escritório, na presença de Sandra, Flávio falou ao Senador de seu crescente interesse em chegar-se ao dr. Severiano.

— Se acha que o negócio é tão delicado, vou com você — disse Amêndola. — Não bulirei em sua comissão, não quero um tostão.

Flávio protestou:

— Não é preciso. Cuido do caso sozinho.

O Senador abanou os braços, sem entender a resistência de Flávio. Outros corretores, nos negócios de maiores responsabilidades, sempre recorriam a ele, sem pudor. Nessas ocasiões, abandonando suas burocráticas funções de diretor, fazia-se, esportivamente, de corretor. Era um gosto ouvi-lo convencer os clientes. Argumentava com fluência e habilidade, exibindo todos os seus conhecimentos de economia e finanças. Vendia sem pedir, sem bajular, sem dobrar-se. Nunca descia de sua dignidade para fazer-se um mascate ou um lamentável *yes-man*. O cliente, depois da sua visita, concluía que aquele homem havia sido mandado por Deus para ajudá-lo, e comprava tantas ações quantas podia.

Mas Flávio não era feito da mesma massa do Senador e nem tinha seus conhecimentos. Faltava-lhe a ambição do saber. Para ele, mais fácil e mais másculo era o uso de pequenos truques, como o de telefonar aos clientes. falsificando a voz: "Aqui é o general Falcão. Vou mandar um moço para falar-lhe sobre um negócio importante". O dinheiro, assim ganho, tinha para Flávio outro sabor.

– Faça o que quiser, menos falar em nome do general Falcão – advertiu o Senador, sério. – Isso está muito gasto.

– Não estou pensando no general.

– Ainda bem.

Aquela tarde, como não fazia há uns três meses, Flávio resolveu visitar seu pai, que morava num quarto de pensão. O velho, desde que o filho se transformara num homem bem-vestido e dono de automóvel, olhava-o com estranheza. Nem sabia que espécie de conversa manter com ele.

– Fazia tempo que não vinha – disse o velho, sem nenhum pesar, apenas registrando o fato.

– Ando ocupado. E o senhor, como vai?

O velho não gostava de chorar miséria. Tinha pudor de mostrar-se vencido e esgotado. Mas, bastava olhá-lo de relance para ver que estava no fim. Nenhum interesse ainda o prendia à vida. Sozinho, sem dinheiro nem saúde, só podia esperar paciente pela morte.

– Antes eu podia ler – disse ele. – Lia os jornais e sabia o que estava acontecendo. Ajudava a passar o tempo. Agora, nem isso. Estou com catarata nas duas vistas.

Flávio notou que de fato seus olhos estavam embaçados como uma vidraça no inverno.

– Isso não tem remédio?

– Dizem que podem operar, mas não opero. Para quê? Posso acostumar sem ler.

Por um momento, Flávio pensou em financiar a operação, mas resolveu ao contrário. Na certa custaria bom dinheiro, e se o velho fosse hospitalizado teria que ter algum trabalho.

– O senhor sabe o que é o melhor – disse.

Ficou mais alguns momentos em seu quarto, fumando, nervosamente. Detestava aquelas visitas. A figura acabada do pai lembrava-lhe uma porção de coisas ligadas à sua infância. "Algum dia, compro-lhe um rádio", pensou. Passados alguns minutos, tirou uma cédula de quinhentos cruzeiros do bolso e deixou-a sobre a mesa.

– É para o senhor.
– Não vai fazer falta?
– Claro que não.

Despediu-se e saiu. Andou a pé um quarteirão, acabrunhado, mas logo esqueceu a desagradável visita que fizera. Seu pai lutara, à sua maneira, e perdera. Agora, era a sua vez. Tinha que pensar na própria pele.

Como não se encontraria com Sandra aquela tarde, nem iria trabalhar, pois era sábado, comprou jornais e revistas e recolheu-se ao apartamento. Com uma dose de uísque puro ao lado, largou-se no divã para ler. Folheou a seção de esportes. Precisava estar sempre a par do noticiário geral para ter conversa com os clientes. Uma boa prosa facilitava o fechamento de um bom contrato. Correu os olhos, ligeiros, pela seção de cinema e teatro. Costumava, também, ler alguma coisa de política, sobre o que nunca tivera opinião formada. Só se lembrava dela nas eleições, quando votava não por convicção política, mas por simpatia pessoal ou para atender a interesses imediatos. No meio da página estava um texto manuscrito de um deputado que condenava, em termos rudes e agressivos, certas manobras do governo. O deputado era Maciel Arruda. Lembrou-se logo do nome; o grande amigo do dr. Severiano Amaral. Leu, novamente, aquelas linhas, demorando a atenção nos detalhes da caligrafia. Era uma bela letra; firme, máscula, segura.

Sobre a mesa havia uma folha de papel em branco. Apanhou sua caneta-tinteiro e imitou a letra do deputado. Péssima imitação. Fez nova experiência, com maior cuidado. Já estava melhor. Mas não imitara com perfeição o "m" e o "g". Tinham um desenho todo especial. Voltou ao trabalho com os olhos fixos no manuscrito. Desta vez, pôde orgulhar-se do esforço. Se continuasse com novas tentativas, chegaria à perfeição. A distração, porém, cansava. A noite já sombreava o retângulo da janela. Logo se encontraria com Sandra para mais uma noite de amor. Cuidadosamente, destacou da página o trecho onde se lia a carta do deputado. "É estranho", pensou, "esta carta veio de encomenda. Já começava a esquecer o assunto. Amanhã volto a pensar nisso."

Encontrou-se com Sandra e foi com ela assistir, no Santana, a uma revista de Max Nunes, seu humorista predileto. Durante o espetáculo, somente em raros momentos Flávio esqueceu a carta do deputado. Lembrava-se do corte do "t", daquele "m" geométrico, firme. Seria capaz de imitar, com os olhos fechados, aquele "s", cheio de curvas escorregadias. Num dos intervalos, tirando a Parker do bolso, pôs-se a desenhar as letras isoladas no programa. A princípio, algo vacilante. Depois, com mais firmeza e decisão. Experimentou redigir algumas frases, com a letra do deputado. Escreveu: "Você que é feliz, primo". Em seguida: "Acho-te uma graça". Mais outra: "Há sinceridade nisso?". Frases do programa "Balança mas não cai", que o humorista repetia na revista.

Sandra comentou:

— Não sabia que você tinha letra tão boa.

— Fui o primeiro da classe em caligrafia — respondeu.

Depois do teatro, deram um pulo na boate Excelsior, para cear. Flávio novamente apanhou a caneta e pediu ao garçon uma folha de papel. Aquilo já se tornava um hábito. Para que Sandra de nada desconfiasse, escrevia frases dirigidas a ela: "É a melhor garota do Brasil e adjacências"; "O lugar dela é no cinema nacional"; "Se eu pegar uma bolada, caso com ela".

— Deixe essa caneta. Vamos dançar.

Dançaram algumas vezes; ela, interessada na dança, ele, displicente. Não podia concentrar-se em nada, só na imitação daquelas letras. Lembrou-se de que tinha dúvidas sobre o "b" da caligrafia do deputado. Quando chegasse ao apartamento, faria nova verificação. Mas, de qualquer forma, a imitação já estava razoável. Pena que não pudesse mostrar a ninguém, para obter um julgamento mais sereno e conclusivo.

Aquela noite, sem disposição para romance, levou Sandra para a casa dela cedo. De volta ao seu apartamento, empunhou novamente a caneta. Como era mesmo que o deputado fazia o "b"? Copiou, paciente, a letra. Na terceira tentativa, saiu-se vitorioso. Depois, copiou a carta de ponta a ponta e comparou a cópia ao original, à luz do abajur. Melhor do que aquilo, não podia fazer. Tinha, em seguida, que redigir um texto na caligrafia do político. Sua redação era péssima, mas podia guiar-se pelas cartas de apresentação que recebia das mãos de Amêndola. Bastariam seis ou sete frases. "O cavalheiro que lhe está entregando esta irá propor-lhe um negócio dos mais interessantes para o emprego de capital. Suponho que você gostará de estar a par do assunto." Pensou noutras frases que poderia encaixar. Encontrou uma: "A fabricação de plásticos é o que há de mais lucrativo no momento. Dentro em breve, as ações estão valendo o dobro". Terminou a carta com um abraço cordial e a promessa duma breve visita. Terminada a tarefa, fez novo exame de caligrafia. Desta vez, fracassou. O fato das frases serem outras, não as do texto do jornal, dificultou-lhe o trabalho. Cansado, resolveu adiar o serviço para o dia seguinte.

Flávio levantou-se cedo e saiu com sua pasta. Visitou alguns prováveis compradores, inutilmente. Esquecia a argumentação. Além de desatento, andava sem sorte. Há quinze dias não vendia nada. Voltou ao apartamento. Dentro de uma gaveta encontrou a carta que redigira na noite passada. Melhorou algumas frases e reescreveu tudo com acentuado cuidado. Fazia progressos. A imitação era ótima. Mas podia ser melhor. Tomou uísque puro e começou a escrever depressa, para que houvesse espontaneidade nos traços das letras. O caminho certo era esse mesmo: escrever depressa, a letra cuidadosamente desenhada não convencia. No final de uma hora de trabalho, tinha em mãos uma falsificação limpa e perfeita. Faltava fazer o envelope. O envelope pareceu-lhe a parte mais responsável da arataca. Rasgou vários, nervoso. Acertou, afinal.

"É uma obra de arte", pensou. "Seria uma pena não usá-la." Mas colocou-a outra vez na gaveta. Não se decidira, ainda. Se tivesse aquela semana uma boa onda de negócios, esqueceria o plano.

À noite encontrou-se com Sandra.

— Estou começando a me cansar disso — confessou ela. — Hoje também eu fracassei.

— As coisas vão melhorar.

— Era muito mais cômodo ficar no apartamento de dona Zulmira. Lá eu ficava sentada, à espera.

— Ora, sei que você não voltaria. Você é como eu. Quer seguir em frente. Seria o mesmo que eu voltar a ser motorista.

Sandra abriu uma revista.

— Que diz o meu horóscopo? — perguntou Flávio, interessado.

— Você também começa a acreditar nisso?

— Pura curiosidade.

— Ouça: "Boa semana para negócios. Seja ousado e vencerá. A timidez sempre leva ao fracasso. Pode fazer planos para o futuro".

Flávio olhou para a gaveta fechada, onde estava a carta. Estava tentado a expôr o plano a Sandra, mas não o fez. Subitamente resolveu: "Amanhã vai ser o dia".

16

Apesar da decisão tomada, Flávio dormiu bem à noite e acordou com agradável disposição. Vestiu-se da melhor forma possível e dispôs-se a sair. Mas, ao apanhar a carta para guardá-la na pasta, tremeu. Para ganhar coragem, tomou uma dose maciça do seu estimulante.

No escritório do capitalista, Flávio ficou sabendo que ele raramente aparecia lá, estava muito doente. Obteve seu endereço, na Aclimação, para onde se dirigiu. Seu carro estacionou diante de um belo palacete.

— Queria falar com o dr. Amaral.

Fizeram-no entrar numa saleta ricamente mobiliada. Minutos depois, o milionário, visivelmente doente, aparecia, vestindo um chambre. Devia estar bem próximo da casa dos sessenta, magro, pálido, e de profundas olheiras. A mão que estendeu a Flávio era fria e ossuda.

— Venho da parte do dr. Maciel Arruda.

O milionário recebeu bem a notícia:

— Como vai ele? Há mais de um ano que não o vejo.

— Trabalhando como sempre. O senhor não soube da questão que teve com o governador? É um homem bastante combativo e corajoso.

— Sempre foi assim, desde os bancos escolares. O que o estraga é a sua agressividade. Se fosse mais político, mais brando, hoje seria ministro.

— Mas ele não muda — observou Flávio. — Será sempre o que é. O senhor, que o conhece, sabe disso.

— É verdade. Mas qual é a razão que o traz aqui?

— O dr. Maciel quer ajudar duas pessoas — asseverou Flávio. — O senhor, que fará um bom negócio, e eu, que ganharei uma boa comissão.

Flávio tirou da pasta a carta e entregou a Severiano, que a leu, balançando a cabeça em cada frase.

— Mas ele sabe que não compro ações.

— Sabe, sim, mas este caso é um pouco diferente. Estamos construindo uma civilização de matéria plástica (era uma frase do Senador).

— Interessante, eu já havia pensado em abrir uma fábrica de plásticos. Se não me engano, disse isso ao Maciel.

— Vai ver que foi por isso que ele lembrou o seu nome.

Sentados, ambos, Flávio explicou-lhe todos os detalhes do empreendimento. Falou sobre os diretores, o montante do capital já arrecadado, as facilidades de pagamento e a época em que a fábrica começaria a funcionar. Severiano ouvia-o, atento. Mas a conversa foi interrompida pela chegada de um sobrinho do capitalista, um dos administradores dos seus bens.

— Jorge — disse-lhe Severiano. — Estou pensando em comprar ações de uma fábrica de plásticos. O que me diz disso?

Flávio, receoso de que o rapaz desse o contra, explicou tudo de novo, ainda com mais pormenores. O moço aplaudiu a ideia. Não havia dúvida de que o progresso da nação estava na indústria.

— Não quero resolver já — confessou o milionário. — Mas o negócio está com boa cara. Que tal se passasse aqui depois de amanhã?

— Com todo o prazer.

— O senhor sabe, se fosse comprar um pequeno grupo de ações, não precisaria pensar tanto. Mas não é esse o meu caso.

Flávio dirigiu-se ao escritório, esperançoso. Tudo se encaminhava bem. Quando Severiano descobrisse a arataca, descobriria, ao mesmo tempo, que tinha feito um ótimo negócio. Lembrou-se de um homem que comprara cem mil cruzeiros de ações no escruncho. Certo dia, chegou ao escritório de Amêndola, possesso:

— É um caso de polícia. Exijo o nome desse corretor.

— Não sei onde ele anda — respondeu o Senador, calmo. —Soubemos que trabalhava com nome falso. Mas não se assuste. Eu posso comprar as ações. O senhor pagou cem mil. Eu as comprarei por cento e cinquenta mil, já, e não se toca mais no assunto.

O homem pensou um pouco, certificou-se da autenticidade da oferta, e não vendeu as ações. Mais tarde, tornou-se um dos melhores clientes da companhia.

"O que estou fazendo não tem nada de extraordinário", pensou Flávio. "O que devo fazer é não contar nada a ninguém até que a verdade se descubra. Depois, poderei dizer em minha defesa que o tal deputado não sustentou a nota porque me neguei a lhe dar a metade da comissão. Ele tem suas imunidades, mas ficará sujo". Aquela noite, quando se encontrou com Sandra, Flávio estava muito disposto. Não foram às boates, mas à casa do Senador, jogar buraco. Zilá recebeu-a satisfeita; adorava a sua companhia. Durante o jogo, quando falavam de negócios, o corretor desviava a conversa. Jogava com ar despreocupado, atento ao jogo, como certas pessoas que, quando embriagadas, primam por dirigir seus carros com maior prudência. Estava sobretudo com sorte. Foi quem mais ganhou na mesa, devorador de cacifes dos parceiros. Lá para as duas, voltou para seu apartamento, com Sandra.

– Vou aprontar um uísque para você, querido – disse ela, indo para a cozinha.

Que vontade Flávio sentiu de contar-lhe tudo. O segredo às vezes incomoda. Um confidente, àquela hora, faria bem. Mas não se atreveu: Sandra, sempre controlada e segura, iria censurá-lo. Depois de beber o seu uísque, ligou a vitrola, baixinho. Sandra, sonolenta, foi dormir. Ele ficou na sala, bebendo e ouvindo música. Com a música nos ouvidos, foi à janela e abriu a vidraça. A cidade estava a seus pés, pesada e cinzenta. Observou os raros veículos, lá embaixo, e os luminosos ainda acesos. Fazia frio, e ele, apesar do vento que soprava em seu peito, permaneceu diante da janela escancarada. Gostava de ver as ruas e os prédios, de sua janela, em plena madrugada. Era um espetáculo que o emocionava. Algumas janelas iluminadas fizeram sua imaginação funcionar. Quais as pessoas, por trás daquelas vidraças, que teriam os seus mesmos problemas? Quantas estariam vivendo um momento decisivo da vida? Algumas preparavam o bote, outras caminhavam para a armadilha. Ficou à janela até que o sono viesse.

No dia seguinte, Flávio e Sandra fizeram novas visitas. Dia de sorte; três clientes interessaram-se pelas ações. No fim da tarde, ela, sozinha, fechou um negócio razoável, sem nenhuma concessão. Até a argumentação ela aprendia.

– Precisamos comemorar – disse ela.
– Sim – ele concordou sem entusiasmo.
– Iremos jantar, e depois ao Oásis.

Flávio não estava inclinado a comemorar coisa alguma, muito inquieto. Porém, para combater o nervosismo, deixou-se arrastar por ela. Somente a bebida aliviaria a tensão dos nervos.

Foram deitar-se tarde. Flávio atirou-se na cama e dormiu um sono só até as nove do dia seguinte. Lavou-se e vestiu-se às pressas. Marcara encontro com o milionário às dez. Quando deixou o apartamento, Sandra ainda dormia.

Faltavam cinco para as dez quando Flávio estacionou o Jaguar diante da casa do dr. Severiano. Tocou a campainha. Uma empregada abriu-lhe a porta. O dono da casa estava na saleta, com seu *robe de chambre*, ao lado do sobrinho. Parecia nervoso, mais pálido ainda.

– Bom dia, senhores – cumprimentou-os o corretor.

O milionário e o sobrinho entreolharam-se.

– Bom dia! – disseram.

– Fui pontual, não?

– Muito pontual.

Sorrindo, amigavelmente, Flávio sentou-se.

– O que decidiram? – perguntou.

– Compraremos – respondeu o dr. Severiano. – Um milhão.

– Quer assinar já o contrato?

– Quero. – Com a caneta na mão e diante do contrato, o milionário acrescentou: – Telefonamos para o dr. Maciel e ele nos aconselhou a fazer o negócio.

Os olhos de Flávio dilataram-se.

– Falaram com ele?

– Falamos – disse o sobrinho.

No mesmo instante, dois sujeitos entraram por uma porta que dava para o interior da casa. Um deles exibiu um distintivo brilhante colocado atrás da lapela.

O moço ergueu-se, sobressaltado.

– O senhor tem de nos acompanhar – disse um deles, seco.

Apanhado em flagrante, Flávio tentou sorrir, mas seus músculos da face estavam rígidos.

17

Sandra foi avisada do acontecido pelo Senador, que lhe telefonou, pedindo sua presença nos escritórios da companhia. Ela correu para lá, branca como cera. Amêndola estava fora de si.

– Viu o que fez? Idiota! Pixicateiro! O grande prejudicado agora vou ser eu.

– Precisamos salvá-lo!

– Já contratei um advogado, mas não da firma. Não posso me comprometer nisso.

Imediatamente apanharam um carro e foram visitar Flávio na Detenção. Encontraram-no de cara fechada, fumando desesperadamente.

– Por que fez isso? – perguntou Amêndola.

– Não venha com sermões, Senador.

Sandra abraçou-o.

– Já arranjamos advogado.

– Vejam se conseguem um *habeas corpus*.

– Faremos o possível para livrá-lo – jurou Sandra.

A visita foi rápida, pois somente Sandra estava com disposição para falar. Em seguida, Amêndola correu para os jornais, na tentativa de abafar o caso. Falou com alguns repórteres, explicou que sua empresa não tinha nada com o caso, o rapaz agira por conta própria, era um doido. Porém, apesar dos seus esforços, a maior parte dos jornais notificou o estelionato e dois deles com destaque.

A publicidade prejudicou Flávio. No mesmo dia, uma senhora se apresentou na polícia e contou que, certa vez, fazendo-se de conquistador, Flávio lhe roubara a bolsa. Um repórter espirituoso fez explodir uma manchete: "Alto, moreno, simpático e vigarista!".

– Você leu isto? – Amêndola perguntou a Sandra.

– Li, sim.

– Que maçada! Um estelionato e um furto! A coisa se complica.

Aquela mesma tarde, tiveram os dois uma longa conversa com o dr. Mendes, o advogado de Flávio, que se mostrava pouco otimista.

– Não há somente o caso desse roubo.

– Há mais coisas? – quis saber Sandra.

– Sim, ele foi processado, há uns cinco anos, por ter vendido um carro que não lhe pertencia. Mas teve sorte e escapou da cadeia. O caso vai voltar à baila.

O Senador recebeu a notícia com uma secreta satisfação. Esse caso vinha comprovar que Flávio não tentara extorquir dinheiro do dr. Severiano por sua inspiração. Agira de modo próprio. Sua firma era séria. Não tinha culpa se um ou outro corretor fosse desonesto.

Sandra retirou-se a um canto para chorar. Tinha uma enorme pena de Flávio. Preso, ele que tanto amava a liberdade, que era tão alegre e expansivo. Atrás das grades, morreria sufocado.

– Não é uma causa fácil – continuava o advogado. A mulher da bolsa e o caso do automóvel são agravantes.

Nesse instante, o telefone tocou. O dr. Mendes atendeu ao aparelho. Falou um minuto, em voz baixa, e depois desligou o fone.

– Era meu companheiro de banca – disse. – Ele esteve na delegacia. Ficou sabendo que o nosso homem já foi detido duas vezes por tomar cocaína em boates. Parece que já se envolveu também em pequenos contrabandos desse tóxico. Nosso amigo, evidentemente, não está em boa situação. É um caso duro!

Aquelas noites foram amargas para Sandra. Sua mãe, Wandinha e até a criada estranharam sua melancolia. Para ocultá-la, disse que estava doente. Ia cedo para a cama, mas não dormia. Ficava pensando em Flávio. Às vezes, acendia a luz do abajur no meio da noite para reler os jornais. Os comentários eram fartos. O deputado Maciel declarara que não conhecia o corretor; portanto não podia ter lhe dado a carta. A mulher que Flávio roubara prestou novas declarações. E o dono do carro, que ele vendera como seu, reaparecia fazendo-lhe violentas acusações. Num dos jornais, havia uma declaração de Amêndola pondo a salvo a idoneidade da companhia. O Senador só tinha uma preocupação: proteger seu nome e o de sua firma. Para ele, era até melhor que Flávio fosse castigado. Pixicateiro!

Naquela semana, Sandra ficou sabendo que o advogado não conseguira o *habeas corpus* por causa do flagrante. Voltou a visitar Flávio, que a incumbiu de retirar algum dinheiro do banco. Procurou ser bastante prestativa. Enquanto isso, os dias passavam e ela queimava suas economias. Sozinha, ela não podia trabalhar e nem a seduzia mais aquela espécie de trabalho, que também tinha seus riscos. O remédio era recorrer ao Senador para saldar suas dívidas mensais. Marcou um encontro com ele em seu apartamento. Amêndola apareceu na hora certa, contrafeito. A custo dizia alguma palavra. Depois de algum tempo, enfarado com os problemas que ela apresentava, perguntou:

– De quanto você precisa?
– De oito mil.
– Tome aqui o dinheiro.

Mas não estava inclinado a fazer romance. A repercussão do estelionato abalara muito os seus negócios. Aquela semana, a venda de ações da fábrica de plásticos fora para o chão. A presença de Sandra lembrava-o do homem que tanto o prejudicava.

Sandra sentiu logo que Amêndola mudara. Voltara a ser o frio homem de negócios. Encontrou-se com Zilá, e dela não recebeu também nenhuma palavra de conforto. Se precisasse de dinheiro, podia pedir. Quase uma esmola. A moça pensou em voltar à corretagem, mas com que estímulo? O Senador parecia temer que ela, mal industriada por Flávio, também lhe criasse problemas mais tarde. Nos raros encontros que tinham, Amêndola apenas cumpria o compromisso de ajudá-la. Ela não entendia isso. Supunha que, com Flávio longe, ele desejasse assegurar mais a sua posse e se regozijasse com a exclusividade. Mas, não. O interesse dele decrescera ou desaparecera mesmo. Ela não sabia o que fazer, desorientada.

Certa tarde, um mês depois da prisão de Flávio, ela foi visitá-lo. Encontrou-o mais conformado e sorridente.

– Como vai, Sandra? Tudo azul?

Ela quis notícias.

– Notícias, só no dia do julgamento.

– Quando vai ser isso?

– Vai demorar, certamente.

Sandra estava amargurada. E se ele não fosse absolvido! E se apanhasse uns quatro ou cinco anos de cadeia? Sua situação era tão má como a dele.

– O que você tem feito? – ele perguntou.

– Absolutamente nada.

– Como vai de gaita?

– Mal.

Flávio ficou um instante em silêncio.

– Você precisa dar um jeito. Quem a está atrapalhando sou eu.

– Não diga isso.

– Sei que sou eu.

– Você precisa de mim.

– O que você podia fazer, já fez. O resto é com o advogado.

– O Senador tem vindo?

– Anda chateado comigo – respondeu Flávio, sorrindo.

Sandra não sabia o que dizer. Aquelas grades bloqueavam os assuntos.

– Está precisando de alguma coisa mais?

– Não se preocupe.

– Sexta-feira passo por aqui.

– Pra quê?

– Pra ver você.

– Bobagem, meu bem. Cemitério, hospital e cadeia são lugares aonde a gente nunca deve ir.

Ela indignou-se.

– Você não quer que eu venha, não quer me ver mais?

– Não é isso – disse ele. – Só não quero que perca tempo. Cuide de sua vida.

– Como posso pensar em mim, estando você preso?

– Ora, não me importo muito. Não estou aqui inocentemente.

– De qualquer forma, esperarei por você.

Flávio riu de novo, irônico.

– Que asneira! Esperar por mim! Pense em sua pele, Sandra. Você bem sabe que nunca lhe exigi fidelidade. E você é feliz – acrescentou, terno. – Tem um talão de cheques no meio das pernas.

– Então não quer que eu volte mais?

— É trabalhoso. Mande um cartão no Natal ou no meu aniversário.
— Se estivesse eu presa e você em liberdade, agiria assim?
— Acho que sim, Sandra. Nunca faço sacrifícios, e entrar num lugar destes é um sacrifício, uma obrigação, como uma missa de sétimo dia.

As lágrimas corriam pelo rosto de Sandra. Estava profundamente comovida. Aquele momento, se ele lhe pedisse, juraria amor eterno. Mas Flávio nada exigia.

— Quando você sair, quero que seja o mais honesto dos homens.

Ele deu mais um daqueles sorrisos simpáticos.

— Só se eu apanhar aqui um reumatismo danado. Me conheço de sobra, Sandra. Quando sair, tentarei de novo.

À noite, Sandra não suportou ficar sozinha em casa. Saiu com Shirley e com um novo fã que ela arranjara. Foram a diversos bares e mesmo quando o casal já estava cansado ela rogou que lhe continuasse fazendo companhia. Jamais sentira tão forte desejo de beber. Mas a bebida tardava a fazer efeito. Bebia dose sobre dose, conservando-se lúcida e amargurada. A lembrança de Flávio não a deixara. Era impossível crer que outro pudesse substituí-lo. Havia sido seu maior amor. Tão alegre, tão agradável, tão amigo. Mesmo nos seus momentos de depressão, tratava-a gentilmente. Por mais que bebesse era incapaz de destratá-la. Às vezes, usava-a para obter certas vantagens, ela sabia, mas sempre lhe perdoara o defeito.

— Peça mais um uísque para mim — disse ao companheiro de Shirley — Puro, por favor.

Havia ocasiões que bastavam três doses de uísque para deixá-la tonta. Aquela noite, não. O trauma sofrido a mantinha desperta. Se não dissipasse um pouco aquela amargura, ficaria louca. E o pior de tudo eram as músicas que ouvia, que lhe lembravam Flávio.

— Esta era a predileta dele — dizia.

Via Flávio, algo ébrio, cantando junto ao piano da boate, sempre empunhando o copo. Quantas vezes tivera que brigar para levá-lo para casa. Ele insistia em ser sempre o último a sair. Lembrando-o, Sandra resistia às lágrimas, com pudor de chorar na presença dos outros. O sofrimento é coisa íntima, privada. Todos acham ridículas as manifestações de dor alheias.

Certa hora, um conhecido de Flávio viu Sandra e aproximou-se dela. Reconheceu-o logo e convidou-o a sentar-se a seu lado. Começaram, então, a falar de Flávio, comentando o acontecido.

— Lamentei muito — disse o rapaz. — Gostávamos muito dele. Mas não se preocupe. Ele sairá livre.

Sandra não tinha a mesma esperança. E como esquecê-lo se vivera a seu lado o melhor período de sua vida? Como se divertira, apesar de toda aquela insegurança! Com ele aprendera a enfrentar a vida com coragem e a desfrutar seus bons momentos. Aprendera a ganhar dinheiro e a esbanjá-lo. Aprendera a não se preocupar muito com os problemas e a lutar por um nível melhor de vida.

Shirley e seu companheiro, desejosos de ir ao apartamento dela, trataram de desvencilhar-se de Sandra.

– Você quer ficar, fica. Nós vamos embora.

Sandra consultou o amigo de Flávio. Este se prontificou a fazer-lhe companhia. Disse que tinha uma "nota para queimar". Ela alegrou-se. Não queria dormir cedo aquela noite. Precisava "encher a cara".

Mais tarde, Sandra e seu conhecido mudaram de bar. Foram para a boate Lord, que recebia um grande cartaz mexicano. Enquanto bebia mais um uísque, Sandra imaginava Flávio em sua cela. Como a prisão deveria ser dolorosa para um homem como ele! Através das amplas janelas da boate, contemplou o céu e perguntou a si mesma se Flávio poderia, de onde estava, contemplar o mesmo céu. Seu companheiro, sentindo o que se passava com ela, convidou-a para dançar. Precisava distrair-se. O que acontecera não tinha remédio. Dançaram algumas vezes sem trocar palavra. Mas a dança a satisfazia menos do que o álcool. Ao começar o show, já estava tonta. Não parou, porém, de beber. Disse ao companheiro:

– Não se assuste com a despesa. Tenho dois "cabrais" comigo.

Terminado o show, os dois retornaram a dançar e, depois, por sugestão dela, transferiram-se para o Boteco, muito frequentado. Beberam mais, tendo sempre Flávio como assunto. Para confortá-la e demonstrar sua simpatia, o rapaz segurava-lhe a mão e afagava-lhe o braço.

– Lembra-se de como ele gostava de uma noitada?

Seu companheiro referia-se a Flávio como o maior amigo que tivera, o maior homem que já conhecera.

– Era um sujeito formidável.

Sandra, sentindo a embriaguez dominá-la, falava sem cessar, dizendo frases sem continuidade. As palavras saíam-lhe pastosas da boca. A custo conservava o equilíbrio da cabeça sobre o pescoço. Mesmo assim, teimava em falar e em cantarolar as músicas prediletas de Flávio, como "Dos almas" e "Tudo acabado".

Seu companheiro amparava-lhe o corpo e apertava-lhe a mão.

E, certo momento, disse-lhe:

– É tarde. Vamos embora.

– Vamos beber mais uma dose.

– Só mais uma?

– Só mais uma.

Na manhã seguinte, ao acordar, Sandra estranhou a cama em que se deitava. Olhou ao redor: aquele quarto não era o seu. Assustou-se e tentou recompor, num instante, tudo que acontecera na noite passada. Mas não teve tempo, porque a porta se abriu e o rapaz com quem passara a noite entrou vestindo um pijama cheio de rasgos. Sorria, vitorioso, como quem acabara de gozar a noite do ano.

– Que tal a ressaca? – ele perguntou, com um sorriso malicioso.

Sandra sorriu, envergonhada.

– Que horas são?

– Quase onze – ele respondeu. – Espere. Vou lhe trazer café.

O rapaz foi à cozinha e num minuto serviu-lhe café na cama. Mas era café preto, requentado, de mau gosto.

Passados alguns dias, Sandra animou-se a procurar novamente o Senador. Foi diretamente à companhia e encontrou-o bastante atarefado. Teve que esperar meia hora para ser atendida. Afinal, Amêndola a mandou entrar, com visível má vontade.

– Como tem passado? – perguntou.

– Mais ou menos.

– Está precisando de dinheiro?

– Não vim por causa disso. Queria saber o que se tem feito para pôr Flávio fora das grades.

O Senador abriu os braços.

– Tudo que eu podia fazer, fiz. Ainda ontem tratei da venda do Jaguar. E o advogado está tocando a questão. Diga-me o que posso fazer ainda.

– Acha que ele escapa?

– Não sei – disse o Senador. – De qualquer forma, ele merece um bom castigo. Quase que me leva à ruína. Quer saber duma coisa? Se ele precisar de dinheiro, arrumo. Mas rezo para não vê-lo mais.

O Senador tinha motivos de cólera, mas era doloroso ouvi-lo falar assim. Sentiu, naquele momento, que ela também já não podia depender dele. O que ele lhe fizesse, dali por diante, seria por caridade. Tinha que tocar o barco.

– Agradeço por Flávio o que fez por ele. Agora tenho que ir.

– Quando quiser, apareça.

– Aparecerei – respondeu, jurando, interiormente, que nunca mais voltaria àquele escritório.

Depois de sua saída, Amêndola respirou, aliviado. Acabar um caso como aquele lhe dava a mesma satisfação que começar outro novo. Não tinha nada contra a moça e chegara a dedicar-lhe uma sincera afeição, mas tudo passara. Esperava que ela não voltasse mais.

18

Sandra deu uma prova de coragem ao romper com Amêndola. Mas, ao chegar à rua, já a espantava a nova situação. Flávio preso e o Senador desinteressado. Pensou num momento em aproximar-se de Jair, que tanto a desejara, porém abandonou a ideia. Seria uma capitulação. Também não poderia aproximar-se com sucesso de Alberto ou de Abbib. O mais certo seria tentar novamente a profissão de modelo. Para ter maiores oportunidades, matriculou-se numa escola de manequins da Barão de Itapetininga e voltou a correr as agências de publicidade.

Na primeira que visitou, onde já era conhecida, teve sorte. Posou para alguns anúncios e pagaram-lhe bem. Percorreu outras agências sem o mesmo sucesso. Adivinhou que ia acontecer o que acontecera antes. O serviço nas agências, escasso demais, não poderia mantê-la em seu padrão de vida. Por ela seria capaz de fazer sacrifício, mas sua mãe e Wandinha já se haviam acostumado demais ao conforto. Não havia um dia em que a menina não lhe fazia um pedido e sua mãe estava fazendo um tratamento caríssimo pra o reumatismo: cortisona. Teve, afinal, que pensar justamente no que mais evitara: o apartamento de dona Zulmira. Adiou a visita o mais que pôde. Quando o dinheiro minguou, teve que se decidir. Dirigiu-se ao apartamento, abatida. Ela que sempre desejara dar passos à frente, retrocedia. A prisão de Flávio fora mesmo uma lástima. Ao entrar no elevador, lembrou-se das centenas de vezes que subira e descera por ele. E, subitamente, como numa reação salvadora, sentiu-se feliz por rever dona Zulmira e suas alegres "sobrinhas". Não podia se queixar do tempo que passara na companhia delas. Quantas tardes e noites divertidas! Esboçou um sorriso ao recordar as brincadeiras de Blays. Teria ela mudado no ano que passara? Às vezes as pessoas mudam, deixam de se interessar pelas mesmas coisas, são atraídas por novos problemas, esquecem velhos sonhos e velhas amizades. Grandes ódios perdem com o tempo todo o seu significado. Era essa a transformação que Sandra temia ao voltar ao apartamento de dona Zulmira. Será que ainda era risonha e comunicativa? Amaria ainda o dr. Godinho? Desejava que tudo estivesse como antes, que nada tivesse mudado. Diante da porta do apartamento, deteve-se, refletindo antes de tocar a campainha. Vacilava um pouco. Quem sabe seria melhor voltar? Podia trabalhar num escritório, ser recepcionista. Mas era impossível. A vida andava dia a dia mais cara. Seria uma crueldade sacrificar a família, só para ser uma moça honesta. Apertou o botão, resoluta.

A porta abriu-se. Ao vê-la, dona Zulmira arregalou seus bonitos olhos. Enorme surpresa. Gritou para dentro, feliz:

– Gente, venham ver quem está aqui!

Dona Zulmira fez a Sandra a mesma boa acolhida da primeira vez. Primeiro, crivou-a de perguntas. Queria saber tudo que lhe acontecera naquele ano de ausência, repisando que não lhe perdoava o esquecimento. Fora uma ingrata. Tanto tempo sem visitá-la. Mas, apesar disso, estava contente com seu regresso.

– Numa semana você se arruma – garantiu dona Zulmira. – Moças como você sempre fazem falta aqui.

Chegou, então, a vez de Sandra fazer perguntas. Havia uma notícia que a chocou muito: Suzana suicidara-se. Pedro arranjara outra, e ela, desesperada, tomara cianureto. A única notícia triste. O resto ia bem.

– Estava com tanta saudade de você! – exclamou Sandra, apertando a minúscula Blays nos braços. – Como vai o gato?

– Esteve doente a semana inteira, mas já está bom para outra. Ficou cinco dias sem sair do criado-mudo. O médico proibiu de lhe dar bombons, coitadinho!

– E o noivo?

– Vamos casar dentro de dois meses. O menino está mais apaixonado do que nunca.

Shirley e Darcy também iam bem de saúde, de disposição e de amores. Darcy, com um romance com um deputado, pretendia abandonar logo o apartamento de dona Zulmira.

– Ela vai, mas volta – afiançou a dona da casa. – Ela não sabe viver longe de tia Zulma.

– Desta vez não volto mais. Ele é cheio da grana e está gamado por mim.

– Um deputado não ganha tanto assim – disse Shirley, evidentemente despeitada.

– Não ganha de ordenado, mas ele faz os seus negócios. E que coração de ouro ele tem!

Havia também uma novata no apartamento, a Alzira, uma moça de dezenove anos, dona de enormes olhos verdes, que vinha sendo a mais procurada do apartamento. Dona Zulmira tratava-a com uma atenção toda especial.

Sandra examinou os detalhes do apartamento. Tudo lá estava como antes. O mesmo cheiro de limpeza, a mesma disposição dos móveis, os mesmos quadrinhos nas paredes. Releu aquele: "Sê como o sândalo que perfuma o machado que o fere".

– E o dr. Godinho como vai?

– Preocupado com a mãe, que está muito doente. Mesmo assim, quase todos os dias está aqui.

Apesar de nada ter mudado no apartamento, Sandra tinha a impressão de que havia séculos não o frequentava. Parecia-lhe que não era ela que, todas as tardes, tinha ido lá cavar a vida.

No dia seguinte, ao ter que receber o primeiro freguês, Sandra descobriu que se desacostumara do ofício. A emoção que sentiu foi ainda pior que da primeira vez, quando lhe apresentaram o simpático dr. Anísio. Não estava com nenhuma disposição para ser agradável. Tratou o cliente de dona Zulmira com frieza e respondia com monossílabos às suas cabulosas perguntas. O que queria era que ele fosse embora, e, de fato, não se demorou. Na saída, queixou-se à dona Zulmira. Preferia as outras.

Dona Zulmira chamou Sandra em seu quarto e a pôs, carinhosamente, a par da queixa:

– Você nunca foi estúpida com ninguém, querida. O que foi isso?

– Não fui estúpida.

– Mas foi muito seca. O pobre rapaz saiu tão triste!

– O que ele queria? Que me apaixonasse por ele?

– Não, meu bem, queria apenas ser tratado com carinho. Ele é muito sensível. Em casa, a esposa dele também o trata assim, seca. É o que sempre me conta.

Sandra, diante do psichê, arrumava-se.

– Veja o que ele fez com meus cabelos!

– Você está tão diferente! – estranhou dona Zulmira.

A moça, deprimida, encostou a cabeça no ombro macio de dona Zulmira. Tinha uma incrível vontade de chorar, e, como nunca, precisava confessar o que sentia.

– Acho que não dou mais para isso.

– Por quê?

– Não sei. Antes tudo me parecia muito natural. Achava fácil ganhar dinheiro assim. Agora, não. Fico com vergonha.

– Vergonha?

– Não é pelo fato de tirar a roupa, entende? É que eu pensava que não precisaria mais disso para viver. Para mim, é voltar atrás. Parece que nunca mais me libertarei.

– Confie na sorte – disse dona Zulmira, bondosamente.

– A sorte me abandonou.

– Puxa, que desânimo! Ainda a verei amigada com um ricaço, você verá. Com este palminho de rosto!

Conversar com dona Zulmira era um dos grandes prazeres que restavam a Sandra. Como gostava de receber os seus carinhos! Não os trocava pelos de nenhum homem.

À noite, o dr. Godinho chegou e ela até chorou de satisfação. Podia abraçar, beijar o dr. Godinho, que Zulma não sentia o menor ciúme.

– Como é possível ser tão bonita! – exclamou o médico, comovido com o reencontro.

– E o senhor, cada vez mais moço!

– Olhe bem os meus cabelos, menina!

Foram os três jantar juntos e, depois do jantar, deram um pulo ao Embassy para tomar alguma coisa. Durante o tempo todo Sandra contou pormenores de sua história com Flávio. Era o único assunto que sabia alimentar.

– Que rapaz incrível! – exclamou o dr. Godinho, escandalizado.

– Um perfeito escroque. Perdoe-me, Sandra, não gostaria de conhecê-lo.

– Eu lhe conhecia os defeitos, mas gostava dele.

– Um homem amoral, completamente amoral.

– Também acho – disse dona Zulmira. – Eu não aceitaria um rapaz assim em meu apartamento. Os homens que o frequentam são advogados, médicos, engenheiros, gente de profissão definida.

– Vamos ver se terei mais sorte da próxima vez – concluiu Sandra, sem nenhuma convicção.

Dona Zulmira e o dr. Godinho voltaram a ser os companheiros de Sandra para os passeios noturnos. A companhia do casal dava-lhe maior sensação de segurança. A vida no apartamento, no entanto, não a atraía mais. Não a interessavam mais as brincadeiras de Blays e os casos de amor de Shirley e Darcy. Sua vida parecia-lhe um filme que a obrigavam a assistir pela segunda vez. Andava cansada.

Financeiramente, sua vida normalizava-se. Nunca lhe faltava dinheiro e podia pagar com pontualidade as prestações. Sua mãe continuava nas mãos de bons médicos, e Wandinha estudava balé com uma professora famosa, ao lado de meninas da melhor sociedade. Seus gastos, por outro lado, diminuíram.

Perdera o gosto de comprar vestidos e contentava-se com o que tinha. Ia vivendo, sem planos, sem ambições ou sonhos. Com seus vinte e três anos incompletos, ostentava um perfeito ar de equilíbrio e maturidade. Um dos conhecidos, amigo de dona Zulmira, apelidou-a de "A Madaminha" e, na verdade, assumira um ar respeitável que nem nas horas mais íntimas perdia. Uma respeitabilidade excitante para os homens.

Logo no primeiro mês de seu regresso, aconteceu uma pequena tragédia no apartamento. Certa tarde, Blays entrou às pressas, debulhada em lágrimas.

– Aurélio me seguiu até aqui. Acho que descobriu tudo.

– Quem é esse Aurélio?

– Meu noivo!

– O seu noivo?

– Passou de carro e me viu na rua. Quando entrei, desceu do carro. Vim pelas escadas, correndo.

– Você fez mal em correr – censurou Shirley.
– Não sabia o que fazer.
– Devia ter mantido a calma e falado com ele. Por que não lhe disse que ia visitar uma amiga?
– É que, meia hora antes, eu lhe disse, pelo telefone, que não ia sair de casa.
– Sossegue – aconselhou dona Zulmira. – Não acontecerá nada. Há tantos apartamentos neste prédio.

Blays tentou acalmar-se. Deram-lhe um copo de água. Mal terminou de falar, a campainha soou.

– Vou espiar pelo olho mágico – disse Shirley. Foi o que fez. Minutos depois, ela também empalidecia: – É ele!

Blays, espantada, morta de medo, correu para o quarto de dona Zulmira.

– Vou recebê-lo – anunciou a cafetina. – Saiam todas, menos Sandra. – Apanhe aquele bordado, meu bem. Fique trabalhando.

E abriu a porta, com naturalidade.

– Quero falar com Ana Lúcia – declarou, com energia, um rapaz de pouco mais de vinte anos, espigadinho e altivo.

Ana Lúcia era o verdadeiro nome de Blays.

– Não conheço ninguém com esse nome.
– Mas ela entrou aqui.
– O senhor a viu entrar?
– Não, mas o zelador me disse.

Dona Zulmira lembrou-se de que há três meses não gratificava o zelador. Ele se vingava.

– Deve ser engano.
– Não, não é engano. Ele me disse também o que isto é – acrescentou com ar petulante e agressivo.
– O que ele disse?
– A senhora bem sabe. Eu mesmo já conhecia este endereço. Só não sabia que Ana Lúcia vinha neste antro.
– Já disse que o senhor se engana.
– Se não quer chamá-la, não faz mal. Vou diretamente à casa dos pais dela contar tudo.
– Sem saber se o zelador mentiu ou não?
– Ele não mentiu – garantiu o rapazola. – E quer saber duma coisa? Vou a um jornal e deixarei lá o seu endereço.
– Disso não tenho receio, mas não gostaria que prejudicasse essa moça.
– O que eu fizer, será para o bem dela.
– Ela preferiria que o senhor a matasse a contar tudo aos seus pais.

— Não tocarei nela nem com um dedo. Quero castigá-la doutra forma — retrucou o rapaz, cheio de dignidade.

— Entre um instantinho. Vamos conversar.

O rapaz entrou e dona Zulmira, pondo em jogo sua simpatia, fez com que ele se sentasse. Pediu à criada que lhe servisse um licor, que ele recusou a princípio mas acabou aceitando.

— Você não deve dizer nada aos pais de Ana Lúcia — pediu dona Zulmira, com ternura.

— Por que não?

— Os velhinhos vão sofrer muito. Uma notícia dessas poderia matá-los. É por eles que lhe peço.

— Alguma coisa preciso fazer, já que não vou matá-la nem bater-lhe. É uma sem-vergonha!

— Nem tanto assim... O senhor pode compreender.

— Compreender o quê? Ela é uma prostituta. E eu que pensava em desposá-la! Que ridículo!

— Ridículo se o senhor contar para os outros.

— Não tenho nenhum interesse em espalhar o caso.

— Nisso faz muito bem.

— O que eu não posso é perdoá-la! — bradou o rapaz. — Fui enganado todo esse tempo. Ela dizia que fazia costuras. Uma vez até a acompanhei à porta de um ateliê.

— Ela precisava mentir — disse dona Zulmira, paciente.

— Precisava?

— Era o único meio de casar-se com o senhor, a quem ela tanto ama. Passa os dias falando no senhor, elogiando suas maneiras, sua educação, seu caráter.

— Elogiava-me e me traía assim.

Dona Zulmira acendeu um cigarro e ofereceu outro ao rapaz, que tragou, nervosamente.

Sandra teve vontade de rir, apesar da embaraçosa situação. Havia naquilo muito de cômico. Porém, o mais notável era a calma e o equilíbrio de dona Zulmira. Cada frase sua representava algo de premeditado como um lance de xadrez. O diálogo estava interessantíssimo.

— O senhor pensa que ela vinha por gosto? — indagou dona Zulmira.

— Então, por que vinha?

— Porque precisava de dinheiro, aí está.

— Ora, que fosse trabalhar!

— Trabalhar como costureira, caixeirinha ou manicure?

— Que mal haveria nisso? — declarou o rapaz, soberbo.

A resposta de dona Zulmira foi imediata.

— Claro que haveria. Nenhuma dessas profissões rendem bom dinheiro. Esta moça já foi caixeira – disse, dirigindo-se a Sandra. – Quanto você ganhava?

— Mixaria – respondeu a moça.

— O dinheiro não é tudo – replicou o rapaz, quase num berro. – Em primeiro lugar a moral.

— Como não é tudo? O senhor bem sabe que o pai dela está aposentado. Arrasta uma perna. A mãe vive em mãos de médicos. A irmã casou-se com um bêbedo e está cheia de filhos. Tem uma tia boba que vive encostada na casa dela. Para sustentar toda essa gente é preciso dinheiro. Dinheiro que uma costureira não ganha.

— Mas o que ela faz não é decente.

— Está certo. Suponha que ela levasse uma vida decente. O que aconteceria! O pai e a mãe batiam as botas. A tia ia para o asilo. E a irmã, que todos os meses recebe um bom auxílio de Ana Lúcia, não poderia criar os filhos. Veja o senhor quanta desgraça!

— Pode ser, mas ela seria considerada uma moça direita.

— Mas ela é considerada uma moça direita; o senhor mesmo a considerou assim até agora. A família dela não sabe de nada. A do senhor, também. O que acontece aqui dentro todos ignoram. E os homens que vêm aqui, quando encontram as minhas meninas nas ruas, são os primeiros a olhar para o lado, como se estivessem distraídos.

— Não, não posso acreditar nessas coisas...

— Reconheço que é difícil. Mas é difícil para os velhos. Para os moços, não. Os moços são mais compreensivos. E não dê tanta importância a essa conversa toda sobre moral. O que tem valor é o amor, a sinceridade.

— Se ela precisava tanto de dinheiro, por que não pedia para mim?

— O senhor poderia lhe dar vinte mil cruzeiros por mês?

O rapaz baixou a cabeça.

— Decerto que não.

— E então?

Sandra resolveu dar um palpitezinho.

— Blays adora o senhor.

O rapaz ergueu a cabeça, surpreso.

— Blays? Quem é Blays?

— É como nós a chamamos aqui – explodiu dona Zulmira.

— Um nome de guerra para que ninguém saiba de nada.

O rapaz repetiu o nome, como se cuspisse um catarro:

— Blays!

Dona Zulmira sorriu e serviu-lhe mais um licor.

— É de cacau, gostoso, não?

Ele não respondeu. Disse depois:

– Como ela me enganou!

– Era necessário – comentou dona Zulmira. – Aos poucos o senhor irá compreendendo, e verá que Ana Lúcia o ama muito, coitadinha. Agora, deve estar chorando no quarto.

– Que me importa! – exclamou o rapaz, sacudindo os ombros.

– O senhor deveria agir como se nada tivesse acontecido – aconselhou dona Zulmira.

– Depois de... de todos esses homens com quem ela andou?

– Logo o senhor esquecerá disso. E Ana Lúcia, depois de casada, também.

– Para mim vai ser difícil – disse ele, amargurado.

– Será mais fácil do que supõe neste momento.

Subitamente, ele levantou:

– Queria dizer umas verdades a ela. Onde ela está?

– Naquele quarto, mas não posso deixá-lo entrar.

– Sou um cavalheiro – asseverou o rapaz. – Não tocarei nela.

– Se me prometer...

– Prometo – respondeu com firmeza.

Dona Zulmira indicou-lhe a porta. O rapaz foi até ela, decidido. Ao abrir o trinco, vacilou e baixou a cabeça. Parecia estar chorando. Por fim, entrou.

Dona Zulmira e Sandra entreolharam-se, com receio de que ele não cumprisse a palavra.

– Ele vai bater-lhe! – afligiu-se Sandra.

– Acho que não – disse dona Zulmira.

– Coitadinha da Blays!

As duas continuaram em silêncio. Sandra fumando e dona Zulmira tomando licor. O tempo não passava: Shirley apareceu para saber o que estava acontecendo. Um freguês bateu à porta. A dona da casa pediu-lhe que voltasse mais tarde. Havia gente estranha em casa.

Meia hora depois, cansada de esperar, foi pé ante pé até a porta do quarto. Ouviu murmúrios que não formavam palavras.

A imaginação de Sandra, que acompanhou dona Zulmira, trabalhou:

– Quem sabe ele a enforcou?

– Não diga bobagem.

– É melhor a senhora entrar.

Dona Zulmira pensou um pouco.

– Ele deu a palavra.

– Mas no estado em que estava...

Dona Zulmira abriu, mansamente, a porta do quarto. Sobre a cama, como uma boneca de pano, Blays chorava baixinho. Era um murmúrio doce e prolongado. Uma suave e melancólica música. O rapaz, sentado também na cama, com um começo de sorriso nos lábios, dava bombons para o gatinho, que se aconchegava, feliz, entre suas pernas.

19

Aquela semana houve tristes notícias para dona Zulmira. Como início de uma campanha de repressão ao lenocínio, a polícia fechara o apartamento de sua amiga, dona Dally. Assim que soube da nova, através de um telefonema, mandou a criada comprar todos os jornais da tarde. Esparramou os jornais, aflita, à procura da notícia. Lá estava o retrato de Dally, encimando duas colunas de noticiário. Inspetores de polícia, acompanhados de repórteres, haviam invadido imprevistamente o apartamento. Flagrante indiscutível.

– Coitada da Dally! – exclamou dona Zulmira.

As moças leram o noticiário, trêmulas.

– Será que vão dar uma batida no nosso?

– Acho que não. Dally fazia as coisas muito às claras.

Aquele foi o assunto da tarde. Os jornais iam de mão em mão.

– Ainda bem que vou largar esta vida – comentou Blays. – Me caso no mês que vem.

– Isso é que é sorte! – exclamou Shirley. – Você é que é feliz!

– Vou me agarrar ao primeiro coronel que aparecer – disse Alzira.

Sandra era a que menos comentava o caso, mas não deixou de ler os jornais, preocupada.

– Essa onda passa logo – garantiu dona Zulmira. – Não é a primeira vez que a polícia faz dessas. Amanhã não se fala mais nisso.

Enganava-se. A campanha estava ainda no início. O secretário da Segurança declarou aos jornais que extirparia o cancro da prostituição dos edifícios residenciais. Apoiava-o toda a opinião pública e os repórteres dos jornais.

– Se o dr. Adhemar fosse ainda o governador, a gente quebrava o galho – afirmava dona Zulmira. – Ele sabe que tudo isso não adianta nada. São Paulo não é uma cidadezinha do interior.

Falando pelos cotovelos, dona Zulmira passava a maior parte do tempo no telefone, confabulando com as colegas. Tinha crises de saudosismo, lembrando os dias, ainda recentes, em que podia manter seu negócio sem grandes segredos. Às vezes, recebia notícias alarmantes.

– A polícia bateu no apartamento da Odete. Já leu os jornais?

Dona Zulmira largava o aparelho e berrava para a criada:

– Vá comprar os jornais!

Muito assustada, Blays resolveu antecipar sua despedida do apartamento. Decidiu que aquele seria seu último dia de vida pecaminosa. Ela e o noivo haviam firmado essa decisão na véspera. Como despedida, dona Zulmira, sempre disposta a comover-se, abriu uma garrafa de champanha.

As moças ergueram as taças espumejantes no ar. Um freguês, que se achava no apartamento, tomou parte no bota-fora dizendo umas frases amáveis para Blays. Desejava-lhe felicidades no matrimônio.

– O noivo dela é um amor – disse dona Zulmira, com lágrimas nos olhos. Abraçou sua "sobrinha" querida, chorando.

– Vou sentir saudades de vocês – afirmou Blays, também comovida.

– Você deve esquecer a gente – aconselhou dona Zulmira. – Esquecer tudo que passou. Se algum dia me encontrar na rua, pode fazer que não...

– Ora, dona Zulmira! A senhora foi tão boa para mim!

Sandra, aquele momento, sentiu inveja de Blays. Se Bonuto ainda estivesse em seu caminho, até com ele se casaria.

Quando, lá para as seis, Blays se dispôs a sair, todas as moças tinham lágrimas nos olhos.

– Esperem um pouco – disse Blays, correndo para o quarto. Voltou, em seguida, trazendo um romance de Erico Verissimo, que Suzana lhe dera, e Cris. – Posso levar ele comigo? – pediu à dona da casa.

– Também gosto do gatinho, vou sentir muito a falta dele, mas pode levá-lo – consentiu dona Zulmira.

Blays beijou o gatinho, deixando uma marca de batom em seu pelo sedoso.

Foi aquela a última imagem que Sandra conservaria de Blays, através dos anos. Com o bichano nos braços, ela, que tinha corpo de menina, formava um quadro de ternura. Parecia uma ilustração de calendário do mais fino gosto.

Dias depois, novos apartamentos do mesmo comércio eram fechados. Dona Ivone, presa, respondia a processo. Os inúmeros apartamentos de dona Matilde, donde saíram algumas damas da sociedade e atrizes famosas, também tiveram que cerrar suas portas. Nenhuma família suportava viver nos mesmos prédios onde estavam instalados os meretrícios.

Dona Zulmira, amargurada, dizia:

– Se o dr. Adhemar ainda mandasse...

E ficava a fazer o elogio do ex-governador, o homem mais simpático e humano que já conhecera.

Mas não era apenas a perseguição que tirava o sono de dona Zulmira. Seus conhecidos, com receio do escândalo, passaram a visitá-la com menos assiduidade. Tinha também que limitar o número de fregueses, conservando somente os que lhe inspiravam maior confiança. Muitos inspetores e jornalistas fingiam-se interessados nas pequenas para depois extorquirem dinheiro com a ameaça de denúncia.

– Às vezes os jornalistas são piores que a polícia – dizia. – Se a gente não lhes dá dinheiro, começam logo a instigar campanhas para a moralização dos costumes. Conheço essa laia.

Shirley e Darcy viviam acabrunhadas. Alzira, a cada toque da campainha, tinha cólicas intestinais, tal o seu nervosismo. Sandra era a que menos compartilhava da inquietação geral, alheia a tudo, sem ânimo para reagir.

– Por que não acabam logo essa campanha? – lamentava dona Zulmira.

– Eu sei por quê. – disse Shirley. – O governador quer que a mãe dele volte pra casa.

Todos riram daquela piada, que estava na moda, mas logo voltaram a preocupar-se com o problema.

Certa tarde, Shirley apareceu com uma decisão.

– Amanhã não virei mais aqui.

– Por quê? – quiseram saber.

– Vou trabalhar numa companhia de revistas. Segunda-feira começam os ensaios.

– Como foi que você cavou isso? – quis saber Sandra.

– Quem arranjou tudo foi o meu costureiro, o Miss América. Ele costura para o pessoal no teatro.

– Que sorte! – exclamou Darcy. – Vai ganhar muito?

– Mais ou menos. Mas o bom é que a gente viaja muito. Vamos correr o país todo.

Ao receber a notícia dona Zulmira entristeceu. Perdera Blays, que ainda não pudera esquecer, e agora perdia a sua Shirley. A casa ia ficar vazia. Shirley às vezes cantava imitando a Nora Ney, e dona Zulmira gostava tanto de ouvi-la. Agora, não a ouviria mais.

No dia seguinte, de fato, Shirley sumiu. Uma semana depois, telefonava, comunicando que estava ensaiando a revista e que o empresário gamara por ela. Em breve, a companhia iria para o Rio.

Dona Zulmira preocupava-se com seu sustento. Seus rendimentos minguavam. Se os lucros continuassem a descer, teria de fechar o apartamento.

– Fechar o apartamento? – espantou-se Darcy.

– Penso seriamente em voltar para o Rio Grande.

– E o dr. Godinho?

– Ele que tenha paciência.

Dona Zulmira estava cansada. Mesmo que a perseguição cessasse, já não seria como antes. Aquele apartamento já fora tão alegre! Rendera-lhe tanto dinheiro! Os bons tempos haviam passado.

– Estou farta de cidade grande – dizia. – Acho que estou envelhecendo.
– A senhora está cada vez mais moça – observavam.
– Os espelhos não dizem o mesmo.
– Que bobagem essa de voltar ao Rio Grande.

Dona Zulmira estava a ponto de tomar uma decisão definitiva. Queria voltar a ser o que fora. Ansiava de novo por uma vida limpa e normal, em convívio com os parentes.

Certa manhã, saltou da cama decidida:

– Vou embora.

As "sobrinhas" não puderam acreditar no que ouviam.

– E o dr. Godinho?

– Falo com ele à noite.

À tarde, ela telefonou ao dr. Godinho, marcando um encontro para as sete. Foram jantar num bom restaurante e depois estacionaram no Pari Bar, onde ela lhe contou tudo.

– Godinho, eu vou embora.

– Para onde?

– Para o Rio Grande, para casa.

– Que ideia foi essa?

– Não posso continuar nesta vida. Estou cansada e, o pior, é que quase não me rende dinheiro. A polícia não dá descanso. Você tem lido os jornais. Até a Matilde, que era uma potência, protegida dos políticos, fechou as portas...

Dr. Godinho baixou a cabeça.

– Você sabe o que faz. – E depois dum momento: – Quando pretende partir?

– Assim que me desfizer do apartamento. Dentro duma semana, digamos.

Era véspera de feriado e o dr. Godinho podia no dia seguinte dormir até mais tarde. Resolveu, então, beber um pouco além do hábito.

– Por que está bebendo tanto? – perguntou dona Zulmira.

– Preciso beber – respondeu o médico casmurro.

– Lembre-se de sua profissão.

– Quero beber.

Quando, às duas, saíram do bar, o dr. Godinho estava visivelmente embriagado, mas soturno e pouco falador. Ao se despedirem, perguntou:

– Posso vê-la amanhã?

– É melhor ir se acostumando à minha ausência desde já.

Aquela semana, dona Zulmira tratou de desfazer o contrato do apartamento. O proprietário deu graças a Deus. Agora podia alugá-lo por um preço melhor. Tratou de vender os móveis. Um judeuzinho arremataria tudo por uma bagatela.

— Parece mentira que a senhora vai embora — dizia Sandra, agoniada. Zulma representava muito em sua vida.

— Fique com estes dois bibelôs. Uma lembrança minha.

— Muito obrigada.

— Quando você estiver triste e olhar para eles, lembre-se um pouco de sua amiga Zulma.

O dia anterior ao da retirada dos móveis foi um dos mais amargos de toda a vida de Sandra. Dali por diante, não saberia o que lhe poderia acontecer. Via-se trabalhando de novo numa loja e residindo com a família num cômodo só. Via-se nas filas dos ônibus, com os pés ardendo. O seu mundo desmoronava-se. Se não fossem os compromissos que tinha com a família, poria termo à existência, como Suzana.

— Quando a senhora embarca?

— Sábado. Vou ficar dois dias num hotel para liquidar uns negócios.

— E o dr. Godinho?

— Inconsolável, coitado.

No fim da tarde, Darcy, Sandra e Alzira se cotizaram e mandaram vir uma champanha. Mas nunca uma bebida lhes pareceu tão pouco saborosa. Estavam com lágrimas nos olhos, sem saber o que dizer. Dona Zulmira não soube controlar-se e entregou-se aos soluços. Abraçava uma a uma.

— O que vai ser das minhas bonecas? — dizia.

No elevador, quando as três moças desceram juntas, ainda tinham lágrimas nos olhos. Sandra, ao pôr os pés na rua, perguntou-se: "Aonde vou? Tenho algumas economias, mas quando elas se acabarem?".

Darcy disse que não se apertaria. Se não se firmasse com o deputado, ia trabalhar como gerente de uma pequena boate. Sempre sonhara tomar conta de uma casa assim. Alzira não tinha grandes problemas. Morava com a família e continuaria morando até que arranjasse um bom coronel.

Despediram-se, e cada uma foi para um lado.

20

Dona Zulmira, no dia seguinte, mudava-se para um hotel. Mal instalou-se, o dr. Godinho apareceu para visitá-la. Desceram ao bar do hotel e tiveram outra noite de álcool e silêncios.

— Amanhã será o último dia — lamentou ele.

— Sim, o último.

— Vamos nos encontrar de novo.

— E o hospital?

— Não aparecerei lá amanhã nem depois. Não posso arriscar a vida dos doentes com estas mãos tremendo.

– Suas mãos nunca tremeram.

– Estão tremendo agora.

Ela segurou-lhe as mãos, que eram sempre tão calmas e seguras, e que agora tremiam como as de um escolar em dia de exame. Apenas o cansaço a impediu de chorar. Mas foram deitar-se cedo, pois dona Zulmira precisava aproveitar seu último dia em São Paulo para concluir certos negócios.

À noite do dia seguinte, ao encontrar-se novamente com o dr. Godinho, disse-lhe:

– Já resolvi tudo que tinha a resolver. Nada mais me prende a São Paulo.

– Amanhã, às oito, passo por aqui. Você podia antes ir comigo à minha casa para despedir-se de minha mãe.

– Não, não quero.

– Por quê?

– Sou pior que manteiga derretida, não posso. Diga-lhe que... diga-lhe que gosto muito dela, e que vou sentir saudades. Diga você qualquer coisa, eu não sei.

Às oito, da manhã seguinte, o dr. Godinho apareceu no hotel. Ajudou-a a fechar algumas malas, muito recheadas. Ela teria de pagar um dinheirão de excesso de peso no aeroporto. Desceram depois, para que ela tomasse café com leite. Ele tomou martíni. Continuavam mudos e tristes. Às vezes, dona Zulmira endereçava-lhe um sorriso que agravava ainda mais a melancolia da cena.

– Quase dez horas. Vamos para o aeroporto – disse ela. –Tenho ainda que pagar o hotel.

O dr. Godinho dirigia o carro devagar. Havia tempo de sobra. Olhava o asfalto da rua com os olhos congestos. Para dissipar tão intensa tristeza, ela dizia que adorava viajar de avião num dia lindo como aquele.

Chegaram ao aeroporto e trataram da pesagem das bagagens. Dentro de quinze minutos, o avião partiria. Foram os dois sentar-se num banco, à espera. Um avião acabava de chegar.

– A senhora vai nesse – avisou um funcionário do aeroporto.

O dr. Godinho olhou o enorme aparelho agudamente, como se lhe tivesse ódio.

– É um bonito avião – disse dona Zulmira.

– Sim, é bonito.

– É seguro viajar num avião tão grande.

– Sim – ele concordou de novo. – É seguro.

– Há pessoas que não podem viajar de avião, enjoam.

Diziam frases assim, infantilmente. Não se olhavam nos olhos, tão apalermados estavam.

— Vim para São Paulo de navio – lembrou dona Zulmira. Ela já lhe contara isso mil vezes. – Era um navio muito moroso. Tinha tanto bêbedo a bordo! – acrescentou, sorrindo. E depois:

— Vai almoçar hoje com sua mãe?

— Vou – respondeu ele.

— Compre flores para ela. Diga que eu lhe mandei flores.

Olharam os relógios. Estava na hora. Ficaram mudos à espera dos alto-falantes do aeroporto que fariam a chamada dos passageiros. Não tardou muito:

— Passageiros portadores de fichas amarelas, com destino a Porto Alegre e Buenos Aires, queiram se dirigir ao portão número cinco.

— Godinho – murmurou ela, lacrimosa –, tenho de ir.

Há momentos, ele ouvira, no bar do aeroporto, uma música cantada por Sílvio Caldas, que ela ouvira em sua casa. Algumas lembranças voltaram-lhe em relevo à memória.

— Espere! O que você vai fazer no Rio Grande? O que vai fazer lá? – ele indagou, com os olhos fuzilantes. – Seus irmãos estão casados, sua mãe, morta, o que vai fazer lá?

— Eu sei, eu sei, mas tenho que ir...

— Por quê?

— Porque eu... Não sei. Mas preciso ir.

Ele nunca fora tão decidido.

— A culpa é toda minha. Você nunca devia ter levado esse plano avante. Sempre fui um imbecil. Deixo tudo escapar das mãos. Até na profissão eu sou um imbecil...

— Godinho, preciso ir. O avião vai partir.

— Um imbecil, um imbecil! – ele repetia, apoplético. – Você diz que gosta de mim. Eu a amo. Minha mãe a adora! Por que você tem de ir?

— Não tenho mais negócios aqui.

— Você não precisa ter nenhum negócio! Viverá comigo, em minha casa, comigo e com minha mãe.

— Isso, não. Se algum dia ela souber...

— Nunca saberá, e, quanto aos outros, pouco me importa o que possam pensar.

— Godinho, esta não é a hora de mudar de planos.

— Não, é esta, sim. Você não vai embarcar. Não vai. Vamos pedir a devolução da passagem.

Dona Zulmira estava assustada.

— E depois?

— Iremos para minha casa. Lá há espaço para três.

Dona Zulmira estava nervosa, trêmula, pálida, mas intensamente feliz. Deixou-se arrastar por ele, pela sua mão firme e decidida, através do enorme salão do aeroporto, dando esbarrões nos passageiros apressados. Com firmeza, ele a puxava para a porta, prendendo a mão dela na sua, como se temesse a sua fuga para a pista, onde preparavam o avião para alçar voo.

Súbito, num sorriso largo, ela exclamou:

– Godinho, a passagem! Vamos pedir o dinheiro de volta!

Então, ele interrompeu a corrida, também sorrindo.

– É mesmo, que cabeça! A passagem! Ia me esquecendo! A passagem!

E os dois, mais calmos, de braços dados, rindo a valer, como bobos, tomaram o rumo do guichê da companhia aérea a fim de pleitearem de volta o dinheiro da passagem.

Sandra, dias depois, soube que dona Zulmira não embarcara. A notícia a alegrou muito, mas faltou-lhe coragem para visitá-la na casa do dr. Godinho. Sua presença talvez a enchesse de receios, diante da mãe de seu amante. Tinha que tocar a sua vida, fosse como fosse. Dentro de um mês, se não encontrasse um meio de ganhar dinheiro, não poderia mais pagar suas prestações. Como viveria sem o conforto do apartamento? Como encontraria palavras para dizer a Wandinha que pusesse um ponto final às aulas de balé? E sua mãe, que criara tanto amor à geladeira, à televisão e à copa-cozinha americana?

Certa tarde, encontrou-se com Magda, na Barão de Itapetininga. Abraçou-a, feliz.

– Como vai passando, Magda?

A velha amiga continuava bastante aprumada, mas já perdia o viço da mocidade. Logo seria uma balzaquiana.

– Vou bem – ela respondeu, secamente.

Sandra percebeu que Magda não lhe perdoara seu caso com Alberto. Algo se rompera entre as duas. Não poderiam ressuscitar a antiga amizade.

– Precisamos nos encontrar qualquer dia – sugeriu Sandra.

– Não sei se posso. Max quase não me deixa sair.

– Quem é Max?

– Um viúvo rico. É chato, mas me dá tudo que quero. É melhor assim. Cansei de amar. Não dá certo.

– É verdade, não dá certo – concordou Sandra, com falta de assunto.

Despediram-se. Sandra seguiu para uma agência de publicidade que lhe prometera algum serviço. Mas andava sem sorte. Não conseguia mais do que uma pose por semana, o que não dava para seu sustento. Procurou um laboratório para fazer um curso rápido de técnica de maquiagem. Não gostou, porém, do trabalho, que lhe tomava tempo e era mal remunerado. Em casa, estirava-se na cama, espantando o sono. Queria descobrir uma nova profissão. Pensou em seguir as pegadas de Shirley, no teatro de revistas. Não se animou, contudo. Nunca lhe atraíra esse gênero de trabalho. Embora um horóscopo já afirmasse sua vocação artística, nenhuma modalidade de arte a entusiasmava. Gostaria de cantar, mas, com que voz? Suas amigas sempre riam de sua desafinação. Sua indecisão sobre o rumo a tomar crescia, e sua situação financeira se tornava mais desesperadora.

Na tarde em que se encontrara com Magda, ia a uma agência de publicidade quando a chuva a surpreendeu. A princípio, desafiando a carga que caía, foi andando rente à parede. A chuva se intensificou; se andasse um pouco mais, ficaria ensopada. Teve de resignar-se sob a proteção de um toldo. Ficou ali, parada, vendo a chuva cair. Os carros passavam, espirrando lama. Os transeuntes disputavam, com violência, os raros táxis. Um menino descalço banhava os pés na guia da calçada. E aquela chuvarada não prometia passar.

Em certo momento, percebeu que um rapazinho, a seu lado, olhava-a com interesse. Devia ter no máximo vinte anos. Vestia uma blusa de cor berrante e todo ele tinha um ar esportivo. Parecia ser desses moços que se julgam irresistíveis com as mulheres. Arriscou:

– Que chuvinha enjoada, não é?

Como nada respondesse, ele fez nova tentativa:

– Tenho um guarda-chuva lá dentro, quer que a acompanhe até o ponto do ônibus?

Sandra continuou muda.

Afinal, ele jogou seu maior trunfo:

– Por que não entra um pouco para conhecer os estúdios?

Ela examinou a fachada do edifício.

– O que é aqui?

– A Rádio Ipiranga! – ele exclamou, como se dissesse: "É o Arco do Triunfo!".

– Aqui?

Sandra ouvia, há anos, a Rádio Ipiranga. Conhecia de nome e através de retratos quase todos os seus artistas. Fora, noutros tempos, fanática por alguns deles: a cantora Ester Matos, já decadente; o galã Márcio Bastos, famoso pela sua voz de veludo, e o produtor Mauro Giampioni, autor de tantos bons programas.

– Não quer conhecer os estúdios?

– Pode?

– Comigo, pode. Trabalho aqui. Sou Túlio Luzze, não conhece?

Ela forçou a memória.

– Trabalho no programa da hora do almoço. Faço aquele quadro, "Mercadinho do Amor", lembra?

— Sim, sim, Túlio Luzze — ela repetiu, como se esse nome encontrasse algum eco em sua memória.

— Vamos entrar?

Túlio, segurando pelo braço, com um ar maroto, aquela moça que se lhe afigurava uma verdadeira deusa, introduziu-a na emissora. Subiram alguns degraus e passaram por vários corredores, encontrando-se com pessoas que iam e vinham apressadamente.

— Este é um dos estúdios — disse o rapaz, apontando um salão. Por um visor que tomava toda a extensão da parede, viam-se alguns atores diante dum microfone.

Sandra decepcionou-se com a emissora por dentro. Era um lugar comum de trabalho. Nenhuma poesia especial, e todos pareciam estar enormemente atarefados.

— Estão levando uma novela cubana — informou o rapaz. — *O direito de nascer*, ouviu falar, não?

— Já ouvi, sim.

— Aquele, do centro, é Márcio Bastos. É um canastrão, mas recebe cinquenta cartas de fãs por dia.

Túlio enumerou também os nomes dos outros artistas, como se fosse gente que já passara definitivamente para a posteridade. Mas, de nome, Sandra só conhecia Márcio.

— Vamos dar um giro — sugeriu o rapaz, ansioso por ser visto na companhia da moça. Quando seus colegas passavam por ele, sorria, como se lhes quisesse dizer: "Está no papo". Valia a pena ser artista.

Um rapaz alto, pestanudo, aproximou-se dele.

— Por onde você andou, Túlio?

— Por aí. Por quê?

— Você estava escalado para fazer uma ponta no programa feminino e não apareceu. Desta vez, seu nome vai para o livro.

— Puxa, Américo, isso não se faz comigo. É a primeira vez que falto.

— Só se for nesta semana.

— Não cheguei a tempo por causa da chuva.

A desculpa era boa. Américo aceitou-a, mesmo porque o que tencionava era simplesmente mostrar à companheira de Túlio que o rapaz estava sob seu comando.

— Está certo, deixo passar.

— Você é camarada!

— Não me apresenta a moça?

— Como não?

— Eu me chamo Sandra — disse ela, estendendo-lhe a mão.

— Veio visitar a rádio com Túlio? — indagou Américo, querendo ser gentil.

— Eu estava me escondendo da chuva.
— Está gostando daqui?
— Tudo é muito interessante.

Américo entendeu que Túlio a encontrara naquele momento, seria fácil pô-lo de lado.

— Por que não vem assistir aos programas da noite, no auditório?
— Virei algum dia — ela resolveu, vagamente.

Américo achou que devia amarrar melhor a coisa.

— Venha hoje, vamos ter bons programas. Posso mandar guardar um lugar.

Sandra pensou um pouco:
— Hoje não pode ser, tenho compromisso. Pra semana, quem sabe!

Ele teve uma ideia ainda melhor. Lançou-a:
— Vejo que tem boa voz. Não acha, Túlio?
— Notei isso — respondeu o rapaz, já com receio de que Américo lhe arrebatasse a garota.
— Não gostaria de fazer um teste?
— Para cantar? Não tenho um pingo de voz.
— Não, teste para o radioteatro.

Sandra olhou os atores que representavam. Disse:
— Gostaria de tentar.
— Ótimo. Apareça aqui sábado, às dez da manhã, quando fazemos os testes.
— Apareço.
— Eu a espero. Às dez em ponto.

Sandra despediu-se dele e seguiu até a porta, com Túlio. Quando se distanciaram, perguntou:
— Quem é esse?
— Américo Silva, o chefe dos ensaiadores.

Ele tem força aqui?
— Não muita — esclareceu Túlio. — Do que gosta é de fazer farol.
— Não é esta a estação em que trabalha Mauro Giampioni?
— Ah, esse é um doido varrido!

Antes de chegarem à porta, ela quis a opinião dele:
— Devo ir ao teste?
— Deve, sim. Eu virei também. Ensino você a representar.
— Obrigada, acho que virei mesmo.

Sandra olhou a rua. A chuva parara. Já poderia apanhar um táxi.
— Não vá ainda — pediu o rapaz. — Que tal se tomássemos um refresco aí na esquina?
— Hoje, não. Estou atrasada.

— Pode ser sábado?
— Por que não?
— Ótimo! – ele exclamou, apertando a mão dela com vigor. Pensou: "Sábado ela não escapa".

21

Sandra passou aqueles dois dias pensando seriamente na possibilidade de ingressar no rádio. Não que a profissão a tentasse; a arte de representar não tinha encantos para ela, mas estava precisando de um emprego. Quase todas as prestações já estavam pagas. Vestidos, tinha-os em penca. Com um ordenado razoável, recebido em dias certos, podia, perfeitamente, sustentar a família. Temia, porém, não ter êxito no teste. "Será que sou capaz de ler corretamente em voz alta?", perguntava-se. Apanhou uma revista e fez a experiência. Sua voz soou-lhe bonita e sonora. Ligou o rádio, à procura de radionovelas, para observar a interpretação dos atores consagrados. Ouviu, atenta, as radioatrizes Gessy Fonseca e Lia de Aguiar, as mais admiradas da época. Ficou horas junto do rádio, seguindo capítulos inteiros de novela. No fim de cada um, concluía, com otimismo, que tinha jeito para o ofício.

Na tarde de sexta-feira, resolveu telefonar para o ensaiador Américo Silva. Sabia que, se pudesse contar com sua proteção, o emprego estaria garantido. Precisava adoçar o ensaiador, fazer-se sua amiga. Da farmácia da esquina, fez a ligação.

— Aqui quem fala é a moça que esteve aí ontem. A moça do teste.

O ensaiador lembrou, logo.

— Sim, sim. O que é que há?
— Estou telefonando para dizer que não irei...
— Por quê?
— Estou com medo.

Américo tratou de acalmá-la.

— Bobagem! Você não perderá nada em tentar. Depois, estou com um palpite de que vou gostar de sua voz.
— O senhor pode gostar, mas o diretor, não.
— Nesses casos, é a minha opinião que pesa na balança.

Ao desligar o aparelho, Sandra teve quase a certeza de que tudo correria bem. Já contava com um protetor.

Aquela noite, antes de dormir, ouviu mais alguns capítulos de novela. Adormeceu com um mundo de vozes nos ouvidos e sonhou com o teste, um sonho cheio de angústia e inquietação. Acordou cedo e procurou vestir-se o melhor possível para ir à rádio. Lutou para manter a calma. O nervosismo só podia prejudicá-la. Não deveria ver no teste mais do que um simples episódio de sua vida; resolveu encará-lo com esportividade. Às dez em ponto chegou à emissora. Túlio a esperava, inquieto, na porta. Ao vê-la, foi ao seu encontro, forçando intimidades.

— Tem mais três moças para o teste — informou.
— Que tal elas são?
— Todas são pés de chinelo. Umas desajeitadas.
— Mas o teste é para rádio, não para televisão. Vai ver que têm talento.
— Não creio.

Túlio levou-a para o interior da emissora, onde Américo lhe reservava seu melhor sorriso.

— Está disposta? — perguntou.
— Estou, sim. Quando começamos?
— Logo mais. Antes vamos ouvir o teste das outras.

Sandra seguiu Américo até a técnica. Através dos vidros, viu as demais candidatas, sentadas num banco, no interior do estúdio. Duas delas tinham o pior aspecto. A terceira, embora magrinha, não era de todo despida de graça e simpatia.

A primeira delas, com um *script* na mão, aproximou-se do microfone. Ia contracenar com um jovem, chamado Guilherme, ator profissional, da emissora. Pelo microfone da técnica, Américo, compenetrado, deu ordem para iniciar o teste.

Foi um desastre. A moça logo na primeira linha engasgou, e em lugar de ler enxame, leu "enxa-me de abelhas", o que fez a turma da técnica gargalhar. Sandra lembrou-se de que ela muitas vezes já lera "catastrofe" no lugar de catástrofe e teve um pouco de receio de despertar os mesmos risos.

A segunda candidata foi bem nas primeiras linhas, o que preocupou Sandra, mas na primeira deixa pulou um trecho do diálogo. Logo além, noutra fase, leu também a rubrica, assim:

— (Quase soluçando)... eu o adoro, querido!

Aquele "quase soluçando", que era apenas uma indicação para o intérprete, provocou nos assistentes novos acessos de riso. Então, Sandra aprendeu que não se deve ler, nos scripts, o que está entre parênteses. Nesse erro ridículo não cairia.

Chegou a vez da terceira candidata. Essa leu seu trecho com firmeza e, inclusive, conseguiu interpretá-lo. O jovem, com quem contracenava, olhou várias vezes a técnica, aprovador. Sandra agiu depressa e foi a primeira a elogiá-la:

— Gosto dessa moça, tem jeitinho.

Américo concordou, com um movimento de cabeça. Um técnico comentou:

– É pena que é muito feia. Não poderá ser aproveitada na televisão.

– Não é tão feia – disse Sandra. – Até que é simpática.

Terminado o teste da terceira candidata, Sandra entrou no estúdio, com a calma de uma profissional, sorridente, e adiantou-se a apertar a mão do jovem ator que com ela contracenaria.

– É melhor a senhorita ler antes o papel – ele aconselhou, com um sorriso de simpatia. De fato, fora ela a única que se lembrara de cumprimentá-lo.

– Para mim vai ser um prazer representar com você. Sou sua admiradora – disse ela, que nem de nome conhecia o ator.

Para sorte de Sandra, Américo recebeu um chamado telefônico e teve que ausentar-se da técnica por alguns minutos, que ela aproveitou para ler o papel. Leu-o de ponta a ponta, atenta às rubricas. Procurou nele alguma palavra que não soubesse pronunciar. Não havia. Era um diálogo leve, agradável, entre dois namorados num elevador. Lembrou-se de Tônia Carrero em diálogos daquele naipe. Leu algumas frases em voz alta, longe do microfone. E recebeu de Guilherme alguns conselhos úteis sobre a distância que deveria manter do aparelho.

Assim que Américo entrou, novamente, na técnica, o teste teve início.

Sandra lia o papel com voz firme e sem nenhuma pressa. Procurava entender as falas para interpretá-las. Logo a princípio, notou que a tarefa não era tão fácil. Dar a inflexão certa, no tempo certo, é coisa que exige experiência. No radioteatro o artista só pode contar com o auxílio da voz, a mímica não funciona. Teve a impressão de que sua interpretação estava falsa demais, mas foi adiante.

Quando terminou, Guilherme lhe disse:

– Foi muito bem. Gostei.

– Vamos ver se o Américo é da mesma opinião.

Sandra voltou à técnica. Estranhava a ausência de comentários.

– Vamos conversar – disse-lhe Américo, puxando-a pelo braço até o corredor, onde ficaram a sós.

– Como foi que me saí?

– Mais ou menos. A voz é boa, mas a interpretação é fria.

– Também notei isso.

– Se vê que não tem experiência.

– E o que vai ficar resolvido?

Túlio, que ouvira o teste, chegou-se a eles:

– Gostei de ver. Você estava muito bem. Mas há alguma coisa que precisa aprender – Américo afastou-se por um momento, e Túlio aproveitou-o para uma lembrança: – Não esqueça o nosso refresco.

– Ah, o refresco!

Américo voltou e, segurando Sandra pelo braço, levou-a em direção à porta. Queria falar-lhe em particular. Dirigiram-se a uma confeitaria, no mesmo quarteirão da Ipiranga. Sentaram-se os dois, e pediram refrescos. Sandra estava ansiosa para ouvir o que ele tinha a dizer

– O teste podia ser melhor – disse Américo. – Na minha opinião, a outra moça ganhou no olho mecânico. Mas como é muito feia, não poderia ser aproveitada na tevê. Em suma, você foi aprovada.

– Preciso de novos testes?

– É desnecessário. O resto virá com a prática.

– Qual vai ser o próximo passo?

– Assinar o contrato.

Sandra observou que Túlio estava na porta da confeitaria, despeitado. Teve pena dele, mas fingiu não vê-lo.

– Quando falaremos com o diretor?

– Apareça aqui na segunda, às duas da tarde.

– Será que ele dá o contra?

– Aposto que não. Ele entregou essa parte para mim. É um homem muito ocupado. Passa pouco tempo na Ipiranga, umas duas horas no máximo. O resto fica em suas fábricas.

– Será que vão me pagar bem?

– O ordenado não sou eu quem faz. Mas não espere muito dinheiro.

Sandra não quis insistir nesse assunto:

– Só receio que o dia de minha estreia demore.

– Temos urgência de mais uma atriz. Esta semana você começa.

Sobre a mesa, Américo brincava com sua mão. Fez-lhe algumas perguntas sobre sua vida.

– Sou uma moça como qualquer outra – disse-lhe Sandra. – Meu sonho é casar.

– Tem algum pretendente?

– Ainda não.

Américo viu o caminho livre.

– Você é muito simpática.

– Obrigada.

Subitamente, ela olhou o relógio.

– Quase meio-dia. Às três tenho que estar em Campinas para visitar um parente. – Mentia para evitar qualquer convite. Agia com a cabeça.

Ao despedir-se de Américo, deixou que ele lhe segurasse a mão por longo tempo.

Saiu pela rua, feliz. Um autolotação parou logo adiante. Lembrou-se de que não podia gastar dinheiro em táxi. Pela primeira vez, depois de muitos anos, entrou numa condução coletiva. Ao bater a porta do carro, viu que Túlio se aproximava.

– E o nosso refresco?

– Outro dia.

Sandra nada disse em casa; não quis cantar vitória, com receio de que Américo não tivesse a força que dizia ter na emissora. Em todo caso, logo saberia se o emprego seria seu ou não. À noite, levou a mãe e Wandinha ao cinema. Vivia dias iguais àqueles que sucederam ao incidente na casa de Abbib. Ficava a maior parte do tempo em casa, levando uma saudável vida doméstica. Já pensava menos em Flávio, acostumada com sua ausência. Mesmo que saísse da prisão, não se chegaria mais a ele; sentia que era forçoso esquecê-lo completamente.

No domingo, Sandra ficou o dia todo no apartamento, lendo algumas revistas de rádio. Procurava interessar-se pelo assunto, apaixonar-se por ele. Segunda-feira acordou cedo, antes mesmo de sua mãe. Aquele talvez fosse o grande dia!

Depois do almoço, seguiu para a Ipiranga. Américo esperava-a. – Já falei com o dr. Erasmo – anunciou.

– Que dr. Erasmo?

– O dono da emissora.

– E ele?

– Deixou que eu resolvesse. A fórmula do contrato está na sala dele. Vamos lá.

Os dois subiram uma pequena escada e entraram na diretoria, a única dependência luxuosa da emissora. O dr. Erasmo, um cavalheiro muito magro, atarefadíssimo, olhou Sandra como se lhe pedisse: "Não tome o meu tempo".

Américo fez as apresentações. O contrato já estava sobre a mesa.

– Vamos assinar contrato conjunto para rádio e televisão – disse o dr. Erasmo. – Precisaremos, na tevê, de gente de boa aparência.

Sandra leu uma a uma as cláusulas do contrato.

– Para quanto tempo é? – perguntou.

– Quatro meses.

– Só quatro meses?

– É um contrato provisório – esclareceu o dr. Erasmo, prudentemente. – Se confirmar suas qualidades nesse tempo, assinará outro.

– Quanto vou ganhar?

– Seis mil cruzeiros.

Era o menor dinheiro que Sandra ganharia por mês desde que deixara a loja. Com dona Zulmira, e com Flávio, nos investimentos, ganhara muitas vezes mais. Teria que se resignar a uma vida extremamente modesta. Mas estava disposta a enfrentá-la, e o tempo que lhe restasse correria as agências.

— Está bem — disse, e assinou o contrato e a cópia, resoluta. — Quando começo?

— Amanhã mesmo.

Em seguida, Américo levou a nova atriz à direção do radioteatro para apresentá-la aos demais ensaiadores. Notificou alguns redatores que a Ipiranga acabava de contratar uma nova atriz, que já poderiam escalar.

— Papéis pequenos a princípio — observou.

— Qual o nome dela? — perguntou um dos redatores.

— Norma Simone — ela respondeu.

Américo comentou:

— Não é um bom nome.

— Eu também já havia pensado nisso. É um nome tão comum!

— Por que não escolhe outro?

— É o que vou fazer.

— Escolha, então.

— Eu gostaria de me chamar Silvana — lembrou-se Sandra, sentindo prazer de adotar novo nome e nova personalidade.

— É um bom nome — concordou Américo. — Silvana de quê?

Sandra pensou um pouco. Silvana de quê? O sobrenome era mais difícil de escolher. Queria encontrar um bastante agradável. E que fosse estrangeiro, para despertar maior curiosidade. Silvana... Silvana de quê? Ela arriscou um sobrenome para submeter à apreciação do ensaiador.

— Silvana Rios.

Américo repetiu:

— Silvana Rios, Silvana Rios...

Sandra apanhou um lápis e assinou, pela primeira vez, o novo nome, assim: "Sylvana Rios".

— Por que o ípsilon? — perguntou o ensaiador. — Escreva com "i".

Ela não sabia que se escrevia Silvana com "i", mas não quis voltar atrás. O ípsilon embelezava a assinatura.

— Vai ficar assim mesmo — disse. — Sylvana Rios.

O ensaiador anotou o nome numa folha de papel, para não esquecê-lo. Ela leu-o, sentindo uma estranha e deliciosa emoção como se ele estivesse no alto de uma página, em negrito, ou na porta de um cinema, em luzes:

— Sylvana Rios!

3 – Sylvana Rios
A maquiagem

1

Sylvana jamais se sentiu tão vitoriosa como no dia em que contou a sua mãe e a Wandinha que ingressara no rádio. Dona Júlia, fã das novelas, não se mostrou menos alegre do que a filha. Pena que não tivesse os vizinhos do Carrão para contar a todos a grande nova. Sua filhinha entrara para o rádio. Ia ficar famosa e ganhar muito dinheiro.

– Qual a estação? – perguntou, ansiosa.

– A Ipiranga.

– Logo a Ipiranga, uma das maiores!

Queria detalhes: como a coisa se dera? Sylvana contou-lhe tudo, pacientemente, desde o episódio da chuva. Nunca sonhara ser atriz, mas o destino a empurrara para a arte – o horóscopo acertara. Descreveu, com minúcias, o teste e sua fácil vitória sobre as demais candidatas.

– As coitadas ficaram com a cara no chão.

Wandinha ria, gozando o sucesso da irmã. Com Norma no rádio, não lhe seria difícil seguir o mesmo caminho.

– E o ordenado? – indagou dona Júlia.

Sylvana fez uma expressão de tristeza:

– É muito pequeno. Preciso continuar posando, para poder sustentar a casa. Mas não faz mal. Agora tenho uma profissão.

– Pensava que as atrizes ganhassem muito! – exclamou dona Júlia.

– Ainda não sou atriz, sou uma principiante. Mas não estou pensando em dinheiro. O que eu quero é fazer carreira. Não faz mal o sacrifício.

Dona Júlia também se conformou com o minguado salário.

– Agora só ligo a Ipiranga para ouvir você.

– A senhora nem vai me reconhecer. Vou trabalhar com outro nome.

– Que nome?
– Sylvana Rios.
Dona Júlia reprovou a mudança:
– O seu nome é muito mais bonito. Prefiro Norma.
– Norma é comum. Quantas Normas existem? Sylvana Rios, só há uma: eu.
– Pode ser, mas é uma bobagem...
Wandinha ficou com a irmã:
– Sylvana é muito mais bonito do que Norma. Soa gostoso.
Dada a notícia, Sylvana foi para o quarto, ler *scripts* na cama, em voz alta, para praticar. Momentos depois, Wandinha entrou, ainda em êxtase:
– O que você está fazendo?
– Lendo peças.
Wandinha correu os olhos sobre os *scripts*. Tinha um pedido a fazer:
– Norma, arranja pra eu trabalhar com você.
– É muito cedo, ainda.
– Cedo? Vou fazer treze. Não sou mais criança.
– É, sim. Depois, mamãe precisa de companhia.
– Mas tem dona Aurora!
– Me deixa em paz, preciso ler um pouco.
Sylvana adquiriu o bom costume de levar para casa os *scripts* das peças que tinha de representar. Queria interpretar com segurança. Mas, na verdade, seus papéis eram insignificantes. Em certas peças, só entrava para dizer duas ou três frases. Um papel de seis frases, já considerava grande. Sendo a mais nova do elenco, só a escalavam para pontas. Os redatores e ensaiadores mediam, aos poucos, sua capacidade. O sonho que alimentava, de logo suplantar as colegas, desvaneceu-se. Tinha uma longa estrada a percorrer. Precisava provar o seu valor pacientemente e aprender com as atrizes mais maduras. Cada dia, teria que aprender uma lição nova.
Sua primeira amiga na emissora foi a radioatriz Amélia Lemos, a mais famosa do prefixo. Com mais de dez anos de ofício, Amélia conseguia dar à voz todas as inflexões que o *script* exigia. Fosse o papel romântico ou dramático, ela o interpretava com incrível desembaraço. Nunca era surpreendida trocando palavras ou engasgando. Era firme, dona de uma voz quente e comunicativa, que a crítica não cansava de elogiar. Por duas vezes fora escolhida como a melhor do ano, consagrando-se. Concedia entrevistas frequentemente e dava autógrafos às fãs. Sylvana ouvia com atenção o seu trabalho. Podia aprender muito com a moça. Tentava imitar a modulação de sua voz e aqueles intervalos dramáticos que fazia de uma frase a outra, quando um capítulo de novela chegava ao clímax.
– Tenho de praticar muito para chegar aos seus pés – dizia-lhe Sylvana.

– No dia em que você tiver uma oportunidade, mostrará o que sabe – animava-a Amélia.

Sylvana acariciava a ideia de trabalhar numa novela do horário nobre noturno. Era, porém, um sonho para o futuro. Havia, no elenco, no mínimo oito atrizes de valor reconhecido. Não seria fácil escolherem-na entre tantas boas profissionais.

Enquanto aguardava o seu momento, Sylvana travava relações. Em uma semana de trabalho, fez diversas amizades. Observou que era acolhida com simpatia por inúmeras colegas. Uma de suas maiores emoções foi conhecer a cantora Ester Matos, que admirava desde a infância.

– Tenho todos os seus discos – disse-lhe Sylvana.

Ester sorriu, agradecida. Há alguns anos fora uma cantora famosa, mas sua popularidade decrescia de ano para ano. O seu tempo já passara. Antes, os auditórios lotavam-se para aplaudi-la. Agora, só os saudosistas a ouviam com prazer. Com trinta e poucos anos, Ester era um nome do passado. Entretanto, ela não tinha plena consciência de seu declínio. Diante dos auditórios vazios, dizia:

– Com a chuva que está caindo ninguém sai de casa.

Ou culpava o frio ou o calor excessivo pelo reduzido público em seus programas.

Amélia, já íntima de Sylvana, confidenciava:

– Ela começou a cair desde que teve aquele caso com Mauro Giampioni.

– O que aconteceu?

– Ainda não sabe?

Ester estava no apogeu da carreira quando o produtor Mauro Giampioni interessou-se por ela. Diziam que noivava com um industrial, mas a insistência de Mauro foi enorme. Em qualquer lugar em que ela estivesse, ele se materializava na sua frente. O assédio foi tão intenso que Ester acabou cedendo: tornaram-se amantes. Então, todo o amor de Mauro, toda a sua impetuosa paixão, transformaram-se em desprezo. Ele, que lucrara tanto com a publicidade em torno do romance, fez-se esquivo. Passou a maltratar Ester em público. Em menos de um ano cansou-se dela e separaram-se.

– A pobre da Ester sofreu horrores – contou Amélia. – E sua voz, desde aquela época, perdeu não sei o quê.

Sylvana estava curiosa:

– Já ouvi falar muito nesse Mauro. Mas nunca o vi.

– Não perde nada com isso.

Entre os atores e funcionários da emissora do sexo masculino, apenas dois procuravam Sylvana com assiduidade: Túlio e Américo. O primeiro, a todo instante renovava os convites para os refrescos. Sylvana recusava-os, usando verdadeiro estoque de desculpas. Achava que se baratearia em sua companhia. Quanto a Américo, já era mais difícil livrar-se dele. Se o magoasse, a renovação de seu contrato poderia ir por água abaixo, e ela começava a amar sua profissão. Por isso, foi obrigada a aceitar sua companhia numa sessão de cinema, no período da tarde. Mas cuidava de vedar-lhe as liberdades, tentando conservá-lo como amigo. Aliás, o que desejava era fazer muitos amigos no novo ambiente, além de ser uma atriz sensível e uma funcionária modelar. Jamais se atrasava nos ensaios para não criar problemas. Não se negava a interpretar nenhum papel, por menor que fosse, e mostrava-se sempre bem-humorada e disposta a substituir as amigas que porventura adoecessem. Observava rigorosamente os menores regulamentos da rádio. Agindo assim, ia ganhando a confiança e a simpatia de todos. Apenas lamentava a discreta insistência de Américo, que poderia pôr o emprego em risco. Quanto ao mais, estava imensamente satisfeita e desejosa de fazer uma bela carreira.

Dona Júlia e Wandinha não perdiam uma só peça em que ela trabalhasse. Por mais restrito que fosse o papel, sempre diziam que trabalhara maravilhosamente e que suplantara as colegas. Sylvana sorria dessa cega admiração, sem entusiasmar-se por elogios suspeitos. Seu objetivo era aprender, aprender sempre. Se afirmasse que sentia todas as peças que representava, mentiria. Mas procurava acertar nas inflexões e conseguir absoluto domínio dos nervos diante do microfone.

Certo dia, foi escalada para trabalhar numa peça de Mauro Giampioni, *Esquina traiçoeira*, um policial de sofisticado sabor. Ela e os colegas reuniram-se ao redor da mesa de ensaios, à espera do produtor. Ele chegou tarde, o que era hábito. Sylvana examinou-o: era magro, descarnado, anguloso. A boca, feita de linhas retas e insensíveis. O queixo, duro. A parte mais expressiva de sua fisionomia eram os olhos, pretos, inquietos e mordazes. Os cabelos, lisos e secos. Vestia-se com desleixo, embora usasse roupas de bom tecido. Com um tom de voz monótono e sem entusiasmo, explicou aos atores o tema da peça. Desincumbia-se de uma tarefa, apenas. Em dado momento, um dos atores leu uma das frases e pediu a Mauro, respeitosamente, a sua opinião. O tom era mesmo aquele?

– Leia como quiser – respondeu o produtor, enfarado. – A peça aguenta de qualquer maneira.

Durante a leitura da peça, o produtor ficou fumando, silenciosamente. Não se preocupava com a interpretação e não corrigia ninguém, mas lhe dava prazer ouvir o seu texto. Comentou, no fim do ensaio:

– Um texto como este não se encontra todos os dias. Mas o público prefere os dramalhões cubanos.

Até que a peça tivesse início, os atores ficaram no bar da emissora. Sylvana reparou que Mauro não chamava ninguém pelo nome. Dirigia-se aos outros, assim: "Você aí, moça de verde", ou, então, "Você, que está sem gravata", ou, ainda, "Você, que está encostado aí". No entanto, apesar do desprezo que parecia votar a toda a gente, precisava de auditório. Era só ele quem falava, com sua voz monótona. Contava minúcias de uma antiga viagem que fizera aos Estados Unidos, onde fora estudar rádio e televisão. Falava das coisas que vira e que aprendera, orgulhando-se disso, de uma forma velada. Sylvana ouvia-o também, mas sem exagerar a atenção. Desgostara de Mauro logo à primeira vista. Achava-o pouco natural e vaidoso.

Na peça *Esquina traiçoeira*, Sylvana fazia um papel razoável e tinha, inclusive, uma cena bastante dramática com um dos melhores atores do *cast*. Atirou-se ao trabalho com ardor, procurando notar, através do visor, as reações de Mauro, instalado na técnica. Mas sempre que seus olhos se cruzavam, ele os endereçava para o teto. Mal a peça terminou, deixou a emissora acompanhado de Escobar, um jovem redator que tinha por ele a mais ardente admiração.

– Estão sempre juntos – disse Amélia a Sylvana. – Escobar considera Mauro um mestre.

– Gostava muito dos programas dele – confessou Sylvana. – Nunca os perdia.

– Ele já fez coisas boas – concordou Amélia. – Foi um verdadeiro reizinho dos estúdios. Só se batia palmas ao que ele escrevia. Bastava um programa ter o seu nome para agradar. Mas agora não acontece mais assim. Há outros nomes aparecendo.

Sylvana não disse nada, mas, apesar de não ter gostado das maneiras de Mauro, sentiu-se orgulhosa de trabalhar num programa seu. Aquela tarde, assim que chegou em casa, abraçou dona Júlia, envolvendo-a numa onda de entusiasmo, e perguntou:

– Ouviu o programa?

– Ouvi, sim – ela respondeu. – Dessa vez lhe deram um papel bom. Você estava tão bem!

– Era um programa de Mauro Giampioni!

– Quem é ele?

– A senhora não sabe? Um dos produtores mais conhecidos daqui. Ganhou uma porção de prêmios, há alguns anos, e esteve nos Estados Unidos, especializando-se. Dizem que sabe falar inglês.

Dona Júlia foi dominada pelo entusiasmo da filha.

– O que ele achou do seu trabalho?

– Bem, ele não disse nada – respondeu Sylvana, depois de uma pausa.

– Mas você estava um amor! Pergunte pra dona Aurora, ela ouviu.

— Eu sei – replicou Sylvana –, mas esse Mauro é um sujeito meio enjoado. Nunca diz se gosta ou não gosta. Parece sempre distraído. É muito orgulhoso.

— Mas quem é ele pra se dar esses ares?

— Sei lá o que pensa, mas o fato é que trabalhar num programa de Mauro já é qualquer coisa.

Aquela noite, foi para a cama muito feliz. Trabalhar num programa de Mauro Giampioni fora uma das melhores surpresas que o destino já lhe reservara.

2

Assim que Sylvana entrava na Ipiranga, Américo aproximava-se dela. O ensaiador falava muito, querendo enredá-la de todas as formas, porém ela resistia. Não queria compromisso com ninguém em sua nova vida. Quando Américo se afastou, alguém disse ao seu lado:

— Esse camarada não dá folga, não é?

Era Mauro Giampioni. Ela sorriu:

— Por que diz isso?

— Ele é sua própria sombra. Américo é um chato. Não acredito que você goste de sua companhia.

Sylvana foi para o estúdio. Mais tarde, tornou a encontrar Mauro no bar da emissora, sentado a uma mesa. Ao vê-la, ordenou:

— Você aí de preto, sente-se aqui.

A moça não gostou da ordem. Fez que não viu Mauro e encostou-se ao balcão para tomar um café. Estava magoada e sentia prazer em magoá-lo também. Tomado o café, saiu do bar sem olhar para trás. Não podia dar atenção a quem a tratava daquela forma.

Ficou alguns dias sem ver Mauro Giampioni, que raramente aparecia pela rádio. Mas, um dia em que ela se instalou no bar da Ipiranga, para uma refeição ligeira, o produtor sentou-se ao seu lado, sem pedir licença.

— Você se zangou comigo, outro dia.

— Eu? Por quê?

— Ora, eu não tenho culpa de esquecer os nomes das pessoas. Não esquecerei mais o seu.

Sylvana empunhou os talheres e não abriu mais a boca. Mas que prazer sentia em ver que Mauro se interessava por ela, o mesmo Mauro que fora amante de Ester Matos e cujo nome tantas vezes ouvira em sua juventude!

Na saída da emissora, Sylvana encontrou-se outra vez com ele. Teve a impressão de que o encontro não fora casual. Mauro o tinha planejado.

— Como vai indo de trabalho? – perguntou.

– Me esforço para aprender.

Mauro retorquiu, cético:

– Aprender? É o pior caminho para fazer carreira.

– Conhece outro melhor?

– Decerto que sim.

A moça precisava apanhar o autolotação na esquina. Mauro ofereceu-se para acompanhá-la.

– Os cronistas já falaram de você? – perguntou.

– Decerto que não. O que poderiam falar? Acho que nunca me ouviram.

– Mas eles nunca ouvem ninguém. Precisam conhecê-la pessoalmente. Saber quem você é. Ter o seu retrato na gaveta.

A observação pareceu pueril à moça, que respondeu:

– Não sei se isso adianta alguma coisa.

Mauro parou e segurou-a pelo braço.

– Mas eu estou dizendo que adianta.

"Eu" – Mauro Giampioni dizia que adiantava, e com que convicção. Sylvana parou também. O produtor tentou empolgá-la com as suas palavras. Estava cheio de argumentos.

– A fama nunca é produto do acaso. O artista deve planejar sua publicidade. Pense em si mesma como numa mercadoria, uma nova marca de sabonete. Arranje um slogan e procure se sobressair por alguma coisa: na maneira de rir, de pentear os cabelos ou de vestir-se. E faça-se amiga dos cronistas, senão nada vale a pena.

Sylvana fez sinal para um autolotação e entrou no carro. Enquanto o carro se afastava, pôde ver que Mauro permanecia na esquina. Chegando em casa, foi para o quarto. Sobre o criado-mudo havia uma revista de rádio. Folheou-a, atentamente. Giampioni teria razão no que dissera? Afinal, tinha mais experiência do que ela. Lembrou-se do seu contrato provisório, já no fim, e do assédio que Américo lhe fazia. Se o seu retrato começasse a ser publicado nos jornais e revistas, talvez isso lhe assegurasse o emprego sem a necessidade da proteção do ensaiador. E como precisava reter esse emprego.

Sozinha, em sua casa, Sylvana rememorou tudo o que Mauro lhe dissera: a qualidade do trabalho não garantia a vitória. Já ouvira falar de muitas artistas de Hollywood que deviam sua fama a truques publicitários. Pensou vagamente em imitá-las, mas, para isso, precisaria ter ideias. Reconhecia-se muito burrinha para seguir os métodos das grandes estrelas. Depois, não conhecia ninguém na imprensa. Aquela noite, sonhou que subia uma enorme escadaria sob os aplausos frenéticos de um público invisível.

Voltou a conversar com Giampioni, no bar da Ipiranga.

– Estive pensando no que você me disse – confessou ela.

– A respeito?
– Da publicidade – lembrou Sylvana. – Antes nunca havia me preocupado com isso.
– Vejo que você tem cabeça.
– Mas minha cabeça é vazia. Não tenho ideias.
– Creio que posso ajudá-la – disse Mauro, olhando-a com firmeza.
– Acha que pode?

Mauro fez-se pensativo, como se procurasse enumerar seus compromissos. Por fim, propôs:
– Vamos sair uma noite dessas. Eu lhe darei alguma ideia.

Sylvana não quis decidir logo. Temia, com esse passeio, assumir novo compromisso sentimental, o que não desejava. E aquele Mauro Giampioni, muito mais inteligente do que os homens que já conhecera, assustava-a um pouco. Durante toda a semana, evitou o produtor. Ele também não a procurava. Enquanto isso, os dias passavam e o prazo de seu contrato provisório esgotava-se. Certa tarde, perguntou a Américo:
– Acha que conseguirei um contrato definitivo?

Américo sacudiu os ombros:
– Não sou adivinho – respondeu, seco.

Diante dessa resposta, Sylvana decidiu aproximar-se de Mauro. Ele poderia auxiliá-la.
– Quem sabe podemos sair uma noite dessas – sugeriu.

Mauro mostrou-se desatento. Tinha muito que fazer na emissora, aquela tarde. A moça sentiu que o produtor punha o seu orgulho em jogo. Desejava que ela lhe suplicasse a sua companhia. Não, isso Sylvana não faria. Sem voltar ao assunto, afastou-se, na direção dos estúdios. Que desamparo! Américo fazia-se hostil e Mauro, indiferente. Ninguém a ajudaria, e se não renovasse o contrato estaria perdida. Viu-se regressando ao balcão de uma loja ou dançando num *taxi-girl*, para sustentar a família. Aquela situação dava-lhe vontade de chorar.

Ia saindo da Ipiranga, mergulhada em pessimismo, quando ouviu a voz de Mauro.
– Posso acompanhá-la até o ponto?

Foram caminhando lado a lado, ela muda. Pararam na esquina.
– Como é difícil apanhar condução – comentou ela.
– Você disse que podemos sair uma noite dessas – disse Mauro.
– Ah, sim, eu disse...

Ele precipitou-se:
– Pode ser hoje?

Ela quis que a espera o torturasse um pouco.
– Só posso sair sábado. Ando muito cansada.

No sábado, ao vestir um dos seus trajes de noite, um arrepio lhe percorreu o corpo. Lembrou-se de Flávio e das noites que haviam passado juntos. A lembrança, nítida, comoveu-a. Mas por que entristecer-se? Afinal, ia sair na companhia de uma pessoa que sempre admirara.

– Vai sair? – admirou-se dona Júlia, que já se habituara aos hábitos caseiros da filha.

– Vou, sim, mamãe.

– Com quem?

– Com Mauro Giampioni! – ela exclamou. – É um grande produtor. Quer fazer algo por mim.

Sentou-se, em seu quarto, diante do espelho. Examinou detidamente o seu aspecto. Achou-se bonita e atraente. Mauro já teria saído com uma moça assim? Pensou vagamente em Ester Matos, que vivera com ele um grande romance. "Pobre Ester", pensou, "como está feia, agora".

À hora marcada, um carro buzinou diante do prédio e Sylvana, despedindo-se da mãe e da irmã, entrou no elevador. "Vou sair com Mauro Giampioni", repetia-se. "Quando podia esperar uma coisa dessas?

Um carro de aluguel a esperava na porta. Dentro dele, estava Mauro.

– Vamos ao Jardim de Inverno – disse ele.

Sylvana lembrou-se de que havia meses não saia à noite. Como era bom fazer uma noitada! Ao seu lado, o companheiro olhava-a sem falar. Parecia ansioso para que o carro chegasse ao seu destino. Ela notou que o rapaz torcia os dedos, nervosamente.

– O que se passa? – ela perguntou.

– Nada.

Chegaram ao Jardim de Inverno, mas antes de se sentarem, Mauro encostou-se no balcão do bar. Pediu um uísque, impaciente. Pegou o copo com as mãos trêmulas e virou a dose na boca, sem sentir o gosto. Sylvana nunca vira ninguém beber com tanta sofreguidão.

– Agora estou melhor – disse Mauro. – Vamos sentar.

Acomodaram-se numa mesa de pista. O produtor chamou o garçon, pediu que lhes servissem o jantar e mais bebida. Depois, deteve-se um momento e tocou o queixo de Sylvana, fazendo um exame atento de seu rosto.

– Você perde tempo no rádio – declarou. – Seu lugar é na televisão.

– Mas nem no rádio tenho sucesso.

– Vamos dar um jeito.

Sylvana não se sentia à vontade diante de Mauro, mas sua figura despertava-lhe intensa curiosidade. Ele não se parecia com nenhum dos homens que conhecera. Gostaria de descobrir por que era tão inquieto e nervoso, e por que se portava tão agressivamente em relação aos outros.

– O que devo fazer para aparecer?

– Publicidade.
– Mas, como?
– Você tem retratos? Se tiver, dê-me alguns. Eu os publicarei nos jornais. Nada mais fácil para mim. Sou bem relacionado na imprensa.
– Nunca um retrato meu saiu nos jornais! – exclamou Sylvana, encantada.
Em seguida, pôs-se a cantar. Mauro quase não tocava no prato. Bebia uma dose atrás da outra, como se o álcool o aliviasse de algum peso. Depois de vários uísques, soltou mais a língua e começou a falar de seus programas no rádio e na televisão.
– Qual é seu melhor programa no momento? – quis saber Sylvana.
Mauro não respondeu logo.
– No momento, estou descansando um pouco.
– Qual o melhor programa que já escreveu?
– Acho que foi *Cidade de vidro*.
– Em que ano foi mesmo?
– Não me lembro; faz uns oito anos.
Mauro quis dançar; dançava mal e sem muita elegância, mas sentia evidente prazer em enlaçá-la. Devia fazer alguns anos que não tinha oportunidade com uma moça tão vistosa. Não se demoraram muito tempo ali; foram ao Sky Club, onde existia um conjunto que ele apreciava. Voltaram a dançar, com maior intimidade.
Na mesa, sempre a beber, Giampioni disse à moça:
– Posso cuidar de sua publicidade?
– Se você não cuidar, ninguém o fará.
– Comecemos pela publicação de alguns retratos, como já disse.
– Você sabe o que é melhor. Mas não falemos só de mim. Fale-me de você.
Mauro referiu-se à sua viagem aos Estados Unidos e ao sucesso de alguns programas que já redigira. De passagem, fazia menção a programas de colegas seus, com a evidente intenção de menosprezá-los. Só um nome elogiava: Escobar, seu jovem discípulo.
– O dia em que eu me apagar, ele será o meu sucessor.
– Você é novo, ainda.
– Tenho trinta e cinco.
Da próxima vez que dançaram, Mauro apertou um pouco mais o seu corpo sedoso. Estremeceu. O desejo de possuí-la deu o primeiro passo para tornar-se uma obsessão mórbida e violenta. Mas ainda tinha forças para conter-se.
À meia-noite, Sylvana, desabituada à vida noturna, pediu a Mauro que a levasse para casa. Ele atendeu-a, com pesar. Ao se despedirem, via-se que lamentava a brevidade da noite. Quando ela entrou no prédio, Mauro levou a mão às narinas para aspirar o perfume que a moça deixara.

3

A amizade de Mauro Giampioni representou para a carreira de Sylvana Rios um passo à frente. Na mesma semana em que o conheceu, seu nome foi indicado para representar papéis já de algum relevo. O produtor, contrariando seus hábitos, apareceu no estúdio para orientar a principiante. A moça absorveu seus conselhos com avidez: davam-lhe segurança.

Não tardou a que uma bela fotografia de Sylvana aparecesse numa seção especializada de rádio, juntamente com uma elogiosa legenda. Mauro enviara a foto. Dias depois, um cronista, seu amigo, noticiava a participação de Sylvana numa peça radiofônica na qual tivera brilhante atuação.

– O jornal fala de você outra vez – disse dona Júlia, mostrando a notícia.

Sylvana leu-a várias vezes, emocionada. O seu nome em letras de forma!

– A nota diz que tenho futuro no rádio! – exclamou.

– Ah, se estivéssemos no Carrão! – lamentou dona Júlia. – Queria que toda aquela gente lesse a notícia.

– Não dariam valor. Sempre me olharam com o rabo dos olhos.

– Espere que vou mostrar a dona Aurora – lembrou dona Júlia, correndo para a cozinha.

No mesmo dia, Sylvana apressou-se em agradecer o auxílio de Mauro, que tinha para ela outra notícia boa: estava escrevendo uma peça de meia hora, para que estreasse num papel principal.

– Não acha cedo demais?

– Cedo é, mas por que perder tempo?

Sylvana entusiasmou-se com a oportunidade. Como Mauro Giampioni estava sendo útil! Enquanto ele descrevia detalhes da peça, a moça fazia a imaginação funcionar. Via-se em pleno sucesso, disputada pelas emissoras e rodeada de admiradores fanáticos. Sentia-se possuída de tal confiança no futuro, que as agruras do presente lhe pareciam mais leves. Quase se esquecia de Flávio, coitado!

Cumprindo com o prometido, Mauro escalou-a para o papel principal de sua peça, uma adaptação do original americano *Ride on the pink horse*. Sylvana faria o papel de uma menina mexicana, aboballhada, que se mete, sem saber, em perigosas complicações policiais. Estudando o papel com bastante interesse, conseguiu representá-lo com muita precisão, justificando o elogio, já pronto, que Mauro endereçaria aos jornais.

Os demais atores, porém, comentavam com azedume a rápida ascensão de Sylvana ao estrelato. A própria Amélia Lemos viu a escalação com uma ponta de malícia: entre ela e Mauro algo devia estar acontecendo. Nos programas seguintes, da mesma série, Sylvana voltou a encabeçar o elenco. Firmava sua posição de estrela de primeira linha.

Nos dias que antecederam o término de seu contrato experimental, Sylvana viveu momentos de grande tensão. Temia que não o renovassem, pois já não contava com o apoio de Américo.

– Não se aflija – disse-lhe Mauro. – Eu trato disso.

– Vai me ajudar?

– Quebro o galho, deixe por minha conta.

Aquela noite, depois de muitos anos, Sylvana resolveu rezar. Ajoelhou-se aos pés da cama e rezou com todo o fervor. Pedia a Deus que o seu contrato fosse renovado. A oração fez-lhe bem, pois adormeceu tranquila.

No dia seguinte, entrou na Ipiranga, cheia de receios. E se o dr. Erasmo dissesse "não" a Mauro? O que seria dela? O que faria de sua vida? Notou que algumas colegas a olhavam com certo despeito, enquanto outras procuravam ignorá-la inteiramente. Somente algumas horas depois encontrou Mauro.

– Parabéns – disse-lhe o produtor.

– Por quê?

– Pode passar na direção para assinar o novo contrato. Tudo arranjado. E tem mais: consegui um razoável aumento de ordenado.

Sylvana atirou-se nos seus braços, agradecida. O perigo de voltar à loja acabara. Tudo estava resolvido. Agora, sim, tinha uma carreira pela frente. Felicidade maior não podia existir. E devia tudo a Mauro Giampioni!

– Hoje temos de comemorar o acontecido – lembrou ele.

– Como queira.

– Vamos fazer uma festa a dois.

O produtor instalou-se no bar, diante de um copo de gim. Vinha bebendo muito ultimamente. Mais do que em qualquer tempo. Mas estava feliz, àquele momento, graças a uma enorme coincidência. Não fora propriamente ele quem conseguira a renovação do contrato da moça. Ia apenas tentar, pois seu prestígio na Ipiranga já não era o do passado. Entrara no escritório do dr. Erasmo, certo de seu fracasso. Antes que pudesse abrir a boca, o diretor perguntou-lhe:

– Mauro, o que acha dessa tal Sylvana Rios?

– É uma revelação – respondeu Mauro, apressadamente.

– Então, faça o favor de dizer a ela para passar aqui. Vamos renovar o seu contrato, com um aumentozinho de ordenado.

Fora exatamente o que acontecera. Mas que lucro teria em contar a verdade? "É bom que ela deva a mim mais esse favor", pensou Mauro, atacando a sua dose de gim.

Sylvana chegou em casa com a boa-nova. A mãe, Wandinha e dona Aurora rodearam-na para ouvi-la. A moça estava com ar de festa.

— Confesso que nem andava dormindo essas noites, mas ontem rezei tanto!

— Você rezou? — quis saber dona Júlia.

— Rezei, sim.

Dona Aurora aproveitou a deixa para dizer algo sobre as Testemunhas de Jeová. Pela primeira vez, Sylvana deu-lhe toda a atenção. A crente vinha sendo muito útil para a família. Tornava-se uma agregada e trabalhava por uma ninharia. Precisava tratá-la bem.

— Minha mão até tremeu quando assinei o contrato — declarou a moça.

— E as outras atrizes? — perguntou Wandinha.

— Estão todas com cara de pau. Pensavam que eu não desse para a arte.

Depois do jantar, Sylvana foi vestir seu melhor vestido. Ficou um tempo enorme diante do psichê. Sua mãe, entrando no quarto, indagou:

— Vai sair?

— Mauro Giampioni vai passar por aqui.

— Você está namorando com esse rapaz?

— Não, mas ele tem me ajudado tanto!

Mauro apareceu num carro de aluguel à hora marcada. Foram tomar um drinque no Je Reviens. Logo a princípio, ela notou que o companheiro estava muito inquieto. Só depois de algumas doses foi que ele repousou os nervos.

— O que se passa com você? — ela perguntou.

— Oh, nada! Tive uma pequena discussão na Ipiranga.

— A propósito de quê?

Mauro não respondeu logo. Precisou de mais uma dose para dizer:

— Disseram que tenho largado o corpo, ultimamente, e me obrigaram a entregar uma nova peça para a televisão dentro de uma semana.

— Já escolheu o enredo?

— É o que estou procurando fazer neste momento.

Sylvana imaginou que Mauro não teria dificuldade em inventar um novo enredo. Via nele um homem extremamente capaz, um poço de ideias. Em tudo revelava uma inteligência superior.

— A peça vai ser um sucesso.

Sem confirmar essa previsão, Mauro começou a falar de seus programas do passado, dos prêmios que já recebera, do sucesso já alcançado. Tanto êxito permitira-lhe descansar um pouco nos últimos anos. Confessava-se meio destreinado, mas ia dar nova arrancada para provar o quanto valia.

Depois do Je Reviens, transferiram-se para o Lord, onde Mauro se fez um pouco romântico. Sylvana apreciava a sua companhia, mas temia que um novo caso de amor pudesse tirá-la fora dos trilhos. Precisava, agora, ter muito mais juízo do que tivera no passado. Nunca deixar-se levar pelas emoções. Tinha que se controlar e não precipitar compromissos. Mostrava-se agradecida a Mauro, pelo muito que ele já lhe fizera, mas evitava ser presa por sentimentos. Não seria mais leviana. Sandra estava morta.

Horas depois, ao deixá-la em casa, Mauro concluía que nenhum progresso fizera para a conquista de Sylvana. Tivera mais sorte noutros tempos, com outras moças. Com uma amarga sensação de fracasso, apertou-lhe a mão, na despedida.

4

Com a boca amarga de ressaca, no dia seguinte, Mauro lançou-se ao trabalho, em seu apartamento. Precisava escrever a peça solicitada. Tudo estava em silêncio, só às vezes ouvia os passos pesados de dona Hertha. Ele morava com uma senhora húngara, que fora grande amiga de sua mãe. Dona Hertha servia-lhe de arrumadeira, lavadeira e, às vezes, de conselheira. Era enérgica e eficiente. Tinha a mania de higiene e brigava com Mauro como uma pessoa da família, quando ele atirava pontas de cigarros ou largava livros sobre as cadeiras. Vivia policiando-o como uma ama, sempre com palavras firmes de censura. Sólida, pesadona, ativa, não parava de circular pelo apartamento com seus passos sonoros, masculinos, a sacudir seu molho de chaves, um símbolo de sua responsabilidade sobre tudo que havia lá dentro. Havia em sua voz, também masculinizada, forte acento estrangeiro. Usava roupas grossas, impermeáveis, de contato áspero. Perdera os pais na Primeira Grande Guerra e desde então vivera sempre só. Era solteirona, mas Mauro soubera, através de sua mãe, que ela tivera uma forte paixão por um violinista húngaro, já falecido. A única pessoa que a preocupava agora era o filho de sua amiga, aquele tresloucado Mauro Giampioni, que parecia perder o juízo dia a dia. Apesar de sua sisudez, de sua aparente frieza, amava-o e temia por sua sorte.

Mauro gostava de ouvir os passos de dona Hertha enquanto trabalhava. Seria horrível viver só naquele apartamento. Mas, aquele dia, teve uma visita: Escobar. Era o seu discípulo, o mais entusiasta de seus admiradores.

— Como é? Já fez a peça? — indagou Escobar, com vivacidade.

— Estava parafusando — respondeu Mauro, olhando a folha vazia que pusera na máquina.

— Qual vai ser o tema?

Mauro levantou-se e foi ao bar móvel preparar uma dose bem forte de gim. Assim, a seco, não era possível ter boas ideias.

— Veja se esta lhe agrada — disse a Escobar. — É uma coisa nova. O personagem central nunca aparece em cena, a não ser refletido no espelho. Seus olhos são os olhos da câmera. Quando um comparsa se dirigir a ele, ficará cara a cara com o vídeo. Entendeu?

Escobar abandonou-se sobre uma poltrona, decepcionado.
— O cinema americano já fez isso.
— Não é verdade.
— Assisti no Museu de Arte. Chama-se *A dama no lago*, interpretada e dirigida por Robert Montgomery.

Mauro abriu os braços, desamparado. O rapaz tinha razão, lembrava-se.
— Vou procurar nova ideia.

Quinze anos de vida ativa no rádio e na televisão haviam esvaziado sua imaginação. Antes, tudo lhe era fácil. Mal se sentava à máquina, as ideias surgiam. Seus sucessos eram frequentes. Mas essa fertilidade acabara-se. Depois, andava bebendo demais. Seus nervos descontrolavam-se. Já acordava com uma terrível neblina cerebral, produto do álcool. Se continuasse assim, sua queda seria total. Seu copo chegara ao fim.

Escobar, erguendo-se, tentava animá-lo:
— Você precisa de um novo estouro. Lembra-se de quando escreveu *Atire para matar* e *Entre sem bater*?
— Posso fazer coisas ainda melhores.
— Então, por que não faz?
— Um pouco de canseira — disse Mauro, triste.

O jovem redator procurava ajudá-lo.
— Por que não escreve uma história de mocinhos que roubam automóveis? Alguma coisa com fundo social.

"Eu lhe ensinei o abecê e agora quer me dar conselhos", pensou Mauro, irritado.
— Algo que tenha um final imprevisto... — insistia Escobar.

Mauro pensou no fim que teria seu caso com Sylvana.
— Um final imprevisto? Vou pensar. Prometo que vou pensar.

As xícaras de café se sucederam sobre a mesa de Mauro, mas ele não conseguiu arrancar uma nova história da cabeça. Teria que recorrer a uma reprise, mudar uma cena ou outra e encaminhá-la assim mesmo à direção. No dia seguinte, encontrou Sylvana na Ipiranga e noticiou:
— Fiz uma nova peça, onde há um bom papel para você.
— Mas nunca trabalhei na tevê!
— Vai ser a sua estreia.

Sylvana ficou exultante Seu progresso tomava um ritmo acelerado. Um papel principal, o contrato e agora a primeira oportunidade na tevê. Na mesma semana, seu nome aparecia no quadro de escalações, apontando para um papel da peça de Giampioni. Horas depois, recebia uma cópia da peça. A obrigação de decorar umas vinte falas assustou-a. Jamais fora capaz de decorar nada, mesmo no grupo escolar, por ocasião das festinhas escolares.
— Você tem de me ajudar — pediu a Wandinha. — Fique com a peça na mão e vá dando as deixas.

Para Wandinha era uma diversão, para ela, não. A custo aquelas frases se imprimiam em sua memória. Tinha de se concentrar, o que era horrível para quem não estava habituado. Mas precisava vencer aquela luta.

– Preste mais atenção! – exigia Wandinha.

– Deixe dizer essa fala de novo.

Depois de duas horas de esforço, Sylvana achou que já sabia seu papel razoavelmente. No dia seguinte, começaram os ensaios. Foi a primeira a entrar na sala. Mauro chegou logo em seguida, com a cara de quem passara a noite em claro. Explicou os papéis, procurando valorizá-los, e cedeu a palavra ao ensaiador, que começou a movimentar os atores.

Sylvana estava cheia de receios. Televisão parecia-lhe muito mais difícil que o rádio. Embora seu papel fosse pequeno, interpretá-lo não era simples. Não conseguia andar com naturalidade, na sala de ensaios, e esquecia-se de tudo que decorara na véspera.

Num intervalo, Mauro chegou-se a ela e disse:

– Você está nervosa. Por quê? Eu estou aqui.

Ela gravou aquelas palavras: "eu estou aqui". Fazia-lhe bem saber que alguma pessoa esperava o melhor dela. Não podia decepcionar Mauro Giampioni, tão disposto a ajudá-la. Na segunda etapa dos ensaios já conseguiu mostrar-se mais segura. Mesmo quando esquecia as falas, escondia o embaraço. Suas pernas ficaram mais firmes, os movimentos mais espontâneos. Todos notavam a sua melhora.

– Como primeiro ensaio você esteve bem – comentou Mauro, no fim. – O que lhe falta é entrar no espírito da personagem.

– Também sinto isso.

– Você faz o papel de uma moça decaída, explorada por um sujeito sem escrúpulos. Imite a maneira das decaídas, ponha uma intenção em cada frase.

– Acho que não consigo.

– Consegue, sim. Sei que você consegue.

Mauro incutia-lhe confiança. Se não fosse ele, cairia no desamparo.

– Vamos conversar – Sylvana propôs. – Quero entender bem o papel.

Foram a uma confeitaria, próxima à Ipiranga, e lá Mauro fez uma verdadeira análise do que ela teria de dizer. Procurava ser o mais claro possível, exibir uma paciência que nunca tivera com ninguém.

Nos demais ensaios, Sylvana provou que absorvera tudo o que o produtor lhe havia ensinado. Agora só teria de preocupar-se com o movimento das câmeras para tirar melhor partido da interpretação.

– Procure saber sempre qual é a câmera que está no ar – aconselhou Mauro. – Não desperdice emoções.

Chegou o dia da encenação da peça. Sylvana estava nervosíssima e teve que tomar muito calmante. Até os últimos momentos, não desgrudava os olhos do papel. Sentada na sala de maquiagem, ia recitando frases em voz alta. Mauro, atrás do maquiador, exigia que ele caprichasse o mais possível.

Amélia, entrando subitamente na sala, e vendo a caracterização, exclamou:

— Puxa! Você está com cara de mulher à toa!

Quando uma campainha chamou os atores para avisá-los de que a peça ia para o ar, Sylvana sentiu repuxos no estômago, o nervosismo dava-lhe cólicas. Lembrou-se de sua mãe, de Wandinha e de dona Aurora, que deviam estar diante de uma televisão. Quem sabe Flávio a visse também, no presídio.

— Vamos, Sylvana — ordenou Mauro.

— Como estou nervosa! — ela exclamou.

— Não se deixe dominar pelos nervos. Seja firme.

Ela seguiu para o estúdio como se fosse para uma câmara de gás. Mas suas cenas não eram as primeiras. Somente no fim do primeiro ato é que teria de entrar. Fumando, ficou à espera de sua vez. Por fim, o diretor do estúdio fez-lhe um sinal. Ela segurou a respiração e entrou.

Na técnica, Mauro, falando baixo no ouvido do diretor da tevê, dava palpites.

— Apanhe um *close* dela! Mande aproximar a câmera.

O técnico, rindo, protestou:

— Mas não é só ela que está em cena.

— Mais um *close*.

Insegura nas primeiras cenas, nas demais Sylvana ganhou firmeza e confiança. Era só relaxar os músculos e a coisa ia. Se esquecia uma fala, procurava ouvir o ponto. Não se precipitava nunca. E tinha a impressão de que não se saía pior do que os outros.

Terminada a peça. Sylvana correu a tirar a maquiagem. Enquanto lavava o rosto, pensava: "O que será que Mauro achou de mim?". Era a única opinião que interessava. Quando o olhou pela primeira vez, depois da interpretação da peça, mal escondia o nervosismo.

Ele foi franco:

— Não posso dizer que você foi um sucesso, mas esteve bem.

— Parecia uma principiante?

— Até que não.

Outras pessoas, ali presentes, mostraram-se mais entusiasmadas do que Mauro.

— Você abafou, Sylvana. Sabe que parecia mesmo uma mulher daquelas?

Recebeu diversos apertos de mão. Um dos diretores da Ipiranga elogiou o seu trabalho e disse:

— Precisamos escalá-la mais vezes na tevê.

Mauro puxou-a pelo braço: parecia inquieto.

— Não vamos ficar aqui ouvindo os comentários. Que tal se saíssemos um pouco?

— Mas estou tão cansada!

— Amanhã é domingo, você poderá descansar.

Apanharam o primeiro táxi que passou diante da Ipiranga, rumo ao Sky Club. Sylvana estava exultante. Dera mais um passo. Recebera os primeiros elogios. Fora não só ouvida, mas também vista por milhares de pessoas. Fazia bem em comemorar o acontecimento com Mauro Giampioni, a quem devia o sucesso.

No clube, mesmo antes de terminar a dose inicial de uísque, Mauro convidou-a a dançar. Apertava-a de encontro a seu corpo, fortemente. Sua respiração tinha um ritmo apressado e ele forçava para falar com naturalidade. A moça não estava muito interessada na dança. Logo que se sentaram, perguntou:

— Parece que a turma toda gostou de mim, notou isso?

— Notei — respondeu o produtor. — Mas não se entusiasme com elogios fáceis.

— Ainda não me acostumei a eles!

— Não pense que basta um trabalho para firmar uma carreira — aconselhava Mauro, um tanto azedo. Ela não esquecia a peça, e isso era aborrecido. Por que não tratava de aproveitar melhor a noite?

— O que me ajudou foi o argumento — disse Sylvana, querendo envolvê-lo no tema da conversa. Queria sentir se ele também era vulnerável a elogios. A confirmação veio logo.

— A peça de fato é boa — disse ele. — É uma história tecnicamente bem contada. Pode não ser lá muito original, mas foi escrita no capricho.

— Como foi que você teve a ideia? — ela perguntou, observando a satisfação com que Mauro falava nas coisas que lhe diziam respeito. Mas era natural. Se ela estava orgulhosa de seu trabalho, por que ele não deveria estar do dele? Aceitava a vaidade de Mauro, que tanto irritava as outras pessoas.

Mais tarde, depois de novas doses, ele envolveu-lhe o corpo com seu braço.

— Para estreia, um papel pequeno serviu. Vou logo, logo, arranjar-lhe um papel principal.

— Na televisão?

— Sim, na televisão.

Ela consentiu que Mauro a apertasse ainda mais.

— Você é muito camarada, Mauro.

— A mim não me custa ajudá-la.

— Mas eu sei quanto um auxílio vale. Sem você, eu estaria perdida.

Voltaram para casa bem tarde, ambos satisfeitos com a noite. Na hora da despedida, Mauro beijou-lhe o rosto, sem atrever-se a pretender-lhe os lábios. Queria conquistá-la, mas tinha o receio de que a precipitação estragasse tudo. Seus olhos, porém, traduziam o seu desejo.

Aquela noite, ao enfiar-se debaixo das cobertas, Sylvana lembrou uma a uma as cenas que vivera diante das câmeras. Se Mauro lhe desse mais oportunidade, não tardaria a ter o cartaz das estrelas de primeira grandeza. Auxiliada por alguém, iria longe. Estava certa disso. Mas se ele se desinteressasse por ela ou descobrisse que lhe faltava talento para a profissão? Não, isso não aconteceria. Mauro estava gostando dela. Era evidente. De outra forma, não estaria sempre fazendo convites para noitadas. "Como o mundo dá voltas", pensou. "Está gostando de mim a pessoa que eu mais admirava, e que jamais pensei conhecer pessoalmente."

Os primeiros raios de sol despertaram Sylvana. Saltou da cama bem cedo, ansiosa por saber o que os seus haviam achado de seu trabalho. Wandinha não tinha dúvidas:

— Você estava mais bonita que todas as outras.

— Mais que Aurora Matos?

— Muito mais do que ela – garantiu Wandinha. – Aurora tem cara de bolacha.

Dona Júlia dizia que não perdera uma cena. Ficara o tempo todo com a cara no vídeo. E tinha sua opinião:

— Você que salvou a peça. Ela não é grande coisa!

Sylvana quase magoou-se:

— Mas é uma peça de Mauro Giampioni!

— Ele não foi muito feliz – declarou dona Júlia. – A gente fica sem saber direito o que aconteceu. Afinal, a moça casou?

A observação de dona Júlia soou vulgar a Sylvana. Imagine se Mauro a ouvisse! A velha nada podia entender de técnica e daquelas coisas complicadas tão ao gosto do produtor. Se ela o ouvisse falar, não entenderia uma só palavra. Poucas pessoas podiam acompanhar os pensamentos de Mauro. Mesmo na emissora era um incompreendido. Ela, porém, orgulhava-se de entendê-lo.

No outro dia, na Ipiranga, Sylvana supôs que ainda ressoasse o eco de seu sucesso. Enganara-se. Nenhuma das colegas comentou coisa alguma, todas ocupadas com seus programas. Era a correria de sempre pelos corredores. Uma verdadeira fábrica de novelas e shows, que não permitia aos operários muitos momentos de descanso. Apenas Mauro referiu-se ao programa, lembrando que lhe arranjaria um papel ainda melhor para a próxima vez.

Dois dias mais tarde, um cronista especializado, comentando a peça, fez uma excelente referência a Sylvana, que chamou de "diamante bruto". Em sua opinião, ela teria futuro na arte de intérprete, graças à sua beleza e ao seu desembaraço. "Mesmo quando interpreta mal, agrada", disse o comentarista. No tocante à peça, o jornalista fez sérias restrições: "Mauro Giampioni vem se repetindo há muitos anos. Não cria nada de novo. Tecnicamente suas peças convencem, mas falta-lhes conteúdo. Suas histórias, sofisticadas, não chegam ao povo. Pode agradar os esnobes, mas esses não assistem televisão, vão ao teatro. Se ele não se renovar, será logo esquecido".

Sylvana leu o trecho alusivo a Mauro com bastante mágoa. O crítico fora injusto. A peça era boa, sim. Muito boa. Encontrou-se com Mauro no bar da Ipiranga. Ele tinha o jornal nas mãos.

– Viu o que esse imbecil disse?

– Vi, sim.

– Claro que não entendeu a peça. Eu não escrevo para a arraia-miúda – declarou, amargo. – Escrevo para a elite intelectual.

Sylvana lembrou-se de sua mãe, que também não gostara da peça, e atalhou:

– Muita gente gostou da peça. Ouvi grandes elogios.

O produtor resignou-se:

– Ouviu mesmo?

– Acham que é uma peça meio esquisita, mas muito boa.

Mauro, amuado, não disse mais nada. Estava com muita sede aquela tarde e pediu ao garção uma dose de gim. A moça afastou-se, sem comentar o que o mesmo crítico dissera dela. Tinha pena de Mauro, que parecia tão ferido em seu amor-próprio. Preferia que o jornalista a tivesse também criticado para sofrer com ele a mesma injustiça.

À noite, Sylvana mostrou à sua família a nota do jornal. A reação foi intensa. Wandinha ficou entusiasmada:

– Puxa, ele fala mais em você do que na atriz principal!

Dona Júlia pôs seus velhos óculos para ler a crônica:

– Viu? Ele também não gostou da peça.

– Nem todos são da mesma opinião – disse Sylvana, defendendo Mauro.

– Vai ver que são inimigos – arriscou Wandinha.

– Parece que são mesmo – concordou Sylvana.

Em seu quarto, relendo o artigo, Sylvana logo esqueceu o ataque a Mauro. Lia e relia as linhas dirigidas a ela: "diamante bruto", "mesmo quando interpreta mal, agrada", "terá futuro na arte de representar". Adormeceu feliz, com o jornal nas mãos, sobre a coberta. Foi dona Júlia quem entrou no quarto, pé ante pé, para apagar a luz do abajur.

5

Na semana seguinte, ao entrar na Ipiranga, recebeu o recado de que o diretor queria vê-la. Foi à diretoria. Iam dar-lhe um novo encargo: anúncios ao vivo. Mauro já dissera que ela prometia como anunciadora, e agora surgia a primeira oportunidade. Aceitou a tarefa de bom grado, pois receberia um pequeno extra por anúncio feito.

— Mauro, vou estrear como anunciadora. Queria que você me visse para ver se tudo sai bem.

Disposto a atendê-la em tudo que ela lhe pedisse, Mauro assistiu ao comercial. Procurou orientá-la:

— Você estava muito insegura. Não parecia interessada em vender o produto. A tarefa da anunciadora é vender, entendeu?

— Quer me ensinar como devo dizer essas coisas?

— Vamos até o bar.

Mauro demorou-se quase uma hora para fazer dela uma anunciadora razoável. Ensinou-lhe a valorizar cada palavra e a interpretar o texto com o mesmo interesse de uma cena teatral. Ela ouviu-o com atenção, desejosa de aprender.

— Agora acertarei sempre — disse ela, no fim da aula.

O produtor procurava criar ideias:

— O que você precisa é duma coisa que a marque. Nos Estados Unidos uma anunciadora ficou famosa porque tinha o hábito de piscar a todo instante. Uma coisinha de nada às vezes basta para tornar um artista conhecido.

— Vou pensar nisso.

— Uma boa ideia, assim, vale por dez anos de trabalho.

Durante alguns dias, Sylvana tentou inventar algo que "marcasse sua personalidade", como Mauro aconselhara. Mas não encontrava nada. Pensou em pedir à sua costureira que criasse para ela um novo tipo de blusa, com um decote provocante. A costureira, porém, não foi capaz de realizar nada de original. Ensaiou diversos tipos de penteado, sem encontrar um realmente diferente. Em matéria de modas, tudo lhe parecia gasto, já muito explorado. Mauro também não sabia indicar-lhe um caminho. Sugeriu que ela adotasse um tom estrangeirado de voz, com o que a moça não concordou. Seria um suplício horas a fio, estudando o seu rosto, sem saber o que acrescentar nele para chamar a atenção dos telespectadores. Uma tarde, dando-se por vencida, apanhou uma lata de talco e espalhou o pó sobre os cabelos. Ocasionalmente formou-se em sua cabeleira uma mecha branca, cujo efeito a fez rir.

Nesse momento, Wandinha entrou no quarto e imediatamente notou a curiosa mecha branca.

— Como fica bonito! — exclamou. — Me deixa fazer uma. — E apanhando o talco a menina aplicou em seus cabelos também uma mecha branca.

— Como você fica bonitinha — disse Sylvana.

— Você também fica bonita com a mecha.

Sylvana examinou-se no espelho. De fato, aquela mecha tornava-a mais atraente. Como gostaria de ter a coragem de apresentar-se com ela. Apanhou uma escova para tirar o pó dos cabelos.

— Preciso ir já para a Ipiranga.

— Mas vai sem a mecha? — perguntou a irmã.

— Acha que tenho cara para sair com isso na rua?

— Pois amanhã eu vou na escola com a mecha branca — declarou a menina.

Sylvana impressionou-se com a decisão da irmã. Chegou a invejar a sua coragem. Mais uma vez fixou os olhos no espelho. A mecha branca caía-lhe bem. Era exótica, mas não escandalosa. Muito mais condenáveis eram os decotes ousados. Ficou tentada a fazer uma experiência. Por que não? Apareceria na Ipiranga com a mecha.

Na hora do comercial escovaria os cabelos. Estava decidida. Quando ia deixar o apartamento, dona Aurora a viu e arregalou os olhos.

— O que aconteceu nos seus cabelos?

— Caiu talco.

— E você vai sair assim mesmo?

— Vou. É moda — disse Sylvana, achando graça.

Ao chegar à rua, e sentindo-se notada por uma senhora que esperava o autolotação, teve ímpeto de voltar para casa, correndo. Como devia ficar ridícula, com aquela mecha. Já estava com ódio de Wandinha, que a animara a sair com a mecha branca nos cabelos. Um autolotação parou e ela entrou. Todos os passageiros olhavam para ela, um deles esboçou um sorriso. Desceu diante da Ipiranga, certa de que no carro comentariam sua moda extravagante.

Na Ipiranga, não houve quem não notasse a mecha. Amélia riu-se a valer, ao vê-la, e disse a Sylvana que tinha uma escova na bolsa, para tirar o pó.

— Não, vou deixar a mecha aí. — O que queria era que Mauro visse a mecha.

Mauro apareceu mais tarde. À distância notou a mecha branca. Chegou-se a Sylvana, sorrindo:

— O que foi isso nos cabelos?

— Bossa-nova.

— Você perdeu o juízo?

— É para marcar a minha personalidade — disse Sylvana, sem ser levada a sério.

Américo, passando por ela, disse:

— Seu comercial na tevê vai para o ar às oito. Vá tirar isso dos cabelos.

Recebendo a ordem, Sylvana sentiu a tentação de desafiar a todos. Não tiraria a mecha branca. Ia aparecer diante das câmeras com ela. Entrou no estúdio da televisão, decidida. Um dos *cameramen*, vendo-a através das lentes, comentou:

— Essa mancha no cabelo dá bom efeito.

Era aquela, depois da de Wandinha, a primeira opinião favorável. Animou-se um pouco mais.

Chegou o momento do comercial, que ela apresentou com a naturalidade que já adquirira. Até esqueceu-se de que tinha a mecha branca nos cabelos. Terminada a apresentação o telefone tocou para ela. Era um engraçadinho que a convidava para um giro pelas boates. Confessava-se apaixonado pela garota da mecha branca. Sylvana bateu o fone.

Mauro veio ao seu encontro.

— A mecha dá um belo efeito.

— Acha que não devo tirá-la?

— Não, não tire. Deixe os outros falarem.

Sylvana não discutiria mais: ficaria com a mecha. Diante das câmeras ou não, ostentaria aquela atraente mecha. Em sua casa, dona Júlia estava alarmada:

— O que é isso em seus cabelos?

— Estou lançando uma moda nova – disse ela.

— Todo mundo vai rir de você.

Os bons resultados dessa invenção, Sylvana estava longe de adivinhar. Logo nos primeiros dias de uso da mecha, começaram a chover telefonemas de admiradores que lhe faziam convites. Todas as pessoas que possuíam em casa um aparelho de televisão passaram a conhecer "a garota da mecha branca" e a reparar em seus dotes físicos. Por outro lado, Sylvana tornava-se uma anunciadora segura e desembaraçada. Um anunciante, dos que despendiam maior verba na Ipiranga, solicitou à emissora que "a garota da mecha branca" anunciasse o seu programa. Estava disposto a pagar-lhe um bom extra. Uma revista especializada estampou a notícia em destaque. Resultado: outro anunciante fez a mesma exigência, aumentando o prestígio de Sylvana junto à direção da rádio e ao público. Semanas depois, era ela a anunciadora que mais vezes durante a noite aparecia no vídeo.

— Satisfeita? – perguntou-lhe Mauro, que estava se incumbindo de sua publicidade.

— Não muito – respondeu ela, amuada. – O que adianta ter cartaz e ganhar a miséria que ganho?

– Acho que podemos conseguir para você um bom aumento de ordenado – garantiu o produtor.

– Duvido muito. A Ipiranga não gosta de soltar dinheiro.

Mauro tinha uma ideia:

– Vou publicar a notícia de que outra emissora está disposta a pagar-lhe fabuloso ordenado.

A moça recuou:

– Mas não é verdade!

– Se lhe perguntarem se é fato ou boato, faça um ar de mistério e não diga "sim" nem "não". Esse truque costuma dar resultado.

A notícia saiu, na mesma semana, em diversos jornais. Um dos diretores da Ipiranga encontrou Sylvana casualmente e perguntou-lhe se a nota da imprensa tinha fundamento. Ela, muito hábil, respondeu que recebera uma oferta, mas que nada ainda decidira. Amava a Ipiranga.

– Não se precipite aconselhou o diretor. – Vamos pensar em seu caso.

Sylvana, felicíssima, correu a contar a Mauro o que o diretor dissera. Sua carreira começava a engrenar. Tudo estava indo muito bem. Iria de sucesso a sucesso.

O produtor gozou a vitória:

– Minha ideia foi boa.

– Você tem ideias geniais, Mauro.

– Aposto que a direção ficou alarmada. "A garota da mecha branca" começa a valer muito mais do que as canastronas do elenco. Não assine novo contrato por pouco, Sylvana. Finque o pé.

– Se finco.

Mauro tinha outra ideia, que expôs com ardor:

– Mande fazer cinco milheiros de cartões com seu retrato e faça uma distribuição a todos os frequentadores do auditório.

– Muita atriz já fez isso, sem resultado.

– Artistas desconhecidas, mas você já tem o seu cartazinho. O retrato, só com esses dizeres: "Sylvana Rios, 'a garota da mecha branca'".

– Mas eu não tenho nenhum retrato com mecha branca.

– Então tire, não perca tempo.

– Estou dura – confessou Sylvana. – Isso tudo vai custar um dinheirinho.

– Deixe a despesa por minha conta.

Foram juntos ao fotógrafo e depois à tipografia. Sylvana deixava-se arrastar por Mauro, confiante em suas ideias. Que sorte tê-lo conhecido! Só tinha a ganhar, dirigida por ele.

Na semana seguinte, os porteiros da Ipiranga, gratificados, distribuíam o retrato da "garota da mecha branca" à gente que ia ao auditório. Foi nessa ocasião que Sylvana colheu o primeiro triunfo popular. Saía da emissora, quando uma negrinha, vestida de vermelho, assaltou-a afobada, exibindo um álbum encardido.

– Por favor, Sylvana – suplicou, com intimidade.

– O que você quer?

– Um autógrafo.

Sylvana folheou o álbum e reconheceu nele as assinaturas de artistas famosos.

– Qual é o seu nome? – perguntou.

– Aurélia Silva.

A atriz rabiscou uma legenda: "Para você, Aurélia, com toda a minha amizade". Quanto teria dado, anos atrás, para ter a mesma dedicatória, assinada por Ester Matos, na época em que a cantora fora amante de Mauro!

Na esquina, encontrou-se com o produtor e uma onda de gratidão invadiu-a. Mencionou-lhe o fato ocorrido com a negrinha. Assinara o seu primeiro autógrafo! Ainda assinaria milhares. Que animação sentia, que desejo de obter novas vitórias!

– Agora, você precisa de bons papéis na tevê – disse Mauro. E não tire nunca essa mecha branca, ela abriu-lhe a porta da fama.

– Falam de mim, mas ainda sou muito crua para representar papéis importantes.

– Não se preocupe com isso, eu converso com os outros produtores.

– Puxa, como posso pagar tudo que lhe devo?

– Vamos jantar juntos num bom lugar. Pague com sua companhia.

Partiram para um restaurante e depois para uma boate. Depois do segundo uísque, Mauro teve outra ideia brilhante. Levantou-se por um momento, falou algo no ouvido do gerente da casa e, logo em seguida, para a surpresa de Sylvana, o crooner anunciava a presença da "garota da mecha branca", para quem pedia uma salva de palmas.

Sylvana levantou-se graciosamente, distribuindo cumprimentos, e sentou-se de novo, como se estivesse acostumada a receber tais homenagens. Mas disse a Mauro, baixinho:

– Você, sempre inventando coisas.

– Sou seu agente de publicidade.

– O melhor agente do mundo, o melhor amigo também.

Giampioni baixou a cabeça; desejava muito mais e ela falava em amizade. Estivera, então, todo aquele tempo gastando ideias e energias à toa. Lembrou-se de que já há alguns anos sua sorte com as mulheres declinava. Ester Matos fora a última grande conquista. Depois dela, não conseguira mais empolgar outra mulher. Cortaria o mal pela raiz: era muito orgulhoso para acompanhar uma derrota até as últimas consequências. Só lhe restava uma coisa a fazer: afastar-se de Sylvana.

– Que houve com você? – ela quis saber.
– Apenas estou um pouco indisposto.
– Vai ver que é uma gripe.

Ele concordou. Devia ser gripe. Pediu a conta. Não queria levar um contra na cara. Escondendo sua amargura, pediu ao porteiro que lhe arranjasse um táxi.

Dentro do auto, Sylvana, desconfiada, arriscou:
– Alguma coisa que eu disse lhe aborreceu?
– Absolutamente – respondeu Mauro. – É uma indisposição.

No dia seguinte, Sylvana procurou o produtor na Ipiranga. Não o encontrou. Passou toda uma semana, e nada de ele aparecer. Perguntou a Escobar se Mauro estava doente.

– Esteve, sim. Intoxicação. Tem bebido muito.
– Ele sempre bebe demais?
– Então você não sabia?

A emissora parecia vazia a Sylvana quando Mauro não estava. Habituara-se a conversar com ele, a única pessoa que amparava a sua carreira. Certa vez, deram-lhe no rádio um papel grande, sem prévio aviso. A moça ficou desorientada. Não podia interpretar bem, longe dos conselhos de Mauro.

– Como você estava nervosa! – exclamou Américo, depois do programa.
– Me saí muito mal?
– Não chegou a comprometer, mas eu não gostei.

Sylvana chegou a pensar que Américo dissera aquilo movido pelo despeito. Enganara-se. Dona Júlia, ao vê-la de volta, à noite, também opinou:
– Hoje não gostei de você.
– Por quê?
– Sua voz tremia muito.
– Acho que estou doente – disse Sylvana, a caminho de seu quarto.

Deitada em sua cama, sobre as cobertas, a atriz fazia um exame de seu estado de espírito. Desde que Mauro se afastara, tudo começava a dar para trás. Estragara um programa e seu nome não aparecia com muita frequência na televisão. O apoio que ele lhe oferecera era indispensável. Tomou a resolução de procurar Mauro. Se o ofendera por qualquer razão, pediria desculpa. Não se vexava em humilhar-se, mesmo porque nada lhe pesava na alma.

Quinze dias depois do último encontro, Mauro apareceu na Ipiranga. Não fora necessário a Sylvana procurá-lo. Muito naturalmente, a moça acercou-se do produtor.

– Como vai, Mauro, você desapareceu!

— Estive fazendo retiro.
— Onde? Em sua casa? — ela perguntou.
— Não, nos inferninhos da cidade.

Sylvana não o deixou aquela tarde, mas não via em Mauro o mesmo homem. Ele esfriara: deixara de interessar-se por ela, preocupado com seus problemas. "Essa ruptura vai influir em minha carreira", supôs a moça. "Com esta minha cabeça vazia, vou marcar compasso o resto da vida."

— Que tal se saíssemos uma noite dessas? — sugeriu a Mauro.
— Como quiser — respondeu ele.
— Pode ser sábado agora.

Os olhos de Mauro brilharam. Ainda podia ter esperanças de conquistá-la, o que era seu maior desejo. Além disso, criar uma nova estrela dava-lhe um grande prazer, já que não conseguia mais extrair do cérebro nenhum programa de valor.

Aquela noite, deitada em sua cama, com um *script* nas mãos, Sylvana disse, em tom vago, à irmã:

— Acho que Mauro Giampioni gosta de mim.

A menina, que era doida por ouvir novidades, sentou-se na cama, ao lado dela.

— Quantos namorados você tem? — perguntou.
— Quantos? Que pergunta! Nenhum.
— Eu pensava que você tinha muitos.

Sylvana lembrou-se de que desde a prisão de Flávio não mais se envolvera em novo caso de amor. Tornara-se mais fria, mais calculista. Vinha simpatizando com Mauro, mas se recusava a entregar seu coração. Não queria cometer novos enganos. Também não desejava ter amantes e aventuras passageiras. Se Mauro tivesse um interesse honesto por ela, quem sabe, cederia.

No sábado, Sylvana foi jantar com Mauro no Excelsior. Preferiu não usar nenhum dos seus esplendorosos vestidos de noite. Trajou-se com o maior recato; apenas aquela mecha branca nos cabelos dava um traço mais ousado à sua personalidade. Apesar da fama que se aproximava, queria mostrar-se equilibrada e madura.

— Você está mais bonita hoje do que nunca — disse Mauro, observando-a.
— Tão modesta assim?
— Você fica ainda melhor com esse traje simples.

Sylvana pensou na satisfação que sua mãe teria se ela se casasse. E, pelo menos no momento, que melhor partido do que Mauro Giampioni, o impulsionador de seu sucesso? Depois, casando-se com ele, cumpria uma espécie de capricho do destino, já que há tanto tempo o admirava. Casada, as manchas de seu passado seriam retiradas e poderia enfrentar o mundo com mais altivez e decisão. Ainda se sentisse atração pela vida dispersiva de outrora, mas nascera nela outra mulher, e nenhum vestígio de Sandra deveria sobreviver.

– Fale-me do que está escrevendo – a moça pediu.

Mauro lhe quis confessar que no momento não estava escrevendo nada de importante. Pelo contrário, haviam-no incumbido de redigir uns programas do período matutino que só destinavam aos principiantes. Ele, que há anos não criava nada de notável, não tivera forças para reclamar. Mas a humilhação o ferira. Bastava lembrar-se do fato para desejar molhar a boca.

– Não, falemos de você. Assinou o novo contrato?

– Assinei, sim. Fiquei surpresa com o aumento que fizeram em meu ordenado. Até a Amélia, quando soube, fez cara feia. Estou ganhando o mesmo salário que ela.

Mauro lembrou-se de que há anos recebia o mesmo ordenado. O salário, que fora uma fortuna, no passado, devido à inflação, pouco conforto lhe proporcionava. Felizmente, em seu apartamento, pagava aluguel antigo e dona Hertha era mais uma amiga do que uma empregada. Deixara de frequentar bons restaurantes e só fugia à regra quando saía com Sylvana.

– Você vai de vento em popa.

– Mas alguma coisa está me faltando – confessou Sylvana.

– O quê? Por exemplo?

Sylvana resolveu tomar a iniciativa, uma vez que Mauro, não sabia por que, mostrava-se muito deprimido.

– Vivo muito só. De casa para a rádio, da rádio para casa. Gosto da minha profissão, mas essa rotina me cansa.

Ele sorveu um longo gole de gim, entendendo que ela lhe dava uma oportunidade.

– Arranje um noivo – disse, olhando-a bem firme.

– Pode indicar-me um?

Por um momento, Mauro pensou em sua carreira em declínio e no gosto da solidão que começara a experimentar. Noutros tempos poderia dar-se ao luxo de evitar qualquer ligação mais séria. Talvez não se interessasse tanto por Sylvana Rios. Sua possibilidade de escolha era maior. Mas tudo mudara. Tinha que segurá-la como uma tábua de salvação.

– Não conheço ninguém melhor do que eu para seu noivo – disse ele, com um sorriso.

– Nem procurando bem entre nossos conhecidos?

– Acho que não.

Ambos riram, e daquele momento em diante houve entre os dois uma declaração de amor velada. Mauro, fiel ao cinismo que cultivara durante anos, não queria dizer-se apaixonado; Sylvana já aprendera que é mau para uma mulher revelar-se no amor a parte fraca. Mas, entre os dois, o mais entusiasmado era Mauro, que via na conquista da moça uma compensação para tantos fracassos seguidos.

Quando deixaram o restaurante, de braços dados, a intimidade entre eles crescera e pareciam felizes. No carro, ao se despedirem, Sylvana sussurrou:

— Quero que apareça em casa um dia desses.

— Estou ansioso por isso – respondeu ele.

Regressando ao seu apartamento, Giampioni, animado pela noite, pensou: "Hoje vou arrancar qualquer coisa dessa cabeça". Sentou-se diante de sua máquina de escrever. Mas logo seus olhos se desviaram para uma garrafa que havia sobre a mesa. A vontade de beber substituiu o desejo de aprisionar-se à máquina.

6

Sylvana estava em pleno romance com Mauro e com seu sucesso profissional, quando, certa tarde, um carro brecou, ruidosamente, diante dela:

— Vai para a cidade? Quer entrar?

Era o Senador.

Sylvana tentou recusar o convite, mas ele insistiu: tinha uma novidade para ela. Assim que entrou no carro, o Senador foi logo dizendo:

— Tenho visto você todas as noites. Palavra que você fica ainda mais bonita na televisão! E como lhe cai bem essa mecha branca!

— Com franqueza?

— Olhe, aposto que você acaba no cinema.

— Isso é que não.

O Senador mudou de conversa intencionalmente:

— Precisamos nos ver um dia desses. Por que não telefona para o escritório?

— Telefono, sim – respondeu ela, certa de que não o faria. Nada a obrigaria a voltar atrás. Nem o dinheiro vivo do Senador nem nada que ele lhe pudesse dar. – Mas de que novidade falou?

— Sexta-feira – disse o Senador –, vai ser o julgamento de Flávio.

— Ah, sim?

— Você vai, não é?

— Acha que devo ir?

— Ele gostaria de vê-la. Num dia desses, eu o visitei. Está morto de saudades suas. Depois de um ano de cadeia, ficou mole. Arrependeu-se de lhe ter pedido que não o visitasse mais. É um canalha, um refinado canalha, mas gosto dele. Podemos ir juntos ao tribunal – concluiu.

Sylvana pensou um pouco e respondeu:
— Acontece que sexta-feira é justamente o dia em que mais trabalho.
— Não pode pedir dispensa?
— Televisão não é emprego público. Lamento não poder ir ao tribunal. Pobre Flávio!

O Senador sacudiu a cabeça:
— É mesmo digno de pena. Pensei que tivesse mais fibra. Precisa ver como se abateu. Anda acovardado. Disse que enlouquece se não for absolvido. O que atrapalha — entende? —, são seus antecedentes. A folha do rapaz é muito suja. O advogado anda meio murcho.

— Vou ficar aí na esquina — disse Sylvana.

O Senador brecou o carro:
— Não pode ir mesmo na sexta? Faça uma forcinha.

A lembrança de Flávio fez mal a Sylvana. Se ele fosse absolvido, iria, na certa, procurá-la outra vez. Era verdade que o amara, correra riscos por ele, e fora até explorada. Mas Sandra não era Sylvana Rios. Por que voltar ao passado, se o futuro estava ali, à sua frente, cheio de oportunidades? Precisava aproveitá-la. Nada lhe parecia tão recuado no tempo, tão distante, como Flávio e o Senador.

Sylvana entrou numa loja para comprar uma gravata para Mauro Giampioni. Dia a dia acentuava-se a sua decisão de casar-se com ele. Casada, poderia fixar-se ainda mais em sua carreira. A esse respeito até sondara dona Júlia.

— Mamãe, acho que vou ficar noiva.
— Noiva? De quem?
— De Mauro Giampioni, o produtor.

Imediatamente dona Júlia interessou-se pelo assunto. Quis saber com detalhes quem era esse rapaz, embora não ignorasse que a filha dispensaria o seu conselho se de fato quisesse casar-se. Quando soube que Mauro era órfão de pai e mãe, e que vivia com uma governante, tomou-se de piedade por ele.

— Como deve viver só, coitado!
— Vive muito só, é verdade.
— Mas diga uma coisa: ele está em condições de casar-se? Ganha bem?
— Acho que deve ganhar muito bem.

Dona Júlia foi para a cozinha para contar a notícia a dona Aurora, que já era pessoa da família. A empregada só se interessou por uma coisa: a religião do rapaz.

— Nunca falamos sobre isso — confessou Sylvana.
— Não será ele ateu?
— Só sei que é uma boa pessoa.

Era pouco para dona Aurora, que só acreditava no céu para as Testemunhas de Jeová. Mas dona Júlia empolgava-se com a ideia do casamento da filha e dali por diante não pensaria noutra coisa.

– Traga um dia esse rapaz para almoçar conosco.

– Já falei nisso pra ele, mas vamos devagar.

Sylvana, aquele dia, teve uma grande alegria. Folheando uma revista especializada em rádio e televisão, tomou conhecimento dum concurso de popularidade entre as artistas, que se realizava através de votação. O seu nome aparecia em terceiro lugar, colado ao segundo posto. Tinha mais fãs do que supunha. A prova disso estava naquela votação e no número de pessoas que lhe pediam autógrafo à saída da Ipiranga. Mostrou a revista a Mauro.

– Terceiro lugar, ótimo. Está na hora de você conceder algumas entrevistas.

– Mas como posso conseguir isso?

– Deixe por minha conta.

Na mesma semana, Mauro mandava um repórter à sua casa para entrevistá-la. Quatro chapas foram batidas, com um texto que o próprio Mauro prepararia. Seria o título: "A garota da mecha branca conta a sua vida".

Ao ver a reportagem impressa, e com tanto destaque, Sylvana ficou tão contente que começou a dar pulos. Em sua casa, a revista ia de mão em mão.

– Como você está bonita! – exclamou Wandinha, com uma ponta de inveja.

Dona Júlia olhava a revista com encantamento.

– Quem teve essa ideia?

– Mauro Giampioni.

– O tal que gosta de você?

– Esse mesmo.

A mãe de Sylvana, também grata pela reportagem, sugeriu:

– Por que não o convida para almoçar em casa domingo? Ele é de cerimônia?

– Claro que não.

– Então, convida.

– Vou convidar.

Mauro aceitou o convite. Prendia-se à Sylvana um pouco mais todos os dias. Seu mundo vinha se limitando muito. Na Ipiranga quase não ficava porque os amigos e admiradores o abandonavam. Em sua casa, a permanência era difícil, pois já fugia ao desafio da máquina de escrever. Seus raros amigos eram os habitantes da vida noturna, principalmente o Mon

Gigolô, companheiro ideal de bebedeiras, e o Mandril, uma apetitosa mulata que fazia a vida nos inferninhos. Felizmente, ganhara Sylvana, e trabalhar por sua carreira era para Mauro um compensador objetivo.

– Domingo, na hora do almoço, apareço em sua casa.

Nesse dia, Mauro descobriu que Sylvana, em trajes caseiros, era ainda mais atraente e viçosa. Conheceu Wandinha, que o recebeu com olhos ansiosos, e brincou com suas tranças pretas. Na cozinha, dona Júlia endereçou-lhe um sorriso tímido.

– O senhor vai aceitar um bolinho de bacalhau – disse ela, com um garfo em riste.

Sylvana, sempre receando as gafes da mãe, protestou:

– Mas mamãe, Mauro chegou agora.

– O que tem isso? – exclamou ela. – Coma o bolinho.

Calçando tamanquinhos vermelhos, Sylvana corria pelo apartamento, cheia de atenções para com o visitante. Estava risonha como se houvesse festa em casa. Fez questão de servir a Mauro uma dose de gim nacional, que ela comprara há pouco, reunindo todos os trocados de sua bolsa.

Quando a macarronada foi servida, Mauro, que costumava comer pouco, atirou-se a ela com terrível apetite. Agradava-lhe o ambiente familiar, aquela gente simples que o olhava como se fosse importante.

Dona Júlia lamentava que Bruno não estivesse presente. Tinha ido a Santos, com alguns amigos. Ele vivia correndo para a praia nos carros dos amigos.

Depois do almoço, a dona da casa insistiu para que o produtor contasse o enredo de sua próxima peça. Mauro lembrou uma de suas velhas histórias e contou.

– Donde o senhor tira as histórias? – ela perguntou, curiosa.

– Ora, mamãe, que pergunta! – interveio Sylvana, corando. – Tira da cabeça, inventa.

Dona Júlia não perdeu a oportunidade para agradecer a Mauro tudo que fazia pela filha. O produtor respondeu que ela não lhe devia nada. Devia, sim, ao seu próprio talento e sua força de vontade.

No meio da tarde, ligaram a televisão para assistir a um jogo de futebol. Sylvana e a irmã costumavam apreciar os jogos aos domingos. Mauro nada entendia desse esporte, mas pregou os olhos no vídeo, interessado na pugna. Como era bom estar ao lado de Sylvana mesmo para assistir futebol! Em certo momento, segurou-lhe a mão, num gesto natural.

– Isso acaba em casamento – comentou Wandinha.

– Não faça onda – repeliu a irmã, ruborizada.

Durante o jogo, Sylvana serviu ao visitante um licor de uva, feito em casa. "Tudo aqui tem bom gosto", ele pensou. "Que importa se estou dando pra trás na Ipiranga, se tenho Sylvana?"

Terminado o jogo, Sylvana quis lhe pedir um favor: precisava de sua ajuda para decorar o trecho de uma peça. Como Wandinha teimasse em manter a televisão ligada, foram os dois para o quarto da moça. Sentaram-se na cama.

– Veja se sei bem esta parte – disse ela, começando a declamar.

"Estou sentado na cama dela", pensou o rapaz. "A cama cria um traço de união entre o meu corpo e o dela. Não posso perdê-la de jeito algum."

Uma hora depois, quando Sylvana se convenceu de que já decorara o papel, voltaram para a sala a fim de ouvir música. Era surpreendente a coleção de long-plays que ela possuía. Uma fortuna em discos.

– Quantos discos você tem! – exclamou Mauro.

– Ela ganhou tantos! – disse dona Júlia, inadvertidamente.

Mauro ficou um instante pensativo. Ela ganhara aquele mundo de discos! Quem os dera? Uma pessoa só ou muitas? Examinou os móveis da sala: eram todos de boa qualidade. Aqueles cortinados, por exemplo, não deviam ter custado nenhuma ninharia. Observou os tapetes: coisa de primeira. Na cozinha havia uma geladeira. Na sala de jantar, a televisão. Todo o conforto que agrada a uma família moderna. Estranhou: Sylvana não lhe disse que o pai, muito pobre, não deixara um tostão? O irmão, a julgar pelo que sabia dele, não parava em emprego. Sendo assim, como era possível manter tão alto nível de vida?

Nesse instante, Wandinha entrou na sala toda pintada, usando uma bela blusa branca.

Sylvana estrilou.

– Bandidinha, foi vestir minha blusa!

– Ela já serve para mim.

– Tire a blusa, tire! Veja, mamãe, Wandinha pôs meus sapatos altos.

Wandinha riu-se de sua peraltice. Queria fazer "farol" para o visitante.

– E o que mais tirei de você?

– O que mais? Sua... sua... gaguejou Sylvana, com olhos vermelhos de rancor. Tinha muito ciúme de seus pertences. – Vá tirar meus brincos de brilhantes! – ordenou.

Mauro olhou os brincos.

– Não precisa gritar, eu tiro – disse Wandinha, correndo para o quarto, ainda a rir.

Sylvana também riu:

– Quer ficar moça à força.

Fingindo sorrir, Mauro considerava: a televisão, a geladeira, os discos, os móveis de luxo, os brincos de brilhantes... Teria Sylvana conseguido tudo com o esforço do trabalho? Era penoso alimentar essa dúvida.

No fim da tarde, dona Júlia aprontou um lanche simples. Sylvana colocou na vitrola um clássico para que Wandinha dançasse. A menina relutou um pouco, mas acabou cedendo e dançou. A garota dançava, revestindo a música de uma sensualidade que ela não exigia. Dona Júlia e Sylvana mostravam-se maravilhadas com a desenvoltura da menina. Dona Aurora saíra da sala; na certa não aprovava a dança. Mauro se mantinha numa atitude crítica, achando graça naqueles requebros todos. Desde cedo ela revelava uma forte inclinação para a sensualidade e o exibicionismo. Embora chocado com o espetáculo, Mauro o esquecia para pensar em Sylvana e no que ela devia ter sido antes de ingressar na Ipiranga.

Depois do lanche, dona Júlia manifestou o desejo de ir ao cinema, o que Wandinha aplaudiu, entusiasmada. Mauro prontificou-se a acompanhar a família. No cinema, sentou-se ao lado de Sylvana e, durante o filme, segurou, discretamente, sua mão, sem resistência dela. Trocaram sorrisos no escuro, ambos felizes. Na volta, de braços dados, preferiram andar a pé a apanhar um táxi. Aquele havia sido um dia perfeito. Despediram-se com a maior intimidade. Mas o produtor não esquecia os brincos de brilhantes. Não foi diretamente para seu apartamento. Sobrava-lhe algum dinheiro da quinzena do ordenado: saiu à procura do Mon Gigolô e do Mandril.

7

A visita de Mauro forneceu um assunto para a família Simone. Todos sentiam que aquele namoro terminaria em casamento e dona Júlia se entusiasmava com a ideia. O casamento representaria a segurança total para Sylvana e para ela também.

– Ele já falou nisso? – quis saber.

– Ainda não, mamãe.

Dona Júlia mostrou os seus receios:

– Será que ele é desses que são contra o casamento? Que idade tem?

– Mais de trinta.

– Vai ver que ele só quer tomar o seu tempo.

Sylvana considerou que a mãe podia ter razão. Deveria, pois, agir com a maior cautela. Não lhe interessava ser amante de Mauro. Para amante, escolheria um homem rico. Alguém como o Senador ou como Flávio fora, nos seus melhores tempos. Repeliria qualquer proposta de Mauro nesse sentido.

– Você disse que ele teve um caso com Ester Matos – lembrou dona Júlia.

Exatamente nisso que Sylvana estava pensando. Ester, iludida por Mauro, acabara inclusive arruinando sua carreira. Mas ele devia ter mudado muito. Não era mais o mesmo que destruíra a cantora. Depois, não se sentia uma ingênua. Já sabia distinguir quando um homem estava bem-intencionado ou não. Só se uniria a Mauro através do casamento, o que começava a ser para ela um objetivo firme.

Dois eram os assuntos em sua casa: seu namoro e a conduta de Bruno, cada vez mais estranha. Bruno quase não parava mais em casa. Não se sabia onde trabalhava, mas às vezes aparecia com dinheiro. Passara a usar uma vistosa blusa de couro, que dizia ter ganho de um amigo, e multiplicara sua rebeldia.

Dona Júlia tentava aconselhá-lo:

— Por que não arranja um emprego firme? Há uma grande oficina no meio do quarteirão. Talvez precisem de você.

Ele sorria, irônico:

— Esse negócio de sujar as mãos de graxa não é mais comigo.

— Aprenda outro ofício, então.

— Vou pensar — prometia, deixando a certeza de que não o faria. Qualquer emprego seria mau para ele, principalmente como operário. Mas tinha os seus planos.

Quando ele se afastava, dona Júlia manifestava seus temores:

— Não sei aonde esse menino vai parar.

— Ele sabe se arranjar — dizia Sylvana, mas tinha os mesmos receios maternos.

Wandinha, de volta da escola de balé, tinha uma pergunta a fazer:

— Como é que vai Mauro?

— Está indo bem?

— Vocês vão casar mesmo ou era conversa mole?

Sylvana não podia responder. Ela que não tocaria no assunto com Mauro. A iniciativa de pedi-la devia ser dele. E como estava demorando! Será que tinha descoberto alguma coisa de seu passado? Essa pergunta passou a torturá-la. Foi dormir, com ela se repetindo em seus ouvidos.

No dia seguinte, ao encontrar-se com Mauro no trabalho, Sylvana olhou-o, tentando adivinhar o que lhe ia na mente. Se ele tivesse ouvido algo, os planos de casamento ruiriam por terra. Outros também teriam notícia da verdade. Os mexericos iriam de boca em boca. Agora, que alcançara algum êxito profissional, o passado começava a pesar-lhe. Nos primeiros dias de trabalho, o mal seria menor. Mas nesse momento representaria a destruição de sua carreira, de parte da sua vida.

Mauro sorriu-lhe, e o sorriso revelava que ele de nada sabia. Não, ninguém lhe falara de Sandra.

— Você está um show! — disse ele, admirando-a.

Sylvana, que vestia uma blusa nova, deu uma voltinha diante dele.

— Legal?

"Qualquer movimento que ela faz me põe fora de mim", pensou Mauro. "Centenas de mulheres já fizeram a mesma volta na minha frente e nada senti. Acho que isso é paixão ou qualquer coisa tão forte. Não posso perdê-la."

– Está um encanto.

Foi dona Aurora que fez o corte. Como custou barato! Antes eu gastava tanto por uma blusinha!

"Ela tem seus segredos", pensou Mauro. "Mas eu também tenho um: Sylvana não sabe que me apaguei, que o meu bom tempo passou". Procurou ser o mais natural possível:

– Posso passar na sua casa esta semana. Quero lhe dar uma coisa, caso você aceite, é lógico.

– O que é? – ela perguntou com os olhos vivos.

– É uma surpresa. Quando posso ir?

– Apareça domingo.

Mauro dirigiu-se dali a uma loja da cidade. Tomara uma decisão. No dia anterior, confessara-a a dona Hertha. A governanta, sempre grave, comentara: "Cuidado, seu Mauro. Essas moças de hoje são perigosas". A advertência não o impressionara. Corria para Sylvana como um náufrago para uma ilha. Começava a temer a solidão e as consequências de seu fracasso profissional. Ainda aquela semana, conversara com um dos diretores da Ipiranga sobre a renovação de seu contrato. Lembrou-se da arrogância com que fizera o mesmo em vezes anteriores. Mas, dessa, falara com humildade e recebera respostas secas. O diretor disse que o seu caso estava em estudos. A direção estava analisando as conveniências da renovação.

Procurando esquecer seus problemas, Mauro aguardou a chegada do domingo. Acordou cedo, com o sol a invadir-lhe o quarto. Um belo dia, cheio de cores e de luz. Dona Hertha notou o seu contentamento, mas nada disse, pois não devia aprovar o casamento de Mauro com "a garota da mecha branca", que conhecia através do vídeo.

À hora do almoço, Mauro apareceu em casa de Sylvana. Em todos havia um ar de expectativa. Pareciam dizer: "É hoje o dia do pedido". Sylvana mostrava-se ligeiramente embaraçada. Evitava os olhares de Mauro. Desaparecera nela a moça experiente e madura, era apenas uma pequena que queria casar-se.

O almoço foi igual ao primeiro. Com o mesmo prazer, Mauro liquidou um prato de macarrão, não cansando de elogiar também as "bracholas" de dona Júlia.

– O senhor tem feito muitas peças? – perguntava a dona da casa.

– Ultimamente, não. Ando descansando.

– É verdade, você tem andado meio parado – disse Sylvana.

— Gosto de dar oportunidades aos mais moços — respondeu Mauro. — Tenho cedido alguns horários ao Escobar.

— E ele tem aproveitado bem as oportunidades — comentou a moça. — Sabe que anda com muito cartaz?

Depois do almoço, propositadamente, dona Júlia e Wandinha retiraram-se da sala.

— Afinal, qual é a surpresa? — perguntou Sylvana.

Ele levou a mão ao bolso e dele retirou uma pequena caixa.

— Veja isto.

Sylvana abriu a caixinha.

— Um anel.

— Serve em seu dedo?

Ela fez a experiência.

— Serve, sim. Mas é uma aliança!

Nesse instante, Wandinha, entrando na sala, surpreendeu a cena. Viva como era, adivinhou logo do que se tratava, e voltou para dentro, rindo e gritando pela mãe. Dona Júlia apareceu em seguida. Dona Aurora ficou na porta.

Sylvana, com os dedos bem estendidos, admirava a aliança.

— Mamãe, veja!

A velha se fazia de desentendida:

— Seu Mauro deu pra você?

— É uma aliança. Nós estamos noivos!

Dona Júlia tremeu de emoção. Durante muito tempo temera que a filha se perdesse e não casasse mais. Chegou mesmo a pensar que já estava perdida. Mas se enganara. Lá estava um moço muito distinto com as alianças. Deus ouvira suas orações, e as de dona Aurora também.

Era preciso brindar o acontecimento. O licor de uva, feito em casa, encheu três cálices. Dona Aurora nunca bebia nada. Após o brinde, Mauro deu um beijo no rosto da noiva, respeitosamente.

— Para quando é o casamento? — quis saber Wandinha.

— O noivado vai ser rápido — já decidira Mauro. — Casaremos no fim do ano.

Sylvana surpreendeu-se:

— Por que tão logo?

— Acha cedo?

— Podíamos casar lá para junho.

"O que estará acontecendo para mim em junho?", pensou Mauro. "Estará já vigorando o novo contrato? E se tudo der para trás? Poderei casar sem nenhum dinheiro?"

— No que está pensando? — perguntou Sylvana.

– Na boa vida que vamos levar – respondeu Mauro, esboçando um sorriso forçado.

Aquela noite, os dois saíram para uma comemoração íntima. Mas Sylvana não quis ir a uma boate cara. Fez-lhe ver que precisava economizar. Mauro aceitou, de bom grado, a sugestão. Foram a um bar da rua Augusta e lá ficaram só até a meia-noite. Não beberam uísque e sim um coquetel barato. Sylvana parou no segundo. Mauro foi até o quinto, pois não conseguia dissociar o álcool de qualquer momento de alegria ou tristeza. Quando a levou para casa, cheios de pensamentos burgueses, despediram-se com um beijo suave. Depois, Mauro deu ao chofer o endereço de seu apartamento.

– Quanto foi a corrida?
– Sessenta cruzeiros.

Mauro pagou a corrida com um sorriso: era aquele todo o dinheiro que lhe restava da quinzena.

8

Dias depois, uma revista especializada publicava a notícia do noivado, ao lado de um retrato de Sylvana. Alguns vespertinos copiaram a nota. Mauro notou com pesar que nenhum jornal publicava o seu retrato, mas o dela. Reconheceu que, graças à mecha branca e às suas constantes aparições no vídeo, ela já possuía muito mais popularidade do que ele. Não tinha, porém, ciúme desse sucesso, que era obra sua.

Uma semana depois da entrega da aliança, Mauro voltou a falar sobre a data do casamento:

– Que me diz se marcarmos para março?
– Oh, você só fala nisso. Depois a gente conversa.

Estavam na fila de um cinema, quando Darcy passou com um rapaz. Ao ver Sylvana, Darcy atirou-se em seus braços. Mauro observou algum embaraço da parte da moça.

Darcy estava exultante:
– Há quanto tempo, Sandra!
– Estava com saudade de você – disse Sylvana, insincera.
– Você está muito bonita. É verdade que trabalha na televisão?
– Sim, é verdade.
– Um dia apareço por lá.
– Apareça, sim.

Antes da despedida, Darcy perguntou:
– Tem visto dona Zulmira?
– Claro que não – respondeu Sylvana, numa onda de rubor.

Darcy afastou-se, pelo braço do rapaz, deixando no ar um perfume pesado e sensual.

– Quem é essa moça? – perguntou Mauro.

Sylvana evitava encarar o noivo:

– Uma ex-colega da loja. Uma maluquinha!

– Essa, caixeira de loja? Parece uma vedete!

– Sempre foi assim!

Mauro tinha outra pergunta a fazer:

– E por que a chamou de Sandra?

– Era meu apelido da loja.

Sylvana pouco falou, o resto da noite. Deplorava aquele encontro com Darcy. Por que ela não era mais contida? Por que insistia, nos menores gestos, em mostrar-se uma prostituta?

Ao despedir-se, no carro, Mauro disse por brincadeira:

– Até amanhã Sandra!

Apanhada de surpresa, Sylvana protestou, furiosa:

– Não me chame assim!

– Mas é um nome bonito.

– Bonito ou não, eu não gosto.

Em seu quarto, ouvindo os últimos números do *Midnight*, no rádio de cabeceira, Sylvana pensava com rancor em Darcy. O pensamento voou logo e lembrou-se de Shirley e de Alzira. Sentiu, como numa sessão espírita, a presença de dona Zulmira, com seus vestidos estampados e seu sorriso aberto. Passou a enfileirar, na memória, os inúmeros fregueses que haviam passado pelo apartamento. Um deles as pequenas apelidaram-no de "Meia de Seda"; pagava mais. Outro costumava levar para o quarto o radiozinho da cozinha, para ouvir as carreiras do turfe, durante o ato. Estava sempre inquieto, conferindo os programas do Jockey. Surgiu à tona de sua lembrança o Levi; era um rapazinho que ganhava pouco e que fazia economias para frequentar o elegante apartamento de dona Zulmira duas vezes por mês. Mostrava-se sempre indeciso na hora da escolha da pequena que levaria para o quarto. Depois, atirava-se sobre a escolhida como uma fera, querendo compensar os dias de abstinência forçada. Muitos eram envergonhados e tímidos. Outros faziam absoluta questão de revelar seus conhecimentos da vida. Havia os que desejavam começar romances de amor e acenavam com belas promessas. Tudo aquilo, com que fora tão habituada, agora era como um pesadelo. Como lhe fizera mal encontrar Darcy e ouvir dos seus lábios seu antigo pseudônimo. Odiava Sandra mais do que a modestíssima Norma. De Norma podia falar com seus amigos. Mas Sandra era uma ameaça contínua. Se descobrissem que Sandra existira e quem ela fora, sua carreira e seu casamento se desmoronariam.

– Mauro nunca haverá de saber – disse baixinho, enfiando a cabeça no travesseiro.

Tentou varrer da cabeça as más lembranças. Fixou-se na sua vida artística. Que progressos vinha fazendo! O microfone e as câmeras já não lhe punham medo. Gostava até de enfrentá-los. Se não era uma atriz de primeira grandeza, ao menos sabia irradiar simpatia e agradar pela sua beleza. "A garota da mecha branca" fora inventada para salvá-la. Uma simples mecha de cabelos banhados de talco mudara o rumo de sua vida e o limite de suas ambições. Agora, estava noiva de Mauro Giampioni. Ele, que tanto admirara no passado, pedia-a em casamento e insistia em marcar a data das bodas. O mundo dera muitas voltas. Mais do que a realização de sonhos, o destino preparava-lhe surpresas. Em sua casa não faltava nada. Wandinha estava estudando. E sua mãe, melhor das pernas, tinha uma boa criada, dona Aurora. Não podia mais queixar-se da vida.

No dia seguinte, Sylvana entrava na Ipiranga, alegremente. Trazia um jornal na mão e estava vaidosíssima. Comprara por acaso um jornal para ler no autolotação e levara um choque ao ver que um cronista, dos mais conhecidos, a elegia a melhor anunciadora do ano na televisão. Leu a nota diversas vezes, com mesma emoção. Havia uma vintena de anunciadoras e ela era a melhor! Ao chegar à emissora, correu ao encontro de Mauro.

– Você viu isto?

Mauro leu a notícia, impassível. Com algum desgosto até. Aquele sucesso todo podia subir à cabeça da moça. Podia transformá-la, revelar uma nova Sylvana.

– A nota é boa, mas esse cronista não é levado muito a sério.

– Não?

– Elogia qualquer um.

Sylvana lembrou-se de que o mesmo cronista fizera péssimas referências a uma peça de Mauro. Elogiava qualquer um? Mauro estaria despeitado? Não, ele era muito superior para isso.

Mais tarde, no intervalo de um ensaio, no bar da emissora, Sylvana reabriu o jornal. Seus olhos se arregalaram ao ler certa notícia. Pôs-se a tremer. No mesmo dia, o retrato dela e o de Flávio!

O infeliz havia sido condenado a seis anos de reclusão. Meses antes, a notícia lhe arrancaria fartas lágrimas. Agora, não. Precisava pensar em sua pele: preso, Flávio não lhe atrapalharia a vida. "Ah, como tudo passa", pensou. "Cheguei a amá-lo com loucura e hoje me envergonho disso. Deus do céu, era um ladrão!"

– Gosta de ler os crimes? – perguntou Mauro, ao seu lado.

Sylvana empalideceu.

– Tenho esse gosto esquisito.

— É sempre o que há de melhor nos jornais. Os criminosos são gente interessante.

Sylvana riu. Gostava de estar perto de Mauro. Afinal, ele era o melhor homem que podia arranjar no momento. Era grata: devia ao noivo todo o seu sucesso. Ele, que lhe abrira os olhos, não a deixara marcar passos. Se Amélia Lemos tivesse tido alguém que a apoiasse, que lhe mostrasse as coisas como elas são, teria ido muito mais longe. Mas Amélia era uma tola, confiava só no talento. Por isso, estava ficando para trás. Aquela semana, ela, Sylvana, já aparecera na televisão em três papéis de importância. Amélia, num só.

— Vou ter de ir ao estúdio — disse Sylvana, deixando Mauro.

Mauro, que ficara com o jornal de Sylvana, correu novamente os olhos sobre a notícia. Ela estava subindo. Ele também precisava de um novo impulso. Aquela noite, ficaria em casa, tentando arrancar uma ideia nova da cabeça. Precisava impressionar a direção. Todos já começavam a comentar sua decadência. Nem mesmo Escobar já o procurava para conselhos. Fazia programas sem consultá-lo. Falavam dele nas colunas, recebia prêmios. Ah, ia tentar uma nova arrancada, obter o sucesso dos velhos tempos.

9

Havia momentos, meditando em sua casa, que Sylvana desejava que Mauro fosse um pouco diferente do que era. Desagradava-a vê-lo sempre com as mesmas roupas, tão gastas e desalinhadas. Há dias que andava com os punhos da camisa descosidos, piorando-lhe o aspecto. Notou, também, que seus sapatos não estavam em bom estado, e um pequeno rasgo numa de suas meias quase a escandalizou. Não exigia que ele andasse corretamente vestido, pois contrariava o seu temperamento, mas tanto descuido no vestir já parecia miséria. Desde que conhecera Mauro não o vira usar um só terno novo! Até mesmo os funcionários mais modestos da Ipiranga vestiam-se melhor do que ele. Se não soubesse quem Mauro era, nunca lhe teria dado atenção, vestido daquela maneira.

Um dia, ela arriscou:

— Mauro, por que você não faz um terno cinza-claro como o de Américo? Esse já está muito batido!

Ele examinou-se, superficialmente:

— Ainda posso usar este mais algum tempo.

— Você precisa reformar todo o seu guarda-roupa.

— Vou tratar disso — respondeu, com pressa de mudar de assunto.

A observação de Sylvana lembrara-o do novo contrato, ainda em discussão. Encontrara o dr. Erasmo no corredor da Ipiranga, outro dia, e ele nem tocou no assunto. Antes, nas vésperas do final dos contratos, era inclusive bajulado pelos diretores, receosos de que mudasse de emissora. Como as coisas haviam mudado!

Iam em direção a uma das galerias do centro. Sylvana queria comprar uma blusa esporte. Mauro fazia mentalmente uma porção de cálculos, temendo que seu dinheiro não desse. Ficaria mal deixar que ela pagasse a blusa com seu próprio dinheiro. De repente, sentiram um atrativo cheiro de café fresco. O produtor entrou no bar para comprar duas fichas. Já voltava, quando um senhor de meia-idade, cabelos brancos, traje elegante, chegou-se a Sylvana:

– Sandra, que pitéu você está!

– Dr. Licínio!

– Tem visto a Zulma? Ela abriu nova casa?

Mauro formou o trio, com as fichas na mão.

Embaraçada, como acontecera na fila do cinema, Sylvana fez as apresentações, precipitando-se em dizer:

– Este é o meu noivo.

Mauro observou: ela nunca o apresentava como noivo. Teve a impressão de que aquele "meu noivo" era uma velada advertência que fazia ao cavalheiro, no lugar de "cuidado com o que fala".

O outro, também embaraçado, sorriu.

– Saí da loja há muitos anos – disse Sylvana. – Dona Zulma, a chefe de seção, também saiu.

– Ah, sim? – fez o cavalheiro. – Boa senhora, aquela. Se encontrá-la, dê-lhe lembranças. Prazer em vê-la.

Mauro fitou-o até que desaparecesse na galeria:

– Quem era?

– Um advogado. Frequentava a loja e se dava muito com a nossa chefe.

Mauro comentou, em voz baixa e dolorosa:

– Ele também a chama de Sandra?

– Era meu apelido, já disse.

– Vamos indo – disse o produtor, disposto a não fazer mais perguntas. Sentia que a figura de Sandra era misteriosa. Fora ela quem adquirira todo aquele luxo da casa de Sylvana. Conhecera homens de posição e tivera amigas como a espevitada Darcy. Mas não queria torturá-la com perguntas. Se o fizesse, poderia perdê-la e isso já teria para ele as proporções de um desastre.

Na loja, Sylvana se pôs a escolher a blusa esporte. A escolha foi demorada.

– Fico com esta – decidiu, enfim. – Quanto custa?

— Mil e duzentos cruzeiros — respondeu a balconista.

Mauro fez uma cara de sofrimento:

— Diabo! Tenho só novecentos comigo. Deixei o resto em casa.

A moça achou o fato natural:

— Não faz mal, eu completo. Tenho dinheiro comigo.

Para Mauro, essa visita à loja foi um vexame. Revelara, pela primeira vez, que sua carteira não era lá muito farta. Precisava, o quanto antes, tirar a má impressão.

No fim da semana, indo à casa de Sylvana, Mauro levou-lhe um presente.

— Por que foi se incomodar?

— Gosto de dar presentes. Além da aliança, o que lhe dei?

— Então, deixe ver.

Mauro entregou-lhe um pequeno embrulho. A moça, com os dedos ágeis, abriu uma caixa, de formato comprido. Era um colar. Examinou-o com olhos profissionais. Ex-caixeira de loja, conhecia à distância qualquer bijuteria. O colar que ganhava não era dos melhores. Uma fantasia já em desuso e de pouco valor. Lembrou-se do belo colar que às vezes usava, presente de Flávio. Nisso Flávio era formidável! Sabia dar presentes e nunca fazia economia. Cada presente que ele lhe dava valia por uma festa.

— Gostou? — quis saber Mauro, ansiosamente.

— Você soube escolher — respondeu Sylvana, achando que Mauro era um pouco muquirana. O primeiro presente de noivado devia ser uma coisa muito boa. Algo que pudesse exibir às amigas e dizer: "Mauro me deu de presente, vale tanto".

— Corri todas as lojas para encontrar um que pudesse lhe agradar.

Sylvana imaginou-o na Loja das Américas, curvado sobre o balcão. Como ela e Magda debochavam dos rapazes que iam lá comprar presentes para as namoradas! Que mau gosto possuíam e que minguados eram os seus bolsos!

Por mais que Sylvana gostasse de Mauro, não poderia usar aquele colar barato. O contato diário com as fantasias, na loja, fizera-a odiar essa mercadoria. Se não podia usar joias autênticas, não usaria nada. Atirou o colar na gaveta, com alguma revolta. Mauro tratava-a como uma... uma caixeirinha. Por que lhe dera um presente tão barato? Ainda se não tivesse dinheiro!

A própria Wandinha, vendo o colar, comentou:

— É um colar muito mixo. Bom é aquele outro que você usa.

"Não, não sairei com uma fantasia", decidiu Sylvana. "Mauro tem que notar que tenho a minha classe." E para que ele notasse mesmo, passou a usar com mais frequência o colar que Flávio lhe dera.

Logo no primeiro dia que a viu com o colar, Mauro percebeu que não era o seu. Ficou quieto, porém. Se fizesse uma observação, seria pior: queria evitar brigas entre os dois.

Mas o pior aconteceria dias depois. Certa noite, na sala de espera de um cinema, o fio do colar rompeu-se e as contas rolaram pelo chão.

Sylvana afligiu-se:

– Me ajude a procurar as pedras.

– Ora, é difícil. Você tem outro.

– Deixar no chão? – ela espantou-se. – Você sabe quanto elas valem?

Ajoelhado no chão, Mauro ajudou a apanhar as contas. Era humilhante aquela posição. Pegou uma das pedras e examinou-a. Deviam ser autênticas. Que operariozinho do Carrão teria dinheiro suficiente tara aquele esbanjamento?

Nessa noite, amargurado, depois do cinema perguntou à moça:

– Gostou do filme, Sandra?

Sylvana olhou-o surpresa e revoltada. Sandra! Ele a chamam de Sandra! Será que conhecia sua vida passada? Oh, como é difícil esconder um segredo. Nada fica escondido, nada. O povo tem de saber de tudo.

– Mais ou menos – respondeu Sylvana, num tom seco.

– Não vamos já para casa. Que tal beber um pouco?

Sylvana aceitou o convite. Estava aborrecida. Mauro a chamara de Sandra. Se soubesse da verdade, então aquele noivado era um blefe seu. Quem sabe propusera o noivado para arrancar vantagens? Não estaria no colar a prova disso? O colar era uma falsificação, assim como o seu amor e suas intenções.

No bar, Mauro se pôs a beber com um ar soturno que Sylvana não lhe conhecia. Ele vivia momentos de amargura. Na Ipiranga, nada de falarem na renovação do contrato. Andava com pouco dinheiro no bolso, nem roupas podia comprar. Dera à sua noiva um presente que ela desprezara e começava a ter certeza de que Sylvana, antes de ser Sylvana, não levara lá uma vida muito decente. Bebia uma dose atrás de outra.

– Que você tem? – ela perguntou.

– Não sei, tenho os nervos em frangalhos.

– Algum contratempo?

Mauro olhou para o pescoço da moça, sem o colar. As contas estavam na bolsa. Era só nisso que ela pensava: estaria faltando alguma? Teria apanhado todas?

– Quem lhe deu esse colar? – ele murmurou, com voz pesada. Sylvana saltou para trás. Nunca Mauro fizera perguntas dessa natureza. Gostara dele mais por causa disso. Não era indiscreto. Agora, com um pouco de álcool na cabeça, vinha com bobagens.

— Comprei – ela respondeu. – A prestação.
— Comprou? Com o seu dinheiro?
— Sempre soube dividir bem o meu dinheiro.

Ele sorveu outro trago. Começava a embriagar-se. Aliás, era o que fazia todas as noites. Há uns dois anos que não fazia outra coisa. Dona Hertha que contasse. Ela, muito antes dos outros, já conhecia o Mauro decadente e dipsomaníaco. Sorriu, nervosamente quase com histeria:

— Comprou o colar. Por que não disse que o achou na rua? Ganhou também a geladeira? A televisão? A vitrola? Aqueles móveis todos? Os cortinados caros? Os discos? Esses vestidos que custam uma fortuna cada um, eu sei. Comprou tudo isso, com o ordenado de uma caixeirinha? Salário mínimo! Comprou?

Sylvana estava lívida.
— Leve-me para casa.
— Não, você tem de ouvir.
— Não me interessa ouvir nada. Vamos embora.

Ela era sempre decidida. Levantou-se para sair. Ele teve de pagar a conta às pressas. No carro, Mauro quase chegou a arrepender-se da sua explosão. Mas era tarde. Despediram-se com frieza.

À noite, Sylvana remexia-se entre os lençóis sem conseguir dormir. A cena com Mauro ferira-a. Era impossível sepultar o passado. Agora, Mauro não a procuraria mais. O noivado estava rompido. Teria de lutar sozinha para vencer. Resolveu, porém, não procurar o noivo. Ele que entregasse os pontos, se a amava.

Para Mauro, a noite não foi melhor. Ficou bebendo até de madrugada, num bar, na companhia do Mon Gigolô. Mais tarde, apareceu o Mandril, e resolveu ir dormir com ela. Era o desejo de torturar-se, de afundar mais.

Acordou ao meio-dia, com a boca seca e amarga, os membros doloridos e uma vontade de atirar-se aos pés de Sylvana para pedir perdão.

10

Sylvana sabia ser dura. No dia seguinte, voltou à Ipiranga ostentando seu valioso colar. Viu Mauro, mas não se aproximou dele. Aquela semana, passou a evitá-lo, a princípio, com sacrifício, depois, com naturalidade. Se tinha algum aborrecimento, esquecia-o no trabalho. Vinha trabalhando muito. Agora, não era Mauro o único produtor que a escalava. Todos os outros faziam questão de incluí-la em seus programas. Nesse particular já não precisava de ninguém.

Sem necessitar do auxílio de Mauro, sua publicidade pessoal continuava em ritmo crescente. Fizera amizade com alguns cronistas que sempre lhe telefonavam para pedir retratos e notícias. Dois desses cronistas eram decididamente admiradores de Sylvana e sempre lhe reservavam bom espaço em suas colunas. Um deles, que se assinava Roland, tinha pela "garota da mecha branca" verdadeira paixão. Punha-a nas nuvens, mas não fazia o mesmo com Mauro. Odiava o produtor com todas as forças de seu despeito e criticava-o sem misericórdia em sua coluna. Para irritá-lo, publicava essas críticas nos mesmos dias em que endeusava Sylvana.

"É um decadente", costumava escrever, "vive das glórias do passado e não tem mais fibra para encontrar novas ideias. A direção da Ipiranga ainda não percebeu isso, mas o público há muito lhe nega a sua preferência."

Essas críticas eram bastante comentadas nos corredores da Ipiranga. E todos os artistas e produtores concordavam com elas. Constituía um prazer quase geral a destruição de um ídolo que no passado fora tão intolerante com os produtores novos e os decadentes. Agora, era a vez de ele sofrer.

Mauro, aparentemente, não se importava com as críticas. Mas, no íntimo, elas o atingiam. Sentava-se à máquina para inventar qualquer coisa que lhe permitisse recuperar a popularidade perdida. Ficava horas em seu quarto, fumando e tomando café. Por fim, desistia. Não podia criar nada, com a imagem de Sylvana na cabeça. Uma tarde, resolveu abordá-la:

– Você aí, de vestido verde, por que resolveu fugir de mim?

Sylvana parou e olhou-o. Ele sorria, querendo dar à sua capitulação um lance esportivo.

– Nunca fugi de ninguém – ela respondeu, perguntando-se se valia a pena fazer as pazes com Mauro.

– Precisamos conversar – disse ele.

– Sobre o colar?

Agora, para Mauro, foi mais difícil sorrir.

– Oh, não... Esqueci isso.

– Ainda bem.

– Que tal, se saíssemos hoje à noite?

Ela estava com vontade de sair, realmente, mas por que demonstrar?

– Hoje não posso. Se quiser, depois de amanhã.

Para Mauro, aqueles seriam dois dias de tortura. Mas não insistiu. Esperaria.

Sylvana sentiu que Mauro estava mais preso a ela do que imaginara no princípio. Voltaria ainda mais dócil e conformado com tudo. Para surpresa sua, não se alegrou como deveria com a reconciliação. Nos primeiros dias de seu rompimento com o noivo, vira-se perdida. Sozinha e com a carreira ameaçada. Mas depois, não. Era até bom ter de lutar sem a proteção de ninguém. Aceitava, porém, Mauro de novo, com os olhos no casamento, para dar uma satisfação à família. Dona Júlia queria tanto vê-la casada!

A noite em que saíram juntos, depois da reconciliação, foi uma grande noite para Mauro. Temera nunca mais desfrutar do mesmo prazer. Era verdade que seu amor-próprio estava um pouco abalado, mas não se importava. Não pensaria mais no passado dela. Estava disposto a enfrentar qualquer humilhação.

— Tive uma ideia — disse-lhe Sylvana nessa noite. — Vou acabar com esse negócio de mecha branca e mudarei o penteado.

Mauro ponderou:

— É um erro. Você deve sua popularidade à mecha branca. Pra que mudar?

— Enjoei dela.

— Tire isso da cabeça, sem a mecha branca você não será a mesma.

Mas Sylvana estava decidida. Que importância tinha aquela decisão em sua carreira? Era até deprimente dever todo o seu cartaz a um pouco de talco nos cabelos. Queria mostrar que, mesmo sem aquele artifício, tinha sua personalidade, seu valor. A mecha branca fora uma etapa em sua carreira. Devia superá-la. Por que ficar sempre no mesmo lugar, como Mauro aconselhava? Dias depois, Sylvana apareceu no vídeo sem a mecha. O próprio *cameraman* chamou-lhe a atenção, dizendo que se esquecera da mecha.

— Não foi esquecimento. Deixei de usá-la.

Aquela noite, milhares de espectadores notaram a mudança. Muitos acharam que Sylvana ficava ainda mais bonita sem a mecha. Outros procuraram nela novos encantos e encontraram.

Roland bateu um telefonema para a Ipiranga:

— Sylvana, o que fez da mecha branca?

— Aposentei-a.

— Então se prepare para uma reportagem: "A garota da mecha branca é um espetáculo à parte, mesmo sem mecha branca".

Mauro foi quem mais se surpreendeu com os bons resultados da mudança, aplaudida pelos cronistas, que viram uma oportunidade para novos retratos e entrevistas.

— Você é o único fã da mecha branca que resta — disse-lhe, um dia, Sylvana. — Nunca vi tamanho saudosista.

No passado, Mauro sempre usara a palavra "saudosista" como uma ofensa. Era como chamava os produtores que não apreciavam suas peças e programas, na época considerados moderníssimos. Agora, era a ele que chamavam assim. O próprio Escobar, que já raramente o procurava, numa conversa que tiveram, tachara-o de saudosista. Era uma denominação que o humilhava.

— Domingo irei à sua casa — disse Mauro.

— Vá mesmo. Mamãe está com saudade de você.

Aquele domingo Mauro passou uma tarde agradável, e Sylvana também. A moça sentia que a reconciliação era perfeita. Ele não dizia nem uma palavra sobre o colar e seus outros pertences. Voltara a ser discreto e comedido. Era assim que gostava dele.

Quando Mauro se despediu, Wandinha fez à irmã uma pergunta que já fizera outras vezes.

– Mauro ganha muito dinheiro?

– Não sei quanto ganha, mas acho que tem bom ordenado.

– Então, por que não compra uma camisa nova?

Wandinha tinha um agudo senso crítico. Nada lhe escapava.

– Não notei nada em sua camisa.

– Estava toda puída. Até fiquei com pena dele.

Sylvana reconheceu que a observação de Wandinha era verdadeira. De fato, Mauro andava ainda mais descuidado com suas roupas. Quando saíam, pedia as bebidas mais baratas. Outro dia, brincando, lhe dissera que trocara o uísque pela aguardente, por nacionalismo. Nunca se interessara em saber qual a verdadeira situação financeira de Mauro, mas, agora, alertada por Wandinha, sentia essa curiosidade. Ao encontrá-lo, na tarde seguinte, perguntou-lhe:

– Já assinou o novo contrato?

A pergunta apanhou Mauro desprevenido.

– Ainda não – respondeu. – Os diretores estão estudando o caso, você sabe, não se trata de um contrato qualquer. Não me contento com pouco dinheiro.

Mas a renovação do contrato tardava. O contrato anterior já estava esgotado. Mauro, inquieto, pensava em procurar outras emissoras e, depois de muita hesitação, foi o que fez. Queria mostrar aos diretores da Ipiranga que seu nome ainda representava bom negócio para o rádio e a televisão. Suas sondagens, porém, decepcionaram-no. Duas das estações que visitou não tinham verba. Ele que voltasse noutra ocasião. Visitou uma terceira e nesta ofereceram um salário tão baixo que quase teve uma crise de nervos.

– Isso é ordenado para contínuo! – protestou.

– Então, fique na Ipiranga.

– Há cinco anos esta mesma estação me ofereceu um ordenado três vezes maior!

– Naquela ocasião você estava abafando com a *A cidade de vidro*! Qual é o sucesso que você tem no ar?

Mauro voltou à Ipiranga, desanimado. Já não podia pôr seu talento em leilão. Teria de viver com o que a Ipiranga lhe pagasse. E se ela não quisesse mais a renovação do contrato? Viveria com o quê, se sua única propriedade era a máquina de escrever? O remédio seria cavar um emprego de redator num jornalzinho qualquer, ele que detestava a imprensa, que a ninguém oferece um sólido futuro.

Diante do espelho, ajeitou o laço da gravata. "Que gravata miserável", pensou. "Sorte que Sylvana não repara nessas coisas."

11

Deitada em sua cama, muitas vezes Sylvana ficava a meditar na diferença que havia entre o Mauro que ela idealizara e aquele com quem noivava. A princípio, quando se via diante dele, tinha a impressão de defrontar um ser superior, marcado por um grande destino. Agora, essa admiração perdia a intensidade. Mesmo as coisas que dizia, quando procurava salientar sua inteligência, já não pareciam ter o mesmo brilho. Além disso, desgostava-a sua constante melancolia, contra a qual ele procurava lutar, inutilmente. Na verdade, cansava-se de Mauro. Preferia que ele fosse mais impulsivo e entusiasmado e, sobretudo, que ostentasse um melhor padrão de vida. Mas não podia largá-lo. Sua mãe queria que ela se casasse e Sylvana reconhecia as conveniências do casamento.

O destino, porém, preparava novas surpresas para Sylvana. Certa tarde, caminhava por uma das ruas centrais quando percebeu que um carro a seguia. Olhou, e viu um Buick, que brecou no mesmo instante. Ficou descontrolada: era Alberto!

– Aonde vai com essa pressa? – ele perguntou, a sorrir, saindo do auto.

Num relance, ela lembrou-se da triste cena que vivera com ele. A ninguém odiara tanto, nem mesmo a Carlito.

– Ah, é você? – exclamou a moça.

Alberto, sem perguntar mais nada, desenvolto, tomou-a pelo braço e fez com que entrasse no carro:

– Aonde quer que a leve?

– Depois do que houve, ainda tem coragem de me procurar?

O rapaz sorriu, esportivamente:

– Não acredito que guarde rancor.

– Quem lhe disse que não?

– Ainda não sei aonde quer ir.

– Agradeço a gentileza, mas prefiro andar a pé – respondeu Sylvana.

– Ora, esqueça o que houve. Fui um estúpido, um animal. Acredite que me arrependi depois.

Um desejo de vingança cresceu em Sylvana. Como esquecer o que ele fizera? Mas não seria discutindo que se vingaria. Teria de representar, como fazia na televisão. Seria até um jogo divertido.

– Leve-me para casa – disse ela, dando-lhe o endereço.

– Vejo que mudou de casa. O Carrão era um inferno, não?

Alberto era o mesmo de três anos atrás. Continuava elegante e de maneiras agradáveis. Se não fosse o velho ressentimento, Sylvana adoraria sua companhia. Como lhe fazia bem estar ao lado de um rapaz tão bem-apessoado, e que era dono daquele carro maravilhoso. Que pena que haviam se desentendido!

– Tenho visto você na televisão – disse ele, olhando-a com interesse. – Você está formidável!

– Você, assistindo à tevê?

– Se não acredita, posso enumerar os seus programas.

Sylvana estava realmente surpresa. Não podia imaginar Alberto privando-se de momentos de prazer para assisti-la na televisão. Mas ele provava o que dizia.

– Por que tanto interesse? – ela quis saber.

– Para matar saudades.

– Não acredito numa só palavra do que diz.

– Mereço isso. – E, em seguida: – O que tem no dedo? Uma aliança?

– Estou noiva.

– Parabéns – disse o rapaz, revelando sua mágoa. – Quando casa?

– Neste semestre.

– Olhe, talvez eu atrapalhe esse casamento – pilheriou ele, bem-humorado.

Alberto, para retê-la mais, começou a falar de si. Seu pai morrera, havia dois anos, de câncer, depois de meses de sofrimento. Logo depois, morrera o irmão mais velho, num desastre de aviação. Sua família ficara reduzida à sua mãe, uma irmã casada e dois sobrinhos, sem falar de seu tio Haroldo, um embolorado solteirão. Nunca ouvira falar de Haroldo S. F.? Militara na política mais de vinte anos, em duas ocasiões como deputado federal. Ultimamente afastado das lutas partidárias, dedicava-se somente às suas indústrias.

Diante da notícia de dois falecimentos, Sylvana não pôde mostrar-se insensível:

– Lamento muito.

– Essas desgraças me abalaram um bocado.

– Não parece, está tão disposto!

– Eu também sou um artista.

Foi só o que conversaram até que ele brecasse o carro. Quando ela lhe estendeu a mão, ele, gentilmente, pediu-lhe notícias da família.

– Todos vão bem – ela respondeu, lembrando que ele jamais manifestara o desejo de conhecer os seus.

– Estimo muito. Você falava tanto de sua irmãzinha!

– É quase uma moça.
– Quando a verei novamente?
– Não prometo nada. Sou muito ocupada. Deixe por conta do acaso.
E saiu do carro, bruscamente.

Alberto pôs o carro em movimento, vexado. Desde que seu pai adoecera vinha sofrendo amargos reveses. Nos últimos anos de vida, o velho, tentando imitar seu irmão Haroldo, que prosperava como industrial, resolveu acabar com o lucro certo dos imóveis para empregar todo o seu capital numa fábrica de artefatos de ferro e aço. Mas ele, que descendia de uma tradicional família de fazendeiros, e que passara lentamente para o mundo dos imóveis, não fora talhado para capitão de indústria. Iludira-se com o sucesso fácil do irmão, também ignorante nesse setor de atividades. Haroldo nunca passara de um irrecuperável pândego e beberrão. Se ele venceu, o pai de Alberto, lúcido e equilibrado, iria ainda mais longe. Haroldo, porém, entrara no ramo em melhores tempos e apoiado por fortes ligações na política. Tivera, ainda, a sorte de associar-se a outro industrial tarimbado, que mais tarde lhe venderia sua parte na organização, deixando-lhe algumas nas fábricas já montadas e rendendo bom dinheiro. O pai de Alberto foi menos feliz. Desde o início teve de enfrentar poderosa concorrência, e sua indústria nunca chegou a pagar-lhe os prejuízos. Pensava em voltar às pressas para o mercado de imóveis, desistindo da indústria, quando a doença o apanhou, matando-o. Paulão, o seu primogênito, abandonou a pesca submarina para dirigir os interesses da família. Parece que não se deu bem fora d'água. Aliás, já queimara três milhões de seu pai num filme colorido sobre a saga dos bandeirantes, produzido num elã de entusiasmo por certa moça do soçaite que namorava o estrelato. A conselho da mãe, Paulão e Alberto resolveram vender a fábrica, quando descobriram, decepcionados, que ela não valia o que pediam. Resistiram um ano às baixas ofertas dos interessados, até que foram obrigados a ceder. O comprador foi o próprio tio Haroldo, que, ao assinar os papéis, declarou que comprava o abacaxi só para prestar um auxílio à família do irmão. O dinheiro não durou muito. A mãe de Alberto, inteiramente fora da realidade, continuou a levar a mesma vida faustosa de sempre. Mesmo na atual situação, não se furtava ao prazer de doar polpudos donativos às suas associações de caridade. Foi preciso que a filha, Berenice, mais realista, lhe abrisse os olhos. Se ela não mudasse de vida e não tirasse dos filhos homens o controle do dinheiro, acabaria na miséria. Amedrontada, a velha senhora acomodou-se depressa a uma vida mais econômica e entregou ao genro a gerência dos bens. Este era um médico, de descendência italiana que tivera de batalhar muito para desposar a filha de uma família de tradição. Ao casamento haviam feito firme oposição o pai da moça e, de uma forma bem violenta, os dois irmãos, que não desejavam ter um carcamano como cunhado. Berenice, muito independente, fez pé firme, e, numa reunião memorável na história da família, declarou que se casaria com o homem que amava, mesmo contra a vontade de todos, abrindo mão da herança a que tinha direito. Nessa agitada reunião, Alberto perdeu a cabeça e dirigiu ao jovem médico os mais pesados insultos, alusivos à sua raça e à sua humilde procedência. Gianni, o noivo, também descontrolado, disse, aos berros, que, em sua opinião, todos ali não passavam de uns grã-finos inúteis, gozadores, fins de raça. Apesar desse tumulto, que quase degenerava em pugilato, Berenice e Gianni casaram-se numa cerimônia modesta e foram residir num apartamento de duas peças, nas Perdizes. Só quando nasceu o primeiro filho do casal, o estado de guerra se abrandou. Com o correr do tempo, os dois compraram a prazo um palacete no Jardim América, sinal de que melhoravam de vida. De fato, o médico, aperfeiçoando-se na cirurgia, angariava razoável prestígio como profissional. Ao nascer o terceiro filho, o marido de Berenice já se associara na direção e propriedade de um hospital modernamente montado. O progresso do cunhado irritou profundamente a Paulão e Alberto, que atribuíam seus lucros à prática de operações condenáveis, como o aborto. Mas o próprio pai de Berenice não levou muito longe seu azedume contra o genro. Depois de uma viagem que os quatro fizeram à Argentina, esqueceram os desentendimentos do passado. Paulão e Alberto, porém, continuaram impermeáveis. E quando seu pai faleceu, ocasião em que Berenice e o marido assumiram o controle das finanças da viúva, os dois receberam nova carga de ódio fresco e ainda mais ativo. A humilhação inominável vinha comprovar o fracasso de ambos como administradores dos próprios bens. Tinham de ser protegidos, como se fossem débeis mentais, e por um estranho, um grosseirão, um *cafone*.

Em tudo isso Alberto pensava enquanto dirigia seu Buick para a cidade. Pobre Paulão! Se não tivesse morrido do desastre, naquela maldita viagem ao Rio, onde fora comprar certo apetrecho de pesca submarina, teria morrido de desgosto. A renda que a irmã reservava para os dois era irrisória. Com tão pouco dinheiro, e tidos no seu meio como uma família quebrada, como poderiam desposar moças ricas? Essas já não se impressionavam muito com o nome das famílias tradicionais. Preferiam casar-se com prósperos libaneses e italianos gananciosos. Paulão e Alberto passaram meses na penúria. O primeiro teve de vender seu carro esporte e estava pensando até em trabalhar quando faleceu. A morte de Paulão beneficiou a mesada de Alberto. Mas, mesmo assim, gastava mais do que ganhava. Dentro desses limites de vida, tinha de se contentar com moças como Magda: as moças bem-nascidas não se iludiam com seu aspecto e suas boas maneiras. Sua única salvação vinha sendo o boêmio e beberrão tio Haroldo. Com perto de setenta anos, esse velho era um dos príncipes da noite. Todos o conheciam nas boates e sua mesa estava sempre repleta de prostitutas e aproveitadores.

– Quero ver se encontro tio Haroldo – pensou Alberto, rumando para um bar da Major Sertório.

Encontrou-o, com efeito. Lá estava ele numa vasta mesa. Tinha, ao lado, uma mulatinha, famosa graças a golpes que aplicava em milionários ingênuos. Havia, também, um pederasta jovem e falante, pertencente a um corpo de bailados, além de duas mariposas vestidas de lamê e um velho político, amigo de Haroldo desde os tempos do PRP.

Alberto sentou-se numa mesa próxima. Que humilhação pedir-lhe dinheiro diante daquela gente toda! Precisava esperar melhor oportunidade. Ficou a observar o tio. Era um velhote baixo de cabelos ralos e brancos. Tinha o tronco curvado e largado sobre a mesa. Seu paletó estava aberto e a gravata mal ajustada no colarinho. Falava baixo, com voz rouca, e, de quando em quando, beijava a mão da mulatinha. Esta brincava com os cabelos dele e dava-lhe tapinhas no rosto, como se repreendesse uma criança. O que diziam, Alberto não ouvia. "Um homem desses prosperou, e meu pai, honesto e trabalhador, arruinou-se", pensou o moço. "Como aquela mulatinha se assanha para o lado dele! É por isso que o maldito do Gianni nos chama de fim de raça." Com um sorriso amargo de despeito, Alberto pensava nas fábricas de tio Haroldo: funcionavam sozinhas. O degenerado velhote chegava aos escritórios sempre de ressaca, no fim do primeiro expediente. Almoçava lá mesmo, com os diretores, que o punham a par de tudo o que acontecia, e depois do almoço voltava a dormitar, a cabeça pendida sobre a escrivaninha. Quando acordava, era para ler, não relatórios, mas revistas estrangeiras "só para homens", que folheava, umedecendo os lábios com a língua. No escritório mesmo recebia o barbeiro, a manicure, o engraxate e alguns amigos que lhe iam dar facadas. Ao cair da tarde, voltava aos bares. Assim, sem despender nenhum esforço físico, além do levantamento de copos e do arremesso de pontas de cigarro, ganhava cerca de quinhentos mil cruzeiros por mês!

Certa ocasião, apertado pelas necessidades, Alberto pediu-lhe um emprego na fábrica. O velho deu-lhe a colocação bem remunerada, mas como suportar a situação que se criou? Os gerentes e funcionários categorizados, a maioria de descendência estrangeira, tratavam-no com o maior desrespeito. Nas reuniões deliberativas, Alberto jamais abria a boca, alheio aos temas dos debates. Haroldo, à cabeceira da mesa, pedia-lhe que opinasse, com o maldisfarçado intento de humilhá-lo diante de todos. Mais de uma vez os pareceres do jovem provocaram risos gerais. Revoltado, e inferiorizado por aquela gente que levava o emprego tão a sério, Alberto pediu demissão. Foi aí que precisou recorrer ao tio, sempre que lhe faltava dinheiro. O tio dava, sem resistência, mas não de boa vontade. Nessa noite, Alberto ia fazer novo assalto.

Aproximou-se da mesa do tio para cumprimentá-lo. O velho apresentou-o aos demais:

– Este belo moço é meu sobrinho. Vejam que figura distinta!

Durante alguns minutos, Alberto suportou os olhares curiosos do grupo. Depois, curvou-se ante o velho.

– Sabe o que ele quer, Djanira? – perguntou o industrial à mulatinha. – Quer dinheiro. O que me diz? Devo emprestar, mesmo sabendo que não devolve?

A mulatinha sorriu com ar de pena, observando Alberto com seus olhos enormes. Era a dona da situação. Só depois de muito refletir, respondeu:

– Empreste, sim, tio.

– Se você manda, empresto – respondeu o velhote, embriagado. – Quanto desta vez?

– Dois mil bastam.

Haroldo tirou, com dificuldade, a carteira do bolso.

– Aqui estão eles.

O rapaz apanhou o dinheiro, despediu-se de todos e com um aceno afastou-se. Já na rua, ouviu seu nome. Olhou para trás: era Djanira.

– E a minha parte, bonitão?

– Sua parte?

– Se eu dissesse "não" seu tio não lhe daria nem uma "manolita".

Alberto enfiou-lhe uma cédula de duzentos cruzeiros na mão e saltou, humilhado, para dentro do Buick.

12

Sylvana, em seu apartamento, recortava os jornais quando tocaram a campainha. Surpresa das maiores em toda a sua vida. Diante da porta estava Alberto, elegante e sorridente. Ele, que sempre se recusara a visitar a sua casa!

– Que veio fazer aqui? – perguntou-lhe, seca.

Alberto, empurrando-a delicadamente, entrou na sala.

– Vim ver você e Wandinha. Ela é mesmo bonita como você dizia?

– Você teve essa ideia um pouco tarde.

A menina apareceu na sala, correndo. Estava sempre inquieta, em movimento. Alberto, usando o máximo de sua simpatia, baixou-se e beijou-lhe a mão.

— Sua irmã vive falando de você. Que chuchuzinho você é! — E noutro ímpeto de familiaridade: — Agora, apresente-me à sua mamãe. Onde está ela? Na cozinha? Dê-me o braço, lindura, e vamos até lá.

De braços dados com a meninota, que se equilibrava nas pontas dos pés para não ficar tão baixinha perto dele, Alberto foi até a cozinha. Não permitiu que dona Júlia ficasse embaraçada. Apresentou-se, com uma graça formal, beijando-lhe a mão também e, com um breve discurso, pediu Wandinha em casamento. A menina, rindo, simpatizada com aquele moço atraente e expansivo, respondeu que só não casaria porque era jovem demais.

— Que idade você tem?

— Vou fazer treze.

— Que pena! Sou muito velho para esperar. Você, por acaso, não teria uma irmã mais idosa?

— Tenho, sim.

— Então, caso com ela.

Quando julgou que já conquistara a menina e a velha, voltou para a sala, onde Sylvana o esperava, com a fisionomia grave. Não se deixava enredar facilmente.

— Ainda não disse o que veio fazer aqui — inquiriu.

— Vamos jantar juntos.

— Tenho compromisso.

— Não.

Alberto sorriu, amavelmente, como fazia antes:

— Norma, depois de tanto tempo me recebe assim?

— Não me chamo Norma. Sou Sylvana.

Rindo, ele ajoelhou-se aos seus pés e, de mãos postas, suplicou que atendesse ao seu pedido. Sylvana, vendo aquela cômica atitude, que revelava um novo Alberto, riu também. Que diferença entre ele e Mauro Giampioni, sempre tão estranho e sisudo! Depois, estava com vontade de passear de carro, respirar o ar fresco da noite. Que mal faria em jantar com ele? Afinal, a vitória pertencia a ela. Ele é que se humilhara.

Sylvana aprontou-se num instante e foram jantar num restaurante nas vizinhanças de Santo Amaro. Lá, Mauro, que não tinha carro, não poderia encontrá-los.

— Eu não devia ter dado o bolo em Mauro — lamentou a moça. — Ele deve estar me esperando. Curioso, sempre ele vem me buscar em casa. Desta vez, sei lá por que, marquei encontro na cidade. Como o destino arranja as coisas.

— Arranja a meu favor.

— Você está com sorte mesmo.

– Mas quem é esse Mauro e o que pretende de você?
– Vamos casar brevemente. Mauro Giampioni – repetiu, sonoramente.
Alberto franziu a testa
– Conheço o nome. Produzia para a tevê, não é assim?
– Produz ainda. Menos que antes, é verdade.
– Meu irmão, Paulão, teve negócios com ele, a respeito dum filme. Lembro-me bem. Fomos apresentados. Um rapaz espinhudo, não é? Mauro Giampioni. Toma tremendos pifões e vive bancando o gênio.

Sylvana moveu uma peça de seu tabuleiro:
– É um moço de muito talento. Quanta coisa sabe!

Seu companheiro não fez coro ao elogio:
– Conheço esses caras geniais. São os maiores cacetes que existem.
– Você fala como se o conhecesse bem.
– Digo-lhe que conheço. Paulão me apresentou. Tem um dente grande e amarelo aqui na frente. Falei com ele durante a filmagem. Mauro era um dos assistentes, o mais cheio de ideias. Depois, quando o filme fracassou e Paulão perdeu os três milhões, tivemos outra conversa com ele. Pensa que se importou com nosso prejuízo? "Não fomos compreendidos", disse. "Mas acredite que dentro de vinte anos levarão em conta nosso trabalho." Grande consolo para quem perde tanto dinheiro!

Sylvana ficou ofendida:
– Não me interessa sua opinião sobre Mauro, o que sei é que ele gosta mesmo de mim. E você... lembra-se daquela noite?

Alberto balançou a cabeça, afirmativamente:
– Como se fosse hoje. Chamei-a de italianinha imunda. Mas não era você quem eu xingava: eu estava xingando meu cunhado. Um caso de família. Agora peço-lhe um milhão de desculpas.

A moça ainda resistia, e quando ele lhe segurou a mão, não permitiu o gesto:
– Afinal, por que você voltou?
– Porque nesses três anos não encontrei uma pequena que me interessasse tanto – respondeu em tom dramático.
– Lamento muito – ela respondeu, fria.
– Você está tirando sua desforra, tem toda a razão – concordou Alberto, num sorriso. – Mas faça um paralelo entre mim e Mauro Giampioni.

Sylvana Rios, sob as cobertas de sua cama, pensou longamente na pergunta que Alberto deixara ecoando em seus ouvidos. Havia mesmo uma grande diferença entre Alberto e Mauro. Alberto tinha melhor aspecto, mais dinheiro, maiores possibilidades na vida. A própria Wandinha, sempre tão crítica, lhe dissera que gostava mais de Alberto. Crivara-a de perguntas sobre o automóvel dele. Sylvana, agora, ligava menos a exterioridades, mas se implicava com a contínua inércia de Mauro. Ela ia para frente, ele não. Já começava a crer que de fato ele estava decadente. Perdera o embalo, o entusiasmo e dera de apegar-se a ela como se de seu amor dependesse a sua vida. Uma ou outra vez sentiu pena dele e via em seu rosto o estigma do fracasso.

No dia seguinte, a moça ficou sabendo que Mauro estivera em sua casa, procurando-a. Não entendia por que ela faltara ao encontro.

– Você não devia ter feito isso – censurou dona Júlia.

– Alberto insistiu tanto, mamãe.

– Mas você é noiva de outro.

Pela primeira vez, essa palavra, "noiva", proferida por sua mãe, desagradou-a. Estava noiva de Mauro, o que correspondia estar presa a ele. Seria Mauro capaz de lhe proporcionar todo o conforto e segurança de que Alberto seria capaz?

Dona Júlia continuava no assunto:

– Tome cuidado com esse Alberto. Você sabe como os moços ricos são.

– Não se preocupe, mamãe. Não sou nenhuma tola.

– Ainda se ele quisesse casar...

Sua própria mãe, com isso, admitia que Alberto era melhor partido, caso desejasse casar. Resolveu pensar bem no caso, mais friamente. Será que gostava mesmo de Mauro? Ou ele a interessara num dado momento, quando precisara firmar sua carreira? O que sentia por ele parecia ser gratidão e um pouco de vaidade por ter conquistado um dos ídolos de sua juventude. No início fascinara-a a sensação de ser noiva de um ex-amante de Ester Matos, tão famosa alguns anos antes. Mas essa sensação esfriara. Atrás dos bastidores, nem Ester nem Mauro tinham nada de excepcional.

– Quando Alberto vem de novo aqui? – quis saber Wandinha.

– Não sei, não combinei nada.

– Ele é formidável – disse a menina.

Sylvana riu e saiu para o trabalho. Na Ipiranga encontrou Mauro, angustiado. A falta da noiva ao encontro arrasara-o. Não pôde esconder seu temor de perdê-la, o que tornava as coisas piores para o seu lado. À saída da emissora, ela ouviu a buzina de um carro: era Alberto. Não o perdoara, ainda, mas o interesse dele lhe fez bem. Além disso, voltar para casa de carro era melhor do que de ônibus.

– Leve isto para Wandinha – disse ele, entregando-lhe um estojo de maquiagem.

– Ela vai adorar! – exclamou Sylvana, lembrando-se de que Mauro jamais presenteara os seus.

– É uma menina encantadora.

– Está apaixonada por você.

Não foram diretamente para o apartamento de Sylvana; pararam num bar, para um drinque. Rever Alberto principiava a ser um grande prazer para ela. No bar, o rapaz encontrou um casal de velhos amigos, gente da alta. Apresentou-lhes Sylvana, e os quatro conversaram animadamente durante algum tempo. A atriz gostou dos amigos de Alberto. Via-se que era gente de um nível melhor. Falaram sobre coisas da sociedade, que a entusiasmaram. Que vontade de viver no meio em que vivia aquela gente. Tinha a certeza de que, tendo uma oportunidade, se sairia bem. Mas, casando-se com Mauro, jamais poderia dar esse salto. Nunca passaria de uma atrizinha, talvez obrigada a sustentar e proteger um produtor fracassado. Conversando com Alberto e com aquele simpático casal, punha seus pensamentos em ordem e refletia com maior clareza! Afinal, o que estava fazendo com Mauro?

Nessa noite permitiu que Alberto lhe segurasse a mão. Mas de forma alguma deixaria que fosse mais longe.

– Gostou dos meus amigos? – ele perguntou.

– Oh, são tão simpáticos!

– Se quiser, posso apresentar-lhe outros. Estou certo de que vão gostar de você.

Sylvana tinha dúvidas:

– Acho esse pessoal muito fino para ir com a minha cara.

– Bobagem! Veja essa moça que lhe apresentei, por exemplo. Trabalhava num escritório, como datilógrafa. Teve a sorte de casar com Célio, que é um grande advogado, e agora é francamente do soçaite.

A moça não podia acreditar:

– Datilógrafa? Mas ela parece uma grande dama!

– Sua origem é modestíssima. Mas ela soube usar a cabeça.

Sylvana fixou essa frase: "soube usar a cabeça". Ela seria capaz da mesma coisa?

Dias depois, estando em seu apartamento, Sylvana receberia uma surpresa agradável. Um portador trouxe-lhe um bilhete, redigido num delicado cartão de pergaminho. "Poderia passar em casa, quinta-feira, às nove horas? Eu e Célio vamos reunir uns amigos e fazemos questão de sua presença. Denise." Sylvana custou quase um minuto para lembrar-se do nome: Denise era a moça que Alberto lhe apresentara. A datilógrafa que se casara com um famoso advogado agora promovia reuniões sociais. Usara a cabeça.

Sylvana mostrou o cartão à mãe e à irmã.

– É uma gente tão distinta!

– Com quem você vai? Com Mauro? – quis saber Wandinha.

O rosto de Sylvana contraiu-se:

— Acha que podia ir com ele? Morreria de vergonha. Mauro sempre com aquelas camisas amassadas e os sapatos sujos! Esse casal é conhecido de Alberto.

Na quarta-feira, Sylvana recebia, na Ipiranga, um telefonema de Alberto. Ele perguntava se ela recebera o convite e se estava disposta a ir à reunião. Disse que Denise e o marido insistiam muito, pois estavam conquistados por ela.

— Gostaram de mim tanto assim?

— Nem queira saber.

Ficou assentado que ele passaria em sua casa para apanhá-la. Mal Sylvana desligou o telefone, Mauro apareceu para marcar um encontro para o dia seguinte. Fazia uma semana que não saíam juntos, protestou.

— Amanhã não vou poder – disse ela. – Quem sabe, no sábado.

Nem um milhão de Mauros impediriam Sylvana de ir àquela reunião. Na quinta-feira, à hora marcada, Alberto foi buscá-la, em seu carro. A moça estava radiante com a oportunidade de usar um dos seus melhores vestidos. Mas, no íntimo, tinha receio de não sentir-se muito à vontade entre os amigos de Alberto. Adivinhando esse temor, ele a tranquilizou:

— Você vai agradar muito. É gente rica, mas simples.

— Não vai parecer a reunião em casa de Abbib, não é?

— Garanto que não.

Sylvana foi carinhosamente recebida em casa de Denise. Era uma festinha íntima, onde se respirava uma atmosfera de amizade. A casa, de estilo colonial, deixou a atriz encantada. Como gostaria de viver com aquele conforto!

— Mas, afinal, o que há aqui? – indagou Alberto. – Por que essa reunião?

Denise, o centro da festa, indignou-se com a pergunta.

— Então você não sabia? É o batizado de Lolita.

— Ah, só agora me lembro que li uma notinha numa coluna social. Como vai ela?

— Está um amor!

No mesmo instante, Lolita entrou na sala. Era uma cadelinha bassê, minúscula e brincalhona. Simpatizou logo com Sylvana, que a pôs no colo. Outras mãos femininas passaram a disputá-la. Todas as senhoras presentes queriam afagar Lolita, queriam beijá-la. Denise, orgulhosa, falava dos progressos que a cadelinha vinha fazendo e comentava suas peraltices. Lolita completara a felicidade daquele lar, de vez que a dona da casa e o marido preferiam não ter filhos.

— Não trocaria Lolita por nenhuma criança chorona – confessou Célio. – Ela não dá aborrecimento algum.

Alberto, sempre jeitoso, tratou de conquistar a amizade do bichinho. Estava radiante, aquela noite, pois já começava a ter a certeza de que a resistência de Sylvana estava no fim.

– Você é muito bonita – disse Denise a Sylvana, quando a festa já ia em meio.

Essa declaração foi o início de uma boa amizade entre as duas.

– Gostei muito de você e do dr. Célio também. Foram muito gentis em me convidar.

– Venha sempre em nossas reuniões. Aposto que Alberto ficará radiante.

Enquanto conversavam, Sylvana não podia esquecer que Denise fora uma simples datilógrafa. Mas usara a cabeça. Agora, era uma senhora de influência social, saía frequentemente nas colunas, e dava-se ao luxo de festejar o batizado da cachorrinha. Se Alberto estivesse bem-intencionado com ela, se desejasse casar realmente, tudo aquilo também estaria ao seu alcance.

Pouco depois da meia-noite, os casais que se haviam reunido na casa de Denise resolveram transferir-se para uma boate. Sylvana e Alberto foram também. Durante o trajeto, em seu carro, ele perguntou:

– O que me diz da festinha?

– Estava ótima! Esse casal é muito simpático. E que bonita é a casa deles!

– Gostaria de morar numa igual?

– Que pergunta!

Na boate, dançando com Alberto inúmeras vezes, Sylvana decidiu ser mais afável. Queria saber, com certeza, o que ele pretendia dela, no momento. O jeito era deixá-lo falar. O rapaz fez-se romântico e confessou-se apaixonado.

– Conheço suas paixões – disse ela.

– Quer dizer que prefere Mauro a mim.

– Não é bem isso; ele casa comigo, você, não.

– Quem disse que eu não?

Sylvana cortou a conversa. Não podia mostrar-se demasiadamente interessada. Mas era bem possível que ele mudara nesses três anos. Precisava esperar para ter certeza.

Depois dessa noite, Alberto voltou a procurá-la com frequência. Não queria perdê-la mais. Chegou até a pedir o auxílio de Denise, que aceitou a incumbência, de bom grado. Denise conhecia a atual situação de Alberto. Sabia que ele andava mal de dinheiro e que dificilmente se casaria agora com uma moça de posses. Depois, ela também precisava de uma amiga mais íntima, com quem pudesse conversar com maior naturalidade, sem ter que posar sempre tão cansativamente, de grande dama.

— Vou telefonar para ela — prometeu Denise.

Não ficou só em promessa; telefonou, sim, marcando com Sylvana um encontro numa casa de chá da cidade. O convite deixou a atriz exultante, desejosa que estava de aproximar-se do meio em que Denise vivia. Abraçaram-se afetuosamente.

— Estava com saudades de você — confessou Denise.

"Ela está muito elegante", pensou Sylvana, "mas eu não faço má figura ao seu lado."

Aquela tarde, consolidou-se uma forte intimidade entre as duas. Denise chegou até a contar parte de sua história, fazendo alusão à sua origem modesta. A certa altura, indagou:

— Como você vai com Alberto?

— Não sei dizer. Talvez ele esteja querendo apenas distrair-se.

— Penso que não, Alberto está levando a sério.

— Você acha que sim?

Sylvana voltou para casa mais crente em Alberto. Se soubesse jogar, como Denise soubera, ele não lhe escaparia. Então, mandaria o trabalho às favas, pois o estrelato na televisão não era seu maior objetivo na vida. Já não era.

Em sua casa, Sylvana ficava entre dois fogos: Wandinha vivia pedindo notícias de Alberto, caidinha por ele. Dona Júlia, sempre que se falava de Alberto, fechava a cara.

— Mas você não está noiva de Mauro?

— Ora, o que tem que eu saia com Alberto?

— Acho isso muito feio.

Feio, feio, feio. Tudo era feio para dona Júlia. Feio era Mauro, com aquela magreza de tuberculoso, aquele rosto espinhudo e aquelas roupas surradas. Já se sentia um tanto vexada de sair com ele. O que Mauro lhe podia oferecer? Mesmo em sua carreira, não podia mais contar com sua ajuda. O prestígio de Mauro na televisão estava no chão. Notava o esforço que ele fazia para esconder sua decadência. E era visível que vinha bebendo cada vez mais. Seu hálito, que horrível!

A decisão veio de repente, embora há muito tempo já estivesse tomando forma em seu espírito. "Mesmo que não me case com Alberto, devo romper com Mauro", resolveu, enquanto penteava seus belos cabelos: "Na verdade, nunca cheguei a gostar dele. E por que terei de casar com um pronto?" Ao entrar no elevador, a caminho da Ipiranga, não havia mais vacilações em seu espírito.

Na rua, reconheceu logo o Buick de Alberto. Como ele era gentil em oferecer-lhe condução. Sylvana entrou no carro.

— Esteve com Denise? — ele quis saber.

— Já somos íntimas.
— Pelo que vejo, você gosta de gente da alta.

Alberto queria saber coisas. O que Denise dissera? Fizera novos convites para reuniões? Falara bem dele?

— Por que você quer saber tudo isso?
— Denise é minha protetora. Se casarmos, será nossa madrinha.
— Você, casar-se com uma atriz de rádio?
— E daí?

Sylvana, assim que terminou um programa, foi encontrar-se com Mauro, no bar da emissora. Talvez porque já tivesse tomado a decisão, achou-o ainda mais feio e mais lamentável o estado de sua roupa. O olhar que ele lhe endereçava era de humildade e súplica. Mas exigia explicações. Por que ela andava tão esquiva, ultimamente?

— Mauro, precisamos conversar muito.

O produtor assustou-se:

— Sobre?
— Vá me buscar hoje à noite. Enquanto bebemos um drinque, a gente conversa.

À noite, com Mauro num bar noturno, Sylvana sentiu como era difícil transformar sua decisão em palavras. Não era uma insensível. Tinha pena de Mauro e, noutros tempos, teria dado anos de vida para sair com ele. Depois, o coitado tinha aproveitado tão pouco dela! Nunca permitira que ele fosse além dos beijos. Precisava contornar um pouco:

— Tem tomado muito pileque?

Mauro riu, tristemente:

— Ainda ontem tomei um... Não estou com cara de ressaca? Levantei com uma sede que eu não vendia por dez contos!

Ela fez algumas perguntas sobre as atividades dele na televisão, ciente de que ouviria mentiras. Mauro estava redigindo uma peça que ia marcar época. Havia um ano que falava nisso. Em seguida, a conversa girou em torno de Escobar. O garoto estava fazendo sucesso. Mauro não escondeu seu despeito:

— Com programas para a arraia-miúda qualquer um faz sucesso.

Mas era preciso entrar no assunto; Sylvana sorveu um longo gole de *gin fizz*. Ainda não deu coragem.

— Foi com você que aprendi a gostar de *gin fizz*.
— Comigo, as moças sempre aprendem o que é bom e o que não é.

Sylvana conhecia Mauro: quando fazia piadas e ironias era porque estava muito amargo por dentro. Ele devia saber o porquê daquele encontro e temia a realidade.

— Mauro, devo tanto a você... — ela começou.

— A mim não deve nada, você não usa mais a mecha branca Emancipou-se.

— Serei grata pelo resto da vida, mas...

Como ele gostaria de ter fibra para suportar o choque da separação.

— É grata, mas está apaixonada pelo rapaz do Buick. Fale logo. Não tenha pena de mim.

— Não é por pena...

— Quer acabar com tudo, não é isso?

— Quero.

Mauro engoliu toda uma dose. Pediu logo outra.

"Ele também foi mau para Ester", pensou Sylvana. "Nos seus bons tempos pisava em todo mundo. Por que devo ter tanto cuidado?"

— Mas eu, realmente — pense nisso — realmente desejo me casar com você. Entendido?

— O que quer dizer esse "realmente"?

— Falo em casamento no duro, civil e religioso, apesar de tudo.

Sylvana empalideceu. Que negócio era aquele?

— Apesar de tudo? Por quê?

Ele tentou dar à voz um tom de nobreza, mas no fundo era um cafona como todos os cafonas.

— Sei qual a vida que você levou. Nunca toquei no assunto, por delicadeza. Mas eu sei.

— Seja claro — ela pediu. — O que você sabe?

— Que você fazia michê.

— Eu?

— O mundo é pequeno. E eu conheço o submundo melhor do que ninguém. Meu amigo, Mon Gigolô, me deu a sua ficha. — Fez-se mais agressivo: — Você operava na casa da Zulma.

— Não é verdade — balbuciou Sylvana, pálida.

— É verdade, mas não ligo. Nunca toquei nisso. Jamais lhe passei uma cantada, passei?

O intelectualizado Mauro Giampioni falando naqueles termos! Ficava repugnante! Ela também quis dizer algumas verdades.

— Você não se incomoda não porque você seja bonzinho. Mas porque é um fracasso, está dito? Você sabe que, mais cedo ou mais tarde, a Ipiranga vai lhe dar o bilhete azul. Por isso quer se encostar em mim e fecha os olhos para essa questão de moral. Se você estivesse por cima, como já esteve, ia me tratar como uma puta, está na cara.

— Fale baixo, tem gente ouvindo.

— Que ouçam!

— Vamos esquecer o passado. Eu gosto de verdade de você. E quanto a ser eu fracassado, isso é falso. Queria que lesse a peça que estou escrevendo. – Ele, aí, fez uma força enorme para salvar-se:

– É a história de um grande homem de negócios... Ele se apaixona pela mulher do gerente. É uma nova versão de Davi e Betsabá. O papel principal será...

– Não quero papel algum.

– Vamos, se acalme. Que é isso?

– Estou com nojo de você.

– Sylvana, brigar é bobagem. Sou louco por você. Se soubesse como tenho bebido, como tenho...

– Adeus! – exclamou Sylvana, levantando-se.

Ele pôs as mãos nos bolsos e correu, humilhado, atrás dela.

– Sylvana, Sylvana, esqueci o dinheiro. Não posso pagar a conta. Que cabeça a minha!

Ela abriu a bolsa num instante, pôs-lhe quinhentos cruzeiros na mão e saiu correndo.

Um garção, que percebeu a cena, estourou de rir.

13

Sylvana estava livre de Mauro. Toda a piedade que ele lhe despertava desapareceu num momento. Livrar-se dessa piedade era ainda melhor do que livrar-se de Mauro. Aquela mesma noite, como era cedo ainda, telefonou para Alberto, de uma drogaria do centro; a primeira vez que lhe telefonava, depois de tanto tempo. Alberto logo apareceu com seu Buick lustroso. Juntos, numa boate, disposta a beber como antes fazia, ela contou-lhe que rompera com Mauro.

– Eu seria um hipócrita se lamentasse o fato – disse o rapaz. – Você fez muito bem.

– Se você visse a cara que fez... como ficou triste...

– Esqueça tudo. Você não está sozinha.

– Chutei um casamento certo.

– Eu me casarei com você.

Aquela noite, Sylvana descobriu que se reapaixonara por Alberto, e dessa vez com maiores possibilidades de fisgá-lo para o casamento. Estava mais segura de si, mais adulta. Não via, como antes, em Alberto, um príncipe encantado, que a complexava com suas posses. Realisticamente, via nele um moço igual a muitos, sem nada de excepcional, um ser de carne e osso como toda gente. Não se entregaria a ele de jeito nenhum, a não ser através do casamento. Precisava ter a cabeça fria e lúcida de Denise para ser bem-sucedida como ela.

Quem não gostou do rompimento foi dona Júlia.

– Você faz cada loucura, Norma.

Até dona Aurora deu palpite:

– Você não teve pena do rapaz?

Em compensação, Wandinha estava com ela, sempre com ela. Quando soube da nova, deu-lhe um forte abraço, exultante. Não queria ver a irmã, o seu ídolo, casada com um moço pobre como Mauro, um "muquirana" que nunca lhe dera um presente, enquanto Alberto, que não era seu noivo, já presenteara toda a família.

– Agora você vai namorar com Alberto?

– Sei lá.

– Mas ele quer, não quer?

Sylvana achou que já devia conversar com a irmã como se ela fosse uma mocinha:

– Só se ele quiser casar, para outra coisa, não.

A menina aproximou-se mais da irmã. Há muito tempo que lhe desejava fazer uma pergunta muito, muito íntima. Corou um pouco.

– Norma, você já teve amantes?

Sylvana levou um choque:

– Que pergunta? Que é isso, menina?

– Eu pensei.

– Você está muito saidinha. Nunca tive amante algum.

Wandinha riu: não acreditava, mas não queria irritar a irmã.

"Não posso dar muita ganja para essa menina", pensou Sylvana. "Ela é viva demais, que coisa!" E com esse pensamento saiu de casa, rumo à emissora. Ah, como andava com preguiça de trabalhar. Começava a detestar a Ipiranga. Ser atriz já não lhe parecia grande coisa. Perdia o entusiasmo, embora seu nome se tornasse rapidamente um cartaz. Seduzia-a muito mais a vida mansa que Denise levava. E vinha observando com que desprezo os grã-finos se referiam aos artistas do rádio e da televisão. Se Deus a ajudasse, ainda seria uma grã-fina.

Aquele dia Sylvana teve oportunidade de bater um papo com o jovem Escobar, o produtor da moda.

– Somos os maiores sucessos da Ipiranga – disse-lhe o rapaz.

– Como vai seu programa?

– Legal!

Escobar lançara um programa de perguntas e respostas, no rádio e na televisão, que tomara a cidade e todo o Estado de assalto. Do dia para a noite saíra do anonimato e renovara seu contrato vantajosamente. Como anunciador, tornara-se um dos prediletos das agências de publicidade. Um estrondo, o rapaz.

— Soube que deu o fora no Giampioni — comentou o moço.
— É verdade, rompemos. Vocês são muito amigos, não é?
— Fomos amigos — ele respondeu. — Eu era muito novo e o julgava um mestre. Mas se tivesse continuado como seu discípulo, hoje estaria apanhando papel. Pus a sofisticação de lado. Ser original é vaidade. O que dá gaita é ter contato com o público.

Sylvana deu-lhe razão. O que Mauro lucrara em ler tantos livros, em virar do avesso peças estrangeiras, em criar teorias de rádio e televisão? Tudo perda de tempo. Enquanto isso, Escobar subira, e ela, que nunca se matara para fazer sucesso, subira também.

— E sabe da última? — indagou Escobar. — Dizem que vão lhe dar o bilhete azul.

Aquela semana, Sylvana teve novos reencontros com Denise, o marido e Alberto. Passara a adorar sua nova amiga e a usar sua amizade para travar boas relações. Não tinha ainda nada fixo com Alberto e às vezes se lembrava de Mauro com um resto de saudade. Mas até isso teria logo o seu ponto final, depois de algo que houve entre os dois, no dia 25 de janeiro de 1954, o dia do IV Centenário.

14

Mauro vinha bebendo há alguns dias. O pouco dinheiro que tinha, amassado nos bolsos, reservava para o álcool. Algum, conseguira de empréstimo de seu amigo Mon Gigolô, que andava numa boa fase de cafetinagem. Já devia muito a Mon Gigolô, nem sabia quanto e muito menos quando poderia pagar. Mas não se importava. Naquela noite de comemorações cívicas, dirigia-se à boate com o desejo de beber até não aguentar mais. Foi sentar-se junto do piano para ouvir o "Perfil de São Paulo", a música do momento. Levou seu copo junto.

A essa altura entrou Mon Gigolô, impecavelmente vestido.

Trazia nos braços uma dúzia de rosas para uma das mulheres presentes. A boate estava repleta e os frequentadores exibiam um sorriso de festa. Alguns pares dançavam. Todos falavam alto e ao mesmo tempo, numa confusão que punha Mauro tonto.

— Tenho uma missão muito importante a cumprir — disse Mon Gigolô a Mauro. — Conhece Linda? Pois é, Linda está grávida e precisa fazer um aborto. Imagine, Linda com uma criança no colo. Por isso organizei uma lista...

Mauro ouvia com o pensamento distante. Seu emprego na Ipiranga perigava. Certo comentarista não passava uma semana sem chamá-lo de fracassado. Tentava reagir, mas não saía mais nada de sua cabeça, nada. O pior fora o que acontecera entre ele e Sylvana, o rompimento. Sentia-se no ar, atordoado, sem fibra, vencido.

— Podem falar de mim — dizia Mon Gigolô. — Mas quando precisam de mim, provo que sou amigo.

Ele organizara-se: trouxera uma página dupla de papel almaço com algumas linhas escritas à máquina, no topo. Numa redação bem-cuidada, pedia a todos os frequentadores da boate que socorressem Linda, uma boa moça, que "não merecia aquilo", a gravidez. Muito delicada, não podia ser atirada às mãos de qualquer charlatão. "Devemos proporcionar-lhe um aborto de luxo", clamava. "O que seria inadmissível era ver a nossa querida irmãzinha com um monstrozinho nos braços."

— Estou quase duro, mas dou alguma coisa — disse Mauro, abrindo a lista.

Mon Gigolô correu a outra mesa, lançando sobre ela a página de papel almaço.

"Com que sede estou", dizia Mauro para si mesmo. Olhou suas mãos trêmulas. Elas haviam tremido ainda mais em certa hora da tarde. Há anos que guardava na gaveta um velho revólver. Pertencera a um tio seu. Fizera um exame rápido na arma. Bebera um longo gole de gim e depois apontara a arma para a cabeça. Perto, um espelho revelou uma imagem um tanto ridícula. "Uma cena quadrada", pensou. "Qual seria o melhor ângulo para a televisão?" Encostou o cano da arma no coração; puxaria o gatilho com as duas mãos. O estrondo chamaria a atenção de dona Hertha, que apareceria correndo. Como os jornalistas redigiriam a notícia? Linguagem formal, umas dez linhas, no máximo. "Mauro Giampioni, produtor de rádio e televisão, estando, ultimamente, sofrendo dos nervos e vítima da dipsomania..." Teria quatro amigos para carregar o caixão? Dona Hertha, Mom Gigolô, o Mandril e talvez o porteiro do edifício. O gatilho estava frio; subitamente teve medo da arma. Guardou-a, acovardado, e atirou-se na cama. Por que Sylvana o abandonara?

Mon Gigolô estava se saindo bem. Aproximou-se de um cavalheiro de meia-idade, que jamais fora visto naquela boate, e apresentou-lhe a lista.

— É uma amiga nossa que errou... Errou na contagem dos dias.

O outro abriu um vasto sorriso:

— Claro que colaboro. Nunca vi um... um empreendimento tão simpático. Meus respeitos. — E deu duzentos cruzeiros.

Todos queriam assinar a lista. Inclusive os músicos e os moços do bar. Numa pequena mesa, no fundo, Linda sorria. A bela ideia de Mon Gigolô viera salvá-la de um desastre. Como poderia ficar meses inativa, e depois com a criança para sustentar?

Dois homens sentaram-se à mesa de Mauro. Esse mal os cumprimentou. Queria estar só, não queria falar com ninguém. Se tivesse um pouco mais de brio teria puxado o gatilho. Um fim rápido, mais digno do que apodrecer nos bares. Curioso. Quando soubera que Sylvana havia sido a mercenária Sandra, até se alegrara. "Faremos uma boa dupla", pensou. "Eu não tocarei no seu passado e ela não tocará no meu futuro." Mas não deu certo. Um mau presente é pior do que tudo.

Mon Gigolô, no centro da boate, agitava o papel almaço. Já tinha mais de três mil cruzeiros. Um casal entrou. Mais gente para assinar a lista. O cáften falava no generoso coração dos cidadãos que frequentam a noite. Estava eufórico, como quase todos, naquela data histórica.

Obrigado a ouvir a conversa dos dois que haviam se sentado à sua mesa, Giampioni fazia uma cara sisuda. Um deles, homossexual, contava os martírios que seu amante, um bombeiro, o fazia passar. E aconselhava em tom melancólico:

– Nunca amem um homem de farda.

Mauro não riu porque quase não ouviu. Onde estaria Sylvana? Na Ipiranga? Valeria a pena fazer a última e desesperada tentativa? E se se atirasse de joelhos no chão, suplicando o seu amor? E se a beijasse com violência, à força, para mostrar sua masculinidade? Às vezes dá resultados imprevisíveis. Devia arriscar. Estava perdendo tempo ali.

Mon Gigolô, perto, contava dinheiro, com enorme satisfação. Gostava de Linda como gostava de todas as mulheres da vida e queria ser útil a ela. Estava arrecadando uma verdadeira fortuna. Linda jamais esqueceria essa gentileza.

O ascensorista da boate conversava com uma mulher maltrapilha que trazia nos braços uma criança. Estava mendigando. O ascensorista protestou:

– Por favor, desça. A senhora não pode entrar com essa criança. A entrada é proibida para menores de vinte e um anos.

Mauro levantou-se. Não podia ficar mais ali. Talvez encontrasse Sylvana na Ipiranga. Noutro estado de espírito, ela poderia voltar atrás. Afinal, tudo o que era, devia a ele. Fizera a sua fama; fora sua última obra.

Já na porta, esbarrou em Mon Gigolô.

– Sabe que consegui quase seis mil cruzeiros para Linda? – ele noticiou, exultante.

Com lágrimas nos olhos, Linda atirou-se nos braços do cáften e todos se puseram a bater palmas, como se aquele fosse o final de um ato teatral.

Mauro saltou para dentro do elevador e logo ganhava a rua. A cidade estava repleta, vivendo a mais festiva noite do século. Mais uns minutos e os aviões lançariam uma chuva de folhas prateadas comemorativas do IV Centenário. Com dificuldade penetrou através da multidão até a Ipiranga. Tinha a intuição de que encontraria Sylvana. Nos corredores da emissora, comentava-se a grande corrida de Cidade Jardim. "El Aragonés vencera, seguido de Quiproquó. Gualicho decepcionara, finalizando em quarto."

Entrou em sua pequena sala, na redação da Ipiranga. Sylvana devia estar em casa ou ter saído com o moço do Buick. Ouvia ruídos. A festa nas ruas multiplicava sua amargura.

"São Paulo num só minuto
É o Brás, Tietê, Viaduto,
Barracas de flores e a multidão..."

Era amargo ficar ali, sozinho, naquela sala. Olhava sua mesa, abandonada, coberta de velhos *scripts*. Não tocou em nenhum deles. Depois, num repente, lembrou-se de que um produtor, colega seu, costumava guardar em sua gaveta uma garrafa de aguardente. Foi à sala ao lado e teve a sorte de encontrar a gaveta aberta. Puxou-a e lá estava a garrafa, pela metade. Voltou para sua sala, acompanhado. Levou a garrafa à boca.

Na rua, a música continuava:

"Não mudou, não se acabou
A sua sedução.
Os pardais, em madrigais,
O sol rasgando a amplidão..."

Mauro deixara a cabeça repousar sobre a mesa. Quando a ergueu, teve a impressão de que delirava: Sylvana olhava-o pela porta entreaberta.

Ela recebera um recado pedindo sua presença na Ipiranga. Havia um comercial para fazer, surgido à última hora. Correra para a emissora, contrariada, pois tinha aquela noite uma boa reunião na casa de Denise. Feito o comercial, saiu às pressas pelos corredores, doida para chegar em casa, onde Alberto devia esperá-la. Ao passar diante da sala de Mauro, viu luz e parou. Lá estava seu ex-noivo com cara de bêbedo.

– Como você está bonita – disse ele, pondo-se de pé e abrindo a porta. – Que sorte encontrá-la!

Sylvana lembrou-se de Alberto, esperando por ela.

– Muito obrigada, tenho de ir.
– Espere um pouco.
– Não posso.

O olhar de Mauro tinha um brilho estranho, animal. Ele sentia que qualquer palavra seria inútil. Num ímpeto, forçou-a de encontro a si com violência.

– Você está doido! – gritou Sylvana.

Mais tarde, com dificuldade ela se lembraria daquela luta rápida e selvagem. Mordeu a boca que a beijava e quase se viu vencida quando rompeu-se a alça do vestido e o seio saltou, como se tivesse mola. Com medo e ódio fez o possível para libertar-se daquelas garras de ferro. Parecia um pesadelo aquela luta surda, mas escapou e se pôs a correr pelo corredor.

Um minuto depois, Sylvana estava na rua, com seu vestido de gala, no meio do povo em festa. Teria de ir para casa a pé, pois não havia condução. Meia dúzia de quarteirões, varando a multidão que se movia morosamente.

"São Paulo num só minuto
É o Brás, Tietê, Viaduto,
Barracas de flores e a multidão."

Subitamente, a moça sentiu que lhe tocavam a mão. Mauro, fazendo um esforço enorme, tentava segurá-la. Os cabelos caídos no rosto, alucinado. Foi só um instante; ela se libertou num impulso e foi atravessando a massa popular. Ele estava louco, tinha de fugir. Rápida, com uma vitalidade maior do que a dele, conseguiu escapar a caminho de sua casa.

Mauro perdeu o ímpeto; a massa popular era compacta demais. Estendeu a mão num último esforço. Um daqueles papéis prateados que os aviões lançavam prendeu-se entre os seus dedos: "Lembrança do IV Centenário". Amassou o papel, nervosamente. Suas pernas, amolecidas, deixaram-se arrastar pelo povo.

"E a noite com seus pintores
Acendendo e apagando em cores
Seu nome no meu coração..."

Eram mais de duas horas quando Mauro chegou ao prédio onde morava. Os olhos congestos de tanto beber, a roupa em desalinho, o laço da gravata semidesfeito. Por azar, o elevador não estava funcionando. Teve de subir as escadas, com seus passos vacilantes. Próximo de seu andar, as pernas baquearam. Caiu sentado num degrau. Ficou ali não soube quanto tempo, até a porta de seu apartamento abrir-se.

– O que faz aqui sentado?

Era dona Hertha, toda assustada, envolta num roupão.

– Bebi um oceano – respondeu ele.

– Levante-se. Eu ajudo.

– Sente-se um pouco aqui comigo – pediu.

Dona Hertha obedeceu cheia de preocupações. Morria de pena dele. Depois de algum tempo, atreveu-se a perguntar, referindo-se a Sylvana;

– Você viu aquela moça de novo?

Mauro não respondeu; encostou a cabeça no ombro da governanta, que o abraçou suavemente. Ele, como uma criança. afundou a cabeça em seu peito e, sem poder controlar-se, rompeu num choro convulsivo e amargo.

15

A noite do IV Centenário, apesar do desagradável incidente, foi muito feliz para Sylvana. Esteve com Alberto, Denise e o marido no Oásis, vivendo uma grande noite. Num momento em que as duas estiveram juntas no toalete, Denise segredou-lhe:

– Sabe que Alberto quer mesmo casar com você?

– Não acredito.

– Pode acreditar. Esse negócio de famílias tradicionais já acabou. A irmã dele não casou com um italianinho médico? Ela, que é a soberbia em pessoa!

– Acha que ele está mesmo bem-intencionado?

Aquela noite, dançando, Alberto confirmou o que Denise dissera. Confessou a Sylvana que a amava muito. Já se cansara da vida de solteiro e queria constituir um lar. Por que não procurava uma moça de sua sociedade? Ora, ele nunca tolerara as grã-finas. Sylvana (já não a chamava de Norma) era o seu tipo. Com ela se sentia mais à vontade, mais feliz.

– Não está brincando?

– Estou com cara disso?

– Então quero conhecer sua mãe. Me apresente.

Alberto, desse momento em diante, passou a viver uma nova situação: convencer a família de que Sylvana o merecia. Ia ser uma grande luta. A primeira pessoa que resolveu consultar, para fazer uma espécie de teste, foi o tio Haroldo. Depois, falaria com Berenice e, por último, com dona Noêmia.

Num sábado, muito depois da meia-noite, decidiu procurar o tio. Não o encontrou na boate que ele frequentava. Rumou a toda a pressa para seu apartamento. Ao parar o carro, viu luzes no quinto andar: o velho ainda estava acordado. Subiu disposto a consultar o tio. Se ele aprovasse o casamento, teria um argumento a mais para chegar a Berenice. Tocou a campainha, inquieto. Quem o atendeu foi um jovem imberbe, que Alberto já vira num corpo de balé. Tinha, aliás, velha antipatia por esse moço.

– Preciso ver meu tio – disse, entrando agressivamente.

Largado numa poltrona, sem paletó, Haroldo estava rodeado por duas moças e alguns rapazes. Uma dessas moças, a mulata Djanira, que pedira a Alberto os duzentos cruzeiros. A vitrola, ligada, tocava um disco do King Cole Trio. À entrada do sobrinho do milionário, a alegria da pequena reunião foi interrompida.

Um dos convidados aproximou-se de Alberto e comentou:

– Haroldo bebeu demais. Tentamos evitar, mas não deu jeito.

Alberto não disse nada, ferozmente irritado com todos. Era odiável a maneira com que exploravam aquele ridículo e indefeso velhote. Pensou em expulsar a todos da sala, a socos e pontapés.

– Vamos ver o que há na cozinha – disse um dos rapazes, indo para o interior do apartamento, acompanhado de outros.

"Verdadeiros gaviões", pensou Alberto. Fez menção de ir embora, mas resolveu ficar. Precisava falar com o tio, fosse qual fosse o seu estado.

Minutos depois os bandoleiros da cozinha voltavam, mastigando coxinhas de galinha e empadas. Um deles trazia um litro de White Label. Missão cumprida.

Alberto perdia a paciência:

– Vamos baixar a vitrola – disse secamente, girando um dos botões do móvel.

– Está muito baixo – comentou Djanira.

– Não acho – replicou Alberto, grave. – Se quer ouvir música, vá para os inferninhos.

Foi só então que Haroldo viu o sobrinho. Endereçou-lhe um sorriso molhado. Com esforço, levantou-se para abraçá-lo. Alberto suportou a cena, sentindo o irônico interesse dos presentes.

– Conhecem o meu sobrinho? Rapaz direito está aqui.

– Titio, eu...

Djanira, que começava a detestar o moço, separou os dois. Queria dançar com Haroldo. O velho foi arrastado por ela, atento ao equilíbrio do corpo.

– É melhor irem caindo fora – bradou Alberto, disposto a agir. Não podiam humilhar tanto o pobre homem.

O bailarino, com uma voz de meninona ofendida, estrilou:

– Somos amigos de Haroldo. Viemos aqui a convite.

– Não perguntei nada – retrucou Alberto. – Peguem a reta – acrescentou, com voz surda.

Djanira não gostou de ver a festa terminar tão bruscamente. Bancou a machona:

– Haroldo quer que a gente fique. Os incomodados que se mudem.

– Suma-se daqui, negrinha – disse-lhe Alberto, quase no ouvido.

Era tão resoluto seu tom de voz, tão inflamado de ira e vigor, que ela teve medo. Olhou os companheiros, pedindo auxílio, mas ninguém se animou a topar a parada. Acovardaram-se. Alberto ganhou forças

– Preciso falar com meu tio. Saiam!

O bailarino, dando passinhos rápidos e curtos, foi o primeiro a sair. Dois outros rapazes o seguiram. Djanira chegou-se ao velho e deu-lhe um beijo estalado na face. Diante da porta, deteve-se. Um bibelô lhe chamou a atenção: um elefantezinho branco. Num rápido movimento, colocou-o na bolsa. A outra moça imitou-a: levou um pequeno quadro da parede. O bailarino, segurando o riso, voltou à cena para apanhar um cinzeiro e desmaterializou-se.

"Malditos ladrões!", murmurou Alberto. Mas estava satisfeito por ter se livrado de todos. Na poltrona, Haroldo cochilava. O moço acendeu o abajur e apagou a luz da sala. Desligou a vitrola. A persiana estava aberta. Fechou-a, cuidadosamente.

Haroldo virou-se na poltrona:
— Ainda está aí?
O moço puxou uma cadeira e sentou-se ao lado:
— Preciso falar muito com o senhor.
O velhote moveu, num gesto difícil, a cabeça na direção do sobrinho.
— Sim, sim.
— O senhor tem de me dar um conselho – começou, sentindo o absurdo da frase. Logo aquele devasso, e naquele estado, dar conselhos? Por que procurar justamente o membro mais desmoralizado da família? – Vou me casar. A moça não é da nossa gente. É atriz. O senhor sabe como minha mãe é! Me ajude nisso. Queria que lhe desse uma palavrinha.

Haroldo cerrou os olhos e abanou a cabeça. Bebera demais. Não podia concentrar-se.
— Vai casar – balbuciou. – Moço de bem.
O sobrinho voltou à carga. Tentou explicar as razões mais íntimas. Sua família estava quase arruinada. Não podia pedir a mão de uma ricaça. Pelo menos no momento, Sylvana lhe convinha.
— Chame Djanira – pediu o velhote, num derradeiro esforço.
— O senhor promete falar com mamãe?
— Vou comprar aquela negrinha só pra mim – balbuciou ainda mais o velho. Depois, começou a roncar.

Alberto tentou acordá-lo sacudindo-o. Inútil. Era um sono de pedra. Desanimado, resolveu ir embora. Desligou o abajur, com ódio do tio. No hall, já saindo, olhou para um pequeno bibelô sobre um móvel: um bandeirante de louça, armado para enfrentar os sertões. Tudo que dizia respeito às bandeiras o emocionava, o sangue da família. Num gesto ágil, roubou-o. Ao fechar a porta, pensou: "Será que fiz mal?". Mas tranquilizou-se: "Ele vai pôr a culpa naqueles cafajestes". E saiu.

16

Sylvana sentiu que o rompimento com Mauro Giampioni em nada perturbava sua vida profissional. Continuava dia a dia mais popular. Bastava abrir uma revista especializada para certificar-se de que era a estrela de televisão mais conhecida do momento. No tocante à vida sentimental, estava vitoriosa. Alberto, apaixonado, e Denise, muito amiga, continuava a fazer o seu jogo. Ambos já começavam a aparecer em todos os lugares frequentados pela boa sociedade. Aos domingos, iam aos clubes grã-finos. Pela primeira vez, Sylvana descobriu o prazer de atirar-se às águas de luxo de uma piscina, usando os maiôs colantes que Flávio lhe dera.

– Você faz um sucesso danado! – comentava Alberto.
– Com todas essas moças bonitas?
– Garanto que estão com inveja de você.

Sylvana notava que as conhecidas de Alberto tratavam-na com ostensiva frieza, mas, isso, ao invés de irritá-la, agradava-lhe. Se fosse feia e deselegante, ninguém se importaria com ela. Quanto aos amigos de Alberto, esses, apesar dos seus milhões, tornavam-se servos seus, sempre dispostos a prestar-lhe pequenos favores. Se se encontrava na piscina, e fazia calor, corriam a buscar-lhe refrescos. Queriam ensinar-lhe a nadar o clássico. Um deles se fez seu professor de mergulho, sob a vigilância de Alberto. Quando ela pretendeu praticar o tênis, os mestres fizeram fila.

Um dos rapazes, um dia, disse a Alberto:
– Você tem a pequena mais sensacional da cidade. Quando é o casamento?
– Primeiro tenho de dobrar a família.
– Você ainda é desse tempo? Eu me casaria com ela contra a vontade de todo o mundo.

Alberto amargava sua covardia. Por que temia tanto apresentá-la aos seus? Para não enfrentar o problema, propunha a Sylvana novos programas agradáveis.

– Estou farta de boates – dizia Sylvana. Começava a afiançar, com esperteza, que preferia ambientes familiares. Não era tão boêmia como ele podia supor.

Atendendo-a, Alberto levava-a a todos os coquetéis de que tinha notícia. Não perdiam inaugurações de exposições de pintura, de cerâmica e o lançamento de novos livros e autores.

– Mamãe, como estou conhecendo gente bem! – ela exclamava ao voltar para casa.

Mesmo os artistas com quem travava relações eram agora de um nível melhor. Fez-se íntima de alguns deles para que sua fama não se limitasse ao âmbito da televisão. Certa vez houve uma gincana na ilha Porchat; Silvana e Alberto concorreram em dupla, vencendo a prova. O retrato dos dois saiu em quase todas as colunas sociais. Foi seu primeiro aparecimento oficial no soçaite. Todos já sabiam que Alberto namorava uma pequena maravilhosa e comentavam o caso. Os familiares dele, porém. evitavam o assunto.

Num desses coquetéis, Sylvana ficou conhecendo Remo Bracali, um diretor de cinema italiano que se transferira para o Brasil, contratado por uma companhia nossa. Era um homenzarrão de aspecto grosseiro, porém bastante simpático e tratável. Em poucos meses aprendera o português e a amar as coisas do Brasil. Sylvana simpatizou com Remo à primeira vista, e como assistira a um filme italiano, que ele dirigira, tiveram assunto de sobra durante todo o coquetel.

— Você não fica a dever nada a Silvana Mangano ou a qualquer outra — elogiou-a o diretor de cinema, admirando-lhe a beleza.

— Quem sabe foi por causa dela que escolhi o pseudônimo?

— Gostaria de fazer um teste para meu próximo filme?

— Não.

— Não?

— Detesto testes. Se quer saber se sou fotogênica, assista aos meus programas na televisão. Não gosto de testes.

Mesmo algumas moças de sociedade trabalhariam com satisfação num filme que Remo dirigisse. Mas Sylvana procurava não ver nele nada mais do que um amigo. Mais do que um amigo: um parente. Remo Bracali se parecia um pouco com seu pai, no físico. Gostaria de chamá-lo de "papai".

À saída, Sylvana comentou com Alberto:

— O tal Remo disse que vai me ver trabalhar na tevê.

— Esse cara faz propostas para todas as mulheres bonitas – disse Alberto, mal-humorado. — Consta que foi assistente de Rosselini, conheci uns dez que diziam a mesma coisa.

— Mas a verdade é que ele está filmando.

Num sábado à noite, depois de fazer papel de relevo numa peça de uma hora na televisão, Sylvana recebeu um telefonema. Era Remo Bracali. Assistira ao espetáculo e estava encantado. No domingo, recebia em sua casa uma corbelha de flores, mandada pelo diretor italiano.

Sylvana não fez segredo. Contou tudo a Alberto.

— Não estou gostando nada disso — murmurou o rapaz.

Mas Alberto, preciso cuidar da minha carreira!

— Preferia que abandonasse a carreira.

— Abandonar? Com que roupa?

Na semana seguinte Sylvana encontrava-se com Remo Bracali nos estúdios da companhia onde ele trabalhava. Remo propôs-lhe um papel num filme; duas horas de conversa sobre o assunto. Para decepção da moça, não ganharia o papel principal, que já pertencia a Albertina Maya, atriz já consagrada no teatro, escolhida por imposição do produtor. Sylvana recusou. Remo insistiu. Insistiu muito.

– Quando começa a filmagem?
– Daqui a quinze dias.

Sylvana apertou a mão de Remo. Topava. E imediatamente tratou de espalhar a nova a todos os cronistas da cidade. Nunca tivera tanta sorte.

Apenas um fato veio toldar a alegria esfuziante daqueles dias. Uma tarde, ao entrar em casa, ouviu um ruído no quarto do irmão. Alguém fazia as malas. De fato, logo Bruno aparecia na sala, com as malas nas mãos.

– Aonde vai? – ela quis saber.
– Sumir por algum tempo.

Wandinha entrou na sala, chorando.

– Cale a boca! – bradou o jovem.
– Onde está mamãe?

Dona Júlia também apareceu na sala, chorando. Abraçava o filho e não queria deixá-lo partir.

– Meu filho... meu querido filho!
– Me largue, mamãe.

Libertando-se de dona Júlia, Bruno escapou, decidido.

Horas depois, lendo os jornais da tarde, Sylvana se inteirava de tudo: "Jovem e impulsivo amanheceu na delinquência. Audacioso ladrão de automóveis". A notícia referia-se a um bando de moços detidos por furtar carros. Todos pertenciam a boas famílias; roubavam por distração. Apenas um deles, Bruno Simone, levava a coisa a sério e não abandonava os carros roubados. Proclamara-se chefe da quadrilha e queria transformar uma inocente brincadeira em assaltos de gângster. A polícia estava em seu encalço.

No mesmo dia, dois inspetores de polícia apareceram no apartamento. Encontraram a família em pânico. Alberto, que não sabia de nada, por acaso se achava lá.

– Alberto, aconteceu uma desgraça! – exclamou Sylvana, com os olhos vidrados.

Os inspetores pediram a direção de Bruno. Ninguém pôde esclarecer nada.

– Impossível que não saibam onde está!
– Sabemos menos do que os senhores – respondeu Sylvana.

Alberto fez o máximo para não notar a vergonha que se apossava da moça. Que vexame! Depois da saída da polícia, garantiu, sincero:

– Vou pôr advogados no caso. Bruno não pode ir preso.

Sylvana rompeu num choro:

– Agora é que sua família vai ficar mais dura.
– Eu saberei contornar a situação.
Logo mais vieram os jornalistas, mais importunos que a polícia.
– Não podiam arranjar um retrato do moço?
– Quando ele começou a roubar?
– É verdade que surrava os rapazes da vizinhança?

Alberto chamou-os em particular. Pediu-lhes que dessem pouca publicidade ao fato. Nada de fotografias e nenhuma alusão à irmã de Bruno, que nada tinha com a história. Como não podia subornar todos, em conjunto, deu-lhes seu endereço para uma conversa mais íntima. Apenas um jornalista, um pernambucano recém-chegado da sua terra, um tal Leônidas, opôs resistência a Alberto.

– Publicarei as coisas como são! – bradou, e saiu antes dos outros, de cabeça erguida.

Ao sair, Leônidas viu Sylvana na sala de estar, lacrimosa, e, obedecendo a um impulso incontrolável, passou-lhe a mão pelos seios e correu rumo ao elevador.

Sylvana não contou a Alberto o que o jornalista fizera, para não feri-lo ainda mais.

– Você foi muito bom para mim.
– Fiz só a minha obrigação, querida...

Os jornais do dia seguinte provaram que o serviço de Alberto dera resultado. As notícias sobre o caso eram discretas. Apenas Leônidas, como se esperava, tentou explorar o fato, e foi o único que se referiu ao parentesco entre Bruno e Sylvana. Dedicou, também, algumas linhas a Alberto, pintando-o como amante da atriz e protetor do delinquente.

– Gostaria de surrar esse pau de arara – disse Alberto, enfurecido. E, agora, como enfrentaria sua família?

À caça de Bruno, Simone registrou um fracasso da polícia. Algumas semanas depois localizaram o carro roubado, mas já nas mãos de um comprador. Quanto ao rapaz, nada.

O incidente na família abalou Sylvana profundamente. Chegou a perder o interesse pelo filme. Mas, vinte dias depois, ao receber um telefonema de Remo Bracali, nova onda de entusiasmo. Ia ingressar no cinema!

Bracali foi em pessoa a sua casa, entregar-lhe o *script* do filme. A filmagem começaria logo. Filme colorido, em tela panorâmica. Dinheiro não faltava.

– Não creio nesse italiano – dizia Alberto, com a pulga atrás da orelha. – É um vigarista!

O filme vinha afastá-lo um pouco de Sylvana e, quem sabe, desse afastamento à separação definitiva seria um passo. Tinha que fazer o possível para não perdê-la. O que fez, imediatamente, foi aproximar-se de Berenice. Seria sua aliada.

Alberto encontrou-a no clube que Berenice costumava frequentar pela manhã, com o filho mais velho. O menino, muito franzino, apesar de todos os cuidados médicos e caseiros, não se desenvolvia. Alberto, embora jamais tivesse dado atenção aos sobrinhos, agradou-o como um bom tio.

— Algum dia, será um campeão, Berenice.

A irmã notou que havia algum interesse atrás daquela aproximação. Fez-se reservada.

Mas ele precisava de seu apoio:

— Sabe, Berê, que pretendo casar?

— Li algo a respeito — respondeu ela, apática.

— Já me viu com minha pequena no clube?

— Você a tem trazido aqui? escandalizou-se Berenice.

Alberto não gostou desse tom de voz. Desafiadoramente pôs-se a falar das virtudes de Sylvana. Não a trocaria por nenhuma moça da sociedade.

— Sei perfeitamente quem ela é — garantiu Berenice. Ouvi também falar de seu irmão, aquele que rouba automóveis.

Alberto ficou vexado:

— Às vezes, os irmãos têm uma moral diferente.

— Disso tenho a certeza — replicou Berê.

Berenice voltara a ser uma grã-fina, agora que o marido plebeu enriquecera. E não esquecia as ofensas que o seu Gianni sofrera, quando noivos. Mas estavam reabilitados. Até diante dos colunistas sociais, contra os quais o Gianni não guardara rancores.

"Estou perdido", pensou Alberto. "Com a minha mísera mesada, como posso arranjar dinheiro para o enxoval, para os móveis, a lua de mel e o resto"?

Numa noite em que passeavam de carro, Sylvana falou-lhe com entusiasmo da filmagem das primeiras cenas. Estava com a impressão de que abafaria como atriz. Albertina mostrava-se terrivelmente invejosa e Remo já garantira que ela, Sylvana, roubaria o filme.

— Afinal, o que esse homem quer de você?

— Que eu seja uma grande atriz, só isso.

"Pensando bem", refletia Alberto, "esse diretor pode ser mais útil a Sylvana do que eu. Afora meu nome tradicional, minha casa, onde não posso morar com ela, e meu carro, o que possuo?"

Certa tarde, Alberto recebeu um telefonema que o encheu de esperanças. Era de tio Haroldo.

— Apareça hoje à meia-noite em meu apartamento.

Passou o dia todo a fazer castelos. Tio Haroldo afinal resolvera ajudá-lo. Quem sabe, lhe daria a direção de uma das fábricas. Comissão nos lucros. Futuro garantido. Ele não duraria para sempre, bebendo daquele jeito. Depois, sangue era sangue. O velhote abrira seu coração.

Meia-noite, lá. Para surpresa de Alberto, tio Haroldo não estava só. Acompanhava-o um homem bastante idoso e outro ainda jovem. Nesse instante, novo toque de campainha.

– Elas chegaram! – bradou tio Haroldo.

Duas moças entraram. Bonitas, perfumadas, atraentes. Uma delas dirigiu-se a Alberto:

– Quem é esse moço?

– Arranjei um bem bonito para você, Cora – respondeu tio Haroldo, em tom paternal.

– Podemos começar? – quis saber o rapaz.

Tio Haroldo e seu idoso companheiro sentaram-se em duas confortáveis poltronas, diante de um enorme espaço vazio da sala para onde haviam puxado dois sofás.

– Que vai haver aqui? – perguntou Alberto, desconfiado.

– Eu e o meu amigo, aqui, queremos assistir a um espetáculo de *cinéma-cochon* – disse o velho. – Faz vinte anos que não vamos a Paris. A saudade bateu. A gente é de carne e osso.

– *Cinéma-cochon?*

– As duas mocinhas não são acanhadas. E você é um pinta-brava.

O outro rapaz que ia participar do espetáculo, tendo uma ideia que chamou de genial, colocou na vitrola o *Pigalle*.

Os cavaleiros idosos começaram a bradar:

– *Pigalle! Pigalle! La civilisation arrive au Brésil!*

Alberto teve vontade de chorar de ódio e de humilhação. Teve vontade de surrar aquela gente. Mas sua carteira estava vazia.

E Sylvana Rios pedira-lhe um frasco de perfume.

17

Nos intervalos das filmagens, Sylvana passava longos espaços de tempo palestrando com Remo, que sempre tinha muita coisa interessante a dizer. Ele conhecera pessoalmente e já dirigira algumas das grandes personalidades do cinema italiano. Falava com intimidade de Silvana Mangano, De Sica, Fabrizzi, e contava fatos curiosos da vida particular desses astros. Mas o que mais a impressionava era a fé que ele inspirava e a firmeza de suas decisões no estúdio. Era um intelectual, culto, mas tinha o sentido prático das coisas. Além de idealista, era hábil ganhador de dinheiro e sabia fazer boas relações na sociedade. Foi com certa surpresa que Sylvana observou que diversas atrizes e coadjuvantes estavam vivamente interessadas nele, a despeito de seu aspecto grosseiro. Remo, contudo, não se mostrava nenhum conquistador leviano. Em primeiro lugar colocava sua posição, depois os amores. Mas era indiscutível que via em Sylvana uma moça superior às demais; dizia que ela possuía o "fogo sagrado".

Não se sabe se por coincidência ou não, passou a ser visto no mesmo clube que Sylvana frequentava com Alberto. Os três nadavam juntos e saíam a passeio a cavalo. Mesmo naquela roda, Remo sobressaía, tido como homem de rara inteligência. Sylvana orgulhava-se de sua amizade preciosa. Alberto fingia aceitá-lo, mas no íntimo o detestava.

– Se fosse um homem tão excepcional assim, não sairia da Europa – costumava dizer. Contaram-me que na Itália não passava de um *cameraman*.

– Foi como começou, Remo confessa.

– E nunca passou disso, lá.

– Com o conhecimento que tem?

– Ora, qualquer desses rapazinhos do Museu de Arte conhecem cinema melhor do que ele. E poderiam fazer bonito, se tivessem tido a mesma oportunidade.

Sylvana irritou-se:

– Você fala mal de todos! Também falava mal de Mauro Giampioni!

Alberto corou, como se apanhado praticando uma ação má. Resolveu ficar calado e sorrir com a sedução que seus músculos faciais permitiam. Deu resultado, porque Sylvana sorriu também.

– Vamos nadar – disse. – É melhor.

Era melhor mesmo, com aquele céu azul e brilhante, aquele ar fresco e toda aquela gente, ao redor da piscina, a olhá-los. Aquilo era um éden de luxo sem a incômoda vigilância de Jeová. À saída da piscina, Remo Bracali os esperava como o mais desinteressado dos amigos.

À medida que prosseguia a filmagem, Sylvana via multiplicar-se o seu cartaz. Licenciou-se da Ipiranga e ouvira dizer que, ao voltar, teria novo aumento de salário. Escobar, agora um grande amigo seu, foi o portador da nova:

– Você só irá trabalhar nos bons programas. Não querem queimá-la à toa.

"Tudo vai indo bem", alegrava-se a moça. Só o que tardava era o casamento. Resolveu forçar Alberto. Obteve uma explicação tímida:

– Estou em dificuldade – confessou ele. – Os meus estão fazendo barreira.

Sylvana soube esconder sua decepção:

– Faz mal em desobedecer-lhes, Berto. Vamos pôr um ponto final nisto e case com a moça que sua família escolher.

– Não zombe de mim.

– Estou zombando?

– Não quero ser precipitado, mas o casamento está decidido. – Nada me fará voltar atrás. Esperemos o fim do filme.

A filmagem fazia com que Alberto ganhasse tempo. Precisava falar com tio Haroldo. Encontrou-o, meio embriagado, numa boate. Foi claro: precisava casar-se e tinha necessidade de dinheiro.

– O senhor podia adiantar-me uma soma para eu fazer uma triangular. Posso empregar dinheiro a três ou quatro por cento e ir vivendo com folga.

Haroldo sorriu, sem azedume:

– Não quero empurrá-lo para a desgraça.

– Não brinque, tio.

– Não estou brincando. Depois, sabe que este ano perdi dinheiro? Os americanos estão entrando no negócio sob o rótulo de indústria nacional, tendo à frente alguns testas de ferro de quatrocentos anos. Se continuarem a concorrência, estou perdido.

– Mas, tio, com o dinheiro que recebo não posso tirar Sylvana da televisão!

Ao ouvir o nome de Sylvana, o velho Haroldo ficou em silêncio, pensativo. Conhecia a moça através do vídeo. Aquela maravilha pertencia a seu sobrinho, um refinado imbecil. Teve-lhe inveja.

– Gosta muito dessa pequena?

– Vou me casar com ela. Pus isso na cabeça.

Haroldo teve uma ideia um tanto vaga:

– Gostaria que me apresentasse a moça. Pode?

Alberto não apreciou o pedido:

– Algum dia apresento.

Deixou a boate mais desesperançado do que nunca. Teve que dar um longo passeio de carro para distrair-se. Devia haver um meio de melhorar sua situação. Se tio Haroldo morresse, a salvação bateria à sua porta. Mas o velho, apesar de todas as extravagâncias, ainda tinha fôlego. De qualquer forma, precisava dar pulos antes que Remo lhe arrebatasse Sylvana. Era orgulhoso, mas não o bastante para deixar de reconhecer esse risco.

18

Por mais que Remo Bracali se aproximasse de Sylvana e lhe facilitasse o êxito profissional, ela nem de longe pensava em trair Alberto. Deixara definitivamente de ser uma leviana. Um bom casamento interessava mais que a glória do estrelato. Vivia dizendo em casa:

– Mamãe, vou fazer o filme e depois me caso com Alberto.

– Será que ele casa mesmo, minha filha?

— Estou certa disso.

Dona Júlia tinha suas dúvidas:

— Acho que foi um mal romper com o Mauro.

Wandinha entrava na conversa para dizer que Alberto era o melhor namorado que Sylvana já tivera, e que, além de bonito e simpático, era muito rico.

— Não é tão rico assim — comentava Sylvana. — Já o vi até com pouco dinheiro no bolso.

— Conhece a família dele?

Pergunta embaraçadora.

— Ainda não, mamãe.

— Acha que a mãe vai gostar de você?

Isso Sylvana também se perguntava. Acreditava, porém, que se pudesse encontrá-la conquistaria sua amizade. Evitando o assunto, ela conversava sobre o filme. Depois de três meses de trabalho, ele chegava ao fim. Remo já filmava as últimas cenas.

Na mesma semana em que terminou a filmagem, dona Júlia adoeceu. Crise reumática. Um médico aconselhou uma série de banhos em Poços de Caldas. Sylvana, também muito cansada, resolveu ir com ela, levando Wandinha e dona Aurora, de quem dona Júlia já não se separava, inteiramente convertida à crença das Testemunhas de Jeová.

Partiram as quatro para Poços, graças a certo adiantamento que Remo fizera a Sylvana em paga de seu trabalho. Depois de três dias de repouso em Minas, dona Júlia melhorou e Sylvana ganhou novas energias; voltou para São Paulo. As outras mulheres ficariam mais uma semana, para que dona Júlia concluísse a série de banhos milagrosos.

Sylvana chegou num domingo à tarde. Cansada da viagem, não procurou Alberto. Ficou no apartamento, pensando no dia da estreia do filme. Segundo os jornais, dentro de sessenta dias ele seria lançado, numa espetacular *avant-première*. Tinha de, desde já, cuidar do vestido da estreia. Abafar Albertina. Todo o brilho precisava ser seu. Adormeceu feliz e teve um sonho de Cinderela.

No dia seguinte, às sete horas, Sylvana acordou com o toque insistente da campainha. Mal-humorada, teve de levantar-se para abrir a porta, em trajes de dormir. Quando fez girar a chave, alguém entrou, num ímpeto: era Remo Bracali. Estava descabelado, nervoso, e trazia jornais.

— Sylvana, estava deitada? — interrogou, como se isso o surpreendesse.

— Voltei ontem de Poços.

— Não sabe de nada, ainda? — interrogou, tentando camuflar o tom dramático que lhe escapou.

— Que aconteceu?

— Então terei de lhe contar tudo, eu? — bradou, agitado — Mas não se assuste, meu bem. Por favor. Sente-se, fique calma. — Era o pai de Sylvana que estava ali, um pai muito mais moço e mais sereno.

— Você está me assustando! Que foi?

Como são dolorosos os momentos que antecedem uma notícia má. Sylvana não podia imaginar o que houvera: algum desastre com sua mãe ou Wandinha? Mas as deixara havia poucas horas! Um incêndio destruíra o filme? Era o mais provável. Remo que contasse logo. Por que fazê-la esperar? Ele procurava ganhar coragem.

— É melhor ler o jornal... — disse, fazendo com que ela se sentasse numa cadeira.

Sylvana, aflita, sentou-se e leu uma gritante manchete: "Industrial milionário assassinado pelo sobrinho". Que era aquilo? A quem se referia? Pregou os olhos no jornal, trêmula e pálida, com a boca em fogo. Às primeiras linhas entendeu tudo: Alberto assassinara, com um tiro de revólver, na noite anterior, seu tio Haroldo. A vítima tombara em pijama. Mais além, o acusado afirmara não ser ele o criminoso. Fora ao apartamento para pedir dinheiro. Encontrara o velho sobre o tapete. Havia na sala sinais de luta. Um vizinho, que ouvira o disparo, encontrara Alberto ajoelhado diante da vítima; o revólver, no chão. O suspeito fora imediatamente detido. O último parágrafo noticiava que o assassino era noivo de uma conhecida atriz de televisão.

Sylvana olhou para Remo com a boca aberta, como se fosse gritar.

— Vou buscar água — disse ele, dirigindo-se para o interior do apartamento. Voltava, logo em seguida, com um copo na mão. — Ia para o laboratório quando li a notícia.

A moça, paralisada, nada dizia.

— Que loucura! — exclamou o italiano. — Tudo por causa da herança.

— Ele diz que não é culpado.

— Quem vai acreditar agora? O revólver, de fato, não era seu, mas o vizinho chegou logo depois...

— Nem sei o que pensar.

— Seria bom tomar um calmante — aconselhou Remo. — Posso dar um pulo na farmácia.

— Não quero ficar só.

— Volto logo.

— Fique.

Remo segurou-lhe as mãos, esfregando-as, como se quisesse aquecê-las. Era o pai, o amigo.

A moça deixou escapar as primeiras lágrimas:

— Quero vê-lo.

— Não sei se será possível hoje. Deve estar sendo interrogado. Calma, Sylvana. Não se descontrole. Ficarei com você o tempo todo.

Levantando-se, Remo foi chamar o zelador. Ordenou-lhe que fosse comprar um calmante. Voltou mais senhor de si. Sylvana precisava de alguém que não perdesse a calma. Que tomasse atitudes. Que a amparasse.

Impulsionada pelos soluços, Sylvana escorregava da poltrona. Remo a segurava, procurando compor o seu roupão semiaberto.

— Não foi ele, não foi ele! — a moça murmurava.

Logo em seguida, chegava o zelador com o calmante. Um copo com um líquido azulado chegou-se aos lábios de Sylvana. Foi um custo fazê-la beber. O calmante, porém, não surtiu o menor efeito. O estado de nervos da moça piorava.

— Há um médico aqui perto? — Remo perguntou ao zelador.

— Mora um aí na esquina.

— Vá chamá-lo.

Sylvana não conseguia dominar-se. Sentia ânsias de vômito e falta de ar. Bracali abriu todas as janelas. Felizmente, o médico chegou depressa.

— Precisamos fazê-la dormir — disse o médico. — E aplicou-lhe uma injeção.

A injeção deu o resultado desejado. Sylvana amoleceu toda. Com braços fortes, Remo levou-a para a cama. O sono faria bem.

— O senhor pode ficar com ela algum tempo? — perguntou o médico.

Sylvana precisava de companhia. "Dinorá pode ser útil", pensou Remo, lembrando da *script-girl* do filme. Pediu licença ao médico e foi telefonar para a moça. Dinorá foi prestativa. Quinze minutos depois, já estava no apartamento. A pedido de Remo, trouxera mais jornais.

— Fique com ela, vou ler os jornais — disse a Dinorá depois que o médico se retirou. Acomodou-se numa poltrona. Num dos jornais, um enorme retrato de Sylvana. "Está fotogênica", registrou, mentalmente. "Por que não me mostrou este retrato antes?" A reportagem era assinada por Leônidas Leão, a mais minuciosa de todas as que saíram. Nada, porém, de essencial, esclarecia. Caracterizava-a o seu tom sociológico e visivelmente pretensioso. Leônidas punha em relevo a dissolução moral que campeava na nova geração. "A podridão", dizia, "está tanto na camada baixa quanto na alta. Hoje, o grã-finíssimo Alberto mata seu tio para herdar. Ontem, o irmão de sua noiva, filho de operários, roubava automóveis. Em seguida, o repórter fazia inúmeras referências a Sylvana, que apontava como a causadora do bárbaro homicídio. Alberto estava com as finanças no chão e não podia sustentar tão dispendiosa "concubina". Seu pai morrera de câncer, o irmão mais velho, outro estroina, num desastre de avião. Ele, acostumado à vida folgada, não soubera consolidar o capital herdado. Naufragara num mar de luxo e de gastos supérfluos. Seu amancebamento com Sylvana contribuiu para tornar-lhe a situação ainda mais aflitiva. "É um Raskólnikov moderno", dizia Leônidas Leão, "mas um Raskólnikov sem a profundidade intelectual daquele e talvez sem a sua capacidade de arrependimento e regeneração. Por outro lado, Sylvana Rios, fútil e vazia, não será a sua Sônia Marmeládova. Ela não o acompanharia a parte alguma que não fosse uma boate ou uma piscina. Não terá nem ao menos um leal Razumíkhin, pois um homem da sua ambição não tem amigos". No final da reportagem, o jornalista anunciava que continuaria estudando o crime, numa série de trabalhos, tão sintomático ele lhe parecia da crise moral do nosso tempo nas grandes cidades.

Após ler os jornais, Remo estava esgotado e também revoltado com a frieza com que Sylvana era julgada. Mas havia o lado prático: aquele barulho todo aumentaria o cartaz da moça, bem na hora do lançamento do filme.

O médico, ao voltar, ainda encontrou Sylvana dormindo. Sono agitado, convulso.

– Trouxe alguns jornais da tarde – disse ele a Remo. – O rapaz continua negando tudo.

Nesse instante, Sylvana abria os olhos. Fixou o teto, muda, numa palidez de cadáver.

Remo folheava os jornais:

– Aposto que logo os repórteres estarão aqui.

– Será mau. Ela precisa de sossego – disse o médico.

O diretor italiano tomava conhecimento das notícias. A mãe do acusado, ao saber do acontecido, desmaiara. Seu cunhado se negara a prestar qualquer declaração à imprensa. O mesmo procedimento tivera Berenice. A amante ainda não havia sido entrevistada. Um grande retrato de Alberto, jogando tênis, encimava uma reportagem. O título dizia: "Mulheres, esportes caros e vícios o levaram ao crime".

Em seu quarto, Sylvana deu um grito; Remo com o médico dirigiram-se para lá.

– Os jornais – murmurou ela. – Quero ver os jornais.

– Não agora – aconselhou o médico.

Sylvana resignou-se, com os olhos cheios de lágrimas. Bateram à porta. Remo foi abrir. Eram três repórteres. Entre eles estava o astuto Leônidas Leão. Queriam conversar com a moça.

– Sumam daqui! – disse-lhes Remo, com firmeza. – Ela está passando mal.

– É só um instante! – pediu Leônidas, querendo penetrar no apartamento ousadamente.

Remo, com seus braços fortes, empurrou-o para fora do apartamento. Não adiantava gastar palavras.

Cheio de rancor, Leônidas correu à redação do jornal. Aquele belo caso tinha que ser explorado até o fim. A primeira reportagem da série fizera sucesso. O secretário do jornal gostara e o redator-chefe lhe dera os parabéns. Ah, precisava mostrar a toda a gente o quanto valia. Lembrou-se do "Crime do Citroën negro"; este poderia ter a mesma repercussão, se soubesse dramatizá-lo. Precisava entrevistar todas as pessoas ligadas a Haroldo, Alberto e Sylvana. Teve uma ideia e seguiu para a Ipiranga. Queria conhecer a conduta da atriz. Mas seus colegas não a traíram.

– Sempre foi ótima profissional – afirmaram. – Não acreditamos que esteja envolvida nesse crime.

Leônidas quis saber se ela já tinha tido amantes. De ninguém arrancou nada. Apenas Túlio abriu um pouco mais a boca: fez referências a Mauro Giampioni. Estava na emissora? Não. A telefonista sabia seu endereço. Logo mais, o repórter aparecia diante de dona Hertha. A governanta disse-lhe que Mauro não parava em casa. Principalmente nos últimos tempos. Podia ser encontrado à noite em certo bar. Leônidas guardou o nome.

À noite, o jornalista rumou para lá, ao sair da redação. Um garção lhe apontou quem procurava. Mauro estava numa mesa de canto; os cabelos em desalinho, o colarinho amarrotado. Tinha a cabeça meio pendida. Já devia ter bebido muito.

Leônidas aproximou-se:

– Olá!

O outro não respondeu ao cumprimento.

– Conheceu Alberto S. F.? – perguntou Leônidas.

– Não me dou com grã-finos – respondeu Mauro, seco.

O repórter sentiu que não seria fácil arrancar palavras daquele homem.

– Mas conheceu Sylvana?

– Não bebe?

– Posso pedir uma água.

– Então, não peça nada. Gente que não bebe me irrita. O senhor é dos jornais?

– Estou começando.

Mauro riu, imbecilizado.

– Eu também estou começando. – Riu mais. – Sabe o que é um bilhete azul?

Leônidas resolveu ter paciência. Era prejudicial atacar o assunto diretamente.

– Soube que o senhor fez uma brilhante carreira.

– Não sou um comerciante – disse Mauro, olhando para o copo. – Me perdi numa porção de teorias. Se eu começasse a falar com você nem ia entender... Cinquenta anos de televisão.

O repórter riu pela primeira vez:

– Nem o cinema tem isso.

– Eu avancei – disse Mauro, com dignidade. – Quis avançar. Um mundo de teorias. De repente, uma coisa em mim secou. Comecei a ter medo do papel em branco.

Leônidas ficou a ouvir Mauro dizer uma porção de coisas sobre sua carreira. Faltava nexo em tudo aquilo. O homem já bebera muito. Pediu ao garção outra dose. Esse respondeu que só lhe serviria se pagasse adiantadamente. Mauro não tinha dinheiro, Leônidas pagou a dose.

– E sobre Sylvana. Fale sobre ela.

Mauro não gostou da pergunta. Levantou-se da mesa, num ímpeto e cambaleou até a janela. A luz dos neons da fachada do edifício pintava-lhe o rosto de diversas cores. Assim parecia um espantalho ou um doido. Disse, sombrio:

– Eu também teria matado por causa dela...

No dia seguinte, um dos jornais publicava a segunda reportagem da série, produto de intenso trabalho jornalístico. Nela, Leônidas volta ao crime, focalizando a figura de Mauro Giampioni. Pregava moral: "Mauro Giampioni", dizia, "é o protótipo do intelectual dessa geração apressada de agora. Conversei algum tempo com ele. É um dipsomaníaco incurável. É um desses cerebrais que apreciam mais o estéreo do que as flores, mais os abutres do que as pombas, mais a sombra do que a luz. Diz-se marxista, mas sua cultura veio enlatada dos Estados Unidos. Aposto que nunca leu os clássicos... Deus nos livre de intelectuais assim! E o que dizer se soubermos que um homem desses, durante alguns anos, destilou veneno no coração de tantos jovens, através do rádio e da televisão?"

Sylvana leu o artigo sem entendê-lo. Que significava o nome de Mauro metido naquilo? Ele dissera, segundo o repórter, que por ela também teria matado. Flávio roubara por sua causa e Alberto... Que culpa tinha se seus apaixonados descambavam para a violência?

– Preciso ver Alberto – disse a Remo.

– Já tratei disso. O dr. Azevedo, advogado de Alberto, nos espera na Detenção, às três horas.

Quando Remo e Sylvana desceram do carro para entrar na Detenção – ela de óculos ray-ban para esconder os olhos inchados – os repórteres bateram chapas.

O dr. Azevedo esperava-os à porta. Ao chegarem diante da cela, ele ordenou à moça:

– Entre sozinha. Depois conversaremos.

Alberto estava largado em sua cama, abatido. Ao vê-la, saltou de pé e atirou-se em seus braços. A moça, comovidíssima, rompeu a chorar, convulsivamente. Somente ao acalmar-se um pouco é que pôde dizer:

– Não me deixaram vir antes...
– Sei de tudo, minha pobre Sylvana.
Ela recostou a cabeça em seu ombro:
– Alberto, o que foi acontecer?
O rapaz afastou-a, firmemente, para que ela o fitasse nos olhos:
– Você também não acredita, não é verdade?
– Não sei, não sei...
– Não fui eu, juro que não fui. Jamais mataria meu tio. Nunca pensei em matar alguém. Ele me ajudava. Duas vezes me deu emprego. Comprou a fábrica de meu pai, que não valia mais nada. Como eu podia matá-lo?
Sylvana encarou-o, séria:
– Então, não foi você?
– Não – respondeu, com firmeza, em voz alta.
– Isso que eu queria ouvir... Não foi você – repetiu.
– Quando entrei no apartamento já o encontrei morto. Havia uma cadeira caída. O abajur tombado. Acho que houve luta. Pensei que o velho estivesse tocado. Mas depois vi sangue e o revólver. Ajoelhei ao lado dele. Foi quando chegou o vizinho que disse ter me apanhado em flagrante.
– A polícia não acredita?
– Nem ela nem ninguém. Talvez nem os meus.
– Eu acredito – disse Sylvana, com veemência.
O dr. Azevedo apareceu atrás das grades. Pediu a Sylvana que saísse. Ela lhe obedeceu. Queria estar perto de Alberto, mas seus nervos não aguentavam. Ao ver-se de novo lá fora, à luz reconfortante do dia, respirou profundamente.
– Vamos ao meu escritório – disse o advogado.
O escritório era a um passo dali. Remo foi junto. Não abandonaria Sylvana naquela terrível situação.
A moça atirou-se a uma cadeira, ainda lacrimosa.
– O caso é bastante delicado – lamentou o advogado. – Só com muita sorte poderei salvar o rapaz duma sentença dura. O pior é que a opinião pública se volta contra ele. Culpa da imprensa.
– Que devo fazer?
– Quero que tenha o maior cuidado com as palavras. Alberto pouco gastava com você. Seu ordenado na Ipiranga lhe era suficiente.
– Mas isso é verdade!
– Afirme que iam casar mesmo, dispostos a levar uma vidinha modesta. Se perguntarem se sabia que a situação dele era má, responda afirmativamente. Sabia e nenhum dos dois se importava porque os unia um amor sincero. Alberto andava sempre tranquilo e seguro de si. Venerava o tio, que seria o padrinho e o patrocinador do casamento.
– Disso eu não sabia.

— Essa parte foi combinada com Alberto. Não esqueça: Haroldo ia ser o padrinho. Tencionava dar-lhes um apartamento e financiar a lua de mel. A polícia precisa saber que eram grandes amigos. Ninguém mata um amigo do peito que o ajuda.

— Não esquecerei.

— Muito bem.

— Mas foi ele que matou, doutor?

O advogado levantou-se:

— Precisamos provar que não foi. Acho que o crime já havia sido cometido quando Alberto chegou.

Enquanto a polícia se preocupava com o lado prático do caso, Leônidas detinha-se em seus aspectos literários e sociológicos. Seus trabalhos alcançavam êxito. Diziam que seria premiado como "o repórter do ano". Mas ele não dormia sobre os louros. Trabalhava. O crime precisava de um rótulo. Encontrou-o: "O crime do apartamento grená". Precisava de mais personagens. Um telefonema de um colega lhe apontou o nome de Flávio L., um penitenciário que poderia dar boas informações sobre o passado de Sylvana. Seguiu para a Penitenciária.

O diretor do estabelecimento, solícito, contou a Leônidas os detalhes da trama de estelionato em que Flávio se envolvera. Pediu-lhe, porém, que não cansasse o rapaz, que convalescia de uma delicada operação no estômago.

— Úlceras?

O diretor baixou a cabeça, penalizado:

— Era o que pensávamos a princípio, mas começamos a crer que se trata de algo muito mais grave...

Leônidas foi encontrar Flávio tomando sol no pátio. Tendo ao lado um fotógrafo, o repórter aproximou-se dele sorridente:

— Como vai? Tomando um pouco de sol?

Flávio olhou-o com desconfiança. Não era mais o mesmo rapaz que Sandra conhecera. A doença, ainda mais do que a prisão, certamente envelhecera-o. Seus cabelos, esbranquiçados nas têmporas e caídos no alto. Emagrecera demais e seus braços, como o resto, estavam descarnados e escuros.

— Podíamos conversar um pouco, se não lhe incomoda.

Flávio não respondeu nada.

— Talvez essa reportagem possa ser útil a você. O diretor disse que seu comportamento é exemplar.

— Que quer saber?

— Alguma coisa sobre Sylvana Rios. Você, pelo que sei, é a pessoa certa para falar sobre ela.

O sentenciado fechou a cara.

– Só há pouco fiquei sabendo que Sylvana é a moça que conheci. Aquela se chamava Sandra.

– Ah, tinha outro nome? Por quê, se o seu verdadeiro nome é Norma?

– Não sei – respondeu Flávio, evasivamente.

– Vamos ao que interessa – começou Leônidas. Não foi por sugestão dela que se meteu a estelionatário? Quanta loucura a gente faz por uma mulher. Você teria caído no erro se não a tivesse conhecido?

Flávio olhou-o, sóbrio:

– Sandra não sabia de nada.

– Agiu por vontade própria?

– Pensa que daria tanto ouvido a uma mulher?

Em seguida, Leônidas tentou fazer perguntas sobre o passado de Sylvana, mas não foi feliz. Flávio não tinha nenhum interesse em desmoralizá-la, embora a detestasse. Há três anos ansiava por uma visita sua e ela não aparecera. Fazia-lhe mal lembrá-la.

– Não sei de nada – disse ao repórter.

Leônidas não insistiu mais; no automóvel, na volta, já foi escrevendo outra reportagem. Poucas informações tivera, mas felizmente podia apelar para sua prodigiosa imaginação.

19

O interrogatório de Sylvana foi longo. Não teria sido tão minucioso nem despertado tanto o interesse público sem os artigos de Leônidas. A moça compareceu à delegacia, de roupa preta e os óculos ray-ban com que ultimamente vinha aparecendo nas fotos.

– Alberto não matou o tio – disse, antes que lhe perguntassem qualquer coisa. – Eram grandes amigos e estavam sempre juntos. Estimava profundamente o velho. Haroldo sempre o ajudava. Ia ser nosso padrinho de casamento.

– Como ele se portava nos últimos dias? Dizem que andava uma pilha elétrica...

– Não é verdade! – ela bradou. – Andava muito calmo e alegre.

– Como sabe disso se ficou dias sem vê-lo? Esteve viajando, não é verdade?

Sobre esse ponto, Leônidas dera uma interpretação toda sua. Alberto imaginara o crime e contara seus planos a Sylvana. Ela, para que tudo parecesse muito natural, ou para fugir à cumplicidade, fora viajar. Ao voltar, refugiara-se em seu apartamento e aguardava o desfecho. Se essa versão tivesse fundamento, teria de ser presa também.

Sylvana defendeu-se dessa insinuação e continuou a defender o noivo. O verdadeiro culpado devia estar rindo daquela palhaçada. Ninguém ignorava a espécie de amigos que cercava o milionário.

A polícia passou a interrogar os companheiros inseparáveis de Haroldo. Todos acreditavam na culpabilidade de Alberto. Apenas o maître de uma boate afirmara ter ouvido do velho que uma mulher o ameaçara de morte quinze dias antes do crime. As perguntas choviam sobre Alberto:

— Quem lhe abriu a porta quando entrou?
— A porta estava aberta.
— Aberta?
— Isto é, fechada com o trinco, Já disse isso mil vezes.
— Ao subir, ouviu algum tiro?
— Não ouvi nada.
— Quanto tempo ficou no interior do apartamento até a chegada do vizinho?
— Uns três minutos.
— Sabia que era o dia de folga da criada?

Alberto descontrolou-se:
— Como podia saber isso?
— Ao entrar, notou algo estranho?
— Só meio minuto depois vi o corpo. Uma coisa antes me chamara a atenção: um forte perfume no ar. Pensei que alguma mulher estivesse com o titio.
— O que disse ao chegar o vizinho?
— Que alguém tinha atirado em meu tio. O vizinho foi chamar a polícia. Não pensei que suspeitasse de mim. Quando a polícia chegou, ele apontou-me como o criminoso.

O vizinho de Haroldo era um homem idoso. Contou que estava no leito, dormitando, quando ouviu o tiro. Alarmou-se, mas não saltou da cama. Como ninguém acorria ao apartamento ao lado, resolveu ver o que acontecera. Teve, porém, dificuldade em acender a luz do quarto, no escuro, cujo interruptor sempre falhava. Precisou de alguns minutos para calçar as chinelas. Houve um momento em que confessou ter voltado a dormitar mesmo depois do tiro.

Uma das principais testemunhas foi o zelador do prédio. Fora quem abrira a porta para Alberto. A porta do edifício fechava-se às dez, mas, se tocassem a campainha, que soava em seu quarto, levantava-se, pois muitas vezes os moradores esqueciam as chaves.

— A que horas Alberto chegou?
— Perto das duas. Fui atendê-lo, chateado. Não gosto que me acordem. Ele, vendo a minha cara, me deu vinte mangos de gorjeta e pediu desculpas pelo incômodo.

— Como ele estava?
— Calmo.
— Abriu a porta para outros estranhos aquela noite?
— Não.
— Muita gente frequentava o apartamento do velho?
— Às vezes, um mundo de gente entrava com ele, de madrugada. Raramente via essas pessoas. Só sabia do fato devido às reclamações que os vizinhos faziam. O velho era muito boêmio e meio louco.
— Outras pessoas tinham as chaves do prédio e do apartamento?
O zelador franziu os sobrolhos:
— Isso não sei. Mas me lembro que mandou fazer chaves novas há pouco.
— Como sabe? Ele pode ter perdido suas próprias chaves?
— Foi o que perguntei a ele – disse o zelador. – "O senhor perdeu as chaves?" Respondeu que não. E me incumbiu de tirar cópias de suas chaves. Depois, sei lá por quê, arrependeu-se. Disse que ele mesmo entregaria as chaves a um chaveiro. Havia um, próximo de seu escritório.

A polícia localizou facilmente o chaveiro estabelecido perto do escritório de Haroldo O dono da casa foi intimado a comparecer à polícia. Era um homem incrivelmente surdo. O interrogatório foi trabalhoso.
— Sim, lembro – disse ele. – Conhecia dr. Haroldo. Pediu que fizesse cópia de duas chaves. Disse-lhe que faria o serviço na hora. Podia esperar. Tenho prática do meu trabalho. Ficou esperando. Estava acompanhado. Mas não me perguntem sobre a outra pessoa. Era um jovem. Só pus os olhos nele uma vez. Não guardei a fisionomia. Haroldo estava dando o estrilo.
— Estrilo? Com quem?
— Com o moço. Dizia: "É a segunda vez que ela perde as chaves. Diga-lhe que tenha mais cuidado". É só o que sei.

Essa investigação toda só provava que uma mulher tinha as chaves do prédio e do apartamento de Haroldo. E que havia um rapaz que sabia do fato. Urgia encontrar-se essa mulher.

Todos os amigos e conhecidos de Haroldo, parentes e mesmo pessoas que com ele mantinham relações estritamente comerciais, foram interrogados. A polícia queria saber se ele tinha uma amante. Trabalho inútil. Havia muitos anos Haroldo não se dedicava com exclusividade a uma mulher. Dizia-se, às claras, ser impotente. Também ignorava-se se alguém possuía as suas chaves. Cansada de seguir essa pista, baseada no testemunho duvidoso de um ancião surdo e míope, a polícia voltou a ocupar-se de Alberto.

Leônidas, pelo jornal, gozava a inútil procura: "Mil investigadores em busca de uma mulher fantasma". Ele, em pessoa, foi conversar com o chaveiro e concluiu que sua informação não tinha a menor valia. A existência dessa mulher não passava de uma desesperada tentativa de inocentar o verdadeiro criminoso. A história estava na cara. Alberto fora procurar o tio para extorquir-lhe mais dinheiro. Haroldo dissera não. O moço, ciente de que havia um revólver numa das gavetas, fez uso dele.

Quanto a Sylvana, continuava abatida. A mãe e a irmã, assim que souberam do desastre, voltaram das férias. Já não estava só em seu exílio dentro de casa. Via suas fotografias nos jornais, aereamente. As reportagens pareciam referir-se a outra moça, com o mesmo nome. Remo Bracali a visitava diariamente, demorando-se horas a seu lado. Dizia-se capaz de tudo para salvar Alberto, embora acreditasse em sua culpabilidade. Outro que também a visitava era Escobar. Ele, que alimentava uma secreta admiração por Sylvana, encontrara oportunidade para externá-la. Fazia um esforço enorme para conquistar-lhe a simpatia. Pretendia, em tudo, ser o sucessor do decaído Mauro Giampioni.

– Tem visto o sucesso que meu programa está fazendo? – perguntava para desviar o desagradável assunto do crime.

– Tenho, sim. Você merece.

– Vou de vento em popa.

– Você vai longe – augurava Sylvana, com os olhos distantes, sem poder fugir do seu drama.

– E você mais ainda – garantia Escobar. – Sabe que esse caso todo vai lhe dar um bruto cartaz? Até música já fizeram, inspirada em você. Conhece?

Era verdade. Havia um samba-canção que corria as boates, já a caminho de uma gravadora. Chamava-se "Meu pecado é Sylvana". As letras referiam-se diretamente a ela:

"Por ela eu vou roubar,
Por ela eu vou matar,
Trairei qualquer amigo.
Eu dou o céu por perdido,
Mas no amor e na guerra,
Tudo nos é permitido."

Os melhores e também os piores momentos daqueles dias eram as visitas a Alberto. Sylvana ia sempre acompanhada por Remo, que só entrava na cela no final da entrevista. Com que força a moça abraçava o presidiário, para transmitir-lhe todo o seu alento!

– Como me livrarei desta, como? – Alberto interrogava, com os olhos sem brilho.

– Tudo acabará bem.

— É preciso gritar pelas ruas que não fui eu. Nunca matei um bicho sequer. Coragem foi sempre o que me faltou para tudo. Não matei meu tio. Todos precisam saber que não fui eu.

Sylvana olhava-o, apiedada. Até seus amigos mais íntimos viam nele o criminoso. Os parentes recusavam-se a dizer qualquer coisa em sua defesa, mergulhados num silêncio que o comprometia. O advogado não se mostrava mais entusiasmado com a possibilidade de salvá-lo. E ela mesma, Sylvana, não sabia o que pensar.

— É preciso gritar nas ruas! — repetia Alberto, num clima de pesadelo.

Mas a voz mais alta era sempre a de Leônidas Leão. O conjunto de suas reportagens constituía verdadeiro ensaio sociológico sobre os rumos fatais da nova geração. Transformava as personagens do crime em símbolos da delinquência moderna. Fazia literatura, descobria coisas, sugeria conclusões ousadas. O único intuito que não existia nos seus artigos era o de auxiliar a polícia e o de alertá-la para não cair em enganos. "Se a Providência não estivesse sempre vigilante", dizia, "teríamos em Flávio um dos donos do submundo, em Mauro Giampioni um intelectual de nomeada, a envenenar ainda mais profundamente a mocidade de amanhã, em Alberto, graças à sua boa linhagem, um político ainda mais corrupto do que seu tio fora; Sylvana Rios seria uma flor do *high life*, a promover chás e bridges beneficentes." Para realçar contrastes, falava da miséria do Nordeste, das secas e dos retirantes, cenas que vira com os próprios olhos, em sua terra.

Certa tarde, Leônidas fez a terceira tentativa para entrevistar Sylvana. Remo, que se encontrava no apartamento, negou-lhe a audiência:

— Ela não quer ver ninguém.

— O senhor não pode barrar o caminho da imprensa! — bradou o jornalista.

— Tenho lido seus artigos. O senhor é um canalha. Rua!

Quando o repórter saiu, Sylvana disse:

— Vai ser pior. O que dirá agora de nós?

— Não pude evitar — respondeu Remo. — Queria mesmo esmurrar esse cara.

Sylvana abraçou-o para mostrar que o desculpava. E como estivesse exausta, descansou a cabeça em seu ombro largo e forte. Como Remo era bom para ela! Surgira no momento certo.

Realmente, no dia seguinte, Leônidas Leão relatava sua visita frustrada ao apartamento de Sylvana. Contou, com pormenores, a atitude de Remo. Fora quase agredido pelo cineasta italiano Remo Bracali, novo amante de Sylvana. Nas reportagens seguintes não deixaria de injuriar Remo. Afirmava que era um falso homem de cinema e que na Europa deixara uma folha de serviço reduzidíssima. Inventou a seu respeito algumas piadas que fizeram os leitores rir.

— Só matando um tipo desses — indignava-se Remo.

— É melhor esquecê-lo.

— Sim, é melhor.

Usando o ray-ban e envolta num xale que pertencia à sua mãe, Sylvana foi uma tarde assistir ao copião do filme. Sentou-se ao lado de Remo, numa pequena sala de projeção. Foram os únicos momentos agradáveis das suas últimas semanas. O filme estava ótimo. Nem parecia coisa de brasileiros. Com exceção de uma ou outra cena, tudo era de primeira. E Sylvana estava fascinante na tela.

— Você está linda — disse-lhe Remo, apertando-lhe a mão. — É a mais linda atriz do cinema nacional.

O produtor do filme, satisfeito, resolveu apressar o lançamento. Animaram-no a correção da película e a publicidade que se fazia em torno do nome de Sylvana. Por acaso, na tela, ela fazia o papel de uma moça sedutora e sem escrúpulos que induz o amante a um audacioso assalto.

Sylvana opinou:

— Por que não lançam o filme mais tarde? É uma hora má para eu aparecer como estrela de cinema.

— Procure entender — dizia-lhe Remo. — Todos nós lamentamos o sucedido. Todos gostam de você como gostavam de Alberto. Não há mal algum em aproveitarmos essa onda. Pense na curiosidade que o filme despertará, ainda mais agora que essa música começa a ser tocada em toda parte.

— É uma vergonha usar essa desgraça como publicidade.

— Entenda, Sylvana. Você é inteligente, entenda...

Sylvana não estava em condições de pensar detidamente em nada. Estava atordoada, exausta. Havia momentos em que, olhando-se no espelho, até achava-se feia. Mas cedia aos argumentos de Remo, porque não sabia o que seria dela sem ele. Remo era um verdadeiro pai.

Sempre presente, Escobar procurava entusiasmá-la:

— Tudo veio a calhar. Você vai ficar famosa.

— O que eu queria era a liberdade de Alberto.

— Você ainda gosta dele? — admirava-se o rapaz, salientando a palavra "ainda". Afinal, tratava-se de um assassino.

Dona Júlia passava os dias aprontando-lhe calmantes e Wandinha, tão assustada a princípio com o crime, começava a extrair dele algum prazer. Na escola, as companheiras enchiam-na de perguntas sobre o caso, e ela passara a ser, entre a turma, uma verdadeira atração. Os meninos da sua idade, maliciosos, viam-na como uma miniatura da perigosa Sylvana. A criada, dona Aurora, também não ficava à margem e forçava-a a ler manifestos das Testemunhas de Jeová, pois sonhava com a catequese de Sylvana. A moça atendia aos seus insistentes pedidos, mas jamais tivera o menor fervor religioso, apesar de crer em Deus e nos milagres.

Jornais e revistas do Rio de Janeiro também traziam descrições do rumoroso caso. Retratos de Sylvana apareciam na imprensa de diversos estados, com comentários sobre sua beleza. Uma jornalista chilena, de passagem por São Paulo, resolveu entrevistar Alberto na prisão. Em duas boas reportagens garantiu que o moço era inocente e que a polícia laborava em erro. Outros jornais afirmaram que a jornalista se enamorara de Alberto. Talvez para desmanchar essa impressão, a jornalista entrevistou Sylvana também e fez dela um retrato bastante simpático, focalizando-a em seu modesto ambiente familiar.

Por um momento, Leônidas foi eclipsado, mas voltou a brilhar ainda com mais ardor. Era odiado pelas moças que simpatizavam com Alberto, porém as pessoas de bom-senso e as famílias mais austeras aplaudiam-no. Com base nas suas reportagens, um padre do Ceará, de passagem por São Paulo, desencadeou veemente campanha em prol da moralização da juventude brasileira e começou a recolher fundos para o Clube dos Moços, uma entidade destinada a proporcionar aos jovens toda sorte de diversões puras e ingênuas. Leônidas aliou-se ao sacerdote e ambos passaram a aparecer juntos nos noticiários. Com um Clube dos Moços em cada bairro, a mocidade seria salva da corrupção e do comunismo.

Os centros espíritas também se manifestaram sobre o drama e um deles, Aliança com o Senhor, através de um dos seus médiuns, afiançou que Alberto de fato matara o tio, mas este, já evoluído, mandava do além o seu perdão.

Sylvana lia todos esses artigos quase sem entendê-los. Mas que mal lhe faziam! Certa manhã, impulsionada por um amargo complexo de culpa, resolveu ir à missa das sete, com os óculos escuros e o xale. Ajoelhou-se na igreja com o coração esperançoso de obter a absolvição do crime em que a envolviam. Mas logo que foi reconhecida, os fiéis começaram a murmurar, perturbando a missa. Sylvana teve medo e saiu da igreja às pressas. Voltou para casa com os olhos úmidos. Por sorte, encontrou Remo à sua espera. Tratando-a como a uma criança, afagando-a delicadamente, Bracali não teve dificuldade em apaziguá-la. Disse-lhe que fizera tolice em ir à igreja, pois nada tinha do que se arrepender. E, para mantê-la calma, só saiu de sua casa às duas da manhã.

Mais uma vez Sylvana foi intimada a depor na polícia. As perguntas feitas foram as mesmas.

– Alberto não matou. É um bom rapaz. Um grande coração.

Várias ex-namoradas de Alberto também foram depor. Uma delas, muito magra e angulosa, que nutrira por ele uma paixão desmedida e sem correspondência, declarou, pensativa:

– Bom moço, mas esquisitão. Havia nele algo que nem sei o que era. Qualquer coisa no ar. E como gostava de mulherinhas, santo Deus!

Um dos pontos altos das investigações foi atingido quando um jornal da cidade recebeu uma carta, em letras de fôrma, com a confissão do crime. Assinava-se a "mulher fantasma". Logo, porém, descobriu-se não passar o caso de uma brincadeira ou de algum esforço agoniado para salvar Alberto.

Dr. Azevedo andava desanimado:

– Quem me dera um júri constituído apenas de mulheres!

Sylvana voltava a visitar Alberto. Tinha a esperança de encontrá-lo mais resignado. Isso, porém, não acontecia. O rapaz perdera inteiramente o controle dos nervos:

– Precisamos nos mexer...

– Estamos fazendo o possível.

– É preciso fazer mais, muito mais...

Alberto não a largava. Ela era a única pessoa em quem podia confiar e que confiava nele.

Nessa visita, Sylvana sentiu-se tão deprimida que desejou não viver mais aqueles amargos momentos. Evitaria as visitas. Elas de nada adiantavam. Não era só Alberto que estava abalado. Ela também estava.

O médico, corroborando com seu desejo, aconselhou:

– Procure afastar-se do caso o mais possível. Assim, a senhorita fica doente.

Dona Júlia também insistia para que não fosse tantas vezes à Detenção. Remo, enérgico, proibiu-a de fazê-lo. Para distraí-la, conversaram sobre assuntos diversos, e, certa noite, levou-a a uma sessão de cinema de bairro para assistirem a um filme de Rosselini.

Protegida pela escuridão do cinema, Sylvana adorou esquecer de si própria para prender-se ao filme. Na mesma semana foram ao cinema outra vez.

– Não sei se prestou atenção a todos os detalhes – observou Remo.

– Sou ignorante no assunto. Ainda outro dia não sabia o que era *close-up*.

– Gostaria de explicar-lhe como Roberto conseguiu certos efeitos. – Chamava Rosselini sempre de Roberto, pois haviam sido íntimos.

Era cedo ainda, e Remo convidou-a para ir a um bar noturno.

– Não, por favor. Temo ser reconhecida.

– Deixe por minha conta. Conheço um, pouco frequentado.

Quando Sylvana viu um copo de uísque à sua frente, sorriu. Havia meses que não ingeria uma só gota de álcool. Era do que precisava. Terminou sua dose em poucos goles:

– Puxa, que sede! – admirou-se. – Quero mais um.

Remo dissertava sobre o filme a que tinham assistido.

– O Brasil é o país onde é mais fácil triunfar – garantia.

– É tão bom conversar com você. Me lembra um pouco meu pai e meu tio Vitório.

Somente às duas da manhã deixaram o bar, depois de umas quatro doses de uísque. Aquela noite Sylvana dormiu bem e só acordou por volta do meio-dia. Como era horrível ter de se preocupar de novo com Alberto e seu crime!

Dois dias mais tarde, Remo voltava com fotografias do filme, que exibiu para toda a família. Sylvana sentiu nova onda de entusiasmo; julgara-se perdida, totalmente. Alberto estava preso e talvez fosse condenado, mas sua vida não terminara ainda. Quem sabe o destino lhe estava reservando boas surpresas! Como saíra bem em todas as fotos!

– Remo, gostaria de sair um pouco esta noite!

– Conte comigo. Vamos àquele bar onde não nos conhecem.

– Me faz mal ficar o dia todo em casa.

Voltaram ao bar. Em certo momento, a vitrola começou a tocar o disco "Meu pecado é Sylvana", que a moça ainda não conhecia. Aquela letra, que fazia referência a ela, chocou-a. Mas como Remo se risse, riu também.

– Até que é um sambinha bom.

"Por ela eu vou roubar,
Por ela eu vou matar,
Trairei qualquer amigo."

– Vamos pedir bis – disse Remo.

O dono do bar lembrou:

– Todos os fregueses pedem essa música.

Sylvana ficou prestando atenção nos versos com um sorriso permanente. Aquela cançãozinha lhe dava a medida de sua popularidade. Quando imaginara que se tornaria tão conhecida, admirada e odiada por tanta gente! No entanto, ainda não alcançara a felicidade. Mas, apesar de tudo, sentia-a bem próxima.

– Agora está muito melhor – comentou Remo. – Ganhou novas cores. Tem melhorado muito nesses últimos dias.

– Devo a você, Remo.

– Por que a mim?

– Tem me amparado muito. Você é o único amigo que encontrei nesta fase da vida.

Sentindo necessidade de um confidente e vendo que no espírito de Remo não se aninhava nenhuma curiosidade mórbida, falou-lhe de parte do seu passado, sem receios. Remo nunca lhe perguntara nada sobre Flávio e Mauro, dos quais os jornais haviam falado. Quis contar-lhe a verdadeira história: fora amante de Flávio e noiva de Mauro. Contou também o que acontecera na casa de Abbib. Só guardou para si seu longo período no apartamento de dona Zulmira.

Remo ouvia-a sem escandalizar-se. Não disse uma só palavra de reprovação. Achava tudo natural, lamentando os preconceitos que sufocam os brasileiros.

– Você não fez nada de mal – disse. – Você é até uma moça muito sincera. Cada vez a admiro mais.

Aquela semana, Bracali fez outra gentileza. Conseguiu que os produtores do filme adiantassem uma parte do pagamento de Sylvana.

– Aqui tem trinta mil cruzeiros. Se precisar de mais, é só falar.

– Remo, sua atenção me deixa sem jeito.

Dias depois, Remo aparece com outra nova: um grupo de capitalistas assistira ao copião do filme e estava inclinado a patrocinar a produção de outro filme, em coprodução com o cinema mexicano. Haviam-no incumbido de escolher o argumento e organizar o elenco.

– Estou pensando em escolher um argumento bem brasileiro – disse Remo, que aderira à corrente nacionalista. Quero ver se encontro algo de José de Alencar ou de Aluísio Azevedo, dois escritores brasileiros que sabiam contar histórias.

Sylvana arriscou uma pergunta tímida:

– Já pensou no elenco?

– Tenho o nome da estrela no bolso.

– Quem é ela?

– Você não conhece.

– Diga o nome.

– Norma Simone.

Sylvana deu-lhe um forte abraço. O diretor beijou-lhe o rosto e ficou segurando-lhe a mão durante um enorme tempo.

– E se os produtores não concordarem com a escolha?

– Exigi carta branca.

Naquela mesma semana os jornais começaram a anunciar com estardalhaço o breve lançamento do filme. Alguns críticos, que conheciam o copião, avançavam comentários. Afirmavam que, por mais divergente que fosse a opinião sobre o filme, ninguém deixaria de apreciar o trabalho de Sylvana Rios.

Entusiasmada com a perspectiva do sucesso e desejando desde já garanti-lo, Sylvana desceu várias vezes à farmácia para telefonar aos críticos, agradecida. Convidou alguns deles a irem a sua casa. Estava desamparada. Precisando de amigos. Seu convite foi aceito.

Recebendo os críticos em sua casa, Sylvana modestamente pediu-lhes conselhos sobre a arte de representar. Percebeu que um deles fazia ironias ao nome de Remo. Sorriu, como se no íntimo também o visse com ironia. Queria ter amigos, muitos amigos. Viver rodeada de amigos.

Um dia, o advogado de Alberto procurou Sylvana, e prevenindo-a de seu fracasso, lamentou:

— Só muita sorte o salvará.

Sylvana caiu num pranto desolado. Horas depois, encontrando-a nesse estado de prostração e melancolia, Remo falou-lhe, em tom áspero, como um pai:

— Pare de chorar, menina. Vamos, pare. Limpe os olhos que está parecendo uma velha.

Aquela repreensão, um tanto grosseira, fez-lhe bem. Reagiu depressa:

— Prometo não chorar mais — disse.

— Ótimo. Vamos sair um pouco. Você precisa de ar fresco.

Na porta, Sylvana encontrou um Fiat amarelo:

— Que carro é esse? De quem é?

— Comprei hoje.

— Você tem um carro?! — exclamou Sylvana, feliz.

Não é grande coisa, mas tenho. Vou pagá-lo em prestações.

— Mas isso é formidável.

— Vamos dar uma volta pela cidade.

Foi aquela uma noite agradabilíssima para Sylvana. Só a martirizava um pouco a lembrança de Alberto, que às vezes vinha à tona de sua memória. Que coisa horrível acontecera! Por que fora encontrá-lo de novo? Estaria muito bem com Remo se Alberto não tivesse surgido. Ao se despedirem, Bracali beijou-lhe a testa, como se lhe tivesse um profundo respeito.

20

Na semana seguinte Sylvana esteve muito ocupada. Ia todos os dias à costureira. Remo emprestara-lhe dinheiro para a toalete da *avant-première*. O modelo fora escolhido por um figurinista em evidência.

Dona Júlia escandalizava-se com as despesas:

— Tanto dinheiro por um vestido só!

— Mamãe, desse vestido talvez dependa o meu futuro.

Era Remo que a levava à costureira, em seu Fiat. Pelo caminho, dava-lhe notícias do próximo filme. Os produtores iam mesmo realizá-lo. A escolha do argumento talvez recaísse em *Casa de pensão*, de Aluísio Azevedo.

— Preciso ler esse livro.

– Comprei um exemplar para você. Está no porta-luvas.

– Puxa, você pensa em tudo!

Na costureira, cercada pela modista e pelas auxiliares, Sylvana olhava-se nos vastos espelhos, desamparada. Não sabia julgar o trabalho. Era preciso que Remo a socorresse, ele que de tudo entendia um pouco, e que sempre dava uma prova de sensatez e bom gosto.

À saída, ele comentava, na gíria brasileira:

– Você está um estouro!

Sylvana ria sempre que ele empregava nossa gíria, o que Remo fazia com muita graça.

– Você se acostumou depressa no Brasil! – exclamou.

– Só um doido não se acostuma aqui. É o melhor país do mundo. E vocês, bobos, pensando na França, na Inglaterra e nos Estados Unidos.

– Você conhece todos esses países?

– Corri toda a Europa e parte da América.

– Gostaria tanto de viajar!

– Os tais produtores querem filmar também no México.

– No México?

– Depois de viajar, Sylvana, você será outra mulher.

"Outra mulher", pensou a moça. "Quantas mulheres diferentes fui nesses poucos anos e ainda há possibilidade de mudar mais."

Ao passarem por uma banca, Remo comprou diversos jornais. Todos faziam referências ao filme. Na seção policial, outro crime substituía o sensacionalismo do "crime do apartamento grená". Um marido enciumado matara a mulher e dois filhos; depois, não tendo mais balas, tentara o suicídio engolindo um tinteiro. Sylvana e Remo riram. Apenas Leônidas, já dispondo de menor espaço, insistia na mesma tecla. Revoltava-o a ideia de que a causadora de um crime fosse apresentada como uma grande atriz.

– É um imbecil! – exclamou Remo. – E todo imbecil tem a sua utilidade. Veja a propaganda que está fazendo do filme!

Sylvana concordou. Os artigos do jornalista já não a assustavam nem a indignavam.

– Será que ele vai à *avant-première*?

– Mandarei um convite.

Dias depois o vestido de Sylvana ficava pronto. Um trabalho maravilhoso. Dentro dele, orgulhava-se do seu corpo harmonioso e do seu rosto bonito. Não acreditava que Albertina pudesse suplantá-la. Sua vitória sobre a estrela do filme seria completa na tela e fora dela.

Dona Júlia e Wandinha também estreariam vestidos para a *avant-première*, confeccionados por uma costureira do bairro. Sylvana fazia questão de que sua mãe comparecesse muito distinta e que Wandinha tivesse sua primeira noite de triunfo pessoal. Depois da estreia de gala, haveria uma belíssima reunião na casa do produtor do filme e ela queria ir acompanhada da mãe e da irmã, para que todos vissem que era uma moça de família.

Aqueles dias todos transcorriam no clima da *avant-première*. Quem mais se preocupava era Remo Bracali, atuando também como diretor de propaganda. Reunia os cronistas, comunicava-se com jornais e revistas, ultimava a confecção de textos e cartazes de publicidade. Era quem convidava as personalidades influentes na vida política e social do estado e tomara a incumbência de garantir a presença do governador no grande dia. Levar o governador significava para Remo substancial vitória diplomática. Agindo também nos meios políticos da esquerda, frisava que o sucesso do filme deveria ser encarado como uma tomada de posição contra o imperialismo do cinema americano.

Sylvana, pouco versada nas coisas da política, não entendia as manobras de Remo:

– Que tem o comunismo a ver com isso? Por favor, não vá fazer com que me prendam, bem no dia que visto o meu traje de gala.

No dia anterior à *avant-première*, Sylvana começou seus longos preparativos de embelezamento. Tinha tanta coisa a fazer: manicure, pedicure, tratamento da pele, limpeza dos dentes, corte e retoque dos cabelos, um mundo de detalhes dos quais se esquecera naqueles atribulados meses. Levantou-se cedo e foi ao salão de beleza. Logo à entrada notou que era observada. Dessa vez, não se intimidou. Que a olhassem! Não faria mal algum. Isso apenas provava que não era uma anônima qualquer, era Sylvana Rios.

Foi almoçar com Remo num bom restaurante e novamente teve de enfrentar a curiosidade dos outros. Engraçado: começava a gostar de ser notada daquela maneira. À tarde, junto de Remo, teve um encontro com os jornalistas. Nenhum deles fez perguntas sobre "o crime do apartamento grená". O assunto era o filme. Sylvana e Remo aproveitaram a oportunidade para falar dos dois filmes que iam realizar com os mexicanos.

– Que acha de *Casa de pensão*? – perguntou um dos jornalistas?

– Aluísio Azevedo é um dos meus autores favoritos – ela respondeu, lembrando-se de que o livro ainda estava fechado no porta-luvas.

Aquela noite, Sylvana foi deitar-se cedo para levantar-se descansada no dia seguinte. Ficou na cama até que seu corpo não sentisse o menor indício de fadiga. Uma vez de pé, prosseguiu os preparativos iniciados na véspera. Foi ao dentista para uma limpeza geral dos dentes e depois tomou um banho reparador de ducha. A tarde foi toda dedicada ao cabeleireiro e ao tratamento das mãos. Remo apareceu no salão para orientá-la na escolha do melhor penteado.

Enquanto o profissional trabalhava, ele fornecia as últimas notícias:

– Minha filha, estou esgotado, mas acho que não esqueci de nada. Vai ser uma estreia como nunca se fez aqui.

– Terei de dizer alguma coisa?

– Apenas cumprimentará o público. Mas, espere, esse penteado está ficando alucinante.

A maior parte dos conhecidos de Sylvana ia ao lançamento do filme. Amélia e Ester não faltariam. Túlio estava possesso por não ter recebido o convite e, pela milionésima vez, contava a todos que, se não fosse ele, Sylvana jamais seria atriz.

– Chovia e eu estava parado na porta da Ipiranga. De repente, vi um peixão ao meu lado.

– Você já encheu com essa história! – bradou um seu colega.

– Ah, eu já lhe contei isso?

À porta do cinema, os transeuntes paravam para ver as fotos. Todos comentavam a beleza estonteante de Sylvana e falavam do "crime do apartamento grená".

Um rapaz muito novo, de olhos assustados, diante dos cartazes quase deu um salto:

– Conheço essa pequena. Fiz um michê com ela num apartamento de uma tal Zulmira.

Seus companheiros riram:

– Depois, você acordou.

– Faz uns quatro anos. Eu chegara do interior e morava numa pensão. Dei-lhe quinhentos cruzas. Tive de passar uma semana a sanduíche. Juro que é verdade.

Seus companheiros riram, e um deles lhe empurrou a cabeça, num gesto humorístico. Quem poderia acreditar em semelhante história? O grupo se desfez e o rapaz continuou diante dos cartazes, já cheio de dúvidas.

Magda, ao passar diante do cinema, torceu o nariz:

– Que sorte tem essa vaquinha!

Nesse mesmo dia, dona Zulmira e o dr. Godinho também viram os cartazes. Pararam. Dona Zulmira estava encantada:

– Não posso perder essa fita. Quero ver o jeitinho de Sandra. Ela merece fazer sucesso.

O dr. Godinho, mais gordo e mais envelhecido, olhou com curiosidade as fotografias e depois foi levando dona Zulmira pelo braço, ambos felizes.

Quando Sylvana saiu do cabeleireiro, foi para casa vestir-se. Duas mocinhas, figurantes do filme, ajudavam-na. Wandinha dividia seu tempo vestindo-se e ajudando a vestir a irmã. Corria, célere, de um quarto para outro. Opinava, ainda, sobre o aspecto de sua mãe. As duas queriam que dona Júlia abafasse. E, de fato, ela parecia outra com seu manto cinza-escuro. Até pintara os lábios e pusera um pouco de ruge, atendendo à insistência de Wandinha.

Às oito apareceu Remo, já de smoking.

— Como está elegante! — exclamou Sylvana, sincera. — E eu, como estou?

— Deslumbrante!

Mas, ao ver Wandinha que entrava, Remo não pôde conter uma reverência.

— Por que isso? — perguntou a menina.

— Porque você também está linda. Rendo homenagem à sua beleza. Você é páreo para sua irmã.

Realmente, Wandinha estava muito bonita em seu vestido de noite, todo decotado. Já era uma mocinha.

Dona Júlia cumprimentou o diretor, que a abraçou e beijou, respeitosamente:

— Que distinção! — ele exclamou.

Sylvana alegrou-se. Distinção era o predicado que mais exigia para sua mãe.

— Como iremos lá? — perguntou ela, temendo desencontros.

— Levarei a senhora e Wandinha. Entraremos por uma porta lateral. Acomodo as duas e depois volto para apanhar Sylvana. Eu e ela entraremos juntos.

— Mas você tem de entrar com a atriz principal.

— Não, ela entrará com o produtor. Meu nome e o seu já estão bastante ligados. Agora, se preferir entrar com outro...

Sylvana abraçou-o, comovida:

— Não o trocaria nem por Rosselini, se ele estivesse aqui.

— Vamos, então — disse o diretor a Wandinha e a dona Júlia.

Wandinha correu para o espelho. Faltavam os últimos retoques.

— E como nos encontraremos depois? — queria saber dona Júlia, nervosa.

— Irei buscá-las em seus lugares, depois da exibição — tranquilizou-a Remo. — Iremos os quatro, de carro, ao palacete do dr. Avelino, que entrou com o dinheiro do filme. Vamos ter uma bela reunião social.

— Vou beber uísque — disse Wandinha, ousadamente.

— Cuidado, menina! — advertiu dona Júlia.

— Que tem, mamãe? Já não sou mais criança.

— Não se atrasem — bradou Sylvana.

Dona Júlia aproximou-se de Sylvana para despedir-se. Estava comovidíssima. Duas lágrimas ameaçavam rolar-lhe pelo rosto marcado pelo sofrimento de tantos anos. Mas ela se controlava. Não seria distinto chorar.

– Minha filhinha...

– Mamãe, se chorar, estraga a pintura. Vá, a gente se encontra depois. E não fique falando nas Testemunhas de Jeová lá na festa.

Remo, puxando-a delicadamente pelo braço e dando o outro à frenética Wandinha, deixou o apartamento. Lá fora, esperava-o o seu Fiat. O cinema era próximo. Em menos de meia hora, estaria de volta.

Quando chegaram, Remo parou o carro numa rua lateral. Todos se surpreenderam com a quantidade de pessoas que desde cedo permanecia diante da porta de entrada. Havia um cordão de isolamento para proteger os artistas.

– Creio que estão ali umas cinco mil pessoas – calculou Remo Bracali, orgulhoso. – Dentro de meia hora haverá no mínimo o dobro.

Dona Júlia não aguentava mais: chorou, no carro, pouco se importando com a pintura. Wandinha entristeceu: queria entrar pela porta da frente, como fariam os atores. Algum dia, quem sabe, chegaria a sua vez!

Gentilmente, Remo acomodou as duas no cinema quase lotado por smokings e vestidos de noite. Depois saiu para apanhar o seu Fiat. Mas, decerto, não seria em seu modesto carro que levaria Sylvana Rios. Um amigo lhe emprestara carro e chofer para uma chegada elegante.

Pouco tempo depois, num belíssimo Oldsmobile, Remo Bracali ia buscar Sylvana.

– Milhares de pessoas estão esperando por você.

– Brincadeira!

– Sua mãe até chorou de emoção.

– Manchou a pintura?

Remo abraçou-a:

– Você está famosa, querida! – exclamou, sem observar que era a primeira vez que a chamava assim.

A moça ainda se preocupava com a mãe e a irmã:

– As duas ficaram bem acomodadas?

– Os melhores lugares são os delas.

– Será que mamãe vai se sentir à vontade na casa do dr. Avelino?

Remo sorriu:

– Saberei deixá-la à vontade.

Sylvana olhou as duas moças que a haviam ajudado a vestir-se:

– Acham que estou pronta?

– Tudo em ordem, Sylvana.

– Veja você, Remo.

Remo olhou com ares críticos e endireitou ligeiramente uma flor que ela levava ao peito. Passou a mão numa mecha de seu cabelo para ajeitá-la melhor.

— Agora, sim, está perfeito — disse. — Vamos.

Deixaram o apartamento. Vizinhos do lado saíram à porta para ver Sylvana. O Oldsmobile estava embaixo, com o chofer. Sylvana e Remo acomodaram-se.

— Vamos — disse ele ao chofer. — quando chegarmos, saia do carro e nos abra a porta.

Com o carro em movimento, Sylvana sentiu uma forte emoção. Não era nervosismo, mas uma exaltação sem limites. Seu coração enlouquecera e batia descompassadamente. Tinha a boca seca. O braço protetor de Remo, tocando no seu, continha um pouco aquela vaga emocional que poderia enfeiá-la.

Um vento bom entrou pela janela do carro.

— Nervosa? — indagou, num sussurro, o diretor.

Sylvana sorriu, sem responder. Apertou o braço dele, querendo dizer que tudo estava bem. Precisava de silêncio para pensar. Por mais sedutor que lhe parecesse o futuro, não poderia esquecer totalmente o passado. Viu-se mocinha e ingênua fazendo as unhas das mãos a senhoras do Carrão. Depois, a morte do pai, o ingresso na loja. Lembrou-se do tio Vitório e do seu amor pecaminoso. Vitório fora a primeira pessoa que lhe acenara com uma vida mais atraente. Pagara-lhe seu primeiro almoço de classe. Na penumbra do carro, sorriu, perdoando-o. Pensou em Magda e nos seus belos vestidos. À sua frente, parecia estar seu Jair. Ele lhe dera uma vitrola e a visitara quando estivera doente. Graças a ele, pisara pela primeira vez numa passarela. E Chafic? E Abbib? Tentou imaginar aquela cena, com Carlito, ela embriagada. Não se esqueceu de Bonuto, que devia estar casado e com filhos. A quantas andaria sua conta na Caixa Econômica? Flávio continuava preso. A ele também devia alguma coisa. E o Senador, com seu iate alugado?

— Vai ver a multidão! — disse Remo Bracali. — Que gentarada!

Sylvana continuava voltada para o passado: dona Zulmira, o dr. Godinho... Fixou a memória em Darcy, Shirley, Blays e na moça que se matara. Viu-se num dia de chuva, na porta da Ipiranga. Túlio ainda teria esperanças de pagar-lhe um refresco? E Mauro Giampioni, onde estaria? Em que bar da cidade estaria afogando a sua mágoa? Nem mesmo a Remo devia tanto. Todos haviam feito algo por ela, fossem quais fossem suas verdadeiras intenções. Teve irremediavelmente que pensar em Alberto. Como lhe tinha pena, e quanto faria por ele, se lhe fosse possível! Houve momentos em que daria até a própria vida para salvá-lo.

— Vá bem devagar — disse Bracali ao chofer. — É preciso que o povo veja à distância que Sylvana está nesse carro.

Quando o Oldsmobile parou, Sylvana viu o seu nome em luzes na porta do cinema e, através dos vidros do carro, explodiram-lhe no rosto os flashes dos fotógrafos. Não supunha que tanta gente estivesse ali. Era maravilhoso!

– Sorria – ordenou Remo Bracali, dirigindo-a. – Sorria... bastante.

O chofer desceu e abriu-lhe a porta do carro. A curiosidade do público chegou a espantar Sylvana, que olhou, desamparada, para Remo.

– Saia com toda a naturalidade – rogou-lhe Bracali, apertando-lhe a mão.

Sylvana obedeceu. Pôs-se de pé, na calçada, sorrindo para o público. Imediatamente retomou o domínio dos nervos. O diretor deu-lhe o braço, para emprestar-lhe ainda mais segurança. À frente deles, uma imensa escadaria iluminada. Viu uniformes e rostos curiosos. Centenas de pessoas, ao mesmo tempo, pronunciavam o seu nome. No ouvido, teve a impressão de ouvir uma voz quase paternal que lhe dizia: "Vá, Sylvana Rios. Este é o seu caminho. Que importa os que ficaram para trás? Fez bem em não permitir que o amor de nenhum deles a destruísse. Você é mais importante do que os outros. Pense apenas nas moças que gostariam de estar, neste momento, em seu lugar, como você também esteve, no lugar delas, anônima e sonhadora. Vá, Sylvana Rios! A multidão espera por você". Apoiada no braço de Remo Bracali, ela pisou, com elegância e determinação, o primeiro degrau da escadaria, o rosto batido de luz, radiante como uma verdadeira estrela.

Biografia

Marcos Rey, pseudônimo de Edmundo Donato, nasceu em São Paulo, 1925, cidade que sempre foi o cenário de seus contos e romances. Estreou em 1953 com a novela *Um gato no triângulo*. Apenas sete anos depois publicaria o romance *Café na cama*, um dos *best-sellers* dos anos 1960. Seguiram-se *Entre sem bater, O enterro da cafetina, Memórias de um gigolô, Ópera de sabão, A arca dos marechais, O último mamífero do Martinelli* e outros. Teve inúmeros romances adaptados para o cinema e traduzidos. *Memórias de um gigolô* fez sucesso em inúmeros países, notadamente na Alemanha, e foi também filme e minissérie da TV Globo. Venceu duas vezes o prêmio Jabuti; em 1995, recebeu o Troféu Juca Pato, como o Intelectual do Ano, e ocupava, desde 1986, a cadeira 17 da Academia Paulista de Letras.

Depois de trabalhar muitos anos na TV, onde escreveu novelas para a Excelsior, Globo, Tupi e Record, e de redigir 32 roteiros cinematográficos, experiência relatada em seu livro *O roteirista profissional,* a partir de 1980 passou a se dedicar também à literatura juvenil. Desde então, como poucos escritores neste país, viveu exclusivamente das letras. Assinou crônicas na revista *Veja São Paulo,* durante oito anos, parte delas reunidas num livro, *O coração roubado.*

Marcos Rey escreveu as peças *A próxima vítima*, encenada em 1967, pela Companhia de Maria Della Costa, *Os parceiros (Faça uma cara inteligente, depois volte ao normal)*, e *A noite mais quente do ano.* Suas últimas publicações foram *O caso do filho do encadernador*, autobiografia destinada à juventude, e *Fantoches!,* romance.

Marcos Rey faleceu em São Paulo, em abril de 1999.

Outras obras de Marcos Rey

Entre sem bater

Ricardo, um dos heróis(?) deste romance, é um boa-vida, pseudointelectual e publicitário que supõe, erroneamente, ter conquistado sua plena libertação e seu confortável lugar ao sol.

Desenvolvendo-se em ambientes de superficialidades, em boates penumbrosas, em corridas de cavalos, em caros restaurantes, em tardes e noites de esbanjamento de dinheiro, *Entre sem bater* vai tomando forma à medida que Ângelo demonstra seu interesse pela bela Irene, a amante de um ricaço.

Memórias de um gigolô

Mais um saboroso romance de Marcos Rey que, ambientado na São Paulo da década de 1930, retrata tipos memoráveis, figuras de folhetim, como a cartomante Antonieta, a prostituta Guadalupe, Iara, a dona de refinado bordel de luxo, e o cafetão Esmeraldo, o Valete de Espadas, e recria os tempos áureos da boemia, com suas paixões lancinantes e cômicas situações.

O enterro da cafetina

Marcos Rey escreveu uma obra que, como poucas, apresenta um retrato despojado mas crítico da sociedade paulistana. Ele a divide em duas partes desiguais: uma é a dos que estão no centro; a outra é a dos que estão na margem.

Em *O enterro da cafetina*, em um cenário onde se misturam o culto ao dinheiro, a frieza das relações humanas e o isolamento social, seus personagens são os "marginais", ou seja, são aqueles a quem se proíbe a realização dos sonhos e de sobrevivência digna, seres que vagam quase sempre à noite, mariposas noturnas, condenados a viver aprisionados *ad aeternum* na sua dança em busca da luz.

GRÁFICA PAYM
Tel. (011) 4392-3344
paym@terra.com.br